Diogenes Taschenbuch 21524

de
te
be

Der Goldene Gelbe

Dashiell Hammett
Der dünne Mann

Margaret Millar
Liebe Mutter, es geht mir gut…

Ross Macdonald
Unter Wasser stirbt man nicht!

Diogenes

Titel der Originalausgaben:
›The Thin Man‹
Alfred A. Knopf, Inc., New York 1934

›Beast in view‹
Random House, Inc., New York 1955

›The Drowning Pool‹

Umschlagzeichnung von Tomi Ungerer

500/87/8/1
ISBN 3 257 21524 X

Dashiell Hammett

Der dünne Mann

Roman

Aus dem Amerikanischen neu übersetzt von Tom Knoth

Für Lillian

1

Ich lehnte am Tresen eines Speakeasy in der Fifty-second Street und wartete darauf, daß Nora ihre Weihnachtseinkäufe beendete, als ein junges Mädchen, das mit drei anderen Leuten an einem Tisch gesessen hatte, aufstand und zu mir herüberkam. Es war zierlich und blond, und ob man sein Gesicht betrachtete oder seine Gestalt in dem rauchblauen Sportkostüm, das Ergebnis war gleichermaßen zufriedenstellend.

»Sie sind doch Nick Charles?« fragte sie.

Ich sagte: »Ja.«

Sie streckte mir die Hand hin. »Ich bin Dorothy Wynant. Sie kennen mich nicht mehr, aber an meinen Vater, Clyde Wynant, müßten Sie sich noch erinnern. Sie –«

»Natürlich«, sagte ich, »und jetzt erinnere ich mich auch an Sie. Aber damals waren Sie noch ein Kind von elf, zwölf Jahren, stimmt's?«

»Ja, das ist acht Jahre her. Sagen Sie, wissen Sie noch, was Sie mir für Geschichten erzählt haben? Waren die wahr?«

»Vermutlich nicht. Wie geht es Ihrem Vater?«

Sie lachte. »Das wollte ich gerade Sie fragen. Mama hat sich von ihm scheiden lassen, müssen Sie wissen, und wir hören nie von ihm – außer, wenn hin und wieder was über irgendeine neue Marotte von ihm in den Zeitungen steht. Sehen Sie ihn denn überhaupt nicht?«

Mein Glas war leer. Ich fragte sie, was sie zu trinken haben wolle, sie sagte Scotch mit Soda, ich bestellte zwei und sagte: »Nein, ich lebe in San Francisco.«

Sie sagte zögernd: »Ich möchte ihn sehen. Mama würde Stunk machen, wenn sie es herauskriegte, aber ich möchte ihn sehen.«

»Na, und?«

»Am Riverside Drive, wo wir gewohnt haben, ist er nicht, und er steht auch nicht im Telefonverzeichnis oder im Adreßbuch.«

»Versuchen Sie es über seinen Anwalt«, schlug ich vor.

Ihr Gesicht hellte sich auf. »Und wer ist das?«

»Damals war es ein Mann namens MacIrgendwas oder so – Macaulay, richtig, Herbert Macaulay. Saß im Singer Building.«

»Leihen Sie mir einen Nickel«, sagte sie und ging zum Telefon.

Sie kehrte lächelnd zurück. »Ich habe ihn gefunden. Gleich um die Ecke an der Fifth Avenue ist er.«

»Ihr Vater?«

»Der Anwalt. Mein Vater ist nicht in New York, sagt er. Ich gehe mal hin und spreche mit ihm.« Sie prostete mir zu. »Familienaussöhnung. Hören Sie, warum kommen Sie nicht einfach –«

Asta sprang mich an und stieß mir die Vorderpfoten in den Bauch. Vom anderen Ende der Leine her sagte Nora: »Sie hat einen ereignisreichen Nachmittag hinter sich, warf bei Lord & Taylor einen Tisch mit Spielsachen um, jagte einer fetten Frau bei Saks, der sie die Beine leckte, einen Mordsschrecken damit ein und ließ sich von drei Polizisten tätscheln.«

Ich machte bekannt. »Meine Frau – Dorothy Wynant. Ihr Vater ist mal mein Klient gewesen, als sie noch ein kleines Mädchen war. Kein schlechter Kerl, aber nicht ganz dicht.«

»Ich war ganz fasziniert von ihm«, sagte Dorothy und meinte mich damit. »Ein richtiger, leibhaftiger Detektiv! Ich wich ihm nicht von der Seite und gab keine Ruhe, bis er mir von seinen Abenteuern erzählte. Es waren haarsträubende Lügengeschichten, aber ich habe ihm jedes Wort geglaubt.«

Ich sagte: »Du siehst müde aus, Nora.«

»Ich bin es. Setzen wir uns doch.«

Dorothy sagte, sie müsse an ihren Tisch zurück. Sie gab Nora die Hand. Wir sollten unbedingt mal zur Cocktailstunde hereinschauen, sie wohnten im Courtland, der Name ihrer Mutter sei jetzt Jorgensen. Sehr gern, und sie müsse uns auch mal besuchen kommen, wir wohnten im ›Normandie‹ und blieben noch ein, zwei Wochen in New York. Dorothy tätschelte den Hund und ging.

Wir fanden einen freien Tisch. Nora sagte: »Sie ist hübsch.«

»Wenn man auf dem Typ steht.«

Sie grinste mich an. »Du stehst auf Typen?«

»Nur auf deinem, Schätzchen – lang aufgeschossenen Brünetten mit gottlosem Schandmaul.«

»Und wie war das mit der Rothaarigen, mit der du gestern nacht bei den Quinns abgezogen bist?«

»Sei nicht albern«, sagte ich. »Die wollte mir doch bloß ein paar französische Radierungen zeigen.«

2

Anderntags rief Herbert Macaulay mich an. »Hallo, ich wußte gar nicht, daß Sie zurück sind, bis mir Dorothy Wynant davon erzählte. Lunchen wir zusammen?«

»Wie spät ist es?«

»Halb zwölf. Habe ich Sie geweckt?«

»Ja«, sagte ich, »macht aber nichts. Wie wär's, wenn Sie zum Lunch zu uns heraufkämen. Ich bin verkatert und habe keine rechte Lust, lange umherzurennen ... Okay, sagen wir um eins.«

Ich nahm einen Drink mit Nora, die im Begriff war, zum Friseur zu gehen, um sich das Haar waschen zu lassen, dann einen weiteren nach dem Duschen und fühlte mich schon besser, als wieder das Telefon klingelte.

Eine Frauenstimme fragte: »Ist Mr. Macaulay da?«

»Noch nicht.«

»Entschuldigen Sie die Störung, könnten Sie ihm bitte ausrichten, er möchte gleich sein Büro anrufen, wenn er kommt? Es ist dringend.«

Ich versprach, das zu tun.

Macaulay erschien etwa zehn Minuten darauf. Er war ein großer, kraushaariger, rotwangiger, recht gut aussehender Bursche ungefähr meines Alters – ich bin einundvierzig –, sah aber jünger aus. Er galt als ganz tüchtiger Anwalt. Ich hatte wiederholt für ihn zu tun, als ich noch in New York lebte, und wir sind immer gut miteinander ausgekommen.

Jetzt schüttelten wir uns die Hand und klopften einander auf den Rücken, und er fragte mich, wie es mir denn so ergangen sei, und ich sagte: »Glänzend«, und ich fragte ihn, und er sagte: »Glänzend«, und ich sagte ihm, daß er sein Büro anrufen solle.

Er kam mit gerunzelter Stirn vom Telefon zurück. »Wynant ist wieder in New York«, sagte er, »und will mich sehen.«

Die Gläser mit den fertigen Drinks in der Hand, drehte ich mich um. »Von mir aus können wir mit dem Lunch gern noch –«

»Lassen wir *ihn* warten«, sagte er und nahm mir eines der Gläser ab.

»So plemplem wie eh und je?«

»Das ist schon nicht mehr lustig«, sagte Macaulay sehr förmlich. »Wußten Sie, daß man ihn neunundzwanzig fast ein ganzes Jahr lang in ein Nervensanatorium gesperrt hat?«

»Nein.«

Er nickte. Er setzte sich, stellte sein Glas auf einem Tisch neben seinem Stuhl ab und beugte sich ein wenig zu mir vor. »Was führt Mimi im Schilde, Charles?«

»Mimi? Oh, seine Frau – seine geschiedene Frau. Weiß ich nicht. Warum sollte sie was im Schilde führen?«

»Normalerweise tut sie das«, sagte er sarkastisch, und dann, ganz langsam, »und ich dachte, das wüßten Sie.«

Das also war es. Ich sagte: »Hören Sie, Mac, seit sechs Jahren – seit 1927 – bin ich kein Detektiv mehr.«

Er starrte mich an.

»Ehrlich«, versicherte ich ihm, »ein Jahr nach meiner Heirat starb der Vater meiner Frau und hinterließ ihr eine Sägemühle, eine Kleinbahn und noch so einiges andere, und um mich um alle diese Dinge kümmern zu können, habe ich meinen Job in der Agentur aufgegeben. Übrigens würde ich für Mimi Wynant oder Jorgensen, oder wie immer sie heißt, sowieso nicht arbeiten – sie hat mich nie leiden können, und ich sie auch nicht.«

»Oh, ich hatte auch gar nicht angenommen, daß Sie –« Macaulay unterbrach sich mit einer vagen Geste und nahm sein Glas zur Hand. Als er es absetzte, sagte er: »Ich habe mich bloß gewundert. Da ruft mich vor drei Tagen – am Donnerstag – Mimi an, um zu hören, wo Wynant steckt; und gestern ruft Dorothy mich an, auf Ihren Rat hin, wie sie sagt, und kommt vorbei und – ich hatte gedacht, Sie spielten noch den Detektiv, und mich gewundert, was das Ganze zu bedeuten haben könnte.«

»Haben sie es Ihnen nicht gesagt?«

»Sicher – sie wollen ihn sehen, eingedenk alter Zeiten und so. Das besagt einiges.«

»Ihr Anwälte seid doch eine mißtrauische Gesellschaft«, sagte ich. »Vielleicht wollten sie das wirklich – das und Geld. Aber wozu die Aufregung? Ist er untergetaucht?«

Macaulay zuckte die Achseln. »Sie wissen soviel darüber wie ich. Ich habe ihn seit Oktober nicht mehr gesehen.« Er trank einen Schluck. »Wie lange bleiben Sie in New York?«

»Bis nach Neujahr«, sagte ich und ging zum Telefon, um mir vom Zimmer-Service Menükarten bringen zu lassen.

3

Nora und ich gingen an jenem Abend zur Premiere von *Honeymoon* ins Little Theatre und anschließend zu einer Party bei irgendwelchen Leuten, die Freeman oder Fielding hießen oder so ähnlich. Als Nora mich am anderen Morgen weckte, fühlte ich mich ziemlich mitgenommen. Sie brachte mir eine Tasse Kaffee und eine Zeitung und sagte: »Lies das.«

Gottergeben las ich einen Absatz und noch einen zweiten, dann legte ich die Zeitung aus der Hand und trank einen Schluck Kaffee. »Alles, was recht ist«, sagte ich, »aber im Moment können mir sämtliche jemals veröffentlichten Interviews von und mit Oberbürgermeister in spe O'Brien – und der angekündigte Indianerfilm dazu – gestohlen bleiben, wenn ich dafür nur einen einzigen Schluck Whis –«

»Nicht das, Dummrian.« Sie tippte mit dem Finger auf das Blatt. »Das.«

ERFINDER-SEKRETÄRIN ERMORDET
IN IHRER WOHNUNG AUFGEFUNDEN

Julia Wolfs von Kugeln durchsiebte Leiche gefunden
Polizei sucht Arbeitgeber der Ermordeten, Clyde Wynant.

Die von Kugeln durchsiebte Leiche der 32jährigen Julia Wolf, Privatsekretärin des bekannten Erfinders Clyde Miller Wynant, wurde gestern am Spätnachmittag in der Wohnung der Toten, Nr. 411 East Fifty-fourth Street, von Mrs. Christian Jorgensen, der geschiedenen Frau des Erfinders, aufgefunden. Mrs. Jorgensen, die am Montag von einem sechsjährigen Europa-Aufenthalt zurückgekehrt war, hatte Miss Wolf aufsuchen wollen, um von ihr die derzeitige Adresse ihres geschiedenen Gatten zu erfragen.

Der Polizei gegenüber erklärte Mrs. Jorgensen, sie habe ein schwaches Stöhnen gehört, als sie an der Wohnungstür der Ermordeten klingelte, und daraufhin den Liftboy, Mer-

vin Holly, benachrichtigt, der seinerseits den Hausverwalter, Walter Meany, herbeirief. Als sie die Wohnung betraten, lag Miss Wolf mit vier von Geschossen des Kalibers .32 verursachten Schußwunden in der Brust im Schlafzimmer auf dem Fußboden. Sie starb, ohne das Bewußtsein wiedererlangt zu haben, ehe die Polizei und ärztliche Hilfe zur Stelle waren. Herbert Macaulay, Wynants Anwalt, gab der Polizei gegenüber an, den Erfinder seit Oktober nicht mehr gesehen zu haben. Er sagte aus, daß Wynant ihn gestern angerufen und eine Verabredung mit ihm getroffen, sie aber nicht eingehalten habe. Macaulay bestritt, den derzeitigen Aufenthaltsort seines Klienten zu kennen. Miss Wolf, gab Macaulay an, sei seit acht Jahren bei dem Erfinder im Angestelltenverhältnis beschäftigt gewesen. Der Anwalt erklärte, von den Familien- oder Privatangelegenheiten der Toten nichts zu wissen und keinen Hinweis zur Aufklärung ihrer Ermordung geben zu können. Daß die Tote sich die Schußwunden selbst zugefügt hat, ist ausgeschlossen, da den Sachverständigen zufolge ...

Der Rest entsprach dem üblichen Schema kriminalpolizeilicher Presseverlautbarungen.

»Glaubst du, er hat sie umgebracht?« fragte Nora, als ich die Zeitung wieder hinlegte.

»Wynant? Wundern würde es mich nicht. Verrückt genug dazu ist er allemal.«

»Hast du sie gekannt?«

»Ja. Wie wär's mit einem belebenden Tropfen Was-duwillst, um gegen die Lethargie anzukommen?«

»Wie war sie?«

»Nicht schlecht«, sagte ich. »Sie sah nicht schlecht aus, und sie hatte eine Menge Grips und eine tüchtige Portion Unverfrorenheit – und beides bitter nötig, um mit dem Kerl zusammenleben zu können.«

»Sie lebte mit ihm zusammen?«

»Ja. Ich will jetzt was zu trinken haben, bitte. Das heißt, so verhielt es sich, als ich die beiden kannte.«

»Warum willst du nicht erst einmal frühstücken? Hat sie ihn geliebt, oder ging es ihr nur ums Geld?«

»Weiß ich nicht. Fürs Frühstück ist es zu früh.«

Als Nora zur Tür hinausging, kam der Hund herein und legte seine Vorderpfoten auf das Bett, seinen Kopf an meinen. Ich kraulte ihn und versuchte, mich an irgend etwas zu erinnern, was mir Wynant einmal erzählt hatte, irgend etwas über Frauen und Hunde. Mit der Frauchen-Spaniel-Bäumchen-Sorte Witz hatte es nichts zu tun gehabt. Ich konnte mich nicht daran erinnern, was es gewesen war, aber aus irgendeinem Grund schien es den Versuch wert zu sein, es mir wieder einfallen zu lassen.

Mit zwei Drinks und einer weiteren Frage kam Nora zurück: »Wie ist er denn so?«

»Lang – über einsachtzig – und dünn, so ziemlich der dünnste Mann, den ich je gesehen habe. Er muß jetzt um die fünfzig sein, und sein Haar war schon fast weiß, als ich ihn kannte. Hätte es ruhig öfter mal schneiden lassen können, trug ungepflegten, scheckigen Schnurrbart und kaute Nägel.« Ich drängte den Hund weg, um an meinen Drink zu kommen.

»Klingt sehr hübsch. Was hattest du denn für ihn zu tun?«

»Ein Kerl, der sein Mitarbeiter gewesen war, beschuldigte ihn, irgendeine Idee oder Erfindung von ihm gestohlen zu haben. Kelterman hieß er. Er versuchte, Wynant mit der Drohung fertigzumachen, er würde ihn zusammenschießen, sein Haus in die Luft jagen, seiner Frau die Kehle durchschneiden, seine Kinder entführen und ich weiß nicht was sonst noch alles, wenn er nicht klein beigäbe. Wir haben ihn nie zu fassen gekriegt – müssen ihn wohl verscheucht haben. Jedenfalls kamen keine Drohbriefe mehr, und passiert ist auch nichts.«

Nora setzte ihr Glas ab und fragte: »Hat Wynant ihn wirklich bestohlen?«

»Ts, ts, ts«, machte ich. »Heute ist Heiligabend: versuch mal, von deinen Mitmenschen Gutes zu denken.«

4

Am Nachmittag ging ich mit Asta spazieren, machte zwei Leuten klar, daß sie ein Schnauzer sei und keine Mischung aus schottischem und irischem Terrier, kehrte auf ein paar Drinks bei Jim ein, lief dort Larry Crowley in die Arme und schleppte ihn mit mir ins ›Normandie‹ zurück.

Nora mixte gerade Cocktails für die Quinns, Margot Innes, einen Mann, dessen Namen ich nicht mitbekam, und Dorothy Wynant.

Dorothy sagte, sie wolle mich sprechen, also nahmen wir unsere Cocktails mit ins Schlafzimmer hinüber.

Sie kam gleich zur Sache. »Nick, glauben Sie, mein Vater hat sie umgebracht?«

»Nein«, sagte ich. »Warum sollte ich?«

»Na ja, die Polizei hat – hören Sie, sie war seine Geliebte, oder?«

Ich nickte. »Als ich sie kannte, ja.«

Sie starrte in ihr Glas und sagte: »Er ist mein Vater. Ich habe ihn nie gemocht. Ich habe Mama nie gemocht.« Sie sah zu mir auf. »Ich mag Gilbert nicht.« Gilbert war ihr Bruder.

»Machen Sie sich darüber keine Gedanken. Leute, die ihre Familienangehörigen nicht leiden können, gibt es noch und noch.«

»Mögen Sie sie?«

»Meine Familienangehörigen?«

»Meine.« Sie sah mich finster an. »Und hören Sie auf, mit mir zu reden, als sei ich immer noch zwölf.«

»Das ist es nicht«, erklärte ich. »Bin bloß ein bißchen betrunken jetzt.«

»Also, mögen Sie sie?«

Ich schüttelte den Kopf. »Sie waren in Ordnung, nur ein verzogenes Kind. Auf die anderen hätte ich ganz gut verzichten können.«

»Was stimmt nicht mit uns?« fragte sie, nicht herausfordernd, sondern so, als wolle sie es wirklich wissen.

»So einiges. Ihr –«

Harrison Quinn öffnete die Tür und sagte: »Los doch, Nick, kommen Sie rüber zum Pingpongspielen.«

»Gleich.«

»Bringen Sie Tausendschön mit.« Er grinste Dorothy begehrlich an und ging.

Sie sagte: »Jorgensen kennen Sie wohl nicht, nehme ich an.«

»Ich kenne einen Nils Jorgensen.«

»Es gibt so Leute, die fallen immer auf die Füße. Der Jorgensen, den ich meine, heißt Christian. Das ist vielleicht ein Herzchen! So echt Mama, läßt sich von einem Irren scheiden und heiratet einen Gigolo.« Ihre Augen wurden feucht. Mit einem Aufschluchzen holte sie Luft und fragte: »Was soll ich tun, Nick?« Ihre Stimme war die eines geängstigten Kindes.

Ich legte den Arm um sie und machte Laute, von denen ich mir eine tröstliche Wirkung auf sie versprach. Sie weinte an meinem Rockaufschlag. Das Telefon neben dem Bett begann zu läuten.

Aus dem Radio im Nebenzimmer tönte *Rise and Shine*. Mein Glas war leer. Ich sagte: »Setzen Sie sich von ihnen ab.«

Sie schluchzte erneut. »Von sich selbst kann sich niemand absetzen.«

»Vielleicht habe ich auch gar nicht richtig begriffen, wovon Sie reden.«

»Bitte, ziehen Sie mich nicht auf«, sagte sie kleinlaut.

Nora, die hereinkam, um ans Telefon zu gehen, sah mich fragend an.

Über den Kopf des Mädchens hinweg schnitt ich ihr ein Gesicht.

Als Nora »Hallo« ins Telefon sagte, rückte das Mädchen rasch von mir weg und wurde rot.

»Ich – es tut mir leid«, stammelte sie. »Ich wollte nicht –«

Nora lächelte sie mitfühlend an. Ich sagte: »Seien Sie kein Gänschen.«

Das Mädchen fand sein Taschentuch und betupfte sich die Augen damit.

Nora sagte ins Telefon: »Ja, ich sehe mal nach, ob er da ist. Mit wem spreche ich, bitte?«

Sie legte die Hand auf den Hörer und sagte zu mir: »Es ist ein Mann namens Norman. Willst du ihn sprechen?«

Ich sagte, das wisse ich nicht, und griff nach dem Hörer.

»Hallo.«

Eine ziemlich barsche Stimme sagte: »Mr. Charles? Mr. Charles, ich höre, Sie waren früher bei der Detektivagentur Trans-American?«

»Wer ist da?« fragte ich.

»Mein Name ist Albert Norman. Das sagt Ihnen vermutlich nichts, Mr. Charles, aber ich würde Ihnen gern einen Vorschlag unterbreiten. Ich bin sicher, Sie werden –«

»Was für einen Vorschlag?«

»Darüber kann ich am Telefon nicht sprechen, Mr. Charles, aber wenn Sie mir von Ihrer Zeit eine halbe Stunde erübrigen würden, könnte ich Ihnen garantieren –«

»Tut mir leid«, sagte ich, »ich bin sehr beschäftigt und –«

»Aber Mr. Charles, es ist –« Dann war ein lauter Knall zu hören. Es konnte ein Schuß gewesen sein oder irgend etwas, das heruntergefallen war oder sonstwie einen lauten Knall verursachte. Ich sagte ein paarmal »Hallo«, erhielt keine Antwort und hängte ein.

Nora hatte Dorothy vor einen Spiegel geführt und richtete sie mit Puder und Rouge wieder her. Ich sagte: »Der wollte mir eine Versicherungspolice andrehen« und ging ins Wohnzimmer, um mir einen Drink zu mixen.

Es waren noch einige Leute gekommen. Ich wechselte ein

paar Worte mit ihnen. Harrison Quinn, der mit Margot Innes auf dem Sofa gesessen hatte, stand auf und sagte: »Jetzt Pingpong.«

Asta sprang an mir hoch und stieß mir die Vorderpfoten in den Bauch. Ich stellte das Radio ab und machte mir einen Cocktail. Der Mann, dessen Name ich nicht mitbekommen hatte, sagte gerade: »Wenn die Revolution kommt, werden wir alle liquidiert – und zwar sofort.« Er schien das für eine gute Idee zu halten.

Quinn kam herüber, um sein Glas nachzufüllen. Er sah zur Schlafzimmertür hin. »Wo haben Sie denn das süße Blondchen aufgetrieben?«

»Das habe ich schon auf meinem Knie geschaukelt.«

»Auf welchem Knie?« fragte er. »Darf ich es mal anfassen?«

Nora und Dorothy kamen aus dem Schlafzimmer. Ich sichtete eine Nachmittagszeitung auf dem Radio und nahm sie an mich. Die Schlagzeilen verkündeten:

JULIA WOLF EHEMALS GANGSTERBRAUT
ARTHUR NUNHEIM IDENTIFIZIERT LEICHE
WYNANT NOCH IMMER UNAUFFINDBAR

Dicht neben mir sagte Nora leise: »Ich habe ihr gesagt, sie soll zum Abendessen bleiben. Sei nett zu dem Kind« – Nora war sechsundzwanzig –, »sie ist ganz durcheinander.«

»Wie immer du meinst.« Ich drehte mich um. Drüben, am anderen Ende des Zimmers, lachte Dorothy über irgend etwas, das Quinn ihr erzählte. »Aber wenn du dich schon in die Angelegenheiten anderer einmischst, erwarte nicht von mir, daß ich dir überall dorthin, wo es dir weh tut, auch noch Küßchen gebe.«

»Tu ich schon nicht. Du bist doch ein süßer alter Idiot. Lies das da jetzt nicht.« Sie nahm mir die Zeitung weg und steckte sie außer Sichtweite hinter das Radio.

5

Nora konnte in dieser Nacht nicht schlafen. Sie las Schaljapins Erinnerungen, bis ich einzudösen begann, worauf sie mich mit der Frage weckte: »Schläfst du?«

Ich bejahte es.

Sie steckte eine Zigarette für mich an und eine für sich selber. »Spielst du nie mit dem Gedanken, dich ab und zu bloß so aus reinem Vergnügen wieder einmal als Detektiv zu betätigen? Ich meine, wenn irgendwas Besonderes anliegt, wie die Lindb –«

»Liebling«, sagte ich, »mein Tip lautet, daß Wynant sie umgebracht hat und die Polizei ihn auch ohne meine Mithilfe schnappen wird. Für mich jedenfalls ist das völlig bedeutungslos.«

»Das habe ich nicht eigentlich gemeint, aber –«

»Aber außerdem habe ich auch nicht die Zeit dazu. Ich bin viel zu sehr damit beschäftigt, darauf aufzupassen, daß du keinen Cent von dem Geld verlierst, um dessentwillen ich dich geheiratet habe.« Ich küßte sie. »Meinst du nicht, ein Drink würde dir vielleicht zum Schlaf verhelfen?«

»Nein, danke.«

»Vielleicht, wenn ich einen nehme.« Als ich mit meinem Scotch ins Bett zurückkehrte, starrte sie ins Leere. Ich sagte: »Sie ist nett, aber sie ist plemplem. Wenn sie's nicht wäre, könnte sie nicht seine Tochter sein. Du weißt nie, wieviel sie von dem, was sie sagt, auch selber glaubt, und du weißt nie, ob das, wovon sie glaubt, daß es geschehen sei, auch wirklich geschehen ist. Ich mag sie, aber ich glaube, du läßt dich –«

»Ich bin mir nicht sicher, ob ich sie mag«, sagte Nora nachdenklich, »sie ist womöglich ein kleines Aas, aber wenn nur der vierte Teil von dem, was sie uns erzählt hat, wahr ist, steckt sie ganz schön in der Tinte.«

»Es gibt nichts, was ich für sie tun kann.«

»Sie meint es aber.«

»Und du auch, was beweist, daß du, egal, was du meinst, immer jemanden findest, der sich deiner Meinung anschließt.«

Nora seufzte. »Ich wünschte, du wärst nüchtern genug, um ansprechbar zu sein.« Sie beugte sich zu mir herüber, um einen Schluck von meinem Drink zu nehmen. »Ich werde dir jetzt dein Weihnachtsgeschenk geben, wenn du mir meins gibst.«

Ich schüttelte den Kopf. »Beim Frühstück.«

»Aber jetzt ist Weihnachten.«

»Beim Frühstück.«

»Welche Geschenke ich auch immer von dir kriege«, sagte sie, »ich hoffe, ich mag sie nicht.«

»Behalten mußt du sie trotzdem, weil der Mann in der Zierfischhandlung erklärt hat, er nehme sie bestimmt nicht zurück. Er sagt, sie hätten schon die Schwänze abgebissen von den –«

»Es würde dir doch nicht schaden, einmal zu überlegen, ob du ihr nicht vielleicht doch helfen könntest, oder? Sie hat so viel Vertrauen zu dir, Nicky.«

»Einem Griechen vertraut jeder.«

»Bitte.«

»Du willst bloß deine Nase in Dinge stecken, die –«

»Was ich dich fragen wollte – hat seine Frau gewußt, daß das Wolf-Mädchen seine Geliebte war?«

»Weiß ich nicht. Sie mochte sie nicht.«

»Wie ist denn die Frau?«

»Weiß ich nicht – eine Frau.«

»Gut aussehend?«

»Früher sehr.«

»Alt?«

»Vierzig, zweiundvierzig. Schluß jetzt, Nora. Du kannst unmöglich irgend etwas damit zu tun haben wollen. Lassen wir die Charleses sich um die Angelegenheiten der Charleses kümmern und die Wynants um die Angelegenheiten der Wynants.«

Sie zog ein Gesicht. »Der Drink da – vielleicht würde der mir ja doch helfen.«

Ich stieg aus dem Bett und mixte ihr einen Drink. Als ich ihn ins Schlafzimmer brachte, begann das Telefon zu läuten. Ich sah auf meine Uhr auf dem Tisch. Es war fast fünf.

Nora nahm den Hörer ab. »Hallo ... ja, am Apparat.« Sie warf mir einen Seitenblick zu. Ich schüttelte den Kopf. »Ja ... warum nicht, gewiß ... ja, natürlich.« Sie legte auf und grinste mich an.

»Du bist herrlich«, sagte ich. »Was jetzt?«

»Dorothy kommt herauf. Ich glaube, sie ist betrunken.«

»Das ist ja großartig.« Ich langte nach meinem Bademantel. »Ich hatte schon Angst, ich müßte jetzt schlafen gehen.«

Sie beugte sich aus dem Bett und hielt Ausschau nach ihren Pantoffeln. »Sei nicht so ein Streithammel. Du kannst den ganzen Tag schlafen.«

Sie fand ihre Pantoffeln, schlüpfte hinein und stand auf.

»Hat sie wirklich solche Angst vor ihrer Mutter, wie sie sagt?«

»Wenn sie noch einigermaßen bei Verstand ist. Mimi ist das reine Gift.«

Nora sah mich mit ihren dunklen Augen durchdringend an und fragte lauernd: »Was verschweigst du mir?«

»Ach du liebes bißchen«, sagte ich. »Ich hatte gehofft, es dir nicht sagen zu müssen. Dorothy ist in Wirklichkeit meine Tochter. Ich wußte nicht, was ich tat, Nora. Es war Frühling in Venedig, und ich war noch ganz jung, und der Mond schien über dem –«

»Spinner. Willst du nicht was essen?«

»Wenn du auch was willst. Was willst du?«

»Tatar-Sandwich mit vielen Zwiebeln drauf, und einen Kaffee.«

Dorothy erschien, während ich mit einem Delikatessengeschäft telefonierte, das die ganze Nacht hindurch geöffnet war. Als ich ins Wohnzimmer ging, stand sie nicht ohne

Mühe auf und sagte: »Tut mir schrecklich leid, Nick, daß ich Sie und Nora andauernd belästige, aber so kann ich heute nacht nicht nach Hause gehen. Ich kann's nicht. Ich habe Angst davor. Ich weiß nicht, was mit mir passieren würde und was ich täte. Bitte, schicken Sie mich nicht weg.« Sie war sehr betrunken. Asta beschnupperte ihre Fußgelenke.

Ich sagte: »Ssscht, hier sind Sie ja richtig. Setzen Sie sich hin. Gleich gibt's einen Kaffee. Wo haben Sie sich den Mordsschwips geholt?«

Sie setzte sich und schüttelte töricht den Kopf. »Weiß ich nicht. Ich war überall, seit ich von hier weggegangen bin. Ich war überall, bloß nicht zu Hause, weil ich in diesem Zustand nicht nach Hause gehen kann. Sehen Sie mal, was ich habe.« Sie stand wieder auf und holte eine abgewetzte automatische Pistole aus ihrer Manteltasche. »Sehen Sie sich die mal an.« Sie schwenkte sie vor mir hin und her, während Asta schwanzwedelnd danach schnappte. Nora holte hörbar Luft. Mir war kalt im Nacken. Ich stieß den Hund beiseite und nahm Dorothy die Pistole weg. »Machen Sie keinen Unfug. Setzen Sie sich hin.« Ich steckte die Pistole in die Bademanteltasche und drängte Dorothy in ihren Sessel zurück.

»Seien Sie nicht böse mit mir, Nick«, jammerte sie. »Sie können sie behalten. Ich will Ihnen auch keinen Ärger mehr machen.«

»Wo haben Sie das Ding herbekommen?« fragte ich.

»Aus einem Speakeasy in der Tenth Avenue. Ich habe einem Mann mein Armband dafür gegeben – das mit den Smaragden und den Diamanten.«

»Und es dann beim Craps-Spiel zurückgewonnen«, sagte ich. »Sie tragen es noch.«

Sie starrte auf ihr Armband. »Ich dachte, ich hätte es hergegeben.«

Ich sah Nora an und schüttelte den Kopf. Nora sagte: »Sei nicht so grob zu ihr, Nick, sie ist –«

»Das ist er nicht, Nora, wirklich nicht«, sagte Dorothy

schnell. »Er – er ist der einzige Mensch auf der Welt, an den ich mich wenden kann.«

Mir fiel ein, daß Nora ihren Scotch mit Soda nicht angerührt hatte, also ging ich ins Schlafzimmer und trank ihn. Als ich zurückkam, saß Nora auf Dorothys Sessellehne und hatte den Arm um das Mädchen gelegt. Dorothy schluchzte; Nora sagte: »Aber Nick ist nicht böse mit Ihnen, Liebes. Er mag Sie.« Sie sah zu mir auf.

»Du bist doch nicht böse, Nicky, nicht?«

»Nein. Ich bin bloß beleidigt.« Ich setzte mich aufs Sofa. »Wo haben Sie das Schießeisen her, Dorothy?«

»Von einem Mann – das habe ich Ihnen gesagt.«

»Von was für einem Mann?«

»Das sagte ich Ihnen doch – einem Mann in einem Speakeasy.«

»Und Sie haben ihm Ihr Armband dafür gegeben?«

»Ich dachte, das hätte ich, aber – sehen Sie – ich hab's immer noch.«

»Das habe ich bemerkt!«

Nora tätschelte dem Mädchen die Schulter. »Natürlich haben Sie Ihr Armband noch.«

Ich sagte: »Wenn der Laufbursche mit dem Kaffee und dem anderen Zeug kommt, werde ich ihn tüchtig schmieren, damit er mir Gesellschaft leistet. Ich bleibe doch nicht allein mit zwei –«

Nora warf mir einen empörten Blick zu; dem Mädchen sagte sie: »Machen Sie sich nichts draus. So ist er schon den ganzen Abend.«

Das Mädchen sagte: »Er denkt, ich bin eine alberne, kleine betrunkene Gans.«

Nora tätschelte ihr nochmals eine Weile lang die Schulter.

Ich fragte: »Aber wozu wollten Sie einen Schießprügel haben?«

Dorothy setzte sich aufrecht und starrte mich mit weitaufgerissenen betrunkenen Augen an. »Seinetwegen«, flüsterte sie aufgeregt, »falls er mich wieder belästigt. Ich hatte Angst, weil ich betrunken war. Genauso war es. Und dann kriegte ich auch davor Angst, deshalb bin ich hergekommen.«

»Meinen Sie Ihren Vater?« fragte Nora möglichst gelassen.

Das Mädchen schüttelte den Kopf. »Clyde Wynant ist mein Vater. Meinen Stiefvater.« Sie lehnte sich an Noras Brust.

Nora sagte: »Oh« im Tonfall völligen Verstehens. Dann sagte sie: »Sie armes Kind« und warf mir einen vielsagenden Blick zu.

Ich sagte: »Trinken wir alle mal was.«

»Ich nicht.« Nora sah mich wieder empört an. »Und ich glaube, Dorothy will auch nichts.«

»Doch, sie will. Sie wird dann besser schlafen können.« Ich goß ihr eine enorme Dosis Scotch ein und sorgte dafür, daß sie auch alles austrank. Es wirkte prompt: sie war fest eingeschlafen, als unser Kaffee und die Sandwiches kamen.

Nora sagte: »Jetzt bist du endlich zufrieden.«

»Jetzt bin ich endlich zufrieden. Wollen wir sie ins Bett packen, bevor wir essen?«

Ich trug sie ins Schlafzimmer und half Nora dabei, sie auszuziehen. Sie hatte einen wunderhübschen kleinen Körper.

Wir kehrten zu unserem Imbiß zurück. Ich holte die Pistole aus der Tasche und untersuchte sie. Sie war arg ramponiert. Zwei Patronen waren darin, eine in der Kammer, eine im Magazin.

»Was wirst du damit anfangen?« fragte Nora.

»Nichts, bis ich herausgekriegt habe, ob es die ist, mit der Julia Wolf umgebracht wurde. Es ist eine Zwounddreißiger.«

»Aber sie sagte –«

»Sie hätte sie in einem Speakeasy bekommen – von einem Mann – gegen ein Armband. Ich hab's gehört.«

Nora beugte sich über ihr Sandwich zu mir herüber. Ihre Augen waren ganz glänzend und fast schwarz. »Glaubst du, sie hat sie von ihrem Stiefvater?«

»Genau«, sagte ich, aber ich sagte es allzu ernsthaft.

Nora sagte: »Du griechische Laus, du. Aber kann sein, sie hat; wissen tust du's nicht. Und du glaubst ihre Geschichte nicht.«

»Hör mal, Liebling, morgen kaufe ich dir einen ganzen Stapel Kriminalromane, aber zerbrich dir heute nacht nicht dein hübsches Köpfchen über mysteriöse Geschichten. Alles, was sie dir zu erzählen versuchte, war, daß sie Angst hatte, Jorgensen könne ihr auflauern, um sie rumzukriegen, wenn sie nach Hause käme, und daß sie Angst hatte, betrunken genug zu sein, um nachzugeben.«

»Aber ihre Mutter?«

»Diese Familie ist eben eine Familie. Du kannst –«

In einem Nachthemd, das viel zu lang für sie war, stand Dorothy Wynant schwankend in der Tür, blinzelte ins Licht und sagte: »Bitte, darf ich einen Augenblick hereinkommen? Allein habe ich Angst da drinnen.«

»Gewiß.«

Sie kam herüber und kuschelte sich neben mich auf das Sofa, während Nora eine Decke für sie holen ging.

6

Am frühen Nachmittag saßen wir drei beim Frühstück, als die Jorgensens kamen. Nora war ans Telefon gegangen und kehrte, sichtlich bemüht, sich nicht anmerken zu lassen, daß sie sich geschmeichelt fühlte, von dort zurück. »Das war Ihre Mutter«, sagte sie Dorothy. »Sie ist unten. Ich habe ihr gesagt, sie soll heraufkommen.«

Dorothy sagte: »Verdammt. Hätte ich sie doch nur nicht angerufen.«

Ich sagte: »Wir könnten geradesogut unten in der Halle wohnen.«

Nora sagte: »Er meint es nicht so.« Sie tätschelte Dorothys Schulter.

Es klingelte an der Wohnungstür. Ich ging hin.

Acht Jahre hatten Mimis Aussehen nichts anhaben können. Sie wirkte ein bißchen gereifter, auffälliger, das war alles. Sie war größer als ihre Tochter und ihr Haar von lebhafterem Blond als Dorothys. Sie lachte und streckte mir ihre Hände entgegen. »Frohe Weihnachten. Tut richtig gut, Sie nach all den Jahren wiederzusehen. Dies ist mein Mann. Mr. Charles, Chris.«

Ich sagte: »Ich freue mich, Sie zu sehen, Mimi«, und schüttelte Jorgensen die Hand. Er war etwa fünf Jahre jünger als seine Frau, ein langer, dünner, kerzengerader dunkelhaariger Mann, sorgfältig gekleidet und aalglatt, mit weichem Haar und pomadiertem Bärtchen.

Er machte eine knappe Verbeugung und sagte: »How do you do, Mr. Charles?« Sein Akzent war unüberhörbar deutsch, seine Hand schlank und kräftig.

Wir gingen ins Wohnzimmer.

Als wir das Miteinander-bekannt-Machen hinter uns gebracht hatten, entschuldigte sich Mimi bei Nora dafür, daß sie einfach so hereingeschneit seien. »Aber ich wollte Ihren Mann wiedersehen, und außerdem weiß ich nur zu gut, daß man diese Göre nur dann pünktlich irgendwo hinschaffen kann, wenn man sie eigenhändig wegschleppt.«

Sie richtete ihr Lächeln auf Dorothy. »Zieh dich mal an, Herzchen.«

Den Mund voll Toast, murrte Herzchen, es sähe nicht ein, warum es einen Nachmittag an Tante Alice verschwenden solle, selbst wenn Weihnachten sei. »Ich wette, Gilbert geht nicht hin.«

Mimi sagte, Asta sei ein ganz wunderschöner Hund, und fragte mich, ob ich *irgendeine* Ahnung hätte, wo dieser unmögliche Mensch, ihr Ex-Mann, stecken könnte.

»Nein.«

Sie spielte weiter mit dem Hund. »Er ist verrückt, vollkommen verrückt, ausgerechnet in einem solchen Moment zu verschwinden. Kein Wunder, daß die Polizei zunächst annahm, er hätte was damit zu tun.«

»Was nimmt sie jetzt an?«

Sie sah zu mir auf. »Haben Sie die Zeitungen nicht gelesen?«

»Nein.«

»Es ist ein Mann namens Morelli gewesen – ein Gangster. Er hat sie umgebracht. Er war ihr Liebhaber.«

»Sie haben ihn gefaßt?«

»Noch nicht, aber er war es. Ich wünschte, ich könnte Clyde finden. Macaulay hilft mir überhaupt nicht. Er sagt, er weiß nicht, wo er steckt, aber das ist lachhaft. Er hat Vollmachten und alles von ihm, und ich weiß sehr wohl, daß er mit ihm in Verbindung steht. Glauben Sie, Macaulay ist vertrauenswürdig?«

»Er ist Wynants Anwalt«, sagte ich. »Es gibt keinen Grund, warum Sie ihm trauen sollten.«

»Ganz meine Meinung.« Sie rückte ein wenig zur Seite, um mir auf dem Sofa Platz zu machen. »Setzen Sie sich zu mir. Ich habe Ihnen tausend Fragen zu stellen.«

»Wie wär's zunächst mal mit einem Drink?«

»Alles, außer Eierflip«, sagte sie. »Der macht mich reizbar.«

Als ich aus der Pantry kam, probierten Nora und Jorgensen gerade ihr Französisch aneinander aus, tat Dorothy noch immer, als esse sie, und spielte Mimi wieder mit dem Hund. Ich teilte die Drinks aus und setzte mich zu Mimi.

Sie sagte: »Ihre Frau ist reizend.«

»Ich mag sie.«

»Sagen Sie mir ehrlich, Nick: glauben Sie, daß Charles wirklich verrückt ist? Ich meine, so verrückt, daß irgend etwas dagegen getan werden müßte?«

»Woher soll ich das wissen?«

»Ich mache mir der Kinder wegen Sorgen«, sagte sie. »Ich habe keine Ansprüche mehr an ihn – mit der Abfindung, die er mir gezahlt hat, als wir uns scheiden ließen, war alles das geregelt –, aber die Kinder haben welche. Wenn er wirklich verrückt ist, wirft er womöglich alles zum Fenster hinaus und läßt sie ohne einen Cent sitzen. Was, glauben Sie, sollte ich tun?«

»Denken Sie daran, ihn in die Klapsmühle zu stecken?«

»N-nein«, sagte sie zögernd, »aber ich würde gern mit ihm sprechen.« Sie legte die Hand auf meinen Arm. »Sie könnten ihn finden.«

Ich schüttelte den Kopf.

»Wollen Sie mir nicht helfen, Nick? Wir waren immer Freunde.« Ihre großen blauen Augen waren sanft und bittend.

Vom Tisch her beobachtete uns Dorothy argwöhnisch.

»Herrgott noch mal, Mimi«, sagte ich, »es gibt tausend Detektive in New York. Engagieren Sie einen von denen. Ich arbeite nicht mehr in der Branche.«

»Ich weiß, aber – war Dorothy letzte Nacht sehr betrunken?«

»Mag sein, ich war es. Sie schien mir ganz in Ordnung zu sein.«

»Finden Sie nicht, daß ein hübsches kleines Ding aus ihr geworden ist?«

»Ich habe schon immer gefunden, daß sie das ist.«

Sie dachte eine Weile darüber nach und sagte dann: »Sie ist noch ein Kind, Nick.«

»Womit hat das was zu tun?« fragte ich.

Sie lächelte. »Wie wär's, wenn du dich anzögst, Dorry?«

Dorothy wiederholte mürrisch, sie sehe nicht ein, warum sie einen Nachmittag bei Tante Alice verschwenden solle.

Jorgensen drehte sich zu seiner Frau um: »Mrs. Charles hat die große Freundlichkeit, vorzuschlagen, daß wir nicht –«

»Ja«, sagte Nora, »warum bleiben Sie nicht noch? Wir erwarten ein paar Freunde. Es wird nicht sehr aufregend werden, aber –«, sie schwenkte sacht ihr Glas, um den Satz auf diese Weise zu beenden.

»Das täte ich schrecklich gern«, entgegnete Mimi langsam, »aber ich fürchte, daß Alice –«

»Ruf sie an und entschuldige uns«, schlug Jorgensen vor.

»Ich tu's«, sagte Dorothy.

Mimi nickte. »Sei nett mit ihr.«

Dorothy ging ins Schafzimmer. Alle schienen ganz erleichtert zu sein. Nora fing meinen Blick auf und zwinkerte vergnügt, und ich mußte gute Miene dazu machen, weil Mimi mich gerade ansah.

Mimi fragte mich: »Sie wollten eigentlich gar nicht, daß wir bleiben, oder?«

»Natürlich.«

»Das dürfte wohl gelogen sein. Hatten Sie die arme Julia nicht ganz gern?«

»›Arme Julia‹ klingt unübertrefflich aus Ihrem Mund. Freilich habe ich sie gemocht.«

Mimi legte mir wieder die Hand auf den Arm. »Sie hat mir mein Leben mit Clyde ruiniert. Natürlich habe ich sie damals gehaßt – aber das ist lange her. Ich hatte keine feindseligen Gefühle ihr gegenüber, als ich sie am Freitag aufsuchen wollte. Und, Nick, ich habe sie sterben sehen. Es war schrecklich. Sie hatte es nicht verdient zu sterben. Gleichgültig, was ich empfunden habe, jetzt ist nichts als Mitleid übrig. Ich *meinte* ›arme Julia‹, als ich es sagte.«

»Ich weiß nicht, was Sie vorhaben«, sagte ich. »Ich weiß nicht, was jeder von Ihnen vorhat.«

»Jeder von uns«, wiederholte sie. »War Dorothy –«

Dorothy kam vom Schlafzimmer herein. »Ich habe es gedeichselt.« Sie küßte ihre Mutter auf den Mund und setzte sich neben sie.

Während sie in den Spiegel der Puderdose blickte, um zu prüfen, ob ihr Lippenstift nicht verschmiert worden war, fragte Mimi: »Sie ist uns nicht böse deshalb?«

»Nein, ich habe es gedeichselt. Was muß man tun, um zu einem Drink zu kommen?«

Ich sagte: »Zu dem Tisch da gehen, wo Eis und Flaschen sind, und sich einen einschenken.«

Mimi sagte: »Du trinkst zu viel.«

»Ich trinke nicht so viel wie Nick.« Sie ging zu dem Tisch hinüber.

Mimi schüttelte den Kopf.

»Diese Kinder! Ich meine, Sie haben Julia Wolf ziemlich gern gemocht. Stimmt's?«

Dorothy rief: »Willst du einen, Nick?«

»Danke«, sagte ich; dann zu Mimi: »Ich mochte sie schon recht gern.«

»Im Ausweichen sind Sie verdammt beharrlich«, beschwerte sie sich. »Mochten Sie sie so gern, wie Sie zum Beispiel mich einmal gemocht haben?«

»Meinen Sie die paar Nachmittage, die wir gemeinsam herumgebracht haben?«

Ihr Lachen war echt. »Das ist allerdings eine Antwort.« Sie wandte sich an Dorothy, die mit Drinks auf uns zusteuerte. »Du mußt unbedingt ein Kleid in genau diesem Blau kriegen, Liebes. Es steht dir ausnehmend gut.«

Ich nahm Dorothy einen der Drinks ab und sagte, ich gedächte, mich jetzt lieber anzuziehen.

7

Als ich aus dem Badezimmer kam, waren Nora und Dorothy im Schlafzimmer. Nora kämmte sich, Dorothy saß auf der Bettkante und ließ einen Strumpf baumeln.

Im Spiegel der Frisiertoilette machte Nora einen Kußmund für mich. Sie sah sehr glücklich aus.

»Sie mögen Nick sehr, nicht wahr, Nora?« fragte Dorothy.

»Er ist ein alter griechischer Narr, aber ich bin so an ihn gewöhnt.«

»Charles ist kein griechischer Name.«

»Charalambides heißt es richtig«, erklärte ich. »Als mein Vater herüberkam, machte ihm so ein Trottel von der Einwanderungsbehörde auf Ellis Island weis, der Name Charalambides sei zu lang – zu umständlich zu schreiben – und verkürzte ihn zu Charles. Meinem Vater war es recht; von ihm aus hätten sie ihn auch X nennen können, wenn sie ihn nur hereinließen.«

Dorothy starrte mich an. »Ich weiß nie, wann Sie lügen.« Sie begann sich den Strumpf anzuziehen, hielt inne. »Was versucht Mama Ihnen zu tun?«

»Nichts. Aushorchen will sie mich. Sie hätte gern gewußt, was Sie letzte Nacht getan und gesagt haben.«

»Das dachte ich mir. Was haben Sie ihr erzählt?«

»Was hätte ich ihr erzählen können! Sie haben nichts getan oder gesagt.«

Sie runzelte die Stirn, redete dann aber von etwas anderem. »Ich wußte gar nicht, daß da mal was zwischen Ihnen und Mama gewesen ist. Natürlich war ich damals noch ein Kind und würde, selbst wenn ich etwas bemerkt hätte, nicht gewußt haben, was es damit auf sich hatte. Aber ich wußte nicht einmal, daß ihr euch beim Vornamen nennt.«

Nora wandte sich lachend vom Spiegel weg. »Jetzt kommen wir der Sache näher.« Sie zeigte mit dem Kamm auf Dorothy. »Sprich weiter, Liebes.«

Dorothy sagte ernsthaft: »Na ja, ich wußte es nicht.«

Ich war dabei, die Stecknadeln aus einem Hemd zu entfernen, das aus der Wäscherei gekommen war. »Was wissen Sie jetzt?« fragte ich.

»Nichts«, sagte sie leise, und ihr Gesicht färbte sich zartrot, »aber ich kann's mir denken.« Sie beugte sich über ihren Strumpf.

»Sie können's und Sie tun's«, knurrte ich. »Sie sind ein Dummerchen, aber deswegen brauchen Sie gar nicht so peinlich berührt zu sein. Sie können doch nichts dafür, daß Sie eine schmutzige Phantasie haben.«

Sie hob den Kopf und lachte, aber als sie fragte: »Glauben Sie, daß ich Mama sehr nachschlage?« war sie wieder ganz ernst.

»Wundern würde es mich nicht.«

»Aber glauben Sie es?«

»Sie wollen, daß ich nein sage. Nein.«

»Mit so was muß ich nun zusammenleben«, sagte Nora munter. »Mit ihm ist nichts anzufangen.«

Ich war mit dem Anziehen zuerst fertig und ging ins Wohnzimmer hinüber. Mimi saß auf Jorgensens Knien. Sie stand auf und fragte: »Was haben Sie zu Weihnachten bekommen?«

»Nora hat mir eine Uhr geschenkt.« Ich zeigte sie ihr.

Sie sagte, sie sei hübsch, und das war sie auch. »Was haben Sie ihr geschenkt?«

»Halskette.«

Jorgensen sagte: »Darf ich?« und stand auf, um sich einen Drink zu mixen.

Die Türglocke schellte. Ich ließ die Quinns und Margot Innes ein, machte sie mit den Jorgensens bekannt. Nora und Dorothy beendeten augenblicklich ihre Toilette und kamen aus dem Schlafzimmer, und Quinn heftete sich an Dorothy. Larry Crowley erschien mit einem Mädchen namens Denis, und ein paar Minuten später kamen die Edges. Ich gewann zweiunddreißig Dollar beim Backgammon mit Margot – auf dem Papier. Das Denis-Mädchen mußte ins Schlafzimmer gehen und sich eine Weile hinlegen. Kurz nach sechs eiste Alice Quinn mit Margots Hilfe ihren Mann von Dorothy los und schleppte ihn zu einer weiteren Verabredung mit, die sie getroffen hatten. Die Edges gingen. Mimi zog ihren Mantel an und brachte ihre Tochter und ihren Mann dazu, sich ebenfalls ihre Mäntel anzuziehen.

»Es ist schrecklich kurzfristig«, sagte sie, »aber können Sie nicht morgen abend zum Essen kommen?«

Nora sagte: »Gewiß doch.«

Wir schüttelten uns die Hände und hielten reihum höfliche Reden, und sie gingen weg.

Nora schloß die Tür hinter ihnen und lehnte sich mit dem Rücken dagegen. »Herrgott, ist das ein hübscher Kerl«, sagte sie.

8

Bis dahin hatte ich genau gewußt, wo ich in der Wolf-Wynant-Jorgensen-Geschichte stand, und was ich tat – nämlich nirgends und nichts –, aber als wir am anderen Morgen um vier auf unserem Heimweg bei Reuben's einen Kaffee tranken, blätterte Nora in einer Zeitung und entdeckte in einer der Klatschspalten die Zeile: »Nick Charles, ehedem As der Trans-American-Detektiv-Agentur, von der Westküste zurück, um mysteriösen Mord an Julia Wolf aufzuklären.« Und als ich etwa sechs Stunden später die Augen öffnete und mich im Bett aufsetzte, rüttelte Nora mich, und ein Mann mit einer Pistole in der Hand stand in der Schlafzimmertür.

Er war ein stämmiger, dunkelhaariger jüngerer Mann von mittlerer Größe mit breiten Kinnladen und eng beieinanderstehenden Augen. Er trug einen schwarzen Homburg, einen schwarzen Mantel, der ihm wie angegossen saß, einen dunklen Anzug und schwarze Schuhe, und alles sah aus, als habe er es erst vor einer Viertelstunde gekauft. Die Pistole, eine kurze schwarze Automatic vom Kaliber 38, lag ihm bequem in der Hand und war auf nichts Bestimmtes gerichtet.

Nora sagte: »Er hat mich gezwungen, ihn reinzulassen, Nick. Er hat gesagt, er muß dich –«

»Ich muß Sie sprechen«, sagte der Mann mit der Pistole, »nichts weiter, aber das muß ich.« Seine Stimme war leise, krächzend.

Ich hatte mich inzwischen wach geblinzelt. Ich sah Nora an. Sie war aufgeregt, aber anscheinend nicht ängstlich: sie hätte ein Pferd, auf das sie gesetzt hatte, beobachten können, während es mit einer Nasenlänge Vorsprung in die Zielgerade ging.

Ich sagte: »Also gut, reden Sie, aber stecken Sie die Kanone weg, wenn es Ihnen nichts ausmacht. Meiner Frau ist es egal, aber ich bin in anderen Umständen, und ich möchte nicht, daß das Kind mit –«

Er grinste mit der Unterlippe. »Sie brauchen mir nicht erst zu erzählen, daß Sie tough sind. Ich hab von Ihnen gehört.« Er steckte die Pistole in seine Manteltasche. »Ich bin Shep Morelli.«

»Ich habe nie von Ihnen gehört«, sagte ich.

Er trat einen Schritt ins Zimmer und begann heftig den Kopf zu schütteln. »Ich habe Julia nicht kaltgemacht.«

»Kann sein, daß Sie's nicht getan haben. Aber Sie liefern die Neuigkeit an der falschen Haustür ab. Ich bin nicht zuständig dafür.«

»Ich habe sie seit drei Monaten nicht mehr gesehen«, sagte er. »Wir waren längst auseinander.«

»Erzählen Sie das der Polizei.«

»Ich hätte überhaupt keinen Grund gehabt, ihr was zu tun. Wir sind immer gut miteinander klargekommen.«

»Das ist ja alles ganz prächtig«, sagte ich, »nur bieten Sie Ihren Fisch auf dem falschen Markt feil.«

»Hören Sie.« Er trat einen weiteren Schritt auf das Bett zu. »Studsy Burke sagt, Sie sind immer okay gewesen. Deswegen bin ich hier. Hat die –«

»Was macht Studsy?« fragte ich. »Ich habe ihn nicht mehr gesehen, seit er dreiundzwanzig oder vierundzwanzig den Fluß raufgefahren ist.«*

»Dem geht's gut. Der würde Sie gern sehen. Hat 'ne Kneipe in der West Forty-ninth Street, den Pigiron Club. Aber sagen Sie mir doch, warum sind die von der Kripo hinter mir

* d. h. Hudson-aufwärts, wo sich Sing-Sing, die Strafanstalt des Staates New York, befindet.

her? Denken die, ich wär's gewesen? Oder wollen die mir bloß was anderes anhängen?«

Ich schüttelte den Kopf. »Ich würde es Ihnen sagen, wenn ich's wüßte. Lassen Sie sich von den Zeitungen nicht hinters Licht führen. Ich bin nicht in dieser Sache hier. Fragen Sie die Polizei.«

»Das wär vielleicht ein Ding.« Er grinste wieder mit der Unterlippe. »Das wär das tollste Ding, das ich je gedreht habe. Ich – wo doch einer von denen, so 'n Captain, drei Wochen im Krankenhaus gelegen hat, weil wir 'ne Meinungsverschiedenheit hatten. Das hätten die Jungens wohl gern, wenn ich reinkäme und Fragen stellte. Bis ganz runter ans Ende ihrer Schlagstöcke hätten die das gern.« Er drehte eine Hand mit der Innenfläche nach oben. »Ich komme als offener, ehrlicher Mensch zu Ihnen. Studsy sagt, Sie sind ein offener und ehrlicher Mensch. Seien Sie offen und ehrlich.«

»Ich bin offen und ehrlich«, versicherte ich. »Wenn ich irgend etwas wüßte, würde ich –«

Fingerknöchel trommelten an die Korridortür, dreimal, hart. Morelli hatte seine Pistole in der Hand, bevor der Lärm aufhörte. Seine Augen schienen sich in alle Richtungen zugleich zu bewegen. Seine Stimme war ein metallisches Schnarren tief innen in seiner Brust: »Also?«

»Ich weiß es nicht.« Ich setzte mich im Bett etwas höher auf und deutete mit einem Kopfnicken auf die Pistole in seiner Hand. »Ab jetzt ist es Ihre Veranstaltung – dank dem Ding da.« Die Pistole war sehr genau auf meine Brust gerichtet. Ich konnte das Blut in meinen Ohren pochen hören, und meine Lippen fühlten sich verschwollen an. Ich sagte: »Hier gibt's keine Feuerleiter.« Ich streckte meine linke Hand nach Nora aus, die auf der anderen Seite des Bettes saß.

Die Knöchel trommelten wieder an die Tür, und eine tiefe Stimme rief: »Aufmachen. Polizei.«

Morellis Unterlippe stülpte sich über die Oberlippe, und unter der Iris wurde das Weiße in seinen Augen sichtbar.

»Sie Hurensohn«, sagte er langsam, fast so, als täte ich ihm leid. Er bewegte kaum merklich seine Füße, stemmte sie fester gegen den Boden. Ein Schlüssel berührte das äußere Schloß.

Ich traf Nora mit der Linken, schleuderte sie quer durchs Zimmer zu Boden. Das Kissen, das ich mit der Rechten nach Morellis Pistole warf, schien gewichtslos zu sein; es trieb langsam dahin wie ein Fetzen Zellstoffpapier. Nie zuvor oder nachher hat es auf der Welt einen Knall gegeben, der so laut war wie Morellis Pistole, als sie losging. Etwas prallte gegen meine linke Seite, als ich ausgestreckt auf dem Fußboden landete. Ich packte eines seiner Fußgelenke und rollte mich damit herum, so daß er auf mich fiel, und er hieb mir mit der Pistole auf den Rücken, bis ich eine Hand freibekam und ihn, so tief ich konnte, in den Leib zu boxen begann.

Männer kamen herein und zerrten uns auseinander.

Wir brauchten fünf Minuten, um Nora wieder zu sich zu bringen. Sie setzte sich auf, hielt sich die Backe und sah sich im Zimmer um, bis sie Morelli bemerkte, der mit gefesseltem Handgelenk zwischen zwei Detektiven stand. Morellis Gesicht sah schlimm aus; die Polypen hatten es bloß so aus reinem Spaß ein bißchen bearbeitet. Nora funkelte mich an. »Du verdammter Idiot«, sagte sie, »mußtest du mich denn gleich knock-out schlagen? Mir war klar, daß du ihn schaffen würdest, aber ich wollte zusehen.«

Einer der Bullen lachte. »Donnerwetter«, sagte er bewundernd, »die Frau hat Haare auf den Zähnen.«

Sie lächelte ihm zu und stand auf. Als sie mich ansah, verschwand ihr Lächeln. »Nick, du bist –«

Ich sagte, ich glaubte nicht, daß es sonderlich schlimm sei, und knöpfte die Überreste meiner Pyjamajacke auf. Morellis Kugel hatte unter meiner rechten Brustwarze eine Rinne von ungefähr zehn Zentimeter Länge gekerbt. Es lief eine Menge Blut heraus, aber sehr tief war die Wunde nicht.

Morelli sagte: »Pech. Ein paar Zentimeter weiter rüber

hätten schon 'nen hübschen Unterschied gemacht, den richtigen nämlich.«

Der Polyp, der Nora bewundert hatte, ein großer, semmelblonder Mann von achtundvierzig oder fünfzig in einem grauen Anzug, der nicht allzugut saß, schlug Morelli auf den Mund.

Keyser, der Geschäftsführer des ›Normandie‹, ging zum Telefon, um einen Arzt zu rufen. Nora holte Handtücher aus dem Badezimmer. Ich preßte eines auf die Wunde und legte mich aufs Bett. »Ich bin ganz in Ordnung. Machen wir doch keine Sache daraus, bis der Arzt da ist. Wie sind Sie eigentlich auf die Idee gekommen, hier so einfach reinzuplatzen?«

Der Polyp, der Morelli geschlagen hatte, sagte: »Wir haben uns sagen lassen, daß sich hier so eine Art Treffpunkt für Wynants Familie und seinen Anwalt und alle entwickelt, und da haben wir uns gedacht, wir wollen da mal ein Auge drauf werfen, für den Fall, daß er vielleicht aufkreuzt, und als Mack hier, zu der Zeit sozusagen das Auge, das wir drauf geworfen haben, diesen Vogel reingehen sieht, da ruft er uns gleich an, und wir schnappen uns Mr. Keyser und kommen rauf – zum Glück für Sie, kann man wohl sagen.«

»Ja, kann man wohl – womöglich wäre ich sonst gar nicht angeschossen worden.«

Er beäugte mich mißtrauisch. Seine Augen waren blaßgrau und wäßrig. »Ist der Vogel da 'n Freund von Ihnen?«

»Ich habe ihn nie vorher gesehen.«

»Was wollte er von Ihnen?«

»Mir sagen, daß er das Wolf-Mädchen nicht umgebracht hat.«

»Was haben Sie damit zu schaffen?«

»Nichts.«

»Was glaubte er, daß Sie damit zu schaffen haben?«

»Fragen Sie ihn. Ich weiß es nicht.«

»Ich frage Sie.«

»Fragen Sie nur weiter.«

»Ich werde 'ne andere Frage stellen: werden Sie beeiden, daß er auf Sie geschossen hat, wenn Sie die Anzeige erstatten?«

»Das ist wieder so eine, die ich jetzt nicht gleich beantworten kann. Vielleicht war's ein Unfall.«

»Okay. Wir haben viel Zeit. Mir scheint, wir müssen Ihnen 'ne ganze Menge mehr Fragen stellen, als wir uns vorgestellt hatten.« Er drehte sich zu einem seiner Kollegen um: es waren im ganzen vier. »Wir werden die Bude mal filzen.«

»Nicht ohne Haussuchungsbefehl«, sagte ich ihm.

»Das sagen Sie. Los, Andy.« Sie begannen die Suite zu durchsuchen.

Der Arzt – ein farbloses Schemen von Mann mit chronischem Schnupfen – kam herein, beugte sich schniefend über meine Seite, brachte die Blutung zum Stillstand, legte einen Verband an und sagte mir, daß ich mir keine Sorgen zu machen brauchte, wenn ich ein paar Tage ruhig liegen bliebe. Niemand sagte dem Arzt irgend etwas. An Morelli ließen ihn die Polizisten nicht heran. Als er ging, sah er noch farbloser und schemenhafter aus als zuvor.

Eine Hand hinter dem Rücken, war der große semmelblonde Mann aus dem Wohnzimmer zurückgekehrt. Er wartete, bis der Arzt gegangen war, und fragte dann: »Haben Sie einen Waffenschein?«

»Nein.«

»Und was hat das hier zu suchen?« Er brachte die Pistole zum Vorschein, die ich Dorothy abgenommen hatte.

Es gab nichts, was ich dazu hätte sagen können.

»Schon mal was vom Sullivan Act gehört?« fragte er.

»Ja.«

»Dann wissen Sie ja Bescheid. Gehört diese Pistole Ihnen?«

»Nein.«

»Wem gehört sie?«

»Wenn ich mir Mühe gebe, fällt es mir vielleicht wieder ein.«

Er steckte die Pistole in die Tasche und setzte sich auf einen Stuhl neben dem Bett. »Hören Sie, Mr. Charles«, sagte er, »ich glaube, wir haben diese Sache hier beide falsch angepackt. Ich will mit Ihnen nicht Schlitten fahren, und ich nehme nicht an, daß Sie mit mir wirklich Schlitten fahren wollen. Das Loch da in Ihrer Seite wird dafür sorgen, daß Sie sich nicht gerade glänzend fühlen, also will ich Sie jetzt nicht länger belästigen. Wenn Sie sich erst ein bißchen ausgeruht haben, können wir uns vielleicht auf eine Art und Weise verständigen, die in unserem Fall richtiger wäre.«

»Danke«, sagte ich und meinte es auch. »Wir wollen was zu trinken.«

Nora sagte: »Gern« und erhob sich von der Bettkante.

Der große semmelblonde Mann sah ihr nach, als sie das Zimmer verließ. Feierlich schüttelte er den Kopf. Auch seine Stimme war feierlich: »Bei Gott, Sir, Sie können von Glück sagen.« Unvermittelt streckte er mir die Hand hin. »Mein Name ist Guild, John Guild.«

»Meinen kennen Sie ja.« Wir schüttelten uns die Hand.

Nora kam mit einem Siphon, einer Flasche Scotch und ein paar Gläsern auf einem Tablett zurück. Sie wollte Morelli einen Drink offerieren, aber Guild verhinderte das. »Es ist furchtbar freundlich von Ihnen, Mrs. Charles, aber es ist gegen die Vorschrift, Festgenommenen alkoholische Getränke oder Medikamente zu verabreichen, außer, es geschieht auf ärztliche Verordnung.« Er sah mich an. »Ist doch richtig?«

Ich sagte, das sei es. Wir anderen tranken.

Gleich darauf setzte Guild sein geleertes Glas ab und stand auf. »Ich muß dieses Schießeisen mitnehmen, aber machen Sie sich mal deshalb keine Sorgen. Wir haben noch reichlich Zeit, uns zu unterhalten, wenn Sie sich besser fühlen.« Er nahm Noras Hand und beugte sich unbeholfen über sie. »Hoffentlich haben Sie mir nicht übelgenommen, was ich da drin vorhin gesagt habe, aber ich meinte es in einer –«

Nora kann sehr nett lächeln. Sie schenkte ihm ein Lächeln von der allernettesten Sorte. »Übelgenommen? Es hat mir gefallen.«

Sie ließ die Polizisten und deren Gefangenen hinaus. Keyser war schon ein paar Minuten zuvor gegangen.

»Er ist lieb«, sagte sie. »Tut es sehr weh?«

»Nein.«

»Es ist hauptsächlich meine Schuld, nicht?«

»Unsinn. Wie wär's mit noch einem Drink?«

Sie schenkte mir einen ein. »Ich würde nicht zu viel trinken heute.«

»Werd ich schon nicht«, versprach ich. »Ich könnte 'nen Räucherhering zum Frühstück vertragen. Und vielleicht bittest du die da unten, uns jetzt, wo unsere Schwierigkeiten vorerst ausgestanden zu sein scheinen, unseren aushäusigen Wachhund wieder heraufzubringen. Und sag dem Mädchen in der Telefonzentrale, sie soll uns keine Anrufe durchstellen; wahrscheinlich werden es Reporter sein.«

»Was willst du der Polizei über Dorothys Pistole sagen? Du mußt ihnen irgend etwas erzählen, nicht?«

»Ich weiß es noch nicht.«

»Sag mir die Wahrheit, Nick: hab ich mich zu albern aufgeführt?«

Ich schüttelte den Kopf. »Gerade noch albern genug.«

Sie lachte, sagte: »Du griechische Laus«, und ging zum Telefon.

9

Nora sagte: »Du gibst nur an, weiter nichts. Und wozu? Ich weiß, Kugeln prallen ab von dir. Du mußt es mir nicht beweisen.«

»Es wird mir nicht schaden, aufzustehen.«

»Und es wird dir nicht schaden, wenigstens einen Tag im Bett zu bleiben. Der Arzt hat gesagt –«

»Wenn der nur ein bißchen was könnte, würde er seinen eigenen Schnupfen kurieren.« Ich setzte mich auf und stellte die Füße auf den Boden. Asta kitzelte sie mit ihrer Zunge.

Nora brachte mir Pantoffeln und Morgenrock. »Wie du willst, Superman, steh auf und blute den Teppich voll.«

Ich stand vorsichtig auf und schien in Ordnung zu sein, solange ich den linken Arm nicht bewegte und Astas Vorderpfoten aus dem Weg ging.

»Sei friedlich«, sagte ich. »Ich wollte nichts mit diesen Leuten zu tun haben – will es auch jetzt nicht –, aber es ist ja wirklich ganz fabelhaft, was mir das einbringt. Kurz und gut, ich kann mich da nicht einfach rausmogeln. Ich muß klar sehen.«

»Laß uns weggehen«, schlug sie vor. »Laß uns für ein, zwei Wochen auf die Bermudas oder nach Havanna gehen oder an die Westküste zurück.«

»Ich muß der Polizei noch irgendeine Geschichte über diese Pistole erzählen. Und angenommen, es stellt sich heraus, daß es die Pistole ist, mit der sie umgebracht wurde? Wenn sie's nicht schon wissen, werden sie es doch herausbekommen.«

»Glaubst du wirklich, daß sie es ist?«

»Das ist eine bloße Vermutung. Wir gehen heute abend zum Dinner hin und –«

»Wir tun nichts dergleichen. Bist du denn ganz und gar verrückt geworden? Wenn du irgend jemanden sehen willst, laß ihn herkommen.«

»Das ist nicht dasselbe.« Ich legte meine Arme um sie. »Hör auf, dir wegen dieses Kratzers Sorgen zu machen. Ich bin in Ordnung.«

»Du gibst an«, sagte sie. »Du willst den Leuten zeigen, daß du ein Mordskerl bist, der sich durch Kugeln nicht beirren läßt.«

»Sei nicht unausstehlich.«

»Ich werde nur noch unausstehlich sein. Ich werde nicht zulassen, daß du –«

Ich legte ihr meine Hand auf den Mund. »Ich will die Jorgensens bei sich zu Hause sehen, ich will Macaulay sehen, und ich will Studsy Burke sehen. Ich habe mir allzuviel bieten lassen. Ich muß mir selber ein Bild machen.«

»Du bist so was von dickköpfig«, beschwerte sie sich. »Na schön, es ist erst fünf. Leg dich hin, bis es Zeit zum Anziehen wird.«

Ich machte es mir auf dem Sofa im Wohnzimmer bequem. Wir ließen uns die Nachmittagsblätter heraufschicken. Morelli, so schien es, hatte auf mich geschossen – der einen Zeitung zufolge zweimal, und laut einer anderen dreimal –, als ich ihn wegen des Mordes an Julia Wolf festzunehmen versuchte, und ich war dem Tod zu nahe, um mit jemandem zu sprechen oder in ein Krankenhaus überführt werden zu können. Da gab es Fotos von Morelli und ein dreizehn Jahre altes von mir in einem einigermaßen komisch anmutenden Hut, das, wie ich mich erinnerte, aufgenommen worden war, als ich die Sache mit dem Bombenanschlag in der Wall Street zu bearbeiten hatte. Die Mehrzahl der aktualisierten Berichte über den Mord an Julia Wolf war ziemlich nichtssagend. Wir waren gerade dabei, sie zu lesen, als unsere ständige kleine Besucherin, Dorothy Wynant, erschien.

Ich konnte sie schon hören, als Nora ihr öffnete, und sie noch vor der Tür stand. »Die wollten mich nicht vorlassen, und da habe ich mich raufgeschlichen. Bitte, schicken Sie mich nicht weg. Ich kann Ihnen helfen, Nick zu pflegen. Ich will alles tun; bitte, Nora.«

Jetzt erst hatte Nora eine Gelegenheit, »Kommen Sie schon herein« zu sagen. Dorothy kam herein. Sie starrte mich an. »A-aber die Zeitungen behaupten, Sie –«

»Sehe ich aus wie einer, der im Sterben liegt? Was ist denn Ihnen zugestoßen?« Ihre Unterlippe war geschwollen und nahe dem Mundwinkel aufgerissen, auf einem Wangenknochen befand sich eine blutunterlaufene Stelle, über die andere Wange liefen zwei von scharfen Fingernägeln herrührende

Schrammen, und ihre Augen waren gerötet und verschwollen.

»Mama hat mich geschlagen«, sagte sie. »Sehen Sie.« Sie ließ ihren Mantel zu Boden fallen, riß beim Aufknöpfen ihres Kleides einen Knopf ab, zog einen Arm aus dem Ärmel und streifte sich das Kleid herunter, um mir ihren Rücken zu zeigen. Sie hatte blaue Flecken auf dem Arm, und ihr Rücken war kreuz und quer von langen roten Striemen gezeichnet. Sie weinte jetzt. »Sehen Sie's?«

Nora legte einen Arm um sie. »Sie armes Kind.«

»Warum hat sie Sie geschlagen?« fragte ich.

Sie wandte sich von Nora weg und kniete neben meinem Sofa auf den Boden. Asta kam herüber und beschnüffelte sie. »Sie dachte, ich sei – sei wegen Vater und Julia zu Ihnen gekommen.« Schluchzer unterbrachen ihre Sätze. »Deshalb ist sie hergekommen – um das herauszufinden –, und Sie haben sie glauben gemacht, es sei nicht so. Sie – Sie machten sie glauben, es sei Ihnen gleichgültig, was geschehen ist – genauso, wie Sie es mich glauben machten –, und sie war auch ganz in Ordnung, bis sie heute nachmittag die Zeitungen sah. Da wußte sie – sie wußte, daß Sie gelogen haben, als Sie sagten, Sie hätten nichts damit zu tun. Sie schlug mich, um mich dazu zu bringen, ihr zu sagen, was ich Ihnen gesagt hatte.«

»Was haben Sie ihr gesagt?«

»Ich konnte ihr gar nichts sagen. Ich – ich konnte ihr das mit Chris nicht sagen. Gar nichts konnte ich ihr sagen.«

»War er da?«

»Ja.«

»Und er ließ es zu, daß Sie von ihr dermaßen geschlagen wurden?«

»Aber er – er hindert sie nie daran.«

Ich sagte Nora: »Um Himmels willen, laß uns was trinken.«

Nora sagte: »Okay«, hob Dorothys Mantel vom Boden

auf, legte ihn über die Rückenlehne eines Stuhls und ging in die Pantry.

Dorothy sagte: »Bitte, lassen Sie mich hierbleiben, Nick. Ich werde Ihnen auch bestimmt nicht zur Last fallen, und Sie haben mir doch selbst gesagt, daß ich mich von ihnen absetzen soll. Sie wissen, daß Sie das getan haben, und ich kann nirgendwo sonst hingehen. Bitte.«

»Nun mal sachte. Diese Sache will ein bißchen überlegt sein. Ich habe genau solche Angst vor Mimi wie Sie, müssen Sie wissen. Was denkt sie, daß Sie mir erzählt hätten?«

»Sie muß etwas wissen – etwas über den Mord –, von dem sie glaubt, ich wisse es. Aber ich weiß nichts, Nick. Ehrlich, ich weiß nichts.«

»Das bringt uns natürlich ein ganzes Stück weiter«, beschwerte ich mich. »Aber hören Sie, Mädchen: da gibt es auch Sachen, die Sie wissen, und mit denen fangen wir an. Sie packen aus, und zwar alles, und das von vorne an – oder wir spielen nicht.«

Sie machte eine Bewegung, als wolle sie sich bekreuzigen. »Ich schwöre, das werde ich.«

»Das ist ja prima. Darauf wollen wir trinken.« Wir nahmen jeder ein Glas von Nora entgegen. »Haben Sie ihr gesagt, daß Sie für immer fortgehen?«

»Nein. Ich habe gar nichts gesagt. Vielleicht weiß sie nicht einmal, daß ich nicht in meinem Zimmer bin.«

»Das hilft etwas.«

»Sie werden mich doch nicht zurückschicken?« fragte sie weinend.

Nora sagte über ihr Glas hinweg: »Das Kind kann nicht dort bleiben und sich derart zurichten lassen, Nick.«

Ich sagte:

»Ssscht. Ich weiß nicht. Ich überlegte mir gerade, daß es für Mimi, falls wir zum Dinner zu ihr gehen, wahrscheinlich besser ist, wenn sie nicht weiß –«

Dorothy starrte mich mit entsetzten Augen an, während

Nora sagte: »Denk bloß nicht, daß du mich jetzt noch dorthin bringen kannst.«

Dann sagte Dorothy hastig: »Aber Mama erwartet Sie nicht. Ich weiß nicht einmal genau, ob sie da sein wird. Die Zeitungen haben geschrieben, Sie lägen im Sterben. Sie rechnet nicht damit, daß Sie kommen.«

»Um so besser«, sagte ich. »Wir werden sie überraschen.«

Sie brachte ihr jetzt schneeweißes Gesicht ganz nah an meines und verschüttete in ihrer Aufregung etwas von ihrem Drink auf meinen Ärmel. »Gehen Sie nicht. Sie können dort jetzt nicht hingehen. Hören Sie auf mich. Hören Sie auf Nora. Sie können nicht gehen.« Sie drehte ihr weißes Gesicht zu Nora um. »Kann er? Sagen Sie ihm, daß er's nicht kann.«

Ohne den Brennpunkt ihrer dunklen Augen von meinem Gesicht zu nehmen, sagte Nora: »Warten Sie, Dorothy. Er muß wissen, was am besten ist. Was ist es, Nick?«

Ich schnitt ihr ein Gesicht. »Ich tappe nur so herum. Wenn du sagst, Dorothy bleibt hier, dann bleibt sie. Sie kann bei Asta schlafen, denke ich. Aber alles übrige müßt ihr mir überlassen. Was ich machen werde, weiß ich noch nicht, denn ich weiß noch nicht, was man mit mir macht. Ich muß es herausfinden. Ich muß es auf meine eigene Art und Weise herausfinden.«

»Wir werden Ihnen nicht hineinreden«, sagte Dorothy. »Nicht wahr, Nora?«

Nora fuhr fort, mich anzusehen, und sagte nichts.

Ich fragte Dorothy: »Wo haben Sie die Pistole her? Und keine Märchen diesmal.«

Sie befeuchtete ihre Unterlippe, und ihr Gesicht bekam mehr Farbe. Sie räusperte sich.

»Vorsicht«, sagte ich. »Wenn jetzt wieder eine Phantasiegeschichte kommt, rufe ich Mimi an und sage ihr, sie soll Sie holen kommen.«

»Gib ihr eine Chance«, sagte Nora.

Dorothy räusperte sich wieder. »Darf – darf ich Ihnen

etwas erzählen, was mir passiert ist, als ich ein kleines Kind war?«

»Hat es irgendwas mit der Pistole zu tun?«

»Nicht direkt, aber es wird Ihnen helfen zu verstehen, warum ich –«

»Nicht jetzt. Ein andermal. Wo haben Sie die Pistole her?«

»Ich wollte, Sie erlaubten's mir.« Sie ließ den Kopf hängen.

»Woher haben Sie die Pistole?«

Ihre Stimme war kaum hörbar. »Von einem Mann in einem Speakeasy.«

Ich sagte: »Ich wußte, zu guter Letzt würden wir die Wahrheit aus ihr rauskriegen.« Nora runzelte die Stirn und sah mich kopfschüttelnd an. »Also gut, sagen wir, es stimmt. In welchem Speakeasy?«

Dorothy hob den Kopf. »Ich weiß nicht. Es war an der Tenth Avenue, glaube ich. Ihr Freund, Mr. Quinn, wird es wissen. Er nahm mich mit dorthin.«

»Sie haben ihn getroffen, nachdem Sie von hier weggegangen waren an jenem Abend?«

»Ja.«

»Zufällig, nehme ich an.«

Sie sah mich vorwurfsvoll an. »Ich versuche, Ihnen die Wahrheit zu sagen, Nick. Ich hatte versprochen, ihn in einem Lokal namens Palma Club zu treffen. Er hatte mir die Adresse aufgeschrieben. Also sagte ich Ihnen und Nora gute Nacht und traf ihn dort, und wir zogen in eine Menge Lokale und zum Schluß in das, wo ich die Pistole bekam. Es war ein ziemlich wüster Laden. Sie können ihn fragen, ob ich die Wahrheit sage.«

»Hat Quinn die Pistole für Sie beschafft?«

»Nein. Da war er schon weggetreten. Er schlief mit dem Kopf auf dem Tisch. Ich habe ihn dort sitzen lassen. Sie sagten, sie würden ihn schon nach Hause schaffen.«

»Und die Pistole?«

»Darauf komme ich gleich zu sprechen.« Sie errötete. »Er hat mir gesagt, es sei ein Killertreff. Deshalb habe ich gesagt, da laß uns hingehen. Und als er eingeschlafen war, kam ich dort mit einem Mann ins Gespräch, einem ausgesprochen finster aussehenden Mann. Ich war fasziniert. Und die ganze Zeit über wollte ich nicht nach Hause gehen, ich wollte hierher zurückkommen, wußte aber nicht, ob Sie mich lassen würden.« Ihr Gesicht war jetzt ganz rot, und in ihrer Verlegenheit sprach sie undeutlich. »Also dachte ich, wenn ich vielleicht – wenn Sie glaubten, ich sei in einer furchtbaren Klemme – und außerdem würde ich mir auf diese Weise nicht mehr so dumm vorkommen.

Jedenfalls fragte ich diesen ausgesprochen finster aussehenden Gangster oder was immer er war, ob er mir eine Pistole verkaufen oder sagen könne, wo eine herzukriegen sei. Er hielt das für einen Scherz und lachte zunächst, aber ich sagte ihm, es sei keiner, und er grinste weiter, sagte aber, er wolle mal zusehen, und als er zurückkam, sagte er ja, er könne mir eine beschaffen, und was ich dafür bezahlen wolle. Ich hatte nicht viel Geld bei mir, und ich bot ihm mein Armband an, aber er wird wohl gedacht haben, es sei nichts wert, denn er sagte nein, er müsse Bargeld haben, und da gab ich ihm schließlich zwölf Dollar – bis auf den einen Dollar für das Taxi, den ich behielt, war das alles, was ich hatte –, und er gab mir die Pistole, und ich kam her und erfand die Geschichte, daß ich wegen Chris Angst gehabt hätte, nach Hause zu gehen.« Sie beeilte sich so sehr, zum Schluß zu kommen, daß ihre Wörter ineinander verschmolzen, und sie seufzte, als sei sie sehr froh, zum Schluß gekommen zu sein.

»Dann hat Chris Ihnen also gar nicht nachgestellt?«

Sie biß sich auf die Lippe. »Das schon, aber nicht – nicht sehr.« Sie legte beide Hände auf meinen Arm, und ihr Gesicht berührte fast meines. »Sie müssen mir glauben. Ich könnte Ihnen das alles nicht erzählen, könnte aus mir nicht eine solch billige kleine lügnerische Närrin machen, wenn es nicht die Wahrheit wäre.«

»Es ergibt mehr Sinn, wenn ich Ihnen nicht glaube«, sagte ich. »Zwölf Dollar sind nicht genug Geld. Aber für den Augenblick wollen wir das mal auf sich beruhen lassen. Wußten Sie, daß Mimi an jenem Nachmittag Julia Wolf besuchen würde?«

»Nein. Da wußte ich noch nicht einmal, daß sie meinen Vater ausfindig zu machen versuchte. Sie haben mir nicht gesagt, wohin sie an dem Nachmittag gehen wollten.«

»Sie?«

»Ja, Chris verließ die Wohnung mit ihr zusammen.«

»Um wieviel Uhr war das?«

Sie runzelte die Stirn. »Es muß gegen drei gewesen sein – jedenfalls nach halb drei –, weil ich noch weiß, daß es für meine Verabredung zum Einkaufen mit Elsie Hamilton reichlich spät geworden war und ich eilig in die Kleider fuhr.«

»Kamen sie zusammen zurück?«

»Das weiß ich nicht. Sie waren beide schon zu Hause, als ich wiederkam.«

»Um wieviel Uhr war das?«

»Etwas nach sechs. Nick, Sie denken doch nicht etwa, sie – oh, da fällt mir etwas ein, was sie sagte, als sie sich anzog. Was Chris sagte, weiß ich nicht, aber sie sagte: ›Wenn ich sie frage, wird sie's mir sagen‹, in diesem Königin-von-Frankreich-Ton, den sie manchmal anschlägt. Sie wissen schon. Sonst habe ich nichts gehört. Hat das was zu bedeuten?«

»Was hat sie Ihnen von dem Mord erzählt, als Sie nach Hause kamen?«

»Ach, bloß davon, wie sie sie gefunden haben, und daß sie ganz durcheinander sei, und von der Polizei und allem.«

»Schien sie sehr verstört?«

Sie schüttelte den Kopf. »Nein, bloß aufgeregt. Sie kennen Mama.«

Sie starrte mich einen Augenblick lang an, fragte zögernd: »Sie denken doch nicht, daß sie irgendwas damit zu tun hat?«

»Was denken Sie?«

»Ich habe nicht darüber nachgedacht. Ich dachte nur an meinen Vater.« Nach einer kleinen Weile sagte sie nachdenklich: »Wenn er es getan hat, dann, weil er verrückt ist, aber sie würde jemanden umbringen, wenn sie es wollte.«

»Es muß nicht unbedingt einer von beiden gewesen sein«, erinnerte ich sie. »Die Polizei scheint auf Morelli zu tippen. Weswegen wollten sie Ihren Vater ausfindig machen?«

»Wegen Geld. Wir sind pleite: Chris hat alles ausgegeben.« Sie zog die Mundwinkel herab. »Ich schätze, wir haben alle mitgeholfen, aber er hat das meiste ausgegeben. Mama hat Angst, er wird sie verlassen, wenn sie kein Geld mehr hat.«

»Woher wissen Sie das?«

»Ich habe sie reden hören.«

»Glauben Sie, daß er's tut?«

Sie nickte überzeugt. »Es sei denn, sie hat Geld.«

Ich sah auf meine Uhr und sagte: »Den Rest müssen wir uns aufheben, bis wir zurück sind. Heute nacht können Sie auf jeden Fall hierbleiben. Machen Sie sich's bequem und lassen Sie sich Ihr Abendessen aus dem Restaurant heraufschicken. Es ist wohl besser, wenn Sie nicht ausgehen.«

Sie starrte mich unglücklich an und sagte nichts.

Nora tätschelte ihr die Schulter. »Ich weiß nicht, was er vorhat, aber wenn er sagt, wir sollten zum Abendessen dorthin gehen, weiß er vermutlich, wovon er redet. Er würde nicht –«

Dorothy lächelte und sprang vom Boden auf. »Ich glaube Ihnen. Ich werde nicht mehr so albern sein.«

Ich rief die Rezeption an und bat, uns die Post heraufzuschicken. Da waren ein paar Briefe für Nora, einer für mich, eine Anzahl verspäteter Weihnachtskarten (einschließlich einer von Larry Crowley, in Form eines Exemplars von Haldeman-Julius' *Little Blue Book* Nummer 1534, mit einem ›und ein fröhliches Weihnachtsfest‹, gefolgt von Larrys Namenszug und umrahmt von einer Stechpalmengirlande, alles in Rot gedruckt unter den Titel des Buches, *Wie man seinen Urin zu Hause testen kann)*, eine Reihe von Zetteln mit den Namen von Anrufern und ein Telegramm aus Philadelphia:

NICK CHARLES
THE NORMANDIE NEW YORK NY
NEHMEN SIE MIT HERBERT MACAULAY VERBINDUNG AUF ZWECKS BESPRECHUNG WEGEN UEBERNAHME ERMITTLUNG MORDFALL WOLF STOP ERTEILE IHM ALLE ANWEISUNGEN STOP BESTE GRUESSE

CLYDE MILLER WYNANT

Ich steckte das Telegramm, zusammen mit einer Notiz, daß es mich soeben erreicht habe, in einen Umschlag und schickte es per Boten an das Polizeipräsidium, Mordkommission.

10

Im Taxi fragte Nora: »Fühlst du dich auch bestimmt okay?«

»Bestimmt.«

»Und das hier wird dir nicht zuviel werden?«

»Ich bin in Ordnung. Was hältst du von der Geschichte, die das Mädchen erzählt hat?«

Sie zögerte. »Du glaubst ihr nicht, oder?«

»Gott bewahre – nicht bevor ich sie nicht überprüft habe.«

»Du verstehst mehr von solchen Dingen als ich«, sagte sie, »aber ich glaube, sie hat zumindest versucht, die Wahrheit zu sagen.«

»Die phantasievolleren Sorten Garn werden häufig von

Leuten gesponnen, die genau das zu tun versuchen. Es ist gar nicht leicht, die Wahrheit zu sagen, wenn man sich's einmal abgewöhnt hat.«

Sie sagte: »Ich wette, Sie wissen eine Menge über die menschliche Natur, Mr. Charles. Oder etwa nicht? Sie müssen mir einmal von Ihren Erfahrungen als Detektiv erzählen.«

Ich sagte: »Für zwölf Dollar eine Pistole in einem Speakeasy kaufen. Na, kann sein, aber ...«

Wir fuhren schweigend ein paar Blocks weiter. Dann fragte Nora: »Was ist in Wirklichkeit mit ihr los?«

»Ihr Vater ist verrückt; sie denkt, sie sei es.«

»Woher weißt du?«

»Du hast mich gefragt. Ich sag's dir.«

»Du meinst, du vermutest es?«

»Ich meine, das ist es, was ihr fehlt; ich weiß nicht, ob Wynant tatsächlich übergeschnappt ist, und ich weiß nicht, ob sie was davon geerbt hat, wenn er's ist, aber sie glaubt, die Antwort heißt in beiden Fällen ja, und das treibt sie dazu, solchen Unsinn anzustellen.«

Als wir vor dem Courtland hielten, sagte sie: »Das ist schrecklich, Nick. Jemand sollte –«

Ich sagte, ich wisse es nicht: vielleicht hatte Dorothy recht. »Möglich, daß sie jetzt gerade dabei ist, Puppenkleider für Asta zu machen.«

Wir ließen uns bei den Jorgensens melden, und nach einiger Zeit wurden wir hinaufgebeten. Mit offenen Armen und einem Wortschwall erwartete uns Mimi im Flur, als wir aus dem Fahrstuhl traten: »Diese niederträchtigen Zeitungen. Die haben mich ganz wahnsinnig gemacht mit ihrem Unsinn, Sie schwebten zwischen Leben und Tod. Ich habe zweimal angerufen, aber die wollten mich nicht mit Ihrem Apartment verbinden, wollten mir nicht einmal sagen, wie es Ihnen ging.«

Sie hielt meine beiden Hände. »Ich bin so froh, Nick, daß es ein Haufen Lügen war, auch wenn Sie mit dem wenigen vorliebnehmen müssen, was wir heute abend zu bieten haben. Natürlich habe ich Sie nicht erwartet, und – aber Sie sehen blaß aus. Sie sind tatsächlich verwundet worden.«

»Nicht schlimm«, sagte ich. »Eine Kugel hat meine Seite gestreift, aber das ist ganz belanglos.«

»Und Sie sind trotzdem zum Essen gekommen! Das ist schmeichelhaft, aber ich fürchte, es ist auch leichtsinnig.« Sie wandte sich an Nora. »Sind Sie sicher, daß es klug war, ihn –.«

»Nein«, sagte Nora, »aber er wollte kommen.«

»Die Männer sind solche Idioten«, sagte Mimi. Sie legte einen Arm um mich. »Entweder machen sie aus einer Mücke einen Elefanten, oder sie vernachlässigen Dinge ganz und gar, die womöglich – aber kommen Sie doch herein. Hier, lassen Sie mich Ihnen helfen.«

»So schlimm ist es nicht«, versicherte ich ihr, aber sie bestand darauf, mich zu einem Sessel zu führen und auf ein halbes Dutzend Kissen zu betten.

Jorgensen kam herein, schüttelte mir die Hand und sagte, er sei froh, mich lebendiger anzutreffen, als die Zeitungen berichtet hatten. Er beugte sich über Noras Hand. »Wenn Sie mich noch eine kleine Minute länger entschuldigen wollen, mixe ich die Cocktails fertig.« Er ging hinaus.

Mimi sagte: »Ich weiß gar nicht, wo Dorry steckt. Beleidigt irgendwo hingegangen, nehme ich an. Sie haben keine Kinder, nicht wahr?«

Nora sagte: »Nein.«

»Ihnen entgeht eine Menge, obschon sie bisweilen eine rechte Plage sein können.« Mimi seufzte. »Ich fürchte, ich bin nicht streng genug. Wenn ich mit Dorry schelten muß, scheint sie mich für ein ausgewachsenes Monster zu halten.« Ihr Gesicht hellte sich auf. »Hier ist mein anderer Ableger. Du erinnerst dich noch an Mr. Charles, Gilbert. Und das ist Mrs. Charles.«

Gilbert Wynant war zwei Jahre jünger als seine Schwester, ein schlaksiger, blasser blonder Junge von achtzehn mit nicht allzuviel Kinn unter einem etwas schlaffen Mund. Die Größe seiner bemerkenswert klaren blauen Augen und die Länge seiner Wimpern gaben ihm ein leicht weibisches Aussehen. Ich hoffe, er hatte aufgehört, der weinerliche kleine Plagegeist zu sein, der er als Kind gewesen war.

Jorgensen brachte seine Cocktails, und Mimi bestand darauf, die Schießerei geschildert zu bekommen. Ich schilderte sie ihr und stellte sie als noch bedeutungsloser hin, als sie gewesen war.

»Aber wieso ist er zu Ihnen gekommen?« fragte sie.

»Weiß der Himmel. Ich würde es gern wissen. Die Polizei würde es gern wissen.«

Gilbert sagte: »Ich hab irgendwo gelesen, daß Gewohnheitsverbrecher, wenn ihnen Dinge zur Last gelegt werden, die sie nicht getan haben – auch wenn es nur Lappalien sind –, sich viel mehr darüber aufregen als andere Menschen. Glauben Sie, daß das stimmt, Mr. Charles?«

»Das ist anzunehmen.«

»Außer«, fügte Gilbert hinzu, »es ist was Großes, wissen Sie, irgendwas, das sie gern selber getan hätten.«

Ich sagte wieder, das sei anzunehmen.

Mimi sagte: »Seien Sie nicht höflich zu Gil, wenn er anfängt, Unsinn zu reden, Nick. Sein Kopf ist so vollgestopft mit Angelesenem. Bring uns noch einen Cocktail, Darling.«

Er ging den Shaker holen. Nora und Jorgensen suchten in einer Ecke des Zimmers Schallplatten aus.

Ich sagte: »Ich bekam heute ein Telegramm von Wynant.«

Mimi blickte wachsam im Zimmer umher, dann beugte sie sich vor, und ihre Stimme war kaum mehr als ein Flüstern: »Was stand darin?«

»Er will, daß ich herausfinde, wer sie umgebracht hat. Es kam heute nachmittag aus Philadelphia.«

Sie atmete schwer. »Werden Sie das machen?«

Ich zuckte die Achseln. »Ich hab's der Polizei übergeben.«

Gilbert kam mit dem Shaker zurück. Jorgensen und Nora

hatten Bachs Kleine Fuge aufgelegt. Mimi trank ihren Cocktail rasch aus und ließ sich von Gilbert einen weiteren einschenken.

Er setzte sich hin und sagte: »Ich will Ihnen eine Frage stellen: können Sie einen Rauschgiftsüchtigen erkennen, wenn Sie ihn sehen?« Er zitterte.

»Ganz selten. Warum?«

»Ich wollte es nur mal wissen. Auch nicht, wenn er notorisch süchtig ist?«

»Je abhängiger einer ist, desto größer die Wahrscheinlichkeit, daß es sich bemerkbar macht, daß etwas nicht stimmt, aber sicher sein, daß es Rauschgift ist, kann man zumeist auch dann nicht.«

»Was anderes«, sagte er. »Gross sagt, wenn man erstochen wird, spürt man zunächst nur eine Art Stoß und erst später den Schmerz. Stimmt das?«

»Ja, wenn mit ausreichender Wucht mit einem ausreichend scharfen Messer zugestoßen wird. Mit einer Kugel ist es dasselbe: zuerst spürt man nur den Schlag – und bei einem kleinkalibrigen Stahlmantelgeschoß auch davon nicht viel. Der Rest stellt sich erst ein, wenn Luft drankommt.«

Mimi trank ihren dritten Cocktail aus und sagte: »Ich finde eure Vorliebe für grausige Gesprächsthemen ausgesprochen unpassend, besonderns nach dem, was Nick heute nachmittag zugestoßen ist. Versuch doch, Dorry zu finden, Gil. Du kennst schließlich einige ihrer Freundinnen. Ruf sie an. Ich vermute, sie wird jeden Augenblick zurück sein, aber ich mache mir Sorgen.«

»Sie ist bei uns drüben«, sagte ich.

»Bei Ihnen?« Ihre Überraschung mag ehrlich gewesen sein.

»Sie kam heute nachmittag rüber und fragte, ob sie eine Zeitlang bei uns bleiben könnte.«

Sie lächelte nachsichtig und schüttelte den Kopf. »Diese jungen Leute!« Sie hörte auf zu lächeln. »Eine Zeitlang?«

Ich nickte.

Gilbert, der offensichtlich darauf wartete, mir eine weitere Frage stellen zu können, zeigte sich an dieser Unterhaltung zwischen seiner Mutter und mir nicht interessiert.

Mimi lächelte wieder und sagte: »Es tut mir leid, daß sie Ihnen und Ihrer Frau zur Last fällt, aber es ist eine Erleichterung zu hören, daß sie dort ist und nicht weiß der Himmel wo. Bis Sie heimkommen, wird sie wohl ausgeschmollt haben. Schicken Sie sie dann nach Hause, ja?« Sie schenkte mir einen Cocktail ein. »Sie waren schrecklich nett zu ihr.«

Ich sagte gar nichts.

Gilbert fragte: »Mr. Charles, sind Verbrecher – ich meine Berufsverbrecher – im allgemeinen –«

»Unterbrich uns nicht, Gil«, sagte Mimi. »Sie werden sie nach Hause schicken, nicht wahr?« Sie war freundlich, aber sie war Dorothys Königin von Frankreich.

»Sie kann bleiben, wenn sie möchte. Nora mag sie.«

Sie drohte mir mit einem gekrümmten Finger. »Aber ich lasse nicht zu, daß Sie sie so verwöhnen. Ich nehme an, sie hat Ihnen allen möglichen Unsinn über mich erzählt.«

»Sie sagte etwas von Schlägen, die sie bekommen hat.«

»Da haben Sie es«, sagte Mimi selbstgefällig, als sei das ein Beweis dafür, wie recht sie habe. »Nein, Sie müssen sie nach Hause schicken, Nick.«

Ich trank meinen Cocktail aus.

»Nun?« fragte sie.

»Sie kann bei uns bleiben, wenn sie will, Mimi. Wir haben sie gern bei uns.«

»Das ist lächerlich. Ihr Platz ist zu Hause. Ich will sie hier haben.« Ihre Stimme war jetzt ein wenig scharf. »Sie ist noch ein Kind. Sie sollten ihren törichten Ideen keinen Vorschub leisten.«

»Ich tue nichts dergleichen. Wenn sie bleiben will, bleibt sie.«

Wut nahm sich in Mimis blauen Augen sehr hübsch aus. »Sie ist mein Kind, und sie ist minderjährig. Sie sind sehr nett zu ihr gewesen, aber dies ist kein Nettsein zu ihr oder zu mir, und ich will es nicht haben. Wenn Sie sie nicht nach Hause schicken, werde ich Schritte unternehmen, um sie nach Hause zu holen. Es wäre mir lieber, wenn ich deswegen nicht unangenehm zu werden brauchte, aber« – sie beugte sich vor und dehnte ihr Worte absichtsvoll – »sie kommt nach Hause.«

Ich sagte: »Sie werden mit mir keinen Streit anfangen wollen, Mimi.«

Sie sah mich an, als würde sie gleich »Ich liebe Sie« sagen, und fragte: »Ist das eine Drohung?«

»Gut«, sagte ich, »lassen Sie mich einsperren wegen Entführung, tätiger Beihilfe zur Straffälligkeit einer Minderjährigen und Verdunkelung.«

Unvermittelt sagte sie mit schriller, wütender Stimme: »Und sagen Sie Ihrer Frau, sie soll aufhören, meinen Mann zu betatschen.«

Nora, die mit Jorgensen eine andere Grammophonplatte heraussuchte, hatte eine Hand auf seinen Ärmel gelegt. Sie drehten sich überrascht nach Mimi um.

Ich sagte: »Nora, Mrs. Jorgensen wünscht, daß du deine Hände von Mr. Jorgensen läßt.«

»Es tut mir schrecklich leid.« Nora lächelte Mimi zu, sah dann mich an, setzte eine sehr unechte besorgte Miene auf und sagte mit der Singsang-Stimme eines Schulkindes, das einen auswendiggelernten Text hersagt: »Oh, Nick, du siehst blaß aus. Ich bin sicher, du hast deine Kräfte überfordert und wirst einen Rückfall erleiden. Er tut mir leid, Mrs. Jorgensen, ich denke, ich sollte ihn gleich jetzt nach Hause und ins Bett bringen. Sie werden das gewiß verstehen, nicht wahr?«

Mimi sagte, das werde sie. Jeder war gegen jeden die Höflichkeit selber. Wir gingen nach unten und nahmen ein Taxi.

»Na«, sagte Nora, »um das Abendessen hast du dich selbst gebracht. Was hast du jetzt vor? Nach Hause fahren und mit Dorothy essen?«

Ich schüttelte den Kopf. »Ich kann für den Augenblick ohne die Wynants auskommen. Laß uns zu Max gehen: ich habe Lust auf Schnecken.«

»Gut. Hast du irgendwas herausgefunden?«

»Nichts.«

Sie sagte nachdenklich: »Es ist eine Schande, daß der Kerl so hübsch ist.«

»Wie ist er denn so?«

»Nur eine große Puppe. Eine Schande.«

Wir aßen zu Abend und fuhren ins ›Normandie‹ zurück. Dorothy war nicht da. Mir kam es so vor, als hätte ich das erwartet.

Nora ging durch die Räume, rief die Rezeption an. Keine Notiz, keine Nachricht war für uns hinterlegt worden.

»Aber was heißt das schon?« fragte sie.

Es war nicht ganz zehn Uhr. »Kann sein, gar nichts«, sagte ich. »Kann sein, alles mögliche. Meiner Schätzung nach wird sie gegen drei Uhr morgens aufkreuzen, mit einem Maschinengewehr, das sie bei Child's erstanden hat.«

Nora sagte: »Zum Teufel mit ihr. Zieh deinen Pyjama an und leg dich lang.«

11

Meine Seite fühlte sich viel besser an, als Nora mich am nächsten Morgen weckte. »Mein netter Polizist will dich sprechen«, sagte sie. »Wie geht's dir?«

»Verheerend. Ich muß nüchtern zu Bett gegangen sein.« Ich schubste Asta weg und stand auf.

Guild erhob sich mit einem Glas in der Hand, als ich ins Wohnzimmer trat, und grinste über das ganze semmelfarbene breite Gesicht. »Na also, Mr. Charles, heute morgen sehen Sie ja geradezu topfit aus.«

Ich schüttelte ihm die Hand und sagte ja, ich fühlte mich recht gut, und wir setzten uns.

Er runzelte bekümmert die Stirn. »Trotzdem, mit dem Trick hätten Sie es bei mir nicht versuchen sollen.«

»Trick?«

»Ja doch, losrennen und Leute aufsuchen, wo ich's extra verschoben habe, Ihnen Fragen zu stellen, um Ihnen Gelegenheit zum Ausruhen zu geben. Ich hab mir gesagt, das müßte mir so 'ne Art Vorrecht auf Sie sichern, wenn Sie's mal so nennen wollen.«

»Das habe ich mir nicht klargemacht«, sagte ich. »Es tut mir leid. Haben Sie das Telegramm gelesen, das ich von Wynant erhielt?«

»A-hm. Wir gehen dem in Philly* nach.«

»Was jetzt die Pistole betrifft«, fing ich an, »also ich –«

Er winkte ab. »Was für eine Pistole? Das ist keine Pistole mehr. Der Schlagbolzen ist abgebrochen, das Innere ist verrostet und verklemmt. Wenn irgendwer in den letzten sechs Monaten damit geschossen hat – oder hätte schießen können –, will ich der Papst in Rom sein. Verschwenden wir keine Zeit damit, über das Stück Schrott zu reden.«

Ich lachte. »Das erklärt einiges. Ich nahm sie einem Betrunkenen ab, der behauptete, er habe sie für zwölf Dollar in einem Speakeasy gekauft. Jetzt glaube ich ihm das.«

»Demnächst wird ihm jemand die City Hall verkaufen. Von Mann zu Mann, Mr. Charles, arbeiten Sie an der Mordsache Wolf oder nicht?«

»Sie haben das Telegramm von Wynant gesehen.«

»Hab ich. Demnach arbeiten Sie nicht für ihn. Ich frage Sie weiter.«

»Ich bin kein Privatdetektiv mehr. Ich bin auch kein Detektiv irgendeiner anderen Sorte.«

»Das hörte ich. Ich frage Sie nochmals.«

»Also gut. Nein.«

Er überlegte einen Augenblick lang, sagte: »Dann will ich es anders ausdrücken: sind Sie an dem Job interessiert?«

* Philly = Philadelphia

»Ich kenne die Leute, natürlich bin ich interessiert.«

»Und das ist alles?«

»Ja.«

»Und Sie rechnen nicht damit, einen entsprechenden Job zu übernehmen?«

Das Telefon klingelte, und Nora ging hin.

»Um ganz ehrlich mit Ihnen zu sein, ich weiß es nicht. Wenn man fortfährt, mich hineinzudrängen, weiß ich nicht, wie weit mich das bringt.«

Guild nickte mehrmals. »Das kann ich verstehen. Nehmen Sie's mir nicht übel, wenn ich Ihnen sage, daß ich Sie gern mit dabei hätte – auf der richtigen Seite.«

»Sie meinen, nicht auf Wynants Seite. Ist er es gewesen?«

»Das könnte ich nicht behaupten, Mr. Charles, aber ich brauch Ihnen nicht zu sagen, daß er uns nicht im geringsten hilft, herauszufinden, wer es gewesen ist.«

Nora erschien in der Tür. »Telefon, Nick.«

Herbert Macaulay war am Apparat. »Hallo, Charles. Wie geht's dem Verwundeten?«

»Ich bin soweit in Ordnung, danke.«

»Haben Sie was von Wynant gehört?«

»Ja.«

»Ich habe einen Brief von ihm bekommen. Er schreibt, er hätte Ihnen telegrafiert. Sind Sie zu elend, um –«

»Nein, ich bin auf und laufe herum. Wenn Sie heute am Spätnachmittag in Ihrem Büro sind, schau ich herein.«

»Großartig«, sagte er. »Ich bin bis sechs hier.«

Ich ging ins Wohnzimmer zurück. Nora lud Guild ein, bei uns zu lunchen, während wir frühstückten. Er sagte, das sei mächtig nett von ihr. Ich sagte, ich müsse vor dem Frühstück einen Drink haben. Nora ging, um das Essen und zweimal Frühstück zu bestellen und die Drinks einzuschenken.

Guild schüttelte den Kopf und sagte: »Sie ist eine ganz großartige Frau, Mr. Charles.«

Ich nickte feierlich.

Er sagte: »Angenommen, Sie werden in diese Sache hineingedrängt, wie Sie sagen, hätte ich ein viel besseres Gefühl, wenn Sie mit uns arbeiteten, als wenn ich wüßte, Sie arbeiten gegen uns.«

»Das hätte ich auch.«

»Dann ist das also abgemacht«, sagte er. Er rückte seinen Stuhl ein wenig herum. »Ich nehme nicht an, daß Sie sich noch an mich erinnern, aber damals, als Sie in dieser Stadt gearbeitet haben, bin ich in der Forty-third Street Streife gegangen.«

»Natürlich«, log ich höflich. »Ich wußte, Sie kamen mir irgendwie bekannt vor – nicht mehr in Uniform zu sein, macht schon was aus.«

»Ich schätze, das tut es. Ich wollte, ich könnte davon ausgehen, daß Sie uns nichts vorenthalten, was wir nicht schon wissen.«

»Nicht vorsätzlich. Ich weiß nicht, was Sie wissen. Ich weiß nicht sehr viel. Ich habe Macaulay seit dem Mord nicht gesehen, und ich hab's nicht mal in den Zeitungen verfolgt.«

Das Telefon läutete wieder. Nora reichte uns unsere Drinks und ging hin.

»Was wir wissen, ist kein großes Geheimnis«, sagte Guild, »und wenn Sie sich die Zeit nehmen wollen, mir zuzuhören, kann ich es Ihnen ruhig sagen.« Er probierte seinen Drink und nickte anerkennend. »Da ist nur eines, was ich Sie erst noch fragen möchte. Als Sie gestern abend bei Mrs. Jorgensen waren, haben Sie ihr da von dem Telegramm erzählt?«

»Ja, und ich sagte ihr, daß ich es an Sie weitergegeben habe.«

»Was hat sie gesagt?«

»Nichts. Sie stellte Fragen. Sie versucht, ihn zu finden.«

Er legte den Kopf ein wenig schief und kniff ein Auge leicht zusammen. »Sie glauben nicht, daß sie möglicherweise unter einer Decke stecken, was?« Er hob eine Hand. »Verstehen Sie mich recht, ich wüßte nicht, warum sie das tun sollten und was es damit auf sich hätte, wenn sie es täten, ich frage bloß.«

»Möglich ist alles«, sagte ich, »aber ich würde meinen, es ist ziemlich sicher, daß sie nicht zusammenarbeiten. Warum?«

»Ich schätze, Sie haben recht.« Dann fügte er vage hinzu: »Aber da gibt es ein paar Punkte.« Er seufzte. »Die gibt es immer. Also, Mr. Charles, was Sie jetzt hören, ist so ziemlich alles, was wir mit Bestimmtheit wissen, und wenn Sie uns zusätzlich hier und da den einen oder anderen Hinweis geben würden, wäre ich Ihnen riesig dankbar.«

Ich sagte so etwas wie, daß ich mein Bestes tun wolle.

»Also, im vergangenen Oktober, so um den Dritten herum, sagt Wynant zu Macaulay, er müsse für eine Weile die Stadt verlassen. Macaulay erzählen, wohin er geht und weshalb, tut er nicht, aber Macaulay nimmt an, daß er sich abgesetzt hat, um an irgendeiner Erfindung zu arbeiten, die er geheimhalten will – und kriegt später aus Julia Wolf heraus, daß er recht hatte damit –, und er vermutet, Wynant ist los, um sich irgendwo in den Adirondacks zu verkriechen, aber als er sie später danach fragt, sagt sie, daß sie nicht mehr darüber weiß als er.«

»Sie wußte, was das für eine Erfindung war?«

Guild schüttelte den Kopf. »Macaulay zufolge nicht, nur daß es wahrscheinlich etwas war, wofür er Platz brauchte und irgendwelche Apparate oder Sachen, die Geld kosten, denn das ist es, was er mit Macaulay geregelt hat. Er hat es in der Weise geregelt, daß Macaulay an seine Aktien und Pfandbriefe und anderen Sachen, die ihm gehören, jederzeit ran kann, um sie zu Geld zu machen, wenn er es will, und daß er sich um seine Bankangelegenheiten und alles kümmert, gerade so wie Wynant selber.«

»Generalvollmacht, wie?«

»Genau. Und hören Sie, wenn er Geld wollte, wollte er es in bar.«

»Er steckte schon immer voller verschrobener Ideen.«

»Jeder sagt das. Die Idee dahinter scheint in diesem Fall zu sein, er will kein Risiko laufen, daß ihn irgendwer an Hand von Schecks aufspürt oder da oben in den Bergen jemand weiß, daß er Wynant ist. Deshalb hat er das Mädchen nicht mitgenommen – ihr nicht mal gesagt, wo er sich aufhält, wenn sie die Wahrheit gesagt hat – und sich einen Bart wachsen lassen.« Mit der linken Hand strich er sich einen imaginären Bart.

»Da oben in den Bergen«, zitierte ich, »also wäre er in den Adirondacks?«

Guild zuckte mit einer Schulter. »Ich hab das nur gesagt, weil das und Philadelphia die einzigen Anhaltspunkte sind, die uns bisher jemand gegeben hat. Wir versuchen es mit den Bergen, aber wir wissen's nicht. Kann auch Australien sein.«

»Und wieviel von diesem Bargeld hat Wynant haben wollen?«

»Das kann ich Ihnen genau sagen.« Er holte ein Bündel schmieriger, zerknitterter eselsohriger Papiere aus seiner Tasche, zog einen Umschlag heraus, der noch um eine Schattierung schmutziger war als die übrigen, und stopfte den Rest in die Tasche zurück. »Einen Tag nachdem er mit Macaulay gesprochen hatte, hob er persönlich fünftausend vom Konto ab, in bar. Am Fünfundzwanzigsten – Oktober, versteht sich – ließ er Macaulay weitere fünftausend für ihn abheben, und zweitausendfünfhundert am sechsten November und eintausend am Fünfzehnten und siebentausendfünfhundert am Dreißigsten, und eintausendfünfhundert am Fünfzehnten – das wäre Dezember – und eintausend am Achtzehnten und fünftausend am Zweiundzwanzigsten, einen Tag also, bevor sie umgebracht wurde.«

»Fast dreißigtausend demnach«, sagte ich. »Ein hübsches Bankguthaben hat er gehabt.«

»Achtundzwanzigtausendfünfhundert, um genau zu sein.« Guid steckte den Umschlag in seine Tasche zurück. »Aber Sie müssen nicht denken, daß das alles drauf war auf dem Konto. Nach dem ersten Abruf verkaufte Macaulay jedesmal etwas, um das Geld zu beschaffen.«

Er kramte wieder in seiner Tasche. »Ich habe eine Liste von dem Zeug, das er verkauft hat, falls Sie sich die mal ansehen wollen.«

Ich sagte, ich wolle es nicht. »Wie hat er Wynant das Geld ausgehändigt?«

»Wynant schrieb dem Mädchen, wenn er was brauchte, und sie holte es von Macaulay ab. Er hat es sich jedesmal von ihr quittieren lassen.«

»Und wie hat sie es Wynant überbracht?«

Guild schüttelte den Kopf. »Sie sagte Macaulay, daß sie ihn gewöhnlich an einem von ihm bestimmten Ort traf, aber er glaubt, sie wußte, wo er war, obwohl sie immer sagte, sie wisse es nicht.«

»Und diese letzten Fünftausend hatte sie möglicherweise noch bei sich, als sie umgebracht wurde, was?«

»Das würde Raubmord draus machen, sofern nicht« – Guilds wäßrig-graue Augen waren fast gänzlich geschlossen –, »er sie umgebracht hat, als er hinkam, um es zu holen.«

»Oder sofern nicht«, gab ich zu bedenken, »jemand anderes, der sie aus welchem Grund auch immer ermordet hat, das Geld dort gefunden und sich gedacht hat, er könne es ebensogut mitnehmen.«

»Sicher«, stimmte er mir zu. »So was passiert alle Tage. Es kommt sogar vor, daß die ersten Leute, die so eine Leiche entdecken, es nicht lassen können, irgendeine Kleinigkeit zu klauen, bevor sie Alarm schlagen.« Er hob eine große Hand. »Natürlich, mit Mrs. Jorgensen – einer Dame wie sie –, ich hoffe, Sie denken nicht, ich wollte –«

»Außerdem«, sagte ich, »war sie nicht allein, oder?«

»Für kurze Zeit. Das Telefon in der Wohnung war nicht in Ordnung, und der Liftboy fuhr den Hauswart runter, damit er vom Büro aus telefonieren konnte. Aber verstehen Sie mich recht, ich behaupte nicht, daß Mrs. Jorgensen sich irgend etwas in der Richtung hat zuschulden kommen lassen. Eine Dame wie sie würde wohl schwerlich –«

»Was war mit dem Telefon los?« fragte ich.

Die Türglocke läutete.

»Tja«, sagte Guild, »ich weiß mir keinen Reim darauf zu machen. Das Telefon hatte –«

Er unterbrach sich, als ein Kellner hereinkam und anfing, den Tisch zu decken.

»Auf das Telefon«, sagte Guild, als wir am Tisch saßen, »weiß ich mir einfach keinen Reim zu machen, wie ich schon sagte. Eine Kugel hat die Sprechmuschel glatt durchschlagen.«

»Zufällig oder –«

»Das würde ich Sie ebenso gern fragen. Sie stammte aus derselben Pistole wie die vier Kugeln, die sie getroffen haben, das ist klar, aber ob er sie mit dieser einen vefehlt oder es mit Absicht getan hat, weiß ich nicht. Scheint mir 'ne ziemlich geräuschvolle Art zu sein, ein Telefon außer Betrieb zu setzen.«

»Da fällt mir etwas ein«, sagte ich. »Hat denn niemand die Ballerei gehört? Eine Zwounddreißiger ist keine Schrotflinte, aber irgend jemand hätte es hören müssen.«

»Klar«, sagte er angewidert. »Die Nachbarschaft wimmelt jetzt nur so von Leuten, die glauben, sie hätten was gehört, bloß hat damals keiner von ihnen was unternommen, und daß sie in dem, was sie gehört zu haben glauben, sonderlich übereinstimmen, kann man weiß Gott nicht behaupten.«

»Immer dasselbe«, sagte ich mitfühlend.

»Kann man wohl sagen.« Er schob sich eine Gabel voll Essen in den Mund. »Wo war ich stehengeblieben? Ach ja, bei Wynant. Er hat seine Wohnung aufgegeben, als er verschwand, und seinen Kram hat er einlagern lassen. Wir haben das Zeug durchgesehen, aber bisher nichts gefunden, was uns verraten hätte, wo er hingegangen ist oder auch nur, woran er arbeitet, was uns, wie wir glaubten, hätte weiterhelfen können. Mit seiner Werkstatt in der First Avenue hatten wir auch nicht mehr Glück. Die ist zugesperrt, seit er weg ist, nur daß sie ein- oder zweimal in der Woche für 'ne Stunde oder zwei da runterging, um nach seiner Post und so weiter zu sehen. In der Post, die gekommen ist, seit sie umgebracht wurde, war nichts drin, was uns irgendwas hätte sagen können. Auch bei ihr in der Wohnung haben wir keinen Hinweis gefunden.« Er lächelte Nora zu. »Ich schätze, das ist ziemlich langweilig für Sie, Mrs. Charles.«

»Langweilig?« Sie war erstaunt. »Ich sitze auf der äußersten Stuhlkante.«

»Die Damen sind meist mehr fürs Aufregende«, sagte er und hüstelte, »für Glanz und Gloria und so. Wie auch immer, wir haben keinen Hinweis, wo er gewesen ist, nur daß er Macaulay am vergangenen Freitag angerufen und gesagt hat, er will ihn um zwei Uhr in der Halle vom ›Plaza‹ treffen. Macaulay war nicht in seinem Büro, und so hat er ihm nur die Nachricht hinterlassen.«

»Macaulay war hier«, sagte ich. »Zum Lunch.«

»Das hat er mir erzählt. Gut, Macaulay kommt erst kurz vor drei ins Plaza, und er findet dort keinen Wynant vor, und Wynant ist dort auch nicht eingetragen. Er versucht, Wynant zu beschreiben, mit und ohne Bart, aber niemand im Plaza erinnert sich, ihn gesehen zu haben. Er ruft in seinem Büro an, aber Wynant hat sich nicht wieder gemeldet. Und dann ruft er Julia Wolf an, und die sagt, sie weiß nicht mal, daß Wynant in der Stadt ist, was er für eine Lüge hält, weil er ihr noch am Tag davor fünftausend Dollar für Wynant gegeben hat und annimmt, daß Wynant sie sich geholt hat, aber er sagt nur ›in Ordnung‹ und hängt ein und geht weiter seinen Geschäften nach.«

»Seinen Geschäften von welcher Art?« fragte ich.

Guild hörte auf, an dem Stück Brötchen zu kauen, das er gerade abgebissen hatte. »Ich schätze, es könnte nichts schaden, auch das zu wissen. Ich werd's herausfinden. Es lag nichts vor, was auf ihn hindeutete, und so haben wir uns nicht damit aufgehalten. Aber es schadet ja nie zu wissen, wer ein Alibi hat und wer nicht.«

Ich beantwortete die Frage, die zu stellen er bewußt unterlassen hatte, mit einem Kopfschütteln. »Ich sehe nichts, was auf ihn hindeutet, außer daß er Wynants Anwalt ist und vermutlich mehr weiß, als er sagt.«

»Sicher. Ich verstehe. Nun, das dürfte wohl der Grund sein, weswegen Leute Anwälte haben, schätze ich. Jetzt zu dem Mädchen: kann sein, daß Julia Wolf gar nicht ihr richtiger Name war. Wir haben das noch nicht mit Sicherheit feststellen können, aber wir haben festgestellt, daß sie nicht gerade die Sorte Dame war, der er normalerweise den Umgang mit all den Kohlen anvertraut haben würde – ich meine, wenn er über sie Bescheid gewußt hätte.«

»War sie vorbestraft?«

Er nickte. »Das ist erstklassiges Schmorfleisch. Ein paar Jahre, bevor sie für ihn zu arbeiten anfing, hat sie unter dem Namen Rhoda Stewart in Cleveland wegen einer Betrugssache sechs Monate gesessen.«

»Glauben Sie, Wynant wußte das?«

»Keine Ahnung. Schwer vorstellbar, daß er sie mit dem Zaster hätte rumlaufen lassen, wenn er's gewußt hätte, aber mit Bestimmtheit läßt sich das natürlich nicht sagen. Man hat mir erzählt, er war ganz verrückt nach ihr, und Sie wissen, wie so Kerle dann sein können. Zwischendurch rannte sie auch immer mal wieder mit diesem Shep Morelli und seinen Jungens rum.«

»Haben Sie gegen ihn wirklich was auf Lager?« fragte ich.

»Nicht in dieser Sache«, sagte er voller Bedauern, »aber wir suchten ihn wegen ein paar anderer Dinger.« Er zog seine semmelblonden Brauen ein wenig zusammen. »Ich wünschte, ich wüßte, was ihn veranlaßt hat, hierherzukommen, um Sie zu sehen. Klar, diesen Junkies ist alles zuzutrauen, aber ich wünschte, ich wüßte es.«

»Ich habe Ihnen alles gesagt, was ich wußte.«

»Das bezweifle ich nicht«, versicherte er mir. Er wandte sich Nora zu. »Ich hoffe, Sie finden nicht, daß wir zu grob mit ihm umgesprungen sind, aber sehen Sie, man muß –«

Nora lächelte und sagte, sie verstände vollkommen, und füllte seine Tasse mit Kaffee.

»Vielen Dank, Madam.«

»Was ist ein Junkie?«

»Ein Rauschgiftsüchtiger.«

Sie sah mich an. »War Morelli –?«

»Und ob«, sagte ich.

»Warum hast du mir nichts davon erzählt?« beschwerte sie sich. »Ich verpasse alles.« Sie stand vom Tisch auf, um ans Telefon zu gehen.

Guild fragte: »Werden Sie ihn anzeigen, weil er auf Sie geschossen hat?«

»Nur wenn Sie es nötig haben.«

Er schüttelte den Kopf. Seine Stimme klang beiläufig, obschon in seinen Augen eine gewisse Neugier zu lesen war. »Ich schätze, was wir gegen ihn vorliegen haben, reicht für 'ne Weile.«

»Sie waren dabei, mir von dem Mädchen zu erzählen.«

»Ja«, sagte er. »Nun, wir haben herausbekommen, daß sie nachts häufig nicht zu Hause war – manchmal zwei, drei Tage hintereinander nicht. Vielleicht immer dann, wenn sie mit Wynant zusammentraf. Ich weiß es nicht. Wir haben's nicht geschafft, in Morellis Geschichte, er habe sie seit drei Monaten nicht mehr gesehen, irgendwelche faulen Stellen auszumachen. Was halten Sie davon?«

»Dasselbe wie Sie«, erwiderte ich. »Es ist gerade etwa drei Monate her, daß Wynant verschwunden ist. Vielleicht hat das was zu bedeuten, vielleicht auch nicht.«

Nora kam zurück und sagte, Harrison Quinn sei am Telefon. Er erzählte mir, er habe einige Wertpapiere verkauft, die ich mit Verlust abgeschrieben hatte, und gab mir die Kurse durch.

»Haben Sie Dorothy Wynant gesehen?« fragte ich.

»Nicht seitdem ich mich bei Ihnen von ihr verabschiedet habe, aber ich treffe sie heute nachmittag im Palma Club zum Cocktail. Da fällt mir ein, sie sagte, ich solle Ihnen nichts davon erzählen. Was ist mit dem schwarzen Gold, Nick? Sie lassen sich was entgehen, wenn Sie da nicht einsteigen. Diese wilden Männer aus dem Westen werden uns 'ne Art Inflation bescheren, sobald der Kongreß zusammentritt, das ist mal sicher, und selbst wenn sie's nicht tun, rechnet doch jeder damit, daß sie's tun. Wie ich Ihnen letzte Woche sagte, ist schon die Rede von einem Pool, der –«

»Also gut«, sagte ich und gab ihm Order, ein paar Ölaktien zu 12½ zu kaufen.

Dann fiel ihm ein, in den Zeitungen irgendwas davon gelesen zu haben, daß auf mich geschossen worden war. Er redete in ziemlich allgemeinen Wendungen darüber und schenkte meinen Beteuerungen, daß ich wieder ganz in Ordnung sei, wenig Beachtung. »Ich nehme an, das bedeutet für ein paar Tage kein Pingpong«, sagte er mit – wie mir schien – echtem Bedauern. »Hören Sie, Sie haben doch Karten für die Premiere heute abend. Wenn Sie sie nicht benutzen können, würde ich –«

»Wir werden sie benutzen. Trotzdem vielen Dank.«

Er lachte und verabschiedete sich.

Als ich ins Wohnzimmer zurückkam, war ein Kellner dabei, den Tisch wegzutragen. Guild saß bequem auf dem Sofa. Nora erzählte ihm gerade: »... müssen Jahr für Jahr über die Weihnachtstage wegfahren, weil der noch übriggebliebene Rest meiner Familie ein Mordstheater darum macht, und wenn wir zu Hause bleiben, kommen sie uns besuchen, oder wir müssen sie besuchen gehen, und Nick mag das nicht.« Asta lag in einer Ecke und leckte ihre Pfoten. Guild sah auf seine Uhr. »Ich hab Sie 'ne Menge Zeit gekostet, Leute. Ich wollte nicht aufdringlich –«

Ich setzte mich hin und sagte: »Wir waren gerade so ungefähr bis zum Mord gekommen, stimmt's?«

»So ungefähr.« Er entspannte sich wieder auf dem Sofa. »Der ist am Freitag, dem dreiundzwanzigsten, geschehen, irgendwann vor drei Uhr zwanzig nachmittags, dem Zeitpunkt, zu dem Mrs. Jorgensen dorthin kam und sie fand. Schwer zu sagen, wie lange sie da im Sterben gelegen hat, bevor sie aufgefunden wurde. Alles, was wir wissen, ist, daß sie in Ordnung war – und das Telefon in Ordnung war –, als Mrs. Jorgensen sie anrief. Das war so um halb drei, und sie war auch um drei noch in Ordnung, als Macaulay sie anrief.«

»Ich wußte gar nicht, daß Mrs. Jorgensen telefoniert hat.«

»Das ist 'ne Tatsache.« Guild räusperte sich. »Nicht daß wir etwa einen Verdacht gehabt hätten, verstehen Sie, aber wir haben's überprüft, bloß so als Routinesache, und von der Vermittlung vom Courtland erfahren, daß sie das Gespräch gegen zwei Uhr dreißig für Mrs. J. durchgestellt hat.«

»Was hat Mrs. J. gesagt?«

»Sie sagte, sie riefe an, um zu fragen, wo sie Wynant finden könnte, aber diese Julia sagte ihr, das wisse sie nicht, und da hat Mrs. Jorgensen, in der Annahme, daß sie lügt und sie die Wahrheit vielleicht aus ihr rauskriegen könnte, wenn sie sie aufsucht, gefragt, ob sie für 'ne Minute bei ihr reinschauen könne, und sie sagte, klar doch.« Er blickte stirnrunzelnd auf mein rechtes Knie. »Also ging sie hin und fand sie. Die Apartmenthaus-Bewohner können sich nicht erinnern, irgendwen in die Wohnung von der Wolf reingehn oder aus ihr rauskommen sehen zu haben, aber das besagt nichts. Dutzendweise können Leute das, ohne gesehen zu werden. Die Pistole war nicht da. Es gab keinerlei Anzeichen dafür, daß irgend jemand gewaltsam eingedrungen war, und die Sachen in der Wohnung waren nicht mehr in Unordnung gebracht, als ich Ihnen geschildert habe. Ich meine, die Wohnung sah nicht aus, als sei sie gefilzt worden. Sie trug einen Diamantring, der ein paar Hunderter wert gewesen sein muß, und in ihrer Handtasche waren etwas mehr als dreißig Dollar. Die

Bewohner kennen Wynant und Morelli – beide sind oft genug aus- und eingegangen –, behaupten aber, sie hätten lange keinen von beiden gesehen. Das Fenster zur Feuerleiter war blockiert, und die Leiter sah nicht aus, als sei sie kürzlich begangen worden.«

Er drehte seine Hände um, die Handflächen nach oben. »Ich schätze, das ist alles.«

»Keine Fingerabdrücke?«

»Ihre und einige von den Leuten, die die Wohnung saubergemacht haben, soweit wir das feststellen konnten. Nichts Brauchbares für uns dabei.«

»Aus ihren Freunden nichts herauszubekommen?«

»Sie scheint keine gehabt zu haben – jedenfalls keine nahen.«

»Was ist mit – wie war doch sein Name? – Nunheim, der sie als Freundin von Morelli identifiziert hat?«

»Er kannte sie nur vom Sehen, weil er sie mit Morelli rumlaufen sah, und erkannte sie auf dem Foto, das er in der Zeitung gesehen hat.«

»Wer ist er?«

»Er ist in Ordnung. Wir wissen alles über ihn.«

»Sie werden mir doch nichts verschweigen, nicht wahr«, sagte ich, »nachdem Sie mir das Versprechen abgenommen haben, Ihnen nichts zu verschweigen?«

Guild sagte: »Gut, wenn es unter uns bleibt, er ist einer, der hin und wieder mal ein bißchen für uns arbeitet.«

»Oh.«

Er stand auf. »Es paßt mir ganz und gar nicht, das zu sagen, aber weiter sind wir bisher noch nicht gekommen. Gibt's was, womit Sie uns helfen könnten?«

»Nein.«

Er sah mich einen Moment fest an. »Was halten Sie davon?«

»Dieser Diamantring, war das ein Verlobungsring?«

»Sie trug ihn an der linken Hand.« Nach einer Pause fragte er: »Warum?«

»Es könnte ganz aufschlußreich sein zu wissen, wer ihn gekauft hat. Ich treffe Macaulay heute nachmittag. Wenn irgendwas Neues auftaucht, rufe ich Sie an. Es sieht freilich ganz nach Wynant aus, aber –«

Er knurrte gutmütig: »Hm, hm, aber«, schüttelte Nora und mir die Hand, dankte für den Whisky, den Lunch, die Gastfreundschaft und die Freundlichkeit im allgemeinen und ging.

Ich sagte zu Nora: »Ich bin der Letzte, der bestreiten würde, daß dein Charme jeden Mann für dich sein Innerstes nach außen kehren läßt, aber sei nicht zu sicher, daß der Kerl uns nicht an der Nase herumführt.«

»So weit ist es also mit uns gekommen«, sagte sie. »Du bist eifersüchtig auf Polizisten.«

12

Clyde Wynants Brief an Macaulay war ein beachtliches Dokument. Es war sehr schlecht auf einfachem weißem Papier getippt und datiert Philadelphia, Pa., den 26. Dezember 1932. Ich las.

Lieber Herbert,
ich telegrafiere an Nick Charles, der, wie Sie sich erinnern werden, vor einigen Jahren für mich gearbeitet hat und in New York ist, daß er sich mit Ihnen in Verbindung setzen soll wegen des schrecklichen Todes der armen Julia. Ich wünsche, daß Sie alles unternehmen, was in Ihrer Macht steht, um (hier war eine Zeile ausge-xt und -ge-mt worden, so daß es unmöglich war, irgend etwas zu entziffern) ihn zu überreden, ihren Mörder zu finden. Ganz gleich, was es kostet – bezahlen Sie ihn!

Hier sind ein paar Fakten, von denen Sie ihn über alles das hinaus, was Sie selber bereits darüber wissen, in Kenntnis setzen sollten. Ich bin nicht der Meinung, daß er diese Fakten der Polizei melden sollte, aber er wird schon wissen, was am besten zu tun ist, und ich will, daß er völlig freie Hand hat, weil ich absolutes Vertrauen zu ihm habe. Vielleicht zeigen Sie ihm einfach nur diesen Brief, ich muß Sie aber bitten, ihn anschließend sorgsam zu vernichten.

Als ich Julia am Donnerstag abend traf, um mir von ihr diese tausend Dollar geben zu lassen, sagte sie mir, daß sie ihren Job kündigen wolle. Sie sagte, ihr gehe es seit einiger Zeit gar nicht gut, und ihr Arzt habe ihr geraten, wegzufahren und sich zu erholen, und jetzt, wo mit dem Nachlaß ihres Onkels alles geregelt sei, könne und wolle sie das tun. Sie hatte zuvor nie etwas über ihren schlechten Gesundheitszustand gesagt, und deshalb dachte ich, sie verberge mir ihre wahren Beweggründe, und versuchte, sie aus ihr herauszubekommen, aber sie blieb bei dem, was sie gesagt hatte. Ich hatte auch nichts davon gewußt, daß ihr Onkel im Sterben lag. Sie sagte, es handle sich um ihren Onkel John in Chicago. Ich nehme an, das kann nachgeprüft werden, falls es wichtig ist. Ich konnte sie nicht dazu überreden, ihre Absicht zu ändern, und so blieb es dabei, daß sie Ende des Monats gehen wollte. Sie schien bedrückt oder verängstigt zu sein, aber sie sagte, sie sei es nicht. Ich habe es zunächst bedauert, daß sie ging, aber dann nicht mehr, denn ich hatte ihr immer vertrauen können und wäre dazu nicht mehr imstande gewesen, wenn sie, wie ich annahm, gelogen hätte.

Als nächstes möchte ich Charles wissen lassen: was immer man denken mag oder was immer vor einiger Zeit wahr gewesen ist, Julia und ich (›sind jetzt‹ war schwach ausge-xt) waren zur Zeit ihrer Ermordung seit länger als einem Jahr einander nicht mehr gewesen als Angestellte und Arbeitgeber. Dieses Verhältnis war das Ergebnis eines wechselseitigen Übereinkommens.

Zum nächsten Punkt: Ich glaube, es sollte versucht werden, den gegenwärtigen Aufenthaltsort des Sidney Kelterman zu ermitteln, mit dem ich vor einigen Jahren Schwierigkeiten bekommen hatte, denn die Experimente, mit denen ich jetzt befaßt bin, gehen auf diejenigen zurück, um die ich ihn, wie er behauptete, betrogen haben soll, und ich halte ihn für wahnsinnig genug, Julia aus Wut über ihre Weigerung, ihm meinen Aufenthaltsort zu nennen, getötet zu haben.

Viertens und äußerst wichtig*: Hat meine geschiedene Frau mit Kelterman in Verbindung gestanden? Wie hat sie erfahren, daß ich die Experimente ausführe, bei denen er mir seinerzeit assistierte?*

Fünftens: die Polizei muß umgehend davon überzeugt werden, daß ich ihr über den Mord nichts mitzuteilen habe, damit sie keine Schritte unternimmt, mich zu finden – Schritte, die womöglich zur Entdeckung und vorzeitigen Enthüllung meiner Experimente führen könnten, was ich zum gegenwärtigen Zeitpunkt als sehr gefährlich *erachten würde. Das kann am besten dadurch vermieden werden, daß die geheimnisvollen Umstände ihrer Ermordung unverzüglich aufgeklärt werden, und daß dies geschieht, wünsche ich.*

Ich werde mich von Zeit zu Zeit mit Ihnen in Verbindung setzen, und falls inzwischen irgend etwas eintreten sollte, was Ihnen die Fühlungnahme mit mir zwingend *erscheinen läßt, setzen Sie folgende Anzeige in die* Times*:*

Abner. Ja. Bunny.

Ich werde es dann einrichten, mit Ihnen Kontakt zu bekommen. Ich hoffe, hinlänglich klargestellt zu haben, daß es unbedingt notwendig ist, Charles dazu zu bewegen, für mich zu handeln, zumal er mit der Kelterman-Angelegenheit vertraut ist und die meisten der Betroffenen kennt.

Ihr
Clyde Miller Wynant

Ich legte den Brief auf Macaulays Schreibtisch zurück und sagte: »Das klingt sehr einleuchtend. Wissen Sie noch, um was es bei dem Streit mit Kelterman ging?«

»Um irgendwas über Strukturveränderungen bei Kristallen. Ich kann das nachsehen.« Macaulay nahm das erste Blatt des Briefes zur Hand und blickte mit gerunzelter Stirn darauf. »Er schreibt, er habe an jenem Abend tausend Dollar von ihr erhalten. Ich hatte ihr fünftausend für ihn gegeben; sie hatte mir gesagt, er wolle soviel haben.«

»Viertausend davon aus Onkel Johns Nachlaß?«

»Sieht ganz danach aus. Das ist merkwürdig: ich hätte nie gedacht, sie würde ihn beschwindeln. Ich muß nachprüfen, was mit den anderen Geldern ist, die ich ihr ausgehändigt habe.«

»Wußten Sie, daß sie in Cleveland wegen einer Betrugssache gesessen hat?«

»Nein. Ist das wahr?«

»Der Polizei zufolge – unter dem Namen Rhoda Stewart. Wo hat Wynant sie aufgetan?«

Er schüttelte den Kopf. »Keine Ahnung.«

»Ist Ihnen irgendwas darüber bekannt, wo sie ursprünglich herkam, wer ihre Angehörigen sind und so weiter?«

Er schüttelte wieder den Kopf.

»Mit wem war sie verlobt?« fragte ich.

»Ich wußte gar nicht, daß sie verlobt war.«

»Sie trug am betreffenden Finger einen Diamantring.«

»Das ist mir neu«, sagte er. Er schloß die Augen und dachte nach. »Nein, ich kann mich nicht entsinnen, jemals einen Verlobungsring bemerkt zu haben.« Er legte die Unterarme auf den Schreibtisch und grinste mich darüber hinweg an. »Also, wie sind die Aussichten, Sie rumzukriegen, zu dem, was er von Ihnen will?«

»Gering.«

»Das dachte ich mir.« Er streckte eine Hand aus und berührte den Brief. »Sie wissen ungefähr so gut wie ich, wie ihm zumute ist. Was könnte Sie veranlassen, Ihre Meinung zu ändern?«

»Ich wüßte nicht –«

»Würde es etwas nützen, wenn ich ihn dazu überreden könnte, Sie zu treffen? Vielleicht, wenn ich ihm erzählte, das sei die einzige Möglichkeit, Sie zu –«

»Ich bin bereit, mit ihm zu sprechen«, sagte ich, »aber er würde sehr viel offener reden müssen, als er schreibt.«

Macaulay fragte bedächtig: »Soll das heißen, daß Sie glauben, er könnte sie umgebracht haben?«

»Ich weiß nichts darüber«, sagte ich. »Ich weiß noch weniger, als die Polizei weiß, und daß die, vorausgesetzt, sie findet ihn überhaupt, kein ausreichendes Belastungsmaterial gegen ihn hat, um ihn zu verhaften – das steht doch wohl fest.«

Macaulay seufzte. »Den Anwalt für einen Irren zu machen bringt wenig Spaß. Ich will versuchen, daß ich ihn dazu kriege, auf die Stimme der Vernunft zu hören, aber ich weiß, daraus wird nichts.«

»Was ich Sie noch fragen wollte – wie steht's derzeit mit seinen Finanzen? Ist er immer noch so gut bestückt wie früher?«

»Annähernd. Die Depression ist nicht spurlos an ihm vorübergegangen, wie ja an keinem von uns, und mit den Tantiemen aus seinem Schmelzverfahren ist es aus jetzt, wo Metalle so gut wie gestorben sind, aber er kann nach wie vor mit fünfzig- oder sechzigtausend aus seinen Glasur- und Schalldämpfungspatenten rechnen, und dazu kommt noch dies und das aus diversen anderen Erfindungen, wie –« Er unterbrach sich und fragte: »Sie bezweifeln doch nicht etwa, ob er überhaupt in der Lage ist, Ihnen zu zahlen, was Sie verlangen?«

»Nein, es ist mir nur so durch den Kopf gegangen.« Etwas anderes fiel mir ein: »Hat er irgendwelche Angehörigen außer seiner geschiedenen Frau und den Kindern?«

»Eine Schwester, Alice Wynant, die jede Verbindung mit ihm abgebrochen hat, seit – vier oder fünf Jahre muß das jetzt her sein.«

Ich nahm an, daß es sich um jene Tante Alice handelte, zu

der die Jorgensens am Weihnachtstag nicht gegangen waren. »Was hat sie denn entzweit?« fragte ich.

»In einem Interview, das er irgendeiner Zeitung gab, sagte er, er glaube nicht, daß der russische Fünfjahresplan mit Sicherheit zum Scheitern verurteilt sei. Viel mehr hat er wirklich nicht gesagt.«

Ich lachte. »Die sind schon –«

»Sie übertrifft ihn sogar noch. Sie kann nichts behalten. Als ihr Bruder sich den Blinddarm herausnehmen ließ, fuhr sie am ersten Nachmittag mit Mimi im Taxi los, um ihn zu besuchen, und sie begegneten einem Leichenwagen, der aus der Richtung des Krankenhauses kam. Miss Alice wurde blaß, und sie packte Mimi am Ärmel und sagte: ›Du lieber Gott! Wenn das nur nicht Dingsda ist, wie heißt er doch gleich?!‹«

»Wo wohnt sie?«

»In der Madison Avenue. Sie steht im Telefonbuch.« Er zögerte. »Ich glaube nicht –«

»Ich werde sie nicht belästigen.« Bevor ich weitersprechen konnte, läutete sein Telefon.

Er hielt den Hörer ans Ohr und sagte: »Hallo ... ja, am Apparat ... Wer? ... Oh, ja ...« Um seinen Mund herum strafften sich die Muskeln, und seine Augen weiteten sich ein wenig. »Wo?« Er lauschte wieder eine Weile lang. »Ja, sicher. Kann ich das schaffen?« Er sah auf die Uhr an seinem linken Handgelenk. »Gut. Ich sehe Sie im Zug.« Er legte den Hörer auf. »Das war Lieutenant Guild«, sagte er mir. »Wynant hat in Allentown, Pennsylvania, einen Selbstmordversuch gemacht.«

13

Dorothy und Quinn saßen an der Bar, als ich in den Palma Club kam. Sie sahen mich nicht, bis ich neben Dorothy auftauchte und »Hallo, Leute« sagte. Dorothy trug dasselbe Kleid, in dem ich sie schon das letzte Mal gesehen hatte.

Sie sah mich und Quinn an und errötete. »Mußten Sie ihm das sagen.«

»Das Mädchen ist schlechter Laune«, sagte er unverdrossen. »Ich habe die Aktien für Sie. Sie sollten sich noch ein paar mehr davon beschaffen. Und was wollen Sie trinken?«

»Einen Old Fashioned. Sie sind mir ja ein feiner Gast – sich einfach davonzustehlen, ohne ein Wort zu hinterlassen.«

Dorothy sah mich wieder an. Die Schrammen in ihrem Gesicht waren verblaßt, der blutunterlaufene Fleck war kaum noch sichtbar, und ihr Mund war nicht mehr verschwollen. »Ich hab Ihnen vertraut«, sagte sie. Sie schien dem Weinen nahe.

»Was meinen Sie damit?«

»Sie wissen genau, was ich meine. Selbst als Sie zu meiner Mutter zum Essen gingen, hab ich Ihnen vertraut.«

»Und warum auch nicht?«

Quinn sagte: »Sie war den ganzen Nachmittag schlechter Laune. Reizen Sie sie nicht.« Er legte seine Hand auf ihre. »Aber, aber, Liebling, willst du nicht –«

»Bitte, halt den Mund.« Sie entzog ihm ihre Hand. »Sie wissen sehr gut, was ich meine«, sagte sie zu mir. »Sie und Nora haben sich bei Mama über mich lustig gemacht und –«

Ich begann zu begreifen, was geschehen war. »Das hat sie Ihnen erzählt, und Sie haben es ihr geglaubt?« Ich lachte. »Nach zwanzig Jahren fallen Sie noch immer auf ihre Lügen rein? Ich vermute, sie hat Sie angerufen, als wir gegangen waren: wir hatten Streit mit ihr bekommen und sind nicht lange geblieben.«

Sie ließ den Kopf hängen und sagte mit kläglicher leiser Stimme: »Oh, was bin ich für ein Dummkopf.«

Dann packte sie mich an beiden Armen und sagte: »Hören Sie, lassen Sie uns zu Nora hinübergehen, jetzt gleich. Ich muß das wieder in Ordnung bringen mit ihr. Ich bin eine solche Gans. Es geschähe mir nur recht, wenn sie nie mehr –«

»Gewiß. Das hat noch Zeit. Trinken wir erst einmal aus.«

Quinn sagte: »Bruder Charles, ich möchte Ihnen die Hand schütteln. Sie haben wieder Sonnenschein in das Leben unseres kleinen Mädchens hier gebracht und Freude in –« Er leerte sein Glas. »Laßt uns rübergehen zu Nora. Da ist der Stoff genauso gut, und er kostet uns weniger.«

»Warum bleibst du nicht hier?« fragte sie ihn.

Er lachte und schüttelte den Kopf. »Ich nicht. Vielleicht kannst du Nick dazu kriegen, hierzubleiben, aber ich komme mit dir. Ich habe mir den ganzen Nachmittag deine Rotznäsigkeit gefallen lassen: jetzt will ich den Sonnenschein einheimsen.«

Gilbert Wynant war bei Nora, als wir im ›Normandie‹ anlangten. Er küßte seine Schwester und schüttelte mir die Hand und, nachdem er Harrison Quinn vorgestellt worden war, auch ihm.

Dorothy fing sofort an, lange, zerknirschte und nicht sonderlich zusammenhängende Entschuldigungen Nora gegenüber vorzubringen.

Nora sagte: »Hören Sie auf. Es gibt nichts zu verzeihen. Wenn Nick Ihnen erzählt haben sollte, ich sei verärgert oder verletzt oder irgend etwas Derartiges, ist er ein griechischer Lügner. Geben Sie mir Ihren Mantel.«

Quinn stellte das Radio an. Beim Gongschlag war es fünf Uhr einunddreißig Minuten und fünfzehn Sekunden Eastern Standard Time.

Nora sagte zu Quinn: »Machen Sie den Bartender, Sie wissen, wo alles ist«, und folgte mir ins Badezimmer. »Wo hat du sie gefunden?«

»In 'nem Speak. Was hat Gilbert hier zu suchen?«

»Er kam rüber, um sie zu sprechen, jedenfalls sagte er das. Sie ist letzte Nacht nicht nach Hause gekommen, und er dachte, sie sei noch hier.« Sie lachte. »Trotzdem hat er sich nicht gewundert, sie nicht vorzufinden. Er sagte, es treibe sie ständig irgendwohin fort, sie sei dromomanisch, was von einer Mutterfixierung herrühre und furchtbar interessant sei.

Er sagt, Stekel behauptet, daß Menschen, die diese Manie haben, gewöhnlich auch kleptomanische Impulse zeigen, und er habe Dinge rumliegen lassen, um zu sehen, ob sie was stehlen würde, hat sie aber nicht getan bisher, soviel er weiß.«

»Ganz beachtlich, der Junge. Hat er irgendwas über seinen Vater gesagt?«

»Nein.«

»Vielleicht weiß er es noch gar nicht. Wynant hat unten in Allentown versucht, Selbstmord zu verüben. Guild und Macaulay sind zu ihm runtergefahren. Ich weiß nicht, ob ich es den jungen Leuten sagen soll. Es würde mich nicht wundern, wenn Mimi dahintersteckt, daß er rübergekommen ist.«

»Das glaube ich eigentlich nicht, aber wenn du –«

»Es war nur so eine Idee«, sagte ich. »Ist er schon lange hier?«

»Ungefähr eine Stunde. Er ist ein komischer Junge. Er lernt Chinesisch und schreibt ein Buch über Wissen und Glauben – nicht auf chinesisch – und findet Jack Oakie sehr gut.«

»Ich auch. Bist du blau?«

»Nicht sehr.«

Als wir ins Wohnzimmer zurückkehrten, tanzten Dorothy und Quinn zu *Eadie Was a Lady*.

Gilbert legte die Illustrierte beiseite, die er sich angesehen hatte, und sagte höflich, er hoffe, daß ich mich von meiner Verwundung erholte. Ich sagte, das täte ich.

»Ich bin nie verwundet gewesen, richtiggehend verwundet«, fuhr er fort, »soviel ich weiß. Ich hab schon versucht, mich selber zu verletzen, klar, aber das ist nicht dasselbe, es hat nur dazu geführt, daß ich mich unbehaglich und gereizt fühlte und viel geschwitzt habe.«

»Das ist doch so ziemlich dasselbe«, sagte ich.

»Tatsächlich? Ich dachte, es sei mehr – na ja, mehr dran.« Er rückte mir etwas näher. »Das sind so die Sachen, von denen ich nichts weiß. Ich bin so fürchterlich jung, daß ich noch keine Gelegenheit hatte, zu – Mr. Charles, wenn Sie zu beschäftigt sind oder keine Lust haben, werden Sie mir's hoffentlich sagen, aber ich wäre Ihnen wirklich sehr dankbar, wenn ich mal mit Ihnen sprechen dürfte, ohne daß 'ne Menge Leute drumherumstehen, die uns unterbrechen. Es gibt so vieles, was ich Sie fragen möchte, Sachen, von denen niemand, den ich kenne, mir was erzählen könnte, und –«

»Da bin ich mir gar nicht so sicher«, sagte ich, »aber ich will es gern versuchen, wann immer Sie wollen.«

»Sie haben wirklich nichts dagegen? Sie sind nicht bloß höflich?«

»Nein, ich meine es ernst, nur bin ich nicht sicher, ob ich Ihnen das bieten kann, was Sie von mir erwarten. Es hängt davon ab, worüber Sie was wissen wollen.«

»Na ja, über so Sachen wie Kannibalismus«, sagte er. »Ich meine nicht in Gegenden wie Afrika und Neuguinea – sagen wir, in den Vereinigten Staaten. Gibt es den da häufig?«

»Heutzutage nicht. Nicht daß ich wüßte.«

»Dann gab es ihn mal?«

»Ich weiß nicht, wie häufig, aber dann und wann kam es vor, ehe das Land vollständig besiedelt war. Warten Sie einen Moment: ich gebe Ihnen eine Kostprobe.« Ich ging zum Bücherregal hinüber und zog das Exemplar von Dukes *Celebrated Criminal Cases of America* heraus, das Nora in einem Antiquariat aufgestöbert hatte, fand die Stelle, die ich suchte, und reichte es ihm. »Es sind bloß drei oder vier Seiten.«

Alfred G. Packer, der »Menschenfresser«, der seine fünf Gefährten in den Bergen von Colorado umgebracht, ihre Leichen verspeist und ihr Geld gestohlen hat.

Im Herbst des Jahres 1873 brach eine Gruppe von zwanzig wagemutigen Männern von Salt Lake City, Utah, auf, um im San Juan County nach Gold zu suchen. Da sie begeisterte Berichte über die Reichtümer gehört hatten, die dort zu gewinnen seien, waren sie frohen Mutes und voller Hoff-

nung, als sie ihre Reise antraten, als aber Wochen vergingen, und sie nichts erblickten als unfruchtbare Einöde und schneebedeckte Berge, verzagten sie. Je weiter sie vordrangen, desto unwirklicher erschien die Landschaft, und schließlich verzweifelten sie, als ihnen klar wurde, daß ihr einziger Lohn Hunger und Tod sein würde.

Die Goldsucher waren gerade im Begriff, alle Hoffnung aufzugeben, als sie in der Ferne ein Indianerlager sahen, und obwohl es ungewiß war, welche Behandlung ihnen in den Händen der ›Rothäute‹ zuteil werden würde, stimmten sie darin überein, daß dem Hungertod jede andere Todesart vorzuziehen sei, und beschlossen, das Risiko einzugehen.

Als sie sich dem Lager näherten, trafen sie auf einen Indianer, der freundlich gesonnen zu sein schien und sie zu Häuptling Ouray führte. Zu ihrer großen Überraschung behandelten die Indianer sie mit größter Rücksichtnahme und bestanden darauf, daß sie in dem Lager bleiben sollten, bis sie sich von ihren Anstrengungen vollauf erholt hätten.

Endlich beschloß die Gruppe, erneut aufzubrechen mit dem Ziel, die Los Pinos Agentur zu erreichen. Ouray versuchte, ihnen die Fortsetzung ihrer Reise auszureden, und es gelang ihm, zehn Mitglieder der Gruppe dahingehend zu beeinflussen, daß sie ihr Vorhaben abbrachen und nach Salt Lake City zurückkehrten. Die anderen zehn beschlossen weiterzuziehen, und Ouray versorgte sie mit Proviant und ermahnte sie, dem Gunnison-Fluß zu folgen, der nach dem im Jahre 1852 ermordeten Leutnant Gunnison benannt ist. (Vgl. Life of Joe Smith, the Mormon*).*

Alfred G. Packer, der als Führer der Gruppe, die weiterzog, zu gelten schien, brüstete sich mit seiner Kenntnis der Topographie des Gebiets und gab selbstgewiß seiner Überzeugung Ausdruck, den Weg ohne Schwierigkeiten finden zu können. Als seine Gruppe eine kurze Strecke zurückgelegt hatte, erzählte Packer den Männern, unlängst seien nahe dem Quellgebiet des Rio Grande reiche Goldvor-

kommen gefunden worden, und erbot sich, die Gruppe dorthin zu führen. Vier Männer der Gruppe beharrten darauf, Ourays Instruktionen zu befolgen, aber Packer überredete die restlichen fünf mit Namen Swan, Miller, Noon, Bell und Humphrey, ihn zu den Minen zu begleiten, während die vier anderen den Fluß entlang weiterzogen.

Von der Vierergruppe starben zwei vor Hunger und Erschöpfung, aber die anderen beiden erreichten, nachdem sie unbeschreibliche Strapazen durchgestanden hatten, schließlich im Februar 1874 die Los Pinos Agency.

Der Kommandant dieses Vorpostens war General Adams, und die bedauernswerten Männer wurden mit aller Fürsorglichkeit behandelt. Als sie wieder zu Kräften gekommen waren, kehrten sie in die Zivilisation zurück.

Im März 1874 wurde General Adams dienstlich nach Denver gerufen, und während seiner Abwesenheit wurden die Angestellten der Agentur eines Morgens, als sie am Frühstückstisch saßen und es draußen schneite und stürmte, von der Erscheinung eines verwildert aussehenden Mannes aufgeschreckt, der in der Tür stand und Mitleid heischend um Nahrung und Obdach bat. Sein Gesicht war schrecklich aufgedunsen, aber im übrigen schien er in recht guter Verfassung zu sein, wenngleich sein Magen die eingenommene Nahrung verweigerte. Er gab an, sein Name sei Packer, und behauptete, seine fünf Gefährten hätten ihn im Stich gelassen, während er krank gewesen sei, ihm jedoch ein Gewehr überlassen, das er bei sich trug, als er die Agentur erreichte.

Nachdem er die Gastfreundschaft der Agenturangestellten zehn Tage lang in Anspruch genommen hatte, setzte Packer, angeblich in der Absicht, sich nach Pennsylvania durchzuschlagen, wo er einen Bruder habe, seinen Weg nach der Ortschaft Saquache fort. In Saquache trank Packer viel und schien mit Geld wohlversehen zu sein. Im Rausch erzählte er lauter widerspruchsvolle Geschichten über das Schicksal seiner Gefährten und erregte damit den Verdacht, sich seiner *vormaligen Weggenossen auf heimtückische Weise entledigt zu haben.*

Zu diesem Zeitpunkt unterbrach General Adams seine Rückreise von Denver zur Agency in Saquache, und während seines Aufenthaltes im Haus von Otto Mears wurde er aufgefordert, Packer festzunehmen und seine Angaben zu überprüfen. Der General beschloß, ihn zurück zur Agentur schaffen zu lassen, und unterwegs ließ er vor der Hütte Major Downeys haltmachen, wo sie die zehn Männer antrafen, die den Rat des Indianerhäuptlings befolgt und die Reise abgebrochen hatten. Es erwies sich bald, daß Packers Angaben großenteils falsch waren, weshalb der General entschied, daß die Angelegenheit einer gründlichen Untersuchung bedürfe und Packer gefesselt in die Agentur gebracht und dort in festen Gewahrsam genommen wurde.

Am 2. April 1874 kamen zwei heftig erregte Indianer in die Agentur gerannt und hielten in Streifen geschnittene Fleischstücke in den Händen, die sie als ›Fleisch von weißem Mann‹ bezeichneten und unweit der Agentur gefunden haben wollten. Da es im Schnee gelegen hatte und außergewöhnliche Kälte herrschte, war es noch in gutem Zustand.

Als Packer der Beweisstücke ansichtig wurde, wurde sein Gesicht aschfahl, und er sank mit einem leisen Stöhnen zu Boden. Wiederbelebungsmittel wurden verabfolgt, und nachdem er um Gnade gefleht hatte, legte er ein Geständnis ab, das im wesentlichen wie folgt lautete:

»Als ich mit fünf anderen Ourays Lager verließ, glaubten wir, genügend Proviant für die bevorstehende lange und beschwerliche Reise zu haben, aber unsere Vorräte schmolzen rasch dahin, und wir waren bald an der Schwelle des Hungertodes angelangt. Wir gruben Wurzeln aus der Erde, von denen wir einige Tage zehrten, aber da sie keinen Nährwert besaßen und die Kälte alle Tiere und Vögel in ihre Schlupflöcher getrieben hatte, wurde die Lage verzweifelt. Ein fremdartiger Ausdruck sprach aus den Augen aller Mitglieder

der Gruppe, und jeder wurde mißtrauisch gegen jeden. Eines Tages ging ich los, um Feuerholz zu sammeln, und als ich zurückkehrte, sah ich, daß Mr. Swan, der Älteste der Gruppe, durch einen Schlag auf den Kopf getötet worden war und die übrigen Mitglieder sich daran gemacht hatten, den Leichnam zu zerschneiden und zum Verzehr zuzubereiten. Seine Barschaft in Höhe von 2000 Dollar war unter den Rest der Gruppe aufgeteilt worden.

Diese Nahrung reichte nur für wenige Tage, und ich schlug vor, daß Miller wegen der enormen Fleischmengen, die er an sich trug, das nächste Opfer sein sollte. Während er dabei war, ein Stück Holz aufzusammeln, wurde ihm der Schädel mit einem Axthieb gespalten. Humphrey und Noon waren die nächsten Opfer. Bell und ich schlossen dann einen feierlichen Pakt, daß wir als die einzigen Überlebenden, was immer auch kommen möchte, zueinander halten und lieber Hungers sterben als einander etwas antun wollten. Eines Tages sagte Bell »Ich halte es nicht mehr aus«, und sprang mich an wie ein ausgehungerter Tiger, wobei er zugleich versuchte, mich mit seinem Gewehr zu erschlagen. Ich parierte den Schlag und tötete ihn mit dem Beil. Dann schnitt ich sein Fleisch in Streifen, die ich mitnahm, als ich meine Reise fortsetzte. Als ich die Agentur von der Höhe des Hügels aus erspähte, warf ich die übriggebliebenen Streifen fort, und ich gestehe, daß ich es nur widerstrebend tat, weil ich an Menschenfleisch Geschmack gefunden hatte, besonders an dem der Brustgegend.«

Nachdem er seine grausige Geschichte berichtet hatte, erklärte Packer sich bereit, einem Trupp unter dem Kommando von H. Lauter den Weg zu den Überresten der ermordeten Männer zu weisen. Er führte sie in eine abgelegene Gegend mit hohen, unzugänglichen Bergen, und als er behauptete, sich verirrt zu haben, wurde beschlossen, die Suche abzubrechen und am folgenden Tag den Rückweg anzutreten.

In dieser Nacht schliefen Packer und Lauter Seite an Seite, und im Verlauf der Nacht überfiel ihn Packer in der Absicht, ihn zu ermorden und zu entfliehen, aber er wurde übermannt, gefesselt und, nachdem der Trupp die Agentur erreicht hatte, dem Sheriff übergeben. Anfang Juni des gleichen Jahres entdeckte ein Maler namens Reynolds aus Peoria, Illinois, der an den Ufern des Lake Christoval zeichnete, die Überreste von fünf Männern, die in einem Gehölz von Schierlingstannen lagen. Vier Leichen lagen in einer Reihe nebeneinander, die fünfte wurde unweit davon ohne Kopf gefunden. Die Leichen von Bell, Swan, Humphrey und Noon wiesen Schußwunden im Hinterkopf auf, die von Gewehrkugeln herrührten, der ebenfalls aufgefundene Schädel von Miller war zertrümmert, offenkundig durch einen Hieb mit einem Gewehr, das in der Nähe lag und dessen Schaft vom Lauf abgebrochen war. Der Zustand der Leichen bewies eindeutig, daß Packer nicht nur des Mordes, sondern auch der Menschenfresserei schuldig war. Er hatte offenbar die Wahrheit gesagt, als er seine Vorliebe für das Brustfleisch des Menschen bekannte, denn in jedem einzelnen Fall war die ganze Brust bis auf die Rippen herausgeschnitten worden. Man entdeckte einen Trampelpfad, der von den Leichen zu einer nahen Hütte führte, wo Decken und andere Gegenstände gefunden wurden, die den ermordeten Männern gehört hatten, und alles deutete darauf hin, daß Packer nach den Morden tagelang in dieser Hütte gelebt und häufig Gänge zu den Leichen unternommen hatte, um sich mit Menschenfleisch zu versorgen.

Nach diesen Enthüllungen beschaffte sich der Sheriff die Ermächtigung, Packer unter Anklage des fünffachen Mordes zu stellen, aber während seiner Abwesenheit entwich der Gefangene.

Neun Jahre lang hörte und sah man nichts mehr von ihm, bis General Adams am 29. Januar 1883 aus Cheyenne, Wyoming, einen Brief erhielt, in welchem ein Goldsucher vom

Salt Lake angab, er habe Packer in jener Gegend Aug' in Auge gegenübergestanden. Der Gewährsmann berichtete, daß der Flüchtige unter dem Namen John Schwartze bekannt und verdächtig sei, an den Umtrieben einer Verbrecherbande beteiligt zu sein.

Detektive nahmen die Ermittlungen auf, und am 12. März 1883 wurde Packer von Sheriff Sharpless aus Laramie County festgenommen, und am 17. desselben Monats brachte Sheriff Smith aus Hinsdale County den Gefangenen nach Salt Lake City, Utah, zurück.

Sein Prozeß wegen Mordes an Israel Swan, begangen am 1. März 1874 in Hinsdale County, wurde am 12. März 1883 eröffnet. Es wurde nachgewiesen, daß mit Ausnahme von Packer jedes Mitglied der Gruppe über beträchtliche Geldsummen verfügt hatte. Der Angeklagte wiederholte seine frühere Aussage, wonach er lediglich Bell umgebracht haben wollte, und das in Notwehr.

Am 13. April sprach ihn das Geschworenengericht schuldig, was die Todesstrafe bedeutete. Packer, dem ein Vollstreckungsaufschub gewährt wurde, legte beim Obersten Gerichtshof sofort Berufung ein.

In der Zwischenzeit wurde er nach Gunnison in das dortige Gefängnis übergeführt, um ihn vor der Lynchjustiz zu bewahren.

Im Oktober 1885 sprach sich der Oberste Gerichtshof für die Aufnahme eines neuen Verfahrens aus, und daraufhin wurde beschlossen, ihn wegen Totschlags in fünf Fällen vor Gericht zu stellen. Das Urteil lautete in allen fünf Fällen auf schuldig, und für jedes der begangenen Verbrechen wurde eine achtjährige Haftstrafe verhängt, Packer also zu insgesamt vierzig Jahren Haft verurteilt.

Er wurde am 1. Januar 1901 begnadigt und starb am 24. April 1907 auf einer Ranch unweit von Denver.

Während Gilbert las, machte ich mir einen Drink zurecht. Dorothy hörte auf zu tanzen und gesellte sich zu mir. »Mögen Sie ihn?« fragte sie und wies mit einem Kopfnicken auf Quinn.

»Er ist in Ordnung.«

»Schon möglich, aber er kann schrecklich blöd sein. Sie haben mich nicht gefragt, wo ich letzte Nacht gewesen bin. Interessiert Sie das nicht?«

»Es geht mich nichts an.«

»Aber ich habe etwas für Sie herausgefunden.«

»Was?«

»Ich bin bei Tante Alice geblieben. Sie ist nicht ganz richtig im Kopf, aber schrecklich nett. Sie erzählte mir, daß sie einen Brief von meinem Vater bekommen hat, worin er sie vor Mama warnt.«

»Wie warnt? Was hat er geschrieben?«

»Ich hab's nicht gelesen. Tante Alice ist seit Jahren böse auf ihn, und hat den Brief zerrissen. Sie sagt, er sei Kommunist geworden, und sie ist sicher, daß die Kommunisten Julia Wolf umgebracht haben und am Ende auch ihn noch umbringen werden. Sie meint, es geht bei alldem um irgendein Geheimnis, das sie verraten haben.«

Ich sagte: »Großer Gott!«

»Also bitte, schieben Sie es nicht auf mich. Ich sage Ihnen nur, was sie gesagt hat. Ich habe Ihnen doch gesagt, daß sie nicht ganz richtig im Kopf ist.«

»Hat sie Ihnen gesagt, dieser Stuß hätte in dem Brief gestanden?«

Dorothy schüttelte den Kopf. »Nein, sie hat nur gesagt, die Warnung hätte dringestanden. Soweit ich mich erinnern kann, sagte sie, er hätte geschrieben, daß sie Mama unter keinen Umständen vertrauen dürfe und daß sie auch niemand anderem trauen dürfe, der mit ihr in Verbindung steht, womit wohl wir alle gemeint sind, nehme ich an.«

»Versuchen Sie, sich an mehr zu erinnern.«

»Aber mehr war's nicht. Das ist alles, was sie mir erzählte.«

»Wo kam der Brief her?« fragte ich.

»Das wußte sie nicht – nur daß er per Luftpost gekommen war. Sie sagte, es interessiert sie nicht.«

»Was hielt sie davon? Ich meine, hat sie die Warnung ernst genommen?«

»Sie sagte, er sei ein gefährlicher Radikaler – das hat sie wörtlich gesagt –, und es interessiere sie nicht, was er zu sagen habe.«

»Wie ernst nehmen *Sie* es?«

Sie starrte mich längere Zeit an und befeuchtete die Lippen, bevor sie antwortete. »Ich glaube, er –«

Gilbert kam mit dem Buch in der Hand zu uns herüber. Er schien von der Geschichte, die ich ihm gegeben hatte, enttäuscht zu sein. »Das ist alles sehr interessant«, sagte er, »aber es ist kein pathologischer Fall, wenn Sie wissen, was ich meine.« Er legte seiner Schwester den Arm um die Taille. »Es war mehr die Frage: das oder der Hungertod.«

»Nein, es sei denn, sie wollen ihm glauben.«

Dorothy fragte: »Worum geht es?«

»Um etwas in dem Buch«, erwiderte Gilbert.

»Erzählen Sie ihm von dem Brief, den Ihre Tante erhielt«, sagte ich zu Dorothy.

Sie tat es.

Als sie geendet hatte, verzog er ungeduldig das Gesicht. »Das ist albern. Mama ist nicht wirklich gefährlich. Sie ist bloß ein Fall von gehemmter Entwicklung. Die meisten von uns sind aus so Vorstellungen von Ethik und Moral und so weiter längst rausgewachsen. Mama ist noch nicht mal dafür erwachsen genug.« Er runzelte die Stirn und verbesserte sich nachdenklich: »Sie könnte gefährlich sein, aber das wäre, als ob ein Kind mit Streichhölzern spielt.«

Nora und Quinn tanzten.

»Und wie denken Sie über Ihren Vater?« fragte ich.

Gilbert zuckte die Achseln. »Ich habe ihn seit meiner Kindheit nicht mehr gesehen. Ich habe eine Theorie über ihn, aber sie besteht zum Großteil aus Vermutungen. Ich möchte – was ich vor allem wissen möchte, ist, ob er impotent ist.«

Ich sagte: »Er hat heute versucht, sich umzubringen, unten in Allentown.«

Dorothy schrie: »Das hat er nicht«, so gellend, daß Nora und Quinn aufhörten zu tanzen, drehte sich um und warf den Kopf in den Nacken, um ihrem Bruder ins Gesicht zu sehen. »Wo ist Chris?« fragte sie gebieterisch.

Gilbert sah von ihrem Gesicht in meines und rasch wieder in ihres. »Sei keine Gans«, sagte er kalt. »Der ist mit seinem Mädchen unterwegs, diesem Fenton-Mädchen.«

Dorothy sah nicht aus, als glaube sie ihm.

»Sie ist eifersüchtig«, erklärte er mir. »Das kommt von ihrer Mutterfixierung.«

Ich fragte: »Hat einer von Ihnen jemals diesen Kelterman zu Gesicht bekommen, mit dem Ihr Vater Schwierigkeiten hatte damals, als ich Sie kennenlernte?«

Dorothy schüttelte den Kopf. Gilbert sagte: »Nein, warum?«

»War so eine Idee von mir. Ich habe ihn auch nie gesehen, aber die Beschreibung, die man mir gegeben hat, könnte mit ein paar ganz geringfügigen Änderungen auf Ihren Chris Jorgensen passen.«

14

An diesem Abend fuhren Nora und ich zur Eröffnung der Radio City Music Hall, fanden nach einer Stunde, daß wir genug hatten von den Darbietungen, und gingen. »Wohin?« fragte Nora.

»Ist mir gleich. Wollen wir diesen Pigiron Club heimsuchen, von dem Morelli uns erzählt hat? Studsy Burke wird dir gefallen. War mal Safeknacker. Er behauptet, den Geldschrank im Gefängnis von Hagerstown geknackt zu haben, als er da mal wegen Erregung öffentlichen Ärgernisses dreißig Tage abzusitzen hatte.«

»Laß uns hingehen«, sagte sie.

Wir gingen zur Forty-ninth Street hinunter, und nachdem wir zwei Taxifahrer, zwei Zeitungsjungen und einen Polizisten gefragt hatten, fanden wir das Lokal. Der Portier sagte, von einem Burke wisse er nichts, aber er wolle nachsehen. Studsy kam an die Tür. »Wie geht es Ihnen, Nick?« sagte er. »Los, kommen Sie rein.«

Er war ein kraftvoll gebauter Mann mittlerer Größe, ein bißchen dick jetzt, aber nicht schwammig. Er mußte mindestens fünfzig sein, sah aber zehn Jahre jünger aus. Er hatte ein großflächiges, angenehm häßliches, pockennarbiges Gesicht unter nicht sehr vielem Haar von unbestimmter Farbe, und selbst seine Kahlheit konnte die Stirn nicht hoch erscheinen lassen. Seine Stimme war ein tiefer Brummbaß.

Ich schüttelte ihm die Hand und stellte ihn Nora vor.

»'ne Ehefrau«, sagte er. »Na, so was. Bei Gott, Sie werden Champagner trinken oder sich mit mir prügeln müssen.«

Ich sagte, prügeln würden wir uns nicht, und wir gingen hinein.

Sein Lokal machte einen gemütlich-schäbigen Eindruck. Es war nicht viel los um diese Zeit: nur drei Gäste waren da. Wir setzten uns an einen Tisch in der Ecke, und Studsy erklärte dem Kellner genau, welche Flasche er bringen sollte. Dann musterte er mich eingehend und nickte. »Die Heirat ist Ihnen gut bekommen.« Er kratzte sich das Kinn. »Lange her, daß ich Sie gesehen habe.«

»Lange her«, bestätigte ich.

»Er hat mich den Fluß raufgeschickt«, erzählte er Nora.

Sie gluckste mitfühlend. »War er ein guter Detektiv?«

Studsy runzelte, was er an Stirn zu bieten hatte. »Das sagen die Leute, aber ich weiß nicht. Das eine Mal, wo er mich erwischt hat, war Zufall: ich hatte rechts ausgelegt.«

»Wieso haben Sie mir eigentlich diesen wilden Mann, diesen Morelli, auf den Hals gehetzt?« fragte ich.

»Sie wissen, wie Ausländer sind«, sagte er. »Die sind doch hysterisch. Wie soll ich wissen, daß der so was macht. Er hat Angst, daß die Polypen ihm den Mord an dieser Wolf-Lady anhängen wollen. Und da lesen wir in der Zeitung, Sie haben was damit zu tun, und ich sag zu ihm: ›Kann sein, vielleicht ist der Nick keiner, der seine eigene Großmutter verramscht, und du meinst doch, daß du mal reden mußt mit wem‹, und da sagt er, das will er. Was haben Sie gemacht, ihm Fratzen geschnitten?«

»Er hat sich dabei spannen lassen, als er bei uns reingeschlichen ist, und mir dann die Schuld daran gegeben. Wie hat er mich ausfindig gemacht?«

»Er hat Freunde, und Sie haben sich ja schließlich nicht versteckt gehalten, stimmt's?«

»Ich bin gerade erst eine Woche in der Stadt, und in der Zeitung hat nichts darüber gestanden, wo ich mich aufhalte.«

»Ach, wirklich?« fragte Studsy interessiert. »Wo waren Sie denn?«

»Ich lebe jetzt in San Francisco. Wie hat er mich gefunden?«

»Das ist 'ne feine Stadt. Bin seit Jahren nicht mehr dagewesen, ist aber 'ne feine Stadt. Das sollten Sie sich nicht von mir sagen lassen, Nick. Fragen Sie ihn. Ist doch seine Sache.«

»Nur daß Sie ihn zu mir geschickt haben.«

»Na ja«, sagte er, »das schon, klar; aber ich hab immerhin die Werbetrommel für Sie gerührt.« Er sagte es ganz ernsthaft.

Ich sagte: »Mein Gönner.«

»Konnte ich vielleicht wissen, daß er durchdreht? Außerdem – schlimm verletzt hat er Sie doch gar nicht, oder?«

»Das wohl kaum, aber genützt hat es mir auch nicht gerade, und ich –« Ich unterbrach mich, weil der Kellner mit dem Sekt kam. Wir probierten ihn und sagten, er sei hervorragend. Er war ziemlich mies.

»Glauben Sie, er hat das Mädchen umgebracht?« fragte ich.

Studsy schüttelte energisch den Kopf. »Ausgeschlossen.«

»Das ist einer, der läßt sich zum Losballern überreden«, sagte ich.

»Weiß ich – sind hysterisch, diese Ausländer –, aber er hat den ganzen Nachmittag hier rumgehangen.«

»Den ganzen?«

»Den ganzen. Da schwör ich jeden Eid drauf. Ein paar von den Jungens und den Mädchen haben oben gefeiert, und ich weiß, er ist, Tatsache, den ganzen Nachmittag über auf seinem Hintern sitzen geblieben und schon gar nicht rausgegangen. Ehrlich, das kann er beweisen.«

»Warum hat er sich denn dann Sorgen gemacht?«

»Was weiß ich. Als ob ich ihn das nicht selber gefragt hätte! Aber Sie wissen doch, wie diese Ausländer sind.«

Ich sagte: »A-hm. Hysterisch sind sie. Er hat nicht vielleicht 'nen Freund rumgeschickt, ihr einen Besuch zu machen, oder?«

»Ich glaube, Sie sehen den Jungen falsch«, sagte Studsy. »Ich kannte die Dame. Sie kam manchmal mit ihm her. Die haben nur so getan, als ob. Er war nicht verrückt genug nach ihr, daß er einen Grund gehabt hätte, sie so voll Blei zu pumpen. Ehrlich.«

»War sie auch scharf auf das Zeug?«

»Weiß ich nicht. Ich hab sie sich's manchmal schießen sehn, aber vielleicht hat sie's nur zur Gesellschaft getan, sich 'ne Spritze verpaßt, weil er's tat.«

»Mit wem hat sie sonst noch so herumgemacht?«

»Mit keinem, den ich kenne«, antwortete Studsy gleichgültig. »Da gab's 'ne Ratte, hieß Nunheim, der Kerl, tauchte öfter hier auf, hatte es auf sie abgesehen, kam aber nicht an bei ihr, nicht daß ich wüßte jedenfalls.«

»Also da hat Morelli meine Adresse her.«

»Ach, Unsinn. Alles, was Morelli von dem wollen könnte, wär, einen Haken bei ihm zu landen. Wie kommt der dazu, der Polizei zu erzählen, daß Morelli die Dame kannte? Ist er ein Freund von Ihnen?«

Ich überlegte kurz und antwortete: »Nein, ich kenne ihn nicht. Ich habe nur gehört, daß er gelegentlich für die Polizei arbeitet.«

»Hm, hm, hm. Danke.«

»Danke für was? Ich habe nichts gesagt.«

»Ist auch nicht mehr nötig. Eines möcht ich jetzt mal wissen: was soll der ganze Zauber, he? Dieser Wynant, der hat sie umgebracht, stimmt's nicht?«

»Das glauben 'ne Menge Leute«, sagte ich, »aber hundert gegen fünfzig Dollar, daß er's nicht getan hat.«

Er schüttelte den Kopf. »Das fällt in Ihre eigene Branche. Da wett ich nicht mit Ihnen, aber« – sein Gesicht hellte sich auf – »ich sag Ihnen, was ich tun werde, und darauf können wir 'n paar Kohlen setzen, wenn Sie wollen. Wissen Sie noch, wie Sie mich damals erwischt haben, da hab ich mit meiner Rechten geführt, wie ich gesagt hab, und ich hab mir immer gedacht, ob Sie das wohl 'n zweites Mal geschafft hätten. Irgendwann, wenn Sie wieder auf Draht sind, würd ich gern –«

Ich lachte und sagte: »Nein, ich bin ganz und gar nicht mehr auf Draht.«

»Ich selber bin ja dick wie'n Schwein«, beharrte er.

»Übrigens ist das bloß Zufall gewesen: Sie waren aus dem Gleichgewicht, und ich hatte einen festen Stand.«

»Sie wollen's mir ja bloß auf die sanfte beibringen«, sagte er, und dann nachdenklicher: »Wenn ich auch zugeben muß, daß Sie den Treffer nur deswegen landen konnten. Na ja, wenn Sie nicht – los, lassen Sie mich Ihre Gläser füllen.«

Nora entschied sich dafür, früh und nüchtern nach Hause gehen zu wollen, also verließen wir Studsy und seinen Pigiron Club kurz nach elf. Er begleitete uns zum Taxi und schüttelte uns kräftig die Hände. »Das war ein großes Vergnügen«, versicherte er uns.

Wir sagten ebenso Höfliches und fuhren weg.

Nora fand Studsy großartig. »Die Hälfte von dem, was er sagt, kann ich überhaupt nicht verstehen.«

»Er ist in Ordnung.«

»Du hast ihm nicht gesagt, daß du kein Schnüffler mehr bist.«

»Einmal Detektiv, das heißt für einen schweren Jungen wie Studsy für immer Detektiv, und ich lüg ihn lieber an, als daß ich ihn glauben lasse, ich löge. Hast du eine Zigarette? Auf seine Weise vertraut er mir wirklich.«

»War das die Wahrheit, als du sagtest, Wynant habe sie nicht umgebracht?«

»Ich weiß es nicht. Ich vermute, daß das wahr ist.«

Im ›Normandie‹ lag ein Telegramm von Macaulay aus Allentown für mich:

DER MANN HIER IST NICHT WYNANT UND HAT KEINEN SELBSTMORDVERSUCH UNTERNOMMEN.

15

Am nächsten Morgen ließ ich mir eine Stenotypistin kommen und erledigte einen Großteil der angesammelten Post; hatte ein Telefongespräch mit unserem Anwalt in San Francisco – wir versuchten, einen Abnehmer unserer Mühlenprodukte vor dem Bankrott zu bewahren; verbrachte eine Stunde damit, einen Plan zu überprüfen, den wir uns zwecks Verringerung unserer Bundesstaatssteuern ausgedacht hatten; war alles in allem der geschäftige Geschäftsmann und fand mich gegen zwei Uhr nachgerade vorbildlich, als ich für diesen Tag mit der Arbeit Schluß machte und mit Nora lunchen ging.

Nach dem Lunch hatte sie eine Verabredung zum Bridge. Ich fuhr downtown, um Guild zu sprechen: wir hatten am Vormittag miteinander telefoniert.

»Demnach also falscher Alarm?« sagte ich, als wir uns die

Hände geschüttelt und es uns in Sesseln bequem gemacht hatten.

»Genau das. Er war ebensowenig Wynant, wie ich es bin. Sie wissen ja, wie so was abläuft: wir teilten der Polizei in Philly mit, daß er ein Telegramm von dort geschickt hatte, und ließen seine Personbeschreibung über Rundfunk verbreiten, und eine Woche lang war im ganzen Staat Pennsylvania jeder, der dünn ist und womöglich auch noch schnauzbärtig, Wynant. Dieser hier war ein Bursche namens Barlow, ein arbeitsloser Zimmermann, soweit wir das herausfinden konnten, den ein Nigger überfallen und angeschossen hatte. Er kann noch nicht viel sprechen.«

»Er könnte nicht vielleicht von jemandem angeschossen worden sein, der denselben Fehler gemacht hat wie die Polizei in Allentown?«

»Sie meinen, der dachte, es sei Wynant? Ich nehme an, so könnte es gewesen sein – wenn das was hilft. Tut es das?«

Ich sagte, das wisse ich nicht. »Hat Macaulay Ihnen von dem Brief erzählt, den er von Wynant bekommen hat?«

»Er hat mir nicht gesagt, was drin stand.«

Ich erzählte es ihm. Ich erzählte ihm, was ich über Kelterman wußte.

Er sagte: »Na, das ist aber mal interessant.«

Ich erzählte ihm von dem Brief, den Wynant an seine Schwester geschrieben hatte.

Er sagte: »Er schreibt an 'ne Menge Leute, wie?«

»Find ich auch.« Ich erzählte ihm, daß Sidney Keltermans Personbeschreibung mit geringen Änderungen auf Christian Jorgensen passen würde.

Er sagte: »Es kann nicht schaden, einem Mann wie Ihnen zuzuhören. Lassen Sie sich nicht von mir unterbrechen.«

Ich sagte ihm, das sei alles, was ich wisse.

Er warf sich in seinem Sessel zurück und drehte die blaßgrauen Augen zur Decke. »Da gibt's noch einiges zu tun«, sagte er.

»War es eine Zwounddreißiger, mit der dieser Bursche in Allentown angeschossen worden ist?« fragte ich.

Guild sah mich einen Augenblick lang belustigt an und schüttelte dann den Kopf. »Eine Vierundvierziger. Denken Sie an was Bestimmtes?«

»Nein. Ich spiele nur alle möglichen Kombinationen im Kopf durch.«

Er sagte: »Ich weiß, was das heißt«, und lehnte sich zurück, um erneut zur Decke zu sehen. Als er wieder sprach, geschah es, als dächte er an etwas anderes. »Macaulays Alibi, nach dem Sie mich gefragt hatten, ist in Ordnung. Er hatte sich damals zu einer Verabredung verspätet, und wir wissen, daß er sich in der fraglichen Zeit von fünf nach bis zwanzig nach drei nachweislich im Büro eines Menschen namens Hermann an der Fifty-seventh Street aufhielt.«

»Wieso fünf Minuten nach drei?«

»Richtig, davon wissen Sie gar nichts. Also, wir fanden einen Kerl, Caress heißt er, hat eine Reinigung und Färberei in der First Avenue, der rief sie fünf Minuten nach drei an, um sie zu fragen, ob sie irgendeine Arbeit für ihn hätte. Sie verneinte das und sagte ihm, sie würde wahrscheinlich weggehen. Das engt die Zeit auf drei Uhr fünf bis drei Uhr zwanzig ein. Sie verdächtigen Macaulay doch nicht wirklich?«

»Ich verdächtige jeden«, sagte ich. »Wo waren Sie zwischen drei Uhr fünf und drei Uhr zwanzig?«

Er lachte. »Tatsächlich«, sagte er, »bin ich so ziemlich der einzige von allen, der kein Alibi hat. Ich war im Kino.«

»Alle anderen haben eines?«

Er nickte nachdenklich. »Jorgensen verließ seine Wohnung mit Mrs. Jorgensen – das war etwa fünf Minuten vor drei – und schlich sich rüber zur West Seventy-Third Street, um ein Mädchen namens Olga Fenton zu treffen – wir haben versprochen, seiner Frau nichts davon zu sagen –, und blieb dort bis ungefähr fünf Uhr. Wir wissen, was Mrs. Jorgensen gemacht hat. Die Tochter war beim Ankleiden, als sie weggingen, nahm um viertel nach ein Taxi und fuhr direkt zu Bergdorf-Goodman. Der Sohn war den ganzen Nachmittag über in der Public Library – Junge, liest der komische Bücher! Morelli war in einer Kneipe irgendwo in einer der Vierziger Straßen.« Er lachte. »Und wo waren Sie?«

»Ich behalte mein Alibi für mich, bis ich es wirklich brauche. Keines von denen scheint mir besonders stichhaltig zu sein, aber das sind echte Alibis selten. Was ist mit Nunheim?«

Guild schien überrascht zu sein. »Wieso kommen Sie auf den?«

»Ich habe gehört, er war vernarrt in das Mädchen.«

»Und wo haben Sie das gehört?«

»Ich hab's eben gehört.«

Seine Miene verfinsterte sich. »Halten Sie das für zuverlässig?«

»Ja.«

»Na gut«, sagte er langsam, »das ist mal einer, den wir überprüfen können. Aber hören Sie, was kümmern Sie diese Leute? Glauben Sie denn nicht, daß Wynant es getan hat?«

Ich bot ihm eine Wette zu den gleichen Gewinnchancen an, wie ich sie Studsy eingeräumt hatte: »Fünfundzwanzig bringen Ihnen fünfzig ein, wenn er's getan hat.«

Er sah mich einen endlosen, stummen Moment lang finster an, während er darüber nachdachte. Dann sagte er: »Das ist immerhin 'ne Idee. Wer ist Ihr Kandidat?«

»Soweit bin ich noch nicht. Verstehen Sie mich recht, ich weiß gar nichts. Ich sage nicht, daß Wynant es nicht getan hat. Ich sage nur, alles nicht weist auf Wynant.«

»Und Sie sagen das zwei zu eins. Was weist nicht auf ihn hin?«

»Nennen Sie es einen Animus, wenn Sie wollen«, sagte ich, »aber –«

»Ich will es gar nicht irgendwas nennen«, sagte er. »Ich halte Sie für einen gewieften Detektiv. Ich will mir anhören, was Sie zu bieten haben.«

»Vorwiegend habe ich Fragen zu bieten. Zum Beispiel, wie lange hat es gedauert von dem Augenblick, wo der Liftboy Mrs. Jorgensen auf der Etage von dem Wolf-Mädchen aussteigen ließ, bis sie nach ihm klingelte und sagte, sie höre Stöhnen?«

Guild spitzte die Lippen, öffnete sie, um zu fragen: »Sie denken, Sie könnte womöglich –?« und ließ den Rest der Frage in der Luft hängen.

»Ich denke, sie könnte womöglich. Ich wüßte gern, wo Nunheim gewesen ist. Ich wüßte gern die Antworten auf die Fragen in Wynants Brief. Ich wüßte gern, wo die viertausend Dollar geblieben sind, welche die Differenz ausmachten zwischen dem, was Macaulay dem Mädchen gab, und dem, was sie anscheinend Wynant gegeben hat. Ich wüßte gern, woher ihr Verlobungsring kam.«

»Wir tun unser Bestes«, sagte Guild. »Ich für meine Person – ich wüßte jetzt gern, warum Wynant, wenn er es nicht getan hat, nicht herkommt und uns Rede und Antwort steht.«

»Ein Grund könnte sein, daß Mrs. Jorgensen ihn gern wieder in die Klapsmühle stecken würde.« Mir fiel etwas ein. »Herbert Macaulay arbeitet für Wynant. Sie haben Macaulays Aussage nicht einfach Glauben geschenkt, daß der Mann in Allentown nicht Wynant gewesen sei?«

»Nein. Er war ein jüngerer Mann als Wynant, mit so gut wie keinem Grau im Haar und keiner Färbung, und er sah den Fotos, die wir haben, nicht ähnlich.« Er schien seiner Sache sicher zu sein. »Haben Sie in der nächsten Stunde was vor?«

»Nein.«

»Das trifft sich gut.« Er stand auf. »Ich werde ein paar Jungens auf die Dinge ansetzen, die wir durchgesprochen haben, und dann gehen wir beide vielleicht ein paar Besuche machen.«

»Einverstanden«, sagte ich, und er verließ das Zimmer.

In seinem Papierkorb steckte eine Ausgabe der *Times.* Ich fischte sie heraus und blätterte die vermischten Anzeigen auf. Macaulays Anzeige war drin:

Abner. Ja. Bunny.

Als Guild zurückkam, fragte ich: »Was ist mit Wynants Gehilfen oder wen immer er in seiner Werkstatt beschäftigt hatte? Sind die vernommen worden?«

»Hmhm, aber die wissen von nichts. Die sind zum Ende der Woche, in der er fortgegangen ist, entlassen worden – zwei waren's –, und seither haben sie ihn nicht mehr gesehen.«

»Woran arbeiteten sie gerade, als der Laden zugemacht wurde?«

»An irgendeiner Art von Farbe oder was ähnlichem – irgendwas mit einem lichtechten Grün. Ich weiß es nicht. Ich kann's herausfinden, wenn Sie wollen.«

»Ich glaube nicht, daß das eine Rolle spielt. Ist es eine große Werkstatt?«

»Soweit ich das beurteilen kann, scheint sie mir ganz gut ausstaffiert zu sein. Glauben Sie, daß die Werkstatt damit zu tun haben könnte?«

»Möglich ist alles.«

»Hm. Gut, brechen wir auf.«

16

»Zuallererst«, sagte Guild, als wir sein Büro verließen, »wollen wir mal Mr. Nunheim aufsuchen. Er müßte zu Hause sein: ich hab ihm gesagt, er soll nicht weggehn, ehe ich ihn anrufe.«

Mr. Nunheims Zuhause war im vierten Stock eines dunklen, feuchten, übelriechenden Gebäudes, das die Sixth-Avenue-Hochbahn mit ihrem Lärm erfüllte. Guild klopfte an die Tür.

Geräusche von hastigem Hin und Her wurden hörbar, dann fragte eine Stimme: »Wer ist da?« Es war eine nasale, ziemlich reizbare Männerstimme.

Guild sagte: »John.«

Die Tür wurde eilig von einem kleinen, bläßlichen, fünf- oder sechsunddreißigjährigen Mann geöffnet, dessen Bekleidung aus Unterhemd, blauer Hose und schwarzen Seidensocken bestand. »Ich habe Sie nicht erwartet, Lieutenant«, quengelte er. »Sie haben gesagt, Sie würden anrufen.« Er wirkte verängstigt.

Die dunklen kleinen Augen standen dicht beieinander; der große, breite Mund war schmallippig und schlaff; und die Nase sonderbar weich, eine lange, traurig herabhängende Nase, scheinbar knochenlos.

Guild faßte mich am Ellenbogen, und wir gingen hinein. Durch eine offene Tür zur Linken konnte man ein ungemachtes Bett sehen. Der Raum, den wir betraten, war ein schäbiges, verdrecktes Wohnzimmer, in dem Kleidungsstücke, Zeitungen und schmutziges Geschirr herumlagen und -standen. In einer Nische zur Rechten befanden sich ein Ausguß und ein Herd. Zwischen ihnen stand eine Frau mit einer brutzelnden Bratpfanne in der Hand. Sie war eine schwerknochige, fleischige, rothaarige Person von vielleicht achtundzwanzig Jahren, auf eine ziemlich grobe, schlampige Weise ganz hübsch. Sie trug einen zerknitterten rosa Kimono und ausgetretene rosa Pantoffeln mit verrutschten Schleifchen darauf. Sie starrte uns mürrisch an.

Guild machte mich nicht mit Nunheim bekannt und schenkte der Frau keinerlei Beachtung. »Setzen Sie sich doch«, sagte er und schob einige Kleidungsstücke beiseite, um sich einen Platz in der Sofaecke freizumachen.

Ich hob ein paar Zeitungsseiten von einem Schaukelstuhl auf und setzte mich. Da Guild den Hut auf dem Kopf behalten hatte, nahm auch ich meinen nicht ab.

Nunheim ging zum Tisch hinüber, auf dem eine Halbliterflasche mit drei Fingerbreit Whisky darin und ein paar Wassergläser standen, und sagte: »Wollen Sie einen?«

Guild zog ein Gesicht. »Nicht von dem Brechmittel. Was haben Sie sich dabei gedacht, mir weismachen zu wollen, Sie hätten das Wolf-Mädchen nur vom Sehen gekannt?«

»Das hab ich auch nur, Lieutenant, das ist die reine Wahrheit.« Zweimal schoß sein Blick seitlich zu mir hin und wieder zurück. »Möglich, daß ich mal ›Hallo‹ gesagt habe oder ›Wie geht's Ihnen‹ oder irgendwas in der Art, wenn ich sie gesehen hab, aber besser hab ich sie nicht gekannt. Bei allen Heiligen, das ist die Wahrheit.«

Die Frau in der Nische lachte einmal höhnisch auf, ohne daß ihr Gesicht Belustigung zeigte. Nunheim drehte sich zu ihr um und sah sie an. »Na los«, sagte er mit vor Wut schriller Stimme zu ihr, »steck du nur deine Schnute da rein, und ich schlag dir 'nen Zahn aus ihr raus.«

Sie holte aus, um ihm die Bratpfanne an den Kopf zu werfen, verfehlte ihn aber, und die Pfanne krachte gegen die Wand. Fett und Eidotter sorgten für frischere Flecken an der Wand, auf dem Fußboden und den Möbeln.

Er ging auf sie los. Ich brauchte mich gar nicht vom Fleck zu rühren, um ihm ein Bein zu stellen. Er stürzte zu Boden. Die Frau hatte ein Küchenmesser ergriffen.

»Schluß jetzt«, knurrte Guild. Er war ebenfalls sitzengeblieben. »Wir sind hergekommen, um mit Ihnen zu reden, und nicht, um uns diese Freistilkomödie anzusehen. Stehn Sie auf und benehmen Sie sich ordentlich.«

Nunheim kam langsam auf die Beine. »Sie macht mich wahnsinnig, wenn sie trinkt«, sagte er. »Den ganzen Tag hat sie auf mir herumgehackt.« Er bewegte seine rechte Hand hin und her. »Ich glaube, ich hab mir das Handgelenk verstaucht.«

Ohne irgendeinen von uns eines Blickes zu würdigen, ging die Frau hinter uns vorbei ins Schlafzimmer und schloß die Tür.

Guild sagte: »Wenn Sie nicht immer anderen Frauen nachstellen würden, hätten Sie nicht soviel Ärger mit dieser.«

»Was meinen Sie damit, Lieutenant?« Nunheim war überrascht, arglos und möglicherweise schmerzlich berührt.

»Julia Wolf.«

Der kleine, bläßliche Mann war jetzt entrüstet. »Das ist eine Lüge, Lieutenant. Wenn irgend jemand sagt, daß ich jemals –«

Guild unterbrach ihn, indem er das Wort an mich richtete: »Wenn Sie ihm eine scheuern wollen, lassen Sie sich nicht wegen seines Handgelenks davon abhalten: hart zuschlagen hat er sowieso nie gekonnt.«

Nunheim streckte mir beide Hände beschwörend entgegen. »Ich hab nicht gemeint, daß Sie ein Lügner sind. Ich hab gemeint, daß vielleicht irgendwer sich geirrt hat, falls er –«

Wieder unterbrach ihn Guild: »Sie hätten sie also nicht genommen, wenn Sie sie hätten kriegen können?«

Nunheim fuhr sich mit der Zunge über die Unterlippe und sah wachsam zur Schlafzimmertür hinüber. »Na ja«, sagte er langsam mit vorsichtig gedämpfter Stimme, »sie war schon 'ne Klassepuppe. Ich schätze, ich hätte sie nicht gerade abblitzen lassen.«

»Aber Sie haben nie versucht, sie rumzukriegen?«

Nunheim zögerte, zuckte dann die Achseln und sagte: »Sie wissen doch, wie das so geht. Wenn einer so'n bißchen in der Gegend rummacht, versucht er's mit jeder, die ihm über'n Weg läuft.«

Guild sah ihn mißmutig an. »Sie hätten besser daran getan, mir das gleich von vornherein zu sagen. Wo waren Sie an dem Nachmittag, an dem sie umgebracht wurde?«

Der kleine Mann fuhr hoch, als sei er mit einer Nadel gestochen worden. »Um Gottes willen, Lieutenant, Sie glauben doch nicht, daß ich irgend etwas damit zu tun hatte? Weswegen hätte ich ihr wohl was tun sollen?«

»Wo waren Sie?«

Nunheims schlaffe Lippen zuckten nervös.

»An welchem Tag ist sie –« Er brach den Satz ab, als die Schlafzimmertür geöffnet wurde.

Die große Frau kam mit einem Koffer in der Hand heraus. Sie hatte Straßenkleidung angezogen.

»Miriam«, sagte Nunheim.

Sie starrte ihn ausdruckslos an und sagte: »Für Gauner hab ich nichts übrig, und wenn ich's hätte, dann nicht für Gauner, die Polizeispitzel sind, und wenn ich für Gauner, die Polizeispitzel sind, was übrig hätte, dann noch lange nicht für dich.« Sie wandte sich zur Wohnungstür.

Guild, der Nunheim beim Arm gepackt hatte, um ihn daran zu hindern, der Frau zu folgen, wiederholte: »Wo waren Sie?«

Nunheim rief: »Miriam. Geh nicht weg. Ich will mich bessern. Ich will alles tun. Geh nicht weg. Miriam.«

Sie ging hinaus und schloß die Tür.

»Lassen Sie mich gehn«, bat er Guild, »ich will sie zurückholen. Ich kann ohne sie nicht auskommen. Ich bring sie gleich zurück und sag Ihnen auch alles, was Sie wissen wollen. Lassen Sie mich gehn. Ich muß sie haben.«

Guild sagte: »Unsinn. Setzen Sie sich hin.« Er drückte den kleinen Mann auf einen Stuhl. »Wir sind nicht hergekommen, um Sie mit der Mieze um 'nen Maibaum tanzen zu sehn. Wo waren Sie an dem Nachmittag, an dem das Mädchen umgebracht wurde?«

Nunheim schlug die Hände vors Gesicht und fing an zu weinen.

»Halten Sie mich nur länger hin«, sagte Guild, »und ich schlage Sie dumm und dämlich.«

Ich goß etwas Whisky in ein Wasserglas und gab ihn Nunheim.

»Danke, Sir, vielen Dank.« Er trank ihn, hustete und holte ein schmutziges Taschentuch hervor, mit dem er sich das Gesicht abwischte. »Ich kann mich so schnell nicht erinnern,

Lieutenant«, winselte er. »Möglich, daß ich drüben in Charlies Schießbude war, möglich, daß ich hier gewesen bin. Miriam würde es wissen, wenn Sie mich nur gehn ließen, um sie zu holen.«

Guild sagte: »Zum Teufel mit Miriam. Wie würde es Ihnen gefallen, wegen Gedächtnisschwundes eingelocht zu werden?«

»Lassen Sie mir nur eine Minute Zeit zum Nachdenken. Es fällt mir gleich wieder ein. Ich halte Sie nicht hin, Lieutenant. Sie wissen, daß ich Ihnen immer alles sage. Ich bin jetzt nur aufgeregt. Sehn Sie sich mein Handgelenk an.« Er hielt es hoch, um uns sehen zu lassen, wie es anschwoll. »Nur eine Minute.« Er schlug wieder die Hände vors Gesicht.

Guild blinzelte mir zu, und wir warteten darauf, daß das Erinnerungsvermögen des kleinen Mannes einsetzen würde.

Plötzlich nahm er die Hände vom Gesicht und lachte. »Donnerwetter! Es wär mir recht geschehen, wenn Sie mich festgenommen hätten. Das ist der Nachmittag, an dem ich – warten Sie, ich zeig's Ihnen.«

Er ging ins Schlafzimmer.

Nach ein paar Minuten rief Guild: »He, wir haben nicht den ganzen Abend Zeit. Beeilen Sie sich.«

Es kam keine Antwort.

Das Schlafzimmer war leer, als wir hineingingen, und als wir die Tür zum Badezimmer aufmachten, war auch das leer. Ein Fenster stand offen; es führte auf eine Feuerleiter.

Ich sagte nichts und gab mir Mühe, auch nichtssagend dreinzublicken. Guild schob den Hut ein wenig aus der Stirn und sagte: »Ich wollte, er hätte das nicht getan.« Er ging zum Telefon im Wohnzimmer.

Während er telefonierte, stöberte ich in Schubladen und Schränken, aber ich fand nichts. Meine Suche war nicht sehr gründlich, und ich gab sie auf, sobald er den Polizeiapparat in Gang gesetzt hatte.

»Ich schätze, wir werden ihn schon finden«, sagte er. »Ich

hab 'ne Neuigkeit. Wir haben festgestellt, daß Jorgensen mit Kelterman identisch ist.«

»Wer hat das festgestellt?«

»Ich hab einen Mann zu dem Mädchen rübergeschickt, das ihm sein Alibi geliefert hat, zu dieser Olga Fenton, und der hat es schließlich aus ihr herausbekommen. Er sagt, von dem Alibi hätte er sie allerdings nicht abbringen können. Ich fahre mal rüber und versuch's mit ihr. Wollen Sie mitkommen?«

Ich sah auf meine Uhr und sagte: »Das würde ich gern, aber es ist zu spät geworden. Habt ihr ihn euch schon geschnappt?«

»Der Haftbefehl ist rausgegangen.« Er sah mich nachdenklich an. »Und das Baby werde ich schon zum Reden bringen!«

Ich grinste ihn an. »Also wer, glauben Sie, hat sie umgebracht?«

»Darüber mach ich mir keine Sorgen«, sagte er. »Lassen Sie mich nur erst das Material zusammenhaben, um damit genügend Leute unter Druck zu setzen, und ich bekomme den Richtigen zu fassen, bevor abgepfiffen wird.«

Unten auf der Straße versprach er mir, mich auf dem laufenden zu halten, und wir schüttelten uns die Hände und trennten uns. Ein paar Sekunden später kam er mir nachgerannt, um Nora seine allerbesten Empfehlungen zu übermitteln.

17

Zu Hause richtete ich Nora Guilds Botschaft aus und erzählte ihr die Neuigkeiten des Tages.

»Ich habe auch eine Neuigkeit für dich«, sagte sie. »Gilbert Wynant hat kurz hereingeschaut und war sehr enttäuscht, dich nicht anzutreffen. Er bat mich, dir zu sagen, er habe dir etwas von ›äußerster Wichtigkeit‹ mitzuteilen.«

»Vermutlich hat er entdeckt, daß Jorgensen an einer Mutterbindung leidet.«

»Glaubst du, daß Jorgensen sie umgebracht hat?« fragte sie.

»Ich glaubte zu wissen, wer es getan hat«, sagte ich, »aber im Moment ist alles zu verworren, um was anderes als bloße Vermutungen zuzulassen.«

»Und was ist deine Vermutung?«

»Mimi, Jorgensen, Wynant, Nunheim, Gilbert, Dorothy, Tante Alice, Morelli, du, ich oder Guild. Womöglich war's Studsy. Wie wär's mit 'nem Drink?«

Sie mixte ein paar Cocktails. Ich war bei meinem zweiten oder dritten, als sie vom Telefon zurückkam und sagte: »Deine Freundin Mimi wünscht dich zu sprechen.«

Ich ging zum Telefon. »Hallo, Mimi.«

»Es tut mir schrecklich leid, daß ich neulich abend grob gewesen bin, Nick, aber ich war so aufgeregt, und ich bin eben einfach wütend geworden und hab mich in Szene gesetzt. Bitte verzeihen Sie mir.« Sie betete das alles sehr rasch herunter, als sei sie ängstlich darauf bedacht, es hinter sich zu bringen.

»Ist schon gut«, sagte ich.

Sie hatte mir kaum Zeit gelassen, die drei Wörter herauszubringen, als sie wieder zu reden anfing, aber jetzt langsamer und ernsthafter: »Kann ich Sie sehen, Nick? Etwas Schreckliches hat sich ereignet, etwas – ich weiß nicht, was ich tun soll, wohin ich mich wenden kann.«

»Worum geht es denn?«

»Das kann ich Ihnen am Telefon nicht sagen, aber Sie müssen mir sagen, was ich tun soll. Ich muß irgend jemandes Rat haben. Können Sie nicht herüberkommen?«

»Meinen Sie jetzt?«

»Ja. Bitte.«

Ich sagte: »Also gut«, und ging zurück ins Wohnzimmer. »Ich laufe mal zu Mimi rüber. Sie sagt, sie sitzt in der Tinte und braucht Hilfe.«

Nora lachte. »Halt die Ohren steif. Hat sie sich bei dir entschuldigt? Bei mir hat sie's.«

»Ja, wortreich und in einem einzigen Atemzug. Ist Dorothy zu Hause oder noch bei Tante Alice?«

»Noch bei der Tante, laut Gilbert. Wie lange wirst du bleiben?«

»Nicht länger als unbedingt nötig. Wahrscheinlich haben sie Jorgensen festgenommen, und sie will wissen, ob man was dagegen machen kann.«

»Können sie ihm was tun? Ich meine, wenn er das Wolf-Mädchen nicht umgebracht hat?«

»Ich vermute, die alten Anschuldigungen gegen ihn – Absenden von Drohbriefen, versuchte Erpressung – könnten wieder aufgewärmt werden.« Ich setzte mein Glas ab, um Nora und mir selbst eine Frage zu stellen: »Ich überlege, ob er und Nunheim sich wohl kennen.« Ich dachte darüber nach, kam aber zu keinem anderen Schluß, als daß es möglich sei. »Gut, ich mache mich auf den Weg.«

18

Mimi empfing mich mit ausgestreckten Händen. »Es ist schrecklich nett von Ihnen, mir zu verzeihen, Nick, aber schrecklich nett sind Sie ja immer gewesen. Ich weiß nicht, was an dem Montagabend in mich gefahren war.«

Ich sagte: »Nicht der Rede wert.«

Ihr Gesicht war etwas stärker gerötet als gewöhnlich, und die Festigkeit seiner Muskeln ließ es jünger erscheinen. Ihre blauen Augen glänzten sehr stark. Ihre Hände hatten sich in meinen kalt angefühlt. Sie war gespannt vor Erregung, aber ich kam nicht dahinter, von welcher Art die Erregung war.

Sie sagte: »Es war auch von Ihrer Frau schrecklich lieb, daß sie –«

»Nicht der Rede wert.«

»Nick, was können die mit einem machen, wenn man den Beweis verheimlicht, daß jemand des Mordes schuldig ist?«

»Einen als Mitschuldigen anklagen, wenn sie wollen. ›Mitschuldig nach begangener Tat‹ ist die einschlägige Bezeichnung.«

»Auch wenn man's sich aus freien Stücken anders überlegt und ihnen den Beweis liefert?«

»Sie können. Gewöhnlich tun sie's nicht.«

Sie sah sich im Zimmer um, als wolle sie sich vergewissern, daß niemand da sei außer uns beiden, und sagte: »Clyde hat Julia umgebracht. Ich habe den Beweis gefunden und versteckt. Was werden sie mir tun?«

»Wahrscheinlich nichts, außer Ihnen die Hölle heißzumachen – wenn Sie ihn aushändigen. Wynant war mal Ihr Mann: Sie und er stehen einander nahe genug, daß so leicht kein Gericht Sie dafür zur Verantwortung ziehen würde, wenn Sie ihn zu decken versuchten – es sei denn, natürlich, es gäbe Gründe anzunehmen, daß Sie andere Motive hätten.«

Sie fragte kühl, bedächtig: »Nehmen Sie das an?«

»Ich weiß nicht«, sagte ich. »Meine Vermutung würde dahingehen, daß Sie die Absicht hatten, mit diesem Beweis seiner Schuld tüchtig Geld aus ihm herauszuschlagen, sobald Sie mit ihm in Kontakt gekommen wären, und daß jetzt ein anderer Gesichtspunkt aufgetaucht ist, der Sie veranlaßt hat, Ihre Absicht zu ändern.«

Sie krümmte ihre rechte Hand zu einer Klaue und fuhr mir mit ihren spitzen Nägeln ins Gesicht. Ihre Schneidezähne waren zusammengebissen und von den Lippen entblößt.

Ich packte sie beim Handgelenk. »Die Frauen werden so schwierig«, sagte ich, und versuchte, wehmütig zu klingen. »Ich komme gerade von einer, die mit einer Bratpfanne nach einem Kerl geworfen hat.«

Sie lachte, obschon ihre Augen sich nicht veränderten. »Sie sind ein solcher Mistkerl. Sie denken immer nur das Schlechteste von mir, hab ich recht?«

Ich ließ ihr Handgelenk los, und sie rieb die Druckstellen, die meine Finger dort hinterlassen hatten.

»Wer war die Frau, die die Pfanne geworfen hat?« fragte sie. »Eine, die ich kenne?«

»Es war nicht Nora, falls Sie das gedacht haben sollten. Haben sie Sidney-Christian Kelterman-Jorgensen schon festgenommen?«

»Was?«

Ich glaubte ihr die Verwirrung, obgleich beides – sie sowohl wie auch meine Bereitschaft, sie ihr zu glauben – mich selbst überraschte. »Jorgensen ist Kelterman«, sagte ich. »Sie erinnern sich doch an ihn? Ich dachte, Sie wüßten es.«

»Sie meinen diesen schrecklichen Mann, der –«

»Ja.«

»Das glaube ich nicht.« Sie stand auf und rang die Hände. »Nie und nimmer glaube ich das.« Ihr Gesicht war krank vor Angst, ihre Stimme gepreßt, unwirklich wie die eines Bauchredners. »Ich glaub's nicht.«

»Das ist eine große Hilfe«, sagte ich.

Sie hörte mir nicht zu. Sie wandte sich ab und ging zu einem Fenster, wo sie, den Rücken mir zugekehrt, stehenblieb.

Ich sagte: »Da draußen vor dem Haus steht ein Wagen mit ein paar Männern darin, die aussehen, als könnten sie Bullen sein und nur auf den Moment warten, ihn festzunehmen, sobald er –«

Sie drehte sich um und fragte mit schneidender Stimme: »Sind Sie sicher, daß er Kelterman ist?« Aus ihrem Gesicht war fast alle Furcht gewichen, und ihre Stimme klang jedenfalls wieder menschlich.

»Die Polizei ist es.«

Wir starrten einander an, jeder mit seinen eigenen Gedanken beschäftigt. Ich überlegte, daß sie nicht befürchtet hatte, Jorgensen könne Julia Wolf umgebracht haben oder daß er womöglich verhaftet werden würde: sie hatte Angst, er habe sie bloß geheiratet, weil das einen Schachzug in irgendeinem gegen Wynant gerichteten Plan darstellte.

Als ich lachte – nicht, weil ich den Gedanken komisch

fand, sondern weil er mir so plötzlich gekommen war –, zuckte sie zusammen und lächelte unsicher. »Ich glaube es nicht«, sagte sie, und ihre Stimme war jetzt ganz sanft, »bis er es mir selber sagt.«

»Und wenn er's tut, was dann?«

Sie zuckte ein wenig mit den Schultern, und ihre Unterlippe bebte. »Er ist mein Mann.«

Das hätte ich komisch finden sollen, aber es ärgerte mich. Ich sagte: »Mimi, ich bin Nick. Sie erinnern sich doch an mich, N-i-c-k.«

»Ich weiß, Sie haben nie viel Gutes an mir gefunden«, sagte sie. »Sie glauben, ich bin –«

»Schon gut. Schon gut. Denken Sie nicht mehr daran. Kommen wir auf das Beweisstück gegen Wynant zurück, das Sie ausfindig gemacht haben.«

»Ja, das«, sagte sie und wandte sich von mir ab. Als sie sich umdrehte, bebte ihre Unterlippe erneut. »Das war eine Lüge, Nick. Ich habe überhaupt nichts gefunden.« Sie trat nahe an mich heran. »Clyde hatte kein Recht, solche Briefe an Alice und Macaulay zu schicken und alle mißtrauisch gegen mich zu machen, und ich dachte, es geschähe ihm recht, wenn ich was gegen ihn anzetteln würde, weil ich wirklich glaubte – ich meine, ich glaube es tatsächlich –, daß er sie umgebracht hat, und es war nur –«

»Was haben Sie angezettelt?« fragte ich.

»Ich – noch gar nichts. Ich wollte zunächst einmal hören, was sie tun könnten – Sie wissen schon, wegen der Dinge, nach denen ich Sie gefragt habe. Ich hätte behaupten können, sie sei noch einmal zu sich gekommen, als ich mit ihr allein war, während die anderen telefonierten, und sie habe mir gesagt, er sei es gewesen.«

»Sie haben nicht gesagt, Sie hätten was gehört und es verschwiegen, Sie haben gesagt, daß Sie was gefunden und es versteckt hätten.«

»Ich hatte mich noch nicht richtig entschieden, was ich –«

»Wann haben Sie von Wynants Brief an Macaulay gehört?«

»Heute nachmittag«, sagte sie, »es war einer von der Polizei hier.«

»Hat er Sie nichts über Kelterman gefragt?«

»Er hat mich gefragt, ob ich ihn kenne oder jemals gekannt habe, und ich glaubte, die Wahrheit zu sagen, als ich mit nein antwortete.«

»Womöglich haben Sie das«, sagte ich, »und zum erstenmal glaube ich, daß Sie die Wahrheit gesagt haben, als Sie sagten, Sie hätten irgendeine Art von Beweis gegen Wynant.«

Ihre Augen weiteten sich. »Das verstehe ich nicht.«

»Ich auch nicht, aber es könnte folgendermaßen sein: Sie könnten etwas gefunden und beschlossen haben, es zurückzuhalten, vermutlich mit der Idee, es an Wynant zu verkaufen; dann aber, als die Leute durch seine Briefe auf Sie aufmerksam zu werden begannen, haben Sie sich entschlossen, den Gedanken an das Geld aufzugeben und sich an ihm zu rächen und zugleich selber zu schützen, indem Sie das Beweisstück der Polizei übergäben; und schließlich, als Sie erfuhren, daß Jorgensen mit Kelterman identisch ist, machten Sie eine weitere Kehrtwendung um hundertachtzig Grad und hielten es zurück, diesmal nicht wegen des Geldes, sondern um Jorgensen einer möglichst unangenehmen Lage auszusetzen, zur Strafe dafür, daß er Sie nicht aus Liebe geheiratet, sondern bloß als Figur in seinem Spiel gegen Wynant benutzt hat.«

Sie lächelte ruhig und sagte: »Sie trauen mir wirklich alles zu, nicht?«

»Das spielt keine Rolle«, sagte ich. »Was für Sie eine Rolle spielen sollte, ist die Tatsache, daß Sie Ihr Leben wahrscheinlich in irgendeinem Gefängnis beschließen werden.«

Ihr Schrei war nicht laut, aber er war schrecklich, und die Angst, die ihr vordem im Gesicht gestanden hatte, war nichts gegen die, die sich jetzt darin malte. Sie packte meine Rockaufschläge, klammerte sich daran fest und stammelte:

»Sagen Sie das nicht, bitte nicht. Sagen Sie, daß Sie das nicht glauben.«

Sie zitterte, und um sie zu stützen, legte ich einen Arm um sie.

Wir hörten Gilbert erst, als er hustete und fragte: »Geht's dir nicht gut, Mama?«

Sie ließ zögernd meine Rockaufschläge los, trat einen Schritt zurück und sagte: »Deine Mutter ist eine törichte Frau.« Sie zitterte noch immer, aber sie lächelte mich an, und sie gab ihrer Stimme einen scherzhaften Unterton: »Sie sind ein Scheusal, mich so zu erschrecken.«

Ich sagte, daß es mir leid tue.

Gilbert legte seinen Mantel und seinen Hut auf einen Stuhl und blickte mit höflichem Interesse von ihr zu mir. Als offenkundig wurde, daß keiner von uns ihm irgendeine Erklärung geben würde, hüstelte er, sagte: »Es freut mich sehr, Sie zu sehen«, und trat näher, um mir die Hand zu schütteln.

Ich sagte, ich fände es nett, ihn zu sehen.

Mimi sagte: »Deine Augen sehen überanstrengt aus. Ich wette, du hast wieder den ganzen Nachmittag ohne Brille gelesen.« Sie schüttelte den Kopf und sagte mir: »Er ist genauso unvernünftig wie sein Vater.«

»Gibt es irgendwelche Nachrichten von Vater?« fragte er.

»Nichts seit diesem falschen Alarm wegen seines angeblichen Selbstmordversuchs«, sagte ich. »Ich nehme an, Sie haben erfahren, daß es falscher Alarm war.«

»Ja.« Er zögerte. »Ich würde Sie gern ein paar Minuten sprechen, bevor Sie weggehen.«

»Aber du sprichst ihn doch schon, Liebling«, sagte Mimi. »Habt ihr beiden Geheimnisse miteinander, von denen ich nichts wissen darf?« Ihr Tonfall wirkte einigermaßen unbeschwert. Sie zitterte nicht mehr.

»Es würde dich langweilen.« Er nahm Hut und Mantel, nickte mir zu und verließ den Raum.

Mimi schüttelte wieder den Kopf und sagte: »Ich verstehe das Kind überhaupt nicht. Was mag er sich bei unserem Anblick gedacht haben?« Sie schien nicht sonderlich beunruhigt zu sein. Dann, ernsthafter: »Was hat Sie veranlaßt, das zu sagen, Nick?«

»Daß Sie Ihr Leben im –«

»Nein, lassen Sie nur.« Sie schauderte. »Ich will es nicht hören. Können Sie nicht zum Essen bleiben? Ich bin wahrscheinlich ganz allein.«

»Tut mir leid, ich kann nicht. Also wie war das mit dem Beweisstück, das Sie gefunden haben?«

»Ich habe nicht wirklich was gefunden. Das war eine Lüge.« Sie runzelte die Stirn. »Sehen Sie mich nicht so an. Es war wirklich eine Lüge.«

»Sie haben mich also bloß kommen lassen, um mich anzulügen?« fragte ich. »Und warum haben Sie sich's dann anders überlegt?«

Sie kicherte. »Sie müssen mich schon wirklich mögen, Nick, sonst wären Sie nicht immer so unausstehlich.«

Ich konnte der Logik dieser Art von Beweisführung nicht folgen. Ich sagte: »Na, ich werde mal sehen, was Gilbert will, und mich dann auf den Weg machen.«

»Ich wünschte, Sie könnten noch bleiben.«

»Tut mir leid, ich kann's nicht«, wiederholte ich. »Wo finde ich ihn?«

»Die zweite Tür zur – werden sie Chris wirklich festnehmen?«

»Das hängt davon ab«, sagte ich ihr, »was für Antworten er ihnen gibt. Er wird ihnen ziemlich reinen Wein einschenken müssen, wenn er ungeschoren davonkommen will.«

»Oh, er wird –« Sie unterbrach sich, sah mich scharf an, fragte: »Sie führen mich doch nicht an der Nase herum? Er ist wirklich dieser Kelterman?«

»Die Polizei hat keinen Zweifel daran.«

»Aber der Mann, der heute nachmittag hier war, hat keine

einzige Frage gestellt, die was mit Chris zu tun hatte«, wandte sie ein. »Er fragte mich nur, ob ich wüßte –«

»Da waren sie sich noch nicht sicher«, erklärte ich. »Es war bloß erst so eine vage Idee.«

»Aber jetzt sind sie sicher?«

Ich nickte.

»Wie sind sie dahintergekommen?«

»Durch ein Mädchen, das er kennt«, sagte ich.

»Welches Mädchen?« Ihre Augen verdüsterten sich ein wenig, aber ihre Stimme blieb beherrscht.

»Ihr Name fällt mir nicht ein.« Dann kehrte ich zur Wahrheit zurück. »Dieselbe, die ihm sein Alibi für den Nachmittag geliefert hat, an dem der Mord geschah.«

»Alibi?« fragte sie entrüstet. »Wollen Sie mir weismachen, daß die Polizei den Angaben von so einer Glauben schenkt?«

»Von was für einer?«

»Sie wissen, was ich meine.«

»Das weiß ich nicht. Kennen Sie sie?«

»Nein«, sagte sie, als hätte ich sie beleidigt. Sie kniff die Augen zusammen und senkte die Stimme, bis sie kaum mehr als ein Flüstern war: »Nick, vermuten Sie, daß er Julia umgebracht hat?«

»Warum sollte er das getan haben?«

»Angenommen, er hat mich geheiratet, um sich an Clyde zu rächen«, sagte sie, »und – Sie wissen, er hat mich gedrängt, herzukommen, um aus Clyde Geld herauszuschlagen. Kann sein, daß es meine Idee gewesen war, aber er hat mich dazu gedrängt. Und nehmen Sie weiter an, zufällig ist ihm Julia über den Weg gelaufen. Sie hat ihn gekannt, natürlich, weil sie beide zur gleichen Zeit für Clyde gearbeitet hatten. Und er hat gewußt, daß ich an jenem Nachmittag zu ihr ging, und befürchtet, daß sie ihn, wenn ich sie in Wut brächte, womöglich vor mir bloßstellen würde, und so – könnte das nicht sein?«

»Das reimt sich überhaupt nicht zusammen. Übrigens sind

Sie doch an dem Nachmittag gemeinsam mit ihm von hier fortgegangen. Er hätte gar keine Zeit gehabt, um –«

»Aber mein Taxi kam schrecklich langsam voran«, sagte sie, »und außerdem hab ich's vielleicht noch irgendwo halten lassen – ich glaube, das hab ich. Ich glaube, ich hab's an einem Drugstore halten lassen, um mir Aspirin zu kaufen.« Sie nickte energisch. »Ich erinnere mich, daß es so war.«

»Und er wußte, daß Sie die Fahrt unterbrechen würden, weil Sie es ihm angekündigt hatten«, schlug ich vor. »So können Sie nicht weitermachen, Mimi. Mord ist was Ernstes. Es ist nichts, was man anderen in die Schuhe schieben kann, bloß weil sie einem übel mitgespielt haben.«

»Übel mitgespielt?« fragte sie und funkelte mich an. »Oh, dieser ...« Sie belegte Jorgensen mit allen gebräuchlichen gemeinen, obszönen und sonstwie beleidigenden Schimpfwörtern, und ihre Stimme wurde zunehmend schriller, bis sie mir am Ende förmlich ins Gesicht schrie. Als sie anhielt, um Atem zu holen, sagte ich: »Das sind zwar hübsche Flüche, aber sie –«

»Er hat sogar die Stirn gehabt, anzudeuten, daß ich sie umgebracht haben könnte«, sagte sie. »Er hatte nicht die Stirn, mich direkt danach zu fragen, aber er hat so lange drum herumgeredet, bis ich ihm ausdrücklich erklärte, daß – also, daß ich's nicht getan habe.«

»Das ist es nicht, was Sie hatten sagen wollen. Was haben Sie ihm ausdrücklich erklärt?«

Sie stampfte mit dem Fuß auf. »Hören Sie auf damit, mich ins Kreuzverhör zu nehmen.«

»Nun gut, dann scheren Sie sich doch zum Teufel«, sagte ich. »Es war nicht meine Idee, hierherzukommen.« Ich ging, um Hut und Mantel zu holen. Sie lief hinter mir her, packte mich am Arm. »Bitte, Nick, es tut mir leid. Es ist mein verdammtes Temperament. Ich weiß nicht, was ich –«

Gilbert kam herein und sagte: »Ich begleite Sie ein Stück.«

Mimi sah ihn verärgert an. »Du hast gelauscht.«

»Was blieb mir denn anderes übrig, wo du so laut geschrien hast?« sagte er. »Kann ich etwas Geld haben?«

»Und wir haben noch gar nicht zu Ende geredet«, sagte sie.

Ich sah auf meine Uhr. »Ich muß laufen, Mimi. Es ist spät.«

»Kommen Sie noch mal zurück, wenn Sie Ihre Verabredung hinter sich gebracht haben?«

»Wenn es nicht zu spät wird. Warten Sie nicht auf mich.«

»Ich werde hier sein«, sagte sie. »Es spielt keine Rolle, wie spät es ist.« Ich sagte, ich würde versuchen, es zu schaffen. Sie gab Gilbert sein Geld. Er und ich gingen nach unten.

19

»Ich habe gelauscht«, erzählte mir Gilbert, als wir das Gebäude verließen. »Ich finde es albern, nicht zu lauschen, wann immer sich eine Gelegenheit dazu bietet, wenn man Interesse daran hat, die Menschen zu studieren, weil sie nie genau so sind, wie sie sich geben, wenn man dabei ist. Natürlich mögen die Leute es nicht, wenn sie's wissen, aber schließlich« – er lächelte – »gehe ich auch nicht davon aus, daß Vögel und Tiere es mögen, wenn Naturforscher sie beobachten.«

»Haben Sie viel davon mitbekommen?« fragte ich.

»Oh, genug, um zu wissen, daß mir von dem, was wichtig war, nichts entgangen ist.«

»Und was halten Sie davon?«

Er spitzte den Mund, runzelte die Stirn, sagte abwägend: »Es ist schwer, das genau zu beurteilen. Mama kann manchmal ganz gut was verbergen, aber sich was ausdenken hat sie nie gut gekonnt. Das ist 'ne komische Sache – Sie werden das schon bemerkt haben, nehme ich an –, daß die Menschen, die am häufigsten lügen, darin fast immer auch am ungeschicktesten sind, und sie fallen auf Lügen auch leichter rein als die meisten anderen Menschen. Man sollte meinen, daß sie vor Lügen auf der Hut sind, aber sie scheinen gerade diejenigen zu sein, die so ziemlich alles glauben. Ich nehme an, Sie haben das auch schon bemerkt, hab ich recht?«

»Ja.«

Er sagte: »Was ich Ihnen sagen wollte: Chris ist letzte Nacht nicht nach Hause gekommen. Deshalb ist Mama aufgeregter als gewöhnlich, und als ich heute morgen die Post entgegennahm, war ein Brief an ihn darunter, und ich dachte mir, daß da was drinstehen könnte, also hab ich ihn über Dampf geöffnet.« Er zog einen Brief aus der Tasche und hielt ihn mir hin. »Sie lesen ihn am besten gleich, damit ich ihn wieder zukleben und morgen zwischen die andere Post legen kann für den Fall, daß er zurückkommt, obwohl ich das nicht glaube.«

»Warum glauben Sie das nicht?« fragte ich, als ich den Brief an mich nahm.

»Na ja, er ist wirklich Kelterman ...«

»Haben Sie darüber irgendwas zu ihm gesagt?«

»Ich hatte keine Gelegenheit dazu. Ich habe ihn nicht mehr gesehen, seit Sie's mir gesagt haben.«

Ich betrachtete den Brief in meiner Hand. Der Umschlag trug den Poststempel Boston, Massachusetts, 27. Dezember 1932, und war von einer etwas kindlichen Frauenhandschrift an Mr. Christian Jorgensen, Courtland Apts., New York, N. Y. adressiert. »Wie kamen Sie darauf, ihn zu öffnen?« fragte ich, während ich den Brief aus dem Umschlag holte.

»Ich glaube nicht an Eingebung«, sagte er, »aber es gibt wahrscheinlich Gerüche, Geräusche, vielleicht irgendwas an der Handschrift, was man nicht erklären kann, wessen man sich womöglich nicht mal bewußt ist, das einen manchmal beeinflußt. Ich weiß nicht, was es war: ich hatte bloß so ein Gefühl, daß irgendwas Wichtiges drinstehen könnte.«

»Haben Sie häufig solche Gefühle, wenn es um die Post der Familie geht?«

Er warf mir einen raschen Seitenblick zu, als wolle er sehen, ob ich mich über ihn mokiere, dann sagte er: »Nicht oft, aber ich habe ihre Post schon früher manchmal geöffnet. Ich hab Ihnen doch gesagt, daß ich es interessant finde, Menschen zu studieren.«

Ich las den Brief:

Lieber Sid –

Olga hat mir geschrieben, Du bist zurück in den Vereinigten Staaten und verheiratet mit einer anderen und nennst Dich Christian Jorgensen. Das ist nicht recht Sid wie Du ganz genau weißt desgleichen daß Du mich ohne ein Wort von Dir allein gelassen hast all die Jahre. Und ohne Geld. Ich weiß Du hast weggehen müssen wegen dem Ärger den Du mit Mr. Wynant gehabt hast bin aber sicher er hat das alles längst vergessen und ich finde Du hättest mir schreiben können denn Du weißt ganz genau ich bin immer Deine Freundin gewesen und bereit jederzeit alles für Dich zu tun was in meiner Macht steht. Ich will nicht mit Dir schimpfen, Sid aber ich muß Dich sehen. Ich muß wegen Neujahr Montag und Dienstag nicht im Laden arbeiten und komme Samstag nach New York runter und muß Dich sprechen. Schreib mir wo Du mich treffen willst und um wieviel Uhr denn ich will Dir keine Schwierigkeiten machen. Denk daran daß Du mir gleich schreibst damit ich rechtzeitig Bescheid kriege.

Deine treue Frau
Georgia

Eine Adresse war hinzugefügt.

Ich machte: »Hm, hm, hm« und steckte den Brief in den Umschlag zurück. »Und Sie haben der Versuchung widerstanden, Ihrer Mutter davon zu erzählen?«

»Oh, ich wußte, wie sie darauf reagieren würde. Sie haben ja gesehen, wie schwer sie schon an dem zu schlucken hatte, was Sie ihr erzählten. Was, glauben Sie, sollte ich deshalb unternehmen?«

»Sie sollten's mich der Polizei sagen lassen.«

Er nickte sofort. »Wenn Sie meinen, das sei das Beste. Sie können ihn denen zeigen, wenn Sie wollen.«

Ich sagte: »Danke« und steckte den Brief in meine Tasche.

Er sagte: »Da ist noch 'ne andere Sache: ich hatte ein bißchen Morphium zum Experimentieren, und jemand hat es gestohlen, ungefähr eins Komma drei Gramm.«

»Wie experimentieren?«

»Einnehmen. Ich wollte die Wirkung studieren.«

»Und wie hat sie Ihnen gefallen?«

»Oh, ich hatte nicht erwartet, daß sie mir gefällt. Ich wollte nur darüber Bescheid wissen. Ich mag keine Sachen, die meinen Geist abstumpfen. Deswegen trinke ich nicht sehr oft und rauche auch ganz wenig. Trotzdem will ich Kokain probieren, weil das den Verstand schärfen soll, das stimmt doch?«

»Man sagt es. Wer, glauben Sie, hat das Zeug geklaut?«

»Ich habe Dorothy im Verdacht, weil ich über sie eine bestimmte Theorie entwickelt habe. Deshalb gehe ich zum Essen zu Tante Alice: Dorrie ist noch bei ihr, und ich will es herauskriegen. Ich kann sie dazu bringen, mir alles zu erzählen.«

»Also, wenn sie dort gewesen ist«, fragte ich, »wie sollte sie dann –«

»Sie war gestern abend ganz kurz zu Hause«, sagte er, »und außerdem weiß ich nicht genau, wann es gestohlen worden ist. Ich habe die Schachtel, in der es gewesen ist, heute zum erstenmal seit drei oder vier Tagen aufgemacht.«

»Wußte sie, daß Sie es hatten?«

»Ja. Das ist einer der Gründe, warum ich sie im Verdacht habe. Ich glaube nicht, daß irgendwer außer ihr davon gewußt hat. Ich habe auch mit ihr experimentiert.«

»Wie hat es ihr gefallen?«

»Oh, es hat ihr ganz gut gefallen, aber sie hätte es sowieso genommen. Aber was ich Sie fragen wollte, könnte sie in so kurzer Zeit süchtig geworden sein?«

»Wie kurz?«

»Innerhalb einer Woche – nein – zehn Tagen.«

»Kaum, es sei denn, sie hat sich das selber eingeredet. Haben Sie ihr viel gegeben?«

»Nein.«

»Lassen Sie mich's wissen, wenn Sie es herausgefunden haben«, sagte ich. »Ich werde mir hier ein Taxi schnappen. Bis dann.«

»Sie kommen heute abend doch noch mal zu uns rüber, oder?«

»Wenn ich es einrichten kann. Vielleicht sehe ich Sie dann noch.«

»Ja«, sagte er, »und vielen Dank.«

Beim ersten Drugstore ließ ich halten, um Guild anzurufen. Ich rechnete nicht damit, ihn noch in seinem Büro zu erwischen, hoffte jedoch zu erfahren, wie ich ihn zu Hause erreichen konnte. Er war dann aber doch noch dort.

»Sie arbeiten lange«, sagte ich.

Sein »So ist es« klang sehr aufgeräumt.

Ich las ihm Georgias Brief vor und gab ihm ihre Adresse.

»Guter Fund«, sagte er.

Ich erzählte ihm, daß Jorgensen seit dem Vortag nicht zu Hause gewesen war.

»Glauben Sie, daß wir ihn in Boston finden?«

»Entweder dort«, mutmaßte ich, »oder so weit südlich, wie er in der Zwischenzeit nur kommen konnte.«

»Wir werden beides versuchen«, sagte er, immer noch aufgeräumt. »Jetzt habe ich aber eine kleine Neuigkeit für Sie. Unseren Freund Nunheim hat man ungefähr eine Stunde, nachdem er uns entwischt ist, mit Zwounddreißigern vollgepumpt – mausetot. Die Kügelchen sehen ganz so aus, als kämen sie aus derselben Waffe, mit der die Wolf-Dame umgelegt wurde. Die Experten vergleichen sie gerade. Ich schätze, er wünschte, er wäre dageblieben und hätte mit uns geredet.«

20

Als ich nach Hause kam, führte Nora mit einer Hand ein Stück kalter Ente zum Mund, während sie mit der anderen ein Puzzle zusammensetzte. »Ich dachte schon, du seist zu ihr gezogen«, sagte sie. »Du bist mal Detektiv gewesen: such mir ein bräunliches Stück, das aussieht wie eine Schnecke mit einem langen Hals.«

»Stück Ente oder Stück Puzzle? Laß uns heute abend nicht zu den Edges gehen: das sind langweilige Leute.«

»Ist gut, aber sie werden einschnappen.«

»Das Glück werden wir nicht haben«, unkte ich. »Den Quinns würden sie's übelnehmen –«

»Harrison hat angerufen und wollte dich sprechen. Er sagte, ich soll dir sagen, jetzt sei der richtige Moment, einige McIntyre-Porcupine- oder Portlandstein-Aktien – ich glaube, so hießen die – zu kaufen, um deine Dome-Papiere zu ergänzen. Er sagte, sie stehen auf zwanzig ein viertel.« Sie legte einen Finger auf das Puzzle. »Das Stück, das ich brauche, gehört hier hinein.«

Ich fand das gesuchte Stück und erzählte ihr fast Wort für Wort, was sich bei Mimi abgespielt hatte und was gesagt worden war.

»Das glaube ich nicht«, sagte sie. »Das hast du dir ausgedacht. Solche Menschen gibt's gar nicht. Was ist los mit denen? Sind sie die ersten Exemplare einer neuen Monsterrasse?«

»Ich berichte dir bloß, was vorgefallen ist; ich erkläre es nicht.«

»Wie würdest du es erklären? In dieser Familie scheint es jetzt, nachdem Mimi sich gegen ihren Chris gestellt hat, kein einziges Mitglied zu geben, das auch nur das leiseste einigermaßen freundliche Gefühl für irgendeines der anderen hegt, und trotzdem haben sie alle irgendwas gemeinsam.«

»Vielleicht ist das die Erklärung«, schlug ich vor.

»Ich würde gern Tante Alice sehen«, sagte sie. »Willst du diesen Brief der Polizei übergeben?«

»Ich habe Guild schon angerufen«, entgegnete ich und erzählte ihr von Nunheim.

»Was hat das zu bedeuten?« fragte sie.

»Zunächst mal, daß die Polizei, wenn Jorgensen nicht in der Stadt ist, was ich glaube, und wenn die Kugeln aus derselben Waffe kommen, mit der Julia Wolf ermordet wurde, und das tun sie vermutlich, daß also die Polizei seinen Komplizen finden muß, wenn sie ihm was anhängen will.«

»Ich bin sicher, wenn du ein guter Detektiv wärst, könntest du mir alles viel besser klarmachen, als das jetzt der Fall ist.« Sie wandte sich wieder ihrem Puzzlespiel zu. »Gehst du noch mal zu Mimi zurück?«

»Das bezweifle ich. Wie wär's, wenn du diesen Fummelkram mal liegen ließest und wir uns was zu essen besorgten?«

Das Telefon klingelte, und ich sagte, ich wolle hingehen. Es war Dorothy Wynant. »Hallo, Nick?«

»Derselbe. Guten Abend, Dorothy.«

»Gil ist gerade hergekommen und hat mich wegen Sie-wissen-schon-weswegen gefragt, und ich wollte Ihnen nur sagen, daß ich es an mich genommen habe, aber ich hab's nur getan, um zu verhindern, daß er süchtig wird.«

»Was haben Sie damit gemacht?« fragte ich.

»Er hat mich gezwungen, es ihm wiederzugeben, und er glaubte mir nicht, aber, ehrlich, das ist der einzige Grund, weswegen ich es ihm weggenommen habe.«

»Ich glaub's Ihnen.«

»Wollen Sie es dann Gil sagen? Wenn Sie mir glauben, wird er es auch tun, weil er meint, Sie kennen sich aus in solchen Sachen.«

»Ich werd's ihm sagen, sobald ich ihn sehe«, versprach ich.

Nach einer Pause sagte sie: »Wie geht es Nora?«

»Sieht mir ganz danach aus, als ginge es ihr gut. Wollen Sie sie sprechen?«

»Ja, gern, aber da ist noch etwas, was ich Sie fragen wollte. Hat – hat Mama irgendwas über mich gesagt, als Sie heute bei ihr waren?«

»Soviel ich mich erinnere, nein. Warum?«

»Und Gil?«

»Nur über das Morphium.«

»Sind Sie sicher?«

»Ziemlich sicher«, sagte ich. »Warum?«

»Ach, nichts, – wenn Sie sicher sind. Es ist zu albern.«

»Gut. Dann hole ich Nora.« Ich ging ins Wohnzimmer. »Dorothy will dich sprechen. Lad sie nicht zum Abendessen ein.«

Als Nora vom Telefon zurückkam, hatte sie einen Ausdruck in den Augen, der mir nicht geheuer vorkam.

»Na, was ist los?« fragte ich.

»Nichts. Nur ›Wie geht's Ihnen‹ und so was.«

Ich sagte: »Wenn du mich alten Mann belügst, wird Gott dich strafen.«

Wir gingen in ein japanisches Lokal in der Fifty-eighth Street zum Dinner, und dann ließ ich mich von Nora doch noch überreden, zu den Edges zu gehen.

Halsey Edge war ein großer, hagerer Mann in den Fünfzigern, mit verhärmtem gelbem Gesicht und keinem einzigen Haar. Er nannte sich selbst einen ›Ghul aus Beruf und Neigung‹ – sein einziger Scherz, sofern es überhaupt einer war –, womit er zum Ausdruck bringen wollte, daß er Archäologe sei, und er war sehr stolz auf seine Sammlung von Streitäxten. Er war gar nicht mal so schlimm, wenn man sich einmal damit abgefunden hatte, daß einem gelegentliche Bestandsaufnahmen seines gesamten Arsenals – Steinäxte, Kupferäxte, Bronzeäxte, zweischneidige Äxte, facettiert geschliffene Äxte, vieleckige Äxte, Breitäxte, Hammeräxte, Krummäxte, mesopotamische Äxte, ungarische Äxte, nordische Äxte, und alle sahen sie ziemlich wurmstichig aus – nicht erspart blieb. Es war seine Frau, gegen die wir was hatten. Sie hieß eigentlich Leda, aber er nannte sie Tip. Sie war sehr klein, und ihr Haar, ihre Augen und ihre Haut waren, obschon natürlich von unterschiedlicher Tönung, ausnahmslos lehmfarben. Sie saß nicht – sie hockte auf Sitzmöbeln und liebte es, ihren Kopf ein wenig zur Seite zu neigen. Noras Theorie zufolge war Tip, als Edge irgendwann einmal ein antikes Grab geöffnet hatte, ihm daraus entgegengesprungen, und Margot Innes sprach von ihr immer nur als von einem Gnom, wobei sie jeden Buchstaben einzeln betonte. Sie erklärte mir einmal, sie glaube, daß von der zwanzig Jahre zurückliegenden Literatur nichts Bestand haben werde, da sie keine Psychiatrie enthalte. Sie wohnten in einem hübschen dreistöckigen alten Haus an der Peripherie von Greenwich Village, und ihre Alkoholika waren ausgezeichnet.

Ein Dutzend oder mehr Leute waren da, als wir ankamen. Tip stellte uns denen vor, die wir nicht kannten, und drängte mich in eine Ecke. »Warum haben Sie mir nicht gesagt, daß diese Leute, denen ich Weihnachten bei Ihnen begegnet bin, in eine Mordaffäre verwickelt sind?« fragte sie und neigte den Kopf so weit nach links, daß ihr Ohr praktisch auf ihrer Schulter zu liegen kam.

»Ich weiß nicht, ob sie das sind. Übrigens, was bedeutet heutzutage schon eine Mordaffäre?«

Sie neigte den Kopf nach rechts. »Sie haben mir nicht einmal gesagt, daß Sie den Fall übernommen haben.«

»Ich hätte was nicht getan? Oh, ich verstehe, was Sie meinen. Richtig. Das hab ich nicht gesagt, und ich hab's auch nicht getan. Die Tatsache, daß ich angeschossen wurde, sollte Beweis genug sein, daß ich ein unschuldiger Außenstehender war.«

»Tut es sehr weh?«

»Es juckt. Ich habe vergessen, heute nachmittag den Verband zu wechseln.«

»War Nora nicht äußerst erschrocken?«

»Das war ich auch, und das war auch der Kerl, der auf mich geschossen hat. Da ist Halsey. Ich habe noch gar nicht mit ihm gesprochen.«

Als ich an ihr vorbeischlüpfte, um ihr zu entkommen, sagte sie: »Harrison hat versprochen, die Tochter heute abend mitzubringen.«

Ich unterhielt mich ein paar Minuten mit Edgar – hauptsächlich über ein Grundstück in Pennsylvanien, das er kaufen wollte –, suchte mir selber was zu trinken und hörte Larry Crowley und Phil Thames zu, die sich schlüpfrige Geschichten erzählten, bis irgendeine Frau dazukam und Phil – er las an der Columbia-Universität – eine der Fragen über Technokratie stellte, die man in dieser Woche zu stellen hatte. Larry und ich stahlen uns davon.

Wir gingen rüber nach dort, wo Nora saß. »Achtung«, sagte sie mir. »Der Gnom ist wild entschlossen, die Interna der Julia-Wolf-Mordgeschichte aus dir rauszuholen.«

»Soll sie sie doch aus Dorothy herausholen«, sagte ich. »Sie kommt mit Quinn.«

»Ich weiß.«

Larry sagte: »Er ist verrückt nach dem Mädchen, nicht? Er sagte mir, daß er sich von Alice scheiden lassen und sie heiraten will.«

Nora sagte: »Arme Alice«, voller Mitgefühl. Sie mochte Alice nicht.

Larry sagte: »Kommt drauf an, von welcher Seite aus man's betrachtet.« Er mochte Alice. »Ich hab gestern den Kerl gesehen, der mit der Mutter von dem Mädchen verheiratet ist. Du weißt, den langen Kerl, den ich bei euch getroffen habe.«

»Jorgensen?«

»Ja, den. Er kam aus einem Leihhaus an der Sixth Avenue, kurz vor der Ecke Forty-Sixth Street.«

»Hast du mit ihm gesprochen?«

»Ich saß in einem Taxi. Ist wohl sowieso höflicher, wenn jemand aus dem Leihhaus kommt, so zu tun, als sehe man ihn nicht.«

Tip machte »P-s-s-t« in alle Richtungen, und Levi Oscant fing an, Klavier zu spielen. Quinn und Dorothy trafen ein, während er spielte. Quinn war sternhagelvoll, und Dorothy schien um einiges mehr als nur beschwipst zu sein.

Sie kam zu mir herüber und flüsterte: »Ich will gehen, wenn Sie und Nora gehen.«

Ich sagte: »Sie werden nicht zum Frühstück bleiben.«

Tip machte »P-s-s-t« in meine Richtung.

Wir hörten uns noch weitere Musik an.

Dorothy saß eine Minute lang unruhig neben mir und fing dann wieder an zu flüstern: »Gil hat gesagt, Sie gingen nachher noch zu Mama. Tun Sie das?«

»Ich glaube nicht.«

Quinn kam schwankend auf uns zu. »Wie geht's Ihnen, mein Junge? Wie geht's Ihnen, Nora? Haben Sie ihm meinen Wink weitergegeben?« (Tip machte »P-s-s-s-t« zu ihm. Er beachtete sie nicht. Andere Leute sahen erleichtert aus und fingen an, sich zu unterhalten). »Hören Sie, Junge, die Golden Gate Trust gehört doch zu Ihren Bankverbindungen, stimmt's?«

»Ich hab ein bißchen Geld dort.«

»Nehmen Sie's raus, Junge. Ich hab heute abend gehört, die sollen ganz schön wackeln.«

»Ist gut. Viel drauf hab ich da sowieso nicht.«

»Nein? Was machen Sie denn mit all Ihrem Geld?«

»Ich und die Franzosen, wir horten Geld.«

Er schüttelte gewichtig den Kopf. »Es sind Burschen wie Sie, die das Land kaputtmachen.«

»Und es sind Burschen wie ich, die nicht mit ihm kaputtgehen«, sagte ich. »Wo haben Sie sich so vollaufen lassen?«

»Alice ist schuld. Sie ist seit einer Woche schlechter Laune. Wenn ich nicht trinken würde, wäre ich schon verrückt geworden.«

»Warum ist sie schlecht gelaunt?«

»Wegen meiner Trinkerei. Sie denkt –« Er beugte sich vor und senkte vertraulich die Stimme. »Hören Sie, Sie alle sind meine Freunde, und ich will Ihnen sagen, was ich tun werde. Ich laß mich scheiden und heirate –«

Er hatte versucht, einen Arm um Dorothy zu legen. Sie stieß ihn weg und sagte: »Du bist blöd und du bist langweilig. Ich wollte, du würdest mich in Ruhe lassen.«

»Sie findet mich blöd und langweilig«, teilte er mir mit. »Wissen Sie, warum sie mich nicht heiraten will? Ich wette, das wissen Sie nicht. Weil sie nämlich in –«

»Hör auf! Hör auf, du betrunkener Quatschkopf!« Dorothy schlug mit beiden Händen auf sein Gesicht ein. Ihres war rot, ihre Stimme schrill. »Wenn du das noch mal sagst, bring ich dich um!«

Ich zog Dorothy von Quinn weg; Larry fing ihn auf und hielt ihn fest. Er wimmerte: »Sie hat mich geschlagen, Nick.« Tränen liefen ihm die Backen hinunter.

Dorothy barg ihr Gesicht an meinem Jackett und schien zu weinen. Wir hatten alles an Publikum, was da war. Tip kam mit vor Neugier leuchtendem Gesicht angelaufen. »Was ist los, Nick?«

Ich sagte: »Nur ein paar ausgelassene Betrunkene. Sie sind in Ordnung. Ich werd sehen, daß sie heil nach Hause kommen.«

Tip war nicht damit einverstanden: sie wollte, daß sie wenigstens so lange blieben, bis sie eine Möglichkeit gehabt hatte, dahinterzukommen, was geschehen war. Sie drängte Dorothy, sich einen Augenblick hinzulegen, bot an, etwas – was immer sie damit meinte – für Quinn zu holen, der jetzt Mühe hatte, sich auf den Beinen zu halten.

Nora und ich brachten sie hinaus. Larry bot an, mitzukommen, aber wir hielten das für unnötig. Quinn schlief während der Fahrt zu seiner Wohnung in einer Ecke des Taxis, und Dorothy saß steif und stumm in der anderen,

Nora zwischen ihnen. Ich klemmte mich auf einen Klappsitz und dachte, daß wir jedenfalls nicht lange bei den Edges geblieben waren.

Nora und Dorothy blieben im Taxi sitzen, während ich Quinn die Treppen hinaufbrachte. Er war gänzlich abgeschlafft.

Alice öffnete, als ich klingelte. Sie trug einen grünen Pyjama und hielt eine Haarbürste in der Hand. Sie sah Quinn verdrossen an und sagte verdrossen: »Bringen Sie das rein.«

Ich brachte ›das‹ rein und lud es auf ein Bett ab. Es murmelte etwas Unverständliches und bewegte eine Hand schwach hin und her, aber seine Augen blieben geschlossen.

»Ich werd ihn ins Bett packen«, sagte ich und löste seine Krawatte. Alice lehnte am Fußende des Bettes. »Wenn Sie wollen. Ich hab's aufgegeben.«

Ich zog ihm Jackett, Weste und Hemd aus.

»Wo ist er diesmal weggetreten?« fragte sie ohne sonderliches Interesse.

Sie stand noch immer am Fußende des Bettes und bürstete jetzt ihr Haar.

»Bei den Edges.« Ich knöpfte seine Hose auf.

»Mit dieser kleinen Wynant-Hexe?« Die Frage war beiläufig.

»Es waren 'ne Menge Leute da.«

»Ja«, sagte sie. »Ein einsames Plätzchen würde er sich nicht suchen.«

Sie fuhr sich mehrmals mit der Bürste durchs Haar. »Sie halten es also für unfein, mir etwas zu sagen.«

Ihr Mann regte sich ein bißchen und murmelte: »Dorry.«

Ich zog ihm die Schuhe aus.

Alice seufzte. »Ich kann mich noch daran erinnern, daß er mal Muskeln hatte.« Sie starrte auf ihren Mann, bis ich ihm die letzten Kleidungsstücke ausgezogen und ihn unter die Decken gerollt hatte. Dann seufzte sie wieder und sagte: »Ich hol Ihnen einen Drink.«

»Sie müssen ihn pur machen: Nora wartet unten im Taxi.«

Sie öffnete den Mund, als wollte sie etwas sagen, schloß ihn, öffnete ihn erneut, um zu sagen: »In Ordnung.«

Ich ging mit ihr in die Küche.

Sie sagte: »Es geht mich nichts an, Nick, aber was denken die Leute von mir?«

»Sie sind wie jeder andere Mensch: einige Leute mögen Sie, einige Leute mögen Sie nicht, und einige haben, was Sie betrifft, überhaupt keine Gefühle, weder so noch so.«

Sie zog die Stirn kraus. »Das ist es nicht, was ich gemeint habe. Was denken die Leute darüber, daß ich bei Harrison bleibe, wo er hinter allem herrennt, was heiß und hohl ist.«

»Das weiß ich nicht, Alice.«

»Was denken Sie?«

»Ich denke, daß Sie vermutlich wissen, was Sie tun, und daß es Ihre Angelegenheit ist, was immer Sie tun.«

Sie sah mich unzufrieden an. »Sie würden wohl nie Dinge sagen, die Sie in Schwierigkeiten bringen könnten; wie?« Sie lächelte bitter. »Sie wissen, daß ich nur seines Geldes wegen bei ihm bleibe, nicht? Ihnen bedeutet es vielleicht nicht viel, aber mir wohl – so, wie ich aufgewachsen bin.«

»Es gibt immer noch Scheidung und Unterhaltspflicht. Sie sollten –«

»Trinken Sie aus und machen Sie, daß Sie rauskommen«, sagte sie verdrossen.

21

Im Taxi machte Nora zwischen sich und Dorothy Platz für mich. »Ich hätte gern einen Kaffee«, sagte sie. »Reuben's?«

Ich sagte »gut« und gab dem Fahrer die Adresse.

Dorothy fragte ängstlich: »Hat seine Frau irgendwas gesagt?«

»Ich soll Ihnen alles Liebe von ihr sagen.«

Nora sagte: »Sei nicht so gehässig.«

Dorothy sagte: »Ich mag ihn nicht wirklich, Nick. Ich will ihn nie wiedersehen – ehrlich.« Sie schien jetzt ziemlich nüchtern zu sein. »Es war – na ja, ich fühlte mich einsam, und er war jemand, mit dem ich umherziehen konnte.«

Ich wollte was sagen, ließ es aber, als Nora mich in die Seite stubste.

Nora sagte: »Machen Sie sich darüber keine Gedanken. Quinn war schon immer ein Einfaltspinsel.«

»Ich will die Sache ja nicht aufbauschen«, sagte ich, »aber ich glaube, er ist wirklich verliebt in das Mädchen.«

Nora stubste mich wieder in die Seite. Dorothy versuchte, bei dem trüben Licht in meinem Gesicht zu lesen. »Sie – Sie – Sie machen sich doch nicht lustig über mich, Nick?«

»Das sollte ich eigentlich.«

»Ich hab heute abend eine neue Geschichte über den Gnom gehört«, sagte Nora, wie jemand, der nicht unterbrochen zu werden wünscht, und erklärte Dorothy: »Das ist Mrs. Edge. Levi sagt ...« Die Geschichte war wirklich sehr komisch, wenn man Tip kannte. Nora fuhr fort, von ihr zu erzählen, bis wir bei Reuben's aus dem Taxi stiegen.

Herbert Macaulay war in dem Restaurant; er saß mit einem dicken dunkelhaarigen Mädchen in Rot an einem Tisch. Ich winkte ihm zu, und nachdem wir was zu essen bestellt hatten, ging ich hinüber, um mit ihm zu sprechen.

»Nick Charles, Louise Jacobs«, sagte er. »Setzen Sie sich hin. Was gibt's Neues?«

»Jorgensen ist Kelterman«, erzählte ich ihm.

»Den Deubel ist er!«

Ich nickte. »Und er scheint eine Frau in Boston zu haben.«

»Ich würd ihn gern sehen«, sagte er langsam. »Ich kannte Kelterman. Ich würd mir gern Gewißheit verschaffen.«

»Die Polizei scheint sie zu haben. Ich weiß nicht, ob sie ihn schon gefunden haben. Glauben Sie, er hat Julia umgebracht?«

Macaulay schüttelte heftig den Kopf. »Ich kann mir nicht

vorstellen, daß Kelterman irgendwen umbringt – nie und nimmer, wie ich ihn kenne –, trotz dieser Drohungen, die er damals vom Stapel ließ. Sie erinnern sich, daß ich sie zu der Zeit nicht allzu ernst genommen habe. Was ist sonst noch vorgefallen?« Als ich zögerte, sagte er: »Louise ist in Ordnung. Sie können ganz offen sprechen.«

»Das ist es nicht. Ich muß zu meinen Leuten und zu meinem Essen zurück. Ich kam her, um zu fragen, ob Sie auf Ihr Inserat in der *Times* von heute morgen schon eine Antwort bekommen haben?«

»Noch nicht. Setzen Sie sich hin, Nick, ich hab Sie 'ne Menge zu fragen. Sie haben der Polizei von Wynants Brief erzählt, hab ich –«

»Kommen Sie morgen zum Lunch rauf, und wir quatschen dann drüber. Ich muß zu meinen Leuten zurück.«

»Wer ist das kleine blonde Mädchen?« fragte Louise Jacobs. »Ich hab sie mit Harrison Quinn gesehen.«

»Dorothy Wynant.«

»Sie kennen Quinn?« fragte Macaulay mich.

»Ich hab ihn vor zehn Minuten zu Bett gebracht.«

Macaulay grinste. »Ich hoffe, Sie belassen die Bekanntschaft mit ihm so – auf rein gesellschaftlicher Basis.«

»Was soll das heißen?«

Macaulays Grinsen wurde kläglich. »Er ist mal mein Finanzberater gewesen, und seine Ratschläge haben mich an die Schwelle des Armenhauses gebracht.«

»Das ist ja süß«, sagte ich. »Jetzt ist er mein Berater, und ich höre auf seinen Rat.«

Macaulay und das Mädchen lachten. Ich tat so, als müsse ich auch lachen, und kehrte an meinen Tisch zurück.

Dorothy sagte: »Es ist noch vor Mitternacht, und Mama hat gesagt, sie erwartet Sie noch. Warum gehen wir nicht alle zu ihr?«

Nora goß sich sehr vorsichtig Kaffee in die Tasse.

»Wozu?« fragte ich. »Was habt ihr beiden jetzt ausgeheckt?« Kaum möglich, zwei unschuldsvollere Gesichter zu finden als ihre.

»Nichts, Nick«, sagte Dorothy. »Wir hatten gedacht, es wäre nett. Es ist noch früh, und –«

»Und wir alle haben Mimi so lieb.«

»N-nein, aber –«

»Es ist zu früh, um nach Hause zu gehen«, sagte Nora.

»Es gibt Speakeasies«, sagte ich, »und Nachtklubs und Harlem.«

Nora schnitt ein Gesicht. »Deine Vorschläge laufen alle aufs gleiche hinaus.«

»Wollen wir zu Barry rübergehen und unser Glück beim Pharo versuchen?«

Dorothy wollte schon ›ja‹ sagen, ließ es aber, als Nora wieder ein Gesicht machte.

»Genauso ist mir bei der Vorstellung zumute, wieder zu Mimi zu gehen«, sagte ich. »Für heute hab ich genug von ihr.«

Nora seufzte, um zu demonstrieren, wie geduldig sie sei. »Also, wenn wir schon wie gewöhnlich in einem Speakeasy landen müssen, würd ich noch am liebsten zu deinem Freund Studsy gehen, vorausgesetzt, du läßt nicht zu, daß er uns wieder von diesem gräßlichen Champagner zu trinken gibt. Er ist nett.«

»Ich werde mein Bestes tun«, versprach ich und fragte Dorothy: »Hat Gilbert Ihnen erzählt, daß er Mimi und mich in einer kompromittierenden Situation erwischt hat?«

Sie versuchte, mit Nora Blicke zu tauschen, aber Noras Blick war mit einem Käseomelette auf ihrem Teller beschäftigt.

»Er – so hat er sich nicht ausgedrückt.«

»Hat er Ihnen von dem Brief erzählt?«

»Von dem, den die Frau von Chris geschrieben hat? Ja.« Ihre blauen Augen glitzerten. »Was wird Mama wütend sein!«

»Das gefällt Ihnen wohl.«

»Na, und? Wenn schon! Was hat sie jemals getan, um mich –«

Nora sagte: »Nick, hör damit auf, das Kind einzuschüchtern.«

Ich hörte auf damit.

22

Das Geschäft im Pigiron Club lief gut. Das Lokal war voller Leute, Lärm und Rauch. Studsy kam hinter der Registrierkasse hervor, um uns zu begrüßen. »Ich hatte gehofft, daß ihr reinkommen würdet.« Er schüttelte mir und Nora die Hand und grinste Dorothy übers ganze Gesicht zu.

»Irgendwas Besonderes?« fragte ich.

Er machte eine Verbeugung. »Bei solchen Damen ist alles was ganz Besonderes.«

Ich stellte ihn Dorothy vor.

Er verbeugte sich vor ihr und sagte etwas sehr Gewähltes, das in der Feststellung gipfelte, die Freunde von Nick seien auch seine Freunde, und hielt einen Kellner fest. »Pete, stell hier oben einen Tisch für Mr. Charles auf.«

»Ist es jeden Abend so proppenvoll bei Ihnen?« fragte ich.

»Ich kann nicht klagen«, sagte er. »Wer einmal kommt, der kommt wieder. Ich hab vielleicht keine schwarzen Marmor-Spucknäpfe, aber was einer hier bestellt, das muß er ja auch nicht wieder ausspucken. Wollt ihr so lange an die Bar gehen, bis sie den Tisch aufgestellt haben?«

Wir sagten, das wollten wir, und bestellten Drinks.

»Irgendwas von Nunheim gehört?« fragte ich.

Er sah mich einen Augenblick lang an, ehe er sich entschloß zu sagen: »Hm, hm, hab was gehört. Sein Mädchen sitzt da hinten« – er deutete mit einer Kopfbewegung auf das andere Ende des Raums – »und feiert, nehme ich an.«

Ich sah an Studsy vorbei den Raum hinunter und entdeckte augenblicklich die große, rothaarige Miriam, die mit einem halben Dutzend Männer und Frauen an einem Tisch saß. »Irgendwas läuten gehört, wer's gewesen ist?« fragte ich.

»Sie sagt, die Polizei war's – er wußte zu viel.«

»Das ist 'n Witz«, sagte ich.

»Das ist 'n Witz«, pflichtete er mir bei. »Da ist euer Tisch. Setzt euch nur schon hin. Bin gleich wieder da.«

Wir trugen unsere Gläser zu einem Tisch hinüber, der zwischen zwei Tische geklemmt worden war, die soviel Raum eingenommen hatten wie ein einziger, und machten es uns so bequem, wie es eben möglich war.

Nora probierte ihren Drink und schauderte. »Glaubst du, das könnte die ›bittere Wicke‹ sein, die immer in Kreuzworträtseln vorkommt?«

Dorothy sagte: »Oh, gucken Sie doch mal.«

Wir guckten und sahen Shep Morelli auf uns zukommen. Sein Gesicht hatte Dorothys Aufmerksamkeit auf sich gezogen. Wo es nicht eingebeult war, war es geschwollen, und seine Farbskala reichte vom tiefen Purpur rund um ein Auge bis zum blassen Rosa eines Heftpflasters am Kinn.

Er kam an unseren Tisch und beugte sich ein wenig vor, um sich mit beiden Fäusten darauf zu stützen. »Hören Sie«, sagte er, »Studsy sagt, ich soll mich entschuldigen.«

Nora murmelte: »Alter Emily-Post-Studsy*«, während ich sagte: »Und?«

Morelli schüttelte den malträtierten Kopf. »Ich entschuldige mich nicht für das, was ich tue – die Leute müssen das in Kauf nehmen, oder sie müssen es bleiben lassen –, aber ich hab nichts dagegen, Ihnen zu sagen, tut mir leid, daß ich durchgedreht und auf Sie losgeballert hab, und ich hoffe, es macht Ihnen nicht zuviel Ärger, und wenn's irgendwas gibt, womit ich's in Ordnung bringen kann, will ich –«

»Schon gut. Setzen Sie sich hin und trinken Sie was. Das ist Mr. Morelli und das Miss Wynant.«

* Emily Post, Institution gewordene Kolumnistin, Autorität in Benimmfragen.

Dorothy machte große und interessierte Augen.

Morelli holte einen Stuhl heran und setzte sich. »Ich hoffe, Sie tragen's mir auch nicht mehr nach«, sagte er zu Nora.

Sie sagte: »Ich fand's lustig.«

Er sah sie mißtrauisch an.

»Gegen Kaution rausgekommen?« fragte ich.

»Hm – hm, heut nachmittag.« Er betastete sein Gesicht behutsam mit einer Hand. »Davon kommen die neuen. Die haben mir 'nen Denkzettel verpassen wollen und mich noch mal Widerstand gegen die Festnahme leisten lassen, bevor sie mich losließen.«

Nora sagte entrüstet: »Wie schrecklich. Soll das heißen, daß sie wirklich –«

Ich tätschelte ihre Hand.

Morelli sagte: »Damit muß man rechnen.« Seine geschwollene Unterlippe versuchte, sich zu so etwas wie einem verächtlichen Lächeln zu verziehen. »Das macht nichts, solange sie zwei oder drei dazu brauchen.«

Nora wandte sich mir zu: »Hast du so was gemacht?«

»Wer? Ich?«

Studsy kam zu uns herüber; er brachte einen Stuhl mit. »Die haben ihm das Gesicht geliftet, was?« sagte er mit einer Kopfbewegung zu Morelli hin. Wir machten ihm Platz, und er setzte sich hin. Er grinste selbstgefällig Noras Drink und Nora an. »Ich schätze, in Ihren feinen Park-Avenue-Pinten kriegen Sie auch nichts Besseres – und hier bezahlen Sie nur fünfzig Cents fürs Gläschen.«

Noras Lächeln war schwach, aber es war immerhin ein Lächeln. Unter dem Tisch stellte sie ihren Fuß auf meinen.

Ich fragte Morelli: »Haben Sie Julia Wolf in Cleveland gekannt?«

Er sah seitlich zu Studsy hin, der zurückgelehnt auf seinem Stuhl saß und im Raum umherblickte und zusah, wie sein Reingewinn wuchs.

»Als sie noch Rhoda Stewart war«, ergänzte ich.

Er sah Dorothy an.

Ich sagte: »Sie brauchen nicht übervorsichtig zu sein. Sie ist die Tochter von Clyde Wynant.«

Studsy hörte auf, seinen Blick im Raum umherschweifen zu lassen, und strahlte Dorothy an. »Also Sie sind das? Und wie geht's Ihrem Papi?«

»Aber ich hab ihn zuletzt gesehen, als ich ein kleines Mädchen war«, sagte sie.

Morelli befeuchtete das Ende einer Zigarette und steckte sie sich zwischen die geschwollenen Lippen. »Ich bin aus Cleveland.« Er riß ein Streichholz an. Seine Augen blickten ausdruckslos – er versuchte, den ausdruckslosen Blick beizubehalten. »Sie hieß nicht Rhoda Stewart – so hat sie sich nur einmal genannt –, sondern Nancy Kane.« Er sah wieder Dorothy an. »Ihr Vater weiß das.«

»Sie kennen meinen Vater?«

»Wir haben mal ein paar Worte gewechselt.«

»Worüber?« fragte ich.

»Über sie.« Das Streichholz in seiner Hand war bis zu seinen Fingern heruntergebrannt. Er ließ es fallen, strich ein neues an und entzündete seine Zigarette. Er sah mich mit hochgezogenen Brauen an und runzelte die Stirn. »Ist das auch okay hier?«

»Absolut. Hier ist niemand, vor dem Sie nicht offen sprechen könnten.«

»Okay. Er war verflucht eifersüchtig. Ich wollte ihm eine scheuern, aber sie hat mich nicht gelassen. Das war ganz okay: er war schließlich ihre Geldbörse.«

»Wie lange ist das her?«

»Sechs Monate, acht Monate.«

»Haben Sie ihn gesehen, seit sie umgelegt worden ist?«

Er schüttelte den Kopf. »Ich hab ihn nie gesehen, außer 'n paarmal, und das eine Mal, von dem ich rede, war auch das letztemal.«

»Hat sie ihn ausgenommen?«

»Davon hat sie nichts gesagt. Das wird sie wohl, denk ich.«

»Warum?«

»Sie hat Köpfchen gehabt – war ganz schön gerissen, die. Bekam Zaster von irgendwoher. Einmal brauchte ich fünf Mille.« Er schnippte mit den Fingern. »Bar.«

Ich nahm davon Abstand, ihn zu fragen, ob er sie ihr zurückgezahlt habe. »Kann sein, daß er sie ihr gegeben hat.«

»Sicher – kann sein.«

»Haben Sie der Polizei irgendwas davon erzählt?« fragte ich.

Er lachte einmal verächtlich auf. »Die haben gedacht, sie könnten's aus mir rausprügeln. Fragen Sie die mal, was sie jetzt denken. Sie sind 'ne ehrliche Haut, und ich wüßte nicht, warum ich nicht –« Er unterbrach sich, nahm die Zigarette aus dem Mund. »Der Ohratorium-Sängerknabe«, sagte er und streckte die Hand aus, um einem Mann ins Ohr zu zwicken, der an einem der Tische saß, zwischen die unser Tisch geklemmt worden war, und sich auf seinem Stuhl weiter und weiter nach hinten zu uns hinüber gelehnt hatte.

Der Mann sprang auf und drehte ein erschrockenes, blasses, verkniffenes Gesicht über die Schulter zu Morelli herum.

Morelli sagte: »Leg deinen Löffel an – er hängt uns in den Drink.«

Der Mann stammelte: »Ich w-wollte ja gar nichts, Shep«, und drückte seinen Bauch gegen die Tischkante, um sich so weit als möglich von uns zu entfernen, was ihn freilich noch immer nicht außer Hörweite brachte.

Morelli sagte: »Wollen tust du nie was, aber das hindert dich nicht, es immer mal wieder zu versuchen«, und wandte seine Aufmerksamkeit erneut mir zu. »Ich bin bereit, vor Ihnen auszupacken – das Mädchen ist tot, ihr macht's nichts mehr aus –, aber Mulrooney hat kein Abbruchkommando, das es aus mir rauskriegen kann.«

»Na großartig«, sagte ich. »Erzählen Sie mir von ihr, wo Sie ihr zum erstenmal begegnet sind, was sie gemacht hat, bevor sie sich mit Wynant zusammentat, wo er sie gefunden hat.«

»Ich müßte was zu trinken haben.« Er drehte sich auf seinem Stuhl um und rief: »He, Garssong – du da mit dem Affen auf dem Buckel!«

Der ziemlich bucklige Kellner, den Studsy Pete genannt hatte, stieß durch die Menge zu unserem Tisch durch und grinste freundschaftlich auf Morelli herunter. »Was soll's sein?« Er saugte geräuschvoll an einem Zahn.

Wir gaben unsere Bestellungen auf, und der Kellner ging.

Morelli sagte: »Ich und Nancy, wir haben im selben Block gewohnt. Der alte Kane hatte einen Bonbonladen an der Ecke. Sie hat immer Zigaretten für mich geklaut.« Er lachte. »Der Alte hat mich mal auf Teufel komm raus verdroschen, weil ich ihr gezeigt hab, wie man die Fünfer mit 'ner Drahtschlinge aus dem Telefonautomaten rausholt. Aus diesen altmodischen Dingern, wissen Sie. Mein Gott, wenn's hoch kommt, waren wir da in der dritten Klasse.« Er lachte wieder, tief in der Kehle. »Ich wollte so 'n paar Sachen aus 'nem Neubau mitgehen lassen, den sie bei uns um die Ecke hinsetzten – paar Beleuchtungskörper und so –, und sie ihm in seinen Keller legen und dann Schultz Bescheid sagen, dem wachhabenden Bullen, um's ihm heimzuzahlen, aber sie hat mich nicht gelassen.«

Nora sagte: »Sie müssen ja ein rechtes Herzchen gewesen sein.«

»Das war ich«, sagte er gerührt. »Passen Sie auf. Einmal, als ich höchstens fünf war oder –«

Eine Frauenstimme sagte: »Wußte ich doch, daß Sie's sind.«

Ich blickte auf und sah, daß es die rothaarige Miriam war, die mich angeredet hatte. Ich sagte: »Hallo.«

Sie stemmte die Hände in die Hüften und starrte mich düster an. »Er hat Ihnen also zu viel gewußt.«

»Möglich. Aber er hat's mit sich die Feuerleiter runtergenommen, als er mit den Schuhen in der Hand verduftete, ohne uns irgendwas davon zu verraten.«

»Quatsch!«

»Bitte. Was, glauben Sie, hat er gewußt, das zuviel für uns gewesen wäre?«

»Wo Wynant ist«, sagte sie.

»So? Wo ist er?«

»Weiß nicht. Art hat es gewußt.«

»Ich wollt, er hätt es uns gesagt. Wir –«

»Quatsch!« sagte sie wieder. »Sie wissen's, und die Polizei weiß es. Glauben Sie bloß nicht, daß Sie mich für dumm verkaufen können.«

»Ich verkaufe Sie nicht für dumm. Ich weiß nicht, wo Wynant ist.«

»Sie arbeiten für ihn, und die Polizei arbeitet mit Ihnen. Machen Sie mir nichts vor. Art hat gedacht, sein Wissen bringt ihm viel Geld ein, der arme Streber. Er hatte keine Ahnung, was es ihm einbringen würde.«

»Hat er Ihnen gesagt, daß er's wußte?«

»Ich bin nicht so blöd, wie Sie denken. Er hat mir gesagt, daß er was weiß, was ihm 'ne Menge Kohlen bringen würde, und ich hab gesehn, was draus geworden ist. Ich schätze, ich kann zwei und zwei zusammenzählen.«

»Manchmal kommt vier dabei raus«, sagte ich, »und manchmal zweiundzwanzig. Ich arbeite nicht für Wynant. Jetzt sagen Sie nicht wieder ›Quatsch‹. Wollen Sie mir helfen?«

»Nein. Er war ein Spitzel, und er hielt es mit den Leuten, für die er spitzelte. Er hat's nicht anders verdient, nur erwarten Sie nicht von mir, ich könnte vergessen, daß ich ihn mit Ihnen und Guild zurückgelassen habe und daß er tot war, als ich ihn danach wiedersah.«

»Ich will ja gar nicht, daß Sie irgendwas vergessen. Ich möchte, daß Sie sich erinnern, ob –«

»Ich muß jetzt aufs Klo«, sagte sie und ging weg. Ihre Haltung war bemerkenswert anmutig.

»Ich weiß nicht, ob ich mit der Dame näher zu tun haben möchte«, sagte Studsy nachdenklich. »Sie ist ziemlich ungenießbar.«

Morelli zwinkerte mir zu.

Dorothy zupfte mich am Ärmel. »Ich begreife überhaupt nichts, Nick.«

Ich sagte ihr, das sei ganz in Ordnung, und wandte mich an Morelli: »Sie hatten uns von Julia erzählt.«

»M-hm. Na, der alte Kane hat sie an die Luft gesetzt, als sie fünfzehn oder sechzehn war und mit einem High-School-Lehrer irgendwelche Schwierigkeiten bekam, und sie fing was mit 'nem Kerl namens Face Peppler an, 'nem schlauen Jungen, wenn er nicht zuviel gequatscht hätte. Ich weiß noch, wie Face und ich einmal –«

Er brach mitten im Satz ab und räusperte sich. »Egal. Na, jedenfalls, Face und sie klebten zusammen, was weiß ich, fünf oder sechs Jahre müssen's wohl gewesen sein, nicht mitgerechnet die Zeit, wo er in der Armee war und sie mit irgend 'nem Kerl zusammengelebt hat, den Namen hab ich vergessen – war 'n Vetter von Dick O'Brien, 'n abgemagerter, dunkelhaariger Bursche, der egal weg Schnaps soff. Aber sie ging zu Face zurück, als er aus der Armee rauskam, und sie sind zusammengeblieben, bis sie dabei geschnappt wurden, wie sie irgend so 'nen Vogel aus Toronto ausnehmen wollten. Face hat den Kopf hingehalten und es hingekriegt, daß sie mit sechs Monaten davonkam – dafür haben sie's ihm gegeben. Das letzte, was ich gehört hab, war, daß er noch immer sitzt. Ich hab sie gesehen, als sie rauskam – da hat sie sich 'n paar Hunderter von mir gepumpt, um aus der Stadt rauszumachen. Einmal hab ich noch von ihr gehört, und das war, wie sie mir das Geld zurückgeschickt und geschrieben hat, ihr Name ist jetzt Julia Wolf und es gefällt ihr gut in der großen Stadt, aber ich wußte, daß Face regelmäßig von ihr hört. Na, und als ich dann achtundzwanzig hergekommen bin, hab ich sie besucht. Sie war –«

Miriam kam zurück und blieb, die Hände wie zuvor wieder in die Hüften gestemmt, bei mir stehen. »Ich hab nachgedacht über das, was Sie gesagt haben. Sie müssen mich für ziemlich blöd halten.«

»Nein«, sagte ich nicht sehr aufrichtig.

»Aber blöd genug, um auf die Schau reinzufallen, die Sie da vor mir abziehen wollten, bin ich nicht, das steht mal fest. Ich kann sehen, was sich vor meiner Nase abspielt.«

»Ist ja gut.«

»Ist gar nicht gut. Sie haben Art umgelegt und –«

»Nicht so laut, Mädchen.« Studsy stand auf und nahm sie beim Arm. Seine Stimme klang begütigend. »Komm mal mit. Ich will mit dir reden.« Er lotste sie an die Bar.

Morelli zwinkerte mir wieder zu. »Ihm liegt das. Na, ich hatte gesagt, daß ich sie besuchte, als ich herkam, und sie sagte mir, daß sie diesen Job bei Wynant hätte und daß er ganz verrückt nach ihr sei und daß sie's prima getroffen habe. Die haben ihr scheint's Stenographieren beigebracht in Ohio, als sie da ihre sechs Monate abgerissen hat, und sie muß sich wohl gesagt haben, vielleicht verhilft ihr das zu irgendwas – vielleicht, daß sie 'nen Job kriegte irgendwo, wo sie den Geldschrank offen lassen, wenn sie rausgehen. 'ne Agentur hat sie dann zu Wynant rübergeschickt, für 'nen Job von 'n paar Tagen, und sie hat sich gesagt, vielleicht springt bei dem mehr raus, wenn ich ihn regelmäßig melke, als wenn ich ihn nur mal kurz anzapfe und wieder wegmache, und hat dann gleich so richtig voll mitgespielt mit ihm und 'n Dauerverhältnis angefangen. Sie war schlau genug, ihm zu sagen, daß sie 'ne Vorstrafe hatte und sich ab jetzt nie wieder was zuschulden kommen lassen wollte, so ungefähr in der Art hat sie mit ihm gesprochen, damit ihr das Geschäft nicht baden ging, falls er von sich aus dahinterkam, weil sein Anwalt, das hat sie mir nämlich gesagt, ihr nicht so recht übern Weg getraut hat und womöglich alles hätte nachprüfen können. Ich weiß nicht genau, was sie nun eigentlich gemacht hat, das müssen Sie verstehn, denn es war ja ihre Sache, und meine Hilfe brauchte sie nicht dazu, und wenn wir auch so was wie Kollegen waren in gewisser Weise, hätt es doch nichts gebracht, mir was zu erzählen, was ich womöglich ihrem Chef hätte weitererzählen können, wenn mir danach gewesen wär. Verstehn sie doch, sie war ja nicht mein Mädchen oder so – 's war bloß 'ne alte Freundschaft, noch von ganz früher her, wo wir als Kinder zusammen gespielt haben. Na, ich hab sie immer mal wieder getroffen – wir sind viel hierhergekommen –, bis er mal so 'nen Wirbel veranstaltet hat, daß sie mir sagte, sie macht Schluß mit uns, und daß sie wegen der paar Schnäpse, die wir uns genehmigten, nicht ihr warmes weiches Bett aufgeben will. Damit hatte sich's dann. Das war im Oktober, glaub ich, und dabei ist es geblieben. Seitdem hab ich sie nicht mehr gesehen.«

»Mit wem ist sie sonst noch rumgelaufen?« fragte ich.

Morelli schüttelte den Kopf. »Weiß ich nicht. Sie hat nie viel über andere Leute geredet.«

»Sie hat einen Verlobungsring mit einem Diamanten getragen. Wissen Sie was darüber?«

»Nichts, außer daß sie ihn nicht von mir bekommen hat. Wenn sie mit mir zusammen war, hatte sie ihn nicht an.«

»Meinen Sie, daß sie vorhatte, wieder mit Peppler gemeinsame Sache zu machen, wenn er rauskäme?«

»Möglich. Es schien ihr nicht allzuviel auszumachen, daß er saß, aber sie hat gern mit ihm gearbeitet, und ich könnte mir gut denken, daß sie wieder zusammengeschmissen hätten.«

»Und was ist mit dem Vetter von Dick O'Brien, dem abgemagerten, dunkelhaarigen Saufbold? Was ist aus dem geworden?«

Morelli sah mich überrascht an. »Keine Ahnung.«

Studsy kehrte allein zurück. »Ich kann mich ja täuschen«, sagte er, als er sich setzte, »aber ich glaube, aus der Mieze ließe sich was machen, wenn man sie nur richtig anpackt.«

Morelli sagte: »Bei der Gurgel.«

Studsy grinste gutmütig. »Nein. Sie ist ehrgeizig. Sie strengt sich wirklich an bei ihren Gesangsstunden, und –«

Morelli schaute auf sein leeres Glas und sagte: »Deine Tigermilch hier, die schmiert ihre Röhre bestimmt ganz prima.« Er drehte den Kopf herum und brüllte Pete an: »He, du mit dem Rucksack, noch mal dasselbe. Wir müssen morgen im Chor mitsingen.«

Pete sagte: »Komme sofort, Sheppy.« Auf seinem faltigen grauen Gesicht schwand der Ausdruck stumpfer Apathie, sobald Morelli ihn anredete.

Ein kolossal dicker blonder Mann – so blond, daß er fast schon ein Albino war –, der an Miriams Tisch gesessen hatte, kam herüber und sagte mit dünner, bebender, weibischer Stimme zu mir: »Sie sind's also, der's dem kleinen Art Nunhei –«

Morelli schlug dem dicken Mann, so hart er, ohne aufzustehen, irgend konnte, in den dicken Bauch. Studsy, urplötzlich auf den Füßen, lehnte sich über Morelli und schmetterte dem dicken Mann eine große Faust ins Gesicht. Ich registrierte törichterweise, daß er noch immer mit seiner Rechten führte. Der bucklige Pete trat von hinten an den dicken Mann heran und knallte ihm sein leeres Tablett mit voller Wucht auf den Kopf. Der dicke Mann fiel hintenüber und warf dabei drei Gäste und einen Tisch um. Inzwischen waren uns die beiden Barmixer ebenfalls beigesprungen. Einer von ihnen drosch auf den dicken Mann mit einem Totschläger ein, als er aufzustehen versuchte, und trieb ihn auf Händen und Füßen vorwärts. Der andere steckte dem dicken Mann am Nacken eine Hand unter den Kragen und drehte ihn zu, um ihn zu würgen. Mit Morellis Hilfe stellten sie den dicken Mann auf die Füße und schafften ihn hinaus. Pete blickte ihnen nach und saugte an seinem Zahn. »Dieser gottverdammte Sparrow«, erklärte er mir, »bei dem muß man auf alles gefaßt sein, wenn er säuft.«

Studsy kümmerte sich um den Nebentisch – den, der umgerissen worden war – und half den Leuten dabei, sich selber und ihre Sachen wieder aufzusammeln. »So was ist schlecht«, sagte er, »ganz schlecht fürs Geschäft, aber wo soll man da die Grenze ziehn? Ich hab keine Spelunke, aber ich will hier auch keine Höhere Töchterschule aufmachen.« Dorothy war blaß, verängstigt; Nora starr und voller Staunen.

»Das ist ja wie im Tollhaus«, sagte sie. »Warum haben die das getan?«

»Das weiß ich genausowenig wie du«, sagte ich ihr.

Morelli und die Barmixer kamen wieder herein, offenbar recht zufrieden mit sich selber. Morelli und Studsy setzten sich wieder an unseren Tisch.

»Ihr seid ja ziemlich impulsiv, Jungens«, sagte ich.

Studsy wiederholte: »Impulsiv« und lachte »Ha-ha-ha.«

Morelli blieb ernst. »Immer, wenn der Kerl was anfangen will, muß man was anfangen. Wenn er mal angelaufen ist, ist es zu spät. Wir kennen das schon, was, Studsy?«

»Was denn?« fragte ich. »Er hat doch gar nichts getan.«

»Hat er nicht, stimmt«, sagte Morelli langsam, »aber man kriegt so 'ne Art Gefühl dafür, was bei dem manchmal so läuft. Stimmt's nicht, Studsy?«

Studsy sagte: »Mhm, hysterisch ist er.«

23

Es war ungefähr zwei Uhr, als wir Studsy und Morelli gute Nacht sagten und den Pigiron Club verließen.

Dorothy plumpste auf ihren Eckplatz im Taxi und sagte: »Mir wird gleich schlecht. Ich weiß, daß mir schlecht werden wird.« Es klang so, als sagte sie die Wahrheit. Nora sagte: »Dieser Fusel.« Sie legte den Kopf auf meine Schulter. »Deine Frau ist betrunken, Nicky. Hör mal, du mußt mir erzählen, was alles passiert ist. Nicht jetzt, morgen. Ich habe überhaupt nichts begriffen von dem, was die gesagt und getan haben. Die sind ja hinreißend.«

Dorothy sagte: »Hören Sie, so kann ich nicht zu Tante Alice gehen. Sie würde einen Anfall kriegen.«

Nora sagte: »Sie hätten diesen Dicken nicht so zusammenschlagen sollen, wenn's für sie auch ein Spaß gewesen sein muß, ein ziemlich roher.«

Dorothy sagte: »Ich glaube, ich gehe lieber zu Mama. Tante Alice würde mich zu sehen kriegen, denn ich hab den Schlüssel vergessen und müßte sie wecken.«

Nora sagte: »Ich liebe dich, Nicky, weil du so gut riechst und so faszinierende Leute kennst.«

Dorothy sagte: »Es ist doch kein allzu großer Umweg, wenn Sie mich bei Mama absetzen, oder?«

Ich sagte: »Nein« und nannte dem Fahrer Mimis Adresse.

Nora sagte: »Kommen Sie mit zu uns nach Hause.«

Dorothy sagte: »N-nein, lieber nicht.«

Nora fragte: »Warum nicht?«, und Dorothy sagte: »Ach, ich glaube nicht, daß ich's sollte«, und in dieser Art ging es weiter, bis das Taxi vor dem Courtland hielt.

Ich stieg aus und half Dorothy heraus. Sie stützte sich schwer auf meinen Arm. »Bitte, kommen Sie mit herauf, nur für eine Minute.«

Nora sagte: »Nur für eine Minute« und stieg aus dem Taxi.

Ich sagte dem Fahrer, daß er warten solle. Wir gingen die Treppen hinauf. Dorothy klingelte. Gilbert, in Pyjama und Bademantel, machte die Tür auf. Er hob warnend eine Hand und sagte leise: »Die Polizei ist hier.«

Mimis Stimme drang aus dem Wohnzimmer. »Wer ist da, Gil?«

»Mr. und Mrs. Charles und Dorothy.«

Mimi kam uns, als wir eintraten, entgegen, um uns zu begrüßen. »Ich war noch nie so froh, jemanden zu sehen. Ich wußte ganz einfach nicht mehr aus noch ein.« Sie trug eine rötliche Satinrobe über einem Nachthemd aus rötlicher Seide, und ihr Gesicht war rosa und keineswegs unglücklich. Sie ignorierte Dorothy, drückte eine Hand von Nora, eine von mir. »Jetzt hör ich auf, mir Sorgen zu machen, und überlasse alles Ihnen, Nick. Sie werden der törichten kleinen Frau sagen müssen, was sie tun soll.«

»So ein Quatsch!« sagte Dorothy hinter mir leise, aber mit viel Gefühl. Mimi ließ sich nicht anmerken, daß sie den Kommentar ihrer Tochter gehört hatte. Sie zog uns an den Händen, die sie noch immer festhielt, in Richtung Wohnzimmer und schwatzte ununterbrochen: »Sie kennen Lieutenant Guild. Er war sehr nett, aber ich bin sicher, ich habe seine Geduld auf eine arge Probe gestellt. Ich war so verwirrt. Aber wo Sie jetzt hier sind und –«

Wir traten ins Wohnzimmer.

Guild sagte: »Hallo« zu mir und »Guten Abend, Ma'am« zu Nora. Der Mann neben ihm, derjenige, den er Andy gerufen und der ihm beim Durchsuchen unserer Zimmer an dem Morgen von Morellis Besuch geholfen hatte, nickte uns nur brummelnd zu.

»Was gibt's?« fragte ich.

Guild sah aus den Augenwinkeln zu Mimi hinüber und dann zu mir und sagte: »Die Polizei in Boston hat Jorgensen oder Kelterman, oder wie immer Sie ihn nennen wollen, in der Wohnung seiner ersten Frau angetroffen und ihm in unserem Auftrag ein paar Fragen gestellt. Die wichtigste Antwort, die er darauf gegeben hat, scheint die zu sein, daß er mit dem Mord an Julia Wolf nichts zu tun gehabt hat und daß Mrs. Jorgensen das beweisen kann, weil sie hinterm Berg gehalten hat mit irgendwas, das Wynant so gut wie überführt.« Seine Augen drehten sich seitwärts in ihren Höhlen, um sich wieder auf Mimi zu richten. »Die Dame ziert sich, ja zu sagen, und sie ziert sich, nein zu sagen. Um die Wahrheit zu sagen, Mr. Charles, ich weiß in mehr als einer Hinsicht nicht recht, was ich von ihr halten soll.«

Das könne ich verstehen, sagte ich. »Sie ist wahrscheinlich verängstigt«, und Mimi gab sich Mühe, verängstigt auszusehen.

»Hat er sich von seiner ersten Frau scheiden lassen?«

»Seiner ersten Frau zufolge nicht.«

Mimi sagte: »Sie lügt, wetten daß?«

Ich sagte: »S-ssscht. Kommt er nach New York zurück?«

»Es sieht danach aus, als müßten wir einen Auslieferungsantrag stellen, wenn wir ihn haben wollen. Boston sagt, er schreit unentwegt nach einem Anwalt.«

»Brauchen Sie ihn denn so dringend?«

Guild hob seine breiten Schultern. »Wenn's uns in dieser Mordsache ein Stück weiterbringt, ihn herzuholen. Auf die alten Anschuldigungen und die Bigamie geb ich nicht viel. Ich halte nichts davon, einen Mann wegen einer Sache zur Strecke zu bringen, die mich nichts angeht.«

Ich fragte Mimi: »Also?«

»Kann ich Sie allein sprechen?«

Ich sah Guild an, der sagte: »Alles, wenn's nur hilft.«

Dorothy berührte meinen Arm. »Nick, hören Sie mich erst an. Ich –« Sie verstummte. Alle starrten sie an.

»Was?« fragte ich.

»Ich – ich will zuerst mit Ihnen sprechen.«

»Schießen Sie los.«

»Ich meine allein«, sagte sie.

Ich tätschelte ihr die Hand. »Hinterher.«

Mimi führte mich in ihr Schlafzimmer und schloß sorgsam die Tür. Ich setzte mich aufs Bett und steckte mir eine Zigarette an. Mimi lehnte sich mit dem Rücken an die Tür und lächelte mich ganz lieb und vertrauensvoll an. Eine halbe Minute verstrich so.

Dann sagte sie: »Sie mögen mich eben doch, Nick«, und als ich nichts sagte, fragte sie: »Stimmt's nicht?«

»Nein.«

Sie lachte und ging von der Tür fort. »Sie meinen, daß Sie mich mißbilligen.« Sie setzte sich neben mich aufs Bett. »Aber Sie haben mich gern genug, um mir zu helfen.«

»Das kommt darauf an.«

»Kommt an auf wa –«

Die Tür wurde aufgemacht, und Dorothy kam herein. »Nick, ich muß Sie –«

Mimi sprang auf und trat ihrer Tochter entgegen. »Mach, daß du rauskommst«, sagte sie durch die Zähne.

Dorothy wich zurück, sagte aber: »Das tu ich nicht. Du kannst mich nicht –«

Mimi schlug Dorothy mit dem Rücken ihrer rechten Hand auf den Mund. »Raus hier.«

Dorothy schrie auf und preßte eine Hand auf den Mund. Die Hand blieb dort, und ihre weitaufgerissenen, erschreckten Augen blieben auf Mimis Gesicht gerichtet, während sie rückwärts aus dem Zimmer ging.

Mimi machte die Tür wieder zu.

Ich sagte: »Sie müssen mal zu uns rüberkommen und Ihre kleinen weißen Peitschen mitbringen.«

Sie schien das nicht gehört zu haben. Ihre Augen waren verhangen, düster, ihre Lippen stülpten sich zu einem halben Lächeln leicht vor, und als sie sprach, schien ihre Stimme voller, kehliger zu klingen als sonst. »Meine Tochter ist in Sie verliebt.«

»Unsinn.«

»Sie ist es, und sie ist eifersüchtig auf mich. Sie kriegt regelrechte Krämpfe, wenn ich mich Ihnen auch nur auf fünf Schritte nähere.« Sie redete, als sei sie mit ihren Gedanken ganz woanders.

»Unsinn. Das ist höchstens noch ein kleines Überbleibsel aus der Zeit, als sie zwölf war und einen Narren an mir gefressen hatte – mehr nicht.«

Mimi schüttelte den Kopf. »Sie täuschen sich, aber lassen wir das.« Sie setzte sich wieder neben mich aufs Bett. »Sie müssen mir aus dieser Sache heraushelfen. Ich –«

»Klar«, sagte ich. »Sie sind ein zartes Blümlein, das einen großen, starken Mann als Beschützer nötig hat.«

»Ach, das?« Sie machte eine wegwerfende Handbewegung

zur Tür hin, durch die Dorothy hinausgegangen war. »Sie werden doch wohl nicht – also, es ist ja schließlich nichts, wovon Sie noch nie was gehört – und was Sie nicht gesehen und natürlich selber schon getan haben. Das ist nichts, worüber Sie sich Gedanken zu machen brauchen.« Sie lächelte wie schon zuvor, mit verhangenen, düsteren Augen und leicht vorgestülpten Lippen. »Wenn Sie Dorry haben wollen, nehmen Sie sie, aber werden Sie bloß nicht sentimental deswegen. Aber lassen wir das. Natürlich bin ich kein zartes Blümlein. Sie haben mich nie dafür gehalten.«

»Nein«, pflichtete ich ihr bei.

»Also dann«, sagte sie in einem Tonfall, als handele es sich um eine abschließende Feststellung.

»Also dann was?«

»Hören Sie doch auf, so verdammt kokett zu sein«, sagte sie. »Sie wissen, was ich meine. Sie verstehen mich so gut, wie ich Sie verstehe.«

»Etwa so, aber wer hier kokettiert hat, das waren Sie, schon seit –«

»Ich weiß. Das gehörte zum Spiel. Aber jetzt spiele ich nicht. Dieser Schuft hat eine Närrin aus mir gemacht, Nick, eine hoffnungslose Närrin, und jetzt ist er in Schwierigkeiten und erwartet von mir, daß ich ihm helfe. Ich werd ihm helfen.« Sie legte mir eine Hand aufs Knie, und ihre spitzen Fingernägel gruben sich mir ins Fleisch. »Die Polizei, die glaubt mir nicht. Wie kann ich sie überzeugen, daß er lügt, daß ich nicht mehr über den Mord weiß, als ich ihnen erzählt habe?«

»Das werden Sie wohl nicht können«, sagte ich langsam, »insbesondere, wo Jorgensen ja nur wiederholt, was Sie mir selber noch vor ein paar Stunden gesagt haben.«

Sie hielt den Atem an, und ihre Nägel bohrten sich wieder in mich. »Haben Sie ihnen das gesagt?«

»Noch nicht.« Ich nahm ihre Hand von meinem Knie weg.

Sie seufzte erleichtert. »Und jetzt werden Sie es ihnen natürlich nicht mehr sagen, oder?«

»Warum nicht?«

»Weil es eine Lüge ist. Er hat gelogen, und ich habe gelogen. Ich habe nichts gefunden, überhaupt nichts.«

Ich sagte: »Dann wären wir also wieder an dem Punkt angelangt, an dem wir schon einmal gewesen sind, und ich glaube Ihnen jetzt genausoviel oder genausowenig wie zuvor. Was ist aus den neuen Geschäftsbedingungen geworden, die wir vereinbart hatten? Sie verstehen mich, ich verstehe Sie, kein Kokettieren, keine Tricks, keine Spielchen.«

Sie gab mir einen leichten Klaps auf die Hand. »Also gut. Ich habe tatsächlich etwas gefunden – nicht viel, aber doch etwas –, und ich werde es nicht aus der Hand geben, um diesem Schuft zu helfen. Sie werden mir nachfühlen können, wie ich darüber denke. Sie selber würden genauso denken –«

»Mag sein«, sagte ich, »aber wie die Dinge liegen, habe ich keinen Anlaß, mit Ihnen gemeinsame Sache zu machen. Ihr Chris ist nicht mein Gegner. Ich habe nichts davon, wenn ich Ihnen helfe, ihn reinzulegen.«

Sie seufzte. »Darüber habe ich lange nachgedacht. Ich nehme an, was immer ich Ihnen an Geld geben könnte, würde Ihnen jetzt nicht viel bedeuten« – sie lächelte – »und mein weißer Alabasterkörper auch nicht. Aber liegt Ihnen dann gar nichts daran, Clyde zu retten?«

»Nicht unbedingt.«

Darüber lachte sie. »Ich verstehe nicht, was das heißen soll.«

»Das könnte heißen, daß ich nicht glaube, er hätte es nötig, gerettet zu werden. Die Polizei hat nicht viel gegen ihn vorzubringen. Er ist absonderlich, er war an dem Tag in der Stadt, an dem Julia ermordet wurde, und sie nahm ihn aus. Das genügt nicht, um ihn zu verhaften.«

Sie lachte wieder. »Aber mein Beitrag?«

»Weiß ich nicht. Worin besteht er denn?« fragte ich und fuhr fort, ohne die Antwort abzuwarten, mit der ich nicht rechnete: »Was immer das sein mag, Sie führen sich wie eine

Anfängerin auf, Mimi. Mit seiner Bigamie haben Sie Chris in der Hand. Machen Sie ihm das klar. Da gibt's kein –«

Sie lächelte süß und sagte: »Das spar ich mir für später auf, falls er –«

»Um die Mordanklage herumkommt, hm? Nun, so wird das nicht laufen, Gnädigste. Sie kriegen ihn höchstens für drei Tage hinter Gitter. In der Zeit hat der Distriktsanwalt ihn vernommen und genügend überprüft, um zu wissen, daß er Julia Wolf nicht umgebracht hat und Sie den Distriktsanwalt zum Narren gehalten haben, und wenn Sie dann mit Ihrer kleinen Bigamieanzeige kommen, wird Ihnen der Distriktanwalt sagen, Sie sollen sich zum Teufel scheren und sich weigern, die Sache zu verfolgen.«

»Aber das kann er nicht machen, Nick.«

»Das kann er, und das wird er«, versicherte ich ihr, »und wenn er's schafft, Ihnen nachzuweisen, daß Sie mit irgendwas hinterm Berg halten, wird er Ihnen die Hölle heiß machen, und das nicht zu knapp.«

Sie kaute an ihrer Unterlippe, fragte: »Sie sind ehrlich mit mir?«

»Ich sage Ihnen genau, was passieren wird, es sei denn, Distriktanwälte hätten sich radikal geändert seit meiner Zeit.«

Sie kaute weiter an ihrer Lippe. »Ich will nicht, daß er davonkommt«, sagte sie dann, »und ich will nicht selber Schwierigkeiten kriegen.« Sie blickte zu mir auf. »Wenn Sie mich anlügen, Nick . . .«

»Es bleibt Ihnen nichts anderes übrig, als mir zu glauben oder mir nicht zu glauben.«

Sie lächelte und legte mir eine Hand auf die Wange und küßte mich auf den Mund und stand auf. »Sie sind ein solcher Schuft. Na schön, ich werde Ihnen glauben.« Sie ging zum anderen Ende des Zimmers hinüber und kam wieder zurück. Ihre Augen glänzten, ihr Gesicht war freudig erregt.

»Ich rufe Guild«, sagte ich.

»Nein, warten Sie. Ich möchte lieber – ich möchte lieber erst wissen, was Sie davon halten.«

»Also gut, aber kein Theater.«

»Sie scheinen tatsächlich Angst vor Ihrem Beschatter zu haben«, sagte sie, »aber keine Sorge, ich werde Sie schon nicht reinlegen.«

Ich sagte, das sei ja ganz prächtig, und wie's denn wäre, wenn sie mir jetzt zeigte, was immer sie mir zu zeigen habe. »Die anderen werden sonst noch unruhig.«

Sie ging um das Bett herum an einen Schrank, öffnete die Tür, schob ein paar Kleider beiseite und steckte die Hand zwischen andere Kleider, die dahinter hingen. »Das ist komisch«, sagte sie.

»Komisch?« Ich stand auf. »Das ist überhaupt kein Ausdruck. Guild wird sich nur so kringeln vor Lachen.« Ich ging auf die Tür zu.

»Seien Sie doch nicht gleich so gereizt«, sagte sie. »Ich hab's ja.« Sie drehte sich zu mir um und hielt ein zusammengeknotetes Taschentuch in der Hand. Als ich näher trat, machte sie es auf, um mir eine etwa siebeneinhalb Zentimeter lange Uhrkette zu zeigen, die an einem Ende abgerissen und an dem anderen an einem kleinen goldenen Messer befestigt war. Das Taschentuch war ein Damentaschentuch, und es hatte braune Flecken.

»Und?« fragte ich.

»Sie hatte sie in der Hand, und ich habe sie gesehen, als sie mich mit ihr allein ließen, und ich wußte, sie gehört Clyde, und da hab ich sie an mich genommen.«

»Sind Sie auch sicher, daß es seine ist?«

»Aber ja«, sagte sie ungehalten. »Sehen Sie, die Glieder sind aus Gold, Silber und Kupfer. Er hat sie aus den ersten Metallklümpchen machen lassen, die bei diesem Schmelzprozeß rauskamen, den er erfunden hat. Jeder, der ihn auch nur ein bißchen besser kennt, kann sie identifizieren – so eine Kette kann es gar kein zweites Mal geben.« Sie drehte das

Messer um und ließ mich die eingravierten Buchstaben CMW sehen. »Das sind seine Initialen. Ich habe das Messer früher nie gesehen, aber die Kette hätte ich überall wiedererkannt. Clyde hat sie jahrelang getragen.«

»Hatten Sie sie so genau in Erinnerung, daß Sie sie auch hätten beschreiben können, ohne sie wiedergesehen zu haben?«

»Natürlich.«

»Ist das Ihr Taschentuch?«

»Ja.«

»Und der Fleck darauf ist Blut?«

»Ja. Sie hatte die Kette in der Hand – das habe ich Ihnen gesagt –, und es war etwas Blut daran.« Sie sah mich mit gerunzelter Stirn an. »Glauben Sie – Sie tun ja fast so, als glaubten Sie mir nicht.«

»Nicht unbedingt«, sagte ich, »aber ich finde, Sie sollten darauf achten, daß Sie diesmal strikt bei der Wahrheit bleiben, wenn Sie Ihre Geschichte erzählen.«

Sie stampfte mit dem Fuß auf. »Sie sind ein –« Sie lachte, und die Wut wich aus ihrem Gesicht. »Sie können schon ein richtiges Ekel sein. Ich sage jetzt die Wahrheit, Nick. Ich habe Ihnen alles, was passiert ist, genauso erzählt, wie es passiert ist.«

»Das hoffe ich. Es wurde auch Zeit. Sie sind ganz sicher, daß Julia nicht noch einmal zu sich gekommen ist und Ihnen etwas gesagt hat, als Sie mit ihr allein waren?«

»Sie wollen mich nur wieder in Wut bringen. Natürlich bin ich ganz sicher.«

»Na schön«, sagte ich. »Warten Sie hier. Ich hole jetzt Guild, aber wenn Sie ihm erzählen, daß Julia die Kette in der Hand gehabt hat und noch nicht tot gewesen ist, wird er sich fragen, ob Sie sie nicht vielleicht etwas unsanft anpacken mußten, um sie ihr wegzunehmen.«

Sie riß die Augen weit auf. »Was soll ich ihm sagen?«

Ich ging hinaus und machte die Tür zu.

24

Nora, die etwas schläfrig aussah, unterhielt sich mit Guild und Andy im Wohnzimmer. Die Wynant-Sprößlinge ließen sich nicht blicken.

»Es ist soweit«, sagte ich zu Guild. »Erste Tür links. Ich glaube, sie ist jetzt in der richtigen Verfassung für Sie.«

»Haben Sie sie geknackt?«

Ich nickte.

»Was haben Sie aus ihr rausgekriegt?«

»Sehen Sie erst mal zu, was Sie aus ihr rauskriegen, dann schmeißen wir's zusammen und sortieren aus«, schlug ich vor.

»Okay. Dann wollen wir mal, Andy.« Sie gingen hinaus.

»Wo ist Dorothy?« fragte ich.

Nora gähnte. »Ich dachte, sie sei bei dir und ihrer Mutter. Gilbert schwirrt irgendwo in der Nähe rum: Er war bis vor ein paar Minuten hier. Müssen wir noch lange herumsitzen?«

»Nicht mehr lange.« Ich ging wieder den Korridor hinunter, an Mimis Tür vorbei zu einer anderen Schlafzimmertür, die offenstand, und ich sah hinein. Es war niemand da. Eine gegenüberliegende Tür war geschlossen. Ich klopfte.

Dorothys Stimme: »Was gibt's?«

»Nick«, sagte ich und ging hinein.

Sie lag auf der Seite auf einem Bett, angezogen bis auf ihre Pantoffeln. Gilbert saß neben ihr auf dem Bett. Ihr Mund schien ein wenig verschwollen zu sein, aber das mochte vom Weinen kommen: ihre Augen waren gerötet. Sie hob den Kopf und starrte mich mürrisch an.

»Wollen Sie noch immer mit mir reden?« fragte ich.

Gilbert stand vom Bett auf. »Wo ist Mama?«

»Redet mit der Polizei.«

Er sagte etwas, das ich nicht mitbekam, und verließ das Zimmer.

Dorothy schüttelte sich. »Er macht mich ganz kribbelig«,

sagte sie und besann sich dann wieder darauf, mich mürrisch anzustarren.

»Wollen Sie noch immer mit mir reden?«

»Was hat Sie veranlaßt, sich so gegen mich zu stellen?«

»Sie sind albern.« Ich setzte mich dorthin, wo Gilbert gesessen hatte. »Wissen Sie irgend etwas über dieses Messer und die Uhrkette, die Ihre Mutter gefunden haben will?«

»Nein. Wo?«

»Was wollten Sie mir sagen?«

»Nichts – jetzt«, sagte sie ungnädig. »Außer, daß Sie sich wenigstens ihren Lippenstift vom Mund abwischen könnten.«

Ich wischte ihn ab. Sie riß mir das Taschentuch aus der Hand und wälzte sich herum, um eine Schachtel Streichhölzer vom Tisch auf der anderen Seite des Bettes zu nehmen. Sie rieb ein Streichholz an.

»Das wird entsetzlich stinken«, sagte ich.

Sie sagte: »Ist mir egal«, aber sie blies das Streichholz aus. Ich nahm das Taschentuch, ging ans Fenster, öffnete es, ließ das Taschentuch hinausfallen, schloß das Fenster und kehrte an meinen Platz auf dem Bett zurück. »Wenn Sie das etwas milder stimmt.«

»Was hat Mama gesagt – über mich?«

»Sie hat gesagt, Sie seien verliebt in mich.« Sie setzte sich ruckartig auf. »Was haben Sie gesagt?« »Ich habe gesagt, daß Sie mich noch aus der Zeit her mögen, als Sie Kind waren.«

Ihre Unterlippe zuckte. »Glauben – glauben Sie, daß es das ist?«

»Was sollte es sonst sein?«

»Ich weiß nicht.« Sie fing an zu weinen. »Alle haben sie sich deswegen so schrecklich lustig gemacht über mich – Mama und Gilbert und Harrison – ich –«

Ich legte die Arme um sie. »Zum Teufel mit ihnen.«

Nach einer Weile fragte sie: »Ist Mama in Sie verliebt?«

»Großer Gott, nein! Sie haßt die Männer mehr, als es je eine Frau, die ich gekannt habe, getan hat, ohne lesbisch zu sein.«

»Aber sie hat immer irgendeine Art von –«

»Das ist rein körperlich. Lassen Sie sich da nicht täuschen. Mimi haßt Männer – uns alle – erbittert.«

Sie hatte aufgehört zu weinen. Sie runzelte die Stirn und sagte: »Ich versteh das nicht. Hassen Sie sie?«

»Nicht prinzipiell.«

»Jetzt?«

»Ich glaube nicht. Sie verhält sich ganz töricht, und sie ist überzeugt, sie verhält sich ungemein schlau, und das ist lästig, aber ich glaube nicht, daß ich sie hasse.«

»Ich tu's«, sagte Dorothy.

»Das haben Sie mir letzte Woche schon gesagt. Was ich Sie fragen wollte: Haben Sie den Arthur Nunheim, von dem heute abend in dem Speakeasy die Rede war, gekannt oder jemals gesehen?«

Sie sah mich scharf an. »Sie wollen bloß das Thema wechseln.«

»Ich will es wissen. Haben Sie?«

»Nein.«

»Er wurde in den Zeitungen erwähnt«, erinnerte ich sie. »Er war derjenige, der der Polizei davon erzählt hat, daß Morelli Julia Wolf kannte.«

»Ich hatte seinen Namen nicht behalten«, sagte sie. »Ich kann mich nicht erinnern, ihn vor heute abend jemals gehört zu haben.«

Ich beschrieb ihn. »Schon mal gesehen?«

»Nein.«

»Kann sein, daß er sich zeitweilig Albert Norman genannt hat. Kommt Ihnen der Name bekannt vor?«

»Nein.«

»Kennen Sie irgend jemanden von den Leuten, die wir gestern bei Studsy gesehen haben? Oder wissen Sie irgendwas über sie?«

»Nein. Ehrlich, Nick. Ich würd's Ihnen sagen, wenn ich auch nur das kleinste bißchen wüßte, was Ihnen vielleicht weiterhelfen könnte.«

»Egal, wem's schadet?«

»Ja«, sagte sie, ohne zu zögern. »Was meinen Sie damit?«

»Sie wissen verdammt genau, was ich damit meine.«

Sie schlug die Hände vors Gesicht, und ihre Worte waren kaum hörbar: »Ich habe Angst, Nick. Ich –« Sie riß die Hände herunter, als jemand an der Tür klopfte.

»Ja, bitte«, rief ich.

Andy öffnete die Tür gerade so weit, daß er seinen Kopf hereinstecken konnte. Er gab sich Mühe, seinem Gesicht die Neugier nicht anmerken zu lassen, als er sagte: »Der Lieutenant will Sie sprechen.«

»Komme gleich«, versprach ich.

Er machte die Tür weiter auf. »Er wartet.« Offenbar wollte er mir bedeutungsvoll zuzwinkern, aber da sein einer Mundwinkel stärker zuckte als sein Augenlid, war das Gesamtergebnis ein ziemlich beunruhigender Gesichtsausdruck.

»Ich bin gleich wieder da«, sagte ich zu Dorothy und folgte ihm auf den Korridor. Er schloß die Tür hinter sich und brachte seinen Mund dicht an mein Ohr. »Der Junge hat durchs Schlüsselloch gehorcht«, flüsterte er.

»Gilbert?«

»Ja. Er hatte noch Zeit, sich zu verdrücken, als er mich kommen hörte, aber gelauscht hat er, das steht mal fest.«

»Für seine Verhältnisse ist das noch gar nichts«, sagte ich. »Wie sind Sie mit Mrs. J. zurechtgekommen?«

Er spitzte seine dicken Lippen zu einem O und blies geräuschvoll den Atem aus. »Was für eine Frau!«

25

Wir gingen in Mimis Schlafzimmer. Sie saß in einem tiefen Sessel am Fenster und sah aus, als sei sie sehr angetan von sich selber. Sie lächelte mir vergnügt zu und sagte: »Meine Seele ist jetzt fleckenlos. Ich habe alles gebeichtet.«

Guild stand an einem Tisch und wischte sich das Gesicht mit einem Taschentuch. An seinen Schläfen hingen noch immer ein paar Schweißtropfen, und sein Gesicht wirkte alt und müde. Das Messer und die Kette sowie das Taschentuch, in das sie gewickelt gewesen waren, lagen auf dem Tisch.

»Fertig?« fragte ich.

»Ich weiß es nicht, und das ist Tatsache so«, sagte er. Er drehte den Kopf und wandte sich an Mimi: »Würden Sie sagen, daß wir fertig sind?«

Mimi lachte. »Ich kann mir nicht vorstellen, was jetzt noch kommen sollte.«

»Nun gut«, sagte Guild langsam, ziemlich widerstrebend, »in dem Fall würde ich dann wohl ganz gern mit Mr. Charles sprechen, wenn Sie uns für ein paar Minuten entschuldigen wollen.« Er faltete sein Taschentuch sorgsam zusammen und steckte es in die Tasche.

»Sie können sich hier unterhalten.« Sie stand von dem Sessel auf. »Ich geh raus und unterhalte mich so lange mit Mrs. Charles, bis Sie fertig sind.« Im Vorbeigehen tippte sie mir spielerisch mit der Spitze ihres Zeigefingers auf die Backe. »Lassen Sie sich von denen keine allzu schlimmen Sachen über mich erzählen, Nick.«

Andy machte ihr die Tür auf, schloß sie hinter ihr und machte wieder das O und das pfeifende Atemgeräusch.

Ich legte mich auf das Bett. »Na«, fragte ich, »wie sieht's aus?«

Guild räusperte sich. »Sie hat uns erzählt, diese Kette hier und das Messer hätte sie auf dem Fußboden gefunden, wo das Wolf-Mädchen sie Wynant wahrscheinlich im Verlauf des Kampfes abgerissen habe, und sie hat uns die Gründe genannt, weswegen sie sie bis jetzt versteckt hielt. Das klingt, unter uns gesagt, nicht allzu einleuchtend, wenn man die Sache vernünftig betrachtet, aber vielleicht ist das in diesem Fall nicht die richtige Art, sie zu betrachten. Um Ihnen die

Wahrheit zu sagen, ich weiß in vieler Hinsicht nicht, was ich von ihr halten soll, tatsächlich nicht.«

»Die Hauptsache ist«, klärte ich die beiden auf, »daß Sie sich nicht von ihr weich machen lassen. Wenn Sie sie bei einer Lüge ertappen, gibt sie's zu und tischt Ihnen eine neue Lüge an Stelle der alten auf, und wenn Sie sie bei der ertappen, gibt sie's zu und tischt Ihnen wieder eine neue Lüge auf und so weiter. Die meisten Menschen – sogar die meisten Frauen – geben es auf, wenn Sie sie das dritte oder vierte Mal hintereinander bei einer glatten Lüge erwischt haben, und rücken entweder mit der Wahrheit heraus, oder sie schweigen, aber nicht Mimi. Sie versucht es immer weiter, und wenn Sie nicht sehr aufpassen, fangen Sie schließlich an, ihr zu glauben – nicht weil sie die Wahrheit zu sagen scheint, sondern weil Sie's ganz einfach satt haben, ihr nicht zu glauben.«

Guild sagte: »Hm-hm-hm. Schon möglich.« Er steckte einen Finger zwischen Hals und Kragen. Er schien sich sehr unbehaglich zu fühlen. »Hören Sie, meinen Sie, daß sie das Mädchen umgebracht hat?«

Ich bemerkte, daß Andy mich so gespannt anstarrte, daß ihm die Augen hervortraten. Ich richtete mich auf und setzte die Füße auf den Boden. »Ich wünschte, ich wüßte es. Die Sache mit der Uhrkette sieht fingiert aus, das ist richtig, aber ... Wir können herausfinden, ob er eine solche Kette hatte, vielleicht auch, ob er sie noch immer hat. Wenn sie sie wirklich so genau in Erinnerung hatte, wie sie gesagt hat, gibt's keinen Grund, warum sie nicht irgendeinem Juwelier gesagt haben könnte, wie er sie machen soll, und hingehen und ein Messer kaufen und darauf nach Belieben irgendwelche Initialen eingravieren lassen, kann jeder. Es spricht einiges gegen die Wahrscheinlichkeit, daß sie so weit gegangen ist. Wenn es wirklich eine Finte von ihr gewesen ist, dann ist es wahrscheinlicher, daß sie die Originalkette gehabt hat – vielleicht hatte sie sie schon jahrelang –, aber alldem im einzelnen nachzugehen ist schließlich eure Sache.«

»Wir tun, was wir können«, sagte Guild geduldig. »Sie glauben also, daß sie es getan hat?«

»Sie umgebracht?« Ich schüttelte den Kopf. »So weit bin ich noch nicht. Was ist mit Nunheim? Stimmen die Kugeln überein?«

»Das tun sie – aus derselben Waffe, die auf das Mädchen abgefeuert wurde –, alle fünf Geschosse.«

»Er ist fünfmal getroffen worden?«

»Ja, und aus so geringer Entfernung, daß seine Kleidung versengt wurde.«

»Ich habe sein Mädchen heute abend in einem Speak gesehen, diese große rothaarige Person«, erzählte ich ihm. »Sie behauptet, Sie und ich haben ihn umgebracht, weil er zuviel wußte.«

Er sagte: »Hm-hm-hm. Welches Speakeasy war das? Vielleicht sollte ich mal mit ihr reden.«

»Studsy Burkes Pigiron Club«, sagte ich und nannte ihm die Adresse.

»Morelli hängt da auch rum. Er hat mir gesagt, daß Julia Wolfs richtiger Name Nancy Kane ist und daß sie einen Freund hat, der in Ohio im Knast sitzt – Face Peppler.«

Aus dem Tonfall von Guilds »Ja?« schloß ich, daß er über Peppler und über Julias Vorleben schon Bescheid wußte. »Und was haben Sie auf Ihren Streifzügen sonst noch aufgeschnappt?«

»Ein Freund von mir – er heißt Larry Crowley und ist Presseagent – hat Jorgensen gestern nachmittag aus einem Leihhaus an der Ecke Sixth Avenue und Forty-sixth Street kommen sehen.«

»Ja?«

»Meine Neuigkeiten scheinen Sie kalt zu lassen. Ich habe –«

Mimi machte die Tür auf und kam mit Gläsern, Whisky und Mineralwasser auf einem Tablett herein.

»Ich dachte mir, daß Sie gern etwas trinken würden«, sagte sie fröhlich.

Wir dankten ihr.

Sie stellte das Tablett auf den Tisch, sagte: »Ich will Sie nicht stören«, lächelte uns mit dem Ausdruck belustigter Nachsicht zu, den Frauen bei männlichen Zusammenkünften mit Vorliebe zur Schau tragen, und ging hinaus.

»Sie hatten gerade etwas sagen wollen«, erinnerte mich Guild.

»Nur, daß Sie's sagen sollten, wenn Sie meinen, ich spiele Ihnen gegenüber nicht mit offenen Karten. Wir sind bislang gut miteinander ausgekommen, und ich hätte nicht gern –«

»Nein, nein«, sagte Guild hastig, »davon kann überhaupt keine Rede sein, Mr. Charles.« Sein Gesicht hatte sich ein wenig gerötet. »Ich habe – also, Tatsache ist, daß der Commissioner uns unter Druck setzt, endlich mit was aufzuwarten, und ich schätze, ich hab's sozusagen irgendwie weitergereicht. Dieser zweite Mord macht uns wirklich zu schaffen.« Er wandte sich dem Tablett auf dem Tisch zu. »Wie wollen Sie Ihren haben?«

»Pur, danke. Keine Spuren?«

»Nun ja, dieselbe Waffe und 'ne Menge Kugeln von der gleichen Sorte wie bei ihr, aber das ist auch so ziemlich alles. Es war im Flur eines Mietshauses, zwischen zwei Läden. Niemand dort behauptet, Nunheim oder Wynant oder sonst jemanden gekannt zu haben, den wir mit der Sache in Verbindung bringen könnten. Die Tür ist unverschlossen, jeder kann reingehen, aber das besagt nicht allzuviel, wenn man sich's recht überlegt.«

»Keiner hat was gesehen oder gehört?«

»Doch, sie haben die Schüsse gehört, aber sie haben nicht gesehen, wer sie abgegeben hat.« Er reichte mir ein Glas Whisky.

»Irgendwelche Patronenhülsen gefunden?« fragte ich.

Er schüttelte den Kopf. »Beidesmal Fehlanzeige. Wahrscheinlich ein Revolver.«

»Und er hat ihn beide Male leergeschossen – den Schuß, der ins Telefon ging, mitgezählt –, wenn er mit 'ner leeren Kammer unter dem Spanner rumlief, wie das viele tun.«

Guild senkte das Glas, das er halbwegs zum Mund geführt hatte. »Sie fangen doch nicht etwa an, um zwei Ecken rumzudenken, oder?« beklagte er sich. »Bloß weil die vielleicht so schießen.«

»Nein, aber jede Art von Gesichtspunkt würde schon was nützen. Haben Sie festgestellt, wo Nunheim an dem Nachmittag gewesen ist, an dem das Mädchen ermordet wurde?«

»Hm-hm-hm. Rumgetrieben ums Haus, wo das Mädchen wohnte, hat er sich, eine Zeitlang jedenfalls. Er wurde vor dem Haus gesehen, und er wurde hinter dem Haus gesehen, sofern man Leuten glaubt, die zu dem Zeitpunkt nicht weiter darüber nachgedacht und auch keinen Grund gehabt haben, die Unwahrheit zu sagen. Und am Tag vor dem Mord war er nach oben zu ihrer Wohnung gefahren, sagt der Liftboy. Der Junge sagt, er ist gleich wieder runtergekommen, aber er weiß nicht, ob er reingegangen ist oder nicht.«

Ich sagte: »So. Vielleicht hat Miriam recht, vielleicht wußte er tatsächlich zuviel. Haben Sie irgendwas herausgefunden über diese Differenz von viertausend Dollar zwischen dem, was Macaulay ihr gegeben hat, und dem, was Clyde Wynant bekommen haben will?«

»Nein.«

»Morelli sagt, sie hatte immer reichlich Geld. Er sagt, sie hat ihm einmal fünftausend in bar geliehen.«

Guild hob die Brauen. »Ja?«

»Ja. Er sagt auch, Wynant hat von ihrer Vorstrafe gewußt.«

»Mir scheint«, sagte Guild langsam, »Morelli hat Ihnen 'ne Menge gesagt.«

»Er redet gern. Haben Sie noch irgendwas darüber herausgefunden, woran Wynant arbeitete, als er verschwand, oder was für eine Arbeit das war, zu der er wegging?«

»Nein. Diese Werkstatt von ihm scheint Sie irgendwie zu interessieren.«

»Warum nicht? Er ist ein Erfinder, die Werkstatt ist

sein Arbeitsplatz. Bei Gelegenheit würde ich sie mir gern mal ansehen.«

»Das können Sie haben. Erzählen Sie mir noch 'n bißchen von Morelli und wie Sie es anstellen, ihn gesprächig zu machen.«

»Er redet gern. Kennen Sie einen Burschen namens Sparrow? Einen großen, dicken, weißblonden Burschen mit schwuler Stimme?«

Guild zog die Stirn kraus. »Nein. Warum?«

»Er war dort – mit Miriam – und wollte mir dumm kommen, aber die haben ihn nicht gelassen.«

»Und warum hat er das gewollt?«

»Ich weiß es nicht. Vielleicht, weil sie ihm erzählt hat, ich hätte dabei geholfen, Nunheim zu erledigen – Ihnen geholfen.«

Guild sagte: »Oh.« Er kratzte sich das Kinn mit dem Daumennagel, sah auf seine Uhr. »Es ist ziemlich spät geworden. Ich schlage vor, Sie kommen morgen – das heißt heute – irgendwann auf einen Sprung bei mir vorbei.«

Ich sagte: »Mach ich« statt der Sachen, die ich dachte, nickte ihm und Andy zu und ging ins Wohnzimmer.

Nora schlief auf dem Sofa. Mimi legte das Buch aus der Hand, in dem sie gelesen hatte, und fragte: »Ist die Geheimsitzung beendet?«

»Ja.« Ich ging auf das Sofa zu.

Mimi sagte: »Lassen Sie sie noch eine Weile schlafen, Nick. Sie bleiben doch, bis Ihre Freunde von der Polizei gegangen sind, oder?«

»Na gut. Ich will Dorothy noch mal sprechen.«

»Aber sie schläft.«

»Das macht nichts. Ich werde sie aufwecken.«

»Aber –«

Guild und Andy kamen herein, wünschten gute Nacht. Guild sah voller Bedauern zu der schlafenden Nora hin, und sie gingen.

Mimi seufzte. »Von Polizisten habe ich genug«, sagte sie. »Sie erinnern sich an die Geschichte?«

»Ja.«

Gilbert kam herein. »Glauben die wirklich, Chris hat es getan?«

»Nein«, sagte ich.

»Und was glauben die, wer?«

»Gestern hätte ich's Ihnen sagen können. Heute kann ich's nicht.«

»Das ist lächerlich«, protestierte Mimi. »Die wissen ganz genau und Sie wissen ganz genau, daß Clyde es getan hat.« Als ich nichts sagte, wiederholte sie in schärferem Tonfall: »Sie wissen ganz genau, daß Clyde es getan hat.«

»Er hat's nicht«, sagte ich.

Ein triumphierender Ausdruck erhellte Mimis Gesicht. »Sie arbeiten also doch für ihn, stimmt's nicht?«

Mein »Nein« prallte an ihr ab, blieb ohne die geringste Wirkung.

Gilbert fragte, nicht streitsüchtig, sondern so, als wolle er es wissen: »Warum könnte er's nicht getan haben?«

»Er könnte, aber er hat's nicht. Würde er diese Briefe geschrieben haben, die den Verdacht auf Mimi lenken, den einzigen Menschen, der ihm beigestanden hat, indem er das wichtigste Beweisstück gegen ihn zurückhielt?«

»Aber vielleicht hat er das nicht gewußt. Vielleicht hat er gedacht, die Polizei sagt nicht alles, was sie weiß. Das tut sie doch oft, nicht? Oder vielleicht hat er auch gedacht, er könne sie diskreditieren, damit die ihr nicht glauben, wenn –«

»Genau das«, sagte Mimi. »Genau das ist es, was er getan hat, Nick.« Ich sagte zu Gilbert: »Sie glauben doch nicht, daß er sie umgebracht hat.«

»Nein, ich glaube nicht, daß er's getan hat, aber ich wüßte gern, warum Sie's nicht glauben – Sie wissen schon – Ihre Methode meine ich.«

»Und ich wüßte gern Ihre.«

Sein Gesicht rötete sich ein wenig, und in seinem Lächeln lag einige Verlegenheit. »Oh, aber ich – das ist was anderes.«

»Er *weiß*, wer sie umgebracht hat«, sagte Dorothy von der Tür her. Sie war noch angezogen. Sie starrte mich unverwandt an, als habe sie Angst, irgend jemand anderen anzusehen. Ihr Gesicht war blaß, und sie hielt ihren kleinen Körper kerzengerade.

Nora öffnete die Augen, stützte sich auf einen ihrer Ellenbogen und fragte schlaftrunken: »Was?« Niemand antwortete ihr.

Mimi sagte: »Also, Dorry, mach uns jetzt nicht wieder eine von diesen albernen hochdramatischen Szenen.«

Dorothy sagte: »Du kannst mich schlagen, wenn sie gegangen sind. Das wirst du.« Sie sagte es, ohne ihre Augen von meinen abzuwenden.

Mimi versuchte dreinzublicken, als habe sie keine Ahnung, wovon ihre Tochter redete.

»Wer ist das, von dem er weiß, er hat sie umgebracht?« fragte ich.

Gilbert sagte: »Du machst dich lächerlich, Dorry, du bist –«

Ich unterbrach ihn: »Lassen Sie sie. Lassen Sie sie sagen, was sie zu sagen hat. Wer hat sie umgebracht, Dorothy?«

Sie sah ihren Bruder an und senkte die Augen und hielt sich nicht länger kerzengerade. Sie sah zu Boden und sagte undeutlich: »Ich weiß nicht. Er weiß.« Sie hob den Blick zu mir und begann zu zittern. »Sehen Sie denn nicht, daß ich Angst habe?« rief sie. »Ich habe Angst vor ihnen. Bringen Sie mich weg von hier, und ich sag's Ihnen, aber ich habe Angst vor ihnen.«

Mimi lachte mich aus. »Das haben Sie davon. Geschieht Ihnen ganz recht.«

Gilbert wurde rot. »Es ist so albern«, murmelte er.

Ich sagte: »Natürlich bring ich Sie weg von hier, aber ich möchte, daß es jetzt zur Sprache kommt, wo wir hier alle zusammen sind.«

Dorothy schüttelte den Kopf. »Ich habe Angst.«

Mimi sagte: »Ich wünschte, Sie würden nicht so sehr auf ihre Launen eingehen, Nick. Das macht sie nur noch schlimmer. Sie –«

Ich fragte Nora: »Was meinst du?«

Sie stand auf und reckte sich, ohne die Arme zu heben. Ihr Gesicht war rosig und wunderschön wie immer, wenn sie geschlafen hat. Sie lächelte mich schläfrig an und sagte: »Laß uns nach Hause gehn. Ich mag diese Leute nicht. Komm, hol deinen Hut und deinen Mantel, Dorothy.«

Mimi sagte zu Dorothy: »Geh ins Bett.«

Dorothy legte die Fingerspitzen ihrer linken Hand auf ihre Lippen und wimmerte: »Lassen Sie nicht zu, daß sie mich schlägt, Nick.«

Ich behielt Mimi im Auge: Ein sanftes Lächeln lag auf ihrem Gesicht, aber ihre Nasenflügel bebten, und ich konnte sie atmen hören.

Nora ging zu Dorothy hinüber. »Kommen Sie, wir waschen Ihnen jetzt das Gesicht und –«

Aus Mimis Kehle drang ein tierischer Laut, in ihrem Nacken schwollen Muskeln an, und sie verlagerte ihr Gewicht auf ihre Fußballen.

Nora trat zwischen Mimi und Dorothy. Ich packte Mimi an einer Schulter, als sie sich auf sie stürzen wollte, legte ihr meinen anderen Arm von hinten um die Taille und hob sie von ihren Füßen. Sie schrie und schlug mit Fäusten auf mich ein, und ihre harten, spitzen hohen Hacken zerschrammten mir die Schienbeine.

Nora drängte Dorothy aus dem Zimmer und blieb in der Tür stehen, um uns zuzusehen. Ihr Mienenspiel war sehr lebhaft. Ich sah es klar, scharf: alles andere war verwischt. Als ungeübte, wirkungslose Schläge auf meinen Rücken und meine Schulter mir zu Bewußtsein brachten, daß es Gilbert war, der auf mich einhämmerte, und ich mich zu ihm umwandte, konnte ich ihn nur verschwommen sehen, und ich fühlte die Berührung kaum, als ich ihn zur Seite schob. »Hör auf. Ich will dir nicht weh tun, Gilbert.« Ich trug Mimi zum Sofa hinüber und lud sie rücklings darauf ab, setzte mich ihr auf die Knie, hielt ihr die Handgelenke fest.

Gilbert fiel wieder über mich her. Ich versuchte seine Kniescheibe zu treffen, trat ihn aber zu tief, trat sein Bein unter ihm weg. Er stürzte zu Boden. Ich trat nochmals nach ihm, verfehlte ihn und sagte: »Schlagen können wir uns nachher. Holen Sie jetzt Wasser.«

Mimis Gesicht färbte sich purpurrot. Ihre Augen quollen hervor, glasig, fühllos, übergroß. Speichel schäumte und zischte bei jedem Atemzug zwischen ihren zusammengebissenen Zähnen hervor, und ihr rotangelaufener Hals – ihr ganzer Körper – war eine einzige zuckende Masse von Adern und Muskeln, die anschwollen, bis es aussah, als müßten sie platzen. Ihre Handgelenke in meinen Händen waren heiß und so schweißnaß, daß ich sie nur mit Mühe festhalten konnte.

Nora neben mir, mit einem Glas Wasser in der Hand, war ein erlösender Anblick. »Schütt es ihr übers Gesicht«, sagte ich.

Nora schüttete. Mimi öffnete die zusammengebissenen Kiefer, um nach Luft zu schnappen, und sie schloß die Augen. Sie warf den Kopf heftig hin und her, aber die Heftigkeit, mit der ihr Körper sich aufbäumte, hatte nachgelassen.

»Mach's noch mal«, sagte ich.

Das zweite Glas Wasser rief Mimis gurgelnden Protest hervor, und der Krampf wich aus ihrem Körper. Sie lag still, erschlafft, keuchend da.

Ich ließ ihre Handgelenke los und erhob mich. Gilbert stand, an einen Tisch gelehnt, auf einem Bein und rieb sich das andere, gegen das ich getreten hatte. Dorothy, mit großen Augen und sehr blaß, blieb in der Tür stehen, unschlüssig, ob sie hereinkommen oder weglaufen und sich verstecken sollte. Nora, neben mir, das geleerte Wasserglas in der Hand, fragte: »Glaubst du, sie ist in Ordnung?«

»Aber ja.«

Gleich darauf öffnete Mimi die Augen, versuchte blinzelnd, das Wasser aus ihnen herauszupressen. Ich drückte ihr ein Taschentuch in die Hand. Sie wischte sich das Gesicht, stieß einen langgezogenen, von Erschauern begleiteten Seufzer aus und setzte sich auf dem Sofa auf. Sie blickte im Zimmer umher, noch immer etwas blinzelnd. Als sie mich sah, lächelte sie schwach. Es lag Schuldbewußtsein in ihrem Lächeln, aber nichts, was man Reue hätte nennen können. Mit unsicherer Hand befühlte sie ihr Haar und sagte: »Ich bin regelrecht ertränkt worden.«

Ich sagte: »Eines Tages verfallen Sie noch in einen dieser Zustände und kommen da nicht mehr raus.«

Sie sah an mir vorbei zu ihrem Sohn. »Gil. Was ist denn mit dir passiert?« fragte sie.

Er nahm hastig die Hand von seinem Bein und setzte seinen Fuß auf den Boden. »Ich – ach – nichts«, stammelte er. »Mit mir ist alles in Ordnung.« Er glättete sich das Haar, richtete seine Krawatte.

Sie fing an zu lachen. »Oh, Gil, hast du wirklich versucht, mich zu beschützen? Und vor Nick?« Ihr Lachen wurde lauter. »Es war schrecklich lieb von dir, aber schrecklich töricht. Er ist doch ein Monster, Gil. Niemand könnte –«

Sie preßte mein Taschentuch an ihren Mund und wiegte sich vor und zurück. Ich blickte seitwärts zu Nora. Ihre Lippen waren fest geschlossen, ihre Augen fast schwarz vor Wut. Ich berührte ihren Arm. »Verziehen wir uns. Gilbert, gib deiner Mutter einen Drink. In ein paar Minuten ist sie bestimmt wieder ganz in Ordnung.«

Hut und Mantel in der Hand, schlich Dorothy auf Zehenspitzen zur Haustür. Nora und ich holten unsere Hüte und Mäntel und folgten ihr nach draußen, während Mimi auf dem Sofa sitzen blieb und weiter in mein Taschentuch lachte.

Im Taxi, das uns zum ›Normandie‹ brachte, hatten wir drei uns nicht viel zu sagen. Nora brütete vor sich hin, Dorothy schien noch immer ziemlich verschreckt zu sein, und ich war müde – der Tag war ausgefüllt gewesen. Es war fast fünf Uhr, als wir nach Hause kamen. Asta begrüßte uns ungestüm. Ich legte mich auf den Fußboden und spielte eine Weile mit ihr, während Nora in die Pantry ging, um Kaffee zu kochen. Dorothy wollte mir irgendeine Geschichte erzählen, die sich abgespielt hatte, als sie noch ein Kind war.

Ich sagte: »Nein. Das haben Sie Montag schon versucht. Was soll das sein – ein Gag? Es ist spät. Was war es, was Sie mir da drüben nicht erzählen wollten, weil Sie Angst hatten?«

»Aber Sie würden es viel besser verstehen, wenn Sie mich erst –«

»*Das* haben Sie Montag gesagt. Ich bin kein Psychoanalytiker. Ich verstehe nichts von frühkindlichen Einflüssen. Die sind mir gänzlich schnuppe. Und ich bin müde – ich hab den ganzen Tag geackert.«

Sie zog ein Gesicht. »Sie wollen es mir, scheint's, so schwer machen wie möglich.«

»Hören Sie, Dorothy«, sagte ich, »entweder Sie wissen etwas, das Sie mir vor Mimi und Gilbert nicht sagen mochten, oder Sie wissen nichts. Wenn Sie was wissen, dann heraus damit. Ich werde Sie schon fragen, wenn ich irgendwas nicht verstanden habe.«

Sie zupfte an einer Falte ihres Rocks herum und sah verdrossen drauf hinunter, aber als sie die Augen hob, begannen sie vor Erregung zu glänzen. In einem Flüsterton, der laut genug war, um im ganzen Zimmer gehört zu werden, sagte sie: »Gil hat meinen Vater wiederholt gesehen, und er hat ihn heute gesehen, und mein Vater hat ihm gesagt, wer Miss Wolf umgebracht hat.«

»Wer?«

Sie schüttelte den Kopf. »Er wollte es mir nicht sagen. Er hat mir nur das sagen wollen.«

»Und das ist es, was Sie sich nicht getraut haben, mir vor Mimi und Gilbert zu sagen?«

»Ja. Sie würden es verstehen, wenn Sie mich Ihnen erzählen ließen –«

»Was passiert ist, als Sie ein kleines Kind waren. Tut mir leid, aber ich will's nicht hören. Schluß damit. Was hat er Ihnen sonst noch erzählt?«

»Nichts.«

»Nichts über Nunheim?«

»Nein, nichts.«

»Wo ist Ihr Vater?«

»Hat mir Gil nicht gesagt.«

»Wann hat er ihn getroffen?«

»Hat er mir nicht gesagt. Bitte, seien Sie nicht wütend, Nick. Ich habe Ihnen alles gesagt, was er mir gesagt hat.«

»Und das ist nachgerade überwältigend viel«, knurrte ich. »Wann hat er Ihnen das gesagt?«

»Heute nacht. Er erzählte es mir, als Sie in mein Zimmer kamen, und, ehrlich, das ist alles, was er mir erzählte.«

Ich sagte: »Es wäre wirklich fabelhaft, wenn auch nur ein einziges Mal einmal einer von euch Wynants über irgend etwas – egal, was es ist – eindeutig und vollständig Auskunft geben würde.«

Nora kam mit dem Kaffee herein. »Was macht dir denn jetzt Kopfschmerzen, Junge?« fragte sie.

»Alles mögliche«, sagte ich, »Rätsel, Lügen, und ich bin zu alt und zu müde, um noch irgendwelchen Spaß daran zu haben. Laß uns nach San Francisco zurückfahren.«

»Vor Silvester?«

»Morgen, heute.«

»Aber gern.« Sie reichte mir eine Tasse. »Wir können fliegen, wenn du willst, und zu Silvester da sein.«

Dorothy sagte bebend: »Ich hab Sie nicht angelogen, Nick. Ich hab Ihnen alles gesagt, was ich – bitte, bitte, seien Sie nicht wütend auf mich. Ich bin so –« Sie sprach nicht weiter und begann zu schluchzen.

Ich kraulte Asta den Kopf und stöhnte.

Nora sagte: »Wir sind alle abgespannt und gereizt. Schicken wir das Hundchen für die Nacht runter, und machen wir Schluß für heute und reden weiter, wenn wir uns ein bißchen ausgeruht haben. Kommen Sie, Dorothy, ich bringe Ihnen Ihren Kaffee ins Schlafzimmer und gebe Ihnen ein Nachthemd.«

Dorothy stand auf, sagte mir »Gute Nacht« und »Es tut mir leid, daß ich so albern bin« und folgte Nora ins Schlafzimmer.

Als Nora wiederkam, setzte sie sich neben mich auf den Fußboden. »Unsere Dorry erfüllt wahrlich ihr Soll an Weinen und Greinen«, sagte Nora. »Zugegeben, im Augenblick zeigt das Leben sich ihr nicht gerade von seiner erfreulichsten Seite, aber schließlich ...« Sie gähnte. »Was war denn nun ihr furchtbares Geheimnis?«

Ich erzählte ihr, was Dorothy mir erzählt hatte. »Es klingt nach 'ner Menge Unsinn.«

»Wieso?«

»Wieso nicht? Alles andere, was wir von denen erfahren haben, war auch Unsinn.«

Nora gähnte wieder. »Für einen Detektiv mag das reichen, aber mich überzeugt es nicht. Hör mal, warum machen wir nicht eine Liste von allen Verdächtigen und allen Motiven und Anhaltspunkten und vergleichen sie dann mit –«

»Mach du das. Ich geh ins Bett. Was ist ein Anhaltspunkt, Mama?«

»Zum Beispiel so was wie die Tatsache, daß Gilbert sich heute nacht auf Zehenspitzen ans Telefon geschlichen hat, als ich allein im Wohnzimmer war und er dachte, ich schlafe, und dem Telefonfräulein sagte, sie soll bis morgen früh keine Anrufe mehr durchstellen.«

»So, so.«

»Und die Tatsache«, sagte sie, »daß Dorothy entdeckte, daß sie die Schlüssel von Tante Alice die ganze Zeit bei sich gehabt hatte.«

»So, so.«

»Und daß Studsy Morelli unter dem Tisch anstieß, als er dir von dem betrunkenen Vetter von – wie hieß er doch? – Dick O'Brien erzählen wollte, den Julia Wolf gekannt hat.«

Ich stand auf und stellte unsere Tassen auf einen Tisch. »Ich kann mir nicht vorstellen, wie ein Detektiv jemals zurechtkommen soll, ohne mit dir verheiratet zu sein, aber übertreiben tust du's deswegen doch. Studsy, der Morelli anstößt, das ist genau meine Vorstellung von etwas, worüber man sich lange Zeit keine Gedanken zu machen braucht. Eher würde ich mir schon Gedanken darüber machen, ob sie Sparrow fertiggemacht haben, um zu verhindern, daß ich was abkriege, oder um zu verhindern, daß ich was erzählt kriege. Ich bin müde.«

»Ich auch. Sag mir eines, Nick. Sag mir die Wahrheit: als du mit Mimi gerungen hast, hast du da nicht eine Erektion bekommen?«

»Oh, so 'n bißchen.«

Sie lachte und stand vom Fußboden auf. »Also wenn du kein widerwärtiger alter Wüstling bist«, sagte sie. »Sieh mal, es ist schon hell.«

26

Nora rüttelte mich um Viertel nach zehn wach. »Telefon«, sagte sie. »Es ist Herbert Macaulay, und er sagt, es ist wichtig.«

Ich ging ins Schlafzimmer – ich hatte im Wohnzimmer geschlafen – ans Telefon. Dorothy schlief fest. Ich murmelte »Hallo« ins Telefon.

Macaulay sagte: »Es ist zu früh für unseren Lunch, aber ich muß Sie sofort sprechen. Kann ich jetzt gleich raufkommen?«

»Klar. Kommen Sie rauf, frühstücken.«

»Hab ich schon. Sehen Sie zu, daß Sie Ihres bekommen, und in 'ner Viertelstunde bin ich bei Ihnen oben.«

»Ist recht.«

Dorothy machte die Augen weniger als halbwegs auf, sagte verschlafen:

»Muß spät sein«, drehte sich herum und versank wieder in Bewußtlosigkeit.

Ich ließ mir kaltes Wasser über Gesicht und Hände laufen, bürstete meine Zähne und Haare und ging ins Wohnzimmer zurück. »Er kommt rauf«, sagte ich zu Nora. »Er hat gefrühstückt, aber bestell lieber noch Kaffee für ihn. Ich will Hühnerleber.«

»Bin ich zu eurer Tafel eingeladen, oder soll ich –«

»Klar doch. Du hast Macaulay noch gar nicht kennengelernt, oder? Er ist ein ganz ordentlicher Kerl. Ich war mal für ein paar Tage zu seiner Einheit abkommandiert, oben bei Vaux in der Gegend, und nach dem Krieg haben wir uns wiedergetroffen. Er hat mir ein paar Jobs zugeschanzt, unter anderem den bei Wynant. Wie wär's mit 'nem Tropfen Was-du-willst, gegen die Antriebsschwäche?«

»Warum bleibst du nicht heute mal nüchtern?«

»Wir sind nicht in New York, um nüchtern zu bleiben. Willst du dir heute abend ein Hockeyspiel ansehen?«

»Gern.« Sie goß mir einen Drink ein und ging, das Frühstück zu bestellen. Ich sah die Morgenzeitungen durch. Sie hatten die Meldungen von Jorgensens Festnahme durch die Bostoner Polizei und von Nunheims Ermordung gebracht, aber dem Fortgang dessen, was die Boulevardblätter den ›Teufelsküchen-Bandenkrieg‹ nannten, der Verhaftung von ›Prinz Mike‹ Gerguson und einem Interview mit dem ›Jafsie‹ der Lindbergh-Kidnapping-Verhandlungen mehr Platz eingeräumt.

Macaulay und der Liftboy, der Asta heraufbrachte, trafen zugleich ein. Asta mochte Macaulay, weil er, wenn er sie tätschelte, für sie etwas war, wogegen sie ihr Gewicht stemmen konnte: fürs Sanfte hatte sie nie sonderlich viel übrig gehabt.

Er hatte Falten um den Mund herum an diesem Morgen,

und seine Wangen waren um einiges weniger rosig als sonst. »Wie kommt die Polizei auf diese neue Richtung?« fragte er. »Glauben die –« Er verstummte, als Nora eintrat. Sie hatte sich angezogen.

»Nora, das ist Herbert Macaulay«, sagte ich. »Meine Frau.«

Sie gaben sich die Hand, und Nora sagte: »Nick wollte mich nur Kaffee für Sie bestellen lassen. Soll ich nicht –«

»Nein, danke. Ich habe gerade gefrühstückt.«

Ich sagte: »Also was war das mit der Polizei?«

Er zögerte.

»Nora weiß praktisch alles, was ich weiß«, versicherte ich ihm, »wenn es also nicht etwas ist, was Sie lieber nicht –«

»Nein, nein, nichts Derartiges«, sagte er. »Es ist – nun ja – um Mrs. Charles willen. Ich will sie nicht beunruhigen.«

»Dann raus damit. Beunruhigen tun sie nur Dinge, über die sie nicht Bescheid weiß. Was ist die neue Richtung der Polizei?«

»Heute morgen hat mich Kommissar Guild besucht«, sagte er. »Zuerst zeigte er mir ein Stück von einer Uhrkette mit einem Messer daran und fragte mich, ob ich es schon mal gesehen hätte. Das hatte ich: sie gehört Wynant. Ich sagte ihm, ich glaubte, sie schon mal gesehen zu haben: Ich glaubte, sie sähe aus wie Wynants. Dann fragte er mich, ob mir irgendeine Möglichkeit bekannt sei, wie sie in den Besitz von irgend jemand anderem gelangen konnte, und nach einigem Drumherumreden merkte ich, daß er mit irgend jemand anderem Sie oder Mimi meinte. Ich sagte ihm, gewiß könnte Wynant sie einem von Ihnen beiden gegeben haben, Sie könnten sie auch gestohlen oder auf der Straße gefunden oder von jemandem bekommen haben, dem Wynant sie geschenkt hat. Es gebe noch andere Möglichkeiten, wie Sie zu ihr gekommen sein könnten, habe ich ihm gesagt, aber er wußte, daß ich ihn hochnahm, und ließ mich nicht dazu kommen, ihm auch sie noch aufzuzählen.«

Auf Noras Wangen erschienen rote Flecken, und ihre Augen waren ganz dunkel. »Der Idiot!«

»Aber, aber«, sagte ich. »Vielleicht hätte ich dich vorwarnen sollen – er steuerte schon gestern abend in diese Richtung. Ich könnte mir gut vorstellen, daß meine alte Freundin Mimi ihm das in den Kopf gesetzt hat. Worauf hat er den Scheinwerfer noch gerichtet?«

»Er wollte wissen, ob – seine Frage lautete: ›Nehmen Sie an, Mr. Charles und das Wolf-Mädchen hatten noch was miteinander? Oder war das längst aus und vorbei?‹

»Das ist eindeutig Mimi, die dahintersteckt«, sagte ich. »Was haben Sie ihm gesagt?«

»Ich habe ihm gesagt, ich wüßte nicht, ob Sie und die Wolf ›noch‹ was miteinander gehabt hatten, weil ich nicht gewußt hätte, daß Sie und die Wolf jemals was miteinander gehabt hatten, und ihn daran erinnert, daß Sie seit langem nicht mehr in New York leben.«

Nora fragte mich: »Hast du?«

Ich sagte: »Versuch nicht, aus Mac einen Lügner zu machen. Was hat er dazu gesagt?«

»Nichts. Er fragte mich, ob ich glaube, daß Jorgensen etwas von Ihnen und Mimi wisse, und als ich ihn fragte, was es denn über Sie und Mimi zu wissen gebe, beschuldigte er mich, den Ahnungslosen zu spielen – das waren seine Worte –, und so sind wir nicht sehr weit gekommen. Er interessierte sich dafür, wie oft ich Sie gesehen habe, und auch wo und wann, auf den Zentimeter und die Minute genau.«

»Das ist ja reizend«, sagte ich. »Ich hab lausige Alibis.«

Ein Kellner kam mit unserem Frühstück. Wir redeten über dies und das, bis er den Tisch gedeckt hatte und weggegangen war.

Dann sagte Macaulay: »Sie haben nichts zu befürchten. Ich werde Wynant der Polizei übergeben.« Seine Stimme war unsicher und etwas erstickt.

»Sind Sie sicher, daß er es getan hat?« fragte ich. »Ich nicht.«

Er sagte schlicht: »Ich weiß es.« Er räusperte sich. »Und selbst, wenn es eins zu tausend stände, daß ich mich geirrt hätte – aber das ist ganz ausgeschlossen –, bleibt er doch ein Verrückter, Charles. Man sollte ihn nicht frei rumlaufen lassen.«

»Damit werden Sie wohl recht haben«, begann ich, »und wenn Sie wissen –«

»Ich weiß«, wiederholte er. »Ich habe ihn an dem Nachmittag gesehen, an dem er sie umgebracht hat: es konnte noch keine halbe Stunde her sein, daß er sie ermordet hatte, obschon ich das nicht wußte, nicht einmal wußte, daß sie ermordet worden war. Ich – nun – jetzt weiß ich es.«

»Sie haben ihn in Hermanns Büro getroffen?«

»Was?«

»Sie sollen sich doch an dem Nachmittag von etwa drei Uhr bis ungefähr vier in dem Büro eines Mannes namens Hermann in der Fifty-seventh Street aufgehalten haben. Das hat mir jedenfalls die Polizei gesagt.«

»Das stimmt«, sagte er. »Ich meine, das ist die Geschichte, die die Polizei zu hören bekommen hat. Was wirklich passiert ist: Nachdem ich weder Wynant noch irgendeine Nachricht von ihm im Plaza vorgefunden und mein Büro und Julia angerufen hatte, ohne dabei mehr Glück zu haben, gab ich es auf und machte mich auf den Weg runter zu Hermanns Büro. Er ist Bergbauingenieur und ein Klient von mir: ich hatte ihm gerade die Entwürfe zu einigen Paragraphen einer Geschäftsordnung aufgesetzt, und es gab da noch ein paar Kleinigkeiten, die geändert werden mußten. Als ich zur Fifty-seventh Street kam, hatte ich plötzlich das Gefühl, beschattet zu werden – Sie kennen das. Mir fiel niemand ein, der einen Grund gehabt haben könnte, mich beschatten zu lassen, aber ich bin schließlich Anwalt, und möglich wär's ja immerhin. Ich wollte es herausbekommen, und deswegen wandte ich mich an der Ecke Fifty-seventh Street nach Osten und ging rüber bis zur Madison Avenue und wußte es noch immer nicht genau. Das war so ein kleiner, blasser Mann, den ich in der Gegend vom Plaza gesehen zu haben glaubte, aber – Die schnellste Art und Weise, das herauszufinden, war, so schien mir, ein Taxi zu nehmen, und das tat ich und sagte dem Fahrer, daß er nach Osten fahren solle. Es herrschte zu starker Verkehr, als daß ich hätte sehen können, ob dieser kleine Mann oder sonst irgendwer nach mir ebenfalls in ein Taxi gestiegen war, und so ließ ich meinen Fahrer an der Third Avenue nach Süden einbiegen, dann wieder nach Osten an der Fifty-sixth Street und wiederum nach Süden an der Second Avenue, und zu dem Zeitpunkt war ich ziemlich sicher, daß mir ein gelbes Taxi folgte. Ich konnte natürlich nicht sehen, ob mein kleiner Mann drin saß: dafür war es nicht nah genug. Und an der nächsten Ecke, als wir rotes Licht hatten, sah ich Wynant. Er saß in einem Taxi, das auf der Fifty-fifth Street nach Westen fuhr. Natürlich hat mich das nicht sonderlich überrascht: Wir waren nur zwei Blocks von Julias Wohnung entfernt, und ich nahm ganz selbstverständlich an, sie hatte mich nicht wissen lassen wollen, daß er bei ihr war, als ich sie anrief, und daß er jetzt zum Plaza fuhr, um mich dort zu treffen. Er war nie sehr pünktlich. Also habe ich meinem Fahrer gesagt, er soll nach Westen einbiegen, aber nach der Lexington Avenue – wir waren einen halben Block hinter ihm – bog Wynants Taxi nach Süden ein. Das war nicht der Weg zum Plaza, und der Weg zu meinem Büro war's auch nicht, und da hab ich mir gesagt, zum Teufel mit ihm, und meine Aufmerksamkeit wieder auf das Taxi gerichtet, das mir folgte – und es war nicht mehr da. Ich hielt den ganzen Weg zu Hermann rüber Ausschau aus dem Rückfenster und sah keinerlei Anzeichen mehr dafür, daß mir irgend jemand folgte.«

»Wieviel Uhr war es, als Sie Wynant sahen?« fragte ich.

»Es muß Viertel nach oder zwanzig nach drei gewesen sein. Es war zwanzig vor vier, als ich in Hermanns Büro anlangte, und ich würde sagen, das war zwanzig oder fünfundzwanzig

Minuten später: Na, und Hermanns Sekretärin – Louise Jacobs, das Mädchen, mit dem ich zusammen war, als Sie mich gestern abend trafen – sagte mir dann, daß er schon den ganzen Nachmittag in einer Konferenz säße, aber wohl in ein paar Minuten damit fertig sein würde, und das war er, und nach zehn oder fünfzehn Minuten hatte ich alles mit ihm durchgesprochen und fuhr in mein Büro zurück.«

»Ich nehme an, Sie sind nicht nahe genug an Wynants Taxi herangekommen, um festzustellen, ob er erregt ausgesehen, seine Uhrkette getragen, nach Schießpulver gerochen hat – und ähnliches mehr.«

»Stimmt. Alles, was ich gesehen habe, war sein Profil im Vorüberfahren, aber glauben Sie nur nicht, ich sei nicht sicher, daß er's war.«

»Tu ich schon nicht. Erzählen Sie weiter«, sagte ich.

»Er rief nicht wieder an. Ich war ungefähr seit einer Stunde zurück, als die Polizei anrief – Julia war tot. Nun müssen Sie wissen, daß ich nicht etwa geglaubt habe, Wynant hätte es getan – nicht einen Moment lang habe ich das. Das werden Sie verstehen – Sie selber glauben ja noch immer nicht, daß er es getan hat. Und als ich dann rüberging zu denen und die anfingen, mir Fragen über ihn zu stellen, und ich merkte, daß sie ihn verdächtigen, da hab ich gemacht, was neunundneunzig von hundert Anwälten für ihre Klienten gemacht haben würden – ich habe nichts davon gesagt, daß ich ihn in der Gegend um die Zeit gesehen hatte, zu der der Mord verübt worden sein muß. Ich sagte denen dasselbe, was ich Ihnen sagte – daß ich eine Verabredung mit ihm gehabt hätte und daß er nicht erschienen war –, und ließ sie denken, ich sei direkt vom Plaza aus in Hermanns Büro gegangen.«

»Das ist durchaus verständlich«, pflichtete ich ihm bei. »Es hätte keinen Sinn gehabt, wenn Sie etwas davon gesagt hätten, bevor Sie nicht seine Seite der Geschichte gehört hatten.«

»Genau, und – na ja, der Haken dabei ist nur, ich habe seine Seite der Geschichte nie gehört. Ich hatte erwartet, daß er sich blicken läßt, mich anruft, irgendwas tut, aber nichts hat er getan – bis Dienstag nicht, als der Brief von ihm aus Philadelphia kam, und da stand kein Wort darüber drin, warum er mich am Freitag versetzt hatte, und nichts über – aber Sie haben den Brief ja gesehen. Was halten Sie davon?«

»Sie meinen, klang er schuldig?« »Ja.«

»Nicht sonderlich«, sagte ich. »Es ist ungefähr das, was man von ihm erwarten konnte, wenn er sie nicht umgebracht hat – keine große Aufregung darüber, daß die Polizei ihn verdächtigt, nur die Sorge, es könne seiner Arbeit hinderlich sein, der Wunsch, daß alles ohne Unannehmlichkeiten für ihn aufgeklärt wird – kein sonderlich gescheiter Brief, wenn ein anderer ihn geschrieben hätte, aber im Einklang mit seiner speziellen Art von Irresein. Ich kann mir gut vorstellen, daß er ihn abgeschickt hat, ohne auch nur auf den Gedanken gekommen zu sein, das zu tun, was in seiner Lage das Beste gewesen wäre – den Nachweis seiner eigenen Handlungen am Mordtag zu erbringen. Wie sicher sind Sie sich, daß er von Julia kam, als Sie ihn sahen?«

»Jetzt bin ich mir sicher. Zuerst hielt ich es für wahrscheinlich. Dann dachte ich, er könnte in seiner Werkstatt gewesen sein. Sie ist an der First Avenue, nur ein paar Blocks von dort entfernt, wo ich ihn gesehen habe, und obwohl sie zugesperrt ist, seit er verschwand, haben wir den Mietvertrag vor einem Monat verlängert, und für seine Rückkehr ist dort alles klar, und er könnte an dem Nachmittag dagewesen sein. Die Polizei hat dort nichts finden können, woraus ersichtlich gewesen wäre, ob er da war oder nicht.«

»Was ich Sie fragen wollte: Es hieß mal, er hätte sich einen Backenbart wachsen lassen. Hatte er –«

»Nein – dasselbe lange, magere Gesicht mit demselben struppigen, fast weißen Schnurrbart.«

»Noch etwas: Da ist gestern ein Bursche namens Nunheim umgebracht worden, ein kleiner –«

»Darauf komme ich noch zu sprechen«, sagte er.

»Ich dachte an den kleinen, blassen Mann, von dem Sie meinten, daß er Sie vielleicht beschattete.«

Macaulay starrte mich an. »Sie meinen, das könnte Nunheim gewesen sein?«

»Ich weiß es nicht. Mir kam bloß so der Gedanke.«

»Und ich weiß es auch nicht«, sagte er. »Ich habe Nunheim nie gesehen, soweit ich –«

»Er war ein kleiner Bursche, nicht mehr als einssechzig groß, und mag vielleicht hundertzehn, hundertzwanzig gewogen haben. Ich würde sagen, er war fünfunddreißig oder sechsunddreißig. Bleich, dunkle Haare und Augen, Augen dicht beieinanderstehend, Mund groß, Nase lang und fleischig, Fledermausohren – durchtriebenes Aussehen.«

»Das könnte er leicht gewesen sein«, sagte er, »wenn ich den Mann auch nicht aus allzu nächster Nähe zu Gesicht bekommen habe. Ich nehme an, die Polizei würde mich ihn ansehen lassen« – er zuckte die Achseln – »nicht daß es jetzt eine Rolle spielt. Wovon hatte ich gerade gesprochen? Oh, ja, davon, daß ich keine Verbindung mit Wynant bekommen konnte. Das hat mich in eine unangenehme Lage gebracht, weil die Polizei eindeutig der Meinung ist, daß ich in Verbindung mit ihm stehe und sie belüge. Das haben Sie doch auch gedacht, stimmt's?«

»Ja«, gab ich zu.

»Und auch Sie vermuteten wahrscheinlich, wie die Polizei, daß ich ihn am Mordtag getroffen hatte, entweder im Plaza oder später.«

»Es schien denkbar.«

»Ja. Und zum Teil hatten Sie natürlich recht damit. Zumindest hatte ich ihn gesehen, und gesehen an einem Ort und zu einer Zeit, die mich in den Augen der Polizei von vornherein als schuldig hätten erscheinen lassen, und so log ich, nachdem ich instinktiv und indirekt gelogen hatte, nun vorsätzlich und direkt. Hermann saß den ganzen Nachmittag über in einer Konferenz fest und wußte nicht, wie lange ich auf ihn gewartet hatte. Louise Jacobs ist eine gute Freundin von mir. Ohne in die Einzelheiten zu gehen, sagte ich ihr, sie könne mir helfen, einem Klienten zu helfen, indem sie sage, ich sei dort eine oder zwei Minuten nach drei erschienen, und sie erklärte sich ohne weiteres bereit dazu. Um sie, falls irgendwelche Schwierigkeiten auftauchen sollten, vor Unannehmlichkeiten zu bewahren, sagte ich ihr, wenn irgendwas schiefgehen sollte, könne sie immer sagen, sie habe nicht mehr behalten, wann ich gekommen sei, daß ich aber am nächsten Tag gesprächsweise den Zeitpunkt genannt hätte, zu dem ich gekommen war, und sie keinen Anlaß gehabt habe, ihn in Zweifel zu ziehen – so könne sie die ganze Sache auf mich abwälzen.« Macaulay holte tief Luft. »Nichts von alldem ist jetzt wichtig. Wichtig ist, daß ich heute morgen von Wynant was gehört habe.«

»Noch einer von diesen meschuggenen Briefen?«

»Nein, er hat angerufen. Ich habe für heute abend eine Verabredung mit ihm getroffen – für Sie und mich. Ich habe ihm gesagt, Sie würden keinen Finger für ihn rühren, wenn Sie ihn nicht sprechen könnten, und da hat er zugesagt, uns heute abend zu treffen. Ich werde natürlich die Polizei mitnehmen. Ich kann es nicht länger vertreten, ihn in dieser Weise abzuschirmen. Ich kann ihm einen Freispruch wegen Unzurechnungsfähigkeit verschaffen und ihn in die Klapsmühle stecken lassen. Das ist alles, was ich tun kann, alles, was ich tun will.«

»Haben Sie die Polizei schon benachrichtigt?«

»Nein. Er rief erst an, als die gerade gegangen waren. Und ich wollte sowieso vorher mit Ihnen sprechen. Ich wollte Ihnen sagen, daß ich nicht vergessen habe, was ich Ihnen verdanke, und –«

»Unsinn«, sagte ich.

»Kein Unsinn.« Er wandte sich an Nora. »Ich nehme an, er hat Ihnen nie erzählt, daß er mir einmal das Leben gerettet hat, in einem Granattrichter in –«

»Er spinnt«, sagte ich ihr. »Er schoß auf einen Burschen und traf ihn nicht, und ich schoß auf ihn und traf, und das ist alles, was dazu zu sagen ist.« Ich wandte mich wieder an ihn: »Warum lassen Sie die Polizei nicht noch eine Weile warten? Ich schlage vor, Sie und ich, wir gehen zu dieser Verabredung heute abend und hören uns an, was er zu sagen hat. Wir können ihn festhalten und immer noch Alarm schlagen, wenn er die Sitzung beenden will und wir überzeugt sind, daß er der Mörder ist.«

Macaulay lächelte müde. »Sie zweifeln noch immer, nicht wahr? Gut, ich bin bereit, es so zu machen, wenn Sie wollen, obwohl mir's scheint, als – aber vielleicht ändern Sie Ihre Meinung, wenn ich Ihnen von unserem Telefongespräch erzähle.«

Dorothy, angetan mit einem Nachthemd und einem Morgenrock von Nora, die beide viel zu lang für sie waren, kam gähnend herein. »Oh!« rief sie aus, als sie Macaulay sah, und dann, als sie ihn erkannt hatte: »Oh, hallo, Mr. Macaulay. Ich wußte nicht, daß Sie hier sind. Gibt es irgendeine Nachricht von meinem Vater?«

Er sah mich an. Ich schüttelte den Kopf. Er sagte ihr: »Noch nicht, aber vielleicht hören wir heute noch was von ihm.«

Ich sagte: »Dorothy hat was gehört, indirekt. Erzählen Sie Macaulay von Gilbert.«

»Sie meinen, über – über meinen Vater?« fragte sie stockend und starrte auf den Fußboden.

»Ach, du meine Güte, nein«, sagte ich.

Ihr Gesicht rötete sich, und sie warf mir einen vorwurfsvollen Blick zu; dann erzählte sie Macaulay hastig: »Gil hat gestern meinen Vater gesehen, und er hat Gil gesagt, wer Miss Wolf umgebracht hat.«

»Was?«

Sie nickte vier- oder fünfmal, ernsthaft.

Macaulay sah mich mit ratlosen Augen an.

»Deswegen muß es ja nicht geschehen sein«, machte ich ihm klar. »Es ist was, wovon Gil behauptet, es sei geschehen.«

»Ich verstehe. Dann meinen Sie, er könnte vielleicht –«

»Sie scheinen sich mit dieser Familie nicht allzu ausgiebig unterhalten zu haben, seit da der Teufel los ist, oder?« fragte ich.

»Nein.«

»Ist ein Erlebnis. Die sind alle sexverrückt, glaube ich, und das kriecht denen in die Köpfe. Sie fangen an –«

Dorothy sagte aufgebracht: »Ich finde, Sie sind häßlich. Ich habe mein Bestes getan, um –«

»Worüber regen Sie sich auf?« fragte ich. »Ich gebe Ihnen diesmal eine Chance: ich bin bereit zu glauben, daß Gil Ihnen das gesagt hat. Erwarten Sie nicht zuviel von mir.«

Macaulay fragte: »Und wer hat sie umgebracht?«

»Ich weiß es nicht. Gil wollte es mir nicht sagen.«

»Hat Ihr Bruder ihn häufig gesehen?«

»Ich weiß nicht, wie oft. Er hat gesagt, er hätte ihn gesehen.«

»Und ist irgendwas über diesen Mann – diesen Nunheim – gesagt worden?«

»Nein. Nick hat mich das gefragt. Weiter hat er mir überhaupt nichts gesagt.«

Ich fing Noras Blick auf und gab ihr ein Zeichen. Sie erhob sich und sagte: »Gehen wir nach nebenan, Dorothy, und lassen wir diese Männer unter sich bereden, was immer sie unter sich zu bereden haben glauben.«

Dorothy ging nur zögernd mit Nora hinaus, aber sie ging.

Macaulay sagte: »Sie ist zu 'ner wahren Sehenswürdigkeit herangewachsen.« Er räusperte sich. »Ich hoffe, Ihre Frau wird nicht –«

»Keine Spur. Nora ist okay. Sie wollten mir von Ihrem Telefongespräch mit Wynant erzählen.«

»Er rief an, unmittelbar nachdem die Polizei abgezogen war, und sagte, er habe die Anzeige in der *Times* gesehen und wollte wissen, was ich von ihm wolle. Ich sagte ihm, Sie seien nicht darauf versessen, in seine Schwierigkeiten hineingezogen zu werden, und hätten gesagt, Sie würden keinen Finger für ihn rühren, bevor die Sache nicht mit ihm durchgesprochen worden sei, und wir verabredeten das Treffen für heute abend. Dann fragte er mich, ob ich Mimi gesehen hätte, und ich sagte ihm, ich hätte sie ein- oder zweimal seit ihrer Rückkehr aus Europa gesehen und hätte auch seine Tochter gesehen. Und dann sagte er folgendes: ›Falls meine Frau um Geld bittet, geben Sie ihr jede Summe, sofern sie sich in vernünftigen Grenzen hält.‹«

»Ich werd verrückt«, sagte ich.

Macaulay nickte. »Genau das war auch meine erste Reaktion. Ich fragte ihn, warum, und er sagte, was er in den Morgenzeitungen gelesen habe, habe ihn davon überzeugt, daß sie Keltermans Opfer sei, nicht seine Komplizin, und er habe Anlaß zu glauben, daß sie ihm, Wynant, gegenüber ›freundschaftlich gesonnen‹ sei. Da dämmerte mir, was er vorhatte, und ich sagte ihm, daß sie das Messer und die Kette der Polizei schon übergeben hätte. Na, raten Sie mal, was er dazu gesagt hat.«

»Ich gebe auf.«

»Er hat sich ein bißchen geräuspert – nur kurz, wohlgemerkt – und dann ganz beiläufig gefragt: ›Sie meinen die Kette und das Messer an der Uhr, die ich bei Julia gelassen habe, damit sie sie zur Reparatur bringt?‹«

Ich lachte. »Was haben Sie dazu gesagt?«

»Das hat mich aus dem Konzept gebracht. Bevor mir eine passende Antwort einfiel, sagte er: ›Aber darüber können wir ja noch ausführlicher reden, wenn wir uns heute abend treffen.‹ Ich fragte ihn, wann und wo wir ihn treffen sollten, und er sagte, er würde mich nochmals anrufen deswegen, er wisse nicht, wo er sein werde. Um zehn Uhr will er mich zu Hause anrufen. Er hatte es plötzlich eilig, obwohl ihm bis dahin nichts davon anzumerken gewesen war, und keine Zeit mehr, irgendeine von den Fragen zu beantworten, die ich ihm stellen wollte, und er legte auf, und ich rief Sie an. Was halten Sie jetzt von seiner Unschuld?«

»Nicht mehr soviel wie vorher«, sagte ich langsam. »Sind Sie sicher, daß Sie heute abend um zehn von ihm hören?«

Macaulay zuckte die Achseln. »Das weiß ich ebensowenig wie Sie.«

»Dann würde ich an Ihrer Stelle die Polizei nicht behelligen, bis wir unseren wilden Mann geschnappt haben und ihn ihr übergeben können. Ihre Geschichte wird Sie bei denen nicht gerade sonderlich beliebt machen, und wenn die Sie auch nicht gleich einlochen, so werden Sie Ihnen das Leben doch ziemlich sauer machen, wenn uns Wynant heute abend stiften geht.«

»Ich weiß, aber ich möchte die Last loswerden.«

»Ein paar Stunden länger dürften da wohl keinen großen Unterschied machen«, sagte ich. »Ist einer von Ihnen beiden darauf zu sprechen gekommen, daß er die Verabredung im Plaza nicht eingehalten hat?«

»Nein. Ich hatte keine Gelegenheit, ihn danach zu fragen. Nun gut, wenn Sie sagen, ich soll noch warten, dann warte ich noch, aber –«

»Lassen Sie uns auf jeden Fall bis heute abend warten, bis er Sie anruft – wenn er das überhaupt tut –, und dann können wir immer noch entscheiden, ob wir die Polizei mitnehmen wollen.«

»Sie glauben nicht, daß er anruft?«

»Ich bin mir nicht allzu sicher«, sagte ich. »Er hat diese letzte Verabredung mit Ihnen nicht eingehalten, und er scheint Ihnen gegenüber ziemlich ausweichend geworden zu sein, sobald er erfuhr, daß Mimi die Uhrkette und das Messer der Polizei übergeben hatte. Ich würde da nicht zu optimistisch sein. Nun, wir werden ja sehen. Ich sollte wohl besser schon um neun herum zu Ihnen herauskommen, meinen Sie nicht?«

»Kommen Sie doch zum Essen.«

»Ich kann nicht, aber ich komme so früh es geht, für den Fall, daß er vorzeitig anruft. Wir werden unter Umständen sehr rasch handeln müssen. Wo wohnen Sie?«

Macaulay nannte mir seine Adresse in Scarsdale und stand auf. »Sagen Sie Ihrer Frau bitte in meinem Namen auf Wiedersehen und danken – oh, übrigens hoffe ich, daß Sie das nicht mißverstanden haben, was ich gestern abend über Harrison Quinn sagte. Ich habe nur das gemeint, was ich auch gesagt habe, daß ich nämlich Pech hatte mit seinen Börsentips. Ich wollte damit nicht etwa den Eindruck erwecken, daß da was sei – Sie wissen schon – oder daß er anderen Klienten vielleicht auch kein Geld gebracht hätte.«

»Ich verstehe«, sagte ich und rief Nora.

Sie und Macaulay gaben sich die Hand und hielten einander höfliche Reden, und er boxte ein bißchen mit Asta herum und sagte: »Kommen Sie so früh wie möglich zu mir« und ging.

»Aus dem Hockeyspiel wird nichts«, sagte ich, »es sei denn, du findest jemand anderen, der mit dir geht.«

»Habe ich etwas verpaßt?« fragte Nora.

»Nicht viel.« Ich sagte ihr, was Macaulay mir gesagt hatte. »Und frag mich nicht, was ich davon halte. Ich weiß es nicht. Ich weiß, Wynant ist verrückt, aber er benimmt sich nicht wie ein Verrückter, und er benimmt sich nicht wie ein Mörder. Er benimmt sich wie ein Mann, der irgendeine Art von Spiel betreibt. Weiß der Teufel, was das für ein Spiel ist.«

»Ich glaube«, sagte sie, »daß er irgendwen abschirmt.«

»Warum glaubst du nicht, daß er's getan hat?«

Sie blickte erstaunt drein. »Weil du's nicht glaubst.«

Ich sagte, das sei ein hervorragender Grund. »Wer ist dieser Irgendwer?«

»Ich weiß es noch nicht. Mach dich ja nicht über mich lustig: ich habe lange darüber nachgedacht. Macaulay kann's nicht gewesen sein, denn er benutzt ihn, um diesen Irgendwer – wer immer das ist – abschirmen zu helfen, und –«

»Und ich kann's auch nicht sein«, schlug ich vor, »denn er will mich benutzen.«

»Stimmt«, sagte sie, »und du wirst dir noch sehr dumm vorkommen, wenn du dich über mich lustig machst und ich dann eher als du errate, wer es ist. Und es kann weder Mimi noch Jorgensen gewesen sein, weil er versucht hat, den Verdacht auf sie zu lenken. Und es kann nicht Nunheim gewesen sein, weil er höchstwahrscheinlich von derselben Person umgebracht wurde und weil er zudem jetzt nicht mehr abgeschirmt zu werden braucht. Und es kann nicht Morelli gewesen sein, weil Wynant eifersüchtig auf ihn war und sie aneinandergeraten sind.« Sie sah mich stirnrunzelnd an. »Ich wünschte, du hättest über diesen großen dicken Mann, den sie Sparrow nannten, und diese große rothaarige Frau mehr herausgefunden.«

»Aber was ist mit Dorothy und Gilbert?«

»Das wollte ich dich gerade fragen. Glaubst du, daß er irgendwelche sonderlich starken väterlichen Gefühle für sie hat?«

»Nein.«

»Du versuchst wahrscheinlich bloß, mich zu entmutigen«, sagte sie. »Nun, wenn man sie kennt, fällt es einem schwer, sich vorzustellen, daß einer von beiden schuldig sein könnte, aber ich habe versucht, meine persönlichen Empfindungen beiseite zu lassen und mich an die Logik zu halten. Bevor ich gestern nacht einschlief, habe ich eine Liste aufgestellt von allen –«

»Es gibt kein besseres Mittel gegen Schlaflosigkeit, als sich ein bißchen an die Logik zu halten. Das ist wie –«

»Sei nicht so verdammt herablassend. Was du bislang gezeigt hast, war nicht gerade umwerfend.«

»Ich hab's nicht bös gemeint«, sagte ich und küßte sie. »Ist das ein neues Kleid?«

»Ah! Du wechselst das Thema, Feigling.«

27

Ich suchte Guild am frühen Nachmittag auf und begann ihn zu bearbeiten, sobald wir uns die Hände geschüttelt hatten. »Ich habe meinen Anwalt nicht mitgebracht. Ich dachte, es macht sich besser, wenn ich allein komme.«

Er runzelte die Stirn und schüttelte den Kopf, als hätte ich ihn beleidigt. »Es war doch nichts in der Art«, sagte er geduldig.

»Es war zu sehr in der Art.«

Er seufzte. »Ich hätte nicht gedacht, daß Sie denselben Fehler machen, den so viele Leute machen, die denken, bloß weil wir – Sie wissen, daß wir jeden Gesichtspunkt prüfen müssen, Mr. Charles.«

»Das kommt mir bekannt vor. Also, was wollen Sie wissen?«

»Alles, was ich wissen will, ist, wer hat sie umgebracht – und ihn.«

»Versuchen Sie's mal und befragen Sie Gilbert«, schlug ich vor.

Guild schob die Lippen vor. »Warum gerade ihn?«

»Er hat seiner Schwester erzählt, er wisse, wer's getan hat, hat ihr erzählt, er habe es von Wynant.«

»Sie meinen, er hat also Verbindung mit dem Alten?«

»Sie sagt, das hat er gesagt. Ich hatte keine Gelegenheit, ihn danach zu fragen.«

Er schielte mit seinen wäßrigen Augen nach mir. »Was spielt sich bei denen da drüben eigentlich ab, Mr. Charles?«

»Bei der Familie Jorgensen? Sie wissen vermutlich genauso viel oder wenig darüber wie ich.«

»Das tu ich nicht«, sagte er, »und das ist Tatsache so. Ich kann die einfach nicht richtig einschätzen. Diese Mrs. Jorgensen zum Beispiel, was für eine ist die eigentlich?«

»Eine Blonde.«

Er nickte verdrossen. »Hm, hm, und das ist alles, was ich

weiß. Aber hören Sie, Sie kennen sie schon lange, und nach dem, was sie sagt, sind Sie mit ihr –«

»– und mit ihrer Tochter«, sagte ich, »und mit Julia Wolf und mit Mrs. Astor. Die Frauen können mir einfach nicht widerstehen.«

Er hob eine Hand. »Ich sage gar nicht, daß ich ihr alles glaube, was sie sagt, und Sie haben keinen Grund, ärgerlich zu werden. Ihre Einstellung ist falsch, wenn Sie mir erlauben, Ihnen das zu sagen. Sie benehmen sich, als glaubten Sie, wir hätten es darauf abgesehen, Sie fertigzumachen, und das ist alles Unsinn, alles barer Unsinn.«

»Mag sein, aber Sie haben die ganze Zeit doppelzüngig mit mir geredet, schon seit letztem –«

Er sah mich mit unbeteiligten hellen Augen an. »Ich bin ein Polyp, und ich tu meine Arbeit.«

»Das ist nur recht und billig. Sie haben mir gesagt, ich soll heute vorbeikommen. Was wollen Sie?«

»Ich habe Ihnen nicht gesagt, Sie sollen vorbeikommen, ich habe Sie darum gebeten.«

»In Ordnung. Was wollen Sie?«

»Ich will das nicht«, sagte er. »Ich will nichts dergleichen. Wir haben bis jetzt immer von Mann zu Mann miteinander geredet, und ich würde das gern beibehalten.«

»Sie sind davon abgegangen.«

»Ich glaube nicht, daß das den Tatsachen entspricht. Hören Sie mal, Mr. Charles, würden Sie es auf Ihren Eid nehmen oder auch nur ehrlich behaupten wollen, daß Sie mir gegenüber immer mit offenen Karten gespielt haben?«

Es hatte keinen Zweck, ja zu sagen – er hätte es mir nicht abgenommen. Ich sagte: »So ziemlich.«

»So ziemlich, ja«, murmelte er. »Alle haben sie mir so ziemlich die volle Wahrheit gesagt. Was ich erleben möchte, das ist irgendein verdammter Hurensohn, der mal ganz unziemlich alles auspackt.«

Ich konnte es ihm nachfühlen: ich wußte, wie ihm zumute

war. Ich sagte: »Vielleicht weiß keiner von denen, die Sie ausfindig gemacht haben, die ganze Wahrheit.«

Er zog ein mißvergnügtes Gesicht. »Das ist sehr wahrscheinlich, nicht? Hören Sie, Mr. Charles, ich habe mich mit jedem unterhalten, den ich auftreiben konnte. Wenn Sie noch mehr Leute für mich auftreiben können, werde ich mich auch mit denen unterhalten. Meinen Sie Wynant? Können Sie sich nicht denken, daß wir Tag und Nacht alle uns verfügbaren Mittel und Möglichkeiten einsetzen, um ihn aufzuspüren?«

»Da gibt's seinen Sohn«, schlug ich vor.

»Da gibt's seinen Sohn«, pflichtete er mir bei. Er rief Andy und einen dunkelhäutigen, säbelbeinigen Mann namens Kline herein. »Holt mir diesen Bengel, den jungen Wynant – ich will mich mit ihm unterhalten.« Sie gingen hinaus. Er sagte: »Sie sehen, was ich suche, ist die Unterhaltung mit den Leuten.«

Ich sagte: »Ihre Nerven sind wohl nicht die besten heute nachmittag, stimmt's? Wollen Sie sich auch Jorgensen aus Boston kommen lassen?«

Er hob seine breiten Schultern. »Seine Geschichte klingt ganz überzeugend, finde ich. Ich weiß nicht. Wollen Sie mir sagen, was Sie davon halten?«

»Sicher doch.«

»Ich bin tatsächlich etwas nervös heute nachmittag«, sagte er. »Ich habe letzte Nacht kein bißchen Schlaf gekriegt. Ein Hundeleben ist das. Ich weiß selber nicht, warum ich dabei bleibe. Man sollte sich ein Stück Land kaufen und bißchen Maschendraht und paar Silberfüchse und – na, jedenfalls, als Sie damals, fünfundzwanzig war's wohl, Jorgensen verscheucht haben, hat er sich nach Deutschland abgesetzt, sagt er, und seine Frau sitzenlassen – davon hat er allerdings nicht viel gesagt – und seinen Namen gewechselt, um es Ihnen zu erschweren, ihn zu finden, und aus dem gleichen Grund hat er Angst gehabt, in seinem Beruf zu arbeiten – er nennt sich 'ne Art Techniker oder so was –, und verdient hat er natürlich nicht viel. Er sagt, er hat mal hier und mal da gearbeitet, die Jobs angenommen, die er so kriegen konnte, aber soweit ich mir das zusammenreimen kann, hat er meistens versucht, sich aushalten zu lassen, Sie wissen schon, was ich meine, und nicht allzu viele reiche Weiber gefunden. Na, so ums Jahr siebenundzwanzig oder achtundzwanzig rum ist er in Milano – das ist 'ne Stadt in Italien –, und im Pariser *Herald* liest er, wo diese Mimi, die kürzlich geschiedene Frau von Clyde Miller Wynant, in Paris abgestiegen ist. Er kennt sie nicht persönlich, und sie kennt ihn nicht, aber er weiß, sie ist 'ne rasante Blondine, die auf die Männer und aufs Vergnügen aus ist und nicht sonderlich viel Verstand hat. Er sagt sich, daß ein ganz schöner Batzen von Wynants Geld bei der Scheidung für sie rausgesprungen sein muß und daß alles, was er ihr davon nur abnehmen könnte, doch nicht mehr sein würde als das, worum Wynant ihn – so wie er es sieht – betrogen hat, daß er sich nur einen Teil von dem holen würde, was ihm sowieso zusteht. Er kratzt das Geld für die Fahrkarte nach Paris zusammen und fährt da rauf. Soweit in Ordnung?«

»Klingt ganz in Ordnung.«

»Dachte ich mir. Na, in Paris hat er keine Schwierigkeiten, ihre Bekanntschaft zu machen – entweder quatscht er sie an oder er findet jemanden, der ihn ihr vorstellt, oder was immer da gelaufen ist – und der Rest ist ebenso einfach. Sie ist ganz hin von ihm – Knall-Fall, sagt er –, und vom ersten Augenblick an ist sie ihm immer schon um einen Schritt voraus, denkt ans Heiraten. Natürlich versucht er, ihr das nicht gerade auszureden. Statt laufender Unterhaltsgelder hat sie eine Abfindung von Wynant bekommen – sage und schreibe zweihunderttausend Lappen! –, so daß sie durch ihre Wiederverheiratung nicht irgendwelcher Zahlungen verlustig ginge, und ihn würde sie mitten hinein in die Kassenschublade katapultieren. Also machen sie's. Wie er sagt, war's 'ne Scheintrauung, in irgend so 'nem Gebirge zwischen Spanien und Frankreich, sagt er, mit 'nem spanischen Geistlichen und auf französischem Boden, wodurch die Ehe nie rechtskräftig geworden ist, aber ich nehme an, er will damit bloß versuchen, eine Anzeige wegen Bigamie abzubiegen. Mir persönlich ist das so oder so egal. Der springende Punkt ist, daß er ans Geld rankonnte und so lange dranblieb, bis nichts mehr davon übrig war. Und wohlgemerkt, diese ganze Zeit hindurch, sagte er, hat sie nicht gewußt, daß er gar nicht Christian Jorgensen ist, der Mann, den sie in Paris kennenlernte, hat es bis zu dem Moment, wo wir ihn uns in Boston gegriffen haben, nicht gewußt. Soweit immer noch in Ordnung?«

»Soweit immer noch in Ordnung«, sagte ich, »bis auf die Sache mit der Heirat, wie Sie gesagt haben, und auch das könnte stimmen.«

»Hm-hm, und welchen Unterschied macht das schon? Es kommt also der Winter, und das Geld geht zur Neige, und er bereitet sich darauf vor, ihr mit dem allerletzten Rest durchzubrennen, und da sagt sie, vielleicht könnten sie nach Amerika zurückgehen und Wynant noch mal anzapfen. Er denkt, wenn das zu machen ist, soll ihm das recht sein, und sie denkt, das ist zu machen, und sie schiffen sich ein und –«

»Hier läßt die Geschichte ein bißchen nach«, sagte ich.

»Warum meinen Sie das? Er hat nicht vor, nach Boston zu gehen, wo seine erste Frau lebt, und er hat vor, um die wenigen Leute, die ihn kennen, und besonders um Wynant, einen Bogen zu machen, und irgend jemand hat ihm erzählt, daß es eine Verjährungsfrist gibt und daß ihm nach sieben Jahren gar nichts mehr passieren kann. Er glaubt nicht, daß er ein großes Risiko eingeht. Lange bleiben wollen sie hier sowieso nicht.«

»Dieser Teil der Geschichte überzeugt mich noch immer nicht«, beharrte ich, »aber erzählen Sie nur weiter.«

»Na, am zweiten Tag, den er in Amerika ist – sie versuchen noch immer, Wynant ausfindig zu machen –, hat er Pech. Eine Freundin seiner ersten Frau – diese Olga Fenton –

läuft ihm über den Weg, und sie erkennt ihn. Er versucht ihr auszureden, seine erste Frau zu verständigen, und er schafft es tatsächlich, sie mit einer ausgedachten Kintoppgeschichte ein paar Tage lang davon abzuhalten – was der Bursche für 'ne Phantasie hat! –, aber lange kann er sie nicht hinters Licht führen, und sie geht zu ihrem Pfarrer und erzählt ihm alles und fragt ihn, was sie tun solle, und er sagt ihr, sie soll es seiner ersten Frau sagen, und das tut sie, und als sie Jorgensen das nächste Mal sieht, sagt sie ihm, was sie getan hat, und er verduftet nach Boston, um seine Frau daran zu hindern, ihm Ärger zu machen, und da schnappen wir ihn uns.«

»Was war mit seinem Besuch im Leihhaus?« fragte ich.

»Der gehörte dazu. Er sagt, der Zug nach Boston sei in ein paar Minuten gegangen, und er habe kein Geld bei sich gehabt, und um nach Hause zu fahren und welches zu holen, sei es zu spät gewesen – ganz abgesehen davon, daß er nicht darauf versessen war, seiner zweiten Frau gegenüberzutreten, bevor er die erste besänftigt hatte –, und die Banken waren geschlossen, und da hat er seine Uhr versetzt. Das ist erwiesen.«

»Haben Sie die Uhr gesehen?«

»Ich kann sie mir ansehen. Warum?«

»Ich überlege gerade. Sie meinen wohl nicht, daß sie ursprünglich an dem anderen Ende der Kette gehangen haben kann, die Ihnen Mimi ausgehändigt hat?«

Er setzte sich straff aufrecht. »Teufel auch!« Dann beäugte er mich argwöhnisch und fragte: »Wissen Sie etwas darüber, oder ist das –«

»Nein. Ich überlegte bloß. Was sagt er jetzt zu den Morden? Wer hat sie seiner Meinung nach verübt?«

»Wynant. Er gibt zu, eine Zeitlang geglaubt zu haben, daß Mimi es getan haben könnte, aber er sagt, sie hat ihn von ihrer Unschuld überzeugt. Er behauptet, sie habe ihm nicht sagen wollen, was sie gegen Wynant in der Hand habe. Vielleicht versucht er auch nur, sich in dieser Beziehung abzudecken. Ich glaube, es besteht kein Zweifel daran, daß die beiden vorgehabt haben, es zu benutzen, um ihm das Geld abzunehmen, auf das sie es abgesehen hatten.«

»Dann meinen Sie also nicht, daß die Geschichte mit dem Messer und der Kette bloß 'ne Finte von ihr ist?«

Guild zog die Mundwinkel herab. »Es könnte eine sein, mit der sie ihn erpressen wollte. Was ist dagegen einzuwenden?«

»Es ist ein bißchen zu hoch für jemanden wie mich«, sagte ich. »Schon rausgefunden, ob Face Peppler noch immer in Ohio einsitzt?«

»Hm-hm. Nächste Woche kommt er raus. Damit ist die Sache mit dem Diamantring geklärt. Er hatte einen Kumpel von ihm, der auf freiem Fuß war, gebeten, ihn ihr zu schicken. Sie hatten, scheint's, vor zu heiraten, sobald er rauskäme, und nicht wieder rückfällig zu werden. Der Gefängnisdirektor sagt jedenfalls, er hat Briefe von den beiden gelesen, aus denen das hervorging. Dieser Peppler weigert sich, dem Direktor zu sagen, daß er was weiß, was uns weiterhelfen kann, und der Direktor kann sich nicht erinnern, ob irgendwas in den Briefen gestanden hat, was uns nützen könnte. Natürlich hilft uns schon dies bißchen ein Stück weiter, was das Motiv anlangt. Angenommen, Wynant ist eifersüchtig, und sie trägt diesen Ring von dem anderen Kerl und ist drauf und dran, mit ihm abzuhauen. Das würde –« Er unterbrach sich, weil das Telefon klingelte, und nahm den Hörer auf. »Ja«, sagte er. »Ja ... Was? ... Sicher. Sicher, aber lassen Sie einen Mann dort ... Richtig.« Er schob das Telefon beiseite. »Wieder so ein anonymer Hinweis auf diesen Mord gestern in der Twenty-ninth Street.«

»Oh«, sagte ich. »Ich glaubte, den Namen Wynant gehört zu haben. Sie wissen, wie weit manche Telefonstimmen tragen.«

Er wurde rot, räusperte sich. »Vielleicht hat irgendwas so ähnlich geklungen – *erkannt*, nehme ich an. Hm-hm, das könnte so geklungen haben – *erkannt*. Fast hätte ich's vergessen: wir haben diesem Sparrow mal auf den Zahn gefühlt für Sie.«

»Was haben Sie rausgefunden?«

»Sieht aus, als wäre nichts für uns drin. Sein Name ist Jim Brophy. Wie sich rausstellt, ist er scharf auf dieses Mädchen von Nunheim, und sie war sauer auf Sie, und er war betrunken genug zu glauben, bei ihr landen zu können, wenn er auf Sie losginge.«

»Hübscher Einfall«, sagte ich. »Ich hoffe, Sie haben Studsy keinen Ärger gemacht.«

»Ist das ein Freund von Ihnen? Er ist 'n ehemaliger Häftling, wissen Sie, mit 'nem Vorstrafenregister so lang wie Ihr Arm.«

»Sicher. Hab ihn selber mal reingebracht.« Ich begann, Hut und Mantel aufzunehmen. »Sie haben zu tun. Ich werde mich jetzt verziehen und –«

»Nein, nein«, sagte er. »Bleiben Sie doch, wenn Sie Zeit haben. Ich erwarte da noch ein paar Sachen, die Sie vielleicht interessieren werden, und vielleicht können Sie mir ja auch bei der Vorführung von dem jungen Wynant zur Hand gehen.«

Ich setzte mich wieder.

»Mögen Sie vielleicht einen Drink?« erkundigte er sich und öffnete ein Fach seines Schreibtisches, aber ich hatte nie viel Glück mit dem Schnaps von Polizisten, und so sagte ich: »Nein, danke.«

Sein Telefon klingelte wieder, und er nahm den Hörer ab. »Ja«, sagte er, »ja ... in Ordnung. Kommen Sie rein.«

Diesmal drang kein Wort bis zu mir. Er lehnte sich in seinem Stuhl zurück und legte die Füße auf den Tisch.

»Hören Sie, ich meine es ernst mit der Silberfuchsfarm und wollte Sie fragen, was Sie von Kalifornien als Gegend dafür halten.«

Ich versuchte gerade, mir darüber schlüssig zu werden, ob

ich ihm von den Löwen- und Straußenfarmen in Südkalifornien erzählen sollte, als die Tür aufging und ein dicker, rothaariger Mann Gilbert Wynant hereinbrachte. Das eine Auge von Gilbert war vollständig zugeschwollen, und durch einen Riß im Hosenbein konnte man sein linkes Knie sehen.

28

Ich sagte zu Guild: »Wenn Sie sagen, schleppen Sie ihn mir an, dann schleppen die ihn an, wie?«

»Warten Sie mal ab«, sagte er mir, »da hängt mehr dran, als Sie glauben.« Er wandte sich an den dicken, rothaarigen Mann: »Na los, Flint, dann erzählen Sie uns mal.«

Flint wischte sich den Mund mit dem Handrücken. »Das ist wirklich 'n ganz Rabiater, der junge Mann hier. Ansehn tut man's ihm nicht, aber, Mann, er wollte einfach nicht mitkommen, sag ich Ihnen. Und laufen kann der!«

Guild knurrte: »Sie sind 'n Held, und ich werd mich gleich mal beim Commissioner wegen 'ner Medaille für Sie verwenden, aber das soll Sie jetzt noch nicht kratzen. Kommen Sie zur Sache.«

»Ich hab gar nicht gesagt, ich hätte was Großartiges getan«, protestierte Flint. »Ich hab nur –«

»Was Sie getan haben, interessiert mich überhaupt nicht«, sagte Guild. »Ich will wissen, was er getan hat.«

»Jawohl, Sir. Ich wollte gerade drauf zu sprechen kommen. Ich hab Morgan heut früh um acht Uhr abgelöst, und alles war ruhig und lief glatt wie immer und nichts rührte sich, bis ungefähr zehn nach zwei, und da hör ich doch 'nen Schlüssel im Schloß.« Er saugte an seinen Lippen und gab uns Gelegenheit, unser Erstaunen auszudrücken.

»Die Wohnung von dem Wolf-Mädchen«, erklärte mir Guild. »Ich hatte so 'nen Riecher.«

»Und was für einen Riecher!« rief Flint aus, geradezu

betrunken vor Bewunderung. »Mann, was für 'n Riecher!« Guild funkelte ihn wütend an, und er fuhr hastig fort: »Jawohl, Sir, 'nen Schlüssel. Und dann geht die Tür auf, und wer reinkommt, ist dieser junge Mann da.« Stolz, liebevoll grinste er Gilbert an. »Ganz starr vor Schreck guckte er mich nur an, und als ich auf ihn losging, war er wie 'n geölter Blitz draußen und machte, daß er wegkam, und geschnappt hab ich ihn erst im Erdgeschoß, und da hat er doch tatsächlich 'ne Schlägerei angefangen, und ich mußte ihm erst eins aufs Auge donnern, ehe er vernünftig wurde. Er sieht gar nicht rabiat aus, aber –«

»Was hat er in der Wohnung gemacht?« fragte Guild.

»Er hatte keine Gelegenheit, irgendwas zu machen. Ich –«

»Soll das heißen, Sie sind auf ihn los, ohne abzuwarten und zu sehen, was er überhaupt vorhatte?« Guilds Nacken schwoll über den Kragenrand, und sein Gesicht war so rot wie Flints Haar.

»Ich dachte, das Beste ist, auf Nummer Sicher zu gehen.«

Guild starrte mich mit zornigen ungläubigen Augen an. Ich gab mir alle Mühe, ein nichtssagendes Gesicht zu machen. Er sagte mit mühsam beherrschter Stimme: »Das genügt, Flint. Warten Sie draußen.«

Der rothaarige Mann schien verdutzt zu sein. Er sagte: »Jawohl, Sir«, zögernd. »Hier ist sein Schlüssel.« Er legte den Schlüssel auf Guilds Schreibtisch und ging zur Tür. Dort drehte er den Kopf herum und sagte über die Schulter: »Er behauptet, er ist Clyde Wynants Sohn.« Er lachte fröhlich. Guild, der noch immer Schwierigkeiten hatte, seine Stimme unter Kontrolle zu bringen, sagte: »Ach, wirklich, tut er das?«

»Ja. Ich hab ihn schon mal irgendwo gesehn. Ich hab so das Gefühl, als hätte er mal zu Big Shorty Dolans Bande gehört. Mir scheint, ich hab ihn immer bei –«

»Raus!« knurrte Guild, und Flint ging hinaus. Guild stöhnte aus dem tiefsten Inneren seines großen Körpers heraus. »Dieser Tölpel schafft mich. Big Shorty Dolans Bande. Lieber Gott.« Er schüttelte hoffnungslos den Kopf und wandte sich an Gilbert: »Nun, mein Sohn?«

Gilbert sagte: »Ich weiß, ich hätt's nicht tun sollen.«

»Das ist kein schlechter Anfang«, sagte Guild großmütig. Sein Gesicht wurde wieder normal. »Wir alle machen Fehler. Holen Sie sich einen Stuhl ran, und dann wollen wir mal sehen, ob wir was tun können, um Ihnen aus der Tinte rauszuhelfen. Wollen Sie irgendwas für Ihr Auge haben?«

»Nein, danke, es ist alles in Ordnung.« Gilbert rückte einen Stuhl um wenige Zentimeter näher an Guild heran und setzte sich.

»Hat dieser Klotz Sie geschlagen, bloß um was zu tun?«

»Nein, nein, es war meine Schuld. Ich – ich habe Widerstand geleistet.«

»Nun ja«, sagte Guild, »keiner läßt sich gern verhaften, nehme ich an. Also, wo drückt der Schuh?«

Gilbert sah mich mit seinem heilen Auge an.

»Lieutenant Guild kann Ihnen ziemlich übel mitspielen, wenn er will«, sagte ich ihm. »Sie erleichtern sich die Sache, wenn Sie sie ihm erleichtern.«

Guild nickte ernsthaft. »So ist es.« Er setzte sich bequem auf seinem Stuhl zurecht und fragte in freundlichem Tonfall: »Woher haben Sie den Schlüssel?«

»Mein Vater hat ihn mir in seinem Brief geschickt.« Er zog ein weißes Kuvert aus der Tasche und reichte es Guild.

Ich trat hinter Guild und sah über seine Schulter auf den Umschlag. Die Adresse war mit der Maschine geschrieben *An Mr. Gilbert Wynant, The Courtland,* und es klebte keine Marke darauf.

»Wann haben Sie den bekommen?«

»Er lag in der Rezeption, als ich gestern abend nach Hause kam, so gegen zehn. Ich habe den Portier nicht gefragt, wie lange er dort gelegen hatte, aber ich nehme nicht an, daß er schon da war, als ich mit Ihnen zusammen aus dem Haus ging, denn dann hätten die ihn mir sicherlich gegeben.«

In dem Umschlag steckten zwei mit der gewohnten ungeübten Maschinenschrift bedeckte Briefbögen. Guild und ich lasen beide:

Lieber Gilbert,

wenn all diese Jahre vergangen sind, ohne daß ich mit Dir Verbindung aufzunehmen versucht habe, dann ausschließlich deswegen, weil Deine Mutter es so gewünscht hat, und wenn ich dieses Schweigen jetzt mit der Bitte um Deinen Beistand breche, so geschieht dies, weil nur schwerste Bedrängnis mich dazu veranlassen konnte, den Wünschen Deiner Mutter entgegenzuhandeln. Zudem bist Du jetzt ein Mann, und ich finde, Du solltest selber darüber entscheiden, ob wir weiterhin Fremde für einander bleiben oder ob wir uns verhalten wollen, wie es unseren Blutsbanden entspricht. Ich nehme an, Du weißt, daß ich mich jetzt im Zusammenhang mit dem sogenannten Mord an Julia Wolf in einer schwierigen Lage befinde, und ich vertraue darauf, daß Du Dir noch immer genügend Zuneigung für mich bewahrt hast, um zumindest zu hoffen, daß ich in jeder Hinsicht frei von Mitschuld daran bin, was in der Tat der Fall ist. Ich wende mich jetzt an Dich mit der Bitte, mir dabei zu helfen, der Polizei und aller Welt meine Unschuld ein für allemal vor Augen zu führen, im Vertrauen darauf, daß ich, selbst wenn ich nicht auf Deine Liebe zu mir bauen könnte, doch nichtsdestoweniger auf Dein natürliches Verlangen bauen kann, alles in Deiner Macht Stehende zu tun, um den Namen, den Du trägst und den Deine Schwester und Dein Vater tragen, vor Schande zu bewahren. Ich wende mich aber auch an Dich, weil ich, obwohl ich einen Anwalt habe, der tüchtig ist und an meine Unschuld glaubt und nichts unversucht läßt, um sie zu beweisen, und ich überdies die Hoffnung hege, zu seiner Unterstützung Mr. Charles engagieren zu können, dennoch keinen von beiden bitten kann, etwas zu tun, was immerhin eine offenkundig gesetzwidrige Handlung darstellt, und außer Dir nie-

mand anderen wüßte, den ich ins Vertrauen zu ziehen wagen würde. Worum ich Dich bitte ist dies: geh morgen in Julia Wolfs Wohnung in Nr. 411 East Fifty-Forth Street, zu der Dir der beigelegte Schlüssel Zutritt verschafft, und zwischen den Seiten eines The Grand Manner *betitelten Buches wirst Du ein bestimmtes Papier oder Dokument finden, das Du lesen und anschließend sofort vernichten sollst. Du mußt ganz sichergehen, daß Du es auch vollständig vernichtest und nicht einmal ein Stäubchen Asche zurückläßt, und wenn Du es gelesen hast, wirst Du wissen, warum dies geschehen muß, und wirst verstehen, warum ich diese Aufgabe Dir anvertraut habe. Für den Fall, daß irgend etwas eintreten sollte, das eine Änderung unseres Vorhabens ratsam erscheinen läßt, werde ich Dich heute abend anrufen. Wenn Du nichts von mir hörst, rufe ich Dich morgen abend an, um zu erfahren, ob Du meine Anweisungen befolgt hast, und um ein Treffen zu vereinbaren. Ich vertraue voll und ganz darauf, daß Du Dir der ungeheuren Verantwortung, die ich Dir aufbürde, bewußt bist und daß mein Vertrauen sich nicht als ungerechtfertigt erweist.*

Herzlich
Dein Vater

Wynants großspurige Unterschrift war mit Tinte unter »Dein Vater« gesetzt. Guild wartete darauf, daß ich etwas sagte. Ich wartete darauf, daß er etwas sagte. Nachdem wir beide eine Weile lang gewartet hatten, fragte er Gilbert: »Und hat er angerufen?«

»Nein, Sir.«

»Woher wollen Sie das wissen?« fragte ich. »Hatten Sie nicht die Vermittlung gebeten, keine Anrufe durchzustellen?«

»Ich – ja, das habe ich. Ich hatte Angst, Sie würden herausfinden, wer es war, wenn er anriefe, solange Sie da waren. Aber er hätte irgendeine Nachricht bei der Vermittlung hinterlassen, nehme ich an, und das hat er nicht.«

»Dann haben Sie ihn also nicht gesehen?«

»Nein.«

»Und er hat Ihnen nicht gesagt, wer Julia Wolf umgebracht hat?«

»Nein.«

»Sie haben Dorothy belogen?«

Er senkte den Kopf und nickte. »Ich war – es war – ich glaube, es war letzten Endes Eifersucht.« Er sah jetzt zu mir auf, und sein Gesicht war leicht rot geworden. »Wissen Sie, Dorothy hat immer zu mir aufgeblickt und gedacht, ich wüßte über fast alles besser Bescheid als irgend jemand sonst, und, sehen Sie, wenn es irgendwas gab, was sie wissen wollte, kam sie immer zu mir, und sie hat immer getan, was ich ihr gesagt habe, und dann, als sie öfter mit Ihnen zusammentraf, änderte sich das. Sie sah zu Ihnen auf und hatte mehr Respekt vor Ihnen als – selbstverständlich hatte sie den, ich meine, sie hätte auch blöd sein müssen, den nicht zu haben, weil's natürlich gar kein Vergleich ist, aber ich – ich – ich glaube, ich war wohl eifersüchtig und hab's ihr übelgenommen – das heißt nicht eigentlich übelgenommen, weil ich ja auch zu Ihnen aufblickte –, aber ich wollte etwas machen, um sie wieder zu beeindrucken – angeben, würden Sie wohl sagen –, und als ich diesen Brief kriegte, da habe ich behauptet, meinen Vater gesehen zu haben, und gesagt, er habe mir erzählt, wer diese Morde begangen hat, damit sie dachte, ich wüßte Dinge, die selbst Sie nicht wissen.« Er verstummte, heftig atmend, und wischte sich das Gesicht mit einem Taschentuch ab.

Ich schwieg Guild wieder an, bis er dann sagte: »Na, demnach scheinen Sie ja keinen allzu großen Schaden angerichtet zu haben, mein Sohn, sofern Sie ganz sicher sind, daß Sie nicht mit irgendwelchen anderen Sachen hinterm Berge halten, von denen wir wissen sollten.«

Der Junge schüttelte den Kopf. »Nein, Sir. Ich halte mit nichts hinterm Berg.«

»Sie wissen nichts von diesem Messer und der Uhrkette, die Ihre Mutter uns gegeben hat?«

»Nein, Sir. Ich habe überhaupt erst davon erfahren, nachdem sie sie Ihnen gegeben hatte.«

»Wie geht es ihr?« fragte ich.

»Oh, ganz gut, glaube ich, obwohl sie gesagt hat, sie würde heute im Bett bleiben.«

Guild kniff die Augen zusammen. »Was ist los mit ihr?«

»Hysterie«, sagte ich. »Sie hat gestern nacht eine Auseinandersetzung mit ihrer Tochter gehabt und dabei die Nerven verloren.«

»Eine Auseinandersetzung worüber?«

»Weiß der Himmel – irgendeine von diesen Aufwallungen des weiblichen Gemüts.«

Guild sagte: »Hm-hm-hm« und kratzte sich das Kinn.

»Stimmt das, was Flint gesagt hat – daß Sie gar nicht dazu gekommen sind, nach Ihrem Papier zu suchen?«

»Ja. Ich konnte nicht mal mehr die Tür zumachen, als er auch schon auf mich losstürzte.«

»Sind schon großartige Detektive, meine Mitarbeiter«, knurrte Guild. »Hat er nicht ›Buh!‹ gerufen, als er auf Sie losging? Na, egal. Also, mein Junge, es gibt zwei verschiedene Möglichkeiten, mit Ihnen umzuspringen, und für welche von beiden ich mich entscheide, hängt ganz von Ihnen ab. Ich kann Sie eine Weile lang festhalten, oder ich kann Sie laufen lassen, wenn Sie mir versprechen, mich sofort zu verständigen, sobald Ihr Vater sich bei Ihnen meldet, und mich wissen lassen, was er Ihnen gesagt hat und wo er Sie treffen will, falls er überhaupt noch die Absicht dazu hat.«

Bevor Gilbert etwas sagen konnte, sagte ich: »Das können Sie nicht von ihm verlangen, Guild. Er ist schließlich sein Vater.«

»Kann ich nicht, eh?« Er sah mich finster an. »Wär's denn nicht im Interesse seines Vaters – sofern er unschuldig ist?«

Ich sagte nichts.

Guilds Gesicht hellte sich langsam auf. »Na schön, mein Junge, dann werde ich Sie mal auf Ihr Ehrenwort hin laufen lassen. Wollen Sie mir versprechen, daß Sie, wenn Ihr Vater oder sonst jemand von Ihnen verlangt, irgendwas zu tun, ihm oder wem auch immer, sagen werden, Sie könnten's nicht, weil Sie mir in die Hand versprochen haben, es nicht zu tun?«

Der Junge sah mich an.

Ich sagte: »Das klingt annehmbar.«

Gilbert sagte: »Ja, Sir, ich gebe Ihnen mein Wort darauf.«

Guild machte eine schwungvolle Handbewegung. »Okay. Ziehen Sie ab.«

Der Junge stand auf und sagte: »Vielen Dank, Sir.« Er wandte sich mir zu: »Werden Sie –«

»Warten Sie draußen auf mich«, sagte ich ihm, »wenn Sie es nicht eilig haben.«

»Mach ich. Auf Wiedersehen, Lieutenant Guild, und vielen Dank.«

Er ging hinaus.

Guild griff zum Telefon und gab Anweisung, *The Grand Manner* samt Inhalt sicherzustellen und ihm zu überbringen. Als er das erledigt hatte, verschränkte er die Hände hinter dem Kopf und lehnte sich in seinem Stuhl zurück.

»Und jetzt?«

»Das wissen die Götter«, sagte ich.

»Hören Sie mal, Sie sind doch nicht etwa immer noch der Meinung, daß Wynant es nicht getan hat?«

»Was macht es schon aus, welcher Meinung ich bin? Sie haben jetzt genügend Belastungsmaterial gegen ihn zusammen, mit dem, was Mimi Ihnen geliefert hat.«

»Es macht 'ne ganze Menge aus«, versicherte er mir. »Mir liegt 'ne ganze Menge daran zu wissen, was Sie meinen und warum.«

»Meine Frau meint, er versucht, jemand anderen zu decken.«

»So, meint sie das? Hm-hm-hm. Ich war nie einer, der die Eingebungen der Frauen heruntermacht, und wenn Sie mir erlauben, das zu sagen – Mrs. Charles ist schon 'ne mächtig gescheite Frau. Was meint sie, wer es gewesen ist?«

»Sie hat sich noch nicht festgelegt, nach allem, was ich höre.«

Er seufzte. »Na, vielleicht hilft uns dieses Papier weiter, das der Junge für ihn vernichten sollte.«

Aber das Papier half uns an jenem Nachmittag nicht weiter: Guilds Leute konnten es nicht finden, konnten in der Wohnung der Ermordeten kein Exemplar von *The Grand Manner* finden.

29

Guild rief den rothaarigen Flint wieder herein und legte ihm die Daumenschrauben an. Der rothaarige Mann schwitzte sich zehn Pfund vom Leibe, aber er blieb dabei, daß Gilbert keine Gelegenheit gehabt habe, irgend etwas in der Wohnung anzurühren, und unter seiner, Flints, wachsamer Aufsicht sei von niemandem etwas angefaßt worden. Er konnte sich nicht erinnern, ein Buch mit dem Titel *The Grand Manner* gesehen zu haben, aber er war nicht der Mann, von dem man erwarten durfte, daß er sich Buchtitel merkte. Er versuchte, sich anstellig zu erweisen, und brachte idiotische Vorschläge zu Gehör, bis Guild ihn hinausjagte.

»Ich glaube, der Junge wartet draußen noch auf mich«, sagte ich, »falls Sie meinen, es nützt was, noch mal mit ihm zu reden.«

»Meinen Sie das?«

»Nein.«

»Na also. Aber, Teufel auch! Jemand hat dieses Buch da weggenommen, und ich werde –«

»Warum?« fragte ich.

»Warum was?«

»Warum mußte es dagewesen sein und von jemandem weggenommen worden sein?«

Guild kratzte sich das Kinn. »Was soll denn das nun wieder heißen?«

»Er hat Macaulay am Mordtag nicht im Plaza getroffen, er hat in Allentown nicht Selbstmord verübt, er sagt, er hat von Julia Wolf nur eintausend bekommen, während wir der Meinung waren, er hat fünftausend bekommen, er sagt, sie waren bloß gute Freunde, während wir der Meinung sind, sie hatten was miteinander, er täuscht uns für meinen Geschmack zu oft, als daß ich dem, was er sagt, noch ohne weiteres trauen könnte.«

»Tatsache ist«, sagte Guild, »daß ich es eher begreifen würde, wenn er entweder herkäme oder sich verdrückte. Daß er so in der Gegend herumgeistert und bloß immer alles über'n Haufen wirft, paßt, soweit ich sehe, nirgendwo in die Landschaft.«

»Observieren Sie seine Werkstatt?«

»Wir behalten sie mehr oder weniger im Auge. Warum?«

»Ich weiß nicht«, sagte ich wahrheitsgemäß, »nur daß er uns Fingerzeige auf eine Menge Dinge gegeben hat, die uns nicht weitergebracht haben. Vielleicht sollten wir den Dingen etwas mehr Beachtung schenken, auf die er nicht hingewiesen hat, und die Werkstatt ist eines davon.«

Guild sagte: »Hm-hm-hm.«

Ich sagte: »Mit diesem glänzenden Gedanken lasse ich Sie allein«, zog mir den Mantel an und setzte den Hut auf. »Angenommen, ich wollte Sie spät abends noch zu fassen kriegen, wo könnte ich Sie erreichen?«

Er nannte mir seine Telefonnummer, wir gaben uns die Hand, und ich ging.

Im Flur wartete Gilbert Wynant auf mich. Keiner von uns beiden sagte etwas, bis wir in einem Taxi saßen. Dann fragte er: »Er denkt, ich hätte die Wahrheit gesagt, stimmt's?«

»Sicher doch. Haben Sie das nicht?«

»Oh, ja, aber die Leute glauben einem nicht immer. Sie werden Mama nichts davon erzählen, nicht wahr?«

»Nicht, wenn Sie's nicht wollen.«

»Danke«, sagte er. »Was glauben Sie – hat ein junger Mann Ihrer Meinung nach draußen im Westen mehr Aussichten als hier an der Ostküste?«

Während ich antwortete, stellte ich ihn mir vor, wie er auf Guilds Fuchsfarm arbeitete: »Heutzutage nicht. Spielen Sie mit dem Gedanken, in den Westen zu gehen?«

»Ich weiß es nicht. Ich will irgendwas tun.« Er befingerte seine Krawatte. »Sie werden es für eine komische Frage halten: gibt es viel Inzest?«

»Einigen schon«, sagte ich ihm. »Sonst brauchte es keine Bezeichnung dafür.«

Er wurde rot.

Ich sagte: »Ich mache mich nicht über Sie lustig. So was gehört zu den Dingen, von denen keiner was weiß. Es ist ausgeschlossen, das rauszukriegen.«

Danach schwiegen wir, während das Taxi ein paar Blocks weiterfuhr. Dann sagte er: »Da ist noch eine andere komische Frage, die ich Ihnen gern stellen möchte: was halten Sie von mir?« Er war befangener, als Alice Quinn es bei der gleichen Frage gewesen war.

»Sie sind ganz in Ordnung«, sagte ich. »Und Sie sind ganz und gar in Unordnung.«

Er sah weg, zum Fenster hinaus. »Ich bin so entsetzlich jung.«

Wir schwiegen nochmals eine Zeitlang. Dann hustete er, und ein bißchen Blut sickerte ihm aus einem Mundwinkel.

»Dieser Bursche hat Sie verletzt«, sagte ich.

Er nickte betreten und preßte sein Taschentuch an den Mund. »Ich bin nicht sehr kräftig.«

Vor dem Courtland wollte er sich nicht von mir aus dem Taxi helfen lassen und bestand darauf, allein zurechtkommen zu können, aber ich begleitete ihn hinauf, weil ich befürchtete, er würde sonst womöglich niemandem etwas über seinen Zustand sagen. Ich klingelte an der Wohnungstür, ehe er seinen Schlüssel hervorholen konnte, und Mimi öffnete. Sie starrte sein blaues Auge an.

Ich sagte: »Er ist verletzt. Bringen Sie ihn zu Bett und lassen Sie einen Arzt kommen.«

»Was ist passiert?«

»Wynant hat ihn in was hineingehetzt.«

»In was?«

»Lassen wir das, bis wir ihn versorgt haben.«

»Aber Clyde war hier«, sagte sie. »Deswegen habe ich Sie angerufen.«

»Was?«

»Er war hier.« Sie nickte lebhaft. »Und er hat gefragt, wo Gil steckt. Er war eine Stunde lang hier oder länger. Er ist noch keine zehn Minuten weg.«

»Na gut, bringen wir ihn zu Bett.«

Gilbert beharrte eigensinnig darauf, keine Hilfe zu benötigen, und so ließ ich ihn mit seiner Mutter im Schlafzimmer zurück und ging hinaus zum Telefon.

»Irgendwelche Anrufe?« fragte ich Nora, als sie sich meldete.

»Jawohl, Sir. Die Herren Macaulay und Guild bitten um Ihren Anruf, und die Damen Jorgensen und Quinn bitten um Ihren Anruf. Kinder bislang nicht.«

»Wann hat Guild angerufen?«

»Vor ungefähr fünf Minuten. Macht es dir was aus, allein zu essen? Larry möchte, daß ich mir die neue Osgood-Perkins-Show mit ihm ansehe.«

»Viel Vergnügen. Dann bis später.«

Ich rief Herbert Macaulay an.

»Das Treffen ist abgeblasen«, erzählte er mir. »Unser Freund hat von sich hören lassen, und weiß der Himmel, was er jetzt im Schilde führt. Hören Sie, Charles, ich geh zur Polizei. Mir reicht's jetzt.«

»Ich schätze, jetzt bleibt nichts anderes übrig«, sagte ich. »Ich habe selber schon daran gedacht, ein paar Polypen herbeizutelefonieren. Ich bin bei Mimi. Er ist vor ein paar Minuten hier gewesen. Ich habe ihn knapp verfehlt.«

»Was hat er da gewollt?«

»Das werde ich jetzt versuchen rauszubekommen.«

»War das Ihr Ernst, daß Sie die Polizei anrufen wollten?«

»Selbstverständlich.«

»Dann schlage ich vor, Sie tun das, und ich komme jetzt rüber.«

»Gut. Bis gleich.«

Ich rief Guild an.

»Sie waren gerade weg, als ich 'ne kleine Neuigkeit reingereicht bekam. Kann ich sie Ihnen gleich durchgeben, oder sind Sie –«

»Ich bin bei Mrs. Jorgensen. Ich mußte den Jungen nach Hause bringen. Ihr rothaariger Bulle hat ihm irgendwelche inneren Blutungen beigebracht.«

»Ich dreh dem Idioten den Hals um«, knurrte er. »Dann sag ich besser nichts.«

»Ich habe auch Neuigkeiten. Mrs. Jorgensen behauptet, Wynant ist heute nachmittag ungefähr eine Stunde lang hier gewesen und nur ein paar Minuten, bevor ich herkam, weggegangen.«

Einen Augenblick herrschte Schweigen, dann sagte er: »Bleiben Sie, wo Sie sind. Ich bin gleich bei Ihnen.«

Mimi kam ins Wohnzimmer, während ich die Telefonnummer der Quinns heraussuchte. »Glauben Sie, daß er ernstlich verletzt ist?«

»Ich weiß nicht, aber Sie sollten sofort Ihren Arzt verständigen.« Ich schob ihr das Telefon hin. Als sie das Gespräch beendet hatte, sagte ich: »Ich habe der Polizei erzählt, daß Wynant hier gewesen ist.«

Sie nickte. »Deswegen hatte ich Sie ja angerufen – um Sie zu fragen, ob ich es denen sagen sollte.«

»Ich habe auch Macaulay angerufen. Er kommt rüber.«

»Er kann gar nichts machen«, sagte sie aufgebracht. »Clyde hat sie mir aus freiem Entschluß gegeben – sie gehören mir.«

»Was gehört Ihnen?«

»Diese Wertpapiere, das Geld.«

»Welche Pfandbriefe? Welches Geld?«

Sie ging zum Tisch und zog die Schublade auf. »Sehen Sie?« Drei mit dicken Gummibändern zusammengehaltene Bündel Wertpapiere lagen darin. Quer darüber gelegt war ein Scheck der Park Avenue Trust Company über zehntausend Dollar, ausgestellt auf Mimi Jorgensen, gezeichnet Clyde Miller Wynant und datiert auf den 3. Januar 1933.

»Fünf Tage vordatiert«, sagte ich. »Was ist denn das für ein Unsinn?«

»Er hat gesagt, daß er nicht soviel auf dem Konto hat und vielleicht erst wieder in ein paar Tagen was einzahlen kann.«

»Das wird Ärger geben«, warnte ich sie. »Ich hoffe, Sie sind darauf gefaßt.«

»Ich wüßte nicht, warum«, protestierte sie. »Ich wüßte nicht, warum mein Mann – mein geschiedener Mann – nicht für mich und seine Kinder sorgen sollte, wenn er das will.«

»Hören Sie doch auf. Was haben Sie ihm verkauft?«

»Ihm verkauft?«

»Hm-hm-hm. Was haben Sie ihm versprechen müssen, in den nächsten Tagen zu tun, wenn Sie nicht wollen, daß er den Scheck für ungültig erklärt?«

Sie machte ein unwirsches Gesicht. »Wirklich, Nick, mit Ihren albernen Verdächtigungen kommen Sie mir manchmal wie ein Halbidiot vor.«

»Ich muß erst noch lernen, wie man einer wird. Noch drei Lektionen, und ich kriege mein Diplom. Aber vergessen Sie nicht, daß ich Ihnen gestern vorausgesagt habe, Sie würden wahrscheinlich im –«

»Hören Sie auf«, schrie sie. Sie legte mir ihre Hand auf den Mund.

»Müssen Sie das immer wieder sagen? Sie wissen, was für einen Schrecken Sie mir damit einjagen, und –« ihre Stimme wurde weich und einschmeichelnd. »Sie müssen doch wissen, was ich in diesen Tagen durchmache, Nick. Können Sie nicht ein bißchen netter sein?«

»Machen Sie sich keine Sorgen meinetwegen«, sagte ich. »Machen Sie sich lieber Sorgen wegen der Polizei.« Ich ging zum Telefon zurück und rief Alice Quinn an. »Hier ist Nick. Nora sagte, Sie –«

»Ja. Haben Sie Harrison gesehen?«

»Nein, nicht seit ich ihn bei Ihnen abgeliefert habe.«

»Also, falls Sie ihn sehen, sagen Sie ihm bitte nichts von dem, was ich gestern abend gesagt habe, ja? Ich hab's nicht ernst gemeint, wirklich, ich hab kein Wort im Ernst so gemeint.«

»Das habe ich auch gar nicht angenommen«, versicherte ich ihr, »und gesagt hätte ich ihm sowieso nichts davon. Wie geht es ihm heute?«

»Er ist weg«, sagte sie.

»Was?«

»Er ist weg. Er hat mich verlassen.«

»Das hat er schon öfter getan. Er wird zurückkommen.«

»Ich weiß, aber diesmal hab ich Angst. Er ist nicht in sein Büro gegangen. Ich hoffe, er betrinkt sich bloß irgendwo und – aber diesmal hab ich Angst. Nick, glauben Sie, er ist wirklich verliebt in dieses Mädchen?«

»Er scheint zu glauben, daß er's ist.«

»Hat er Ihnen gesagt, daß er's ist?«

»Das würde überhaupt nichts besagen.«

»Glauben Sie, es hätte Sinn, mit ihr zu reden?«

»Nein.«

»Warum glauben Sie's nicht? Glauben Sie, sie ist in ihn verliebt?«

»Nein.«

»Was ist los mit Ihnen?« fragte sie irritiert.

»Nein. Ich bin nicht zu Hause.«

»Was? Oh, Sie sind irgendwo, wo Sie nicht reden können?«

»Genau.«

»Sind Sie – sind Sie in ihrer Wohnung?«

»Ja.«

»Ist sie da?«

»Nein.«

»Glauben Sie, daß sie mit ihm zusammen ist?«

»Ich weiß nicht. Ich glaube nicht.«

»Rufen Sie mich an, wenn Sie reden können, oder, besser noch, kommen Sie bei mir vorbei?«

»Tu ich«, versprach ich, und wir hängten ein.

Mimi sah mich mit ihren blauen Augen amüsiert an. »Nimmt da jemand die Affären meiner Göre tatsächlich ernst?« Als ich ihr nicht antwortete, lachte sie und fragte: »Spielt Dorry noch immer Jungfer in Bedrängnis?«

»Ich nehme es an.«

»Das wird sie auch weiterhin tun, solange sie nur jemanden findet, der es ihr abnimmt. Und ausgerechnet Sie lassen sich einwickeln, Sie, der Sie nicht zu glauben wagen, daß – nun, ja –, daß ich zum Beispiel jemals die Wahrheit sage.«

»Das ist wirklich mal ein Gedanke«, sagte ich. Die Türklingel läutete, bevor ich noch weiterreden konnte.

Mimi öffnete dem Arzt – er war ein beleibter älterer Mann mit krummem Rücken und Watschelgang – und führte ihn in Gilberts Zimmer.

Ich zog die Schreibtischschublade nochmals auf und sah mir die Wertpapiere an. Fünf Anteilscheine Postal Telegraph & Cable, sechseinhalb São Paulo City, sechs American Type Founders, fünfeinhalb Certain-teed Products, sechseinhalb Oberösterreichische, fünf United Drugs, vier Philippine Railway, sechs Tokyo Electric Lighting, im Nennwert von insgesamt etwa sechzigtausend Dollar, schätzte ich, und Kurswert, grob gerechnet, ein Drittel bis ein Viertel dieser Summe.

Als die Türglocke wieder läutete, schloß ich die Schublade und ließ Macaulay ein.

Er sah müde aus. Er setzte sich, ohne seinen Mantel ausgezogen zu haben, und sagte: »Also, fangen Sie mit dem Schlimmsten an. Was wollte er hier?«

»Ich weiß es noch nicht – nur, daß er Mimi ein paar Wertpapiere und einen Scheck gegeben hat.«

»Das weiß ich.« Er suchte in seinen Taschen und reichte mir einen Brief:

Lieber Herbert,

ich gebe Mrs. Mimi Jorgensen heute die nachstehend aufgeführten Wertpapiere sowie einen Scheck über zehntausend Dollar auf die Park Ave. Trust, datiert auf den 3. Januar. Sorgen Sie bitte dafür, daß zu diesem Zeitpunkt genügend Geld zur Deckung auf dem Konto ist. Ich würde vorschlagen, ein paar weitere Anteilscheine der städtischen Betriebe zu verkaufen, aber regeln Sie das nur, wie Sie es für richtig halten. Ich sehe, daß ich gegenwärtig nicht länger in New York bleiben kann und es mir voraussichtlich in den nächsten Monaten nicht möglich sein wird, hierher zurückzukommen, aber ich werde Ihnen von Zeit zu Zeit eine Nachricht zugehen lassen. Es tut mir leid, daß es mir nicht möglich ist, das mit Ihnen und Charles für heute abend vereinbarte Treffen abzuwarten.

Ihr
Clyde Miller Wynant

Unter der weit ausfahrenden Unterschrift waren die Aktien einzeln aufgeführt.

»Wie hat Sie der Brief erreicht?« fragte ich.

»Per Boten. Was glauben Sie, wofür er sie bezahlt hat?«

Ich schüttelte den Kopf. »Ich habe versucht, es rauszukriegen. Sie sagt, er hat ›für sie und seine Kinder sorgen wollen‹.«

»Das ist gut möglich, so gut möglich wie daß sie die Wahrheit gesagt hat.«

»Über diese Aktien?« fragte ich. »Ich dachte, Sie hätten alle seine Vermögenswerte in Händen?«

»Das hatte ich auch gedacht, aber diese habe ich nicht gehabt, habe gar nicht gewußt, daß er sie hatte.« Er stützte die Ellbogen auf die Knie, den Kopf auf die Hände.

»Wenn man alles, was ich nicht weiß, aneinanderreihen würde ...«

30

Mimi kam mit dem Arzt herein, sagte ein wenig förmlich: »Oh, wie geht es Ihnen?« zu Macaulay und gab ihm die Hand. »Dies ist Doktor Grant, Mr. Macaulay, Mr. Charles.«

»Wie geht es dem Patienten?« fragte ich.

Dr. Grant räusperte sich und sagte, er glaube nicht, daß Gilbert irgend etwas Ernstliches fehle, festzustellen seien die Auswirkungen von Schlägen, leichter Bluterguß, natürlich. Der Patient solle aber vorerst ruhen. Er räusperte sich nochmals und sagte, er sei erfreut, uns kennengelernt zu haben, und Mimi geleitete ihn hinaus.

»Was ist dem Jungen zugestoßen?« fragte Macaulay mich.

»Wynant hat ihn mit einem unausführbaren Auftrag in Julias Wohnung geschickt, und dort ist er von einem ruppigen Bullen in Empfang genommen worden.«

Mimi kehrte von der Tür zurück. »Hat Ihnen Mr. Charles von den Aktien und dem Scheck erzählt?« fragte sie.

»Ich habe eine Benachrichtigung von Mr. Wynant bekommen, daß er sie Ihnen geben wollte«, sagte Macaulay.

»Dann wird es also keine –«

»Schwierigkeiten? Nicht, daß ich wüßte.«

Sie wurde ein wenig gelassener, und ihre Augen verloren etwas von ihrer Kälte.

»Ich wüßte auch nicht, wieso es Schwierigkeiten geben sollte, aber er« – sie deutete auf mich – »jagt mir gern einen Schrecken ein.«

Macaulay lächelte höflich. »Darf ich fragen, ob Mr. Wynant über seine Pläne irgend etwas geäußert hat?«

»Er sagte etwas von Weggehen, aber wahrscheinlich habe ich nicht sehr aufmerksam zugehört. Ich weiß nicht mehr, ob er mir gesagt hat, wann er geht und wohin.«

Ich knurrte, um meine Zweifel anzumelden; Macaulay tat, als glaube er ihr. »Hat er irgendwas über Julia Wolf gesagt, was Sie mir wiederholen könnten, oder über seine Schwierigkeiten oder sonst etwas, das mit dem Mord zusammenhängt?« fragte er.

Sie schüttelte nachdrücklich den Kopf. »Kein Wort, nichts, was ich Ihnen wiederholen oder nicht wiederholen könnte, überhaupt kein Wort. Ich habe ihn danach gefragt, aber Sie wissen ja, wie unzugänglich er sein kann, wenn er will. Ich konnte kein Sterbenswörtchen darüber aus ihm herausbringen.«

Ich stellte die Frage, die zu stellen Herbert Macaulay zu höflich zu sein schien: »Wovon *hat* er geredet?«

»Von nichts eigentlich, außer von uns selber und den Kindern, besonders von Gil. Er hätte ihn sehr gern gesehen und hat fast eine Stunde gewartet, in der Hoffnung, er käme nach Hause. Er fragte nach Dorry, schien aber nicht sehr interessiert zu sein.«

»Hat er irgend etwas davon gesagt, daß er Gilbert geschrieben hat?«

»Kein Wort. Ich kann Ihnen unsere ganze Unterhaltung wiederholen, wenn Sie wollen. Ich wußte nicht, daß er kam, er hat mich noch nicht einmal unten vom Pförtner aus angerufen. Die Wohnungsklingel schellte, und als ich an die Tür ging, stand er da, sichtlich gealtert seit unserer letzten Begegnung und sogar noch dünner, und ich sagte: ›Nanu, Clyde‹, oder irgendwas in der Art, und er fragte: ›Bist du allein?‹ Ich sagte ihm, das bin ich, und er kam herein. Dann hat er –«

Es klingelte an der Wohnungstür, und sie ging, um zu öffnen.

»Was halten Sie davon?« fragte Macaulay leise.

»Wenn ich erst anfange, Mimi zu glauben«, sagte ich, »habe ich hoffentlich noch soviel Verstand, es nicht zuzugeben.«

Sie kam mit Guild und Andy von der Tür zurück. Guild nickte mir zu und gab Macaulay die Hand, wandte sich dann an Mimi und sagte: »Also, Ma'am, ich muß Sie bitten, uns zu sagen –«

Macaulay unterbrach ihn: »Ich schlage vor, Sie lassen mich erst sagen, was ich zu berichten habe, Lieutenant. Es muß Mrs. Jorgensens Bericht vorausgeschickt werden, und –«

Guild gab dem Anwalt einen Wink mit seiner großen Hand. »Schießen Sie los.«

Er setzte sich in eine Ecke des Sofas.

Macaulay erzählte ihm, was er mir an jenem Morgen erzählt hatte. Als er erwähnte, daß er es mir an jenem Morgen erzählt hatte, warf Guild mir einen bitterbösen Blick zu – einen – und übersah mich von da ab völlig. Guild unterbrach Macaulay nicht, der seine Geschichte klar und ohne Umschweife berichtete. Zweimal schickte Mimi sich an, etwas zu sagen, unterließ es aber beide Male, um zuzuhören. Als Macaulay ausgeredet hatte, überreichte er Guild die Mitteilung über die Wertpapiere und den Scheck.

»Die ist heute nachmittag per Boten gekommen.«

Guild las die Mitteilung aufmerksam und wandte sich an Mimi: »Alsdann, Mrs. Jorgensen.«

Sie erzählte ihm, was sie uns von Wynants Besuch erzählt hatte, führte auf seine geduldigen Fragen hin die Einzelheiten näher aus, blieb aber bei ihrer Darstellung, daß er sich geweigert habe, über irgend etwas, das mit Julia Wolf oder ihrer Ermordung zusammenhing, auch nur eine Silbe verlauten zu lassen, daß er, als er ihr die Wertpapiere und den Scheck aushändigte, lediglich gesagt habe, er wolle für sie und seine Kinder Vorsorge treffen, und daß sie, obwohl er gesagt hatte, er gehe fort, nicht wisse, wohin und wann. Daß ihr offenkundig keiner Glauben schenkte, schien sie überhaupt nicht zu stören. Anschließend sagte sie lächelnd: »Er ist in vieler Hinsicht ein liebenswerter Mann, aber total verrückt.«

»Sie meinen, er ist wirklich geisteskrank, nicht wahr«, fragte Guild, »und nicht bloß spleenig?«

»Ja.«

»Was veranlaßt Sie zu dieser Meinung?«

»Oh, Sie hätten mit ihm zusammenleben müssen, um wirklich zu wissen, wie verrückt er ist«, erwiderte sie leichthin.

Guild schien unbefriedigt zu sein. »Was hat er angehabt?«

»Braunen Anzug und braunen Mantel und Hut, und ich glaube, braune Schuhe und weißes Hemd und graue Krawatte mit rotem oder rötlich-braunem Muster darauf.«

Guild riß den Kopf zu Andy herum: »Sagen Sie's ihnen.«

Andy ging hinaus.

Guild kratzte sich die Backe und runzelte nachdenklich die Stirn. Wir anderen beobachteten ihn. Als er aufhörte, sich die Backe zu kratzen, sah er Mimi und Macaulay an, aber mich nicht, und fragte: »Kennt einer von Ihnen einen mit den Anfangsbuchstaben D. W. Q.?«

Macaulay drehte ein paarmal langsam den Kopf hin und her.

Mimi sagte: »Nein. Warum?«

Guild sah jetzt mich an. »Sie?«

»Kenne ich nicht.«

»Warum?« wiederholte Mimi.

Guild sagte: »Versuchen Sie sich zu erinnern. Er hat höchstwahrscheinlich mit Wynant zu tun gehabt.«

»Wie lange her?« fragte Macaulay.

»Das ist im Moment schwer zu sagen. Vielleicht ein paar Monate, vielleicht ein paar Jahre. Er muß ziemlich groß gewesen sein, schwerer Knochenbau, dicker Bauch, möglicherweise lahmes Bein.«

Macaulay schüttelte wieder den Kopf. »An so einen erinnere ich mich nicht.«

»Ich auch nicht«, sagte Mimi, »aber ich platze vor Neugier. Ich wünschte nur, Sie sagten uns, worum sich das Ganze dreht.«

»Aber sicher werd ich's Ihnen sagen.« Guild holte eine Zigarre aus der Westentasche, betrachtete sie und steckte sie in die Tasche zurück.

»Genauso ein Toter liegt unter dem Fußboden in Wynants Werkstatt.«

Ich sagte: »Ah.«

Mimi preßte sich beide Hände auf den Mund und sagte nichts. Ihre Augen waren rund und glasig.

Macaulay runzelte die Stirn, fragte: »Sind Sie sicher?«

Guild seufzte. »Na, hören Sie, Sie sollten eigentlich wissen, daß keiner so was auf bloßen Verdacht hin sagen würde«, sagte er belästigt.

Macaulay wurde rot, und er lächelte verlegen. »Das war eine dumme Frage. Wie haben Sie ihn – sie – gefunden?«

»Nun, Mr. Charles hier hatte immer wieder durchblicken lassen, daß wir der Werkstatt mehr Beachtung schenken sollten, und ich habe mir gesagt, Mr. Charles hier ist ein Mann, von dem man annehmen kann, daß er 'ne ganze Menge mehr weiß, als er irgendwem auf die Nase binden würde, und heute morgen hab ich ein paar Männer mit dem Auftrag hingeschickt, mal zu sehen, was da zu finden wäre. Wir hatten uns da schon einmal umgesehen und nichts entdeckt, aber diesmal sagte ich ihnen, sie sollten die Bude regelrecht auseinandernehmen, weil Mr. Charles hier gesagt hat, wir müßten ihr mehr Beachtung schenken. Und Mr. Charles hier hat Recht gehabt.« Er sah mich kalt abweisend an. »Irgendwann entdeckten sie, daß der Zementfußboden in der einen Ecke vielleicht etwas neuer aussah als in den anderen, und sie rissen ihn auf, und da stießen sie auf die sterblichen Überreste von diesem Mr. D. W. Q. Wie finden Sie das?«

Macaulay sagte: »Ich finde, daß es eine verdammt akkurate Mutmaßung von Mr. Charles war.« Er wandte sich zu mir. »Wie haben Sie –«

Guild unterbrach ihn. »Ich glaube, Sie sollten das nicht sagen. Wenn Sie es als bloße Mutmaßung bezeichnen, erweisen Sie Mr. Charles hier nicht die ihm gebührende Ehre dafür, daß er so smart ist, wie er nun mal ist.«

Macaulay war von Guilds Ton verblüfft. Er sah mich fragend an.

»Ich werde gerügt, weil ich ihm unser Gespräch von heute morgen verschwiegen habe«, erklärte ich ihm.

»Auch das«, bestätigte Guild in aller Ruhe, »unter anderem.«

Mimi lachte und lächelte Guild schuldbewußt zu, als er sie strafend ansah.

»Wie ist Mr. D. W. Q. umgebracht worden?« fragte ich.

Guild zögerte, als sei er unschlüssig, ob er darauf antworten solle, hob dann ein wenig die breiten Schultern und sagte: »Ich weiß es noch nicht, auch nicht, vor wie langer Zeit. Ich habe die Überreste noch nicht gesehen, das, was davon noch vorhanden ist, und vorhin war der medizinische Sachverständige noch nicht fertig mit seinem Job.«

»Das, was davon noch vorhanden ist?« fragte Macaulay.

»Hm-hm-hm. Er war in Stücke zersägt und in Kalk oder so was gelegt worden, und deswegen ist nicht viel Fleisch an ihm drangeblieben, dem Bericht zufolge, den ich gekriegt habe, aber seine Kleidung war zusammengebündelt mit ihm reingelegt worden, und von den eingerollten Sachen ist genug übriggeblieben, was uns Aufschlüsse geben kann. Es war auch noch das untere Stück von einem Spazierstock da, mit einem Gummipfropf dran. Deswegen dachten wir, er könnte ein steifes Bein gehabt haben, und wir –«

Er unterbrach sich, als Andy hereinkam. »Nun?«

Andy schüttelte verdrossen den Kopf. »Niemand hat ihn kommen sehn, niemand hat ihn gehen sehn. Wie ging doch der

Witz über den Kerl, der so dünn war, daß er sich zweimal auf denselben Fleck stellen mußte, um einen Schatten zu werfen?«

Ich lachte – nicht über den Witz – und sagte: »So dünn ist Wynant nicht, aber dünn genug schon, so dünn wie, sagen wir, das Papier von dem Scheck da und von diesen Briefen, die verschiedene Leute gekriegt haben.«

»Was sagen Sie da?« fragte Guild herausfordernd, rot angelaufen im Gesicht, Wut und Argwohn im Auge.

»Er ist tot. Er ist schon lange tot, nur auf dem Papier nicht. Ich zahle Ihnen jede Summe, wenn das nicht seine Knochen sind in der Zementgruft da, mit den Kleidungsstücken des dicken, lahmen Mannes.«

Macaulay neigte sich zu mir vor. »Sind Sie auch ganz sicher, Charles?«

Guild knurrte mich an: »Worauf wollen Sie eigentlich hinaus?«

»Hier ist die Wette, wenn Sie einsteigen wollen. Wer würde mit einer Leiche soviel Umstände machen und dann das, was am leichtesten zu beseitigen ist – die Kleidungsstücke – unberührt lassen, wenn sie nicht –«

»Aber sie waren nicht unberührt. Sie –«

»Natürlich nicht. Das würde nicht glaubwürdig aussehen. Sie mußten teilweise vermodert sein, und es durfte nur gerade genug davon übrigbleiben, um Ihnen die Hinweise zu geben, die sie geben sollten. Ich wette, die Initialen waren auffällig genug.«

»Das weiß ich nicht«, sagte Guild, schon weniger hitzig. »Sie waren auf der Gürtelschnalle.«

Ich lachte.

Mimi sagte ärgerlich: »Das ist albern, Nick. Wie könnte das Clyde sein? Sie wissen, daß er heute nachmittag hier gewesen ist. Sie wissen, daß er –«

»Sch-scht. Es ist sehr töricht von Ihnen, zu ihm zu halten«, sagte ich ihr. »Wynant ist tot, Ihre Kinder sind vermutlich seine Erben, da gibt's mehr Geld, als Sie da drüben in der Schublade haben. Warum wollen Sie sich mit einem Teil der Beute zufriedengeben, wenn Sie die ganze kriegen können?«

»Ich verstehe nicht, was Sie meinen«, sagte sie. Sie war sehr blaß.

Macaulay sagte: »Charles meint, daß Wynant heute nachmittag nicht hier gewesen ist und Sie die Wertpapiere und den Scheck von jemand anderem bekommen oder sie vielleicht selber gestohlen haben. Meinen Sie das?« fragte er mich.

»Mehr oder weniger.«

»Aber das ist lächerlich«, beharrte sie.

»Seien Sie vernünftig, Mimi«, sagte ich. »Mal angenommen, Wynant ist vor drei Monaten umgebracht und seine Leiche als die von irgend jemand anderem hergerichtet worden. Angeblich soll er weggegangen sein und Macaulay Vollmacht erteilt haben. Also bitte, damit ist das gesamte Vermögen für immer und ewig in Macaulays Händen, oder doch zumindest solange, bis er es vollständig geplündert hat, denn Sie können nicht einmal –«

Macaulay stand auf und sagte: »Ich weiß nicht, worauf Sie hinauswollen, Charles, aber ich bin –«

»Ganz ruhig bleiben«, sagte Guild zu ihm. »Lassen Sie ihn ausreden.«

»Er hat Wynant umgebracht, und er hat Julia umgebracht, und er hat Nunheim umgebracht«, versicherte ich Mimi. »Was wollen Sie? Als nächste auf die Liste? Sie müßten doch verdammt genau wissen, daß er, nachdem Sie ihm einmal geholfen haben, indem Sie sagten, Sie hätten Wynant lebend gesehen – denn das ist sein schwacher Punkt, daß er bis jetzt als einziger behauptete, Wynant seit Oktober gesehen zu haben –, nicht riskieren wird, Sie anderer Meinung werden zu lassen – nicht, wenn es bloß darum geht, Sie mit derselben Pistole umzulegen und die Tat Wynant in die Schuhe zu schieben. Und für was tun Sie es? Für die paar lumpigen Papiere in der Schublade da drüben – einen Bruchteil dessen, was Sie durch Ihre Kinder in die Finger bekommen, wenn wir beweisen, daß Wynant tot ist.«

Mimi drehte sich zu Macaulay um und sagte: »Sie gemeines Schwein.«

Darüber viel mehr erstaunt als über irgend etwas anderes, was gesagt worden war, glotzte Guild sie an.

Macaulay setzte zu einer Bewegung an. Ich wartete nicht erst, bis ich sah, was er beabsichtigte, sondern schmetterte ihm meine linke Faust gegen das Kinn. Der Schlag hatte es in sich, er landete mit voller Wucht und warf ihn um, aber ich spürte ein Brennen an meiner linken Seite und wußte, ich hatte mir die Schußwunde aufgerissen.

»Was verlangen Sie von mir?« knurrte ich Guild an. »Daß ich ihn für Sie in Cellophan verpacke?«

31

Es war fast drei Uhr morgens, als ich die Tür zu unserem Apartment im ›Normandie‹ aufschloß. Nora, Dorothy und Larry Crowley waren im Wohnzimmer, Nora und Larry spielten Backgammon, Dorothy las Zeitung.

»Hat Macaulay sie wirklich umgebracht?« fragte Nora sofort.

»Ja. Bringen die Morgenblätter irgend etwas über Wynant?«

Dorothy sagte: »Nein, nur daß Macaulay verhaftet worden ist. Warum?«

»Ihn hat Macaulay auch umgebracht.«

Nora sagte: »Tatsächlich?« Larry sagte: »Ich werd verrückt!« Dorothy begann zu weinen. Nora sah Dorothy überrascht an.

Dorothy schluchzte: »Ich will nach Haus zu Mama.«

Larry sagte nicht sonderlich beflissen: »Ich bringe Sie gern nach Haus, wenn –«

Dorothy sagte, daß sie gehen wolle. Nora zeigte sich um sie besorgt, versuchte aber nicht, sie vom Weggehen abzuhalten. Larry, bemüht, nicht allzu widerwillig zu erscheinen, holte Hut und Mantel. Er und Dorothy gingen.

Nora schloß hinter ihnen die Tür und lehnte sich dagegen. »Erklär mir das, Mister Charalambides«, sagte sie.

Ich schüttelte den Kopf.

Sie setzte sich neben mich auf das Sofa. »Heraus damit jetzt. Wenn du auch nur ein einziges Wort ausläßt, werde ich –«

»Ich muß erst einen Drink haben, bevor ich irgendwas reden kann.« Sie verfluchte mich und brachte mir einen Drink. »Hat er gestanden?«

»Warum sollte er? Auf schuldig des Mordes ersten Grades plädieren kann man nicht. Und es waren zu viele Morde – und zumindest zwei davon zu offenkundig vorsätzlich begangen –, als daß der Distriktanwalt zulassen könnte, daß er sich als schuldig des Mordes zweiten Grades bekennt. Ihm bleibt nichts anderes übrig, als es auszufechten.«

»Aber er hat sie begangen?«

»Sicher.«

Sie riß mir das Glas vom Mund. »Hör auf, mich hinzuhalten, und erzähl's mir.«

»Na ja, es läuft darauf hinaus, daß er und Julia Wynant eine Zeitlang betrogen haben. Er hatte eine Menge Geld verspekuliert, und er hatte – wie Morelli andeutete – von ihrer Vergangenheit Wind bekommen, und die beiden machten gemeinsame Sache gegen den Alten. Wir setzen Buchprüfer auf Macaulays und Wynants Bücher an und dürften keine allzu großen Schwierigkeiten mit dem Nachweis darüber haben, daß ein Gutteil der Beute vom einen zum anderen gewandert ist.«

»Dann weißt du also nicht positiv, daß er Wynant ausgenommen hat?«

»Sicher wissen wir es. Es reimt sich auf keine andere Weise

zusammen. Wahrscheinlich hatte Wynant am 3. Oktober eine Reise antreten wollen, denn er hob tatsächlich dreitausend Dollar in bar vom Konto ab, aber er hatte seinen Schuppen nicht zugemacht und seine Wohnung nicht aufgegeben. Das besorgte Macaulay ein paar Tage später. Wynant wurde am Abend des 3. Oktober in Macaulays Haus in Scarsdale ermordet. Wir wissen das, weil Macaulay seine Köchin, die nicht dort schlief, am Morgen des Vierten mit irgendeiner aus der Luft gegriffenen Beschwerde an der Tür abfertigte, ihr den Lohn für zwei Wochen in die Hand drückte und sie fristlos entließ, ohne sie nochmals ins Haus einzulassen, wo sie die Leiche oder Blutflecken hätte entdecken können.«

»Wie hast du das herausbekommen? Laß die Einzelheiten nicht weg.«

»Übliche Routinesache. Nachdem wir ihn uns gegriffen hatten, sind wir natürlich in sein Büro und in sein Haus gegangen, um zu sehen, ob wir da was herausfinden konnten – auf die ›Wo-waren-Sie-in-der-Nacht-vom-fünften-zum-sechsten-Juni-achtzehnhundertvierundneunzig-Tour‹, weißt du –, und die jetzige Köchin sagte, daß sie erst seit dem 8. Oktober bei ihm arbeitet, und das brachte uns darauf. Wir haben auch einen Tisch entdeckt, der ganz schwache Spuren von etwas aufweist, bei dem es sich, wie wir hoffen, um Menschenblut handelt, das nicht gänzlich abgeschrubbt worden ist. Die Schlaumeier von der Wissenschaft säbeln jetzt davon ihre Schnipsel mit dem Rasiermesser runter, um zu sehen, ob sie uns nicht vielleicht irgendwelche Ergebnisse liefern können.« (Es stellte sich als Rinderblut heraus.)

»Dann bist du nicht sicher, daß er –«

»Hör auf, das zu sagen. Natürlich sind wir sicher. Das ist die einzige Weise, auf die sich's zusammenreimt. Wynant war dahintergekommen, daß Julia und Macaulay ihn ausnahmen, und überdies glaubte er, zu Recht oder zu Unrecht, daß sie ihn auch in anderer Hinsicht betrogen – und daß er eifersüchtig war, wissen wir –, und so ist er also zu Macaulay nach Scarsdale raufgefahren, um ihn zur Rede zu stellen, und Macaulay, mit der Aussicht konfrontiert, ins Gefängnis zu kommen, brachte den Alten um. Jetzt sag nicht wieder, daß wir nicht sicher sind. Auf andere Weise ergibt es überhaupt keinen Sinn. Na, da sitzt er also mit einer Leiche, und eine Leiche gehört zu den Dingen, die man nicht so ohne weiteres wieder los wird. Darf ich zwischendurch mal einen Schluck Whisky zu mir nehmen?«

»Nur einen«, sagte Nora. »Aber das ist doch bloß eine Theorie, oder?«

»Nenn es, wie du willst. Mir genügt es.«

»Aber ich hatte immer gedacht, daß jeder Anspruch darauf hat, solange als unschuldig zu gelten, bis seine Schuld erwiesen ist, und daß er, und wenn es irgendeinen begründeten Zweifel gibt –«

»Das gilt für Geschworene, nicht für Detektive. Du schnappst dir den Burschen, von dem du meinst, er hat den Mord begangen, und du bringst ihn hinter Gitter und läßt alle Welt wissen, daß du ihn für schuldig hältst, und bringst sein Bild in alle Zeitungen, und der Distriktanwalt baut, so gut er irgend kann, auf deinen Informationen eine Theorie auf, und inzwischen klaubst du dir hier und da noch ein paar zusätzliche Einzelheiten zusammen, und Leute, die sein Bild in der Zeitung gesehen haben – oder auch Leute, die ihn für unschuldig gehalten hätten, wenn du ihn nicht festgenommen hättest – kreuzen auf und erzählen dir Dinge über ihn, und im Handumdrehen hast du's geschafft, ihn auf den elektrischen Stuhl zu bringen.« (Zwei Tage später identifizierte eine Frau aus Brooklyn Macaulay als einen George Foley, dem sie seit drei Monaten eine Wohnung vermietet hatte.)

»Aber das kommt mir alles so löcherig vor.«

»Wenn Morde nach mathematischen Regeln begangen werden«, sagte ich, »kannst du sie nach mathematischen Regeln aufklären. Die meisten werden es nicht, und dieser ist es nicht. Ich möchte nicht gegen deine Vorstellungen von Recht und Unrecht angehen, aber wenn ich sage, wahrscheinlich hat er die Leiche zerlegt, damit er sie in Tüten in die Stadt bringen konnte, sage ich nur, was das Wahrscheinlichste ist. Das dürfte am 6. Oktober gewesen sein oder später, denn Prentice und McNaughton –, die beiden Mechaniker, die in der Werkstatt für Wynant arbeiteten – hat er erst zu diesem Zeitpunkt entlassen und dann den Schuppen dichtgemacht. Danach hat er Wynant unter dem Zementfußboden begraben, begraben samt den Kleidungsstücken eines dicken Mannes und dem Stock eines lahmen Mannes und einem Gürtel mit den Initialen D. W. Q. auf der Schnalle, und alles so eingerichtet, daß sie nicht zuviel von dem Kalk abbekamen – oder was immer er zum Wegätzen des Fleisches und der Gesichtszüge des Toten verwendete – und dann den Boden über der Gruft neu zementiert. Dank polizeilichen Ermittlungen plus den Hinweisen aus der Bevölkerung haben wir mehr als gute Aussichten herauszufinden, wo er die Kleidungsstücke und den Stock und den Zement gekauft oder sonstwie beschafft hat.« (Später entdeckten wir die Quelle für den Zement – er hatte ihn bei einer Holz- und Kohlenhandlung im oberen Manhattan gekauft –, aber mit den anderen Sachen hatten wir kein Glück.)

»Hoffentlich«, sagte sie, nicht allzu hoffnungsvoll.

»Damit wäre das also erledigt. Indem er den Mietvertrag für den Schuppen verlängert und ihn leerstehen läßt – vorgeblich in Erwartung von Wynants Rückkehr –, kann er sichergehen – ziemlich sichergehen –, daß niemand das Grab entdeckt, und wenn es zufällig dennoch entdeckt werden sollte, ist der dicke Mr. D. W. Q. – inzwischen würden Wynants Knochen schon weitgehend vom Fleisch entblößt sein, und ob ein Mann dünn oder dick war, kann man seinem Gerippe nicht mehr ansehen – dann eben von Wynant ermordet worden, was erklärt, warum Wynant sich so rar gemacht hat. Nachdem das erledigt ist, fälscht Macaulay die Vollmacht und geht mit Julias Hilfe daran, das Geld des toten Clyde nach und nach an sich zu bringen. Und jetzt werde ich wieder theoretisch. Julia hat was gegen Mord, und sie kriegt es mit der Angst, und er ist sich nicht allzu sicher, ob sie ihm nicht umfällt. Deswegen zwingt er sie, mit Morelli Schluß zu machen – und Wynants Eifersucht als Vorwand zu nehmen. Er befürchtet, in einem schwachen Moment könnte sie sich Morelli anvertrauen, und als der Zeitpunkt näherrückt, wo ihr noch engerer Freund Face Peppler aus dem Gefängnis entlassen wird, wächst seine Sorge mehr und mehr. Nach dieser Seite hin hatte er sich sicher fühlen können, solange Face hinter Gittern saß, weil sie in ihren Briefen, die durch die Hände des Gefängnisdirektors gehen müssen, schwerlich irgend etwas Gefährliches schreiben würde, aber jetzt ... Also fängt er an, Pläne zu schmieden. Und dann ist auf einmal der Teufel los. Mimi und ihre Kinder erscheinen auf der Bildfläche und machen Jagd auf Wynant, und ich komme in New York an und habe Verbindung mit ihnen, und er denkt, ich helfe ihnen. Er beschließt, was Julia betrifft, auf Nummer Sicher zu gehen und sie aus dem Weg zu räumen. Gefällt es dir soweit?«

»Ja, aber –«

»Ab jetzt wird's laufend mieser«, versicherte ich ihr. »An diesem Tag stoppt er auf dem Weg zum Lunch bei uns und ruft von unterwegs sein Büro an, gibt sich als Wynant aus und vereinbart das Treffen im Plaza, mit der Absicht, auf diese Weise Wynants Anwesenheit in der Stadt zu dokumentieren. Um sie glaubhaft zu machen, geht er von uns aus rüber zum Plaza und fragt die Leute dort, ob sie Wynant gesehen haben, und aus dem gleichen Grund telefoniert er mit seinem Büro, um zu fragen, ob Wynant inzwischen erneut von sich hat hören lassen, und ruft Julia an. Sie sagt ihm, daß sie Mimi erwartet, und sie sagt ihm, daß Mimi dachte, sie habe gelogen, als sie ihr sagte, sie wisse nicht, wo Wynant sei, und vermutlich klingt Julia ziemlich verängstigt. Er sagt sich, daß er Mimi zuvorkommen muß, und das schafft er auch. Er macht, daß er rüberkommt, und bringt sie um. Er ist ein miserabler Schütze. Ich habe ihn im Krieg schießen sehen. Wahrscheinlich hat er sie mit dem ersten Schuß verfehlt, mit dem nämlich, der ins Telefon ging, und es auch nicht geschafft, sie mit den anderen vier auf der Stelle zu töten, aber vermutlich hat er gedacht, sie sei tot, und verduften, bevor Mimi erschien, mußte er sowieso, also ließ er die Uhrkette zurück, die er als Beweisstück mitgebracht hatte – und daß er sie drei Monate lang aufbewahrt hatte, läßt es ganz danach aussehen, als habe er von Anfang an vorgehabt, sie umzubringen –, und hetzt zum Ingenieursbüro Hermann rüber, wo er die Sitzungspausen für sich nutzt und sich ein Alibi verschafft. Die beiden Vorkommnisse, mit denen er nicht gerechnet hatte – die er unmöglich hätte voraussehen können –, sind erstens, daß ihn Nunheim, der sich, in der Hoffnung, an das Mädchen heranzukommen, dort herumtrieb, ihre Wohnung hatte verlassen sehen – daß er möglicherweise sogar die Schüsse gehört hatte –, und zweitens, daß Mimi in erpresserischer Absicht die Kette verstecken würde, um sie als Druckmittel gegen ihren geschiedenen Mann zu benutzen und ihn damit ihren Forderungen gegenüber gefügiger zu machen. Deswegen mußte Macaulay nach Philadelphia runterfahren und mir das Telegramm schicken und sich selber den Brief und dann später den an Tante Alice – falls Mimi den Eindruck bekäme, Wynant lenke den Verdacht auf sie, würde sie wütend genug werden, um der Polizei das Belastungsmaterial auszuhändigen, das sie gegen ihn besitzt. Ihr Wunsch, Jorgensen reinzulegen, hätte das jedoch fast durchkreuzt. Übrigens wußte Macaulay, daß Jorgensen Kelterman war. Unmittelbar nachdem er Wynant umgebracht hatte, beauftragte er Detektive, Mimi und ihre Familie in Europa unter die Lupe zu nehmen – ihr Anspruch auf das Vermögen machte sie zu einer potentiellen Gefahr –, und die Detektive kriegten heraus, wer Jorgensen war. Wir haben ihre Berichte in Macaulays Unterlagen gefunden. Natürlich tat er so, als habe er die Informationen für Wynant erhalten. Und dann begann er sich über mich Sorgen zu machen, darüber, daß ich Wynant nicht für schuldig hielt, und –«

»Und warum hast du's nicht getan?«

»Weshalb sollte er Briefe schreiben, die Mimi gegen ihn aufbringen mußten, die einzige Person, die ihm half, indem sie belastendes Beweismaterial zurückhielt? Deswegen dachte ich, die Kette sei zur Irreführung am Tatort hinterlassen worden, als Mimi sie herausrückte, nur war ich allzu bereitwillig zu glauben, sie selber hätte sie dort hinterlassen. Morelli machte Macaulay ebenfalls Sorgen, weil er den Verdacht nicht auf irgendwen gelenkt wissen wollte, der ihn, in dem Bestreben, sich selber reinzuwaschen, seinerseits in die falsche Richtung lenken konnte. Mimi war in Ordnung, weil sie ihn auf Wynant zurücklenken würde, aber jeder andere war gefährlich. Auf Wynant abzielender Verdacht war das einzig sichere Mittel, jedermann von dem Verdacht, Wynant sei tot, abzulenken, und wenn Macaulay Wynant nicht umgebracht hatte, gab es keinen Grund, weshalb er einen der beiden anderen umgebracht haben sollte. Das Augenfälligste an der ganzen Geschichte und zugleich der Schlüssel zu ihr war die Tatsache, daß Wynant tot zu sein hatte.«

»Du meinst, das hast du von Anfang an gedacht?« fragte Nora inquisitorisch und musterte mich mit strengem Blick.

»Nein, Darling, obwohl ich mich eigentlich schämen müßte, daß ich es nicht erkannt habe, aber nachdem ich einmal gehört hatte, daß dort eine Leiche unter dem Fußboden gefunden worden war, hätte ich mich den Teufel darum geschert, wenn die Ärzte geschworen hätten, es handele sich um die Leiche einer Frau. Ich hätte darauf bestanden, daß es Wynants ist. Es mußte seine sein. Es war die einzig richtige Lösung.«

»Du wirst schrecklich müde sein. Nur daran kann es liegen, daß du so redest.«

»Dann mußte er sich Sorgen wegen Nunheim machen.

Nachdem der den Verdacht auf Morelli gelenkt hatte, bloß um der Polizei zu beweisen, wie nützlich er sei, suchte er Macaulay auf. Ich rate mal wieder, Schatz. Ich bekam einen Anruf von einem Mann, der sich Albert Norman nannte, und die Unterhaltung endete mit einem lauten Geräusch in der Leitung. Ich vermute, Nunheim suchte Macaulay auf, um sich sein Schweigen von ihm bezahlen zu lassen, und als Macaulay ihn bluffen wollte, sagte Nunheim, er werde es ihm schon zeigen, und rief mich an um sich mit mir zu treffen, und um zu sehen, ob ich ihm seine Informationen abkaufen würde – und Macaulay riß ihm den Hörer aus der Hand und machte ihm konkrete Zusagen oder auch nur Versprechungen, aber als Guild und ich unsere kleine Unterhaltung mit Nunheim hatten und er uns mittendrin davonlief, da rief er dann Macaulay an und verlangte von ihm, daß jetzt aber wirklich was geschehen müsse – daß er mit 'ner runden Summe überkommen solle, nehme ich an –, und versprach, aus der Stadt zu verschwinden, sich vor uns zudringlichen Schnüfflern zu verdrücken.

Wir wissen, daß er an dem Nachmittag angerufen hat – Macaulays Telefonfräulein erinnert sich, daß ein gewisser Mr. Albert Norman anrief, und sie erinnert sich, daß Macaulay das Büro verließ, unmittelbar nachdem er mit ihm gesprochen hatte, also brauchst du über diese meine – hm – Rekonstruktion auch gar nicht die Nase zu rümpfen. Macaulay war nicht so dumm, Nunheim – selbst wenn er von ihm geschmiert worden wäre – für vertrauenswürdig zu halten, und so lockte er ihn an diesen Ort da unten, den er vermutlich schon im voraus ausgesucht hatte, und schoß ihn zusammen – und damit war das Problem erledigt.«

»Vermutlich«, sagte Nora.

»Das ist ein Wort, das du in dieser Branche sehr häufig benutzen mußt. Der Brief an Gilbert hatte nur den einen Zweck zu beweisen, daß Wynant einen Schlüssel zum Apartment des Mädchens besaß, und Gilbert dort hinzuschicken, war nur ein Mittel, sicherzugehen, daß er in die Hände der Polizei geriet, die ihn ausquetschen und dafür sorgen würde, daß er die Information über den Brief und den Schlüssel nicht für sich behielt. Dann rückt Mimi endlich mit der Uhrkette heraus, aber inzwischen ist eine neue Sorge aufgetaucht. Sie hat Guild dazu verleitet, mir gegenüber ein bißchen argwöhnisch zu werden. Ich habe den Verdacht, daß Macaulay, als er heute morgen mit diesem Unsinn zu mir kam, die Absicht hatte, mich nach Scarsdale zu locken und dort zu erledigen, mich zur Nummer drei auf der Liste von Wynants Opfern zu machen. Vielleicht hatte er sich's bloß anders überlegt, vielleicht glaubte er auch, ich hätte Verdacht geschöpft, sei allzu rasch bereit, ohne Polizisten zu ihm nach da oben raufzufahren. Jedenfalls brachte ihn Gilberts Lüge, er habe seinen Vater gesehen, auf eine andere Idee. Wenn er jemanden dazu kriegen konnte, zu behaupten, daß er Wynant gesehen habe, und dabei zu bleiben ... Also diesen Teil kennen wir nun wirklich.«

»Gott sei Dank.«

»Heute nachmittag ist er zu Mimi gegangen – ist zwei Etagen höher hinaufgefahren und zu Fuß wieder heruntergestiegen, damit die Liftboys sich später nicht daran erinnern konnten, ihn zu ihrem Stockwerk hinaufgefahren zu haben – und hat ihr ein Angebot gemacht. Er sagte ihr, Wynants Schuld sei zweifelsfrei erwiesen, aber es sei fraglich, ob die Polizei ihn jemals fassen würde. Inzwischen habe er, Macaulay, das gesamte Vermögen in Händen. Er könne es nicht riskieren, auch nur einen Teil davon an sich zu bringen, es aber so einrichten, daß sie es könne – sofern sie mit ihm teile. Er sei bereit, ihr diese Wertpapiere zu übergeben, die er bei sich habe, und diesen Scheck, aber sie müsse sagen, daß Wynant sie ihr gegeben habe, und sie müsse diesen Brief, den er ebenfalls bei sich trage, an Macaulay schicken, als käme er von Wynant. Er versicherte ihr, als Flüchtiger könne Wynant sich nicht melden, um zu bestreiten, ihr das Geschenk gemacht zu haben, und daß es außer ihr und ihren Kindern niemanden gebe, der irgendeinen Anspruch auf das Vermögen habe, oder einen Grund, die Abmachung anzufechten. Mimi ist nicht allzu zimperlich, wenn sie die Chance sieht, einen Schnitt zu machen, und so war von ihr aus alles okay, und er hatte, was er wollte – jemanden, der bezeugte, Wynant lebend gesehen zu haben. Er bereitete sie darauf vor, daß jeder denken würde, Wynant bezahle sie für irgendeinen Dienst, den sie ihm geleistet habe, aber wenn sie das schlichtweg bestreite, gäbe es nichts, was irgend jemand nachweisen könne.«

»Demnach diente das, was er dir heute morgen davon erzählt hat, daß Wynant ihn angewiesen habe, ihr jeden Betrag auszuzahlen, den sie haben wollte, bloß zur Vorbereitung?«

»Kann sein. Kann sein, daß es ein erster tastender Versuch in dieser Richtung war. Bist du jetzt zufrieden mit dem, was wir gegen ihn in Händen haben?«

»Ja, in gewisser Weise. Es scheint auszureichen, aber es ist nicht besonders schlüssig.«

»Es ist schlüssig genug, um ihn auf den elektrischen Stuhl zu bringen«, sagte ich, »und das ist alles, was zählt. Es trägt allen Gesichtspunkten Rechnung, und ich weiß von keiner anderen Theorie, die das täte. Natürlich könnte es nicht schaden, wenn man die Pistole fände, und die Schreibmaschine, die er für die gefälschten Wynant-Briefe benutzt hat, und die müssen irgendwo sein, wo er an sie rankonnte, wenn er sie brauchte.« (Wir fanden sie in der Wohnung in Brooklyn, die er unter dem Namen George Foley gemietet hatte.)

»Mach's wie du willst«, sagte sie, »aber ich dachte immer, Detektive warteten ab, bis sie auch den letzten kleinen Mosaikstein eingefügt haben –«

»Und sich dann wundern, warum der Verdächtige Zeit gehabt hat, ins fernste Land zu entkommen, das keine Auslieferungsverträge kennt.«

Sie lachte. »Schon gut, schon gut. Willst du noch immer, daß wir morgen wegfahren nach San Francisco?«

»Nicht, wenn du's nicht eilig hast. Laß uns noch ein bißchen hierbleiben. Über all diesen Aufregungen sind wir mit unserem Trinken ins Hintertreffen geraten.«

»Von mir aus gern. Was, glaubst du, wird jetzt aus Mimi und Dorothy und Gilbert?«

»Nichts anderes. Sie werden Mimi und Dorothy und Gilbert bleiben, genauso wie du und ich wir bleiben werden und die Quinns die Quinns. Mord ist kein Lebensinhalt, es sei denn für den Ermordeten und manchmal für den Mörder.«

»Mag sein«, sagte Nora, »aber das ist alles ziemlich unbefriedigend.«

Margaret Millar

Liebe Mutter, es geht mir gut...

Roman

Aus dem Amerikanischen von Elizabeth Gilbert

I

Die Stimme war sanft, beinahe lächelnd: »Ist dort Miss Clarvoe?«

»Ja.«

»Wissen Sie, wer spricht?«

»Nein.«

»Eine Freundin.«

»Ich habe unzählige Freundinnen«, log Miss Clarvoe. Im Spiegel über dem Telefontischchen sah sie ihren Mund die Lüge wiederholen, und sie freute sich darüber, während ihr Kopf eifrig bestätigend nickte – *diese Lüge ist wahr, ja, es ist eine sehr wahre Lüge.* Nur ihre Augen wollten sich nicht überzeugen lassen. Verlegen blinzelten sie und schauten weg.

»Wir haben uns schon lange nicht mehr gesehen«, sagte die Stimme. »Trotzdem habe ich Sie immer irgendwie im Auge behalten. Ich habe nämlich eine Kristallkugel.«

»Ich – Sie haben *was?*«

»Eine Kristallkugel, in der man die Zukunft sehen kann. So eine habe ich. Alle meine alten Freunde tauchen von Zeit zu Zeit darin auf. Heute abend waren Sie drin.«

»Ich.« Helen Clarvoe wandte sich wieder dem Spiegel zu. Er war rund wie eine Kristallkugel, und ihr Gesicht tauchte darin auf; eine alte Freundin, vertraut, doch ungeliebt. Der Mund dünn und verkniffen, als wäre die Haut nur über einen Knochen gespannt. Das braune Haar war kurz geschnitten wie bei einem Mann und ließ die Ohren frei, die einen leicht violetten Schimmer hatten, als wären sie ewig kalt. Wimpern und Brauen waren so farblos, daß die Augen selbst nackt und ängstlich wirkten. Eine alte Freundin in einer Kristallkugel.

Vorsichtig fragte sie: »Bitte, wer ist dort?«

»Evelyn. Erinnern Sie sich nicht? Evelyn Merrick.«

»Ach, ja.«

»Jetzt erinnern Sie sich?«

»Ja.« Es war eine neue Lüge, aber leichter als die erste. Der Name sagte ihr gar nichts. Es war nur ein Klang, ohne jeden Bezug, und sie konnte ihn genauso wenig bestimmen, wie sie vom dritten Stock aus im Verkehrslärm das Geräusch eines Autos vom andern unterscheiden konnte. Sie hörten sich alle gleich an, die Fords, die Austins, die Cadillacs und Evelyn Merrick.

»Sind Sie noch da, Miss Clarvoe?«

»Ja.«

»Ich habe gehört, Ihr Alter Herr ist gestorben.«

»Ja.«

»Ich habe auch gehört, daß er Ihnen eine Menge Geld hinterlassen hat.«

»Das ist meine Angelegenheit.«

»Geld ist eine große Verantwortung. Ich wäre vielleicht in der Lage, Ihnen behilflich zu sein.«

»Danke, ich brauche keine Hilfe.«

»Es könnte aber bald der Fall sein.«

»Dann werde ich selber mit dem Problem fertig werden, ohne die Hilfe einer Fremden.«

»Einer Fremden?« In der Wiederholung lag ein scharfer Ton der Empörung. »Sie haben doch eben gesagt, Sie erinnerten sich an mich.«

»Ich habe mich nur bemüht, höflich zu sein.«

»Höflich. Immer Dame, was, Clarvoe? Oder wenigstens so tun. Aber warten Sie nur, bald werden Sie sich mit einemmal wieder an mich erinnern. Ich werde nämlich bald berühmt sein. Mein Akt wird in jedem Kunstmuseum des Landes zu sehen sein. Jedermann wird die Möglichkeit haben, mich zu bewundern. Macht Sie das nicht neidisch, Clarvoe?«

»Ich glaube, Sie sind – Sie sind verrückt.«

»Verrückt? O nein. Nicht *ich! Sie* sind verrückt, Clarvoe. *Sie* sind ja diejenige, die sich nicht erinnern kann. Und ich weiß auch, warum Sie sich nicht erinnern können. Weil Sie eifersüchtig auf mich sind. Sie waren immer eifersüchtig auf mich. So eifersüchtig, daß Sie mich einfach aus Ihrem Gedächtnis ausradiert haben.«

»Das stimmt nicht«, entgegnete Miss Clarvoe schrill. »Ich kenne Sie ja gar nicht. Ich habe noch nie von Ihnen gehört. Sie müssen sich irren.«

»Ich irre mich nie. Was Sie brauchen, Clarvoe, ist eine Kristallkugel, damit Sie sich an Ihre alten Freunde erinnern können. Vielleicht sollte ich Ihnen meine leihen. Dann könnten Sie sich auch selber darin sehen. Würde Sie das nicht freuen? Oder hätten Sie Angst? Sie waren immer ein jämmerlicher Feigling, und meine Glaskugel würde Ihnen wahrscheinlich einen Todesschreck einjagen. Ich habe sie gerade hier vor mir. Soll ich Ihnen sagen, was ich sehe?«

»Nein – hören Sie auf mit diesem ...«

»Ich sehe Sie, Clarvoe.«

»Nein ...«

»Ihr Gesicht ist direkt vor mir, ganz klar und deutlich. Aber irgend etwas stimmt darin nicht. Ah, jetzt sehe ich es. Sie haben einen Unfall gehabt. Sie sind verletzt. Ihre Stirn ist aufgerissen, Ihr Mund blutet – Blut, Blut, überall Blut...«

Miss Clarvoes Arm schnellte nach vorn und fegte das Telefon vom Tischchen. Es lag auf der Seite am Boden und summte.

Miss Clarvoe setzte sich, starr vor Schreck. In der Glaskugel des Spiegels war ihr Gesicht unverändert, unverletzt; die Stirn war glatt, der Mund fest geschlossen und abweisend, die Haut weiß wie Papier, als wäre sie bereits ausgeblutet. Miss Clarvoe hatte längst kein Blut mehr. Sie war jahrelang stillschweigend innerlich verblutet.

Als die Starrheit des Schocks sich langsam löste, beugte sie sich hinunter, hob das Telefon auf und stellte es wieder auf das Tischchen.

Sie hörte die Haustelefonistin sagen: »Nummer, bitte. Hier ist die Zentrale. Die Nummer bitte. Wollten Sie eine Nummer haben, *bitte?*«

Am liebsten hätte sie gesagt, *verbinden Sie mich mit der Polizei,* so, wie die Leute in einem Theaterstück, ganz lässig, als hätte sie die Gewohnheit, die Polizei mindestens zwei- oder dreimal in der Woche anzurufen. Miss Clarvoe hatte noch nie im Leben die Polizei angerufen. Sie hatte sogar noch nie in ihrem dreißigjährigen Leben jemals mit einem Polizisten auch nur gesprochen. Nicht, daß sie Angst vor ihnen gehabt hätte. Es lag einfach daran, daß sie nichts mit ihnen zu tun hatte. Sie beging keine Verbrechen, sie hatte nichts mit Verbrechern zu tun, und sie war auch nicht das Opfer irgendwelcher Verbrechen.

»Ihre Nummer bitte?«

»Sind – sind Sie es, June?«

»Ja, gewiß, Miss Clarvoe. Mein Gott, als Sie nicht antworteten, dachte ich schon, Sie wären ohnmächtig oder sonstwas.«

»Ich werde nie ohnmächtig.« Wieder eine Lüge. Es wurde schon zur Gewohnheit, zu einer Lieblingsbeschäftigung wie Perlenaufziehen. Eine Halskette von Lügen. »Wie spät ist es, June?«

»Ungefähr neun Uhr dreißig.«

»Haben Sie viel zu tun?«

»Ich bin praktisch allein am Schaltbrett. Dora hat die Grippe. Und ich selbst versuche auch gerade eine zu kurieren.«

Miss Clarvoe schloß aus dem Ton von Selbstmitleid in ihrer Stimme und dem leichten Genuschel ihrer Worte, daß June die Grippe auf eine Art kurierte, die weder von der Direktion noch von Miss Clarvoe selbst gebilligt wurde. »Werden Sie bald abgelöst?« fragte sie.

»In ungefähr einer halben Stunde.«

»Würden Sie – das heißt, ich wäre Ihnen sehr dankbar, wenn Sie zu mir heraufkommen könnten, bevor Sie nach Hause gehen.«

»Was ist denn? Ist irgend etwas nicht in Ordnung, Miss Clarvoe?«

»Ja.«

»Ach Herrgottnochmal, *ich* hab' doch nicht etwa was...«

»Also, ich erwarte Sie dann kurz nach zehn, June.«

»Gut, ich komme, aber ich weiß noch immer nicht, was ich...«

Miss Clarvoe hängte ab. Sie wußte, wie man mit June und ihresgleichen umzugehen hatte. Man hängte ab. Man unterbrach die Verbindung. Was Miss Clarvoe sich nicht klarmachte, war, daß sie in ihrem Leben bereits zu viele Verbindungen unterbrochen hatte. Sie hatte zu oft, zu schnell und schon bei zu vielen Menschen abgehängt. Jetzt, mit Dreißig, war sie allein. Das Telefon klingelte nicht mehr, und wenn jemand an ihre Tür klopfte, war es nur der Kellner, der ihr das Essen brachte, oder die Frau aus dem Schönheitssalon, um ihr die Haare zu schneiden, oder der Page mit der Morgenzeitung. Es war niemand mehr vorhanden, bei dem man abhängen konnte, außer der Hoteltelefonistin, die früher einmal im Büro ihres Vaters gearbeitet hatte, und einer verrückten Fremden mit einer Glaskugel.

Sie hatte auch bei der Fremden abgehängt, das schon, aber nicht schnell genug. Es war, als hätte ihre Einsamkeit sie gezwungen, zuzuhören. Selbst üble Worte waren immer noch besser als gar keine.

Sie durchquerte das Wohnzimmer und öffnete die Flügeltüre, die auf den kleinen Balkon führte. Auf dem Balkon war gerade Platz für einen einzigen Stuhl, und Miss Clarvoe setzte sich und schaute vom dritten Stock auf den Boulevard hinunter. Er wimmelte von Autos und war von Lichtern überflutet. Auf den Trottoirs drängten sich die Menschen. Die Nacht war erfüllt von den Geräuschen des Lebens. Sie klangen seltsam für Miss Clarvoes Ohren, wie Laute von einem andern Planeten.

Am Himmel tauchte ein Stern auf, ein erster, bei dem man sich etwas wünschen konnte. Doch Miss Clarvoe wünschte sich nichts. Die drei Stockwerke, welche sie von den Menschen auf der Straße unten trennten, waren so unendlich wie die Entfernung zu diesem Stern hinauf.

June kam später – nach einem kleinen Umweg durch die Bar. Sie kam über die Hintertreppe, die zu Miss Clarvoes Küchentür führte. Auch Miss Clarvoe benutzte manchmal diesen Hinteraufgang. June hatte sie oft hinein- und hinausschlüpfen sehen wie einen dünnen, verängstigten Geist, der die Begegnung mit lebendigen Menschen zu vermeiden sucht.

Die Küchentür war verschlossen. Miss Clarvoe verschloß alles. Es ging das Gerücht um, daß sie in ihrer Suite einen großen Geldbetrag aufbewahrte, weil sie den Banken nicht traute. Aber das war nur das übliche Geschwätz, das gewöhnlich von den Hotelpagen in Umlauf gesetzt wurde, die sich damit vergnügten, die verschiedensten Einbrüche zu planen, wenn sie zu bankrott waren, um auf Pferde zu wetten.

June glaubte nicht an das Gerede. Miss Clarvoe schloß Dinge ein, weil sie zu der Art von Menschen gehörte, die alles einschließen, ob es wertvoll ist oder nicht.

June klopfte an und wartete. Sie schwankte ein wenig, teils weil es ein doppelter Martini gewesen war, und teils weil ein Radio weiter hinten im Korridor einen Walzer spielte, und Walzer hatten die Wirkung, daß sie sich wiegen mußte. Ihr magerer kleiner Körper unter dem billigen karierten Mantel schwankte vorwärts und rückwärts.

Miss Clarvoes Stimme drang durch die Musik wie ein Messer durch Butter. »Wer ist da?«

June stemmte ihre Hände gegen die Türpfosten, um sich geradezuhalten. »Ich bin's – June.«

Die Sicherheitskette wurde zurückgeschoben und die Tür aufgeschlossen. »Sie kommen spät.«

»Ich mußte erst noch eine Sache erledigen.«

»Ja, das sehe ich.« Miss Clarvoe wußte, welche Sache das war, die Küche roch bereits danach. »Kommen Sie ins Zimmer.«

»Ich kann nur eine Minute bleiben. Meine Tante wird ...«

»Warum haben Sie denn die Hintertreppe benutzt?«

»Ach Gott, ich wußte nicht genau, was Sie von mir wollten, und da dachte ich mir, falls ich etwas falsch gemacht haben sollte, wollte ich nicht, daß die andern mich hier raufkommen sehen und neugierig werden.«

»Sie haben gar nichts falsch gemacht, June. Ich wollte Ihnen nur ein paar Fragen stellen.« Miss Clarvoe lächelte freundlich. Sie wußte, wie man mit June und Leuten wie ihr umging. Man lächelte. Selbst wenn man vor Angst und Unsicherheit halb verrückt war, lächelte man. »Haben Sie mein Apartment schon einmal gesehen, June?«

»Nein.«

»Noch nie?«

»Wie hätte ich es denn sehen können? Sie haben mich bisher noch nie heraufgebeten, und ich habe doch meinen Posten hier erst angetreten, als Sie schon hier wohnten.«

»Vielleicht wollen Sie sich gern ein bißchen umschau'n?«

»Nein. Nein, danke, Miss Clarvoe. Ich bin nämlich ziemlich in Eile.«

»Dann etwas zu trinken? Vielleicht möchten Sie etwas

trinken?« Man lächelte, man überredete, man bot etwas zu trinken an. Man tat alles mögliche, nur um nicht allein zu sein und darauf zu warten, daß das Telefon wieder klingelte. »Ich habe einen guten Sherry da. Den habe ich aufgehoben, für – ja, für den Fall, daß Besuch kommt.«

»Ein Schlückchen Sherry kann mir kaum schaden, denke ich«, meinte June scheinheilig. »Noch zumal ich eine Grippe bekomme.«

Miss Clarvoe ging durch den Vorraum voran ins Wohnzimmer. June folgte ihr und sah sich jetzt, da Miss Clarvoe ihr den Rücken kehrte, neugierig um. Doch es gab wenig zu sehen. Alle Türen im Vorraum waren geschlossen, und es war unmöglich, herauszufinden, was sich dahinter befand: ein Wandschrank, ein Schlafzimmer oder ein Badezimmer.

Hinter der letzten Tür jedoch lag das Wohnzimmer. Hier verbrachte Miss Clarvoe ihre Tage und Nächte. Entweder saß sie in einem Lehnstuhl am Fenster und las, oder sie lag auf der Couch, oder sie schrieb am Nußbaumschreibtisch Briefe: *Liebe Mutter, es geht mir gut ... herrliches Wetter ... Weihnachten steht vor der Tür ... Alles Gute für Douglas. ... Lieber Mr. Blackshear, hinsichtlich jener hundert Aktien von Atlas ...*

Ihre Mutter lebte neuneinhalb Kilometer westwärts, in Beverly Hills, und Mr. Blackshears Büro war nicht weiter entfernt als ein Dutzend Straßenblocks den Boulevard hinunter, aber Miss Clarvoe hatte schon lange keinen von beiden mehr gesehen.

Sie schenkte den Sherry aus der Karaffe auf dem niedrigen Couchtisch ein. »Wohl bekomm's, June.«

»Ach, vielen Dank, Miss Clarvoe.«

»Wollen Sie sich nicht setzen?«

»Ja, gern.«

June setzte sich in den Lehnstuhl am Fenster. Miss Clarvoe beobachtete sie und dachte, wie sehr sie doch mit ihren schnellen, hüpfenden Bewegungen, ihren glänzenden Augen und ihren kleinen, knochigen Händen einem Vogel glich. Ein Spatz, trotz ihrem blonden Haar und dem buntkarierten Mantel, ein betrunkener Spatz, der sich von Sherry statt von Brotkrumen nährte.

Und während sie June betrachtete, kam ihr zum erstenmal der Gedanke, wie Evelyn Merrick wohl aussähe.

Vorsichtig begann sie: »Vor ungefähr einer Stunde, ungefähr um neun Uhr dreißig, hatte ich einen Telefonanruf, June. Ich wäre Ihnen sehr dankbar, wenn Sie mir irgendwelche näheren Angaben über diesen Anruf machen könnten.«

»Sie meinen, woher der Anruf kam?«

»Ja.«

»Das kann ich Ihnen leider nicht sagen, Miss Clarvoe, es sei denn, es war ein Ferngespräch. Heute abend habe ich drei, vier Ferngespräche entgegengenommen, aber keines davon war für Sie.«

»Aber Sie erinnern sich doch, daß Sie mir ein Gespräch hierher durchgegeben haben, nicht wahr?«

»Das weiß ich nicht mehr, etwas anderes kann ich nicht sagen.«

»Denken Sie mal ganz fest nach.«

»Ja, sicher, Miss Clarvoe, ich *denke* ja ganz fest nach, wirklich *ganz fest.*« Das Mädchen zog die Augenbrauen zusammen, um den entsprechenden Eindruck zu erwecken. »Es ist nur *so*, wissen Sie. Wenn jemand anruft und nach Miss Clarvoe fragt, dann kann ich mich ganz deutlich erinnern. Aber wenn jemand Zimmer 425 verlangt, ja, wie soll ich das sagen, ja, dann ist das eben anders, verstehen Sie?«

»Dann hat also die Person, die angerufen hat, die Nummer meines Apparates gewußt.«

»Das nehme ich an.«

»Warum nehmen Sie das an, June?«

Das Mädchen rutschte auf der Stuhlkante herum, und ihre Augen gingen ununterbrochen zwischen der Tür und Miss Clarvoe hin und her. »Ich weiß nicht.«

»Sie haben gesagt, Sie nähmen es an, June.«

»Ich meinte doch nur, ich – ich kann mich nicht erinnern, einen Anruf für 425 durchgegeben zu haben.«

»Wollen Sie mich etwa zur Lügnerin stempeln, June?«

»Um Gottes willen, nein, Miss Clarvoe, nichts liegt mir ferner, Miss Clarvoe. Nur ...«

»Nur was?«

»Ich kann mich nur nicht erinnern, sonst nichts.«

Das waren die abschließenden Worte des Verhörs. Kein ›Danke schön‹, kein ›Adieu‹, kein ›Auf bald‹. Miss Clarvoe erhob sich, riegelte die Tür auf, und June schoß in den Korridor hinaus. Miss Clarvoe war wieder allein.

Gelächter aus dem Nebenzimmer schallte durch die Wand, und Stimmen schwirrten durch die offene Balkontür herein.

»Also wirklich, George, du bist ein Schlager, ein richtiger Schlager.«

»Hört euch bloß die Kleine an, wie süß die redet.«

»He, zum Donnerwetter, wer hat denn den Flaschenöffner hier weggenommen?«

»Was meinst du wohl, für was dir der liebe Gott die Zähne gegeben hat?«

»Was Gott gegeben hat, hat er wieder genommen.«

»Dolly, wo, zum Teufel, hast du den Öffner gelassen?«

»Das weiß ich nicht mehr.«

Das weiß ich nicht mehr, ist immer die beste Antwort.

Miss Clarvoe setzte sich an den Nußbaumschreibtisch und nahm den goldenen Füllfederhalter zur Hand, den sie von ihrem Vater vor Jahren einmal zum Geburtstag bekommen hatte.

»Liebe Mutter«, schrieb sie, »ich habe schon lange nichts mehr von Dir gehört. Ich hoffe, daß es Dir und Douglas nicht gut geht.«

Sie starrte auf das Geschriebene. Im Unterbewußtsein merkte sie, daß sie einen Fehler gemacht hatte, sah ihn aber zunächst nicht. Irgendwie sah es so richtig aus: *Ich hoffe, daß es Dir und Douglas nicht gut geht.*

›Ich wollte doch nur sagen ‚gut‘‹, dachte Miss Clarvoe. ›Es war ein Versehen. Ich trage ihr ja nichts nach. Das kommt bloß von diesem Krach nebenan – ich kann mich einfach nicht konzentrieren – diese gräßlichen Leute nebenan...‹

»Manchmal benimmst du dich wirklich wie ein Affe, Harry.«

»Schickt doch mal jemanden runter nach Bananen, Kinder. Harry hat Hunger.«

»Na, was ist denn daran so komisch?«

»Aber das war doch nur Scherz! Kannst du denn keinen Spaß verstehn?«

Miss Clarvoe schloß und verriegelte die Balkontür. Vielleicht war es mit dem Anruf dasselbe, dachte sie. Nur ein Scherz. Irgend jemand, wahrscheinlich jemand, der hier im Hotel arbeitete, hatte nur versucht, ihr einen Schreck einzujagen, weil sie reich war und weil sie als ein bißchen verrückt galt. Miss Clarvoe war sich im klaren, daß diese Eigenschaften sie zum natürlichen Opfer für Spaßvögel machten. Mit dieser Tatsache hatte sie sich schon vor Jahren abgefunden, und Getuschel hinter der vorgehaltenen Hand machte ihr schon lange nicht mehr soviel aus wie früher in der Schule.

Es war also klar: das Mädchen mit der Kristallkugel war nur ein schlechter Scherz. Evelyn Merrick existierte gar nicht. Und doch kam ihr gerade dieser Name nach und nach so bekannt vor, daß sie nicht mehr so sicher war, ob sie ihn nicht schon früher einmal irgendwo gehört hatte.

Sie zog die Vorhänge an den Fenstern zu und ging wieder an ihren Brief zurück.

Ich hoffe, daß es Dir und Douglas nicht gut geht.

Sie strich das ›nicht‹ durch.

Ich hoffe, daß es Dir und Douglas gut geht. Ich hoffe gar nicht. Ich hoffe überhaupt nichts. Es ist mir ganz gleichgültig.

Sie riß den Bogen mitten durch und legte ihn sorgfältig in den Papierkorb neben ihrem Schreibtisch. Im Grunde hatte sie ihrer Mutter nicht das geringste zu sagen. Sie hatte ihr nie etwas zu sagen gehabt und würde ihr auch nie etwas zu sagen haben. Der Gedanke, sie um Rat oder Trost oder Hilfe zu bitten, war absurd. Mrs. Clarvoe hatte nichts dergleichen zu geben, nicht einmal, wenn Helen es gewagt hätte, sie darum zu bitten.

Die Party nebenan hatte das Gesangsstadium erreicht. ›Unten beim alten Mühlbach‹. ›Herbstmond‹. ›Daisy, Daisy‹. Manchmal klang es ganz harmonisch, manchmal ganz daneben.

Eine heiße Welle von Ärger und Erbitterung stieg in Miss Clarvoe auf. Sie hatten kein Recht, zu dieser nächtlichen Stunde solchen Lärm zu machen. Sie würde an die Wand klopfen, um sie zu warnen, und wenn das nichts nützte, würde sie den Direktor anrufen.

Sie wollte aufstehen, aber ihr Absatz blieb an der Querleiste des Stuhles hängen und sie schlug vornüber, wobei ihr Gesicht die scharfe Kante des Schreibtisches streifte. Sie blieb liegen, den metallischen Salzgeschmack von Blut im Munde, und horchte auf den hämmernden Pulsschlag in ihren Schläfen und das panische Klopfen ihres Herzens.

Nach einer Weile stand sie mühsam wieder auf und schleppte sich langsam und steif durch das Zimmer zum Spiegel über dem Telefontischchen. Auf der Stirn hatte sie eine leichte Schramme, und sie blutete aus einem Mundwinkel, wo ein Zahn die Unterlippe aufgerissen hatte.

... Ich habe eine Kristallkugel. Ich sehe Sie jetzt, ganz klar und deutlich. Sie haben einen Unfall gehabt. Ihre Stirn ist aufgerissen, Ihr Mund blutet ...

Ein Hilfeschrei formte sich in Miss Clarvoes Kehle. Helft mir doch – irgend jemand! Helft mir, Mutter – Douglas – Mr. Blackshear ...

Doch der Schrei wurde nie ausgestoßen. Er blieb in ihrer Kehle stecken, und schon schluckte ihn Miss Clarvoe hinunter, wie sie schon unendlich viele Schreie hinuntergeschluckt hatte.

Ich bin ja nicht schwer verletzt. Ich muß vernünftig sein. Vater hat den Leuten gegenüber immer damit geprahlt, wie vernünftig ich sei. Deshalb darf ich nicht hysterisch werden. Ich muß mich jetzt bemühen, etwas sehr Vernünftiges zu tun.

Sie begab sich wieder an ihren Schreibtisch, griff zum Federhalter und nahm einen neuen Bogen Papier heraus.

Lieber Mr. Blackshear,

Vielleicht erinnern Sie sich noch, daß Sie sich nach dem Begräbnis meines Vaters erboten hatten, mir Rat und Hilfe zuteil werden zu lassen, wenn die Umstände es erfordern sollten. Ich weiß nicht, ob Sie das damals nur gesagt haben, weil man derartige Dinge bei Begräbnissen zu sagen pflegt, oder ob Sie es wirklich ehrlich gemeint haben. Ich hoffe das letztere, weil, wie Sie bereits vermutet haben dürften, diese Umstände jetzt eingetreten sind. Ich glaube, ich bin das Opfer einer Wahnsinnigen geworden ...

2

... Es ist mir außerordentlich peinlich, jemandem diese ekelhaften Einzelheiten anvertrauen zu müssen. Ich bin nicht schnell bereit, andere Menschen mit meinen Sorgen zu belästigen, aber da Sie meinem verstorbenen Vater ein so ausgezeichneter Ratgeber waren, würde ich Ihren Rat

in der Ihnen von mir geschilderten Situation ganz besonders zu schätzen wissen.

Wenn Sie mich nach Erhalt dieses Briefes anriefen und mich Ihre Meinung über diese Angelegenheit wissen ließen, wäre ich Ihnen außerordentlich dankbar. Ich beabsichtige natürlich, Ihnen meine Dankbarkeit auch in substantiellerer Form als nur in Worten auszudrücken.

Mit vorzüglicher Hochachtung
Ihre
Helen Clarvoe

Der Brief wurde in Mr. Blackshears Büro abgegeben und dann in seine Wohnung auf Los Feliz gesandt, da er schon früher nach Hause gefahren war. Er kam nicht mehr regelmäßig in sein Büro. Mit Fünfzig begann er sich allmählich und taktvoll ins Privatleben zurückzuziehen, teils, weil er es sich leisten konnte, aber hauptsächlich, weil ihn die Eintönigkeit überkommen hatte wie ein zu früher Winter. Die Dinge hatten angefangen sich zu wiederholen: neue Situationen erinnerten ihn an vergangene, und Menschen, die er kennenlernte, waren genau wie andere Menschen, die er schon seit Jahren kannte. Es gab nichts Neues mehr für ihn.

Der Sommer war dahin. Für Blackshear hatte der Winter der Leere eingesetzt, und dort, wo einmal etwas in seinem Innersten zerbrochen war, hatte sich Frost gebildet. Seine Frau war tot, seine beiden Söhne hatten geheiratet und lebten ihr eigenes Leben, und seine Freunde waren Geschäftsbekanntschaften, die er zum Lunch entweder im Scandia oder im Brown Derby oder im Roosevelt traf. Abendessen und nächtliche Parties waren selten, weil Blackshear lange vor Tagesanbruch aufstehen mußte, um gegen sechs Uhr in seinem Büro zu sein, wenn die Börse öffnete.

Nach der ersten Hälfte des Nachmittags war er müde und gereizt, und als Miss Clarvoes Brief abgegeben wurde, hätte er ihn fast nicht aufgemacht. Durch ihren Vater, der einer von Blackshears Klienten gewesen war, kannte er Helen schon seit vielen Jahren, und ihre gestelzte Sprache und ihr sprunghaftes Wesen deprimierten ihn. Er war nie imstande gewesen, in ihr eine Frau zu sehen. Sie war einfach Miss Clarvoe, und er hatte mehr als ein Dutzend Klientinnen genau wie sie: einsame reiche Damen, die noch reicher werden wollten, um ihrer Einsamkeit den Stachel zu nehmen.

»Verdammtes Weibsbild«, sagte er laut. »Zum Teufel mit allen faden Weibern.«

Aber schließlich machte er den Brief doch auf, weil auf dem Kuvert in Miss Clarvoes sauberer, nach links geneigter Privatschulschrift die Worte ›Vertraulich, Sehr Wichtig‹ standen.

... Für den Fall, daß Sie meinen, ich übertreibe vielleicht, beeile ich mich, Ihnen zu versichern, daß ich den genauen Wortlaut sowohl des Telefongespräches wie auch meiner darauffolgenden Unterhaltung mit der Hoteltelefonistin, June Sullivan, wiedergegeben habe. Ich bin sicher, daß Sie verstehen werden, wie schockiert und verwirrt ich bin. Ich habe niemandem in meinem Leben etwas zuleide getan, nicht wissentlich jedenfalls, und ich bin zutiefst überrascht, daß mir anscheinend jemand übelwill ...

Als er den Brief zu Ende gelesen hatte, rief er Miss Clarvoe in ihrem Hotel an, jedoch mehr aus Neugierde als im leisesten Bestreben, ihr zu helfen. Miss Clarvoe gehörte nicht zu den Frauen, die Hilfe annehmen würden. Sie lebte von sich, für sich und in sich gekehrt, von der Welt durch eine Mauer von Geld und die eisernen Gitter ihres Egoismus getrennt.

»Miss Clarvoe?«

»Ja.«

»Hier ist Paul Blackshear.«

»Oh.« Es war kaum ein Wort, eher ein tiefer Seufzer der Erleichterung.

»Vor ein paar Minuten habe ich Ihren Brief bekommen.«

»Ja. Ich – ich danke Ihnen für den Anruf.«

Es klang mehr wie das Ende eines Gespräches als der Anfang. Irgendwie durch ihre Zurückhaltung erbost, sagte Blackshear: »Sie haben mich doch um Rat gefragt, Miss Clarvoe.«

»Ja, ich weiß.«

»Ich habe sehr wenig Erfahrung in derartigen Dingen, aber ich rate Ihnen dringend ...«

»Bitte«, entgegnete Miss Clarvoe, »bitte, sprechen Sie nicht weiter.«

»Aber Sie haben mich doch gefragt ...«

»Es könnte jemand zuhören.«

»Ich habe eine Geheimnummer.«

»Ich leider nicht.«

›Sicher meint sie dieses Mädchen, June Sullivan‹, dachte Blackshear. Dieses Mädchen würde natürlich zuhören, wenn sie nicht zufällig anderweitig beschäftigt war. Miss Clarvoe hatte sie wahrscheinlich provoziert, oder zumindest ihre Neugier geweckt.

»Es haben sich nämlich inzwischen neue Dinge ereignet.« Miss Clarvoes Stimme klang vorsichtig. »Darüber kann ich mit Ihnen aber nur unter vier Augen sprechen.«

»Ich verstehe.«

»Ich weiß, wie beschäftigt Sie sind, und ich hasse es, mich aufzudrängen, aber – es bleibt mir nichts übrig, Mr. Blackshear, ich muß es tun. Ich muß es tun.«

»Bitte sprechen Sie ruhig.« Hinter ihrer Mauer von Geld und hinter ihrem Eisengitter war Miss Clarvoe die Jungfrau in der Not, die zögernd und ungeschickt um Hilfe rief. Blackshear verzog das Gesicht zu einer sauren Grimasse, bei der Vorstellung seiner selbst in der gleichfalls zögernden Rolle des Retters, eines müden, uninteressierten Ritters in Harris Tweed. »Sagen Sie mir, was ich tun soll, Miss Clarvoe.«

»Wenn Sie zu mir ins Hotel kommen könnten, wo wir – ungestört – sprechen können ...«

»Wahrscheinlich wären wir hier in meiner Wohnung viel ungestörter, wenn Sie zu mir kommen könnten.«

»Ich kann nicht. Ich – ich habe Angst, auszugehen.«

»Also gut. Wann soll ich kommen?«

»Sobald Sie nur können.«

»Dann bin ich in Kürze bei Ihnen, Miss Clarvoe.«

»Ich danke Ihnen. Ich danke Ihnen vielmals. Ich kann Ihnen gar nicht sagen, wie *sehr* ich ...«

»Dann lassen Sie es doch bitte. Auf Wiedersehn.«

Er legte schnell den Hörer auf. Der Klang von Miss

Clarvoes Dankbarkeitsergüssen, die hart und unmelodisch aus dem Telefon hervorklapperten wie Münzen aus einem Spielautomaten, ging ihm auf die Nerven. Er als Auffänger von Miss Clarvoes Gefühlsanwandlungen – *nein, besten Dank.*

›Wie gemütsarm diese Frau ist‹, dachte Blackshear, ›daß sie sich wie ein Geizhals nur für sich selber aufspart und von dem, was sie besitzt, nur soviel ausgibt, um sich gerade am Leben zu erhalten!‹

Obwohl sie ziemlich häufig korrespondierten, hatte er sie seit ihres Vaters Begräbnis nicht mehr gesehen. Groß, bleich und tränenlos hatte sie, abseits von den andern, am Grabe gestanden. Ihre einzige Gefühlsäußerung war ein gelegentlicher scharfer Seitenblick zu Verna Clarvoe, der weinenden Witwe, hinüber, die sich auf den Arm ihres Sohnes Douglas stützte. Je mehr Tränen ihre Mutter vergoß, um so starrer war Helen Clarvoes Rücken geworden und um so verkniffener ihr Mund.

Als die Trauerfeierlichkeiten vorüber waren, hatte Blackshear, dem ihr stummes Leid nicht entgangen war, sich ihr genähert.

»Ich bin sehr traurig, Helen.«

Sie hatte ihr Gesicht abgewandt. »Ja. Ich auch.«

»Ich weiß, wie gern Sie einander hatten, Sie und Ihr Vater.«

»Das stimmt nicht ganz.«

»Nein?«

»Nein, Mr. Blackshear. *Ich* hatte ihn gern, er mich nicht.«

Dann sah er sie nur noch, als sie schwerfällig in den Rücksitz des langen Cadillacs kletterte, in dem die

Hauptleidtragenden, Mrs. Clarvoe, Helen und Douglas, befördert wurden. Sie gaben ein seltsames Trio ab.

Eine Woche darauf erhielt er einen Brief von Miss Clarvoe, daß sie ins Hotel Monica gezogen sei, wo sie jetzt ständig wohne, und daß sie ihn bäte, ihr Vermögen zu verwalten.

Er hätte alles andere erwartet, nur nicht, daß Miss Clarvoe ausgerechnet das Monica wählen würde. Es war ein kleines Hotel an einem belebten Boulevard im Herzen Hollywoods, und es gab sich im allgemeinen nicht mit ruhigen, einsamen Frauen wie Miss Clarvoe ab, sondern mit Passanten, die ein, zwei Nächte blieben und weiterfuhren; kleinere leitende Angestellte mit ihren Frauen, die Geschäft mit Vergnügen verbanden, Handelsreisende mit ihren Musterkoffern, Werbefachleute, die neue Kunden suchten, gewisse Damen, deren Namen bei den Hotelpagen registriert waren, um die Filmstudios zu besuchen und Fernsehaufnahmen zu sehen. Alles Menschen, die Miss Clarvoe im allgemeinen ablehnte und mied. Dennoch hatte sie sich bereitgefunden, mitten unter ihnen zu leben, wie ein Besucher von einem andern Planeten.

Blackshear ließ seinen Wagen auf einem Parkplatz stehen und überquerte die Straße zum Hotel Monica.

Der Empfangschef, dessen Namensschildchen ihn als G. O. Horner identifizierte, war ein dünner, ältlicher Mann mit hervorstehenden Augen, wodurch er einen Ausdruck von eingehendstem Interesse und Neugier bekam. Dieser Ausdruck täuschte. Nach dreißig Jahren in diesem Beruf interessierten ihn die Menschen genauso wenig wie den Bienenzüchter die einzelne Biene. Ihre

Unterschiede gingen in einem Wust von Statistiken unter und verloren schon durch das bloße Zahlengewicht an Realität. Sie kamen und gingen, aßen und tranken, waren glücklich, traurig, dünn, dick, stahlen Handtücher und vergaßen Zahnbürsten, Bücher, Hüftgürtel und Schmucksachen; sie brannten Löcher in die Möbel, rutschten in Badewannen aus und sprangen aus dem Fenster. Sie waren alle gleich, wenn sie ums Bienenhaus schwärmten, und Mr. Horner trug ein Schutznetz der Gleichgültigkeit über Kopf und Schultern.

Das einzige, was ihn interessierte, war eine prompte Bezahlung der Rechnung. Und da Blackshear zahlungsfähig aussah, wurde er angelächelt.

»Kann ich irgend etwas für Sie tun, mein Herr?«

»Ich glaube, Miss Clarvoe erwartet mich.«

»Darf ich um Ihren Namen bitten?«

»Paul Blackshear.«

»Nur einen Augenblick, mein Herr, ich werde anfragen.«

Horner ging auf den Telefontisch zu. Er trat leise und behutsam auf, als hätte einer seiner alten Feinde Reißnägel auf den Fußboden gestreut. Dann sprach er kurz mit dem diensthabenden Mädchen, wobei er kaum den Mund bewegte. Das Mädchen starrte Blackshear mit mürrischer Neugier über ihre Schulter hinweg an, und er fragte sich, ob das vielleicht June Sullivan sei, von der Miss Clarvoe in ihrem Brief gesprochen hatte.

Blackshear starrte zurück. Sie war eine magere Blondine mit zitternden Händen und einem verkrampften weißen Gesicht, als hätte der schwarze Blutegel von Kopfhörer ihr schon zuviel Blut ausgesogen.

Horner beugte sich über sie, doch das Mädchen wich, so weit es konnte, vor ihm zurück und begann zu gähnen. Es gähnte drei- oder viermal, bis seine Augen zu tränen anfingen und sich die oberen Lider röteten. Ihr Alter zu schätzen, war unmöglich. Sie hätte ebensogut eine unterernährte Zwanzigerin, wie eine unterentwikkelte Vierzigerin sein können.

Horner kam zurück. Seine Finger spielten gereizt an den Revers seines schwarzen Anzugs herum. »Miss Clarvoe hat hier unten nichts hinterlassen, mein Herr, und ihr Apartment gibt keine Antwort.«

»Ich weiß genau, daß sie mich erwartet.«

»Oh, ganz gewiß, mein Herr, ich wollte Sie nicht beleidigen, ich versichere Sie. Miss Clarvoe reagiert häufig nicht auf das Telefon. Sie benutzt Oropax. Übrigens benutzen das eine Menge Gäste wegen des Verkehrslärms ...«

»Wie ist die Nummer ihrer Suite?«

»Vierhundertfünfundzwanzig.«

»Ich gehe hinauf.«

»Gewiß, mein Herr, die Aufzüge sind gleich rechts von Ihnen.«

Während Blackshear auf einen Lift wartete, warf er einen Blick zum Empfangspult hinüber und bemerkte, daß Horner ihn beobachtete. Er hatte seinen Schutzschleier der Gleichgültigkeit einen Augenblick gelüftet und äugte darunter hervor wie eine alte Frau hinter einer Spitzengardine.

Blackshear verschwand im Lift; Horner senkte sein Schutznetz wieder und ließ die Spitzengardine über seine Gedanken fallen: ›Dieser Anzug muß mindestens hundertfünfzig Dollar gekostet haben ... Diese Schlawiner treten immer ganz groß auf ... Es nimmt mich nur wunder, wie er sie nehmen wird und wieviel sie dafür blechen muß ...‹

Miss Clarvoe mußte hinter der Tür gewartet haben, denn diese wurde fast gleichzeitig mit Blackshears Klopfen geöffnet, und Miss Clarvoe sagte in eiligem Flüsterton: »Bitte kommen Sie herein.«

Sie schloß die Tür hinter ihm ab, und einige Augenblicke lang standen sie sich schweigend gegenüber und sahen sich über einen Abgrund von Zeit hinweg an. Dann streckte Miss Clarvoe ihm die Hand entgegen und er drückte sie.

Ihre Haut war kühl und trocken und fühlte sich wie Pergament an, und in ihrem Händedruck lag weder Freundlichkeit noch das geringste Interesse. Blackshear merkte, daß ihr die persönliche Berührung unangenehm war. Die Berührung ihrer Haut mit einer andern beleidigte sie. Sie war doch schließlich eine Privatperson. ›Das eigenbrötlerische Ich‹, dachte Blackshear, ›das außer sich nichts anderes kennt.‹

Für November war es ein warmer Tag gewesen, und Blackshears Hände waren feucht von Schweiß. Irgendwie hatte er ein Gefühl billiger Schadenfreude bei dem Gedanken, daß er etwas von dieser Feuchtigkeit an ihr zurückgelassen haben mußte.

Er wartete darauf, daß sie sich heimlich, vielleicht sogar unbewußt, die Hand abwischte, aber sie tat es nicht. Sie trat nur einen Schritt zurück und zwei rote Flecken erschienen auf ihren hohen Backenknochen.

»Es war sehr freundlich von Ihnen, daß Sie sich die Mühe genommen haben, zu mir zu kommen, Mr. Blackshear.«

»Durchaus keine Mühe.«

»Bitte nehmen Sie Platz. Der Lehnstuhl dort ist sehr bequem.«

Er setzte sich. Der Lehnstuhl war wirklich sehr bequem, aber er konnte nicht vermeiden, festzustellen, daß er, wie das übrige Mobiliar des Zimmers, billig und von schlechter Qualität war. Er mußte an das Clarvoe-Haus in Beverly Hills denken, mit den handgeschnitzten Stühlen und dem riesigen Salon, für den der Teppich eigens gewebt worden war, damit er einem Muster in dem Gauguin über dem Kamin entsprach, und er fragte sich zum x-tenmal, weshalb Miss Clarvoe es wohl so Hals über Kopf verlassen und sich in ein kleines Apartment in einem zweitrangigen Hotel zurückgezogen hatte.

»Sie haben sich kaum verändert«, log Blackshear höflich.

Sie sah ihm lange und direkt in die Augen. »Haben Sie das als Kompliment gemeint, Mr. Blackshear?«

»Ja, allerdings.«

»Es ist kein Kompliment für mich, wenn man mir sagt, ich hätte mich nicht verändert. Weil ich nämlich wünschte, ich *hätte* mich verändert.«

›Verdammtes Frauenzimmer‹, dachte Blackshear. Man konnte sich's einfach nicht leisten, nett zu ihr zu sein. Sie war unfähig, ein Kompliment oder ein Geschenk irgendwelcher Art entgegenzunehmen. Sie schienen sie zu verbrennen wie flammende Pfeile, und sie mußte sie herausreißen und noch brennend mit heimtückischer Zielsicherheit zurückschleudern.

Er fragte kühl: »Wie geht es Ihrer Mutter?«

»Soviel ich weiß, ganz gut.«

»Und Douglas?«

»Douglas geht's genau wie mir, Mr. Blackshear. Er hat sich auch nicht verändert. Leider Gottes.«

Sie ging auf den Nußbaumschreibtisch zu. Er trug keine Spur von den Stunden, die Miss Clarvoe an ihm zugebracht hatte. Man sah weder Briefe noch Papier noch Tintenspuren auf dem Löschblatt. Miss Clarvoe ließ nie etwas herumliegen. Sie versorgte alles in Schubladen und Wandschränken und in sauberen Stahlregistraturen. Sämtliche Einzelheiten ihres Lebens waren hinter Schloß und Riegel: die Briefe von Douglas mit der Bitte um Geld, ihre Bankauszüge, eingelöste Schecks, nach Gardenien duftende Briefe von ihrer Mutter, diverse Zeitungsausschnitte über ihren Vater, eine halb in der Mitte durchgerissene, gravierte Hochzeitseinladung, ein Fläschchen mit Schlaftabletten, eine Leine und ein Halsband mit einer Silbermarke, welche den Namen ›Dapper‹ trug, die Fotografie eines dünnen, linkischen Mädchens in einem Ballettkostüm und ein Bündel Banknoten, welche in einem goldenen Geldclip eingeklemmt waren.

Miss Clarvoe nahm das Bündel Banknoten und reichte es Blackshear. »Zählen Sie das bitte, Mr. Blackshear.«

»Warum?«

»Ich könnte mich geirrt haben. Manchmal bin ich nämlich ein wenig durcheinander und kann mich nicht richtig konzentrieren.«

Blackshear zählte das Geld. »Hundertsechsundneunzig Dollar.«

»Also hatte ich doch recht.«

»Ich verstehe nicht ganz.«

»Ich werde bestohlen, Mr. Blackshear. Vielleicht regelmäßig, über Wochen, vielleicht auch alles mit einemmal – ich weiß es nicht. Ich weiß nur, daß annähernd tausend Dollar in diesem Clip sein sollten.«

»Wann ist Ihnen aufgefallen, daß etwas davon fehlt?«

»Heute morgen. Als ich aufwachte, war es noch dunkel. Unten in der Halle war ein Streit zwischen einem Mann und einer Frau. Die Stimme der Frau erinnerte mich an die Stimme des Mädchens am Telefon, an Evelyn Merrick, und ich – ja, wie soll ich mich ausdrücken – sie regte mich auf. Ich begann über Miss Merrick nachzudenken und fragte mich, wann – ob ich wohl wieder von ihr hören würde, und was sie eigentlich aus mir herauszuholen hofft. Das einzige, was ich habe, ist Geld.«

Sie machte eine Pause, als wollte sie ihm eine Chance geben, ihr zu widersprechen oder ihrer Meinung zu sein. Blackshear schwieg. Er wußte, daß sie unrecht hatte, aber er hatte nicht die Empfindung, daß im Augenblick etwas damit gewonnen würde, wenn er es ausspräche: Miss Clarvoe besaß nämlich außer Geld noch etwas anderes, das eine Frau wie Evelyn Merrick interessierte, und das war Miss Clarvoes ungeheure Verletzlichkeit.

»Ich stand auf und nahm eine Pille und schlief dann wieder ein«, fuhr sie gleichmütig fort. »Ich träumte von ihr – von Evelyn Merrick. Sie hatte einen Schlüssel zu meinem Apartment und kam einfach herein, frech und unverschämt. Sie war blond, ordinär aussehend und geschminkt wie eine Hure – ich seh' das alles sogar jetzt noch ganz deutlich vor mir. Sie ging an meinen Schreibtisch und nahm mein Geld – alles.« Miss Clarvoe hielt inne und sah Blackshear lange durchdringend an. »Ich weiß schon, daß solche Träume nichts zu bedeuten haben, nur war ich unangenehm berührt und hatte Angst. Doch als ich dann wach war, habe ich sofort den Schreibtisch aufgeschlossen und mein Geld gezählt.«

»Ich verstehe.«

»Von dem Traum habe ich Ihnen nur erzählt, weil ich Ihnen erklären wollte, daß ich einen *Grund* hatte, das Geld zu zählen. Gewöhnlich tue ich so etwas nämlich nicht. Ich bin kein Geizkragen, der auf seinem Geldsack sitzt.«

Doch sie sagte es in einem verteidigenden Ton, als hätte sie in der Vergangenheit jemand beschuldigt, geizig zu sein.

»Warum heben Sie denn so große Geldbeträge hier in Ihrem Zimmer auf?« fragte Blackshear.

»Ich brauche das Geld.«

»Wozu?«

»Für – nun ja, für Trinkgelder und um Kleider zu kaufen und dergleichen.«

Blackshear nahm sich nicht die Mühe, darauf hinzuweisen, daß tausend Dollar eine Unmenge Trinkgelder ergäben und daß das schwarze Jerseykleid, das Miss Clarvoe anhatte, darauf schließen ließ, daß ihre Einkaufsausflüge selten waren und nur magere Resultate zeigten.

Das Schweigen zog sich in die Länge wie eine Rolle

ten vor Wut und vor verhaltenem Kummer und einem plötzlichen Abscheu vor dieser ungeschickten Frau, die alles falsch machte, die für niemanden etwas übrig hatte und nicht einmal einem Hund etwas von sich gab.

»Sie haben mich um Rat gefragt«, sagte er ohne jede Spur von Gefühl. »Gut, ich sage Ihnen, was zu tun ist. Den Diebstahl des Geldes müssen Sie bei der Polizei anzeigen, ob es Ihnen angenehm ist oder nicht. Es ist Ihre Bürgerpflicht.«

»Bürgerpflicht.« Sie sprach ihm das Wort ganz langsam nach, als hätte es einen Geschmack, den sie analysieren müßte, einen scharfen Beigeschmack von Vergangenheit: Rizinusöl und Algebra und verhaltene Tränen und Niednägel und Tinte aus schadhaften Füllfederhaltern. Miss Clarvoe war eine Kennerin dieser Dinge. Sie konnte jeden Geschmack herausfinden und bestimmen, auch wenn er vor Alter schon ganz muffig war.

»Und wegen dieser Frau, dieser Evelyn Merrick, habe ich Ihnen bereits geraten, was Sie tun sollen. Verreisen Sie. Es gibt gewisse Psychopathen, denen es ein Vergnügen bereitet, Fremde oder Leute, die sie nur oberflächlich kennen, anonym anzurufen.«

»Sie hat ihren Namen genannt. Es war kein anonymer Anruf.«

»Von Ihnen aus gesehen war es einer, denn Sie kennen sie ja nicht. Sie haben doch nie zuvor von ihr gehört. Das stimmt doch?«

»Ich glaube. Ganz sicher bin ich nicht.«

»Erinnern Sie sich im allgemeinen gut an Menschen – an Namen, Gesichter, Gespräche?«

»O ja.« Miss Clarvoe nickte mit bitterem Nachdruck.

»Ich erinnere mich sehr wohl an sie.«

Blackshear stand auf und sah vom Fenster auf den Verkehr hinunter. Es war die Nach-fünf-Uhr-Stoßzeit, wo jeder sich beeilte, in den verschiedenen Richtungen nach Hause zu kommen; nach Westwood und Tarzana, nach Redondo Beach und Glendale, nach Escondido und Huntington-Park, nach Sherman Oaks und Lynwood. Es war geradezu, als wäre der Befehl ausgegeben worden, Hollywood zu evakuieren, und die ganze Evakuierung ging nur unter dem Kommando eines einzigen Verkehrspolizisten mit einer Trillerpfeife vor sich.

Blackshear sagte über die Schulter zurück: »Sie sind ja gar nicht fähig, einen Rat anzunehmen.«

»Was Sie vorschlagen, ist unmöglich. Ich kann jetzt nicht aus Los Angeles weg – aus persönlichen Gründen ... meine Familie«, fügte sie vage hinzu.

»Ach so. Sie wissen, wie sehr ich Ihnen helfen möchte, aber ich fürchte, daß ich nicht das mindeste für Sie tun kann.«

»Doch, es gibt etwas.«

»Was?«

»Finden Sie sie.«

Er wandte sich stirnrunzelnd um. »Warum?«

»Ich möchte es – ich muß sie sehen, mit ihr reden. Ich muß diese – diese Unsicherheit loswerden.«

»Vielleicht liegt diese Unsicherheit in Ihnen selber, Helen. Diese Fremde zu finden, wird Ihnen vielleicht gar nicht helfen.«

Mit einer befehlenden kurzen Geste hob sie ihre Hand, als wollte sie ihn zum Schweigen bringen. Doch fast im gleichen Moment ließ sie die Hand wieder sinken und sagte: »Vielleicht nicht. Aber versuchen könnten Sie's doch.«

»Außer einem Namen habe ich nicht den geringsten Anhaltspunkt.«

»Nein, Sie haben mehr. Erinnern Sie sich doch, daß sie gesagt hat, sie würde bald berühmt sein, ihr – ihr Akt würde in jedem Kunstmuseum des Landes ausgestellt werden. Das kann doch nur heißen, daß sie Künstlern Modell steht. Sie ist ein Modell.«

»Modelle gibt's in dieser Stadt wie Sand am Meer.«

»Aber es gibt Ihnen wenigstens einen Hinweis, wo Sie anfangen könnten. Gibt es nicht so etwas wie Modellagenturen?«

»Doch, die gibt es.«

»Dann könnten Sie es doch dort mal versuchen. Ich bezahle Sie natürlich. Ich bezahle ...«

»Sie vergessen etwas dabei.«

»Was vergesse ich?«

»Mich kann man nicht kaufen.«

Sie war einen Augenblick still. »Habe ich Sie beleidigt, daß ich Ihnen Geld angeboten habe? Das tut mir leid. Wenn ich jemandem anbiete, ihn zu bezahlen, meine ich das nicht beleidigend. Es ist einfach so, daß ich nichts anderes zu bieten habe.«

»Sie haben eine sehr geringe Meinung von sich, Helen.«

»Damit bin ich bereits geboren.«

»Aber das muß doch einen Grund haben?«

»Die Geschichte ist zu lang, um sie zu erzählen«, antwortete sie, »und zu langweilig anzuhören.«

»Ich verstehe.« Dabei verstand er nicht. Er erinnerte

sich an Clarvoe, einen großen, dünnen, friedlich gearteten Mann, der offenbar Verna, seine kleine Frau, liebte und amüsant fand. Welche abwegigen Chromosomen oder Familiendissonanzen zwei derartig verschiedene Kinder wie Helen und Douglas produziert hatten, war Blackshear einfach unbegreiflich. Er war mit der Familie nie intim befreundet gewesen, obgleich er sie alle kannte, seit Helen im College war und Douglas eine militärische Vorbereitungsschule besucht hatte. Hin und wieder war er draußen in ihrem Haus zum Abendessen eingeladen worden, und bei diesen Anlässen führte Verna das große Wort, die pausenlos auf dem Ich-Mich-Mein-Niveau plapperte. Keines der Kinder hatte viel zu sagen, und wenn sie schon etwas sagen wollten, so hatte man ihnen beigebracht, es nicht zu sagen. Sie glichen Mustergefangenen am Tische des Gefängnisdirektors: Douglas, hellhäutig und zart für sein Alter, und Helen, mit ihrem kurzgeschnittenen braunen Haar und ihren knochigen Armen und Beinen eine Karikatur ihres Vaters.

Kurz nach Clarvoes Tod hatte Blackshear zu seiner Überraschung in der Morgenzeitung, auf der Seite ›Aus der Gesellschaft‹, gelesen, daß Douglas geheiratet hatte. Als dann ein paar Wochen später unter der Rubrik ›Aus dem Gerichtssaal‹ eine Notiz über die Annullierung dieser Ehe stand, war er weit weniger überrascht.

»Ich weiß, was Sie denken«, sagte Miss Clarvoe. »Ich sollte einen erfahrenen Detektiv engagieren.«

Nichts war seinem Gedankengang ferner gewesen, aber er widersprach nicht. »Das scheint mir eine gute Idee.«

»Wissen Sie einen?«

»Nicht im Moment. Aber sehn Sie doch mal im Branchentelefonbuch nach.«

»Einem Fremden könnte ich nicht trauen. Ich traue ja nicht mal –« Sie verstummte, doch ihre Augen vollendeten den Satz: ›Ich traue ja nicht mal Ihnen. Oder Mutter, oder Douglas. Oder mir selber.‹

»Mr. Blackshear«, sagte sie, »ich ...«

Plötzlich begann ihr Körper konvulsivisch zu arbeiten wie der einer Gebärenden, und ihr Gesicht war qualvoll verzerrt, als wüßte sie bereits, daß das Kind, das sie zur Welt brachte, verunstaltet, eine Mißgeburt sein würde.

»Mr. Blackshear – ich – o Gott ...«

Sie drehte sich um, preßte ihre Stirn gegen die Wand und verbarg ihr Gesicht in den Händen. Blackshear empfand tiefes Mitleid für sie; nicht wegen ihrer Tränen, sondern wegen des schrecklichen Kampfes, dessen es bedurft hatte, um sie auszulösen. *Der Berg kreißte und gebar eine Maus.*

»Aber, aber. Weinen Sie doch nicht. Alles wird gut werden. Beruhigen Sie sich doch.« Er sprach genau so zu ihr, wie er mit seiner Frau zu sprechen gelernt hatte, wenn sie weinte: Worte, die an sich keine Bedeutung hatten, aber Dorothys Bedürfnis nach Aufmerksamkeit und Mitgefühl befriedigten. Miss Clarvoes Bedürfnisse waren tiefer und verborgener. Sie war durch Worte nicht mehr zu erreichen.

Blackshear zündete sich noch eine Zigarette an. Er wandte sich zum Fenster und tat so, als interessiere ihn die Aussicht, ein dunkler werdender Himmel, ein paar leichte Wolken. *Vielleicht regnet's heute nacht noch –*

wenn es regnet, gehe ich morgen früh nicht ins Büro – am Ende hat der Arzt recht, und ich sollte ganz aufhören zu arbeiten – aber was tue ich dann mit den Tagen, und welchen Einfluß haben sie auf mich?

Die plötzliche Erkenntnis, daß er auf seine Art genauso schlimm dran war wie Miss Clarvoe, traf ihn tief. Sie hatten beide ein Lebensniveau erreicht, welches auf der einen Seite von Bergen und auf der andern von Abgründen umgeben war. Blackshear hatte die Berge einst gemeistert und die Abgründe erforscht; Miss Clarvoe aber hatte keins von beiden getan. Und doch waren sie beide hier auf derselben Ebene gelandet.

»Helen ...« Er drehte sich um und sah, daß sie das Zimmer verlassen hatte.

Als sie wenige Minuten darauf wieder hereinkam, war ihr Gesicht gewaschen und ihre Haare gekämmt.

»Bitte entschuldigen Sie vielmals, Mr. Blackshear. Ich lasse mich im allgemeinen öffentlich sonst nicht so gehen.« Sie lächelte verzerrt. »Jedenfalls nicht auf *solche* Weise.«

»Es tut mir leid, daß ich Sie so aufgeregt habe.«

»Sie nicht. Es war – die andere Sache. Ich glaube, ich bin ein schrecklicher Feigling.«

»Wovor haben Sie denn Angst? Vor dem Dieb oder vor der Frau?«

»Meiner Meinung nach sind sie ein und dieselbe Person.«

»Vielleicht nehmen Sie Ihren Traum zu ernst.«

»Nein.« Unbewußt begann sie sich die Stirn zu reiben, und Blackshear bemerkte eine leichte Schramme, die aber schon zuheilte. »Glauben Sie, daß ein Mensch einen andern Menschen soweit beeinflussen kann, einen Unfall zu haben?«

»Das ist möglich, nehme ich an, falls die Suggestionskraft auf seiten des ersteren stark genug ist und sich mit dem Wunsch der Selbstzüchtigung auf seiten der andern Person deckt.«

»Es gibt gewisse Dinge, die man mit simpler Psychologie nicht erklären kann.«

»Das nehme ich auch an.«

»Glauben Sie an außersinnliche Wahrnehmungen?«

»Nein.«

»Trotzdem gibt es so etwas.«

»Vielleicht.«

»Ich fühle zum Beispiel – ich fühle es ganz stark –, daß diese Frau die Absicht hat, mich zu zerstören. *Ich weiß es.* Wenn Sie wollen, können Sie es auch Intuition nennen.«

»Nennen Sie es ruhig Angst«, sagte Blackshear.

Sie blickte ihn in einer etwas traurigen Art an. »Sie sind wie mein Vater. Was Sie nicht berühren, sehen oder riechen können, existiert für Sie nicht. Vater war stocktaub. Er hat in seinem ganzen Leben nicht gewußt, daß es so etwas wie Musik gibt. Er hat immer geglaubt, daß die Leute nur so täten, als hörten sie etwas, das gar nicht da war.«

»Das ist kein sehr guter Vergleich.«

»Ein besserer, als Sie glauben, vielleicht. Aber ich will Sie nicht länger aufhalten, Mr. Blackshear. Ich schätze es sehr, daß Sie sich die Zeit genommen haben, mich zu besuchen. Ich weiß, wieviel Sie zu tun haben.«

»Ich habe überhaupt nichts zu tun. Tatsache ist, daß

ich mich praktisch schon ins Privatleben zurückgezogen habe.«

»Oh, das wußte ich ja gar nicht. Ich hoffe, Sie genießen das Nichtstun.«

»Ich versuche es wenigstens.« ›Was wirst du mit deinen Tagen anfangen?‹ fragte er sich. ›Briefmarken sammeln? Rosen züchten? Zwei Großfilme hintereinander im Kino anschauen? Auf der hinteren Terrasse in der Sonne dösen, und wenn du dich einsam fühlst, in den Park gehen und dich mit den alten Männern unterhalten, die dort auf den Bänken sitzen?‹ »Ich habe nie viel Zeit gehabt, das Nichtstun zu genießen. Das wird eine gewisse Übung brauchen.«

»Ja«, sagte Miss Clarvoe sanft. »Das wird es wohl, fürchte ich.«

Sie ging durchs Zimmer und schloß die Tür auf. Blackshear zögerte einen Moment, dann folgte er ihr.

Sie reichten sich wieder die Hand, und Blackshear sagte: »Sie werden nicht vergessen, das fehlende Geld bei der Polizei anzuzeigen?«

»Ich werde es nicht nur nicht *vergessen*, Mr. Blackshear, ich werde es einfach nicht *tun*.«

»Aber warum denn nicht?«

»Das Geld an sich ist nicht wichtig. Ich sitze hier in meinem Zimmer und werde reicher und reicher, ohne daß ich einen Finger rühre. Jedesmal, wenn die Uhr tickt, bin ich reicher. Was für eine Rolle spielen da schon achthundert Dollar?«

»Also gut, lassen wir das. Aber Evelyn Merrick spielt eine Rolle. Die Polizei wäre vielleicht imstande, sie für Sie ausfindig zu machen.«

»Vielleicht, wenn sie es der Mühe für wert hielte, sie zu suchen.«

Blackshear wußte, daß sie recht hatte. Für den Diebstahl würde die Polizei sich schon interessieren, aber es gab nicht den geringsten Beweis, daß Evelyn Merrick die Diebin war. Und was den telefonischen Anruf betraf, bekam die Polizei täglich Dutzende von gleichen Beschwerden. Miss Clarvoes Bericht würde zu den Akten gelegt und vergessen werden, weil Evelyn Merrick keinen körperlichen Schaden verursacht hatte. Sie hatte nicht einmal irgendwelche direkte Drohungen geäußert. Keiner würde nach dieser Frau suchen, falls er, Blackshear, es nicht selbst tat.

›Ich könnte es tun‹, dachte er. ›Es handelt sich ja schließlich nicht darum, einem Kapitalverbrechen nachzugehen, zu dem man Erfahrung braucht. Das einzige, was ich zu tun habe, ist, diese Frau zu finden. Das sollte doch nicht mehr erfordern als ein wenig Intelligenz und Ausdauer und ein klein bißchen Glück. Und nach einer Frau zu fahnden ist immerhin noch besser, als Briefmarken sammeln oder sich mit auf Parkbänken sitzenden alten Männern zu unterhalten.‹

Er spürte, wie Erregung in ihm hochstieg und gleich darauf der plötzliche und völlig irrationale Gedanke, Miss Clarvoe habe die ganze Sache vielleicht nur erfunden und ihn irgendwie überlistet oder heimlich gezwungen, seine Pläne zu ändern. *Glauben Sie an außersinnliche Wahrnehmungen, Mr. Blackshear? – Nein.*

Nein? Er sah sie an. Sie lächelte.

»Sie haben sich anders besonnen«, sagte sie, und in ihrer Stimme lag nicht der leiseste Zweifel.

3

Nachdem Blackshear den ganzen folgenden Morgen am Telefon zugebracht hatte, langte er am Nachmittag bei einem Etablissement an, welches im Branchentelefonbuch von Los Angeles als ›Lydia-Hudson-Schule für Charme und Modellausbildung‹ aufgeführt war. Es war eine von den zwei Dutzend registrierten Schulen, die sich nur im Namen, der Adresse und dem Grad von Mißachtung der Gesetze der Wahrscheinlichkeit voneinander unterschieden: Wir machen einen neuen Menschen aus Ihnen ... Hunderte von blendenden Stellungen erwarten unsere Schülerinnen nach der Schlußprüfung ... Wir garantieren die Entwicklung Ihrer Persönlichkeit, der Sicherheit Ihres Auftretens, Ihrer Haltung, Ihres Make-up, Ihrer Figur und Ihres geistigen Horizontes ... Schönheit in Gang und Sprache – unser Personal wird es Sie lehren ...

Miss Hudson vollführte ihre Wunder im zweiten Stock eines Geschäftshauses in der Vine Street. Der Empfangsraum war eine stilisierte Mischung aus Glasziegeln und Schmiedeeisen und selbstbewußten jungen Frauen in diversen Charmestadien. Zwei schienen bereits mit dem Studium fertig zu sein. Sie trugen ihre Arbeitsausrüstung in Hutschachteln bei sich und hatten genau den gleichen Gesichtsausdruck: halb enttäuscht und halb erwartungsvoll, wie Passagiere mit Monatskarten, die schon zu lange auf ihren Zug gewartet haben und auf den Gleisen nach einer Draisine mit Handbetrieb Ausschau halten.

Sie erblickten Blackshear und begannen augenblicklich eine angeregte Unterhaltung.

»Du erinnerst dich doch noch an Judy Hall. Denk dir, jetzt ist sie *endlich* verlobt.«

»Nein! Wie ist denn das passiert?«

»Ich würde nicht *wagen*, Vermutungen anzustellen. Ich finde, ihre Methoden sind ziemlich gewagt, findest du nicht auch?«

»Das müssen sie sein. Sie hat sich im letzten Jahr schrecklich gehenlassen. Hast du bemerkt, wie ihre Haut aussieht? Und wie schlecht ihre Haltung ist?«

»Ihre Haltung ist nicht mal so schlecht. Es ist ihre Figur.«

»Ich wette, Miss Hudson könnte da Wunder tun ...«

Schönheit in Gang und Sprache, unser Personal wird es Sie lehren.

Blackshear ging auf den Tisch der Empfangsdame zu, und die Passagiere hörten auf zu reden. Wieder war ein Zug durchgefahren, ohne anzuhalten.

»Miss Hudson erwartet mich. Mein Name ist Blackshear.«

Die Augenlider der Empfangsdame senkten sich, wie unter dem Gewicht ihrer Augentusche. »Miss Hudson ist gerade im Konversationsunterricht, Mr. Blackshear. Möchten Sie warten?«

»Ja.«

»Dann nehmen Sie nur bitte dort drüben Platz.«

Mit wiegenden Hüften durchquerte sie das Zimmer – Schönheit im Gang – und verschwand hinter einer Eisglastüre, auf der ›Privat‹ stand. Eine Minute später kam eine kleine Frau aus derselben Tür. Sie hatte tomatenrote Haare und ihr Mund hatte dieselbe Farbe. Sie wiegte sich nicht in den Hüften. Sie ging forsch, mit zurückgenommenen Schultern und einem leicht aggressiv vorgestreckten Kopf, als erwartete sie, von einem Sturm oder einem unzufriedenen Klienten bedroht zu werden.

»Ich bin Lydia Hudson.« Ihre Stimme war unverhältnismäßig sanft und angenehm und hatte den leichten Anflug eines Neu-England-Tonfalles. »Verzeihen Sie, daß ich Sie warten ließ, Mr. Blackshear.«

»Das macht gar nichts.«

»Ihr Anruf hat mich ziemlich erstaunt. Er klang so mysteriös.«

»Sagen wir lieber mystifiziert, nicht mysteriös.«

»Bitte sehr.« Sie lächelte ein berufsmäßiges Lächeln, ohne ihre Augen daran teilhaben zu lassen. »Sie sind doch nicht etwa ein Polizeibeamter, Mr. Blackshear?«

»Nein.«

»Am Ende sind Sie ein Anwalt, und die kleine Merrick ist eine langvermißte Erbin? Das wäre komisch.«

»Ja, wirklich.«

»Aber das ist es nicht, wie?«

»Nein.«

»Das ist es nie.« Miss Hudson warf einen Blick auf die zwei Mannequins, die vornehm so taten, als hörten sie nicht zu. »Es tut mir leid, Kinder, aber der Anruf für euch ist noch nicht gekommen.«

Eines der Modelle stellte den Hutkoffer ab und kam auf sie zu. »Aber Miss Hudson, Sie haben doch selber gesagt, wir sollten um zwei Uhr hier sein, und da sind wir ...«

»Geduld, Stella. Geduld und Haltung. Ein Augenblick der Ungeduld kann Ihrer Haut genausoviel schaden wie zwei Éclairs.«

»Aber...«

»Vergessen Sie nicht, daß Sie Ihr Studium *beendet* haben, Stella. Sie können sich's einfach nicht leisten, sich wie eine Anfängerin zu benehmen.« Zu Blackshear gewandt, fuhr sie leise fort: »Kommen Sie in mein Büro. Hier vor diesen beiden Schwachköpfen können wir nicht reden.«

Miss Hudsons Büro war kunstvoll der Werbung neuer Schülerinnen angepaßt. Auf jeder Seite des Schreibtisches, an dem sie saß, stand eine Lampe mit einem rosa Schirm, der ihrem Teint schmeichelte und ihre Haarfarbe fast echt erscheinen ließ. Die andere Seite des Zimmers wurde von der Decke durch zwei Neonröhren beleuchtet, die ein totes weißes Licht ausstrahlten, und zwei Wände waren mit hohen Spiegeln dekoriert.

»Das ist unser Sprechzimmer«, erklärte Miss Hudson. »Ich übe nie persönliche Kritik an den Mädchen. Ich lasse sie einfach in den Spiegel schauen, und *sie* sagen *mir* dann, was sie schlecht finden. Auf diese Weise ist die Voraussetzung für eine freundliche Beziehung und ein besseres Geschäft gegeben. Bitte setzen Sie sich doch, Mr. Blackshear.«

»Danke. Inwiefern ein besseres Geschäft?«

»Ich habe oft gefunden, daß die Mädchen sich selber gegenüber viel strenger sind, als ich es sein würde. Sie erwarten mehr von sich, verstehen Sie?«

»Nicht ganz.«

»Nun, manchmal kommt ein sehr hübsches Mädchen

herein, und ich kann nichts Nachteiliges an ihr finden. Aber *sie* kann, weil sie sich wahrscheinlich mit Ava Gardner vergleicht. Darum besucht sie meinen Kursus.« Miss Hudson lächelte trocken. »Erfolg natürlich garantiert. Zigarette?«

»Nein, danke.«

»Also jetzt wissen Sie genausoviel von meinem Geschäft wie ich. Oder«, fügte sie mit einem schlauen Blick hinzu, »wenigstens soviel Sie wissen *wollen*, wie?«

»Es ist sehr interessant.«

»Manchmal habe ich die ganze Geschichte satt. Aber schließlich verdiene ich meinen Lebensunterhalt damit, denn ich habe für drei Kinder zu sorgen. Die Jüngste ist vierzehn. Wenn ich sie durchs College gebracht und sie mit einem netten, anständigen Mann verheiratet habe, ziehe ich mich ins Privatleben zurück. Dann geh' ich den ganzen Tag nur noch bequem im Bademantel und Pantoffeln herum und rühre, so lange ich lebe, nie mehr eine Dose mit Gesichtscreme an. Und jeden Morgen, wenn ich aufstehe, schaue ich in den Spiegel und lache mich krank über jede neue Runzel und jedes neue weiße Haar.« Sie machte eine Atempause. »Hören Sie nicht zu, was ich sage. Es war nur ein Scherz. Ich glaube zumindest, daß es nur Scherz war. Auf alle Fälle sind Sie nicht hergekommen, um sich mein Geschwätz anzuhören. Was wollen Sie über diese Evelyn Merrick wissen?«

»Alles, was Sie mir von ihr erzählen können.«

»Das dürfte nicht viel sein. Ich habe sie nur ein einziges Mal gesehen, und das war vor einer Woche. Sie hatte meine Annonce in den *News* gelesen, in der ich eine Gratisberatung offerierte, aber nur für eine beschränkte Zeit, und schon kam sie herein und setzte sich in denselben Sessel, in dem Sie jetzt sitzen. Eine dünne Brünette, sehr schlecht angezogen und geschminkt wie eine Hure. Vom beruflichen Standpunkt aus gesehen ziemlich unmöglich. Sie hatte so eine von diesen wilden Frisuren, à la Beatle. Die sollen ganz ungepflegt aussehen, wissen Sie, erfordern aber in Wirklichkeit eine raffinierte Pflege. Und ihre Kleidung ...« Miss Hudson hielt plötzlich inne. »Ich hoffe, Sie sind nicht mit ihr befreundet?«

»Ich habe sie nie gesehen.«

»Weshalb wollen Sie sie dann finden?«

»Bleiben wir bei der Langvermißten-Erbin-Geschichte«, sagte Blackshear. »Sie gefällt mir langsam.«

»Mir hat sie immer gefallen.«

»Und Sie haben ihr die freie Beratung gewährt?«

»Ich habe das Übliche getan, das heißt, ich habe versucht, ihr die Hemmungen zu nehmen, indem ich sie bei ihrem Vornamen nannte und so weiter. Dann habe ich sie gebeten aufzustehen, herumzugehen, und sich dabei im Spiegel zu betrachten und mir dann zu sagen, was ihrer Meinung nach korrigiert werden müßte. In diesem Moment werden die meisten Mädchen verlegen und kichern. Sie nicht. Sie benahm sich, ja, wie soll ich sagen – sehr merkwürdig.«

»Inwiefern?«

»Sie stand nur da, schaute in den Spiegel und gab keinen Laut von sich. Sie schien von sich selbst fasziniert zu sein. Und jetzt war *ich* diejenige, die verlegen war ...«

»Gehn Sie ein bißchen herum, Evelyn.«

Das Mädchen rührte sich nicht.

»Gefällt Ihnen Ihre Haltung? Und Ihre Haut? Wie finden Sie Ihr Make-up?«

Sie antwortete nicht.

»Nach unserer Methode sollen die angehenden Schülerinnen sich erst einmal selbst analysieren. Wir können keine Fehler korrigieren, wenn die Schülerinnen sie nicht auch erkennen. Nun also: Würden Sie sagen, daß Sie mit Ihrer Figur vollkommen zufrieden sind? Sehen Sie sich gut an, von vorn und von hinten, und seien Sie ganz ehrlich.«

Evelyn blinzelte und wandte sich ab. »Der Spiegel entstellt, und die Beleuchtung ist schlecht.«

»Sie ist nicht schlecht«, entgegnete Miss Hudson pikiert. »Sie ist nur – realistisch. Man muß Tatsachen erkennen, bevor man sie ändert.«

»Ganz wie Sie meinen, Miss Hudson.«

»Ich meine es, ich – Wie alt sind Sie eigentlich, Evelyn?«

»Einundzwanzig.«

›Sie muß mich für einen Trottel halten‹, dachte Miss Hudson. »Und Sie möchten Modell werden?«

»Jawohl.«

»Was für eine Art Modell?«

»Ich möchte Künstlern Modell stehen, Malern.«

»Die Nachfrage ist nicht groß für diese Art von ...«

»Ich habe gute Brüste, und ich friere nicht leicht.«

»Mein liebes Fräulein«, erwiderte Miss Hudson mit beißender Ironie, »und was können Sie sonst noch, außer nicht leicht frieren?«

»Sie machen sich über mich lustig. Sie verstehen mich ganz einfach nicht.«

»Was verstehe ich nicht?«

»Ich will unsterblich werden.«

Miss Hudson verfiel in fassungsloses Schweigen.

»Ein anderer Weg, das zu erreichen, ist mir bisher nicht eingefallen«, sagte das Mädchen. »Dann sah ich Ihre Annonce, und da kam mir plötzlich der Gedanke: angenommen, jemand malt mich, ein wirklich großer Künstler, dann werde ich unsterblich sein. Sehen Sie, darum hat es einen Sinn, wenn Sie sich's richtig überlegen.«

Miss Hudson hatte nicht die geringste Lust, sich's richtig zu überlegen. Sie hatte keine Zeit, sich über die Unsterblichkeit den Kopf zu zerbrechen; das Morgen war schon schlimm genug. »Warum sollte eine junge Frau wie Sie sich mit dem Tod beschäftigen?«

»Ich habe eine Feindin.«

»Wer hat keine?«

»Nein, ich meine eine richtige Feindin«, sagte Evelyn höflich. »Ich habe sie gesehen. In meiner Glaskugel.«

Miss Hudson warf einen Blick auf das billige Kunstseidenkleid mit den Flecken unter den Achselhöhlen. »Verdienen Sie damit Ihren Lebensunterhalt? Durch Wahrsagen?«

»Nein.«

»Was arbeiten Sie denn?«

»Augenblicklich bin ich gerade arbeitslos. Aber ich kann jederzeit Geld haben, wenn ich's brauche. Genügend, um den Kursus bei Ihnen zu nehmen.«

»Es ist so, wissen Sie: wir haben eine Warteliste«, log Miss Hudson.

»Nein. Nein, ich dachte ...«

»Ich werde mit dem größten Vergnügen Ihren Namen in meine Kartothek aufnehmen.« Und ihn dort lassen. Ich will nichts mit Ihrer Unsterblichkeit zu tun haben oder mit Ihrer Kristallkugel. »Würden Sie Ihren Familiennamen buchstabieren?«

»M-E-R-R-I-C-K.«

»Evelyn Merrick. Alter, 21. Adresse und Telefonnummer bitte?«

»Was soll ich sagen, ich bin nicht ganz sicher. Aus meiner augenblicklichen Wohnung ziehe ich morgen aus, und ich habe mich noch nicht recht entschlossen, wohin ich ziehen werde.«

Keine Adresse, schrieb Miss Hudson auf ihren Notizblock. Gut. Das ist ja die beste Entschuldigung für mich, sie nicht anzurufen.

»Ich rufe Sie an, wenn ich eine Wohnung habe«, sagte Evelyn. »Dann können Sie mir mitteilen, ob Sie Platz für mich haben.«

»Das kann unter Umständen eine ganze Weile dauern.«

»Ich werde es auf alle Fälle versuchen.«

»Ja«, meinte Miss Hudson trocken, »davon bin ich überzeugt.«

»Sagen wir, ich rufe Sie heute in einer Woche an?«

»Hören Sie mir mal eine Minute zu, Evelyn. Wenn ich Sie wäre, würde ich mir die Sache mit dem Modellstehen noch einmal überlegen. Ich würde ...«

»Sie sind aber nicht ich. Ich werde Sie in einer Woche anrufen ...«

»Die Woche war gestern um«, sagte Miss Hudson zu

Blackshear. »Sie hat nicht angerufen, und ich weiß nicht, ob ich froh oder traurig darüber sein soll.«

»Ich glaube, Sie sollten froh sein«, meinte Blackshear.

»Mir scheint, das bin ich auch. Dieses Mädchen ist wirklich ein kompletter Schwachkopf. Meine Töchter sind, weiß Gott, auch keine Geistesriesen. Keine von ihnen hat einen Intelligenzquotienten, der ausreichen würde, um ein anständiges Spielergebnis im Korbball zu erzielen. Aber wirklich *beklapst* wie die sind sie denn doch nicht. Wissen Sie, was ich gern gewußt hätte, Mr. Blackshear?«

»Nein.«

»Ich hätte gern gewußt, was sie im Spiegel gesehen hat, als sie wie hypnotisiert davor stand. Was hat sie da bloß gesehen?«

»Sich selber.«

»Nein.« Miss Hudson schüttelte den Kopf. »Wer sie gesehen hat, war *ich. Sie* hat jemand anders gesehen. Wird Ihnen nicht auch ganz mulmig?«

»Nicht sonderlich.«

»Mir schon. Sie hat mir leid getan. Ich dachte, angenommen, es wäre eins meiner Kinder – angenommen, mir passierte was, bevor sie gesichert und erwachsen sind, und sie werden hinausgestoßen in ... Aber lassen wir das lieber. Zu deprimierend. Außerdem bin ich gesund, und ich fahre sehr vorsichtig. Auch habe ich eine Schwester, die durchaus in der Lage wäre, die Kinder zu übernehmen, falls mir etwas passieren sollte ...« In einem plötzlichen Wutausbruch schlug Miss Hudson mit der flachen Hand auf den zerbrechlichen lila und weißen Schreibtisch. »Dieses *verflixte* Weibsbild! Da lebt man jahrelang so dahin, tut sein Bestes, denkt nicht ans Sterben, und dann passiert plötzlich so was. Irgendeine Verrückte kommt daher mit lauter hirnverbrannten Ideen, und plötzlich wird man den Gedanken daran nicht mehr los. Das ist doch nicht recht. Zum Teufel mit ihrem Kadaver! Es tut mir nur leid, daß ich auch noch versucht habe, ihr zu helfen.«

Blackshear zog erstaunt die Brauen hoch. »Könnten Sie mir genauer sagen, in welcher Weise Sie ihr geholfen haben, Miss Hudson?«

»Vielleicht habe ich ihr auch gar nicht geholfen. Ich hab's jedenfalls versucht. Man sah auf den ersten Blick, daß sie pleite war. Da hab' ich ihr den Namen eines Mannes genannt. Ich dachte, daß er sie vielleicht auf irgendeine Art beschäftigen könnte, um ihr über das Schlimmste hinwegzuhelfen, bis sie wieder zur Vernunft kommt – soweit sie die je besessen hat.«

»Welche Art von Beschäftigung?«

»Modellstehen. Er ist ein Künstler, noch dazu ein guter, was bedeutet, daß er unterrichten muß, damit er leben kann. Er braucht lebende Modelle für seinen Unterricht. Nicht nur hübsche Mädchen, sondern die verschiedensten Typen, Figuren und Größen. Ich dachte mir, es könnte zumindest nicht schaden, wenn ich Evelyn zu ihm hinüber schickte. Weiß der Teufel, vielleicht gefallen ihm ihre Ohrläppchen, ihre große Zehe oder sonst was. Moore ist ein Fanatiker in bezug auf Details.«

»Moore?«

»Harley Moore. Sein Atelier ist in der Palm Avenue, gleich beim Sunset- und ganz nahe beim Santa Monica Boulevard.«

»Wissen Sie zufällig, ob sie schon einmal Modell gestanden hat?«

»Sie hat es jedenfalls behauptet. Sie sagte, sie hätte hin und wieder für Jack Terola gearbeitet. Er ist Fotograf, zirka zehn oder zwölf Blocks weiter südlich von hier. Ich weiß nicht viel von ihm, außer, daß er sehr gut zahlen soll. Er macht Foto-Illustrationen für eine von diesen Skandal-Zeitschriften – Sie wissen schon – wo die Ehefrau entsetzt dasteht und sieht, wie ihr Mann gerade seine Sekretärin küßt; oder wie die junge Sonntagsschullehrerin in der Kirche auf der Chorempore gerade überfallen wird – diese Art Sachen. Meine Jüngste liest die dauernd. Ich versuche wie verrückt, sie davon abzuhalten. Derartiges Zeug gibt den Kindern einen ganz falschen Begriff von der Welt – sie werden dahin gebracht zu glauben, alle Sekretärinnen würden von ihren Chefs geküßt, und alle Sonntagsschullehrerinnen würden auf Choremporen überfallen. Was doch gar nicht stimmt.«

»Das will ich hoffen.«

»Sehen Sie, da hab'n Sie's.«

Blackshear war es zwar nicht ganz klar, was er da hatte. Aber wenigstens wußte er, wo er hinzugehen hatte.

Charme beizubringen war anscheinend einträglicher, als von Charme zu leben. Denn Miss Hudson konnte sich Glasziegel und Mahagoni-Täfelung leisten. Terolas Arbeitsstätte dagegen war ein langgestrecktes, schmales Stuckhaus zwischen einer winzigen Einbahnstraße, die sich großspurig Jacaranda Allee nannte, und einem baufälligen dreistöckigen Lagerhaus, das man in Wohnungen umgebaut hatte. Auf dem Eisglasfenster stand in schwarzer Schablonenschrift:

PHOTOGRAPHISCHES STUDIO
EIGENTÜMER JACK TEROLA

Pin-up-Modelle · Lebende Bilder für
Amateure und Berufsphotographen
Mietstudios für Kunstgruppen

Treten Sie jederzeit ein

Blackshear trat ein. Trotz der Aktenschränke und der Proben von Terolas Arbeit an den Wänden sah das Büro noch immer wie ein Vorzimmer aus, was es auch ursprünglich gewesen war. Nahe dem einen Ende des Raums war ein schmutziger Kamin aus roten Ziegeln, der einen trostlosen und unbrauchbaren Eindruck machte, als wäre er durch das lange Unbenutztsein nur noch ein Loch in der Wand, das ein nachlässiger Arbeiter vergessen hatte zuzumauern. Rechts vom Kamin war eine durch ein Paar schmutzige, geblümte Chintz-Vorhänge abgeteilte Loggia. Die Vorhänge waren nicht zugezogen, und Blackshear konnte einen Teil des Innern sehen: einen braunen Ledersessel, dessen Sitz infolge seines Alters voller Falten war, eine Couch, die zum Teil mit einer altmodischen Afghandecke bedeckt war, und darüber das Straßenfenster mit dem schablonierten Namen. Diese Loggia erinnerte Blackshear an seine Kindheit im Mittleren Westen – dort hatten alle Leute von Rang eine verglaste ›Sonnenveranda‹ gehabt, die – im Sommer unbeschreiblich heiß, im Winter genauso kalt – nur dem gesellschaftlichen Prestige diente.

Terolas Loggia schien kein Zeichen von Prestige, sondern ein Zeichen von Platzmangel zu sein. Die Couch wurde offensichtlich zum Schlafen benutzt, denn der Zipfel eines schmutzigen Leintuchs hing unter der Afghandecke hervor und das Kopfkissen war voller Haarölflecken.

Zu sehen war niemand, aber vom andern Ende des Zimmers drangen hinter der geschlossenen Tür Geräusche von Betriebsamkeit hervor: das Scharren von Gerätschaften, die über einen Holzfußboden geschoben wurden, das An- und Abschwellen von Stimmen. Zwar konnte Blackshear die Worte nicht verstehen, doch der Tonfall war unmißverständlich. Einer gab Befehle, und ein andrer wollte sich nicht befehlen lassen.

Gerade als er im Begriff war anzuklopfen, bemerkte er das gedruckte Schild auf Terolas Schreibtisch, das an der Schreibmaschine lehnte: WENN NIEMAND HIER, BITTE LÄUTEN.

Er läutete und wartete. Dann läutete er noch einmal, und endlich wurde die Tür geöffnet. Heraus kam ein junges Mädchen, das einen Schlafrock aus gemusterter Seide anhatte. Sie war ungeschminkt und ihr Gesicht glänzte von Fett und Nässe. Von den Enden ihrer kurzgeschnittenen schwarzen Haare tropfte Wasser und rann ihr den Nacken hinunter, und die feuchte Seide des Schlafrocks klebte an ihrer Haut.

Sie schien völlig unbekümmert. »Wünschen Sie etwas?«

»Ich möchte Mr. Terola sprechen.«

»Er hat gerade zu tun. Setzen Sie sich.«

»Danke.«

»Ich soll nämlich ertrinken, aber Jack kriegt das Wasser nicht richtig. Es soll den Michigan-See vorstellen, wissen Sie.«

Blackshear nickte höflich, um anzudeuten, daß er begriff.

»Jack hat eine Leidenschaft für Ertrinkungsszenen«, fügte das Mädchen hinzu. »Ich dagegen bleibe lieber trocken. Wie *ich* die Sache sehe, könnte ich genausogut erstochen werden. Dieses ganze Theater nur um den Versuch, den Michigan-See nachzumachen. Wollen Sie sich nicht setzen?«

»Ich stehe genauso gern.«

»Ganz wie Sie wollen. Geschäftlich hier?«

»Gewissermaßen. Mein Name ist Paul Blackshear.«

»Freut mich, Sie kennenzulernen. Ich bin Nola Rath. Ich glaube, ich gehe jetzt lieber wieder rein. Wollen Sie was zu lesen – eine Illustrierte?«

»Nein, danke.«

»Sie müssen vielleicht eine ganze Weile warten. Wenn Jack diese Aufnahme gelingt, kann er im Nu draußen sein, aber wenn nicht, dann nicht.«

»Ich warte.«

»Ich könnte genausogut erstochen werden«, wiederholte das Mädchen. »Gut, jedenfalls werde ich Jack sagen, daß Sie hier sind.«

Sie hinterließ eine Spur von Wassertropfen und den Geruch nasser Haare.

Nola Rath. Blackshear sagte den Namen noch einmal vor sich hin und fragte sich, wie alt das Mädchen wohl sein mochte. Fünfundzwanzig vielleicht; also nur ein paar Jahre jünger als Helen Clarvoe, und doch schien eine ganze Generation zwischen den beiden zu liegen. Miss Clarvoes Alter hatte sehr wenig mit der Zeitrechnung zu tun. Sie war eine Frau mittleren Alters, weil sie nichts hatte, das sie jung erhielt. Sie war das ideale Opfer, nicht nur für Evelyn Merrick, sondern für das Leben selber.

Dieser Gedanke deprimierte Blackshear. Wenn er sie nur hätte vergessen können; aber sie marterte sein Gehirn wie ein nicht gehaltenes Versprechen.

Er schaute auf seine Uhr. Drei Uhr zehn. Ein Wind war aufgekommen. Die Vorhänge von Terolas Loggia wehten hin und her, und die Spinnweben im Kamin zitterten. Irgendwo im Rauchfang war ein Rascheln von Mäusen.

»Sie wollten mich sprechen?«

Blackshear fuhr herum, überrascht, daß er weder das Öffnen der Tür noch das Geräusch von Schritten gehört hatte.

»Mr. Terola?«

»Der bin ich.«

»Mein Name ist Blackshear.«

Sie gaben sich die Hand. Terola war Anfang Vierzig, ein sehr dünner, großer Mann mit einer gewohnheitsmäßig krummen Haltung, als versuchte er, sich auf das Normalmaß herunterzubringen. Er hatte buschige schwarze Brauen, die vor Ungeduld zitterten, wenn er sprach, als leugneten sie die Worte, die aus dem weichen, femininen Mund kamen. Zwei dünne, parallele Strähnen eisengrauer Haare lagen quer über der Mitte seines kahlen Schädels wie Eisenbahnschienen.

»Nur eine Sekunde.« Terola ging zur Loggia hinüber und zog irritiert die Vorhänge zu. »Hier ist alles in fürchterlicher Unordnung. Meine Sekretärin liegt zu Hause mit Ziegenpeter. Ziegenpeter – noch in ihrem Alter. Ich habe immer geglaubt, das gibt's nur bei Kindern. Also, was kann ich für Sie tun, Blackshear?«

»Ich habe gehört, daß Sie eine junge Frau namens Evelyn Merrick beschäftigen oder beschäftigt haben.«

»Wieso haben Sie das gehört?«

»Jemand hat es mir erzählt.«

»Wer ist dieser Jemand?«

»Als Miss Merrick sich für einen Kurs im Modellstehen anmelden wollte, hat sie Ihren Namen als Referenz angegeben. Sie hat behauptet, sie hätte schon für Sie gearbeitet.«

»Welche Art von Arbeit?«

»Was immer Sie ihr angeboten haben«, antwortete Blackshear, der nur mit Mühe seine Ungeduld verbarg. »Sie arbeiten ziemlich viel – sollen wir sagen, auf künstlerischem Gebiet?«

»So sollen wir sagen, und so ist es auch.«

»Wie Sie wollen. Erinnern Sie sich an Miss Merrick?«

»Kann sein, kann auch nicht sein. Ich beantworte keine Fragen, es sei denn, es läge ein triftiger Grund vor. Haben Sie einen triftigen Grund, Mr. Blacksheep*?«

»Blackshear.«

»Es ist nicht so, daß ich nicht mitmachen will, nur möcht' ich doch wenigstens erst mal wissen, bei wem ich

* Klingt ähnlich wie Blackshear, heißt aber schwarzes Schaf und ist beleidigend gemeint.

mitmachen soll, in was und weswegen. Was sind Sie eigentlich von Beruf, Mister?«

»Ich bin Vermögensverwalter.«

»Na, und?«

»Sagen wir, da kommt ein Nachlaß zur Verteilung, und Evelyn Merrick bekommt eventuell auch etwas davon.«

»Was *der* Fratz kriegt, kommt aus keinem Nachlaß, Sie.« Terola sprach durch die Zähne, er bewegte die Lippen kaum, als habe er Angst, es schaue vielleicht jemand, der von den Lippen ablesen könnte, durch den Loggiavorhang oder die Risse im Kamin.

»Dann war sie also hier?«

»Sie war hier. Hat mir da eine Schauergeschichte erzählt von einer sterbenden Mutter, und da hab' ich sie ein paar Stunden beschäftigt. Mit sterbenden Müttern kann man mich weich machen, solange sie nicht ihre Meinung ändern und am Leben bleiben, wie meine.«

»Hat Ihnen die kleine Merrick Schwierigkeiten gemacht?«

»Von solchen Küken lass' ich mir doch nichts gefallen. Die schmeiss' ich achtkantig raus.«

»Und haben Sie sie rausgeschmissen?«

»Ich mußte. Sie wollte spionieren.«

»Wann war das?«

»Vor vierzehn Tagen ungefähr, kann auch weniger sein. Wer spionieren will, wird rausgeschmissen. Nicht, daß ich was zu verbergen hätte«, setzte er mit einem Augenzwinkern hinzu. »Aber Schnüffler kann ich nun mal nicht ausstehn. Die gehn mir auf die Nerven, verstehn Sie.«

»Hat sie außer dem Spionieren sonst noch was angestellt?«

»Ach, sie kam da an mit einer ganz verrückten Idee: ich sollte sie unsterblich machen. Zuerst hab' ich gedacht, sie macht nur einen Witz, um mich zum Lachen zu bringen. Ich habe ziemlich viel Sinn für Humor und ich habe auch gelacht, verstehn Sie. Da wurde sie fuchsteufelswild. Soll ich Ihnen sagen, was ich denke? Ich glaube, die hat nicht alle Tassen im Schrank.«

»Welche Art von Arbeit haben Sie denn Evelyn Merrick gegeben? Könnten Sie mir das etwas genauer sagen?«

»Sie hat Modell gestanden.«

»Für Sie allein? Oder für eine von Ihren ›künstlerischen‹ Gruppenaufnahmen?«

»Das macht doch keinen Unterschied?«

»Für mich unter Umständen einen großen.«

»Inwiefern, wenn ich fragen darf?«

»Wenn sie nur für Sie posiert hat, als Fotomodell für eine Magazingeschichte, geben Sie mir vielleicht einen Abzug davon. Wenn sie aber in einer Ihrer ›künstlerischen‹ Gruppen gearbeitet hat, werden Sie das nicht tun, denke ich mir.«

Terola drückte den Stummel seiner Zigarette in einem Aschbecher aus. »Ich gebe nie Abzüge weg.«

»Was tun Sie sonst damit? Verhökern?«

»Verhökern ist ein sehr häßliches Wort. Machen Sie lieber, daß Sie hier rauskommen, bevor ich Ihnen das Maul damit stopfe.«

»Ich habe ja gar nicht geahnt, was für ein empfindsamer Bursche Sie sind, Terola.«

»Mit Ihrer Sorte will ich nichts zu tun haben. Raus!«

»Vielen Dank für die Auskunft.«

Terola riß die Tür auf. »Scheren Sie sich zum Teufel!«

Blackshear verschwand durch die sogenannte Allee und stieg in seinen Wagen. Es war das erstemal seit dreißig Jahren, daß er beinahe in eine Schlägerei verwickelt worden wäre, und diese Tatsache weckte alte Erinnerungen, alte Ängste und einen gewissen Urtrieb. Seine Hand auf dem Zündschlüssel zitterte, und die Wut drückte auf seine Augäpfel wie eiserne Daumen. Am liebsten wäre er umgekehrt, um Terola herauszufordern und ihn zu erledigen; ihn auch zu töten, wenn es nicht anders ging.

Aber während er in der Richtung zu Harley Moores Atelier dahinfuhr, kühlte der scharfe Seewind seine wilden Gelüste und löste den Ärger in seinem Gemüt: ›Ich bin doch nicht so zivilisiert, wie ich mir gern einreden möchte. Es wäre gar nicht nötig gewesen, mir seine Feindschaft zuzuziehen. Ich habe alles falsch gemacht. Hoffentlich benehme ich mich bei Moore geschickter.‹

4

Bertha Moore hatte fünfzehn Jahre vergeblich auf ein Kind gewartet, und als das Kind, ein Mädchen, geboren wurde, konnte Bertha ihr großes Glück kaum fassen. Sie mußte sich immer von neuem davon überzeugen. Zu allen Tages- und Nachtzeiten schlich sie auf Zehenspitzen ins Kinderzimmer, um zu sehen, ob ihr Baby noch da und am Leben sei. Sie war nicht imstande, sich auch nur für eine Minute ruhig hinzusetzen, um zu lesen oder zu nähen. Sie schien halb in der Luft zu schweben wie ein mit Gas gefüllter Ballon, der nur durch ein Stück Schnur festgehalten wird. Am andern Ende dieser Schnur befand sich Harley, ihr Mann, zuverlässig und unbeirrbar.

Sie beging nicht den Fehler, Harley nach der Geburt des Kindes zu vernachlässigen. Im Gegenteil, sie war besonders nett zu ihm. Aber es war eine planmäßige und nicht vom Gefühl her bestimmte Nettigkeit. Im Unterbewußtsein hatte sie immer den Gedanken, daß sie sich ganz besondere Mühe geben müsse, Harley bei guter Laune zu halten, weil das Baby gesünder und ohne Komplexe aufwachsen würde, wenn es ein glückliches Heim und einen guten Vater hätte.

Jede freie Minute, die Bertha hatte, wurde dazu benutzt, sich mit Freunden und Verwandten über die Vollkommenheit ihres Kindes zu unterhalten, oder in rasender Angst den Kinderarzt anzurufen, wenn es seine Nahrung wieder von sich gab, oder Harley, wenn es ohne jeden ersichtlichen Grund schrie. Im Laufe ihrer fast zwanzigjährigen Ehe hatte Bertha gelernt, Harley in seinem Atelier nicht zu stören. Aber das vergaß sie in einem einzigen Tag leicht und ohne die geringsten Gewissensbisse. Diese Anrufe geschahen nur ›um des Babys willen‹ und waren als solche über jeden Tadel und jede Kritik erhaben. Das Baby gedieh, ohne sich seiner Diktatur über seine Eltern bewußt zu sein. Bertha nannte es Angie, was die Abkürzung für Angel (Engel) war und überhaupt nichts mit seinem legalen Namen, Stephanie Caroline Moore, zu tun hatte.

Um vier Uhr nachmittags hatte Angie nicht die mindeste Lust auf ihre Flasche. Bertha ging gerade im Walzerschritt mit ihr im Wohnzimmer hin und her, als das

Telefon läutete. Behutsam wechselte sie das Baby vom linken auf den rechten Arm hinüber und nahm den Hörer ab.

»Hallo?«

»Hallo, ist dort Mrs. Moore?«

»Ja.«

»Sie kennen mich nicht, aber ich bin eine Freundin Ihres Mannes.«

»Tatsächlich?« antwortete Bertha in lebhaftem Ton, ohne richtig hingehört zu haben. Das Haar des Babys schmiegte sich so weich an ihren Hals, und seine warme Haut roch nach Blumen und Sonnenschein.

»Hier ist Evelyn Merrick. Vielleicht hat Ihr Mann meinen Namen schon erwähnt?«

»Das könnte sein.« Mit großer Anstrengung drehte das Baby seinen Kopf, um der Unterhaltung zuzuhören. Dabei machte es ein so komisches Gesicht, daß Bertha laut lachen mußte.

»Sind Sie allein, Mrs. Moore?«

»Ich bin *nie* allein. Wir haben nämlich ein kleines Baby, wissen Sie, eine kleine Tochter.«

Es trat eine Pause ein. »Natürlich wußte ich das.«

»Gestern war sie gerade vier Monate alt.«

»In dem Alter sind sie ja süß.«

»Ja, wirklich. Aber Angie sieht mehr nach sechs als nach vier Monaten aus, das sagt sogar unser Arzt.« Das stimmte praktisch. Der Arzt hatte schließlich auf Berthas hartnäckiges Drängen hin zugegeben, daß Angie ›ihrem Alter weit voraus‹ sei und ›sich sehr schön entwickle‹.

»Das ist aber ein süßer Name, Angie.«

»In Wirklichkeit ist es nur ein Kosename.« ›Was für eine nette Stimme diese Frau hat‹, dachte Bertha, ›und wie sie sich für das Baby interessiert.‹ »Da wir gerade von Namen sprechen: ich fürchte, ich habe Ihren nicht richtig verstanden.«

»Evelyn Merrick. Miss Merrick.«

»Der kommt mir bekannt vor. Ich bin beinahe überzeugt, daß Harley von Ihnen gesprochen hat. Aber meistens bin ich so mit dem Baby beschäftigt, daß ich gar nicht höre, was jemand sagt... Hör auf damit, Angie. Nein, nein, nicht anfassen... Sie versucht gerade, die Telefonschnur herauszureißen.«

»Sie hört sich einfach bezaubernd an.«

»Oh, das ist sie auch.« Bertha hatte so viele Jahre lang die Kinder anderer Frauen bewundert – aufrichtig, wenn das Baby süß, und flunkernd, wenn es nicht süß war –, daß sie es nur für gerecht hielt, wenn andere Frauen jetzt ihr Baby bewundern mußten. Das Schöne daran war, daß bei Angie niemand zu flunkern brauchte. Sie war vollkommen. Kein Kompliment konnte dick genug und keine Schmeichelei so übertrieben sein, daß Bertha sie nicht mit der größten Selbstverständlichkeit geschluckt und ohne das geringste Aufstoßen verdaut hätte.

»Sieht das Baby wie Sie oder wie Harley aus?«

»Oh, ich fürchte, wie ich«, sagte Bertha mit einem kurzen stolzen Auflachen. »Jeder findet es.«

»Ich würde Angie zu gerne einmal sehen. Ich bin ganz verrückt nach Babys.«

»Warum kommen Sie nicht her?«

»Wann?«

»Na, heute nachmittag, wenn Sie wollen. Angie ist unruhig; es wird noch Stunden dauern, bis sie einschläft.« Es würde Spaß machen, das Baby auch einmal jemandem zu zeigen, der mit Harley befreundet war. Harley war sehr zurückhaltend, was Angie betraf, und brachte fast nie jemanden mit, um sie zu zeigen. »Harley kommt nicht vor sechs nach Hause. Ich mache uns einen Tee, und wir können uns unterhalten. Ich zeige Ihnen dann auch Angies Baby-Agenda. Sind Sie vielleicht zufällig Künstlerin, Miss Merrick?«

»In gewisser Weise schon.«

»Es war nur eine Frage. Harley sagt zwar, das Baby sei noch zu klein, um gemalt zu werden, aber ich – na ja, lassen wir das jetzt. Sie werden schon selber sehen. Sie wissen doch unsere Adresse?«

»Ja. Es wird mir ein Vergnügen sein, Sie kennenzulernen, Mrs. Moore.«

Sie verabschiedeten sich und Bertha hängte mit einem angenehmen Gefühl von freudiger Erwartung und mütterlichem Stolz ab.

Sie war keine mißtrauische Frau, weder von Natur aus noch durch Erfahrung – Harley hatte Dutzende von Freunden beiderlei Geschlechts –, und es befremdete sie gar nicht, daß Evelyn Merrick den Grund ihres Anrufes gar nicht genannt hatte.

»Gleich wird eine nette Tante kommen, um dich zu bewundern«, redete sie auf Angie ein. »Und ich will, daß du besonders zauberhaft bist.«

Angie kaute an ihren Fingern.

Als sie Angies Windeln und Kleidchen gewechselt und ihr das eineinhalb Zentimeter lange Haar sorgfältig gebürstet hatte, ging Bertha wieder ans Telefon im Vorzimmer, um Harley anzurufen.

Harley war selber am Apparat. Seine Stimme klang scharf und mißtrauisch, wie immer am Telefon; als erwartete er, belästigt oder beschwindelt zu werden.

»Har? Ich bin's nur.«

»Oh. Fehlt der Kleinen etwas?«

»Nicht das geringste. Sie ist gesund wie ein Fisch im Wasser.«

»Hör zu, Bertha, ich bin im Augenblick sehr beschäftigt. Gerade ist ein Mann bei mir, der ...«

»Dann will ich dich nicht aufhalten, Lieber. Ich wollte dir nur sagen, du brauchst dich heute mit dem Nachhausekommen nicht zu beeilen. Ich habe Teebesuch. Eine Miss Merrick kommt her, um sich das Baby anzuschaun.«

»Wer?«

»Eine Freundin von dir, Evelyn Merrick.«

»Sie kommt zu dir?«

»Ja, warum nicht? Was ist los, Har? Du klingst so ...«

»Wann kommt sie denn?«

»Ach, das weiß ich nicht genau. Wir haben keine feste Zeit ausgemacht.«

»Hör mal sehr genau zu, Bertha. Schließ alle Türen ab und bleib im Haus, bis wir kommen.«

»Ich verstehe nicht –«

»Tu, was ich dir gesagt habe. Wir sind in einer Viertelstunde da.«

»Was soll das heißen, wir?«

»Gerade jetzt ist ein Mann in meinem Atelier, der diese Frau sucht. Er sagt, sie sei verrückt.«

»Aber sie hat doch so nett gesprochen – und sie hat sich so für Angie interessiert und wollte sehen ...«

Doch Harley hatte abgehängt.

Bleich, mit aufgerissenen Augen stand sie da und drückte das Baby fest an ihre Brust. Angie, welche die plötzliche Spannung spürte und die zu feste und verzweifelte Umarmung übelnahm, fing an zu schreien.

»Na, na, sei jetzt lieb, Angie«, sagte Bertha sehr ruhig. »Es ist ja gar nichts weiter los. Du brauchst doch keine Angst zu haben.«

Aber die ruhige Stimme überzeugte Angie nicht. Sie hörte den beschleunigten Herzschlag, spürte die angespannten Muskeln ihrer Mutter und witterte deren Angst.

»Wir schließen einfach die Türen zu und warten auf Pappi. Du brauchst doch nicht zu schreien. Ach, du liebe Güte, was sollen bloß die Nachbarn denken, wenn ein kleines Mädchen solchen Krach macht ...«

Das brüllende Kind auf dem Arm, schloß Bertha die drei Außentüren ab und zog die schweren Vorhänge am Erkerfenster im Wohnzimmer zu. Dann setzte sie sich in den Schaukelstuhl, den Harley ihr gekauft hatte, weil sie behauptete, ohne Schaukelstuhl könne man kein Baby aufziehen. Das verdunkelte Zimmer und die sanft schaukelnde Bewegung beruhigten das Kind.

»Das ist aber ein liebes Kind. Bleib jetzt schön liegen und schlaf. Wir werden uns doch über eine solche Kleinigkeit nicht aufregen, wie diese verrückte ...«

Das Glockenspiel an der Haustür schlug an.

Ohne auch nur einen Blick auf die Tür zu werfen, trug Bertha das schlafende Kind ins Kinderzimmer, legte es in sein Bettchen und deckte es mit einer Decke zu. Dann ging sie langsam in das Vorzimmer beim Eingang zurück, als die Glocken von neuem anschlugen.

Wartend und horchend stand sie da. Ihr Gesicht war wie Stein. Keine Geräusche von vorüberfahrenden Autos oder spielenden Kindern oder von Frauen, die vom Supermarkt zurückkamen. Es sah geradezu so aus, als wären alle Leute vor einer Gefahr gewarnt worden und in einen andern Stadtteil gezogen.

»Mrs. Moore?« Leise und doch energisch stahl die Stimme sich durch die Ritze der Eichentür. »Lassen Sie mich hinein.«

Bertha preßte ihren Handrücken fest gegen ihren Mund, als fürchtete sie, daß ihm ohne ihren Willen Worte entschlüpfen könnten.

»Ich habe mich augenblicklich auf den Weg gemacht, um schnell hier zu sein. Ich sterbe vor Neugier, das Baby zu sehen. Lassen Sie mich ein ... Ich weiß genau, daß Sie da sind, Mrs. Moore. Was ist denn passiert? Haben Sie Angst vor mir? Ich tue doch niemand etwas zuleide. Ich will doch nur Harleys Baby sehen ... Harley und ich bekommen vielleicht auch ein Baby.«

Die Worte sickerten durch die Türritze wie Tropfen eines Giftes, das bei Berührung tödlich wirken könnte.

»Schockiert Sie das, Mrs. Moore? Sie scheinen keine Ahnung zu haben, was da in seinem Atelier vor sich geht. Was, glauben Sie denn, was geschieht, nachdem ich ihm nackt Modell gestanden habe?«

›Befiehl ihr zu schweigen‹, betete Bertha innerlich. ›Sie lügt. Sie ist verrückt. Harley würde niemals – so einer ist er eben nicht – nachdem er doch gesagt hat, für ihn seien sie alle uninteressant wie ein Stück Holz...‹

»Oh, glauben Sie nur nicht, daß ich die einzige bin. Ich bin nur die letzte. Nach dem Modellstehen geschieht es so natürlich, so unvermeidlich. Haben Sie sich wirklich diese ganzen Jahre an der Nase herumführen lassen? Waren Sie denn im stillen nicht manchmal neugierig? Sind Sie auch jetzt noch immer nicht neugierig? Ich sollte Ihnen meine Kristallkugel borgen. Du lieber Gott, was Sie nicht alles sehen würden!«

Und sie begann, Einzelheiten zu beschreiben, langsam und eindrücklich, als unterrichtete sie ein Kind. Und Bertha hörte zu wie ein Kind. Manche der häßlichen Ausdrücke, die Evelyn Merrick gebrauchte, verstand sie gar nicht, aber sie war hypnotisiert von dem Schlimmen, auf das sie anspielten. Sie konnte sich nicht rühren, konnte sich der Giftatmosphäre nicht entziehen. Tropfen für Tropfen brannte es sich in ihr Herz ein und ätzte Schreckensbilder in ihre Seele.

Da hörte sie plötzlich von der Straßenecke her einen Eiscremeverkäufer mit seinem eilig dahinklimpernden Glockenspiel: ›Mein Liebstes fuhr über die Meere... O bring mir mein Liebstes zurück.‹ Die Melodie endete und fing dann von neuem an. Doch in der Zwischenpause hörte sie das Geklapper von Absätzen auf dem Straßenpflaster. Mit den mechanischen Bewegungen einer Gliederpuppe ging sie ins Wohnzimmer und sah durch einen Spalt der schweren Vorhänge des Erkerfensters.

Mit wild im Wind wehenden Haaren rannte eine Frau die Straße hinunter. Ihr Mantel schlug um ihre spindeldürren Beine. Sie rannte noch, als sie um die Ecke in südlicher Richtung verschwand.

Bertha ging ins Kinderzimmer zurück. Angie lag auf der Seite und schlief, den Daumen im Mund.

Bertha blieb vor dem Bettchen stehen. Sie schaute wie betäubt auf das Baby hinunter und fragte sich, was für ein Mensch wohl sein Vater sei.

»Bertha! Ist alles in Ordnung, mein Herz?«

»Natürlich.«

»Wir sind auf dem schnellsten Wege hergekommen. Das ist Mr. Blackshear. Meine Frau.«

»Ich freue mich, Sie kennenzulernen.« Sie reichte ihm die Hand. »Kann ich Ihnen etwas zu trinken anbieten?«

»Danke, gern«, antwortete Blackshear.

»Ich nehme auch etwas. Ich war gerade im Begriff, Tee zu machen, aber ... Ich habe nämlich Teebesuch erwartet. Eine nette Dame wollte herkommen, um mein Baby zu bewundern. Ich habe Angie schön angezogen und ihr die Haare gebürstet, und ich war sehr glücklich, das weiß ich noch. Doch das ist schon sehr lange her.«

»Bertha, fehlt dir ganz sicher nichts?«

»Nein, gar nichts«, sagte sie höflich. Wie merkwürdig Harley aussah, mit seinem Bürstenschnitt, seinem Sonnenbrand und seiner Hornbrille. Gar nicht wie ein Maler. Vielleicht kam es daher, weil er nicht mehr so viel malte – in seinem Atelier gingen jetzt andere Dinge vor, die wichtiger waren ...

Harley mixte ihr einen Bourbon mit Soda. Er schmeckte wäßrig und sauer, und nach dem ersten Schluck hielt sie das Glas nur noch an die Lippen und betrachtete

Blackshear. Ruhig, vornehm und ehrenhaft. Aber sicher konnte man nicht sein. Wenn man schon Harley nicht trauen konnte, konnte man überhaupt keinem Menschen auf der ganzen Welt mehr trauen.

Ihre Hand zitterte, und etwas von dem Whisky lief vorn an ihrem Kleid herunter. Sie wußte, daß beide Männer ihr kleines Malheur beobachtet hatten. Die beiden sahen sie ganz merkwürdig an, als hätten sie erkannt, daß etwas nicht stimmte, und wären nur zu scheu oder zu höflich, um danach zu fragen.

»Sie war hier«, sagte Bertha. »Sie hat mich gebeten, sie hereinzulassen, und als ich es nicht tat, sprach sie durch die Türritze mit mir. Ich habe nicht geantwortet und auch kein Geräusch gemacht, aber irgendwie hat sie gewußt, daß ich da stand und horchte.« Sie schaute verstohlen zu Harley hinüber und schnell wieder weg. »In Gegenwart eines Fremden kann ich dir aber nicht erzählen, was sie gesagt hat.«

»Warum nicht?«

»Es war über dich und deine Beziehungen zu ihr.«

»Ich habe keine Beziehungen zu ihr, außer daß sie vorige Woche eines Tages zu mir ins Atelier kam, um bei mir zu arbeiten, und ich sie abgewiesen habe.«

»Sie hat gesagt, sie sei eins deiner – Modelle.«

»Nur weiter«, drängte Harley, »was hat sie sonst noch gesagt?«

»Sie hat behauptet, du und sie – sie hat schreckliche Ausdrücke gebraucht – ich könnte sie vor keinem Menschen wiederholen ...«

Das Blut war aus Harleys sonnengebräuntem Gesicht gewichen, so daß es jetzt bräunlich grau und leblos wie

Sandstein wirkte. »Sie hat angedeutet, daß ich sexuelle Beziehungen zu ihr hätte?«

»*Angedeutet.*« Bertha lachte laut auf. »*Angedeutet.* Das ist ja wirklich mehr als komisch. Du hättest sie mal hören sollen ...«

»Und du hast ihr zugehört, Bertha?«

»Ja.«

»Warum nur?«

»Ich weiß es nicht. Ich wollte gar nicht, es war mir widerlich, aber ich hörte zu.«

»Hast du geglaubt, was sie gesagt hat?«

»Nein.«

Ohne weiter in sie zu dringen, akzeptierte er dieses schwache, unüberzeugende Nein. Er versuchte sogar, ihr beruhigend zuzulächeln, aber er sah krank und erschöpft aus, als er sich Blackshear zuwendete. »Also *das* ist die Art von Unfug, auf die sich diese Merrick verlegt hat?«

»Das ist leider schon ein bißchen mehr als Unfug, fürchte ich.«

»Zugegeben, daß sie vielleicht verrückt ist, aber in menschlichen Schwächen scheint sie sich erstaunlich gut auszukennen.«

»Allerdings.« Blackshear mußte an die Dinge denken, die sie zu Miss Clarvoe gesagt hatte. Evelyn Merrick hatte die geheimen, ureigensten Ängste von Miss Clarvoe benutzt, genau wie sie die von Mrs. Moore und, in einem geringeren Ausmaß, die von Lydia Hudson benutzt hatte, wobei sie keine zusätzlichen Ängste geweckt, sondern nur mit den bereits vorhandenen gearbeitet hatte. In jedem dieser Fälle hatte sie sich eine andere Taktik zurechtgelegt, doch das Resultat war bei allen das gleiche: Unsicherheit, Panik und Schrecken. Miss Hudsons Charakter war stark genug, die Probleme selber zu lösen. Helen Clarvoes würden vielleicht nie gelöst werden. Mrs. Moore hatte ein Bedürfnis nach Hilfe und auch die Fähigkeit, sich helfen zu lassen.

»Evelyn Merrick findet ihre Befriedigung im Leiden anderer Menschen, Mrs. Moore«, sagte Blackshear. »Heute waren Sie an der Reihe, aber es sind noch andre da.«

»Das – wußte ich nicht.«

»Es ist aber so. Für sie gibt es absolut keine Grenzen in dem, was sie sagen würde, nur um Unheil anzurichten; und in Ihrem Falle hatte sie noch ein besonderes Motiv. Mr. Moore hat mir nämlich erzählt, daß er sie sehr kurz abgewiesen habe, weil er beschäftigt gewesen sei, als sie ins Atelier kam.«

Bertha lächelte kaum merklich. »Das versteht Harley sehr gut.«

»Dafür wollte sich die Merrick vielleicht rächen. Solche kleinen Episoden, die ein normaler Mensch gar nicht so wichtig nehmen und vergessen würde, werden oft im Gehirn einer unsicheren Frau schrecklich aufgebauscht.«

»Ich habe ihr natürlich keinen Moment lang geglaubt«, entgegnete Bertha in einem sehr festen, vernünftigen Ton. »Schließlich sind doch Harley und ich seit fast zwanzig Jahren glücklich verheiratet ... Ich nehme an, Harley hat Ihnen von unserm kleinen Mädchen erzählt.«

»Das hat er getan.«

»Wollen Sie die Kleine sehen?«

»Sehr, sehr gern.«

»Ich gehe sie holen«, sagte Harley. Aber Bertha war schon aufgestanden.

»Laß mich«, sagte sie lächelnd. »Ich muß ihr unbedingt noch etwas sagen.«

Angie schlief noch. Unter Berthas Berührung wachte sie auf und gab einen Protestschrei von sich, der in ein Gähnen überging.

»Dein Vater ist ein guter Mensch«, wisperte Bertha sanft in ihr winziges Ohr. »Das dürfen wir beide niemals vergessen. Er ist wirklich ein *guter* Mensch.«

Mit schnellen Schritten trug sie das Kind ins Wohnzimmer, als könnte sie so den Einflüsterungen entkommen, die von den Wänden ihrer Erinnerung widerhallten: *Sie scheinen keine Ahnung zu haben, was da in seinem Atelier vor sich geht ... Haben Sie sich wirklich diese ganzen Jahre an der Nase herumführen lassen? ... Du lieber Gott, was Sie nicht alles in meiner Kristallkugel sehen würden! ...*

Bertha horchte.

5

»Helen? Bist du's, Helen?«

»Ja.«

»Hier ist Mutter.«

»Ja.«

»Ich muß schon sagen, du scheinst nicht sehr beglückt zu sein, von mir zu hören.«

»Ich bemühe mich.« ›Sie spricht ja noch genauso wie früher‹, dachte Helen, ›wie ein weinerliches Kind.‹

»Sprich doch bitte *deutlich*, Kind. Wenn ich eins nicht vertragen kann, sind es Menschen, die am Telefon nuscheln. Helen? Bist du da?«

»Ich bin hier.«

»Das klingt schon besser. Hör mal zu. Der Grund, warum ich dich sprechen wollte, ist folgender: ich habe eben einen geheimnisvollen Anruf von Mr. Blackshear gehabt. Du erinnerst dich doch? Dieser Börsenmann und Freund deines Vaters, dessen Frau an Krebs gestorben ist?«

»Ich erinnere mich.«

»Also, was soll ich dir sagen, ruft der mich doch plötzlich aus heiterem Himmel an und fragt, ob er mich heute abend besuchen könnte. Glaubst du nicht, daß es etwas mit *Geld* zu tun hat?«

»Inwiefern?«

»Vielleicht hat er irgendwo noch verloren geglaubte Wertpapiere gefunden, die deinem Vater gehörten?«

»Das glaube ich kaum.«

»Aber es wäre doch möglich?«

»Ja, möglich wäre es.«

»Wäre das nicht eine wunderbare Überraschung? Nur so ein paar Aktien von AT&T*, die ganz hinten in einer Schublade gelegen haben und vergessen worden sind. Wäre das nicht *herrlich*?«

»Ja.« Sie nahm sich gar nicht erst die Mühe, ihre Mutter darauf aufmerksam zu machen, daß ihr Vater niemals Aktien von AT&T gekauft hatte, und wenn, dann wären sie nicht in eine Schublade gestopft und vergessen worden. Sollte doch Verna das selber herausfinden. Sie

* American Telephone & Telegraph

hatte ja sowieso einen ganzen Schrank voll geplatzter Träume, da kam es auf einen mehr auch nicht an.

Die Aussicht auf Geld, und mochte sie noch so unsicher sein, drückte sich in Vernas Stimme durch einen hellen, mädchenhaft singenden Tonfall aus. »Ich hab' dich ja ewig lange nicht gesehen, Helen.«

»Ich weiß.«

»Wie geht's dir denn?«

»Gut, danke.«

»Ißt du auch richtig?«

Das war eine unmöglich zu beantwortende Frage, da Vernas Vorstellungen von ›richtig essen‹ Woche für Woche wechselten und ganz davon abhingen, welche neue Diät gerade ihr Interesse erregt hatte. Sie hielt verschiedene Diäten, entweder um schlank zu werden, oder um zuzunehmen, um den niedrigen Blutzuckerstand zu korrigieren, um ihren Teint zu verbessern, um Allergien zu vermeiden, oder um den Gallenfluß anzuregen. Der Zweck einer Diät war unwichtig. Nur das Diäthalten als solches war wichtig. Es gab ihr Gesprächsstoff und machte sie interessanter und ungewöhnlich. Während ihre Gallentätigkeit in gewohnter Weise funktionierte, ging Verna geschäftig von einer Diät auf die andere über und ließ andere Frauen, die alles essen durften und auch aßen, unförmig erscheinen.

»Sprich doch *laut*, Helen.«

»Ich habe ja gar nichts gesagt.«

»Ach so. Na dann... Was ich sagen wollte, Dougie und ich essen morgen im Vine-Street-Derby zu Mittag. Das ist doch ganz in deiner Nähe, und da dachte ich mir, ob du nicht auch kommen möchtest. Wie wär's?«

»Lieber nicht. Doch ich dank' dir für die Einladung.«

»Aber es ist doch ein ganz besonderer Anlaß. Erstens hat Dougie Geburtstag – sechsundzwanzig wird er schon. *Tempus fugit*, wie? – und zweitens wird noch jemand da sein, Dougies Kunstlehrer, ein Mr. Terola. Ich wollte gern, daß du ihn kennenlernst. Er soll ein phantastisch interessanter Mann sein.«

»Ich wußte gar nicht, daß Douglas sich für Malerei interessiert.«

»Aber doch nicht Malerei. Fotografieren. Dougie meint, die Fotografie hätte eine große Zukunft, und Mr. Terola kennt praktisch alles, was es auf diesem Gebiet gibt.«

»Alle Achtung.«

»Ich wünschte, du würdest dich aufraffen und kommen, Kind. Wir werden Punkt eins im Derby sein.«

»Ich werde versuchen zu kommen.« Sie wußte, weshalb ihrer Mutter soviel daran lag, daß sie käme: ihre Mutter erwartete von ihr, daß sie Douglas als Geburtstagsgeschenk einen Scheck mitbrächte.

»Bist du noch da, Helen?«

»Ja.«

»Diese langen Pausen machen mich ganz nervös, also wirklich. Ich weiß nie, was du *denkst*.«

Helen lächelte bitter ins Telefon. »Du könntest mich ja mal fragen.«

»Ich habe Angst, du würdest vielleicht antworten«, entgegnete Verna mit einem kurzen schrillen Auflachen. »Dann ist es also abgemacht? Wir treffen uns morgen um eins?«

»Ich kann es nicht versprechen.«

»Du bist natürlich mein Gast. Und noch etwas, Helen. Leg doch ein bißchen Lippenstift auf, ja? Und vergiß nicht, daß es Dougies Geburtstag ist. Ich bin überzeugt, er würde eine kleine Aufmerksamkeit sehr zu schätzen wissen.«

»Davon bin ich fest überzeugt.«

»Also, dann bis morgen.«

»Leb wohl.«

Helen legte den Hörer auf. Es war das erstemal seit Monaten, daß sie mit ihrer Mutter gesprochen hatte, doch es hatte sich nichts geändert. Die gegenseitige Abneigung hing zwischen ihnen wie ein zweischneidiges Schwert. Keine von beiden konnte es benutzen, ohne sich dabei zunächst einmal selbst zu verletzen.

»Hundert Dollar«, sagte Verna laut. »Wenn wir Glück haben, auch zweihundert. Sie kann einfach nicht anders. Und wenn Mr. Blackshear diese Aktien von AT&T gefunden hat, sind wir sowieso wieder mal für ein Weilchen gerettet.«

Verna besaß nur noch ein Auto, hatte eine zweite Hypothek aufgenommen und beschäftigte nur noch ein Halbtagsmädchen. Die Extraapparate in ihrem Schlafzimmer und im Patio hatte sie von der Telefongesellschaft herausnehmen lassen, die abgetretene Stelle des Eßzimmerteppichs mit einer Baumwollmatte zugedeckt und über den abblätternden Anstrich der Küchenwand einen Kalender gehängt. Kurzum, sie hatte ihr Möglichstes getan, die Ausgaben zu verringern und den Haushalt in Schwung zu halten. Doch der Haushalt war längst nicht mehr im Schwung, sondern es fehlte an allen Ecken und Enden, und er geriet von Woche zu Woche mehr in Rückstand.

Es gab Situationen – gewöhnlich am Anfang des Monats, wenn die Rechnungen sich häuften –, wo Verna auf den Gedanken kam, daß es gut wäre, wenn Douglas sich nach einer Stellung umsehen würde. Aber meistens war sie froh, ihn im Hause zu haben. Auf seine stille Art war er ein guter Gesellschafter, der außerdem noch den Garten und die schwere Arbeit besorgte, wenn er nicht gerade studierte. Nach Vernas Ansicht war Douglas der geborene Student. Nur wegen eines reichlich überschätzten Zwischenfalls im Garderobenraum des Turnsaals hatte er das College nicht beendet. Er hatte jedoch das Studium auf eigene Faust fortgesetzt und bereits Keramik, moderne Dichtung, die französischen Impressionisten, das Züchten von Avocados und Klarinette studiert. Die Klarinette hatte seine Lippe verletzt, die Avocadosetzlinge im Garten hinten waren eingegangen, und niemand schien ein Interesse daran zu haben, seine Keramiken auszustellen oder zuhören zu wollen, wenn er Gedichte von Dylan Thomas rezitierte.

Trotz dieser Mißerfolge blieb Douglas gutmütig. Er beschimpfte das Publikum nicht öffentlich wegen seiner Dummheit, noch den Treibhausbesitzer, daß er ihm schadhafte Avocados verkauft hatte, sondern gab einfach zu verstehen, daß er sein Bestes getan habe; mehr könne niemand erwarten.

Das tat auch niemand, außer Verna. Und an dem Tage, an dem er seine Klarinette verkaufte, ging sie in ihr Schlafzimmer hinauf und weinte, obwohl sie das Gequieke gehaßt hatte. Der Verkauf der Klarinette war nicht dasselbe wie das allmähliche Nachlassen seines Interesses für Keramik und Dichtung und alles andere. Es lag eine absolute Endgültigkeit darin, die sie wie eine Faust in den Magen traf. Ihre Schmerzen waren so echt und stark, daß Douglas den Arzt anrief. Als der Arzt kam, schien er an Douglas genau denselben Anteil zu nehmen wie an Verna. »Ihr Junge sieht mir ganz so aus, als hätte er ein gutes Stärkungsmittel nötig«, hatte er geäußert.

Der ›Junge‹ wurde morgen sechsundzwanzig.

»Zweihundert Dollar mindestens«, wiederholte Verna. »Schließlich ist doch morgen sein Geburtstag, und sie ist seine Schwester.«

Sie deckte den Käfig des Kanarienvogels für die Nacht zu, inspizierte die Küche, ob das Mädchen vor dem Weggehen auch richtig aufgeräumt hatte, und ging in den Salon, wo Douglas auf der Couch lag und las. Er hatte weiße, perlenbestickte Mokassins und einen Frotté-Schlafrock an, dessen Ärmel halb aufgerollt waren und Handgelenke sehen ließen, die so schmal und biegsam waren, als wären sie knochenlos. Er hatte dasselbe Kolorit wie Helen: dunkles Haar und den Typ von chamäleon-grauen Augen, die je nach der Umgebung die Farbe wechselten. Seine Ohren waren enganliegend wie die einer Frau. Im rechten Ohrläppchen trug er einen Ring aus feinem Golddraht. Dieser winzige Ohrring gehörte zu den Dingen, über die er und Verna häufig stritten, aber Douglas nahm ihn nicht heraus.

Als Douglas seine Mutter ins Zimmer kommen hörte, legte er das Buch weg und stand von der Couch auf.

›*Wenigstens habe ich ihn so erzogen, daß er Frauen Respekt erweist*‹, dachte Verna mit Genugtuung.

»Geh und zieh dich an, mein Lieber«, sagte sie zu ihm.

»Weshalb?«

»Ich erwarte Besuch.«

»Sehr schön – *ich* aber nicht.«

»Bitte widersprich mir nicht, mein Lieber. Ich bekomme wieder eins meiner Kopfwehs.« Verna hatte ein ganzes Arsenal von Kopfschmerzen zu ihrer Verfügung. Sie überfielen sie wie ein Schwarm von Eingeborenen-Truppen. War der eine niedergemetzelt, trat sofort ein anderer auf den Plan, bereit, vorwärtszupreschen und seinen Platz einzunehmen. »Mr. Blackshear hat sich angesagt. Vielleicht handelt es sich um Geld.«

Sie setzte ihm die Sache mit den AT&T-Aktien auseinander, die möglicherweise in einer Schublade vergessen worden waren, während Douglas an seinem Ohrring herumspielte und ihr mit liebenswürdigem Skeptizismus zuhörte. Diese Geste ärgerte sie. »Und zum Donnerwetter, nimm das Ding da ab!«

»Wieso?«

»Ich hab' dir schon mal gesagt, du siehst lächerlich damit aus.«

»Der Meinung bin ich nicht. Anders vielleicht, aber nicht lächerlich.«

»Warum solltest du *anders* aussehen wollen als andre Männer?«

»Weil ich anders *bin*, Liebling. Ich *bin* nun mal anders.«

Er streckte die Hand aus und strich ihr leicht über die Wange.

Sie wich zurück. »Hör mal, mir scheint doch ...«

»Dir *scheint* eben immer nur alles, für *mich ist* es so.«

»Ich verstehe dich nicht, wenn du so redest. Und ich wünsche keine Auseinandersetzungen mehr über diesen Ohrring. Nimm ihn augenblicklich raus!«

»Bitte sehr. Du brauchst nicht gleich so zu schreien.« Um Douglas' Mund zog sich eine weiße Linie und seine Schläfen pulsierten vor unterdrückter Wut. Er nahm den Ohrring heraus und schleuderte ihn quer durch das Zimmer. Er prallte von der Wand ab und auf den hellen Deckel des Spinett-Pianos, rollte dann vorwärts und fiel zwischen zwei Baß-Saiten.

Verna stieß einen Schreckensschrei aus. »Sieh mal, was du jetzt getan hast!«

»Ich habe es satt, herumkommandiert zu werden.«

»Du hast mein Piano ruiniert. Wieder eine Reparaturrechnung zu bezahlen ...«

»Es ist nicht ruiniert.«

»Doch.« Fast in Tränen, lief sie zum Piano hinüber und spielte mit der linken Hand eine Tonleiter. Die C- und D-Saiten waren nicht blockiert, sie machten nur ein kleines, klimperndes Geräusch. »Du hast mein Piano ruiniert.«

»Unsinn. Das kann ich ganz leicht wieder in Ordnung bringen.«

»Ich will nicht, daß du es anrührst. Das ist Sache eines Fachmanns.«

Sie stand von der Klavierbank auf. Ihre Lippen waren zusammengepreßt, als wären sie aus Zement gegossen.

Während Douglas sie beobachtete, dachte er: ›Manche

Frauen werden mit den Jahren imposanter und manche schrumpfen ein.‹

Verna war eingeschrumpft. Mit jeder Woche schien sie kleiner zu werden, und wenn Douglas sie ›altes Mädchen‹ nannte, war es kein Kosewort. Er meinte es wirklich. Verna war ein altes Mädchen.

»Es tut mir leid, altes Mädchen.«

»Tut es dir wirklich leid?«

»Das weißt du doch.«

»Willst du dann nach oben gehen und dich umziehn?«

»Gut.« Er zuckte die Achseln, als hätte er schon von Anfang an gewußt, daß sie ihren Willen durchsetzen würde, und es machte ihm auch nichts mehr aus, weil er seine eigenen Methoden hatte, ihr ihre Autorität zu vergällen.

»Und vergiß nicht, eine Krawatte umzubinden.«

»Warum?«

»Andre Männer tragen auch Krawatten.«

»Nicht alle.«

»Ich weiß gar nicht, weshalb du heute abend so schwierig bist.«

»Ich glaube, es ist gerade umgekehrt, altes Mädchen. Nimm eine Pille oder sonst was.«

Als er aus dem Zimmer und am Piano vorbei ging, ließ er seinen Zeigefinger leicht über die Tasten gleiten, wobei er vor sich hin lächelte.

»Douglas.«

Im Türrahmen blieb er stehen und raffte den Schlafrock eng um seine Taille. »Was gibt's?«

»Heute nachmittag habe ich Evie mit ihrer Mutter in der Stadt getroffen.«

»Na, und?«

»Evie hat nach dir gefragt. Sie war wirklich sehr freundlich, wenn man bedenkt, was passiert ist: die Scheidung und alles.«

»Gegebenenfalls werde ich gleichfalls freundlich zu ihr sein.«

»Sie ist so ein reizendes Mädchen. Alle sagen, ihr wärt ein so schönes Paar gewesen.«

»Laß uns nicht wieder darauf herumreiten.«

»Du hättest wohl nicht den Wunsch, sie vielleicht wiederzusehen? Sie hat mich zwar nicht danach gefragt, aber ich habe gefühlt, daß sie noch immer an dich denkt.«

»Du brauchst eine neue Kristallkugel, altes Mädchen.«

Als er weg war, begann sie im Zimmer herumzugehen, die Lampen anzuknipsen und auf dem Kaminsims die seltsam geformten Keramiken zurechtzurücken, die Douglas' vorübergehenden Beitrag zur Kunst darstellten. Verna begriff nicht, was diese Stücke vorstellen sollten, genausowenig, wie sie Douglas' Gedichte oder Musik verstand. Man hatte den Eindruck, als bewegte er sich in einem rasend schnell fahrenden Automobil durch das Leben, aus dessen Fenster er ab und zu Lehmklumpen, Bruchstücke von Musik und Gedichtfetzen schleuderte, die er während des Stoppens vor dem roten Licht schnell zusammengerafft hatte. Nichts wurde zu Ende geführt, bevor die Lichter wechselten, und was aus dem Fenster flog, verlor durch die Geschwindigkeit des Autos und den Fahrtwind die Form.

Verna Clarvoe begrüßte Blackshear mit einer Überschwenglichkeit, welche er weder erwartet hatte noch wünschte oder verstand. In den vergangenen Jahren hatte sie ihn sonst immer deutlich merken lassen, daß sie ihn für einen langweiligen Menschen hielt. Und jetzt kam sie plötzlich zu ihm an den Wagen heraus, streckte ihm beide Hände entgegen und versicherte ihm, wie wunderbar es sei, ihn wiederzusehen, und wie prachtvoll er aussähe, keinen Tag, ja keine Minute älter.

»Also Sie haben sich überhaupt nicht verändert. Von mir können Sie das nicht behaupten, seien Sie jetzt mal ehrlich!«

»Aber sicher kann ich das.«

Sie errötete vor Freude, weil sie seine Worte für ein Kompliment hielt. »Was sind Sie doch für ein charmanter Lügner, Mr. Blackshear. Aber das waren Sie ja eigentlich immer. Kommen Sie in den Salon, dort können wir sprechen. Seit Harrisons Tod benutzen wir den Salon so gut wie nie. Er ist so groß, daß Dougie und ich uns völlig darin verlieren. Helen lebt nämlich nicht mehr hier im Hause.«

»Ja, das weiß ich. Um es gleich zu sagen: das ist auch einer der Gründe, weswegen ich hier bin.«

»Wegen *Helen* sind Sie gekommen?«

»Ja.«

»Sieh mal an«, sagte sie schrill auflachend. »Nein, so was. Das ist aber eine Überraschung. Ich dachte, Sie kämen vielleicht, um wegen Geld mit mir zu sprechen.«

»Es tut mir leid, wenn Sie diesen Eindruck hatten.«

»Es war kein Eindruck, Mr. Blackshear, es war eine *Hoffnung*. Sehr dumm von mir.« Sie wendete ihr Gesicht ab. »Aber lassen wir das. Kommen Sie, wir wollen lieber etwas trinken.«

Er folgte ihr den matt beleuchteten Korridor hinunter in den Salon. In dem überhöhten Feldsteinkamin knisterte ein Feuer und das Zimmer war wie ein Backofen. Trotz der Hitze sah Verna Clarvoe blaß und kalt aus, wie ein in einen Eisblock eingefrorener verhungerter Sperling.

»Bitte setzen Sie sich, Mr. Blackshear.«

»Danke.«

Sie mixte zwei Whisky-Soda und redete dabei nervös drauflos. »Das hat Harrison sonst immer gemacht, als er noch lebte. Es ist doch merkwürdig, zu welchen komischen Zeiten man Menschen plötzlich vermißt, nicht wahr? Aber das alles kennen Sie ja aus eigener Erfahrung... Das da auf dem Kamin sind einige von Dougies Arbeiten. Man hält sie für recht ungewöhnlich. Verstehen Sie etwas von Kunst?«

»Überhaupt nichts«, entgegnete Blackshear amüsiert.

»Wie schade. Ich wollte nämlich Ihre Meinung hören. Aber macht nichts, es kommt nicht mehr drauf an. Dougie hat nämlich inzwischen etwas anderes angefangen. Fotografieren. Er geht jeden Tag in Hollywood zum Unterricht. Fotografieren besteht ja schließlich nicht nur darin, daß man Aufnahmen macht, wissen Sie.«

Das war Blackshear neu, aber er sagte: »Ach, erzählen Sie mir doch mehr darüber.«

»Nun, man muß zum Beispiel Komposition, Belichtung und Filter und eine Menge ähnlicher Dinge studieren. Dougie ist ganz verrückt damit. Er ist der geborene Student.«

Sie ging mit den beiden Gläsern auf Blackshear zu und setzte sich zu ihm auf die Couch.

»Auf was wollen wir trinken, Mr. Blackshear?«

»Das ist mir gleich – es spielt doch keine Rolle.«

»Gut, trinken wir auf die Millionen kleiner Dinge in der Welt, die alle keine Rolle spielen. Prosit!«

Peinlich berührt trank Blackshear seinen Whisky. Es wurde ihm plötzlich klar, daß er Verna Clarvoe im Grund nie gekannt hatte. Bisher hatte er sie nur maskiert gesehen, indem sie die Rolle spielte, die man ihrer Meinung nach von ihr erwartete: die schöne, leichtsinnige Frau eines Mannes, der sie sich leisten konnte.

Diese Rolle hatte sie beibehalten, doch ihren Text hatte sie vergessen, Requisiten und Hintergrund waren entfernt worden und die Zuschauer längst gegangen.

»Starren Sie mich doch nicht so an«, fuhr sie ihn unvermittelt an.

»Habe ich das getan? Verzeihen Sie.«

»Ich weiß selber, daß ich mich verändert habe. Es war ein schreckliches Jahr. Wenn Harrison das wüßte... Glauben Sie, daß Menschen, die von uns gegangen sind, vom Himmel herunterschauen und sehen können, was auf Erden geschieht?«

»Das wäre nicht das Ideal des Himmels für mich«, erwiderte Blackshear trocken.

»Meins auch nicht. Und doch wäre es mir andrerseits lieb, wenn Harrison *wüßte*. Ich meine, er ist weit weg von allem, ihm geht's gut, er hat keine Probleme. *Ich* aber bin zurückgeblieben. Ich bin – wie ist doch noch der gesetzliche Ausdruck dafür? Hinterblieben? Genau das bin ich. Eine Hinterbliebene.« Sie stürzte den Rest ihres Whiskys glucksend hinunter wie ein durstiges Kind. »Es muß Ihnen doch hier mit mir furchtbar langweilig sein.«

»Durchaus nicht.«

»Ach, tun Sie doch nicht so, Sie sind immer so *höflich*. Wird es Ihnen nie über, ewig höflich zu sein?«

»Allerdings, offen gestanden.«

»Na, warum werden Sie denn dann nicht mal *unhöflich?* Fangen Sie an. Ich fordere Sie heraus. Werden Sie *unhöflich*, warum denn nicht?«

»Also gut«, entgegnete Blackshear ruhig. »Sie sind betrunken, Mrs. Clarvoe. Bitte hören Sie auf zu trinken, Sie vertragen es nicht.«

»Bitte – noch immer *bitte*. Sie können einfach nicht anders, Sie sind eben ein Gentleman. Ein geborener Gentleman. Dougie ist ein geborener Student. Er lernt fotografieren. Habe ich Ihnen das schon erzählt?«

»Erzählen Sie's mir ruhig noch einmal, wenn es Ihnen Spaß macht.«

»Mr. Terola ist sein Lehrer. Er ist ein sehr interessanter Mann. Kein geborener Gentleman wie Sie, aber sehr interessant. Beides kann man eben nicht sein. Schade, nicht wahr? Warum werden Sie nicht wieder unhöflich? Machen Sie schon. Also, ich bin betrunken. Was noch?«

»Ich bin hergekommen, um mit Ihnen über Helen zu sprechen, Mrs. Clarvoe, und nicht über Sie.«

Rote Flecken schossen ihr in die Wangen. »Das war unhöflich genug. Lassen wir's dabei. Fangen Sie an. Sprechen Sie über Helen.«

»Wie Ihnen bekannt sein dürfte, habe ich während des vergangenen Jahres ihr Vermögen verwaltet.«

»Das wußte ich nicht. Helen sagt mir nie etwas, am wenigsten, wenn es sich um Geld handelt.«

»Gestern also hat sie mich gebeten, noch eine andere Funktion für sie zu übernehmen: sie hat mich beauftragt, jemanden für sie zu suchen. Eine Frau in der Stadt beschäftigt sich damit, drohende und obszöne Telefonanrufe zu machen. Eines ihrer Opfer ist Helen. Aus dem, was ich heute über diese Frau gehört habe, muß ich schließen, daß sie gefährlich ist.«

»Und was habe *ich* damit zu tun? Helen ist alt genug, um sich selber zu helfen. Und außerdem – wozu haben wir denn die Polizei?«

»Bei der Polizei war ich bereits. Der Beamte, mit dem ich sprach, hat mir gesagt, nur in seinem Revier allein bekämen sie schon Dutzende von ähnlichen Beschwerden.«

Die Wirkung des Whiskys begann nachzulassen. Verna konnte ihre Hände im Schoß nicht stillhalten, und an ihrem linken Augenlid machte sich das Zucken eines kleinen Tics bemerkbar. »Also ich sehe wirklich nicht, was *ich* da helfen kann.«

»Zum Beispiel wäre es vielleicht eine gute Idee, wenn Sie sie einladen würden, eine Zeitlang bei Ihnen zu bleiben.«

»Hier? In meinem Haus?«

»Ich bin mir bewußt, daß Sie nicht gerade auf freundschaftlichem Fuße miteinander stehen, aber ...«

»Da gibt's keine Aber, Mr. Blackshear. Keine. Als Helen dieses Haus verließ, habe ich sie ersucht, nie mehr zurückzukommen. Sie hat unverzeihliche Dinge über Dougie und mich geäußert. Unverzeihliche. Sie muß verrückt sein zu glauben, sie könne hierher zurückkommen.«

»Das war *meine* Idee, *sie* weiß gar nichts davon.«

»Das hätte ich mir gleich denken können. Helen würde eher sterben, als mich um einen Gefallen bitten.«

»Für manche Menschen ist es nicht leicht, um einen Gefallen zu bitten. Helen ist scheu und unsicher und verängstigt.«

»Verängstigt? Mit dem vielen Geld?« Sie lachte höhnisch. »Wenn *ich* soviel Geld hätte, könnte mich selbst der Teufel nicht erschrecken.«

»Berufen Sie's nur nicht.«

Mit einem trotzigen Zurückwerfen des Kopfes durchquerte sie das Zimmer und ging daran, sich einen zweiten Whisky zu mixen. Genau wie beim ersten begann sie schon darauf zu reagieren, noch bevor sie überhaupt die Flasche entkorkt hatte.

»Mrs. Clarvoe, halten Sie es für gescheit, noch . . .«

»Nein, es ist nicht gescheit. Ich bin eben eine sehr dumme, ungebildete Frau. Das hat man mir jedenfalls gesagt.«

»Wer hat Ihnen das gesagt?«

»Ach, sehr viele Leute: Harrison, Dougie, Helen, viele, viele Leute. Es ist doch eine merkwürdige Sache, einem zu sagen, daß man blöd ist, und einem nie zu sagen, wie man es anstellt, nicht blöde zu sein.« Sie hob ihr Glas: »Ich trinke auf uns, auf alle Vogelhirne.«

»Mrs. Clarvoe, tun Sie das jeden Abend?«

»Ob ich *was* tue?«

»Derartig viel trinken?«

»Ich habe monatelang überhaupt nichts getrunken. Wie Sie vorhin ganz richtig sagten, kann ich das Zeug nicht vertragen. Und gewöhnlich versuche ich es auch gar nicht. Aber heute abend ist eine Ausnahme. Heute abend ist etwas zu Ende gegangen.«

Sie hielt ihr Glas mit beiden Händen und schwenkte es herum, so daß das Klicken der Eiswürfel ihren Worten Nachdruck verlieh.

»Man glaubt immer, ein Ende müsse endgültig sein, müsse schwerwiegende oder schreckliche Ursachen haben. So ist es aber gar nicht. Für mich ist heute abend Schluß, obgleich gar nichts Entscheidendes passiert ist; nur eine Menge kleiner Dinge. Verschiedene Rechnungen sind gekommen, das Mädchen war unverschämt, weil es auf seinen Lohn warten muß, ich habe Evie auf der Straße getroffen, das Mädchen, mit dem Douglas verheiratet war, Dougie hat seinen Ohrring getragen, ich habe ihn gezwungen, ihn abzulegen, und da hat er ihn weggeschleudert und... Verstehn Sie jetzt, was ich meine? Nur kleine Dinge.« Sie starrte in ihr Glas und beobachtete, wie die Bläschen an die Oberfläche stiegen und zersprangen. »Evie hat so süß ausgesehen und so hübsch. Und ich dachte, was für reizende Kinder sie hätten haben können. Meine Enkelkinder. Ich habe nichts dagegen, alt zu werden, aber ich möchte gern ein Resultat vorzuweisen haben, etwas wie Enkelkinder. Mr. Blackshear?...«

»Ja?«

»Glauben Sie, daß mit Dougie etwas nicht stimmt?«

Langsam rann ein Schweißtropfen an einer Seite seines Gesichts herunter und hinterließ eine feuchte Spur, wie eine Schnecke. »Darauf kann ich nicht antworten, fürchte ich.«

»Nein. Nein, natürlich nicht«, sagte sie ruhig. »Ich hätte Sie nicht fragen sollen. Sie kennen ihn ja nicht so gut. Er ist ein – ein sehr lieber Junge. Und er hat viele gute Eigenschaften.«

»Davon bin ich überzeugt.«

»Und er ist außerordentlich talentiert. Das sagt jeder. Harrison war so streng mit ihm. Ich habe immer versucht, es hinter seinem Rücken bei Dougie wiedergutzumachen, indem ich ihn ermutigte, aus sich herauszugehen.« Sie stellte ihr halbleeres Glas auf den Kamin und neigte sich näher zum Feuer hinunter. Ihre ausgestreckten knochigen, kleinen Hände berührten beinahe die Flammen. »Harrison war manchmal ein sehr grausamer Mann. Überrascht Sie das?«

»Nicht sehr. Die meisten von uns sind gelegentlich grausam.«

»Nicht in der Art wie Harrison. Er pflegte ... Aber das ist jetzt unwichtig. Ich sehe Ihnen an, daß ich Ihnen die Stimmung verderbe.« Sie wandte sich vom Feuer weg, und man merkte ihr an, daß sie sich bemühte, sich zu beherrschen. »Sie haben sich meine Kümmernisse angehört, jetzt können Sie mir Ihre erzählen, wenn Sie Lust haben.«

»Sie sind nicht sehr interessant.«

»Alle Sorgen sind interessant. Vielleicht haben wir sie überhaupt nur, damit wir uns nicht zu Tode langweilen. Fangen Sie an, erzählen Sie mir Ihre Sorgen.«

»Ich bedaure, Mrs. Clarvoe, aber dazu ist keine Zeit mehr.«

»Gehen Sie noch nicht. Sie haben Dougie noch nicht gesehen. Er ist oben und zieht sich an. Morgen ist sein Geburtstag. Wir haben eine kleine Feier im Brown Derby.«

›Während das Mädchen auf seinen Lohn wartet‹,

dachte Blackshear grimmig. »Ich lasse Douglas viel Glück zum Geburtstag wünschen.«

»Ich werde's ihm ausrichten.«

»Nur noch eine Sache, Mrs. Clarvoe. Kennen Sie zufällig eine junge Dame mit dem Namen Evelyn Merrick?«

Sie sah ihn erstaunt an. »Ja, natürlich.«

»Wieso natürlich?«

»Sie ist Dougies Frau. Ich meine, sie war es. Die Ehe ist annulliert worden, und sie hat ihren Mädchennamen wieder angenommen.«

»Und sie lebt hier in der Stadt?«

»Ja, in Westwood. Bei ihrer Mutter.«

»Aha.« So einfach war es also. Er hätte weder Miss Hudson, noch Terola, noch Harley Moore zu fragen brauchen. Evelyn Merrick war also kein hergelaufenes Geschöpf und keine Fremde. Sie war Douglas Clarvoes Frau gewesen und demnach Helen Clarvoes Schwägerin. »Kannte Helen das Mädchen?«

»Kannte sie das Mädchen? Aber hören Sie mal, durch sie hat Douglas doch Evelyn überhaupt kennengelernt. Evie und Helen waren vor Jahren zusammen in einer Privatschule in Hope Ranch, und Helen brachte Evie zum Wochenende mit nach Hause. Nach dem Abschluß-Examen waren sie auf verschiedenen Colleges und kamen auseinander. Doch Evie kam dann und wann noch zu uns herüber, hauptsächlich um Douglas zu sehen. Douglas war immer ein großer Verehrer von ihr gewesen, sie hatte etwas so Lebendiges und Herzliches. Sie neckte ihn meistens, wo sie nur konnte, aber er liebte das. Ihre Neckereien waren nie bösartig.«

›Jetzt sind sie's aber‹, dachte Blackshear. »Erzählen Sie mir etwas von der Hochzeit.«

»Nun, es war eine sehr stille Hochzeit, da es doch so kurz nach Harrisons Tod war. Nur die Familie und ein paar Freunde.«

»War Helen auch dabei?«

»Helen?« sagte sie steif. »Helen wohnte schon nicht mehr hier. Sie war natürlich eingeladen und hat auch ein wunderschönes Geschenk geschickt.«

»Aber gekommen ist sie nicht?«

»Nein. Sie war krank.«

»Wie krank?«

»Also wirklich, Mr. Blackshear – wie sehr krank weiß ich nun nicht. Es war mir auch ganz gleich. Ich wollte sie sowieso nicht dabei haben. Mit ihrem finsteren Gesicht hätte sie vielleicht die gesamte Hochzeit ruiniert.«

Blackshear lächelte über diesen Widersinn. Helen hätte vielleicht die Hochzeit ruiniert, aber Verna hatte die Ehe zugrunde gerichtet.

»Außerdem«, fuhr Verna fort, »waren sie und Evie nicht mehr befreundet. Sie hatten nicht viel miteinander gemein; schon damals nicht, als sie zusammen zur Schule gingen. Evie war ein ganz Teil jünger und im Temperament genau das Gegenteil, immer Unfug im Kopf und bereit zu lachen.«

»Und Sie haben sie heute nachmittag gesehen?«

»Ja.«

»Und hat sie noch immer Unfug im Kopf? Und lacht sie noch so gern?«

»Nicht mehr ganz so. Das Auseinandergehen der Ehe

hat sie schwer getroffen. Uns alle übrigens. Ich wollte Enkelkinder haben.«

Der zweite Whisky hatte ihr Gesicht gerötet, so daß ihre Augen wie blaue Glasperlen in einem Puppengesicht wirkten.

»Ich wollte Enkelkinder haben. Sonst habe ich nichts vorzuweisen, was mein Leben rechtfertigen würde. Nichts.«

»Sie haben doch Helen. Ich könnte mir vorstellen, daß Sie vielleicht beide mittlerweile das Stadium erreicht haben, wo Sie einander brauchen.«

»Darüber wollen wir uns nicht weiter unterhalten.«

»Wie Sie wünschen.«

»Ich verzichte auf jeden Rat. Ich hasse Ratschläge. Ich brauche keinen Rat.«

»Was brauchen Sie denn?«

»Geld. Nichts außer Geld.«

»Geld hat Ihnen in der Vergangenheit nicht viel geholfen. Und es hilft Helen noch heute nicht viel. Sie ist in der Lage, ihre Neurose auszuleben, statt zu versuchen, etwas dagegen zu tun.«

»Warum erzählen Sie *mir* das?«

»Ich dachte, Sie wären die geeignete Person, da Sie doch ihre Mutter sind.«

»Ich fühle mich nicht wie ihre Mutter. Ich habe nie Muttergefühle für sie gehabt, nicht einmal, als sie noch ein Baby war. Das häßlichste Baby, das Sie sich vorstellen können. Ich konnte nicht glauben, daß es meins war. Ich fühlte mich betrogen.«

»Sie werden immer betrogen werden, wenn Sie Wert auf die falschen Dinge legen.«

Sie hob ihre geballte rechte Faust und tat einen Schritt vorwärts, als wolle sie ihn schlagen.

Blackshear stand auf und ging auf sie zu. »Sie haben mich darum gebeten, unhöflich zu sein.«

»Und jetzt bitte ich Sie, zu verschwinden und mich in Ruhe zu lassen.«

»Gut, ich gehe. Es tut mir leid, wenn ich Sie verletzt habe.«

Ihre Hand sank plötzlich herunter, und sie wandte sich mit einem Seufzer ab. »Ich bin diejenige, die sich entschuldigen sollte. Ich hatte – heute war ein schlimmer Tag.«

»Gute Nacht, Mrs. Clarvoe.«

»Gute Nacht. Und wenn Sie Helen sehen sollten, sagen Sie ihr bitte – grüßen Sie sie von mir.«

»Das werde ich tun.«

»Gute Nacht.«

Als er weg war, ging sie die Treppe hinauf zu Dougies Zimmer. Sie stützte sich schwer auf das Geländer, um Halt zu suchen. ›Ich muß energisch sein‹, dachte sie. ›Wir müssen zu einer Entscheidung kommen.‹

Die Tür zu seinem Zimmer stand offen.

»Dougie, da sind verschiedene Dinge, die wir... Dougie?«

Er war zwar ihrer Aufforderung nachgekommen und hatte sich umgezogen; der Frotté-Schlafrock und die perlenbestickten Mokassins, die er getragen hatte, lagen neben seinem Bett auf der Erde – aber dafür ließ er sie jetzt auch büßen. Statt in den Salon herunterzukommen und Blackshear zu begrüßen, hatte er sich aus dem Haus geschlichen.

»Dougie«, sagte sie noch einmal, aber es half nichts. Sie wußte, daß er weggegangen war; sie konnte sich die Szene sogar ausmalen; Douglas kam die Treppe herunter, blieb an der Tür stehen, horchte und hörte seinen Namen: *Glauben Sie, daß mit Dougie etwas nicht stimmt, Mr. Blackshear?*

Sie drehte sich um und bewegte sich wie gelähmt auf die Treppe zu. Als sie so durch das leere Haus ging, hatte sie plötzlich das Gefühl, daß es von nun an immer so leer sein würde, daß dieser Tag nicht nur für sie, sondern auch für Douglas etwas Schicksalhaftes gehabt hatte, und daß er vor dieser Erkenntnis geflohen war.

Die Fäuste krampfhaft an den Mund gedrückt, dachte sie: ›Jetzt nur nicht albern und hysterisch werden. Dougie kommt natürlich wieder zurück. Er ist nur ein Päckchen Zigaretten kaufen gegangen. Es ist doch so ein schöner Abend, und er liebt es, abends spazierenzugehen und die Namen der Sterne zu nennen.‹

Da läutete das Telefon im Vorzimmer. Sie war so fest davon überzeugt, daß es nur Dougie sein konnte, der anrief, daß sie im selben Augenblick seinen Namen sagte, als sie den Hörer abnahm.

»Douglas. Wo bist ...?«

»Ist dort bei Clarvoe?«

Die Stimme klang so gedämpft und leise, daß Verna dachte, Douglas treibe wieder einen seiner Scherze mit ihr, indem er durch ein Taschentuch sprach, um sich unkenntlich zu machen.

»Wo, in aller Welt, bist du eigentlich? Mr. Blackshear war ...«

»Das ist nicht Douglas, Mrs. Clarvoe. Ich bin es, Evie.«

»Evie! Na, so ein Zufall. Gerade habe ich von dir gesprochen.«

»Mit wem?«

»Mit einem meiner Freunde, Mr. Blackshear.«

»Haben Sie nette Dinge über mich gesagt?«

»Aber selbstverständlich.« Sie hielt einen Augenblick inne. »Übrigens habe ich Douglas einen Gruß von dir bestellt. Er hat sich riesig gefreut.«

»Wirklich?«

»Ich – ich weiß, er würde dich gerne wiedersehen.«

»Wirklich?«

»Er hat gesagt, weshalb du nicht mal rüberkämst, wir könnten doch über die alten Zeiten sprechen.«

»Ich will aber nicht über die alten Zeiten sprechen.«

»Du sprichst so komisch, Evie. Ist etwas los?«

»Gar nichts. Ich habe nur angerufen, um Ihnen etwas mitzuteilen.«

»Was denn?«

»Wegen Douglas. Ich weiß, Sie machen sich Sorgen um ihn. Sie wissen nicht, was mit ihm los ist. Ich möchte Ihnen gern helfen, Mrs. Clarvoe. Sie waren immer so lieb zu mir, darum möcht' ich mich jetzt revanchieren.«

Und mit allen Einzelheiten begann sie ihr zu erklären, was mit Douglas los sei und einige der Dinge, welche sich im hinteren Teil von Mr. Terolas Atelier abspielten.

Lange bevor sie geendet hatte, war Verna Clarvoe vornüber zu Boden gestürzt.

6

Es war bereits halb zehn.

Schon eine geschlagene halbe Stunde stand die Frau in der Telefonzelle, und Harry Wallaby wartete noch immer, um seine Frau in Encino anzurufen und ihr zu sagen, daß der alte Buick eine Panne habe und er bei seinem Schwager übernachten würde.

»Der muß doch bald die Zunge rausfallen«, sagte Wallaby über sein drittes Bier hinweg.

Der Barkeeper, ein Italiener in mittleren Jahren, der stolz einen Schmetterlingsbinder in den Farben der Universität Princeton trug, schüttelte ironisch den Kopf. »Ihr nicht. Je mehr sie sie bewegt, desto kräftiger wird sie. Die ist schwer krank, die hat die Telefonitis.«

»Noch nie davon gehört.«

»Das ist nämlich wie eine Seuche, wissen Sie. Diese Leute müssen ununterbrochen mit irgend jemandem telefonieren. Aber bei ihr ist es besonders schlimm.«

»Wer ist sie denn?«

»Ach, weiß der Teufel! Sie kommt nur ab und zu mal her, aber jedesmal hat sie dieselbe Masche: ein paar Drinks, und schon hat sie einen sitzen, aber wie. Dann läßt sie sich für einen Dollar Zehncentstücke geben, belegt die Telefonzelle mit Beschlag und quasselt und quasselt. Ich habe mich schon oft gefragt: über was redet sie bloß soviel, zum Donnerwetter!«

»Warum versuchen Sie denn nicht, das rauszukriegen?«

»Sie meinen, mich hinstellen und horchen?«

»Na, klar.«

»Aber das kann ich, als Inhaber und Besitzer, doch nicht gut tun«, sagte der Barkeeper scheinheilig.

»Aber *ich* kann. Wo steht denn das geschrieben, daß unsereiner nicht ganz harmlos neben einer Telefonzelle stehen darf?«

»Wozu leben wir denn schließlich in einem freien Land.«

»Und *ob* es ein freies Land ist, verflucht noch mal!«

Mit vollendet gespielter Harmlosigkeit glitt Wallaby vom Barstuhl herunter, ging auf den vorderen Eingang zu, als beabsichtige er zu gehen, und schlich sich dann von links an die Telefonzelle heran. Die gewölbte Hand am Ohr, horchte er einen Moment lang und kam dann, leicht verlegen grinsend, an die Bar zurück.

Der Barkeeper zog in stummer Frage die Augenbrauen hoch.

»Sie spricht von irgendeinem Burschen mit dem Namen Douglas«, berichtete Wallaby.

»Und was ist mit dem?«

»Ich weiß es nicht.«

»Na, haben Sie denn nichts gehört?«

Wallaby wurde rot. »Ich muß mich verhört haben. Ich *kann* einfach nicht richtig gehört haben, sag' ich Ihnen. Heiliger Strohsack, die gebraucht Ausdrücke – so was hab' ich mein Lebtag noch nicht gehört.«

Gegen Viertel vor zehn kam Evelyn Merrick schließlich aus der Telefonzelle heraus, reckte ihren linken Arm, um den Krampf zu lösen, und strich ihren Rock an den Hüften herunter glatt. Gewöhnlich spürte sie eine gewisse Erleichterung und Entspannung, wenn sie einige

Telefongespräche geführt hatte, aber heute abend war sie noch immer aufgeregt. Das Blut hämmerte doppelt so schnell in ihren Ohren und hinter ihren Augen, und sie taumelte ein wenig, als sie an die Bar zurückging. Ihr Cocktail stand noch unberührt auf dem Bartisch. Sie griff nicht danach, sondern setzte sich nur hin und starrte das Getränk mißtrauisch an, als hege sie den Verdacht, daß der Barkeeper während ihrer Abwesenheit etwas hineingeschüttet hätte.

»O. K., Wallaby«, sagte der Barkeeper laut und sarkastisch, »jetzt können Sie endlich Ihre Frau anrufen.«

Evelyn hatte seine Anzüglichkeit sofort verstanden. Sie schaute auf, und eine tiefe Röte überzog ihre Wangen. »Hab' ich das Telefon zu lange in Anspruch genommen?«

»Nur eine Stunde ungefähr, länger nicht.«

»Schließlich ist es ja ein öffentliches Telefon.«

»Sehr richtig, ein öffentliches Telefon, das heißt, es ist für die Allgemeinheit da, für jeden. Leute wie Sie hängen sich an die Strippe, und ein andrer hat überhaupt keine Chance ranzukommen. Wenn es das erstemal wäre, würde ich nicht muh sagen.«

»Sprechen Sie mit allen Ihren Kunden so?«

»Die Bude hier gehört mir. Ich rede, wie's mir paßt. Und Leute, denen das nicht gefällt, brauchen nicht wiederzukommen. Das gilt für jeden hier.«

»Ich verstehe.« Sie stand auf. »Ist das da neben der Kasse Ihre Lizenz für den Ausschank von Alkohol?«

»Klar, das ist meine Lizenz. Bezahlt und erneuert.«

»Ihr Name ist Florian Vicente?«

»Das stimmt.«

»Also dann, gute Nacht, Mr. Vicente.«

Vicente fiel vor Erstaunen über ihr liebenswürdiges Lächeln und ihren freundlichen Ton der Unterkiefer herunter, und er schämte sich ein wenig, daß er sie so brüsk behandelt hatte. Schließlich war sie ja harmlos.

Draußen hatte der erste Regen der Jahreszeit eingesetzt, doch Evelyn Merrick bemerkte es nicht. Sie hatte an wichtigere Dinge zu denken. Mr. Vicente war unverschämt gewesen und verdiente einen Denkzettel, daß man sich anständig zu benehmen hatte.

Sie ging den Highland Boulevard entlang auf den Hollywood Boulevard zu und wiederholte ununterbrochen den Namen des Barkeepers, um ihn sich einzuprägen. Florian Vicente. Italiener. Katholik. Höchstwahrscheinlich ein verheirateter Mann mit Kindern. Sie dachte an Bertha und Harley Moore, warf den Kopf zurück und lachte laut heraus. Der Regen sprühte in ihren geöffneten Mund. Er schmeckte frisch und gut. Er schmeckte besser als Mr. Vicentes Cocktails. Mr. Vicente sollte lieber solche Drinks ausschenken. *Geben Sie mir einen doppelten Regen, Mr. Vicente. Morgen früh werde ich Mrs. Vicente anrufen und ihr erzählen, daß ihr Mann ein Zuhälter ist.*

Sie trippelte die nasse Straße hinunter. Ihr Körper war leicht und elastisch und tanzte wie ein Korken auf den aufgewühlten Wogen ihrer Gefühle.

Leute, welche in Hauseingängen und unter herabgelassenen Markisen vor dem Regen Schutz gesucht hatten, schauten ihr erstaunt nach. Sicher dachten sie, wie ungewöhnlich es sei, ein so fröhliches, hübsches Mädchen allein im Regen herumlaufen zu sehen. Sie konnten ja nicht wissen, daß der Regen ihr nichts anhaben konnte, daß sie wasserdicht war. Und nur ein paar ganz Kluge errieten den wahren Grund, warum sie nie müde und atemlos war. Ihr Körper wurde mit einem neuen Treibstoff gespeist, mit Strahlen der Nachtluft. Gelegentlich versuchte einer von den ganz Schlauen ihr zu folgen, um hinter ihr Geheimnis zu kommen, wie sie neu tankte, aber diese Spione waren leicht zu erkennen, und es gelang ihr immer, ihnen zu entwischen. Nur in der äußersten Abgeschiedenheit füllte sie sich mit ihren Strahlen, indem sie tief erst durch das eine und dann durch das andere Nasenloch atmete, um die schädlichen Stoffe herauszufiltrieren.

Sie bog vom Boulevard links in Richtung Vine Street. Ein bestimmtes Ziel hatte sie nicht. Irgendwo auf ihrem Weg gab es eine kleine Bar mit einem Telefon.

Eilig lief sie weiter, quer über die Straße, ohne das rote Licht zu sehen, bis eine Frau sie aus einem vorbeifahrenden Auto anschrie und ein Mann hinter ihr sie bei ihrem Mantel packte und wieder auf den Bürgersteig zog.

»Passen Sie doch auf, Fräuleinchen!«

Sie drehte sich um. Das Gesicht des Mannes war halb vom hochgeschlagenen Kragen seines Trenchcoats und der heruntergebogenen Krempe seines weichen Filzhutes verdeckt. Vom Hut spritzte das Wasser wie eine Fontäne.

»Danke«, sagte sie. »Ich danke Ihnen vielmals.«

Er tippte mit dem Zeigefinger gegen seinen Hut. »Gern geschehen.«

»Sie haben mir wahrscheinlich das Leben gerettet. Ich weiß gar nicht, wie ich das ...«

»Nicht der Rede wert.«

Die Ampel wurde grün. Er streifte sie, als er an ihr vorbei über die Straße lief.

Der ganze Vorfall hatte nicht länger als eine halbe Minute gedauert, aber schon begann er sich in ihrer Vorstellung auszudehnen, seine Zellen krebsartig zu vermehren, bis für die Vernunft kein Raum mehr blieb. Sie bildete sich Blicke ein, welche nicht getauscht, und Worte, die nicht gewechselt worden waren. Geliebter. Geliebte. Liebster. Du schönes Mädchen.

Oh, mein Liebling, warte doch auf mich. Ich komme ja schon. Warte. Geliebter. Süßer Geliebter.

Bis auf die Haut durchnäßt, erschöpft, fröstelnd, verloren, setzte sie sich wieder in Trab und rannte.

Die Leute starrten sie an. Die einen meinten, sie sei krank, die andern dachten, sie sei betrunken, aber niemand tat etwas. Kein Mensch erbot sich, ihr zu helfen.

Sie tankte in einem Durchgang zwischen einem Hotel und einem Kino. Hinter einer Reihe Abfallkübel versteckt, atmete sie tief, erst durch das eine und dann durch das andere Nasenloch. Der einzige Zeuge war ein räudiger grauer Kater mit gleichgültigen gelben Augen.

Einatmen. Halten. Bis vier zählen.

Ausatmen. Halten. Bis drei zählen.

Man mußte es langsam und mit großer Sorgfalt tun. Das Zählen war von größter Wichtigkeit. Vier und drei ergab sieben. Alles mußte sieben ergeben.

Einatmen. Halten. Bis vier zählen.

Als sie dann mit dem Tanken fertig war, hatte sie ihren Geliebten schon vollkommen vergessen. Das letzte, an das sie sich erinnern konnte, war Florian Vicente, der sie mit häßlichen Namen traktiert hatte, weil sie sein Geheimnis kannte, daß er ein Zuhälter war. Was für ein Schlag mußte das für seine Frau sein, wenn sie es erführe. Doch die arme Frau mußte aufgeklärt werden, die Wahrheit mußte um jeden Preis gesagt und das Wort verbreitet werden.

In ihrem Mitgefühl für die arme Mrs. Vicente schüttelte Evelyn den Kopf und setzte ihren Weg in die Gasse hinein fort und ging durch den hinteren Eingang in die Hotelbar, die sie schon von früher her kannte.

Sie bestellte einen Martini, weil er sieben Buchstaben hatte.

Der junge Mann auf dem Barstuhl neben ihr drehte sich mit einem Ruck zu ihr um und betrachtete sie. »Es regnet wohl immer noch, wie?«

»Ja«, sagte sie höflich. »Aber das macht mir nichts.«

»Mir macht es schon etwas. Ich muß nämlich ...«

»Mir gar nicht. Ich bin wasserdicht.«

Der junge Mann fing an zu lachen. Irgend etwas im Ton seines Lachens und der Anblick seiner weißen, anomal kleinen Zähne erinnerten sie an Douglas.

»Das war kein Witz«, sagte sie. »Ich *bin* wasserdicht.«

»Da haben Sie aber Glück.« Er zwinkerte dem Barmixer zu. »Ich wünschte, ich wäre wasserdicht, dann könnt' ich jetzt nach Hause gehen. Erzählen Sie uns doch mal, wie Sie das gemacht haben, Verehrteste.«

»Da macht man gar nichts. Es geschieht einfach.«

»Was Sie nicht sagen!«

»Es geschieht ganz von selbst.«

»Was Sie nicht sagen!«

Er lachte noch immer. Sie wandte sich ab. Mit einem

so bornierten Trottel, der Zähne hatte wie Douglas, konnte sie sich nicht abgeben. Sollte er allerdings hartnäckig sein und wirklich unverschämt werden wie Mr. Vicente, wäre sie gezwungen, ihn nach seinem Namen zu fragen und ihm einen Denkzettel zu verabfolgen. Vorher hatte sie indessen noch etwas Wichtiges zu erledigen.

Sie zahlte für den Martini, und ohne ihn berührt zu haben, ging sie auf die Telefonzelle im Hintergrund der Bar zu und zog die Klapptür auf.

Sie brauchte keine Nummer zu suchen. Andere Dinge vergaß sie zuweilen. Sie hatte Augenblicke, wo ihr die Stadt so fremd vorkam wie der Mond, und Leute, die sie kannte, wie Fremde, und Fremde waren für sie Liebhaber. Aber an Telefonnummern erinnerte sie sich immer. Sie bildeten den einzigen zusammenhängenden Pfad durch den quälenden Dschungel ihres Gehirns.

Vor Erregung zitternd wie ein wilder Verkünder des Evangeliums, begann sie die Nummer einzustellen. Das Wort mußte verbreitet werden. Lektionen mußten erteilt werden. Die Wahrheit mußte verkündet werden.

»Hotel Monica.«

»Bitte verbinden Sie mich mit Miss Helen Clarvoe.«

»Ich bedaure, aber Miss Clarvoe hat jetzt ein eigenes Telefon in ihrer Suite.«

»Könnten Sie mir die Nummer geben?«

»Die Nummer ist nicht registriert. Ich weiß sie selber nicht.«

»Sie schmutzige Lügnerin«, sagte Evelyn und hängte ab. Lügner konnte sie nicht ausstehen. Sie waren eine üble Bande.

Sie rief Bertha Moore an. Doch sobald Bertha ihre Stimme erkannte, hängte sie mit einem Knall ab.

Jetzt rief sie Verna Clarvoe noch einmal an. Die Nummer war besetzt.

Als sie bei Jack Terola anrief, ließ sie das Telefon eine volle Minute klingeln, falls er im Hinterzimmer beschäftigt sein sollte. Doch es meldete sich niemand.

Schließlich rief sie noch die Polizei an und berichtete, im Hotel Monica sei mit einer Schere auf einen Mann eingestochen worden, der jetzt da läge und langsam verblute.

Das war immerhin besser als gar nichts. Aber es genügte ihr noch nicht. Das Machtgefühl und die Erregung in ihr starben ab wie verbranntes Fleisch, und ihre Mundhöhle schien mit einem grauen Pelz bedeckt zu sein, wie der des Katers in der Gasse.

Der Kater. Der Kater war es überhaupt, der alles ruiniert hatte. Er hatte sie beim Tanken infiziert, weil er zugesehen hatte. Sie hatte Tiere gern und war sehr lieb zu ihnen, aber diesem Kater mußte sie es heimzahlen. Der sollte seine Lektion bekommen. Aber nicht durch das Telefon, sondern mit einer Schere. Wie der Mann in der Hotelhalle.

Der Mann gehörte längst nicht mehr ihrer Phantasie an, sondern verkörperte eine Lebenserfahrung. Sie sah ihn ganz deutlich in der Hotelhalle liegen, das weiße Gesicht und das rote Blut. Er hatte eine leichte Ähnlichkeit mit Douglas und Terola zugleich. Er war Douglas-Terola, und er war tot.

Sie ging an die Bar zurück. Einer der Barmixer und der junge Mann, der über sie gelacht hatte, hatten die

Köpfe zusammengesteckt und sprachen miteinander. Als sie näher kam, fuhren sie auseinander, und der Barmixer begab sich an das andere Ende der Bar. Der junge Mann warf ihr einen kurzen, mißtrauischen Blick zu. Dann stand auch er auf und ging zum hinteren Ausgang.

Alle ließen sie im Stich. Die Leute kamen nicht ans Telefon, die Leute liefen ihr davon. Alle liefen davon. Sie haßte sie alle, aber ihren speziellen Haß hatte sie sich für die drei Clarvoes aufgespart und besonders für eine von den dreien: für Helen. Helen hatte einer alten Freundin den Rücken gekehrt, sie war die erste, die ihr davongelaufen war und am weitesten weg, und dafür mußte sie büßen. Sie konnte sich nicht ewig hinter Geheimnummern verstecken. Es gab noch andere Mittel und Wege.

»Die werd' ich schon kriegen«, flüsterte Evelyn den Wänden zu. »Die kriege ich noch.«

Der Pelz in ihrem Mund schien vor Haß lang und filzig zu werden.

7

Die Morgendämmerung zog herauf, ein dunstig fahles Hellerwerden des Himmels. Der Sturm hatte sich während der Nacht verstärkt. Ein schauriger Wind raste heulend durch die Straßen, gefolgt von Regenschauern.

Doch es waren weder Wind noch Regen, welche Miss Clarvoe weckten. Es war das plötzliche Aufsteigen einer Erinnerung.

»Evie«, sagte sie. Der Name, der so lange keine Bedeutung für sie gehabt hatte, war ihr so vertraut wie ihr eigener.

Sie bekam Herzklopfen, und ihre Augen füllten sich mit Tränen. Nicht, weil sie sich an das Mädchen erinnerte, sondern weil sie es vergessen hatte. Dabei hatte sie doch keinen Grund gehabt, es zu vergessen, nicht den geringsten Grund. Sie waren von Anfang an die engsten Freundinnen gewesen, hatten Kleider, Geheimnisse und Lebensmittel von zu Hause geteilt und miteinander gekichert, nachdem das Licht ausgeknipst worden war. Sie hatten sich in den Pausen getroffen und beide für ihren Naturkundelehrer geschwärmt, der verheiratet war, vier Kinder und große träumerische braune Augen hatte. Sie hatten noch andere gemeinsame Schwärmereien gehabt, aber immer war es Evie gewesen, die damit begonnen hatte. Helen machte nur mit und war froh, Evie die Führung und die Entscheidungen zu überlassen.

Wir waren doch immer Freundinnen. Nie ist etwas geschehen, daß ich sie so hätte vergessen sollen. Es besteht gar kein Grund, gar kein Grund.

Sie hatten am Vorabend von Allerheiligen ihr erstes Tanzfest mitgemacht. Sie hatten die gleichen Kleider an und zwar, wie Evie vorgeschlagen hatte, Zigeunerkostüme. Und statt einer Kristallkugel hatte Evie ein Goldfischglas.

Das Fest, zu welchem alle Schülerinnen der oberen Klassen eingeladen worden waren, fand im Turnsaal einer Knaben-Privatschule statt. Mr. Clarvoe fuhr Helen und Evelyn zur Schule und setzte sie vor der Tür des Turnsaales ab. Sie waren zappelig und aufgeregt, waren von den wildesten Hoffnungen und abgrundtiefen Ängsten erfüllt.

»Ich kann da nicht reingehen, Evie.«

»Sei nicht so albern, das sind doch nur *Jungs.*«

»Ich fürchte mich. Ich möchte nach Hause.«

»Wir können doch in diesem Aufzug nicht die fünfzehn Kilometer zurückgehen. Komm rein, sei kein Spielverderber.«

»Versprichst du mir, daß du bei mir bleibst?«

»Das versprech' ich dir.«

»Schwör mir's.«

»Hör doch bloß die Musik, Helen. Sie haben ein richtiges Orchester engagiert!«

Sie gingen hinein und wurden auch fast im selben Augenblick schon getrennt.

Der ganze übrige Abend war ein Alptraum für Helen. Steinern und stumm stand sie in einer Ecke des Saales und beobachtete Evie. Evie war von Jungen umschwärmt. Lachend, und dann und wann eine Melodie mitsummend, glitt sie graziös von einem Partner zum andern. Helen hätte ihr Seelenheil geopfert, um Evie zu sein, aber kein Mensch gab ihr Gelegenheit dazu.

Sie floh in die Damentoilette, preßte ihre Stirn gegen die Wand und weinte.

Als das Fest vorüber war, wartete ihr Vater draußen vor dem Eingang zum Turnsaal im Auto auf sie.

Er fragte sofort: »Wo ist denn Evie?«

»Ein Junge möchte sie gern nach Hause bringen. Sie fährt mit ihm.«

»Dazu ist sie absolut noch zu jung. Wenn sie meine

Tochter wäre, würde ich es nicht erlauben.« Er fuhr los. »Hast du dich gut amüsiert?«

»Ja.«

»Erzähl doch mal ein bißchen.«

»Da gibt es nicht viel zu erzählen. Es war sehr lustig, mehr kann ich dir nicht sagen.«

»Das ist keine sehr erschöpfende Schilderung. Deine Mutter und ich haben alle Hebel in Bewegung gesetzt, daß du zu diesem Fest gehen konntest. Das mindeste, was wir verlangen, ist ein Bericht darüber.«

An seinem Tonfall merkte sie, daß er sich ärgerte. Aber was der Grund dieses Ärgers war und weshalb er sich gegen sie richtete, wußte sie nicht. »Sei mir nicht böse, daß ich dich habe warten lassen, Vati.«

»Du hast mich nicht warten lassen.« Dabei stand er schon seit dreiviertel Stunden draußen, aber das war nicht ihre Schuld. Er war absichtlich früher gekommen, weil es ihr erster Tanzabend war und ihm deswegen genauso unbehaglich zumute war wie ihr. Er hatte im Auto gesessen, dem wilden Durcheinander von Gelächter und Musik gelauscht, das aus dem Turnsaal drang, und sich die Szenen im Innern vorgestellt, und im Mittelpunkt eine strahlende und fröhliche Helen im Zigeunerkostüm. Als sie dann schließlich herauskam, allein und mit ihrer üblichen Leichenbittermiene, wallte die Enttäuschung in ihm auf und würgte ihn derartig, daß er kaum noch atmen konnte.

»Hast du mit jemandem getanzt?«

»Ja.«

»Mit wem?«

Sie wollte gar nicht lügen, aber sie wußte, daß ihr

nichts anderes übrig blieb, und sie log gut. Ohne zu zögern beschrieb sie einige der Jungen, welche sie hatte mit Evie tanzen sehen. Sie gab ihnen Namen und erfand Unterhaltungen und kleine Begebenheiten.

Sie erzählte während der ganzen Heimfahrt, und ihr Vater lächelte und nickte dazu und machte kleine Randbemerkungen. »Dieser Jim scheint ja ein ausgesprochener Angeber zu sein.« »Zu schade, daß der junge Powers kleiner war als du.« »Na, bist du jetzt nicht froh, daß wir dich gezwungen haben, zur Tanzstunde zu gehen?«

Als sie ihm dann später gute Nacht sagte und ihn küßte, hatte er ihr einen zärtlichen Klaps hintendrauf gegeben.

»Von jetzt an muß ich mich mächtig vor dir in acht nehmen, Fräuleinchen. Eines schönen Tages werde ich noch von diesen kleinen Idioten, die um dich herum sind, von Haus und Hof vertrieben werden.«

»Gute Nacht, Vati.«

»Ich habe ganz vergessen, nach Evie zu fragen. Hat sie sich auch so gut amüsiert wie du?«

»Ich nehme es an. Ich war viel zu beschäftigt, um auf sie zu achten.«

Halb glaubte sie ihre Lügen schon selber, als sie zu Bett ging, weil ihr Vater mit solcher Überzeugung daran glaubte.

Am nächsten Tage rief die Vorsteherin von Helens Schule Mr. Clarvoe an. Sie war eine der Anstandsdamen gewesen und wollte sich, wie sie sagte, nur nach Helen erkundigen und fragen, wie es ihr ginge, weil sie am Fest so unglücklich gewesen sei.

Beim Abendessen wurde vor Verna und Douglas nicht

davon gesprochen, aber später rief Mr. Clarvoe Helen in den Salon und machte die Tür zu.

»Warum hast du gelogen, Helen?«

»Wieso gelogen?«

»Wegen des Tanzabends.«

Stumm und feuerrot vor Scham stand sie da.

»Ich weiß nicht.«

»Wenn es nur eine Lüge gewesen wäre – aber eine ganze Kette von Lügen. Das kann ich nicht verstehen. Warum nur?«

Sie schüttelte den Kopf.

»Nichts von allem, was du mir erzählt hast, stimmt also?«

»Nein, nichts«, antwortete sie mit einer Art bitterer Genugtuung, denn sie wußte, daß er beinahe ebenso tief verletzt war wie sie. »Kein Wort.«

»Also alle diese Jungen – existieren nicht einmal?«

»Die habe ich erfunden.«

»Sieh mich an, Helen. Ich will die Wahrheit wissen. Ich verlange sie. Was hat sich tatsächlich am gestrigen Abend zugetragen?«

»Ich habe mich in der Damentoilette versteckt.«

Er trat zurück, als hätten die Worte seine Brust getroffen wie ein Schlag. »Du hast dich – in der Damentoilette versteckt?«

»Ja.«

»Ja, warum denn aber? Um Himmels willen, *warum* denn bloß?«

»Ich wußte mir nicht anders zu helfen.«

»Mein Gott, warum hast du mich denn nicht angerufen? Ich wäre doch gekommen und hätte dich nach

Hause gebracht. Warum hast du mich nicht wenigstens verständigt?«

»Dazu war ich zu – stolz.«

»Das nennst du Stolz? Wenn man sich in einer Toilette versteckt? Es klingt ja fast obszön.«

»Ich wußte mir nicht anders zu helfen«, wiederholte sie.

»Und was war mit Evie? War sie bei dir?«

»Nein. Sie hat getanzt.«

»Dann hat sie also den ganzen Abend getanzt, und du hattest dich in der Toilette versteckt?«

»Ja.«

»Gott der Gerechte, warum?«

»Weil sie so beliebt war, und ich nicht.«

»Wenn du so davonläufst und dich versteckst, gibst du dir ja nicht einmal die Chance, beliebt zu werden.«

»Ich wäre es sowieso nicht gewesen. Ich meine, ich bin nicht hübsch.«

»Du wirst noch früh genug hübsch werden. Wo doch deine Mutter eine der hübschesten Frauen im Staate ist.«

»Alle sagen, ich sähe *dir* ähnlich.«

»So ein Unsinn. Du wirst deiner Mutter von Tag zu Tag ähnlicher. Wie, in aller Welt, kommst du überhaupt auf die Idee, daß etwas mit deinem Aussehen nicht stimmt?«

»Die Jungen mögen mich nicht.«

»Das liegt wahrscheinlich daran, daß du zu abweisend bist. Warum versuchst du nicht ein bißchen freundlicher zu sein, wie Evie?«

Sie verriet ihm nicht, was er von sich aus hätte wissen müssen – daß sie alles in der Welt darum gegeben hätte, nur um wie Evie zu sein. Und nicht allein auf dem Tanzfest, sondern jederzeit und überall.

Sein Ärger, der anfangs wie glühende Lava aus ihm geströmt war, hatte sich mittlerweile abgekühlt und eine harte Kruste von Bitterkeit zurückgelassen. »Du weißt natürlich, daß ich dich für dein Lügen bestrafen muß?«

»Ja.«

»Bereust du, daß du gelogen hast?«

»Ja.«

»Es gibt nur *einen* echten Beweis für deine Reue. Wenn du eine Gelegenheit hättest, deine Lügen zu wiederholen, und du wüßtest, daß man dir nicht draufkäme, würdest du es tun?«

»Ja.«

»Warum?«

»Weil es uns beide glücklicher machen würde.«

Er wußte so gut wie sie, daß es so war, aber er schüttelte den Kopf und sagte: »Ich bin schwer enttäuscht von dir, Helen, schwer enttäuscht. Du kannst jetzt in dein Zimmer gehn.«

»Gern.« Bei der Tür blieb sie unschlüssig stehen. »Was ist mit meiner Strafe?«

»Deine Strafe ist, so zu sein, wie du bist, Helen, und mit dir leben zu müssen.«

Später am Abend hörte sie ihre Eltern in deren Schlafzimmer miteinander reden, und sie schlich sich durch das dunkle Vorzimmer, um zu lauschen.

»Also, weiß der Himmel, *ich* habe jedenfalls getan, was ich konnte«, sagte Verna. »Du kannst eben keine Rose aus einer Distel machen.«

»Was hältst du von meiner Idee, eine große Party für sie zu arrangieren und viele Jungen dazu einzuladen...«

»Welche Jungen?«

»Wir müssen doch ein paar Leute kennen, die Jungen in ihrem Alter haben.«

»Mir fallen nur zwei ein: Dillards und Pattersons. Agnes Patterson kann ich nicht ausstehen, und außerdem hätte die ganze Idee mit der Party sowieso keinen Sinn.«

»Also irgend etwas muß uns jedenfalls einfallen. Wenn sie nämlich so weitermacht, heiratet sie am Ende gar nicht.«

»Ich versteh' dich einfach nicht, Harrison. Jahrelang hast du Helen behandelt, als wäre sie nicht älter als Vier, und jetzt zerbrichst du dir plötzlich den Kopf wegen ihrer Heirat.«

»Bin *ich* vielleicht an diesem Tatbestand schuld?«

»Na, einer ist doch schuld.«

»Nur niemals du, was?«

»*Ich* kümmere mich ja schließlich um Dougie«, sagte Verna selbstgerecht. »Für das Mädchen ist der Vater verantwortlich. Außerdem ähnelt sie dir sehr. Meistens begreife ich sie überhaupt nicht. Sie äußert sich nicht und verrät keinem Menschen, was sie denkt oder welche Einstellung sie den Dingen gegenüber hat.«

»Sie ist nur schüchtern, sonst nichts. Wir müssen eben einen Weg finden, daß sie ihre Schüchternheit überwindet.«

»Wie denn?«

»Also erstens bin ich der Meinung, wir sollten ihre Freundschaft mit Evie unterstützen. Das Mädchen hat einen guten Einfluß auf Helen.«

»Der Meinung bin ich auch.« Es trat eine Pause ein, und dann kam ein Seufzer: »Ein Jammer, daß wir keine Tochter haben wie Evie.«

Barfuß und vor Angst und Kälte zitternd, schleppte sie sich in ihr Zimmer zurück und ging zu Bett. Doch Wände und Zimmerdecke schienen sich zusammenzuziehen und auf sie niederzudrücken, bis sie sie wie ein Sarg umschlossen. Jetzt erst verstand sie, wie recht ihr Vater gehabt hatte. So zu sein, wie sie war, und ewig mit sich leben zu müssen, ein lebendiges Mädchen in einem geschlossenen Sarg, das war ihre Strafe.

Sie lag bis zum Morgen wach, und das Gefühl in ihrem Herzen, das am stärksten war, war nicht das Ressentiment gegen ihre Eltern, sondern ein neuer und erbitterter Haß gegen Evie.

Sie wehrte sich nicht gegen diesen Haß. Er war mit ihr im Sarg eingeschlossen, und kein Mensch wußte, daß er vorhanden war. Zwischen Evie und ihr war alles so wie zuvor, oder fast so wie zuvor. Sie schwärmten unverändert gemeinsam für den Naturkundelehrer mit den träumerischen Augen, sie schrieben sich Zettel in ihrer Geheimsprache, tauschten Kleider und Lebensmittel von zu Hause und hatten Geheimnisse miteinander. Nur mit dem Unterschied, daß Helens Geheimnisse nicht echt waren. Sie erfand sie, wie sie die Jungen und ihre Erlebnisse vom Tanzabend für ihren Vater erfunden hatte.

Als Evie sich am Ende des Frühlingssemesters einen Freund anschaffte, behauptete Helen, zwei zu haben. Wenn Evie zur Belohnung für gute Zensuren ein Pferd versprochen wurde, hatte man Helen ein Auto versprochen. Mit der Zeit war es für Evie genauso schwer, diese

Lügen hinzunehmen, wie für Helen, immer neue zu erfinden, und die beiden Mädchen fingen an, sich zu meiden.

Zu Hause gab es deswegen Auseinandersetzungen, doch das hatte Helen vorausgesehen und sie war vorbereitet.

»Warum hast du Evie denn dieses Wochenende nicht mitgebracht?« fragte ihr Vater.

»Ich habe sie eingeladen, mitzukommen. Sie wollte nicht.«

»Warum nicht?«

Helen schwieg gerade lange genug, um Neugier zu erwecken. »Ich habe ihr versprochen, nichts zu sagen.«

»Ich bin doch dein Vater. Mir kannst du's ruhig sagen.«

»Nein, ich kann nicht.«

»Haben *wir* uns ihr gegenüber vielleicht etwas zuschulden kommen lassen?«

»Oh, nein. Es ist nur so – sie hat zu arbeiten. Sie wollte im Internat bleiben, um sich auf die Lateinprüfung vorzubereiten.«

»In der Schule zu bleiben, wenn sie sich hier amüsieren könnte, klingt mir so gar nicht nach Evie.«

»Oh, sie wird sich sogar sehr gut amüsieren – ich meine, sie lernt sehr gern.«

»Du meinst, sie ist gar nicht dageblieben, um zu *lernen*? Ist es nicht so?«

»Ich habe versprochen, nichts zu sagen.«

»Das scheint mir denn doch eine Sache zu sein, der ich lieber gleich auf den Grund gehen möchte. Wo ist Evie?«

»In der Schule.«

»Weswegen?«

»Das kann ich dir nicht sagen. Ich habe es hoch und heilig versprochen.«

»Ich verlange eine augenblickliche und wahrheitsgetreue Antwort auf meine Frage, hast du mich verstanden, Helen?«

»Ja, aber...«

»Und bitte kein Wenn und kein Aber.«

»Sie hat – sie hat einen Freund.«

»Ja? Nur weiter.«

»Sie möchte nicht, daß ihre Eltern davon erfahren, weil er Mexikaner ist.«

»Ein *Mexikaner*?«

»Er arbeitet auf einer Zitronenfarm in der Nähe der Schule. Wenn die Lichter aus sind, klettert sie aus dem Fenster und trifft sich im Walde mit ihm.« Sie fing an zu weinen. »Ich wollte nichts sagen. Du hast mich dazu gezwungen. Du hast mich gezwungen, zu einer Lügnerin zu werden!«

Miss Clarvoe lag im Bett, den rechten Arm über ihrem Gesicht, als wollte sie sich vor dem Ansturm der Erinnerungen schützen. Die Zimmerdecke senkte sich auf sie herunter, die Wände zogen sich zusammen, bis sie sie umschlossen wie ein Sarg, eng, luftlos und für immer und ewig versiegelt. Und mit ihr eingeschlossen waren Aussprüche, Denksprüche ihres Lebens: *Deine Strafe ist, so zu sein, wie du bist, und mit dir leben zu müssen. Ein Jammer, daß wir keine Tochter haben wie Evie.*

8

Das Haus stand inmitten eines winzig kleinen, von einer Mauer umgebenen Gartens an der Kasmir Street in Westwood. Auf einer gravierten Karte in einem verglasten Einwurf oberhalb der Klingel las man: Mrs. Annabel Merrick, Miss Evelyn Merrick.

Das Haus hätte eines frischen Anstrichs bedurft, die Frau dagegen, welche auf Blackshears Klingeln die Tür öffnete, keineswegs. Sie hatte das Aussehen einer Bauersfrau, gedrungen, braungebrannt und rotwangig wie ein Apfel, doch ihre Kleidung war städtischen Ursprungs, ein elegantes, schwarz-weiß gestreiftes Jackenkleid, das auf auserlesen gediegene Unterwäsche schließen ließ.

»Mr. Blackshear?«

»Ja.«

»Ich bin Annabel Merrick.« Sie reichten sich die Hand. »Wollen Sie nicht hereinkommen? Ich mache gerade Frühstück. Falls Sie noch nicht gefrühstückt haben, schlage ich schnell noch ein Ei in die Pfanne.«

»Vielen Dank, ich habe schon gegessen.«

»Also dann wenigstens einen Kaffee.« Sie machte die Haustür hinter ihm zu und führte ihn durch das Wohnzimmer in die Küche. »Ihr Anruf so früh am Morgen hat mich sehr überrascht, das muß ich schon sagen.«

»Verzeihen Sie, wenn ich Sie aus dem Bett geholt haben sollte.«

»Oh, keineswegs. Ich arbeite doch, wissen Sie. Im

Blumengeschäft des Hotels Roosevelt. Mögen Sie auch bestimmt kein Ei?«

»Nein, danke.«

»Ich bin nämlich seit einigen Jahren geschieden, und natürlich erhöhen sich die Alimente nicht entsprechend den Lebenshaltungskosten. Darum bin ich froh, eine Stellung zu haben. Irgendwie hat man nicht so sehr das Gefühl von Arbeit, wenn man den ganzen Tag von Blumen umgeben ist. Rittersporn ist meine Lieblingsblume. Der blaue, wissen Sie – na, himmlisch, einfach himmlisch!«

Sie brachte ihren Teller mit den Eiern und dem Toast zum Tisch und setzte sich Blackshear gegenüber. Sie schien vollkommen unbeschwert, als sei es das Natürlichste von der Welt, schon vor acht Uhr morgens fremde Männer zu Gast zu haben.

»Blackshear ist eigentlich ein komischer Name. Irren sich die Leute nicht einmal und nennen Sie Blacksheep?«

»Häufig sogar.«

»Hier ist Ihr Kaffee. Zucker und Sahne nehmen Sie sich lieber selber. Sie haben mir gar nicht gesagt, worin Ihre Tätigkeit besteht.«

»Aktien und Obligationen.«

»Aktien und Obligationen? Und da wollen Sie Evelyn sprechen? Ach, du Allmächtiger, da sind Sie aber an der falschen Adresse. Keine von uns ist in der Lage, auch nur einen Cent zu investieren. Ganz abgesehen davon, ist Evelyn im Moment auch noch ohne Stellung.«

»Das ist doch kein Grund, nicht mit ihr zu sprechen.«

»Wahrscheinlich nicht. Aber wie ich Ihnen schon am Telefon sagte, ist sie im Augenblick nicht hier. Sie ist für zwei oder drei Tage bei einer Freundin, deren Mann verreist ist. Ihre Freundin haßt es, nachts allein im Haus zu sein, und Evelyn ist jederzeit bereit, Menschen gefällig zu sein. So ist sie, das ist so ihre Art; und für Freunde würde sie alles tun.«

Ihre Stimme klang stolz und mütterlich bewegt, und Blackshear schloß daraus, daß Mrs. Merrick ihrer Tochter gegenüber genauso blind war wie es Verna Clarvoe ihrem Sohn gegenüber war. »Könnte ich vielleicht den Namen und die Adresse dieser Dame haben?« fragte er.

»Gewiß. Der Name ist Claire Laurence, Mrs. John Laurence, Nessler Avenue 1375 – das ist in der Nähe der U.C.L.A*. Aber Evelyn wird tagsüber nicht dort sein, weil sie sich nach einer Stellung umschaut. Doch um die Abendbrotzeit dürfte sie wieder zurück sein, nehme ich an.«

»Welche Art von Stellung sucht sie denn? Vielleicht könnte ich ihr behilflich sein.«

»Ich fürchte, Aktien und Obligationen schlagen nicht in Evelyns Fach.«

»Was ist denn ihr Fach, Mrs. Merrick? Ist sie theaterbesessen? Will sie vielleicht Modell werden, oder etwas ähnliches dieser Art?«

»Großer Gott, nein! Evelyn ist doch ein vernünftiges und erwachsenes Mädchen. Wie, um alles in der Welt, kommen Sie nur auf die Idee, daß sie Mannequin werden will?«

»Eine Menge hübscher Mädchen wollen das.«

* University of California, Los Angeles

»Evelyn wäre zwar hübsch genug dazu, aber sie bildet sich gar nichts darauf ein, und sie hat zuviel Verstand, sich auf einen Beruf einzulassen, den sie nur ein paar Jahre ausüben kann. Evelyn will eine Zukunft haben. Noch etwas Kaffee?«

»Nein, vielen Dank.« Aber sie schien ihn nicht gehört zu haben, denn sie goß ihm noch Kaffee ein, und er bemerkte, daß ihre Hand zitterte.

»Ich hoffe, daß ich Sie nicht irgendwie beunruhigt habe, Mrs. Merrick«, sagte er.

»Vielleicht doch. Aber wer weiß, vielleicht war ich schon von Anfang an beunruhigt.«

»Machen Sie sich Sorgen wegen Evelyn?«

»Weswegen macht sich eine Mutter sonst schon Sorgen, besonders wenn sie nur dieses eine Kind hat? Ich möchte, daß Evelyn glücklich wird. Mehr verlange ich gar nicht für sie. Glücklich und sorgenfrei soll sie sein.«

»Ja, ist sie denn das nicht?«

»Eine Zeitlang dachte ich, sie wäre es. Aber dann war sie plötzlich ganz verändert. Seit ihrer Heirat ist sie eine völlig andere geworden.« Mit einem verlorenen, schwachen Lächeln blickte sie zu ihm hinüber. »Ich weiß gar nicht, warum ich Ihnen das erzähle, noch zumal Sie am Telefon gesagt haben, daß Sie Evelyn nicht einmal kennen.«

»Ich kenne sie auch nicht. Ich habe nur von ihr gehört, durch – durch Clarvoes.«

»Sind die Clarvoes Freunde von Ihnen?«

»Ja.«

»Dann wissen Sie auch von dieser Ehe?«

»Ja.«

»Ist das der Grund Ihres Kommens? Hat Verna Sie hergeschickt, um die Beziehungen wieder aufzunehmen?«

»Nein.«

»Ich dachte schon – aber lassen wir das; jetzt spielt es sowieso keine Rolle mehr. Es ist vorbei. Geschehen ist geschehen, und hin ist hin.« Sie trug ihren leeren Teller zum Abwaschtisch und spülte ihn unter fließendem Wasser ab. »Meine eigene Ehe war ein Fiasko. Auf Evelyn hatte ich große Hoffnungen gesetzt. Was für ein Narr war ich doch, nicht zu *sehen*, was los war.«

»Was zu sehen, Mrs. Merrick?«

»Sie wissen genau, was ich meine.« Sie drehte sich so plötzlich um, daß ihr der Teller aus der Hand glitt und krachend in das Abwaschbecken fiel. Sie bemerkte es nicht einmal. »Meine Tochter hat einen Homosexuellen geheiratet. Und ich habe es zugelassen. Ich habe es zugelassen, weil ich es nicht gewußt habe, weil ich blind gewesen bin. Ich habe mich, genauso wie Evelyn, von seiner Ritterlichkeit, seinen angenehmen Manieren und seinen sogenannten Idealen einfangen lassen. Was für ein gütiger und rücksichtsvoller Ehemann er sein wird, dachte ich. Wird Ihnen jetzt klar, welches Bild Evelyn sich von ihm gemacht hatte?«

»Ja, sehr klar.«

»Ich nehme an, daß es auch andern Mädchen schon so gegangen ist. Aber Evelyn wäre das nicht passiert, wenn ich nicht geschieden und ihr Vater hier gewesen wäre. Er hätte sofort gesehen, daß mit Douglas etwas nicht stimmte. So aber hatten wir keine Ahnung und waren völlig unvorbereitet.

Ihre Hochzeitsreise machten sie nach Las Vegas. Ich

bekam eine Karte von Evelyn, auf der sie schrieb, daß es ihr gut ginge und das Wetter schön sei. Sonst hörte ich nichts, bis es eine Woche später klingelte. Und als ich die Tür aufmachte, stand Evelyn mit ihren Koffern draußen auf der Terrasse. Sie weinte nicht, machte auch keine Szene, sondern stand nur da und sagte ganz sachlich: ›Ich habe ihn verlassen. Es war keine Ehe, es war nur eine Hochzeit.‹

Das war ein entsetzlicher Schock, einfach entsetzlich. Ich fragte sie immer wieder, ob sie auch sicher sei, und sagte ihr, daß manche Männer zuerst schüchtern und verlegen seien. Doch sie sagte, sie wäre ganz sicher, weil er es zugegeben hätte. Er hätte sie um Verzeihung gebeten. Soll man das für möglich halten? Bittet sie um Verzeihung, daß er sie geheiratet hat! Jetzt weiß ich, wie schwer er unter dieser Abbitte gelitten haben muß. Ich gebe auch Douglas keine Schuld mehr. Wie könnte ich denn? Doch damals war Evie meine einzige Sorge.

Sie ließ ihre Koffer draußen auf der Terrasse stehen und erlaubte nicht einmal, daß ich sie ins Haus brachte. Und am nächsten Tag brachte sie sie hinunter zur Heilsarmee, ihre ganze Ausstattung, Hochzeitskleid und alles. Als sie um die Mittagszeit zurückkam, sah sie so blaß und erschöpft aus, daß sich mir vor Mitleid das Herz zusammenkrampfte – ja, und auch vor Schuldgefühl. Ich hätte Bescheid wissen müssen. Ich war ja dabei gewesen. Ich war verantwortlich.«

Mrs. Merrick drehte sich wieder zum Abwaschtisch um, sammelte die Scherben des zerschlagenen Tellers ein und warf sie in den Abfalleimer. »Wenn ein Teller zerbricht, wirft man ihn weg. Zerbricht ein Mensch, kann man weiter nichts tun, als die Scherben aufheben und versuchen, sie so gut man irgend kann wieder zusammenzukitten. Oh, genaugenommen, Evelyn brach eigentlich nicht. Sie hat nur irgendwie – ja, wie soll ich sagen, sie hat irgendwie jegliches Interesse verloren. Evelyn ist sonst immer ein offenherziges und lebhaftes Mädchen gewesen, schnell bereit, ihre Meinungen und Gefühle zu äußern. Als sie an diesem Abend nach Hause kam, hätte sie eine Szene machen müssen. Ich hätte sie dazu bringen müssen, zu reden und ihrem Schmerz Luft zu machen. Aber sie war in sich gekehrt, gleichgültig ...«

»Evelyn, mein Herz, hast du zu Abend gegessen?«

»Ich glaube.«

»Laß mich doch ein wenig von der Suppe aufwärmen, die ich da habe.«

»Nein, danke.«

»Evelyn – mein Kind ...«

»Werde bitte nicht sentimental, Mutter. Wir müssen Pläne machen.«

»Pläne?«

»Ich kann diese Ehe annullieren lassen, glaube ich. Bin ich dazu nicht berechtigt, wenn die Ehe nicht vollzogen wurde, wie man es nennt?«

»Ich glaube schon.«

»Morgen früh gehe ich zu einem Anwalt.«

»So eilig brauchst du es doch nicht zu haben. Ruh dich doch erst mal ein wenig aus.«

»Von was soll ich mich denn schon ausruhen?« sagte Evelyn mit einem verzerrten Lächeln. »Nein, je eher, desto besser. Ich muß den Namen Clarvoe loswerden. Ich hasse ihn.«

»Evelyn. Evelyn, Liebling, hör mich mal an.«

»Ich höre.«

»Er hat dich doch nicht etwa – mißhandelt?«

»Du hast eine völlig falsche Vorstellung, Mutter«, sagte Evelyn mit großer Bestimmtheit. »Wenn du willst, werde ich sie richtigstellen.«

»Nur, wenn du das Gefühl hast, du möchtest, Kind.«

»Ich habe überhaupt kein Gefühl. Ich möchte nur nicht, daß du glaubst, ich sei physisch mißhandelt worden.« Während sie sprach, rieb sie den Ringfinger ihrer linken Hand, als wollte sie die Spur ihres Trauringes wegmassieren. »Es fing im Flugzeug an, als ihm schlecht wurde. Damals habe ich angenommen, er sei luftkrank, aber jetzt ist mir klar, daß ihm vor Angst schlecht war, vor Angst, mit mir allein zu sein.

Als wir im Hotel ankamen, ging er in die Bar, während ich auspackte. Er blieb die ganze Nacht in der Bar. Ich wartete auf ihn, in meinem verführerischen Nachthemd und dem Negligé. Gegen sechs Uhr früh brachten ihn zwei Hotelpagen herauf und ließen ihn aufs Bett fallen. Er schnarchte. Er sah so komisch aus, und doch so rührend, wie ein kleiner Junge. Als ich bemerkte, daß er allmählich aufwachte, ging ich zu ihm hin und sprach zu ihm und streichelte seine Stirn. Er schlug die Augen auf und sah, daß ich mich über ihn beugte. Und dann stieß er einen Schrei aus, den seltsamsten Laut, den ich je gehört habe, einen tierischen Laut. Ich wußte noch immer nicht, was der Grund war. Ich dachte, er hätte nur einen Katzenjammer.« Ihr Mund verzog sich vor Abscheu und Verachtung. »Ja, einen Katzenjammer hatte er wohl, doch die Party hat – schon vor Jahren und Jahren stattgefunden.«

»Oh, Evelyn, mein Kind ...«

»Bitte, mach bloß kein Theater.«

»Aber warum, warum um Himmels willen, hat er dich denn geheiratet?«

»Weil er beweisen wollte, daß er ein Mann sei«, sagte *Evelyn trocken.*

Blackshear hörte zu. Er hatte Mitleid mit der Frau und auch Mitleid mit allen andern. Mit Evelyn, die in ihrem verführerischen Nachthemd auf den Bräutigam wartete, mit Douglas, dem vor Angst schlecht wurde, und mit Verna, die verzweifelt versuchte, die Wahrheit vor sich zu verheimlichen.

»Gestern«, fuhr Mrs. Merrick fort, »hat Evelyn sich mit mir in der Stadt getroffen, um einige Besorgungen zu machen. Da sind wir Verna Clarvoe begegnet; es war das erste Mal nach der Hochzeit. Mich hat das sehr aufgeregt, und mir fiel nichts anderes ein, als boshafte Bemerkungen zu machen. Evelyn hingegen hatte sich vollkommen in der Gewalt. Sie hat sich sogar noch nach Douglas erkundigt, wie es ihm ginge und was er so treibe und so weiter, und alles in der natürlichsten Weise der Welt.

Verna verfiel sofort in ihre berühmte Theaterspielerei – Dougie ginge es großartig, er nehme Unterricht im Fotografieren und täte dies und täte das. Ich hatte den Eindruck, daß sie versuchte, die ganze Geschichte wieder von vorn anzufangen und Evelyns Interesse aufzustacheln. Und da ist mir plötzlich zum erstenmal klargeworden, daß Verna nichts *weiß*. Verna hat noch immer keine Ahnung, und sie hofft noch immer, nicht wahr?«

»Ich glaube, ja.«

»Arme Verna«, sagte sie ruhig. »Heute tut sie mir ganz besonders leid.«

»Warum besonders heute?«

»Es ist sein Geburtstag. Heute hat Douglas Geburtstag.«

9

Douglas' Tür war abgeschlossen. Es war das einzige Zeichen, an dem sie erkannte, daß er irgendwann in der Nacht zurückgekommen war. Vielleicht, weil er zurückkommen wollte, vielleicht aber auch nur, weil er keine Möglichkeit hatte, woanders hinzugehen.

Sie klopfte und rief: »Douglas!« Ihre Stimme klang rauh und gequält und kam ihr vor wie die einer Fremden. »Bist du wach, Douglas?«

Aus dem Zimmer kam das Gemurmel einer Antwort und das leise Tappen von Füßen, die auf Teppich gingen.

»Ich muß mit dir reden, Douglas. Zieh dich an und komm herunter. Und zwar sofort!«

In der Küche saß das Halbtagsmädchen, eine magere, ältliche Frau namens Mabel, mit übergeschlagenen Beinen an der Frühstücksbar, trank eine Tasse Kaffee und las die Morgen-*Times*. Sie stand nicht auf, als sie Verna sah, die Lohnschulden bei ihr hatte; sowohl an Freundlichkeit als auch an barem Gelde.

»Es sind Muffins* im Ofen. Von gestern. Noch mal aufgewärmt. Wollen Sie Ihren Orangensaft jetzt?«

»Ich hol' ihn mir schon selber.«

»Ich habe eine Liste gemacht, was wir alles brauchen. Wir haben schon wieder mal keine Eier und keinen Kaffee mehr. Ich brauche ab und zu 'n Tropfen Kaffee, um mich aufrecht zu halten, und da ist kaum noch 'ne Tasse in der Kanne.«

»Na, dann gehen Sie und kaufen Sie welchen. Und wenn Sie schon dabei sind, können Sie auch gleich das übrige mitbringen. Wir brauchen ein paar Hundert-Watt-Birnen und Papierhandtücher, und sehen Sie lieber vorsichtshalber nach, ob auch noch genügend Kartoffeln da sind.«

»Sie wollen, daß ich das gleich mache, bevor ich noch 'n Happen gegessen habe?«

»Unsre Abmachung war, daß Sie gegessen haben, bevor Sie hierher kommen.«

»Wir hatten auch noch *andre* Abmachungen.«

»Diese Woche bekommen Sie Ihr Geld. Ich erwarte heute einen Scheck.«

Als das Mädchen weg war, nahm Verna die Muffins aus dem Ofen und versuchte eins. Es war wie Gummi, und die eingebackenen Blaubeeren sahen aus wie zerquetschte violette Fliegen.

Sie goß etwas Wasser in den Kaffee und wärmte ihn nochmals auf, und dann goß sie sich aus einer Kanne im

* Kleine, runde, flache Brötchen aus Hafer- oder Maismehl, die im Ofen aufgebacken oder getoastet mit Butter und Orangenmarmelade zum Tee gegessen werden.

Eisschrank etwas Orangensaft ein. Er roch muffig. Der ganze Kühlschrank roch muffig, als hätte Mabel alle möglichen Speisereste hineingesteckt und vergessen. Als sie das Geschnaufe und Geratter von Mabels uraltem Dodge hörte, während er die Einfahrt hinunterfuhr, dachte Verna: ›Ich muß sie unbedingt entlassen, sobald ich sie bezahlen kann. Wie gräßlich, daß ich sie behalten muß, weil ich mir nicht leisten kann, sie hinauszuwerfen.‹

Gerade als sie sich eine Tasse Kaffee einschenkte, kam Douglas herein. Er hatte sich nicht angezogen, wie sie es gewünscht hatte. Er hatte seinen Frotté-Schlafrock und die perlenbestickten Mokassins an, wie am vorhergehenden Abend, bevor Blackshear gekommen war. Er sah verlebt aus. Die Ringe unter seinen Augen sahen aus wie blaue Flecken, und von seiner linken Schläfe bis zum Mundwinkel hinunter zogen sich drei parallele Kratzspuren, die er mit der Hand zu verdecken suchte. Doch dieser Versuch lenkte die Aufmerksamkeit erst recht darauf.

»Was ist denn mit deiner Wange passiert?«

»Ach, ich wollte eine Katze streicheln.«

Er setzte sich neben sie, an ihre linke Seite, damit sie nur die unverletzte Hälfte seines Gesichts sähe. Ihre Arme berührten sich, und dieser physische Kontakt ließ Verna wie von einem Nadelstich zusammenzucken. Mit einem leichten Schwächegefühl stand sie auf und ging hinüber zum Herd.

»Ich hol' dir ein paar Muffins.«

»Ich bin nicht hungrig.« Er zündete sich eine Zigarette an.

»Du solltest vor dem Frühstück nicht rauchen. Wo warst du vorige Nacht?«

»Aus.«

»Du warst also aus und hast eine Katze gestreichelt. Ein toller Abend, was?«

Er schüttelte müde den Kopf.

»Was für eine Art Katze war denn das, die du da gestreichelt hast?«

»Nur eine ganz gewöhnliche Hauskatze.«

»Eine vierbeinige?«

»Die meisten Katzen sind vierbeinig.«

»Die dich gekratzt hat, aber nicht.«

»Ich weiß nicht, auf was du hinaus willst, wirklich nicht.« Unschuldsvoll richtete er seine taubenblauen Augen auf sie. »Worüber bist du eigentlich so aufgebracht, Mutter? Ich habe gestern einen Spaziergang gemacht, ich sah die Katze, ich habe sie aufgehoben und wollte sie streicheln, und da hat sie mich gekratzt. Das ist die Wahrheit, so wahr mir Gott helfe!«

»Sehr richtig, *Gott* helfe dir«, sagte sie. »Ein anderer wird dir auch nicht helfen.«

»Warum bist du bloß so finsterer Laune?«

»Kannst du dir gar nicht denken, warum?«

»Gewiß kann ich mir das denken.«

»Na, dann sag's.«

»Du hast versucht, Helen anzupumpen, und sie hat dich abgewiesen.«

»Falsch.«

»Mabel hat ihren rückständigen Lohn von dir verlangt?«

»Wieder falsch.«

»Eins ist sicher, es hat etwas mit Geld zu tun.«

»Diesmal nicht.«

Er stand auf und ging auf die Tür zu. »Ich habe dieses Rätselraten satt. Ich gehe lieber nach oben ...«

»Setz dich!«

Er blieb im Türrahmen stehen. »Findest du nicht, daß ich ein bißchen zu alt bin, um herumkommandiert zu werden wie ...«

»Setz dich, Douglas!«

»Schon gut, schon gut.«

»Wo warst du letzte Nacht?«

»Fangen wir das Ganze wieder von vorne an?«

»Jawohl, das tun wir.«

»Ich bin spazierengegangen. Es war ein schöner Abend.«

»Es hat geregnet.«

»Nicht als ich wegging. Es hat erst gegen zehn zu regnen angefangen.«

»Und du bist trotzdem weitergegangen?«

»Klar.«

»Bis du bei Mr. Terola warst, nicht wahr?«

Stumm und gelassen starrte er zu ihr hinüber.

»Das war doch wohl dein Ziel? Eins der Hinterzimmer von Terolas Studio, nicht wahr?«

Er sagte noch immer nichts.

»Vielleicht war es auch gar nicht Terolas, sondern einfach ein x-beliebiges Hinterzimmer von sonst jemand x-beliebigem. Eure Sorte soll ja überhaupt nicht wählerisch sein, wie ich höre.« Sie hörte diese Worte aus ihrem Munde kommen, glaubte sie aber immer noch nicht. Mit in die Seite gestemmten Fäusten wartete sie auf die Reaktionen, die sie von ihm ersehnte: Schock, Empörung, Zurückweisung.

Er sagte nichts.

»Was geht in diesem Atelier vor, Douglas? Ich habe ein Recht, das zu wissen, denn ich bezahle diesen sogenannten ›Fotografen‹-Unterricht. Lernst du überhaupt fotografieren?«

Unsicher ging er zurück an die Frühstücksbar und setzte sich. »Ja.«

»Stehst du hinter oder vor der Kamera?«

»Ich weiß nicht – was du meinst.«

»Du mußt das doch wissen, wenn's andre Leute wissen. Ich habe gestern abend selber davon gehört.«

»Was gehört?«

»Welche Art von Fotos Terola macht. Wohl kaum die Art, die sich für ein Familienalbum eignet, wie?«

»Wie soll ich das wissen?«

»Wer sollte es wohl besser wissen als du, Douglas? Du stehst doch Modell dafür, nicht wahr?«

Er schüttelte den Kopf. Es war die Ablehnung, welche sie ersehnt, um die sie gebetet hatte. Aber diese Ablehnung war so schwach, daß sie sich nicht traute, sie näher zu untersuchen, aus Angst, sie könnte nicht standhalten.

»Wer hat mit dir gesprochen?« fragte er.

»Jemand hat mich angerufen, nachdem du weg warst.«

»Wer war das?«

»Das kann ich dir nicht sagen, Douglas.«

»Wenn Gerüchte über mich im Umlauf sind, habe ich ein Recht zu wissen, wer sie verbreitet.«

Sie klammerte sich an den Strohhalm: »Gerüchte? Dann sind es also nur Gerüchte, Douglas? Nichts davon ist wahr? Nicht ein Wort?«

»Nein.«

»Oh, Gott sei Dank, Gott sei Dank!«

Sie lief mit ausgestreckten Armen durch die Küche auf ihn zu.

Er wurde kreideweiß und sein Körper ganz steif, während er sich gegen ihre Zärtlichkeit wappnete. Sie streichelte sein Haar, sie küßte ihn auf die Stirn, sie berührte die Kratzer auf seiner Wange mit zärtlicher Liebe und murmelte seinen Namen: »Dougie, Dougie, mein Herz. Verzeih mir, mein Liebling.«

Ihre Arme wanden sich um ihn wie Schlangen. Ihm wurde übel vor Ekel und ganz schwach vor Angst. Ein Hilfeschrei formte sich in seiner Kehle, wurde aber gleich erstickt: *Gott! Gott, hilf mir doch! Gott, rette mich!*

»Dougie, mein Herz, verzeih mir. Du verzeihst mir doch, nicht wahr?«

»Ja.«

»Ach, was für eine abscheuliche Mutter ich bin, solche Lügen zu glauben. Alles war nur Lüge, nichts als Lüge.«

»Laß mich bitte«, flüsterte er. »Du würgst mich ja.«

Aber die Worte waren so undeutlich, daß sie sie gar nicht hörte. Sie preßte ihre Wange an seine. »Ich hätte diese schrecklichen Dinge nicht sagen sollen, Dougie. Du bist doch mein Sohn, und ich liebe dich so.«

»Hör auf damit! Hör auf!«

Er riß sich aus ihrer Umarmung los und rannte zur

Tür. Und kurz darauf hörte sie das rasende Stampfen seiner Füße auf den Treppenstufen.

Mit steinernem Gesicht und starrem Blick saß sie lange da, wie eine Taube im Kreise von Schwätzern. Dann folgte sie ihm die Treppe hinauf.

Er lag mit ausgebreiteten Armen und Beinen quer über dem Bett und hatte das Gesicht vergraben. Sie ging nicht in seine Nähe, sondern blieb auf der Türschwelle stehen.

»Douglas.«

»Geh weg. Bitte. Ich bin krank.«

»Ich weiß, du bist krank«, sagte sie gequält. »Wir müssen dich – gesund machen. Wir müssen zu einem Arzt gehen.«

Er rollte seinen Kopf auf der Seidendecke hin und her.

Sie hatte Fragen auf der Zunge, doch sie vergingen ihr: Wann ist es dir zum erstenmal bewußt geworden? Warum bist du nicht zu mir gekommen und hast es mir gesagt? Wer hat dich verführt?

»Wir werden zu einem Arzt gehen«, sagte sie mit großer Entschlossenheit. »So was ist heilbar, es muß heilbar sein. Mit all diesen Wundermitteln, die sie haben, Cortison, Hormone und dergleichen, heilt man doch heutzutage alles.«

»Du begreifst nicht. Du *begreifst* einfach nicht!«

»Prüf mich. Was ist es? Was begreife ich nicht?«

»Ich bitte dich. Laß mich allein.«

»Willst du das wirklich?«

»Ja.«

»Gut«, sagte sie, »ich laß' dich allein. Ich habe sowieso etwas Dringendes zu erledigen.«

Etwas in ihrer Stimme ließ ihn aufhorchen. Er rollte herum und setzte sich auf. »Was hast du vor? Du suchst doch nicht etwa einen Arzt auf?«

»Nein, das ist deine Pflicht.«

»Und was ist deine?«

»Meine ist, Terola aufzusuchen.«

»Nein. Das darfst du nicht.«

»Ich muß. Als deine Mutter habe ich die Pflicht dazu.«

»Geh nicht hin.«

»Ich muß diesem üblen Burschen meine Meinung ins Gesicht sagen.«

»Er ist kein übler Bursche«, brachte Douglas mühsam hervor. »Er ist wie ich.«

»Hast du gar kein Schamgefühl, keinen Sinn für Anständigkeit, daß du mir, deiner Mutter gegenüber, einen solchen Mann auch noch verteidigst?«

»Ich verteidige –«

»Wo ist deine Selbstachtung, Douglas, dein Stolz?«

Er hätte ihr so vieles sagen müssen, daß ihm die Worte in der Kehle steckenblieben, und so sagte er gar nichts.

»Ich gehe jetzt zu diesem Terola und werde ihm meine Meinung sagen. Einem Menschen wie dem soll man erlauben, frei herumzulaufen! Es ist ja eine Schande! Wahrscheinlich hat er außer dir noch andere junge Männer verführt.«

»Er hat mich nicht verführt.«

»Was sagst du da, Douglas? Natürlich hat er dich verführt. Er ist verantwortlich. Wenn er nicht gewesen wäre, wärst du vollkommen normal. Ich werde dafür sorgen, daß er dafür bezahlt, was er da ...«

»Bitte, Mutter, hör auf damit.«

Eine ganze Weile schwiegen sie. Ab und zu sahen sie sich an und schauten wieder weg, wie Fremde, die auf der Straße aneinander vorübergehen.

»Terola war also nicht – der erste«, sagte sie endlich.

»Nein.«

»Wer war es?«

»Das hab' ich vergessen.«

»Wann war es?«

»Es ist schon so lange her; ich kann mich nicht mehr erinnern.«

»Und diese ganzen Jahre – all diese *Jahre* . . .«

»All diese Jahre«, wiederholte er nachdrücklich, indem er die Worte wie Waffen gegen sie und gegen sich selber benutzte.

Er hatte sie gar nicht weggehen hören, aber als er wieder aufschaute, war sie fort und die Tür war zu.

Er legte sich aufs Bett zurück und lauschte dem Regen, der auf das Dach prasselte, und auf das Zirpen einer unzufriedenen Meise, die unter der Dachrinne hervor über das Wetter schimpfte. Jedes Geräusch war deutlich und klar und schicksalhaft: das Knarren des Eukalyptusbaumes, wenn der Wind stärker wurde, das Bellen des Collies nebenan, Mabels alter Dodge, der keuchend durch die Einfahrt fuhr, das Zuschlagen einer Autotür und das Surren der elektrischen Uhr neben seinem Bett.

Es schien ihm, als hätte er bisher niemals richtig gehört. Und jetzt, da er es gelernt hatte, war jedes Geräusch persönlich und prophetisch. Er war die Meise und der Regen, er war der Wind und die sich im Winde wiegenden Bäume. Er war zwiespältig, der Treibende und der Getriebene, Mann und Frau.

All diese Jahre, tickte die Uhr, *all diese Jahre.*

Verna klopfte wieder und trat ins Zimmer. Sie hatte dem Wetter entsprechend einen rotkarierten Regenmantel mit einer dazu gut passenden spitzen Kappe an.

»Mabel ist zurück«, sagte sie. »Sprich leise, sie hat Ohren wie ein Luchs.«

»Ich habe sowieso nichts zu sagen.«

»Vielleicht überlegst du dir etwas, bis ich zurückkomme.«

»Du gehst aber nicht zu Terola?«

»Ich habe dir gesagt, daß ich zu ihm gehe.«

»Bitte tu's nicht.«

»Ich muß ihm einige Fragen stellen.«

»Frag lieber mich statt ihn, ich werde dir antworten. Ich sage dir alles, was du wissen willst.«

»Hör auf, dich so zu winden, Douglas. Es macht mich nervös.« Sie überlegte. »Siehst du denn nicht, daß ich nur meine Pflicht tue? Ich tue schließlich nur das, was dein Vater getan hätte, wenn er noch am Leben wäre. Dieser Terola ist doch ein ganz eindeutig lasterhaftes Subjekt, und trotzdem verteidigst du ihn. Warum? Du hast gesagt, du willst mir alles sagen. Also, warum?«

Er lag regungslos mit geschlossenen Augen auf dem Bett. Sein Gesicht war grau.

Eine Sekunde lang glaubte sie, er sei tot. Aber sie war weder froh noch traurig, sondern erleichtert, daß das Problem sich so leicht gelöst hatte: einfach dadurch, daß ein Herz aufgehört hatte zu schlagen. Da bewegten sich seine Lippen. »Du willst wissen warum?«

»Ja.«

»Weil ich seine Frau bin.«

»Seine... *Was hast du gesagt*?«

»Ich bin seine Frau.«

Vor Entsetzen öffnete sich ihr Mund und schloß sich langsam wieder. »Du widerlicher, erbärmlicher Kerl«, sagte sie ganz ruhig. »Du widerliches, gemeines Subjekt.«

Er drehte den Kopf. Sie stand an seinem Bett und beobachtete ihn mit einem vor Abscheu und Verachtung verzerrten Gesicht.

»Mutter. Geh noch nicht. Mama!«

»Nenn mich nicht so. Wir haben nichts mehr miteinander zu tun.« Entschlossen ging sie zur Tür und riß sie auf. »Übrigens, das hab' ich ja ganz vergessen: Meinen Glückwunsch zum Geburtstag.«

Alleingelassen, horchte er wieder auf die Uhr; er lauschte der Meise, dem Regen und den Bäumen und dem rasenden Motorengeräusch des Buick, in dem sich Vernas Wut ausdrückte. ›Sie fährt weg‹, dachte er. ›Jetzt fährt sie zu Jack. Ich konnte sie nicht zurückhalten.‹ Er stand auf und ging ins Badezimmer.

Ein ganzes Jahr lang, seit seiner Hochzeit mit Evelyn, hatte er Schlafpillen gesammelt. Jetzt hatte er ungefähr fünfzig Stück, die er in einer Epsomsalzschachtel im Apothekerschränkchen versteckt hatte, Kapseln in den verschiedensten bunten Farben, denen man ihren Zweck nicht ansah. Fünf schluckte er ohne jede Schwierigkeit, doch die sechste blieb ihm ein paar

Sekunden im Halse stecken, und die siebente ließ sich einfach nicht mehr schlucken. Die Gelatineschicht löste sich in seinem Munde auf, und ein bitteres Pulver blieb zurück, an dem er würgte. Die achte versuchte er erst gar nicht mehr.

Er löste die Klinge aus seinem Rasierapparat, beugte sich über das Waschbecken und drückte sie in das Fleisch über den Pulsadern seiner linken Hand. Die Rasierklinge aber war stumpf und die Wunde kaum tiefer als ein Kratzer. Doch beim Anblick seines heraussikkernden Blutes wurde ihm vor Entsetzen schwindlig. Er hatte das Gefühl, als lösten sich seine Knie in Wasser auf und als füllte sich sein Kopf mit Luft wie ein Ballon.

Er versuchte zu schreien: »Hilfe! Mutter!« Doch die Worte kamen als ein Wimmern heraus.

Als er in einem Ohnmachtsanfall vornüber fiel, schlug er mit der Schläfe auf die hervorstehende Kante des Waschbeckens. Das letzte Geräusch, das Douglas noch hörte, war deutlich und klar und schicksalhaft, das Zerbrechen von Knochen.

10

Um zehn Uhr war Miss Clarvoe gerade fertig mit dem Frühstück. Sie hatte lange geschlafen. Als sie das Klopfen an der Tür hörte, glaubte sie zunächst, es sei einer der Servierkellner aus dem Speisesaal, der ihr Frühstücksgeschirr und sein Trinkgeld holen kam.

Sie sagte durch den Türspalt: »Ich bin noch nicht ganz fertig, bitte kommen Sie später wieder.«

»Ich bin es, Helen. Paul Blackshear. Lassen Sie mich herein.«

Betroffen von der Dringlichkeit in seiner Stimme, schloß sie die Tür auf. »Ist etwas passiert?«

»Ihre Mutter hat vergeblich versucht, Sie zu erreichen, Helen. Das Amt wollte ihr Ihre Geheimnummer nicht geben, darum hat sie mich angerufen und mich gebeten, Sie aufzusuchen.«

»Um mir zu sagen, daß die Geburtstagsfeier nicht stattfindet, nehme ich an.«

»Sie findet nicht statt.«

»Egal. Sie braucht keine Angst zu haben, daß Douglas kein Geschenk von mir bekommt. Gestern abend habe ich ihm einen Scheck geschickt. Er sollte ihn heute bekommen.«

»Er wird ihn heute nicht mehr bekommen.«

»Weshalb nicht?«

»Setzen Sie sich, Helen.«

Sie ging zum Ohrensessel am Fenster der Straßenseite hinüber, setzte sich aber nicht, sondern blieb dahinter stehen, und ihre langen, dünnen Hände fuhren nervös auf dem gepolsterten Rücken hin und her, als wollte sie ihn durch das Reiben erwärmen.

»Schlechte Nachrichten natürlich«, sagte sie scheinbar völlig sachlich. »Sie sind ja schließlich kein Laufbursche. Nicht einmal Mutter würde Sie, bloß um ein Mittagessen absagen zu wollen, als Boten zu mir schicken.«

»Douglas ist tot.«

Ihre Hände hielten einen Moment lang inne. »Wie ist denn das passiert?«

»Er hat versucht, Selbstmord zu begehen.«

»Versucht? Sie haben doch eben gesagt, er sei tot.«

»Der Arzt meint, Douglas habe etliche Schlafpillen geschluckt und sich an einem Arm die Pulsader aufgeschnitten. Aber die eigentliche Todesursache sei ein Schlag gegen den Kopf gewesen. Wahrscheinlich hätte er einen Ohnmachtsanfall gehabt und sei im Fallen mit der Schläfe auf die Kante des Waschbeckens geschlagen.«

Sie wandte sich ab und sah zum Fenster hinaus. Aber nicht, um ihren Schmerz zu verbergen, sondern damit er den Anflug des geringschätzigen Lächelns nicht sähe, das um ihre Mundwinkel zuckte. Armer Douglas. Er konnte aber auch nichts anständig erledigen, noch nicht mal sich selber.

»Es tut mir leid, Helen.«

»Warum sollte es Ihnen leid tun? Wenn er sterben wollte, war das seine Sache.«

»Ich meinte, um Sie tut es mir leid.«

»Und warum?«

»Weil Sie völlig gefühllos sind, oder empfinden Sie etwas?« Er durchquerte das Zimmer und blieb vor ihr stehen. »Sind Sie überhaupt imstande, zu empfinden?«

»Nicht viel.«

»Empfinden Sie nie etwas? Für keinen Menschen?«

»Doch.«

»Für wen?«

»Ich – ich wünschte, Sie würden nicht so persönlich werden, Mr. Blackshear.«

»Ich heiße Paul.«

»So kann ich Sie wirklich nicht nennen.«

»Warum denn nicht?«

»Weil ich einfach nicht kann.«

»Nun gut.«

»Ich . . .« Sie wich zurück und stellte sich mit auf dem Rücken verschränkten Händen an die Wand wie ein verschüchtertes Schulmädchen. »Wie wird Mutter damit fertig?«

»Darüber bin ich mir nicht ganz im klaren. Als sie es mir am Telefon sagte, schien sie mehr wütend zu sein als irgend etwas anderes.«

»Wütend auf wen?«

»Auf Evelyn Merrick.«

»Das verstehe ich nicht. Was hat denn Evelyn mit Douglas' Tod zu tun?«

»Ihre Mutter macht sie für seinen Tod verantwortlich.«

»Wieso?«

»Evelyn rief gestern abend Ihre Mutter an und klärte sie ziemlich genau über Douglas und Jack Terola auf, der Douglas angeblich Unterricht im Fotografieren gab. Ich will hier nicht wiederholen, was sie gesagt hat. Aber schön war es nicht, das kann ich Ihnen versichern. Heute morgen nun stellte Ihre Mutter Douglas darüber zur Rede, und er gab zu, daß zumindest etwas davon wahr sei. Ihre Mutter wollte eine Auseinandersetzung mit Terola erzwingen und war auch schon auf dem Wege zu ihm. Ob sie ihn tatsächlich gesehen hat oder nicht, weiß ich nicht genau. Sie behauptet jedenfalls, sie habe ihn nicht gesehen, sondern sei umgekehrt und wieder nach Hause gefahren. In der Zwischenzeit hatte das Mädchen Douglas' Leiche gefunden, als sie hinaufkam, um sein Zimmer sauberzumachen, und auf der Stelle den Arzt angerufen. Der Arzt war noch da, als Ihre Mutter nach Hause kam. Sie hat sofort versucht, Sie zu erreichen, und als ihr das nicht gelang, hat sie bei mir angerufen und mich gebeten, zu Ihnen zu gehen.«

»Warum eigentlich?«

»Das Telefonamt...«

»Ich meinte, warum sie es so furchtbar eilig hatte, mir das mitzuteilen? Um sicher zu sein, daß ich ihm auch ja einen schönen fetten Kranz schicke, genau wie ich ihm einen schönen fetten Scheck geschickt habe?«

»Das ist herzlos, Helen.«

»Ja, wahrscheinlich ist es das. Es tut mir leid. Das Leben hat mich gelehrt, mißtrauisch zu sein. Ich habe meine Lektion zu gründlich gelernt.«

»Vielleicht können Sie sie eines Tages wieder verlernen.«

»Vielleicht. Obwohl es schwerer ist, etwas wieder zu verlernen.«

»Ich kann Ihnen dabei helfen, Helen.«

»Wie?«

»Indem ich Ihnen etwas gebe, was Sie in Ihrem Leben zu wenig bekommen haben.«

»Und das wäre?«

»Sie können es Liebe nennen.«

»Liebe.«

Ein tiefes Rot breitete sich vom Hals über ihre Wangen aus. »Nein. Nein. Sie versuchen nur, lieb zu mir zu sein.«

»Ich versuche es gar nicht«, sagte er mit einem Lächeln. »Ich *bin* lieb zu Ihnen.«

»Nein. Ich will Ihre Liebe nicht. Weder Ihre noch eine andere. Ich kann sie nicht annehmen. Sie – verwirrt mich.«

»Gut, gut. Sie brauchen sich gar nicht aufzuregen. Es eilt ja nicht. Ich kann warten.«

»Warten? Auf was wollen Sie warten?«

»Daß Sie einige der Lektionen wieder verlernen, die man Ihnen einmal erteilt hat.«

»Und was ist, wenn ich es nicht kann? Was ist, wenn ich es nie ...«

»Sie können es bestimmt, Helen. Versprechen Sie mir nur, daß Sie es versuchen wollen. Ja?«

»Ja, ich will es versuchen«, flüsterte sie. »Aber ich weiß nicht, wo ich anfangen soll.«

»Sie haben ja schon angefangen.«

Sie sah ihn freudig überrascht an. »Wirklich? Was habe ich denn getan?«

»Sie haben sich an Evelyn Merrick erinnert.«

»Woher wissen Sie das?«

»Sie haben vor ein paar Minuten ganz selbstverständlich von ihr gesprochen. Erinnern Sie sich jetzt wieder genau an sie?«

»Ja.«

»Als sie Sie an jenem Abend anrief, hat sie zu Ihnen gesagt, Sie seien von jeher neidisch und eifersüchtig auf sie gewesen. Stimmt das, Helen?«

»Sie hatte recht.«

»Aber jetzt sind Sie es doch nicht mehr, nicht wahr?«

»Nein. Ich beneide sie nicht mehr. Sie ist nur zu bemitleiden.«

»Zu bemitleiden schon«, sagte er, »aber auf der Hut sein muß man auch vor ihr. Sie ist um so gefährlicher, als sie nach außen hin ganz vernünftig erscheinen kann.«

»Sie haben sie also gesehen?«

»Noch nicht. Ich werde sie erst heute abend sehen. Aber ich habe gestern abend mit Ihrer Mutter über sie gesprochen, bevor Evelyn sie noch angerufen hatte, und heute habe ich schon am frühen Morgen mit Evelyns Mutter gesprochen. Beide hatten nicht den leisesten Verdacht, daß diese Frau verrückt ist. Sie scheint eine völlig gespaltene Persönlichkeit zu haben. Einerseits ist sie die liebevolle, gehorsame Tochter und das, was sich Ihre Mutter unter einer idealen Schwiegertochter vorstellt – und zu letzterem braucht es einiges, denn Ihre Mutter ist nicht leicht zufriedenzustellen.«

»Das weiß ich nur allzu gut.«

»Auf der anderen Seite ist diese Frau so voller Haß und Rachegefühle, daß sie nichts anderes im Sinn hat, als Menschen zu zerstören, indem sie sie gegeneinander aufhetzt. Sie geht ganz raffiniert vor. Sie braucht das Zerstören gar nicht selber zu besorgen. Sie wirft nur den Knochen hin und überläßt es den Hunden, sich deswegen gegenseitig zu zerfleischen. Und an dem Knochen hängt gewöhnlich auch noch ein Fleischfetzen von Wahrheit.«

Sie mußte an ihre Mutter und an Douglas denken, und wie sie sich seit eh und je gegenseitig bekämpft hatten; nicht wie Hunde und nicht im offenen Kampf wie zwei Boxer im Ring, sondern wie Guerillas, die sich in einem dunklen Wald gegenseitig belauern. In diesen Wald hatte Evelyn einen Riesenblitz geschleudert, der Bäume und Unterholz in Brand setzte und die Feinde aus ihren Verstecken trieb.

Armer Douglas. Er war immer ein Junge geblieben. Er konnte nie erwachsen werden in einem so dunklen Wald.

»Ich habe ihm zum Geburtstag einen Scheck geschickt«, sagte sie tonlos. »Vielleicht, wenn ich ihn früher geschickt hätte ...«

»Ein Scheck hätte auch nichts geändert, Helen. Der Arzt hat zirka fünfzig Schlafpillen in seinem Arzneischränkchen gefunden. Douglas hatte das seit langem vorbereitet.«

»Und warum gibt Mutter dann Evelyn die Schuld daran?«

»Einem muß sie doch die Schuld geben. Nur sie selber darf es nicht sein.«

»Nein«, sagte sie und dachte dabei: ›Mutter ist genauso in diesem Wald gefangen, wie es Douglas war. Vor Jahren schon hätte ihnen jemand den Weg hinaus zeigen sollen, aber niemand war da, nur Vater und ich. Und Vater war zu hart, und ich hätte selber dringend Hilfe gebraucht.‹

Sie schlug die Hände vors Gesicht, und Tränen sickerten zwischen ihren Fingern hindurch.

»Weinen Sie nicht, Helen.«

»Jemand hätte helfen müssen. Vor Jahren schon hätte jemand *helfen* müssen.«

»Ich weiß.«

»Jetzt ist es zu spät, für Douglas und für Mutter.« Sie hob den Kopf und sah ihn mit vor Tränen sanft gewordenem Blick an. »Vielleicht ist es auch für mich schon zu spät.«

»Das müssen Sie nicht denken.«

»Doch. Ich habe im tiefsten Innern das Gefühl, daß ich mein Leben gelebt habe und nur warte; wie Douglas mit seinem Vorrat von Schlafpillen. Vielleicht bekomme ich noch einen Telefonanruf, der womöglich das Unterholz aufflammen läßt, und ich werde nicht imstande sein, zu ertragen, was ich sehe.«

»Hören Sie auf.« Er legte die Arme um sie, doch ihr Körper wurde unter seiner Berührung steif wie Holz, und ihre Hände verkrampften sich zu harten Fäusten. Er merkte, seine Zeit war noch nicht gekommen, und möglicherweise käme sie nie.

Er ging zur anderen Seite des Zimmers hinüber, setzte sich an ihren Schreibtisch und beobachtete die Veränderung, die sein Rückzug bei ihr auslöste, die Entspannung ihrer Muskeln, der gleichmäßigere Atem und das Verblassen der Röte in ihrem Gesicht. Er fragte sich, ob sie wohl ewig so durch eine Zimmerbreite getrennt bleiben müßten.

»Sie sind sehr – gütig, Paul«, sagte sie. »Ich danke Ihnen.«

»Gar keine Ursache.«

»Jetzt werde ich wohl zu Mutter nach Hause gehen müssen. Das ist doch das, was von mir erwartet wird, nicht?«

»Von ihr, ja.«

»Dann werde ich mich fertigmachen. Entschuldigen Sie mich bitte.«

»Ich fahre Sie hin, Helen.«

»Nein, bitte bemühen Sie sich nicht. Ich nehme ein Taxi. Ich möchte Sie nicht von Ihrer Untersuchung abhalten.«

»Meine Untersuchung ist sozusagen abgeschlossen. Sie hatten mich gebeten, Evelyn Merrick zu finden. Und wie Sie sehen, habe ich sie gefunden. Also?«

»Dann glauben Sie also, daß alles vorbei ist? Alles erledigt?« Ihre Stimme war eindringlich. »Daß sie sich mit dem Fall gar nicht mehr zu beschäftigen brauchen?«

»Beschäftigen muß ich mich schon noch damit, aber ...«

»Mehr denn je sogar!«

»Wieso mehr denn je?«

»Weil es einen Toten gegeben hat«, sagte sie ganz ruhig. »Jetzt wird Evelyn keine Ruhe mehr geben. Ich glaube, Douglas' Tod wird sie nur noch anspornen, wird ihr ein Machtgefühl geben.«

Es war genau das, was Blackshear auch fürchtete, nur hatte er es nicht aussprechen wollen, um sie nicht zu beunruhigen. »Das könnte schon sein.«

»Woher hat sie denn die Sache mit Douglas gewußt?«

»Wahrscheinlich von Terola selber.«

»Sie meinen, die beiden könnten einen Erpressungsversuch gemacht haben?«

»Vielleicht war das Terolas Absicht, doch die Befriedigung, die Evelyn braucht, kann nicht durch Geld gestillt werden.«

»Aber Sie glauben, die beiden machen gemeinsame Sache?«

»Ja. Denn als ich Terola ihretwegen aufsuchte, war er ziemlich zugeknöpft. Ich hatte den Eindruck, daß er Evelyn sehr viel besser kannte, als er zugeben wollte.«

»Also, wenn man irgendeine Handhabe gegen sie brauchte, müßte man sich an Terola halten?«

»Eine Handhabe welcher Art?«

»Etwas, das man benutzen könnte, um sie irgendwo einzuweisen. Denn bis jetzt hat sie noch nichts Strafbares begangen. Im Fall Douglas hat sie nicht mal gelogen. Dafür, daß sie Mutter angerufen und ihr die Wahrheit gesagt hat, kann man sie nicht ins Gefängnis stecken. Und doch ist sie in gewisser Weise moralisch an seinem Tode schuld. Sie müssen sie aufhalten, Paul, bevor sie noch mehr Unheil anrichtet.« Sie wandte sich ab, daß er ihr Gesicht nicht sehen konnte. »Die nächste bin vielleicht ich.«

»Aber, Unsinn, Helen. Sie kann Sie ja nicht mal anrufen. Sie weiß doch Ihre Nummer gar nicht. Und wenn sie hier an Ihre Tür kommen sollte, lassen Sie sie einfach nicht herein.«

»Sie wird sich schon etwas anderes ausdenken. Ich fühle, daß sie – auf mich wartet.«

»Wo?«

»Das weiß ich nicht.«

»Hören Sie mal zu, Helen. Wenn Sie Angst haben, zum Hause Ihrer Mutter zu gehen, bringe ich Sie hin.«

Sie schüttelte den Kopf. »Es wäre mir lieber, wenn Sie Terola aufsuchen würden. Erzählen Sie ihm von

Douglas, zwingen Sie ihn, zu reden und Ihnen die Auskünfte zu geben, die man vor Gericht benutzen kann.«

»Das ist aber ein Mordsauftrag, Helen. Und selbst wenn er Evelyn wie seine Hosentasche kennen sollte, wird er sie nicht gerade vor mir auspacken. Damit würde er sich selbst belasten.«

Er wartete, während sie ins Schlafzimmer ging und sich zum Ausgehen umzog. Als sie wieder herauskam, hatte sie einen dunkelgrauen Wollmantel an und einen altmodischen schwarzen Filzhut mit einer breiten, in die Stirn gezogenen Krempe auf. In diesem Aufzug sah sie aus, als wäre sie dem vorigen Jahrhundert entstiegen.

»Helen?«

»Ja?«

»Haben Sie etwas dagegen, wenn ich Ihnen etwas Persönliches sage?«

»Das tun Sie doch sowieso, ob ich etwas dagegen habe oder nicht.«

»Sie brauchen etwas Neues zum Anziehen, Helen.«

»So?« sagte sie gleichgültig. »Ich gebe nicht viel darauf, wie ich aussehe.«

»Dann wird es aber Zeit, daß Sie damit anfangen.«

»Wieso?«

»Weil Sie und ich zusammen ausgehen werden. An die verschiedensten Orte.«

Sie lächelte ein wenig, wie eine Mutter über die ausgefallenen Pläne ihres kleinen Buben.

Sie nahmen den Lift und fuhren hinunter und gingen zusammen durch die Hotelhalle. Mr. Horner, der

Portier, und June Sullivan, die magere Blonde am Telefontisch, beobachteten sie mit unverhohlener Neugier und tauschten häßliche, vielsagende Lächeln aus, als sie vor der Drehtür stehenblieben, die auf die Straße hinausführte.

»Mein Wagen steht nur zwei Straßenblöcke von hier. Wollen Sie auch bestimmt nicht, daß ich Sie zu Ihrer Mutter bringe?«

»Es ist nicht nötig.«

»Dann komme ich später nach, um Sie zu sehen, wenn Sie wollen.«

»Ich fürchte, es wird kein sehr vergnügliches Zuhause sein. Vielleicht lassen Sie es lieber sein.«

»Soll ich Ihnen ein Taxi rufen?«

»Der Portier macht das schon.«

»Also gut. Dann, auf Wiedersehen.«

»Auf Wiedersehen.«

Und draußen auf der belebten Straße stand dann plötzlich Evelyn Merrick.

II

Der Wind hatte den Regensturm seewärts getrieben, und die Straßen, welche noch vor einer halben Stunde verhältnismäßig ruhig gewesen waren, erwachten zu neuem Leben, als wäre das Ende des Regens ein Signal gewesen, alle Tätigkeiten augenblicklich und gleichzeitig wieder aufzunehmen. Die Menschen gingen mit forschen Schritten auf den Bürgersteigen hin und her, wie nach einem Sturm patrouillierende Ameisen, doch auf dem Fahrdamm kam der Verkehr fast zum Stillstand. Die Autos bewegten sich, wenn überhaupt, durch ihre eigene Überzahl dazu verurteilt, nur ganz langsam.

Blackshear brauchte allein zehn Minuten, um sein Auto aus dem Parkplatz hinauszumanövrieren, und weitere dreißig, um das langgestreckte, engbrüstige Gebäude in der Vine Street zu erreichen, welches Terolas Studio beherbergte.

Zum zweitenmal las Blackshear die schwarze Schablonenschrift auf dem Eisglasfenster. Nur hatten die Worte jetzt für ihn eine unheilvollere Bedeutung:

PHOTOGRAPHISCHES STUDIO
EIGENTÜMER JACK TEROLA

Pin-up-Modelle · Lebende Bilder für
Amateure und Berufsphotographen
Mietstudios für Kunstgruppen

Treten Sie jederzeit ein

Das Büro sah genau so aus wie am vorhergehenden Nachmittag, nur daß jemand vor einer Weile den alten Ziegelkamin benutzt hatte. Die Überreste eines Feuers rauchten noch, und was immer verbrannt worden war, verbreitete soviel Hitze, daß der Raum unangenehm heiß war.

Die Hitze brachte noch andere Gerüche heraus. Es roch nach übergekochtem Kaffee und einem scharfen, moschushaltigen Parfum. Der Kaffeegeruch kam aus

Terolas Loggia, in welche man wegen der zugezogenen Vorhänge nicht hineinsehen konnte. Der Parfumgeruch kam von dem Mädchen, das hinter dem altmodischen Zylinderbüro saß, hinter dem sie fast verschwand. Sie saß in einer merkwürdig verrenkten Stellung zurückgelehnt in ihrem Drehstuhl. Ihre Augen waren geschlossen. Sie schien zu schlafen.

Blackshear erkannte sie wieder. Es war Nola Rath, das junge Mädchen, welches Terola am Tage vorher für einen seiner Magazinentwürfe Modell gestanden hatte. Gestern war ihr langes schwarzes Haar naß gewesen und ihr Gesicht ungeschminkt. Jetzt war ihr Haar oben auf dem Kopf zu einer Rolle aufgedreht, und sie hatte eine so dicke Schicht von Schminke auf dem Gesicht, daß es wie eine Maske aussah. Sie wirkte jetzt viel älter.

Nur zögernd und etwas verlegen näherte er sich dem Schreibtisch. Er hatte das Gefühl, sich in ihr Privatleben einzudrängen, indem er sie beobachtete, während sie schlief.

»Miss Rath?«

Langsam, als schmerzte sie der Versuch, öffnete sie die Augen. Sie schienen nichts zu erkennen, weder Blackshear noch sonst irgend etwas. Sie war wie betäubt.

»Entschuldigen Sie, wenn ich Sie aufgeweckt habe.«

»Ich habe nicht – geschlafen.« Ihre Stimme paßte zu ihrem Augenausdruck; sie war kaum verständlich, schwerfällig und ausdruckslos. Während sie sprach, hatte sie ihre Hand an der Kehle, als verursache ihr das Sprechen, genau wie das Öffnen der Lider, große Schmerzen.

»Fehlt Ihnen etwas, Miss Rath?«

»Nein, gar nichts.«

»Warten Sie, ich hole Ihnen ein Glas Wasser.«

»Nein. Kein Wasser.« Sie änderte ihre Stellung, und der Stuhl quietschte unter ihr. »Gehen Sie lieber hier weg.«

»Ich bin ja gerade erst gekommen.«

»Ganz egal. Gehen Sie lieber.«

»Ich möchte Mr. Terola sprechen, wenn es geht. Ist er da?«

»Er kann niemanden sprechen.«

»Wenn er im Augenblick zuviel zu tun hat, komme ich später wieder.«

»Er hat nichts zu tun.«

»Was soll das heißen? Ist er krank, oder fehlt ihm sonst etwas?«

»Er ist nicht krank. Ihm fehlt sonst was. Und sogar sehr.« Sie begann den Kopf zu bewegen, immer vor und zurück. »Ich sitze schon die ganze Zeit hier. Ich weiß nicht, was ich machen soll. Ich sitze nur da. Dabei sollte ich so schnell wie möglich von hier verschwinden. Aber ich kann mich einfach nicht bewegen.«

»Sagen Sie mir wenigstens, was passiert ist.«

Sie gab keine Antwort, drehte aber ihre Augen zur Loggia hin. Blackshear ging darauf zu, zog die Vorhänge beiseite und trat ein.

Terola lag auf dem Rücken auf seiner Couch. In seiner Halsgrube steckte eine Barbierschere. Ein schmutziges Leintuch und eine blutbespritzte rosa Wolldecke waren über die untere Hälfte seines Körpers gebreitet. Die obere Hälfte war mit einem Unterleibchen bekleidet. Auf dem Tisch am Fußende des Schlafsofas war die elektrische Kochplatte noch angedreht, und der Kaffee im Kaffeetopf war bis zum Boden eingekocht. Es hatte den Anschein, als wäre Terola aufgestanden, um den Kaffee heißzumachen, und hätte sich dann noch einmal für ein paar Minuten ins Bett gelegt. Während dieser paar Minuten mußte er Besuch gehabt haben.

Terola schien sich durch ihn nicht bedroht gefühlt zu haben, wer immer dieser Besuch auch gewesen sein mochte. Denn außer dem Blut waren in dem Raum keine Zeichen von Gewaltanwendung, keine Spur eines Kampfes. Nicht einmal Terolas Haare waren zerzaust. Die beiden dünnen Strähnen seiner eisengrauen Haare lagen noch genauso parallel quer über seinem kahlen Schädel wie Eisenbahnschienen. Entweder hatte Terola seinen Besucher gut gekannt und war vollkommen überrascht worden, oder er war im Schlaf erstochen worden.

Der Stoß mit der Schere war tief und tückisch und genau gezielt gewesen. Es war die Waffe einer Frau, eine Schere, doch mußte sie mit der Kraft einer Männerhand geführt worden sein.

Terola war schon im Leben kein sehr erfreulicher Anblick gewesen, im Tode sah er geradezu grauenhaft aus. Die Augen standen wie Glaskugeln hervor, der wulstige Mund hing schlaff herunter, die Zunge war dick und von einem fahlgrauen Rosa und wölbte sich gegen seine vom Rauchen schwarz gewordenen Zähne. Blackshear dachte an Douglas mit seiner Jugend und Schönheit, und er fragte sich, welche dunklen Pfade ihn wohl zu Terola geführt haben mochten.

Ohne etwas zu berühren, ging er wieder zu dem Mädchen im Büro zurück.

»Haben Sie die Polizei verständigt?«

Sie blinzelte. »Die Polizei? Nein.«

»Haben *Sie* Terola umgebracht?«

»Nein, um Gottes willen, nein! Er war doch mein Freund. Als ich am Verrecken war, hat er mir Arbeit gegeben. Er hat mich immer gut behandelt und mich nie herumgestoßen wie mancher andere.«

»Sie haben ihn schon so gefunden, wie er jetzt ist?«

»Ja, als ich zur Arbeit kam.«

»Wann war das?«

»So vor fünfzehn, zwanzig Minuten vielleicht. Kommen Sie erst mittags, hatte er zu mir gesagt. Aber ich komme immer 'n bißchen früher, damit ich mich fertigmachen kann.«

»War die Tür verschlossen, als Sie kamen?«

»Nein. Jack schließt niemals – hat sie niemals abgeschlossen – falls er nicht ausging.«

»Hat Terola immer hier im Büro übernachtet?«

»Nein, nicht immer. Er und seine Mutter und sein Bruder haben außerhalb im Tal eine kleine Farm, wo sie Avocados ziehen. Nur daß Jack, scheint's, von der ganzen Geschichte nicht begeistert war und von der Gesellschaft dort auch nicht. Darum ist er sehr oft einfach in der Stadt geblieben.« Sie preßte ihr Taschentuch an die Augen. »Ach Gott, ich kann gar nicht glauben, daß er tot ist. Er hat noch gesagt, er hätte große Dinge mit mir vor, und er hat gesagt, ich hätte eine große Zukunft; ich brauchte nur etwas Reklame. Er hat mir versprochen, daß er mir soviel Reklame verschaffen würde, wie er nur wollte.«

Blackshear blieb unberührt. »Was wollen Sie eigentlich? Er hat sein Versprechen doch gehalten.«

»Gehalten? Nein, eben nicht. Wie kommen Sie denn darauf?«

»Jetzt werden Sie doch soviel Reklame bekommen, wie Sie nur wollen. Wahrscheinlich sogar noch mehr.«

Ihre Reaktion darauf war nicht, was er erwartet hatte. »Ja, mein Gott, das stimmt ja! Sie, jetzt werden doch Pressefotografen kommen und alles. Der ganze Betrieb. Wie seh' ich aus?«

»Großartig.«

»Jesses! Vielleicht könnt' ich sogar einen Artikel für die Sonntagszeitungen schreiben, was für ein Stinktier Jack sonst war, nur bei mir nicht. Wie wär' denn *das* als Aufhänger? Hier ist dieses Schwein Terola, den alle bis aufs Blut hassen. Nur für ein einziges Wesen ist er entschlossen, alles zu tun: für eine auf den Hund gekommene Waise. Wie hört sich das an?«

»Sind Sie eine Waise, Miss Rath?«

»Ich könnte eine sein«, sagte sie kalt lächelnd. »Je nachdem, was dabei für mich herausschaut, könnte ich sonst was sein.«

»Auch eine Lügnerin?«

»Wenn's weiter nichts ist? Klar.«

»Sie haben wirklich die Polizei nicht angerufen?«

Sie zuckte die Achseln. »Nein. Aber ich werde. Sobald Sie hier raus sind.«

»Warum sollte ich denn verschwinden?«

»Weil Sie alles für mich ruinieren würden. Von der Geschichte hier hängt meine ganze Zukunft ab. So was muß richtig inszeniert werden, verstehen Sie?«

»Nein, das verstehe ich nicht.«

»Also, dann wollen wir mal so sagen: angenommen, ich hätte nicht soviel an, und angenommen, ich würde so auf die Straße rennen und schreien, daß ich einen ermordeten Mann gefunden hätte – können Sie sich das vorstellen?«

»Sehr lebhaft sogar.«

»Dann werden Sie sich ja auch vorstellen können, wie Sie mir alles vermasseln, wenn Sie hierbleiben.« Sie stand auf und lehnte sich über den Schreibtisch hinweg zu ihm hinüber. »Ich habe Jack nicht umgebracht, und ich werde hier nichts anfassen, das verspreche ich Ihnen. Aber jetzt verschwinden Sie, Mister. Ich brauche eine Chance. Eine *richtige* Chance!«

»Und Sie glauben, daß das die richtige Chance für Sie ist?«

»Sie *muß* es sein. Eine andre gibt's für mich nie mehr. Na, gehn Sie schon, Mister. *Bitte* gehn Sie doch endlich!«

»Nachdem Sie die Polizei angerufen haben.«

Sie nahm den Hörer ab und stellte die Nummer ein. Während sie auf Antwort wartete, fing sie schon an, ihr Kleid aufzuknöpfen.

Blackshear ging hinaus zu seinem Wagen. Er wäre gern noch ein paar Minuten im Wagen sitzen geblieben, um Nola Raths Auftritt zu erleben, aber er mußte sich um wichtigere Dinge kümmern. Irgendwann am Morgen war Verna Clarvoe weggefahren, um Terola aufzusuchen. Hatte sie ihn trotz ihrer gegenteiligen Äußerungen nicht vielleicht doch gesehen und mit ihm gesprochen? Oder hatte sie sich jedes Wort erspart und statt dessen zu einer Schere gegriffen? Andere Leute hätten vielleicht auch Beweggründe gehabt, Terola umzubringen, aber Vernas waren grundlegender Art. Denn in ihr hatten sich Liebe und Haß gemischt und waren explodiert wie zwei gefährliche Mengen Uranium. In dieser Explosion war Douglas umgekommen. Vielleicht war Terola das zweite Opfer der Kettenreaktion.

12

Ein Dienstmädchen mit rotgeweinten Augen öffnete die Tür.

»Bitte, kann ich Mrs. Clarvoe sprechen?«

»Mrs. Clarvoe ist für niemand zu sprechen. Es ist ein Unglück passiert.«

»Ja, ich weiß. Ich muß Mrs. Clarvoe etwas sehr Wichtiges sagen.«

»Was kann es schon Wichtigeres geben, als einem Menschen zu erlauben, mit seinem Kummer allein zu sein, möcht' ich wissen.«

»Wie heißen Sie?«

»Mabel.«

»Hör'n Sie zu, Mabel. Ich möchte, daß Sie Mrs. Clarvoe bestellen, Paul Blackshear sei in einer wichtigen Angelegenheit hier.«

»Wie Sie wünschen, aber ich warne Sie. Sie gibt an –

also ich sage Ihnen, was Schreckliches. Als der Leichenwagen kam, um ihn abzuholen, hat sie angefangen zu schreien. So was von Schreien habe ich meiner Lebtag noch nicht gehört. Ich habe gemeint, sie kriegt einen Schlaganfall. Dann hat sie mit jemand telefoniert und Sachen über ein Mädchen mit Namen Evelyn in den Apparat geschrien. Es war fürchterlich!«

»Hat ihr denn der Arzt kein Beruhigungsmittel gegeben?«

»Ein paar Pillen hat er ihr gegeben. *Pillen!* Pillen sind ein verdammt schwacher Ersatz für einen Sohn.« Sie machte die Tür weiter auf, und Blackshear trat in den Flur. »Ich werde raufgehen und ihr Bescheid sagen. Aber ob sie runterkommt, kann ich nicht garantieren. Was kann man in so einem Augenblick schon erwarten?«

»Ist Miss Clarvoe schon gekommen?«

»*Miss* Clarvoe?«

»Douglas' Schwester.«

»Ich hab' ja gar nicht gewußt, daß er eine Schwester hatte. Auch komisch, daß nie von einer Schwester die Rede war.«

»Sie sollte jede Minute hier sein«, sagte Blackshear. »Übrigens: lassen Sie sich ja nicht anmerken, wenn sie kommt, daß hier nie von ihr gesprochen wurde.«

»Als ob ich je so was täte. Wird sie hierbleiben? Ich meine, schlafen, essen und so weiter?«

»Das weiß ich nicht genau.«

»Also, ein komischer Haushalt ist das schon, machen Sie sich da keine Illusionen.«

»Gewiß nicht.«

»Sie können im Wohnzimmer warten, wenn Sie wollen.«

»Ich warte lieber im Salon.«

»Ich führe Sie ...«

»Danke, ich kenne den Weg.«

Der Salon roch nach dem gestrigen Kaminfeuer und dem morgendlichen Regen. Jemand hatte angefangen, das Zimmer sauberzumachen, war aber unterbrochen worden. Ein Staubsauger lehnte am Sofa, und neben einem Staubtuch stand ein Stoß ungewaschener Aschbecher auf der Pianobank. Die Glastür, welche auf einen mit Steinplatten belegten Innenhof führte, war zurückgeschoben, und der Novemberwind zischelte über den Fußboden und wirbelte die Asche im Kamin auf.

Verna Clarvoe kam herein. Ihr Schritt war langsam und unsicher, als watete sie in zu tiefem Wasser gegen eine zu starke Strömung flußaufwärts. Ihre Augen waren fast zugeschwollen, und rings um den Mund hatte sie Kratzspuren, als hätte sie sich in ihrer Wut oder ihrem Schmerz die Nägel ins Fleisch geschlagen.

Sie sprach als erste. »Sagen Sie nicht, daß es Ihnen leid tut. Alle sagen, es täte ihnen leid, und es ist völlig gleichgültig; es ist völlig *gleichgültig*, ob es ihnen leid tut oder nicht.« Sie ließ sich in einen Sessel fallen. »Sehen Sie mich nicht an. Meine Augen sehen immer so aus, wenn ich weine. Ich habe vergessen, wo ich meine Augentropfen hingestellt habe. Es ist so kalt hier drin, so *kalt.*«

Blackshear stand auf und schloß die Glastür. »Ich habe mit Helen gesprochen. Sie hat sich erboten, nach Hause zu kommen.«

»Erboten?«

»Ja, erboten.« Es entsprach schon der Wahrheit. Er hatte es ihr nicht vorgeschlagen. »Eigentlich hätte sie schon vor einer halben Stunde hier sein müssen.«

»Vielleicht hat sie sich's anders überlegt.«

»Das glaube ich nicht.«

»Warum ist sie dann nicht gleich mit Ihnen gekommen?«

»Weil ich vorher noch etwas zu erledigen hatte. Etwas, das Sie betrifft, Mrs. Clarvoe. Wenn Sie sich stark genug fühlen, würde ich es für besser halten, gleich mit Ihnen darüber zu sprechen.«

»Ich fühle mich stark genug.«

»Terola ist tot.«

»Gut.«

»Haben Sie gehört, was ich gesagt habe, Mrs. Clarvoe?«

»Sie haben gesagt, Terola sei tot. Ich bin froh. Sehr froh. Warum sollten Sie überrascht sein, daß ich froh bin? Hoffentlich hat er gelitten! Hoffentlich hat er furchtbare Qualen ausgestanden!«

»Das hat er nicht. Es ist sehr schnell gegangen.«

»Wie ist es passiert?«

»Jemand hat ihn mit einer Schere erstochen.«

»Jemand hat ihn also ermordet?«

»Ja.«

Sie saß still, gefaßt und lächelnd da. »Ah, das ist ja noch viel schöner, finden Sie nicht?«

»Mrs. Clarvoe ...«

»Er muß doch Angst gehabt haben, bevor er gestorben ist, er muß entsetzt gewesen sein. Sie sagen, er habe nicht gelitten. Er *muß* gelitten haben. Angst haben heißt leiden. Mit einer Schere. Ich wünschte, ich hätte zusehen können. Ich wünschte, ich wäre dort gewesen.«

»Und *ich* wünschte, Sie könnten beweisen, daß Sie *nicht* dort waren«, entgegnete Blackshear.

»Was für eine lächerliche Bemerkung.«

»Mag sein, doch sie mußte gemacht werden.«

»Ich habe Ihnen bereits am Telefon gesagt, daß ich auf dem Wege zu Terola war, daß ich mich dann aber anders besonnen habe und wieder nach Hause gefahren bin.«

»Wie weit sind Sie gefahren? Direkt bis zum Studio?«

»Ja.«

»Aber hineingegangen sind Sie nicht?«

»Nein. Das Ganze sah so verkommen aus, daß ich den Mut verloren habe.«

»Sind Sie bis zur Tür gegangen?«

»Nein. Ich bin im Auto sitzen geblieben. Vor dem Haus ist ein gelbgestrichener Rinnstein. Dort habe ich eine Weile gehalten.«

»Wie lange?«

»Ein paar Minuten.«

»Hat Sie jemand dort gesehen?«

»Ich habe da gestanden. Jemand muß mich also gesehen haben.«

»Was für einen Wagen fahren Sie?«

»Einen Buick, eine schwarze Limousine vom vergangenen Jahr. Davon gibt es Hunderte, wenn Sie das wissen wollten.«

»Genau das.«

»Schließlich bin ich nicht in einem knallroten Ferrari angerast gekommen. Ich sehe also nicht ein, warum jemand besonders auf mich aufmerksam hätte werden sollen.«

»Hoffen wir's.«

»Und was wäre schon, wenn es wirklich der Fall sein sollte?«

»Wenn es der Fall sein sollte«, sagte Blackshear geduldig, »werden Sie wahrscheinlich von der Polizei verhört. Immerhin hatten Sie doch allen Grund, Terola zu hassen.«

»Wenn ich jeden umbringen würde, den ich hasse, würden die Leute in der ganzen Stadt sterben wie die Fliegen.«

»Das glaube ich denn doch nicht, Mrs. Clarvoe.«

»Ach, hören Sie auf. Hören Sie doch auf mit dieser pseudo-psychologischen Taktik. Sie kennen mich nicht. Sie haben keine Ahnung. Ich bin voller Haß. Was kann *ich* dafür? Ich bin getäuscht, betrogen und begaunert worden – was kann man da anderes erwarten? Alle haben mich im Stich gelassen, alle. Harrison und Douglas, die haben dieses Drecksleben hinter sich. Ich bin diejenige, die zurückgeblieben ist. Immer bin ich diejenige, die zurückbleibt.«

Von der Einfahrt her kam das Quietschen nasser Autobremsen. Beide hörten es gleichzeitig: Verna mit Schrekken, Blackshear mit dem Gefühl der Erleichterung. Er hatte sich selber nicht eingestanden, daß Helens verspätetes Eintreffen ihn beunruhigt hatte.

»Endlich! Das muß Helen sein«, sagte Verna. »Ich weiß gar nicht, was ich zu ihr sagen soll. Wie soll ich mich benehmen? Wir waren so lange auseinander, wir sind wie Fremde miteinander.«

»Dann benehmen Sie sich auch so – Fremde sind gewöhnlich zumindest höflich miteinander.«

Blackshear ging zur Glastür und schaute über den Innenhof hinaus auf die Einfahrt. Eine Frau bezahlte gerade einen Taxichauffeur, eine untersetzte grauhaarige Frau in einem schwarz-weiß gestreiften Jackenkleid. Als das Taxi rückwärts auf die Straße zufuhr, stand sie einen Augenblick still und starrte auf das Haus, als wäre sie nicht sicher, ob es das richtige sei. Sie bemerkte Blackshear und schien ihn wiederzuerkennen. Statt den vorderen Eingang zu benutzen, kam sie mit schnellen, energischen Schritten über den Innenhof auf den Salon zu.

Unheil witternd, ging Blackshear hinaus, um ihr entgegenzugehen, und machte die Glastür hinter sich zu.

»Hello, Mrs. Merrick.«

Ihr Gesicht sah starr und feindselig auf. »Ist sie da drin?«

»Ja.«

Sie versuchte an ihm vorbeizustürmen, doch er streckte die Hand aus, packte sie beim Arm und hielt sie fest.

»Warten Sie einen Augenblick, Mrs. Merrick.«

»Je schneller es getan ist, desto besser. Lassen Sie meinen Arm los.«

»Gern. Aber erst müssen Sie mir sagen, was Sie vorhaben.«

»Meinen Sie, ob ich gekommen bin, um diese kleine Kanaille zu erwürgen? Nein. So gern ich es täte.«

Er ließ den Arm los, doch sie ging nicht weiter. »So gern ich es täte«, wiederholte sie. »Was die über Evelyn gesagt hat – also unglaubliche, entsetzliche Dinge. Das kann und will ich mir von ihr nicht gefallen lassen. Keine Mutter würde das tun.«

»Wann hat sie denn diese Äußerungen getan?«

»Vor weniger als einer Stunde. Sie hat mich im Geschäft angerufen – im *Geschäft*, stellen Sie sich vor! Weiß der Himmel, wer sie gehört hat, so laut hat sie geschrien. Sie hat die schrecklichsten Beschuldigungen gegen Evelyn ausgestoßen. Ich kann sie nicht einmal wiederholen, so ordinär waren sie. Und immer wieder schrie sie, sie werde es Evelyn mit den gleichen Mitteln heimzahlen. Ich weiß nicht, was sie damit sagen wollte. Wo Evelyn doch immer so nett zu ihr gewesen ist. Dann schrie sie, Evelyn sei eine Mörderin und sie habe Douglas umgebracht. Ich hängte ab, aber sie rief sofort wieder an. Ich mußte das Gespräch annehmen, weil Leute da waren. Als sie endlich fertig war, habe ich meinen Chef gefragt, ob ich den Rest des Vormittages frei nehmen könnte, und da bin ich. Ich muß dieser Sache auf den Grund gehen.«

»Ist das nicht eine schlechte Zeit dafür?«

»Es ist eine schlechte Zeit, aber wenn ich warte, wird sie auch nicht besser. Ich muß herausbekommen, warum sie diese Dinge über Evelyn gesagt hat. Wenn sie vor Kummer über Douglas verrückt ist, gut, das kann ich verstehn; ich hatte selber einigen Kummer. Aber warum sollte sie ihn ausgerechnet an Evelyn auslassen? Meine Tochter hat nie in ihrem Leben jemandem etwas zuleide getan, und es ist so *ungerecht*, daß sie in dieser Weise attackiert werden soll. Sie ist nicht hier, um sich zu verteidigen, aber ich ja. Ich bin hier. Und versuchen Sie diesmal nicht, mich zurückzuhalten, Mr. Blackshear. *Ich bin entschlossen, Verna Clarvoe zu sehen!*«

Er sah ihr nach, wie sie ins Haus ging.

Die beiden Frauen starrten sich lange schweigend an.

»Wenn Sie gekommen sind, um eine Entschuldigung von mir zu verlangen«, sagte Verna endlich, »werden Sie sie nicht bekommen. Kein Mensch braucht sich zu entschuldigen, wenn er die Wahrheit gesagt hat.«

»Ich verlange eine Erklärung, keine Entschuldigung.«

»Die Erklärung haben Sie.«

»Bis jetzt haben Sie noch nichts gesagt. Noch gar nichts.«

»Ich habe Evelyn nur etwas von dem zurückgezahlt, was sie mir verabfolgt hat: die Wahrheit.« Verna preßte die Fingerspitzen gegen ihre geschwollenen Augenlider und wandte sich ab. Sie fühlten sich heiß an, als hätten ihre Tränen sie verbrannt. »Gestern abend hat sie mich angerufen. Zuerst war sie auch ganz freundlich und hat gesagt, daß ich immer so nett zu ihr gewesen sei und daß sie mir dafür auch einen Gefallen tun wolle. Dann fing sie an, mir von Douglas zu erzählen, von dem Leben, das er führe, von den Freunden, die er habe – ganz gemeine, scheußliche Dinge; und sie gebrauchte so unflätige Worte, daß ich mir gar nicht erklären kann, wie ein Mädchen wie Evelyn zu derartigen Ausdrücken kommt, geschweige denn, wie sie so etwas aussprechen kann. Da haben Sie Ihre Erklärung, Mrs. Merrick.«

»So können Sie unmöglich von Evelyn sprechen. Nicht von *meiner* Evelyn.«

»Warum denn nicht?« entgegnete Verna mit zusammengebissenen Zähnen. »Sie hat ja von *meinem Sohn* gesprochen.«

»Das glaube ich nicht. So etwas würde Evelyn niemals

tun. Mag sein, daß sie für eine gewisse Zeit nach der Hochzeit Haßgefühle hatte, aber darüber ist sie längst hinweg. Sie ist nicht mehr gekränkt. Das müssen Sie doch selbst gesehen haben, als Sie uns gestern trafen. Sie war doch heiter und freundlich, nicht wahr? War sie nicht reizend zu Ihnen? Sie haben selbst noch gesagt, sie trüge keinem etwas nach.«

»Ich will mich nicht streiten. Ich bin zu müde, um zu streiten. Ich habe Ihnen nur gesagt, wie es gewesen ist.«

»Sie müssen sich irren.« Mrs. Merricks volles Gesicht sah aus wie ein aufgehender Kuchenteig. »Geben Sie doch wenigstens die Möglichkeit zu, daß Sie sich irren könnten.«

»Diese Möglichkeit gibt es nicht.«

»Um welche Zeit hat sie – um welche Zeit sind Sie angerufen worden?«

»So gegen zehn.«

»Na also. Sehen Sie? Sie haben sich getäuscht. Evelyn war gestern abend mit ein paar Freunden zusammen. Sie hatten Karten für die Biltmore Bowl.«

»Es war Evelyn, die mich angerufen hat. Ich kenne doch ihre Stimme. Und außerdem würde sonst niemand, zumindest keine Frau, diese Dinge von Douglas wissen.«

»Diese Dinge – woher wissen Sie denn so genau, daß sie wahr sind?«

»Weil er sie zugegeben hat. Mein Sohn hat sie zugegeben. Und dann hat er sich umgebracht.« Sie begann sich hin und her zu wiegen. Ihre Arme hielten ihre mageren Brüste umschlungen. »Dougie. Dougie ist tot. Heute ist sein Geburtstag. Wir hatten eine kleine Feier geplant ... Oh, Gott, gehn Sie, lassen Sie mich allein.«

»Mrs. Clarvoe, hören Sie mich an.«

»Nein, nein, nein!«

»Ich möchte Ihnen doch helfen.«

»Gehen Sie. Mein Sohn ist tot.«

Mrs. Merrick verließ das Haus auf demselben Wege, auf dem sie hereingekommen war, durch den Innenhof. Blackshear wartete in der Einfahrt auf sie. Er hatte den Jackettkragen hochgeschlagen, um sich gegen den Wind zu schützen, und seine Lippen waren blau vor Kälte.

»Ich fahre Sie schnell ins Geschäft zurück, Mrs. Merrick«, sagt er.

»Nein, danke. Gehen Sie lieber zu ihr hinein.« Langsam zog sie ihre Wildlederhandschuhe an. »Evelyn ist wenigstens noch am Leben. Ganz gleich, was sie getan hat, sie *lebt*. Das allein ist genug, um Gott zu danken.«

Sie drehte sich um und ging forsch und mit hocherhobenem Kopf in den Wind hinaus.

13

Die nassen Stellen an ihrem Kleid, wo sie in der Damentoilette der Volksbibliothek das Blut ausgewaschen hatte, waren jetzt getrocknet, und sie konnte sich ohne Gefahr wieder auf die Straße hinaus wagen. Selbst wenn der Wind ihren Mantel auseinanderblies, würden die Leute die blassen Flecken an ihrer Bluse gar nicht bemerken, oder andernfalls nicht feststellen können, woher sie kamen.

Sie klappte das Buch zu, in welchem sie seit einer

Stunde zum Schein gelesen hatte, und stellte es in das Regal für Handbücher zurück. Sie kannte niemanden in der Bibliothek, und niemand kannte sie. Dennoch war es gefährlich, zu lange auf einem Platz sitzen zu bleiben, besonders an einem stillen Platz, weil ihr Gehirn manchmal laut tickte wie ein Metronom, und Spione konnten aus dem Rhythmus des Tickens erkennen, was sie dachte.

Einer dieser Spione war ein alter Mann. Er saß an einem Tisch nicht weit vom Auskunftspult, halb verdeckt von einem Exemplar der *U.S. News and World Report.* Wie unverdächtig vertieft er schien; wie ein Kind in sein Bilderbuch. Aber etwas in der Neigung seines Kopfes verriet ihn. Sie begann ziemlich laut zu summen, damit er ihre Gedanken nicht hören konnte. Er ließ die Zeitschrift sinken und warf ihr einen gehässigen Blick zu, weil er merkte, daß er entdeckt war.

Als sie an seinem Tisch vorbeiging, beugte sie sich zu ihm hinunter und flüsterte ihm zu: »Es wird Ihnen nicht gut bekommen, wenn Sie mir folgen.« Dann ging sie auf die Tür zu, wobei sie den Mantel fest um sich wickelte.

Sie hatte natürlich den Sieg davongetragen. Und dennoch: das Ticken ihres Gehirns wurde langsam lästig. Es kam und ging in unregelmäßigen Abständen. Seine Lautstärke wechselte je nach der Intensität ihrer Gedanken, und wenn ein Gedanke sie aufregte, war das Geräusch ohrenbetäubend, einfach zum Verrücktwerden.

Verrückt. Ein Wort, das man nicht leichtsinnig gebrauchen durfte. Terola hatte es versucht.

Mit dem Gedanken an Terola lief sie eilig die Stufen der Bibliothek hinunter und verschwand in nördlicher Richtung. Sie war so nett und höflich zu ihm gewesen, wie man nur sein konnte. Er hatte keinen Grund gehabt, sie so zu behandeln.

Als er die Tür aufgemacht hatte, trug er gestreifte Pyjamahosen und ein Unterleibchen.

»Hello, Mr. Terola.«

»Was wollen *Sie* denn hier?«

»Ich habe gedacht, ich springe schnell mal zu Ihnen hinein und...«

»Dann springen Sie jetzt mal auf dem schnellsten Wege wieder hinaus, verstanden, Puppe? Ich bin verkatert.«

Er wollte die Tür zumachen, aber sie war zu schnell für ihn gewesen. »Ich könnte Ihnen doch Kaffee machen, Mr. Terola.«

»Ich habe mir seit Jahren meinen Kaffee selber gemacht.«

»Dann ist es aber höchste Zeit, daß Sie meinen versuchen. Wo ist der Herd?«

Gähnend war er vor ihr her in die Loggia gegangen und hatte sich auf die Kante der Couch gesetzt, während sie die elektrische Platte einschaltete und den Kaffeetopf mit Wasser füllte.

»Seit wann diese Schutzengelrolle, Puppe?«

»Ab und zu tue ich eben einem Freund gerne einen Gefallen.«

»Und dann erwarten Sie von dem Freund, daß er Ihnen auch sofort einen Gefallen tut, wie?«

»Das wäre sehr nett.«

»Also, was wollen Sie?«

»Die Bilder, die Sie von mir gemacht haben«, antwortete sie ihm. »Verbrennen Sie sie.«

»Warum?«

»Weil es ganz schlechte Aufnahmen von mir sind.«

Seine Augenbrauen wölbten sich wie haarige Raupen. »Darum?«

»Darum sollen Sie sie verbrennen und neue von mir machen. Gute, wie man sie in Museen aufhängt.«

»Hör'n Sie mal zu, Elaine, Eileen, oder wie Sie sonst heißen ...«

»Evelyn.«

»Also hör'n Sie zu, Evelyn. Gehn Sie jetzt nach Hause wie ein braves Kind, ich werde mir Ihren Vorschlag überlegen.«

»Sie meinen es ernst?«

»Klar! Klar meine ich es ernst.« Er legte sich wieder aufs Bett und deckte sich bis zur Taille hinauf zu.

»Versprechen Sie mir etwas, Mr. Terola?«

»Was soll ich Ihnen versprechen?«

»Mich unsterblich zu machen.«

»Jetzt hau'n Sie aber ab, verstehn Sie? Ich bin müde. Ich habe eine dolle Nacht hinter mir.«

»Finden Sie, daß ich hübsch bin, Mr. Terola?«

»Na, bildschön«, hatte er gesagt und die Augen zugemacht. »Einfach überwältigend, mein Schatz.«

»Sie machen sich über mich lustig.«

»Nein, gar nicht. Warum sollte ich mich denn über Sie lustig machen? Und jetzt verschwinden Sie wie ein braves Mädchen, Eileen.«

»Evelyn«, hatte sie ihn verbessert. *Evelyn.*

»Schon gut. Klar.«

»Sagen Sie es. *Sagen Sie Evelyn.*«

Er hatte die Augen geöffnet und gesehen, wie sie sich

über ihn beugte. »Was ist denn los mit Ihnen, Kind? Sind Sie verrückt?«

Verrückt. Ein Wort, das man nicht leichtsinnig gebrauchen durfte.

Als sie um die nächste Ecke bog, blickte sie zur Bibliothek zurück. Der als alter Mann verkleidete Spion stand auf den Stufen und beobachtete sie. Die *U.S. News and Report* hatte er unter den Arm geklemmt. Sie fing an zu rennen.

Der alte Mann ging wieder in die Bibliothek zurück und blieb vor dem Auskunftspult stehen, an dem ein rothaariges Mädchen saß. Die Telefonbücher sämtlicher Städte des Landes lagen um sie herum.

Das Mädchen lächelte und sagte: »Ich dachte schon, Sie wollten wieder eine unserer Zeitschriften aus Versehen mitnehmen, Mr. Hoffman.«

»Diesmal nicht. Haben Sie zufällig auf die junge Person geachtet, die eben weggegangen ist? Die mit dem dunklen Mantel?«

»Nicht sonderlich. Wieso?«

»Ich habe sie die letzte halbe Stunde beobachtet. Sie kam mir ganz merkwürdig vor.«

»Ach, hier kommen so viele merkwürdige Leute her«, entgegnete das Mädchen vergnügt. »Ist doch schließlich eine öffentliche Institution, wissen Sie.«

»Ich dachte, vielleicht – also, die Sache ist die: mir ist aufgefallen, daß sie Flecken am Oberteil ihres Kleides hatte.«

»Wahrscheinlich hat sie zu Mittag Spaghetti gegessen. Sie wissen ja, wie das kleckert.«

»Die ganze Zeit, während ich sie beobachtet habe, hat sie ein aufgeschlagenes Buch vor sich gehalten, aber sie hat nicht gelesen. Ein Buch über Vögel, soviel ich sehen konnte. Leider sind meine Augen nicht mehr so gut, wie sie mal waren. Und dann, als sie ging, hat sie sich zu mir heruntergebeugt und mir etwas zugeflüstert. Ich bin nicht recht daraus schlau geworden, was. Doch merkwürdig, finden Sie nicht auch?«

»Ziemlich.«

»Ich frage mich, ob ich nicht vielleicht die Polizei verständigen sollte?«

»Jetzt fangen Sie schon wieder an, sich Sachen einzubilden, Mr. Hoffman!«

Wegen des Tickens in ihrem Gehirn und der Spionagegefahr versuchte sie, nie zweimal in dieselbe Bar zu gehen, obgleich es schwierig war, eine von der andern zu unterscheiden, so ähnlich sahen sie sich. Man hätte meinen können, die Dekorationen, die Neonreklame, das Mobiliar, die Kunden und die Barmixer seien alle in fertigen Packungen aus ein und demselben Versandhaus gekommen.

Der wichtige Unterschied bestand in der Lage des Telefons. In der Meccabar war es hinten, neben dem Eingang zur Herrentoilette und durch einen riesigen Philodendronstock vor den Blicken der Leute an der Bar geschützt.

Wenn die Falltür der Telefonzelle fest hinter ihr geschlossen war, fühlte sie sich sicher, warm und geborgen, fern vom Bereich der Menschheit, wie ein Kind in einem Theater oder ein Dichter in seinem Elfenbeinturm.

Vor sich hinlächelnd, wählte sie die Nummer und atmete die verbrauchte Luft tief in ihre Lungen ein, als wäre es reiner Sauerstoff. Crestview 15115. Während sie auf Antwort wartete, zählte sie die Ziffern zusammen. Dreizehn. Plus eins, geteilt durch zwei, ergab sieben. Alles mußte sieben ergeben. Die meisten Menschen wußten das nicht, und sogar wenn man es ihnen sagte, äußerten sie nur Zweifel oder lehnten es rundweg ab.

Beim fünften Klingelzeichen (plus zwei) sagte eine Frauenstimme: »Hello?«

»Ist dort bei Clarvoe?«

»Ja.«

»Mrs. Clarvoe?«

»Sie ist nicht zu Hause.«

»Aber ich erkenne Sie doch, Mrs. Clarvoe.«

Sie hörte ein scharfes Geräusch im Apparat, als sei etwas aus Metall zu Boden gefallen. »Wer ... bist du's, Evelyn?«

»Haben Sie nicht mehr damit gerechnet, von mir zu hören?«

»Doch. Doch, ich habe damit gerechnet.«

Danach trat eine Pause ein, und dann hörte man ein Geraschel, als liefen Leute eilig hin und her, und eine Männerstimme sagte leise und eilig, aber ganz deutlich: »Fragen Sie sie wegen Helen. Fragen Sie sie, wo Helen ist.«

»Wer ist denn da bei Ihnen?« fragte Evelyn. Als ob sie es nicht wüßte! Der arme, alte stümperhafte Blackshear suchte sie in der ganzen Stadt, wie ein Blinder sich durch einen Wald tastet. Eines schönen Tages werde ich hinter einem Baum hervor auf ihn zuspringen.

»Niemand ist bei mir, Evelyn. Es war jemand hier, aber ich – ich habe ihn weggeschickt. Ich hatte das Gefühl, es sei besser, wenn du – wenn du und ich allein miteinander sprächen. Evelyn? Bist du noch da?«

Noch da. Sicher, warm und geborgen, der Dichter im Theater, das Kind im Elfenbeinturm.

Ein dickbäuchiger, kahlköpfiger Mann ging an der Telefonzelle vorüber. Aber er bemerkte sie nicht einmal. Seine Gedanken waren mit anderen Dingen beschäftigt.

»Evelyn? Antworte doch. *Antworte mir!*«

»Ich verbitte mir das. Sie brauchen gar nicht so zu schreien«, sagte Evelyn eisig. »Schließlich bin ich ja nicht schwerhörig. Ich habe immerhin noch eine, wie man das nennt, Hörgrenze von 20-20.«

»Entschuldige, wenn ich – geschrien habe.«

»Das ist schon besser.«

»Hör doch bitte mal: hast du Helen vielleicht gesehen? Oder mit ihr gesprochen?«

»Weshalb?« Sie lächelte vor sich hin, weil sie so nüchtern und ernst schien, während sie sich die ganze Zeit vor Lachen ausschüttete. Hatte sie Helen gesehen? Das war doch ein herrlicher Witz. Den mußte man auskosten. Ausspinnen. Noch ein Weilchen wirken lassen. »Warum wollten Sie denn das wegen Helen wissen, Mrs. Clarvoe?«

»Sie hätte schon seit Stunden hier sein sollen. Sie hat gesagt, sie käme nach Hause.«

»Ach, *das*!«

»Was willst du damit sagen? Hast du sie ...?«

»Sie hat sich's anders überlegt. Im Grunde wollte sie

nämlich gar nicht nach Hause kommen. Sie wollte nicht, daß Sie sie in ihrem augenblicklichen Zustand sähen.«

»Was heißt ihr – Zustand?«

»Ich habe ihr versprochen, nicht darüber zu sprechen. Schließlich sind wir ja einmal befreundet gewesen, und einer Freundin gegenüber sollte man sein Versprechen halten.«

»Ich bitte dich. Um Gottes willen ...«

»Sie schreien schon wieder. Ich wünschte, Sie würden es lassen.«

»Also gut«, flüsterte Verna. »Ich werde nicht mehr schreien. Nur sag mir doch, wo Helen ist. Und was ist denn bloß los mit ihr?«

»Ja, wissen Sie, das ist eine lange Geschichte.« Das stimmte gar nicht. Sie war kurz und süß, doch Mrs. Clarvoe mußte bestraft werden. Es war unhöflich, so zu schreien.

»Evelyn, bitte, ich flehe dich an ...«

»Um die Wahrheit braucht mich niemand zu bitten. Sage ich die nicht immer, ohne daß man mich darum bittet?«

»Das stimmt.«

»Was immer die Leute sonst von mir sagen mögen: eine Lügnerin bin ich nicht.«

»Nein. Natürlich nicht. Du bist keine Lügnerin. Aber wegen Helen – es fehlt ihr doch hoffentlich nichts?«

»Das weiß ich nicht.«

»Aber du hast doch gesagt ...«

»Ich habe nicht gesagt, daß ihr nichts fehlt oder so. Das einzige, was ich gesagt habe, ist, daß sie sich's anders überlegt hat und nicht nach Hause kommt.«

»Wo ist sie denn?«

Der dickbäuchige Mann kam auf seinem Weg zur Tür wieder vorbei. Er hatte Glasaugen und hölzerne Lippen.

»Sie arbeitet in einem Bordell«, sagte Evelyn.

Vor Aufregung und in fieberhafter Erwartung, was Vernas Reaktion darauf sein würde – Erschütterung, Unglaube oder Protest –, fing sie an zu zittern.

»Haben Sie mich verstanden, Mrs. Clarvoe? Helen arbeitet in einem Bordell. Unten in der South Flower Street. Kein Ort für eine Dame, das kann ich Ihnen sagen. Aber was wollen Sie? Helen wollte sowieso nie eine Dame sein. Eine kleine Ausschweifung hie und da, das ist es, was sie braucht. Und das bekommt sie da, darauf können Sie sich verlassen. Du meine Güte, und wie. Da kriegt sie, was sie braucht!«

Noch immer keine Antwort, nicht einmal das Klicken vom Auflegen des Hörers. Die Erregung strömte aus ihr heraus wie das Blut aus einer geplatzten Arterie. Sie stopfte Worte in die Wunde, um den Strom aufzuhalten.

»Ich habe ihr diese Stellung besorgt. Als ich sie heute morgen vor ihrem Hotel traf, hat sie gesagt, sie habe die Nase voll von diesem Faulenzerleben, sie wolle ihre Zeit mit etwas Interessantem verbringen. ›Ich weiß etwas‹, hab' ich da zu ihr gesagt. ›Komm mit.‹ Und sie ist mitgekommen.«

»Jetzt weiß ich, daß du lügst«, entgegnete Verna bestimmt. »Helen würde nie mit dir irgendwohin gehen. Sie ist gewarnt worden.«

»Gewarnt worden? Meinetwegen?«

»Was hast du mit ihr gemacht?«

»Ich hab' Ihnen doch gesagt, ich habe ihr eine Stellung besorgt.«

»Das ist ja einfach lächerlich!«

Es war lächerlich. Nichts konnte lächerlicher sein als die arme alte Helen in einem Bordell. Und doch stimmte es.

Sie fing an zu lachen. Kein normales Gelächter, sondern Lachausbrüche mit Krallen, die ihr die Brust und die Kehle zerfleischten. Von Schmerzen gepeinigt, taumelte sie auf die Straße hinaus.

14

Während der Unterrichtsstunden kannte man sie nur als Dr. Laurence, aber nach fünf Uhr war sie Claire, die mit John, ihrem Mann, und einem verfetteten Spaniel, Louise genannt, nicht weit vom Gelände der U.C.L.A. in Westwood wohnte. Sie war eine große, gutgewachsene junge Frau mit langen, schönen Beinen und schwarzen Haaren, welche sie zu einer aus Zöpfen geflochtenen Krone aufgesteckt trug. Diese Haartracht war zwar altmodisch und nicht besonders kleidsam, wirkte aber originell, und sie war sich wohl bewußt, daß das ungefähr das Beste war, was sie, in Anbetracht ihres etwas unzulänglichen Rüstzeugs, erwarten konnte.

Offen, intelligent und natürlich, kam sie mit ihren Studenten wunderbar aus und hatte sehr viele Freunde, meistens Leute aus der Universität. Ihre engste Freundin jedoch hatte nichts mit der Fakultät zu tun.

Sie hatte Evelyn Merrick ungefähr vor acht Monaten anläßlich einer Doppelverabredung mit einem von Johns Freunden aus der Studentenvereinigung kennengelernt. Auf dem Nachhausewege hatte sie John gefragt: »Na, wie gefällt sie dir?«

»Wer?«

»Evelyn Merrick.«

»Sie ist O. K.«, hatte John gesagt.

»Du bist ja ungeheuer begeistert.«

»Gott sei Dank ist wenigstens *einer* von uns nicht so voreilig mit seinem Urteil über Menschen.«

»Voreilige Urteile sind die einzig wahren.«

»Inwiefern?«

»Sonst gewinnt man Menschen nur gern, weil sie ein Bedürfnis in einem befriedigen und nicht wegen ihrer echten Werte.«

»Schau nicht gleich hin, aber dein Dr. phil. guckt vor.«

»Laß ihn ruhig vorgucken«, erwiderte Claire. »Ich wette, sie hat viel durchgemacht. Und frag nicht wieder, *wer*. Du weißt genau, wen ich meine.«

»Die meisten von uns leiden hin und wieder.«

»Ich glaube nicht, daß es bei Evelyn nur hin und wieder war. Meiner Meinung nach muß sie einen fürchterlichen Schock bekommen haben, und zwar vor noch nicht gar langer Zeit.«

»Vielleicht hat sie eine Schockbehandlung hinter sich.«

»Das sollte wohl komisch sein, wie?«

»Nur ein ganz klein bißchen komisch.«

»Übrigens habe ich Leute nach Schockbehandlungen gesehen. Sie hatten oft die gleiche vorsichtige Art. Selbst wenn sie eine Frage schon beim erstenmal richtig verstanden haben, möchten sie trotzdem, daß man sie wiederholt.«

»Du glaubst also, deine neue Freundin ist eine ehemalige Insassin von Camarillo.«

»Ich glaube nichts dergleichen«, sagte Claire scharf. »Meiner Meinung nach leidet sie unter einer furchtbaren Erfahrung. Ich frage mich nur, was es gewesen sein könnte.«

»Beruhige dich, mein Engel, wie ich dich kenne, holst du die ganze Geschichte bei eurem zweiten Rendezvous aus ihr heraus.«

Er hatte sich geirrt. Während der nächsten paar Monate trafen sich die beiden Frauen ziemlich häufig; manchmal zufällig, denn sie wohnten nur acht Häuserblocks voneinander entfernt, und manchmal auf eine Verabredung hin zum Mittag- oder Abendessen oder zu einem frühen Kinobesuch. Doch welcher Art Evelyns Schock auch gewesen sein mochte: sie erwähnte nie etwas davon, und alle Andeutungen von seiten Claires und alle direkten Fragen, die sie stellte, begegneten Stillschweigen oder einer sanften Ablehnung. Diese Fähigkeit Evelyns, ein Geheimnis für sich zu behalten, quälte und ärgerte Claire im Anfang, doch nach und nach lernte sie, sie zu respektieren.

Wenn John, der einen Lehrstuhl für Biologie innehatte, Studienfahrten unternehmen mußte, kam Evelyn oft herüber, um die Nacht bei Claire zu verbringen, die es nervös machte, allein zu sein.

John liebte es, seine Frau deswegen zu hänseln. »Angst vor der Dunkelheit, in deinem Alter und bei dem Gewicht!«

»Ich kann es nicht ändern.«

»Was hast du denn gemacht, bevor du verheiratet warst?«

»Bevor ich verheiratet war, habe ich in einem Mietshaus gewohnt, mit Leuten oben und unten und rechts und links, und die Mauern waren so dünn, daß man eine Stecknadel fallen hören konnte. Da bestand kaum eine Gefahr, im Bett ermordet zu werden. Es ist schon ein gewaltiger Unterschied, dann in einem Haus wie diesem zu leben. Man lebt getrennt von den andern.«

»Ja, durch eine Einfahrt und zwei Blumenbeete.«

»Nicht das. Du weißt schon, was ich meine.«

Er wußte genau, was sie meinte. Sie war in einer großen Familie aufgewachsen und hatte im Internat in gemeinsamen Schlafsälen geschlafen. Immer war sie von Menschen umgeben gewesen, von Geschwistern und Freunden und Cousins und Cousinen. In einem Haus allein gelassen, fühlte Claire sich unsicher, und John war Evelyn dankbar, daß sie Claire Gesellschaft leistete. Sein ursprüngliches Mißtrauen gegen Evelyn hatte er längst verloren und hielt sie jetzt mit ihrer zurückhaltenden Art für eins der liebenswertesten Mädchen der Welt.

Am Mittwoch morgen nahm John eine Gruppe seiner neuen Studenten auf eine Exkursion in den Nationalforst von Los Padres, und am späten Nachmittag kam Evelyn zu Claire ins Haus, um mit ihr Abendbrot zu essen und über Nacht dort zu bleiben.

Die beiden Frauen wollten sich ursprünglich eine Vorstellung in der Biltmore Bowl ansehen, doch dieser Plan wurde aufgegeben, als Claire mit einer starken Erkältung nach Hause kam. Sie ging schon um acht zu Bett, nahm eine Dosis Antihistamine und Codein und schlief durch bis zum nächsten Morgen.

Gegen acht wurde sie durch das Klappern von Geschirr und den Geruch von gebratenem Speck geweckt. Auf ihrem Weg in die Küche schlüpfte sie in Johns alten Paisley-Morgenrock. Evelyn war eben dabei, Frühstück zu machen.

»Du, ich könnte ein Roß verschlingen«, sagte Claire gähnend.

»Das wirst du wohl auch tun müssen, denn gerade habe ich den letzten Speck ruiniert.«

»Ich hab' ihn gern knusprig.«

»Er ist nicht knusprig, er ist verkohlt.«

»Das macht nichts. John sagt immer, jeder Mensch sollte ein gewisses Quantum Kohle zu sich nehmen. Das reinigt.«

»Das hast du dir doch nur ausgedacht?«

»Aber es klingt doch durchaus glaubwürdig, oder nicht?«

»Wie ich sehe, geht's dir heute früh schon bedeutend besser.«

»Oh, viel besser. Und dir?«

Evelyn drehte sich um. Ihr Gesicht war weiß und abweisend. »Mir? Mir hat doch überhaupt nichts gefehlt.«

»Du siehst etwas wacklig aus. Wenn ich dich nicht so gut kennen würde, würde ich sagen, du warst heute nacht bei einer Sauferei.«

»Saufereien liegen mir nicht.«

»Ich habe doch nur Spaß gemacht. Ich wollte dich nicht kränken.«

»Ich fürchte, ich bin in der letzten Zeit sehr leicht gekränkt.«

»Ich weiß das. John und ich – nun ja, wir haben es bemerkt und uns unwillkürlich Gedanken gemacht.«

»Worüber habt ihr euch Gedanken gemacht?«

»Ob du nicht heiraten solltest.«

Evelyn schwieg.

»Ich finde, daß die Ehe für eine Frau etwas Wunderbares ist«, sagte Claire mit verlegenem Ernst.

»Meinst du?«

»Ja, wirklich. Ich verstehe gar nicht, was dich so amüsiert. Was ist denn so komisch daran?«

»Das würdest du wohl kaum verstehen, fürchte ich«, sagte Evelyn lächelnd.

Am Donnerstag nachmittag kam Claire etwas früher als sonst, schon um halb fünf, vom Unterricht nach Hause. Es dunkelte bereits, und sie bemerkte das Auto am Straßenrand erst, als sie den Cocker Spaniel herausließ. Der Hund lief quer über den Rasen auf den Wagen zu und begann an der Tür zu kratzen.

Ein Mann in einem grauen Filzhut lehnte sich aus dem Fenster und sagte: »Das ist auch nicht gerade das beste für meinen Wagen.«

»Das scheint mir auch so.« Sie hob den sich windenden Spaniel hoch.

»Sie sind Mrs. Laurence?«

»Jawohl.«

»Ich bin Paul Blackshear. Ich habe Sie heute nachmittag in der Universität angerufen.«

»Oh, ja.«

»Ist Miss Merrick da?«

»Noch nicht. Aber sie kommt sicher bald. Wenn Sie hereinkommen und auf sie warten wollen ...«

»Ja, vielen Dank.«

Sie ging voraus, über den Rasen, und hatte ein unheimliches Gefühl dabei, den Fremden ins Haus zu lassen. Andererseits fiel ihr kein passender Grund ein, wie sie ihn sonst auf eine höfliche Weise hätte loswerden können.

Im Wohnzimmer knipste sie alle vier Lampen an und ließ die Vorhänge offen. Und als Blackshear sich's auf dem Sofa bequem gemacht hatte, setzte sie sich auf einen gradlehnigen Stuhl am andern Ende des Zimmers.

»Mein Mann sollte jede Minute nach Hause kommen«, log sie entschlossen.

Blackshear warf ihr einen mokanten Blick zu. »Sehr gut. Ich werde alle Hilfe brauchen, die ich kriegen kann.«

»Hilfe für was?«

»Ich versuche, eine Frau zu finden, und ich habe Grund, anzunehmen, daß Evelyn Merrick weiß, wo diese Frau sich befindet.«

»Sie meinen, Evelyn hat ihr geholfen, zu verschwinden?«

»Ja, das meine ich. Wenn auch nicht genau auf die Art, die Sie im Sinn haben.«

»Ich verstehe Sie nicht.«

»Das Verschwinden dieser Frau war nicht freiwillig.«

Claire starrte ihn an. Ihr Gesicht war bleich und fassungslos, und ihre geballten Fäuste bohrten sich in ihre Oberschenkel. »Was wollen Sie eigentlich damit – andeuten?«

»Das ist doch wohl klar genug, Mrs. Laurence?«

»Nein, das ist gar nicht klar. Nichts ist klar. Ich bin ganz verwirrt. Ich verstehe das nicht.«

»Ich verstehe es auch nicht, aber ich versuche es zu verstehen. Deshalb bin ich auch hier. Die verschwundene Frau ist Helen Clarvoe, eine Freundin von mir. Sie war auch einmal eine Freundin von Evelyn Merrick.«

»Einmal? Soll das heißen, sie haben sich gezankt?«

»Sagen wir, sie sind auseinandergekommen. Bis zum vorigen Montagabend. An diesem Abend rief Miss Merrick Helen Clarvoe in ihrem Hotel an. Ich will Ihnen jetzt keine Einzelheiten erzählen, aber ich kann Ihnen versichern, daß es kein normales Gespräch zwischen alten Freundinnen war. Die Folge davon war, daß Miss Clarvoe mich gebeten hat, doch zu versuchen, Evelyn Merrick zu finden.«

»Warum denn das?«

»Weil Miss Merricks Äußerungen sie verstört und geängstigt haben. Im Verlaufe dieser Woche habe ich festgestellt, daß merkwürdige Telefonanrufe Evelyn Merricks Spezialität sind. Manche Leute kriegen Wutausbrüche, manche brüten, manche schreiben anonyme Briefe, wenn sie Kummer haben. Evelyn Merrick telefoniert.«

»Unsinn!« sagte Claire scharf. »Das glaube ich einfach nicht. Ev haßt lange Telefongespräche. Ich muß es doch wissen, ich bin schließlich ihre beste Freundin.«

»Hören Sie zu, Mrs. Laurence, es könnte doch Dinge bei Miss Merrick geben, von denen selbst ihre beste Freundin nichts weiß, weil sie selber nämlich nichts davon weiß.«

»Das ist nicht möglich. Es sei denn, sie ist – es sei

denn, Sie wollen mir zu verstehen geben, daß sie geisteskrank ist.«

»Es ist eine Form von Geisteskrankheit.«

»Welche?«

»Spaltung der Persönlichkeit.«

Claire stand empört auf und begann wild im Zimmer hin und her zu laufen. »Ev ist meine beste Freundin. Sie sind ein Fremder. Sie kommen her, erzählen mir schaurige Dinge von ihr und erwarten von mir, daß ich sie glaube. Das kann ich einfach nicht. Außerdem will ich's auch nicht. Woher nehmen Sie das Recht, herumzugehen und Leute für schizophren zu erklären?«

»Diese Theorie stammt nicht von mir. Sie wurde von Miss Merricks eigenem Arzt als eine Möglichkeit ins Auge gefaßt. Ich habe heute nachmittag mit ihm gesprochen. Miss Merrick hat bereits zwei Nervenkrisen hinter sich. Eine, als ihre Eltern sich scheiden ließen und ihr Vater in den Osten ging, um dort zu leben, und die andere nach dem Zusammenbruch ihrer eigenen Ehe im vorigen Jahr.«

»Ehe«, wiederholte Claire. »Ev ist nie verheiratet gewesen.«

»Es ist eine verbürgte Tatsache.«

»Sie hat mir nie ein Wort davon gesagt. Ich – ja, mein Gott, gerade heute morgen habe ich noch im Verlaufe einer Unterhaltung zu ihr gesagt, wie wunderbar die Ehe für eine Frau sei, und sie – ach, lassen wir das. Es spielt ja jetzt keine Rolle mehr.«

»Weiter, Mrs. Laurence. Sie hat was getan?«

»Nichts. Sie hat nur gelächelt, als hätte ich unabsichtlich etwas Komisches gesagt.«

»Das haben Sie auch.«

»Dann war es also keine glückliche Ehe?«

»Nein.«

»Wer war der Mann?«

»Helen Clarvoes Bruder, Douglas.« Blackshear hielt inne. Er empfand plötzlich einen gräßlichen Ekel vor der Aufgabe, die er übernommen hatte. »Der junge Mann ist heute morgen plötzlich gestorben.«

»Warum sagen Sie das in einem so merkwürdigen Ton?«

»Ich bin mir dessen gar nicht bewußt gewesen.«

»Aber ich. Es hat sich angehört, als dächten Sie, Evelyn habe etwas mit dem Tode dieses Mannes zu tun.«

»Darüber besteht bei mir gar kein Zweifel. Zwei Männer sind nämlich gestorben.«

Sie war erschüttert, gab aber nicht nach. »Das muß ein schrecklicher Irrtum sein. Ev ist das sanfteste Geschöpf der Welt.«

»Die Sie kennen, vielleicht. Die andere ...«

»Es gibt keine andere!« Doch die Kraft hatte sie verlassen. Sie ließ sich in einen Sessel fallen und preßte ihren rechten Handrücken gegen ihre zitternden Lippen. »Wie – wie ist ihr Mann gestorben?«

»Er hat Selbstmord begangen.«

»Und der andre Mann?«

»Er ist irgendwann heute morgen erstochen worden. Jemand hat seine Kehle mit einer Barbierschere durchbohrt.«

»Mein Gott!« sagte sie nur. »Mein Gott!« Und ihre Hand glitt zu ihrer eigenen Kehle hinunter, als versuchte sie, einen unsichtbaren Strom von Blut aufzuhalten. »Sie muß jeden Moment hier sein. Was soll ich bloß tun?«

»Nichts. Benehmen Sie sich, als ob nichts geschehen wäre.«

»Wie kann ich denn das?«

»Sie müssen. Helen Clarvoes Leben steht vielleicht auf dem Spiel.«

»Besteht nicht doch eine Möglichkeit, daß Sie – sich irren?«

»Diese Möglichkeit gibt es immer, Mrs. Laurence, doch ist sie gering. Als sie Mrs. Clarvoe heute nachmittag wegen Helen anrief, hat sie gar kein Geheimnis aus ihrer Person gemacht. Sie war sogar stolz auf sich.«

Er erzählte ihr den Inhalt des Telefongespräches. Sie hörte in fassungslosem Schweigen zu, und ihre Hand glitt ununterbrochen über dieselbe Stelle an ihrem Halse.

Draußen fing der Spaniel an zu bellen. Blackshear drehte sich um und sah aus dem Fenster. Eine junge Frau kam lachend den Gehsteig herauf, während der Spaniel sie völlig außer sich vor Entzücken umsprang. Als sie vor den Stufen zur Veranda ankam, beugte sie sich herunter und streckte die Arme aus. Und der Spaniel sprang hinauf. Beide, Mädchen und Hund, sahen nach diesem bemerkenswerten Heldenstück äußerst zufrieden mit sich aus.

Das war sein erster Eindruck von Evelyn Merrick. Und er dachte, wie absurd es sei, daß er sie so zu sehen bekam: lachend und einen Hund begrüßend – *das sanfteste Geschöpf der Welt,* hatte Claire Laurence gesagt.

Er drehte sich zu Claire um. In ihren Augen standen

Tränen. Sie wischte sie mit dem Handrücken weg, während sie zur Tür ging, um aufzumachen.

»Hast du das gesehen, Claire? Endlich hat sie's getan. Sie ist mir direkt in die Arme gesprungen! John hat gesagt, er versuche schon seit Jahren, ihr das beizubringen. Was macht deine Erkältung?«

»Viel besser, danke«, antwortete Claire. »Wir haben Besuch.«

»Besuch? Fein.«

»Komm rein, ich möchte dir Mr. Blackshear vorstellen.«

»Nur eine Sekunde, ich zieh' mir nur den Mantel aus.«

Als sie ins Zimmer kam, spielte ein Lächeln um ihre Lippen. Doch es war ein zurückhaltendes Lächeln, als ahnte sie schon, daß dieser Besuch nicht erfreulich für sie sein werde. Sie hatte kurzgeschnittene, dunkle Haare und graue Augen, die etwas von dem Blau des Hemdblusenkleides angenommen hatten, welches sie trug. Im ersten Moment, als Blackshear sie mit dem Hut gesehen hatte, war sie ihm auffallend hübsch erschienen. Nun, da ihre Munterkeit verflogen war, kam sie ihm ziemlich durchschnittlich vor. Als sie sich die Hand gaben, war ihr Händedruck lahm und uninteressiert.

»Ich hörte, daß Mrs. Laurence mich als Besuch angekündet hat«, sagte Blackshear. »Der Ausdruck stimmt nicht ganz.«

Sie zog ihre geraden dunklen Brauen in die Höhe. »Nein?«

»Ich hätte Ihnen gern einige Fragen gestellt, wenn ich darf, Miss Merrick.«

»Sie dürfen. Vielleicht werde ich sie sogar beantworten.«

»Mr. Blackshear ist auf der Suche nach einer Frau, die verschwunden ist«, mischte Claire sich ein. »Ich habe ihm schon gesagt, daß du wahrscheinlich nicht das geringste darüber wüßtest.« Sie fing Blackshears warnenden Blick auf und fügte hinzu: »Ich werde uns einen Kaffee machen.«

Als sie draußen war, sagte Evelyn mutwillig: »Das hört sich ja sehr geheimnisvoll an. Erzählen Sie mir mehr darüber. Ist es jemand, den ich kenne?«

»Helen Clarvoe.«

»*Helen*! Großer Gott, das ist wohl der letzte Name auf der Welt, den ich erwartet hätte. Sie sei verschwunden, sagen Sie?«

»Ja.«

»Das ist ja merkwürdig. Helen *tut* doch so was nicht. Dazu ist sie, sagen wir, viel zu konservativ.«

»Ja.«

»Immerhin ist sie alt genug zu tun, was ihr beliebt. Und wenn sie verschwinden will – warum sollte dann jemand versuchen, sie zu finden?«

»Ich bin nicht so sicher, daß sie es wollte.«

»Nein, wirklich?« Sie schien sich zu amüsieren. »Helen ist denn doch nicht ganz so langweilig, wie sie tut, wissen Sie. Vielleicht ist ein Mann im Spiel?«

»Das bezweifle ich.«

»Jedenfalls ist mir nicht ganz klar, wie *ich* Ihnen helfen kann, Mr. Blackshear. Aber versuchen werde ich es trotzdem.«

»Besten Dank.«

»Also legen Sie los.«

»Ist Ihnen South Flower Street ein Begriff, Miss Merrick?«

»South Flower? Das ist doch unten in der Stadt, soviel ich weiß?«

»Ja.«

»Wahrscheinlich bin ich schon einmal da hinuntergefahren. Im übrigen gehört sie nicht zu den Gegenden, in denen ich mich auskenne.«

»Wie lange ist es her, daß Sie Helen gesehen haben?«

»Über ein Jahr.«

»Haben Sie mit ihr telefoniert?«

»Natürlich nicht. Warum sollte ich denn? Wir haben uns nichts zu sagen.«

»Es existiert auch kein Gefühl des Hasses zwischen Ihnen beiden?«

»Es existiert überhaupt kein Gefühl zwischen uns. Wenigstens meinerseits.«

»Sie waren doch einmal sehr befreundet?«

»Ja, in der Schule. Aber das ist schon sehr lange her«, fügte sie achselzuckend hinzu.

»Sie waren mit Helens Bruder Douglas verheiratet?«

»Verheiratet würde ich nicht sagen. Es war nur eine Trauung. Aber haben Sie etwas dagegen, wenn ich *Sie* jetzt etwas frage?«

»Nicht das geringste.«

»Wer hat Ihnen eigentlich so genaue Auskunft über mich gegeben?«

»Ihre Mutter.«

Das amüsierte sie wirklich. »Das hätte ich mir ja denken können. Mutter ist eine große Schwätzerin. Sie breitet ihre Seele vor dem Milchmann aus und vor dem Jungen, der die Lebensmittel bringt. Leider breitet sie auch meine aus.«

»Haben Sie Douglas kürzlich gesehen, Miss Merrick?«

»Nein, gesehen habe ich ihn nicht. Aber gesprochen habe ich mit ihm.«

»Wann?«

»Er hat mich gestern abend angerufen.«

»Hier?«

»Ja, nachdem Claire zu Bett gegangen war.«

»Woher wußte er denn, daß Sie hier sind?«

»Wahrscheinlich hat er zuerst bei mir zu Hause angerufen und Mutter hat ihm die Nummer hier gegeben.«

»Halten Sie das für wahrscheinlich, in Anbetracht des Ressentiments, das sie ihm gegenüber hat?«

»Wahrscheinlich hat er seinen Namen nicht genannt.« Und mit einem Anflug von Zorn fuhr sie fort: »*Ich* habe die Verbindung mit ihm jedenfalls *nicht* aufrechterhalten, das kann ich Ihnen versichern. Was die Clarvoes betrifft, bin ich bedient. Das ist eine Familie, von der man sich am besten fernhält.«

»Aus welchem Grund hat Douglas Sie angerufen, Miss Merrick?«

»Das weiß ich auch nicht. Es war das erstemal seit der Ungültigkeitserklärung unserer Ehe, daß ich von ihm gehört habe. Er klang so verloren und verwirrt. Und da mir so ähnlich zumute war, haben wir miteinander gesprochen. Meist über alte Zeiten, als Helen und ich vor Jahren zusammen zur Schule gingen, und wie ich gewöhnlich an Feiertagen und zum Wochenende zu ihr nach Hause fuhr. Damals nannten wir ihn Dougie, und er war ständig um uns herum, auch wenn wir uns noch so sehr über ihn lustig machten. Zu jener Zeit war sogar Helen glücklich. Komisch, wie anders alles gekommen ist.«

Doch sie sprach vollkommen unbeteiligt, als hätte die Evelyn von damals überhaupt nichts mit ihr zu tun. Blackshear fragte sich, wann diese Persönlichkeitsspaltung wohl bei ihr begonnen habe. Vielleicht war sie schon von Kindheit an bei ihr vorhanden gewesen, ohne daß man etwas geahnt hatte. Oder sie hatte vielleicht während ihrer Backfischjahre angefangen, gerade in der Zeit, über die sie sich mit Douglas unterhalten hatte, die ›glücklichen‹ Zeiten. Es wäre möglich, daß das für sie die ›glücklichen‹ Zeiten waren, weil bei ihr bereits die Flucht vor der Wirklichkeit eingesetzt hatte.

Eins stand jedenfalls fest für ihn: Die Bewußtseinsspaltung bei ihr war vollkommen. Die Person, mit der er sprach, hatte keine Ahnung von der Existenz ihres entarteten Zwillings. Sie erinnerte sich genau, daß sie am vorhergehenden Abend mit Douglas telefoniert hatte, aber wenn er ihr sagen würde, daß sie auch mit Mrs. Clarvoe gesprochen hatte, und zwar in einer ganz anderen Weise, würde sie ihm das nicht glauben und wahrscheinlich sehr böse werden. Und ihr zu widersprechen hatte gar keinen Sinn. Dadurch erreichte man nichts. Seine Pflicht war, so lange zu warten, bis der Wechsel erfolgte und der Zwilling auf den Plan trat. Denn nur ihr Zwilling wußte, was mit Helen Clarvoe passiert war und wo sie sich aufhielt. South Flower Street war kilometerlang, und es gab mehr Bordelle dort als Restaurants.

Sogar wenn es gefahrlos gewesen wäre, gab es doch keine Möglichkeit, den Wechsel in Evelyn Merrick zu beschleunigen, weil man nicht wußte, was ihn ursprünglich hervorgerufen hatte. Es konnten äußere Ursachen gewesen sein, ein Wort, ein Geruch, ein Geräusch, eine zufällige Melodie, oder es konnte innere Ursachen haben, wie eine plötzliche chemische Veränderung im Körper selbst.

»Es war sehr merkwürdig, wieder mit Douglas zu sprechen«, sagte sie. »Ich war überzeugt, daß ich voller Ressentiments gegen ihn sei, aber es war nicht so. Ist es nicht eigenartig, wie Menschen sich vornehmen, was sie in gewissen Situationen tun und sagen werden; und wenn diese Situation sich dann tatsächlich ergibt, tun sie nichts von dem, was sie sich vorgenommen hatten.«

»Was hatten Sie sich denn vorgenommen?«

»Er sollte sich wie ein Wurm vorkommen. Aber kaum daß ich seine Stimme hörte, wußte ich schon, daß ich gar nichts mehr zu sagen brauchte. Er fühlt sich schlimmer als jeder Wurm.«

»Wie haben Sie den Tag verbracht, Miss Merrick?«

»Mit Stellungsuchen.«

»Irgendeine bestimmte Stellung? Etwas wie Modellstehen zum Beispiel?«

»*Modellstehen*? Ja, um Gottes willen, wie kommen Sie denn auf *so* etwas?«

»Sie sind doch ein sehr hübsches Mädchen.«

»Absurd! Trotzdem vielen Dank für das Kompliment, aber das ist wirklich absurd. Für mich kommt nur eine Stellung mit Zukunft in Frage.«

»Dann waren Sie den ganzen Tag nicht zu Hause?«

»Nein.«

»Haben Sie Ihre Mutter gesehen?«

»Nein. Ich wollte sie im Blumengeschäft aufsuchen, aber dort hieß es, sie habe sich den Rest des Nachmittags frei geben lassen.«

»Sie war bei Mrs. Clarvoe.«

»Bei Verna Clarvoe? Was, in aller Welt, sollte sie veranlassen, dorthin zu gehen?«

»Douglas ist heute morgen gestorben.«

Evelyn saß ganz ruhig da. Sie hatte die Augen gesenkt und die Hände im Schoß gefaltet. Als sie endlich sprach, klang ihre Stimme klar und bestimmt: »Der Kaffee müßte inzwischen fertig sein. Ich bringe Ihnen eine Tasse.«

»Miss Merrick ...«

»Was erwarten Sie von mir? Soll ich vielleicht sagen, daß ich traurig darüber bin? Ich bin es nicht. Ich bin nicht traurig, daß er tot ist. Für ihn ist es besser so. Ich bin nur traurig, daß er nicht glücklicher war, als er noch lebte.«

Es waren die gütigsten Worte, die er über Douglas seit seinem Tode gehört hatte.

»Wie ist er gestorben?« fragte sie.

Blackshear schilderte ihr die Umstände von Douglas' Tod, während sie mit halbabgewandtem Kopf dasaß und nachdenklich, ja fast heiter vor sich hinsah, wie ein Kind, das einer Geschichte lauscht, die es schon viele Male gehört hatte.

Als er fertig war, sagte sie mit einem Seufzer: »Armer Douglas. In vieler Hinsicht war er der beste dieser ganzen Gesellschaft – von den Clarvoes, meine ich. Wenigstens hatte er eine gewisse Wärme. Sie mag sich auf die falschen Leute konzentriert haben, aber zumindest war sie vorhanden.«

»Helen hat diese Wärme auch.«

»Helen ist kalt bis ins Mark.«

Eine Vorahnung von etwas Entsetzlichem überfiel Blackshear wie ein schmerzhafter Krampf. Er hatte das Gefühl, daß diese Frau ihre Worte absichtlich so gewählt hatte und ihm auf diese Weise zu verstehen geben wollte, daß Helen bereits tot sei.

»Miss Merrick, ich werde Sie jetzt noch einmal fragen.«

»Ja, bitte?«

»Haben Sie Helen Clarvoe heute gesehen?«

»Nein.«

»Wissen Sie, wo sie ist?«

»Nein.«

»Wissen Sie, ob sie am Leben ist?«

»Nein.«

»Erinnern Sie sich, daß Sie sie am vergangenen Montagabend um zehn in ihrem Hotel angerufen haben?«

»Ich kann mich doch nicht an etwas erinnern, das nie geschehen ist«, sagte sie sanft. »Ich wünschte, ich könnte Ihnen helfen, Mr. Blackshear, aber ich fürchte, ich kann Ihre Fragen nicht zu Ihrer Zufriedenheit beantworten.«

›Es ist nutzlos‹, dachte er und wandte sich zur Tür. »Vielen Dank jedenfalls, daß Sie es wenigstens versucht haben.«

»Es ist gern geschehen. Und geben Sie mir Bescheid, wenn Sie Helen gefunden haben.«

»Warum?«

»Alte Anhänglichkeit oder Neugier, nennen Sie es,

wie Sie's wollen. Ich mache eine kleine Wette mit Ihnen, Mr. Blackshear.«

»Nämlich?«

»Wenn Sie sie dann finden, hat sie bestimmt einen Mann bei sich.«

Die Wut stieg in ihm hoch wie Galle und hinterließ einen grünlich-bitteren Geschmack auf seiner Zunge und eine Rauheit in seiner Kehle. Er mußte an sich halten, daß er nichts sagte.

Wortlos ging er zur Tür hinaus. Trotz der erleuchteten Häuser und Straßenlaternen kam ihm die Dunkelheit undurchdringlich vor wie ein Dschungel.

15

Sie schlug die Augen auf, machte sie aber schnell wieder zu, weil das Licht so grell war. Doch in diesem kurzen Moment hatte sie gesehen, daß sie sich in einem kleinen weißen Zimmer wie in einem Krankenhaus befand und daß die ungeheuer dicke Frau, welche sich über sie beugte, ganz weiß angezogen war wie eine Krankenschwester.

Die Frau sagte mit rauher, verdrießlicher Stimme: »Sie kommt zu sich. Gib ihr noch was von dem Whisky da.«

»Warum willst du ihr denn noch mehr davon geben, Bella, wenn sie doch schon betrunken ist?«

»Halt den Mund und tu, was ich dir sage. Nichts macht einen Betrunkenen schneller wieder nüchtern als der Geruch eines frischen Drinks. Gib mir die Flasche rüber, Mollie.«

»O. K.«

»So, und jetzt halt ihr den Kopf hoch, während ich gieße. Hahaha! hört sich an wie eine vornehme Teeparty, wie?« Madame Bella schenkte ein.

Miss Clarvoe versuchte sich zu wehren. Sie wollte den Whisky nicht; er brannte wie eine Säure. Sie warf ihren Kopf zur Seite und fing an zu schreien. Aber eine Hand verschloß ihr den Mund.

»Also *das* wollen wir doch lieber lassen, Schatz«, sagte die Frau, die Bella hieß, ganz sanft. »Vielleicht hast du Halluzinationen, sag? Vielleicht kleine Tiere, die herumkrabbeln, wie? Nimm nur noch ein paar Schlucke von dem hier, dann gehn sie weg.«

»Nein, nein! Ich will nicht ...«

»Was hast du denn, Schätzchen? Sag's doch Bella. Alle erzählen Bella ihre Sorgen. Am Ende ist dir ein Affe auf den Rücken gesprungen, wie, Schätzchen?«

Miss Clarvoe schüttelte den Kopf. Sie wußte gar nicht, was die Frau da faselte. Sie hatte keinen Affen auf dem Rücken und sah auch keine kleinen Tiere herumkrabbeln.

»Erzähl nur Bella alles, Schätzchen.«

»Ich kann nicht erzählen, ich weiß nichts«, sagte Miss Clarvoe mit unterdrückter Stimme gegen die fleischige Handfläche der Frau. »Lassen Sie mich los!«

»Gewiß, Schatz, aber nur, wenn du nicht schreist. Ich kann es nicht dulden, daß du meine andern Kunden störst. Wenn ein Mann nach einem schweren Tag von der Arbeit herkommt, möchte er eine schöne, ruhige Massage haben und will keine Frau schreien hören, das regt ihn auf.«

Kunden? Massage? Dann war das also kein Krankenhaus und die Frau in Weiß war gar keine Krankenschwester.

»Also keine Geschichten mehr, verstanden, Schatz? Versprich es Bella.«

»Ja, ich verspreche es.«

Miss Clarvoe machte die Augen auf. Sie lag auf einer Couch, und am Fußende der Couch stand ein sehr hübsches blondes Mädchen mit Pickeln im Gesicht, das eine Flasche Whisky in der Hand hielt. Die andere Frau, Bella, war enorm fett. Ihr Fleisch vibrierte bei der geringsten Bewegung, und ihre Kinnpartie hing in Falten gegen ihren schwartigen Hals. Nur ihre Augen sahen menschlich aus. Es waren dunkle, hoffnungslose Augen, die zuviel erlebt und zuwenig verstanden hatten.

Schon das Sprechen allein strengte sie so an, daß sie keuchte, und als sie ihre Hand von Miss Clarvoes Mund wegnahm, preßte sie sie gegen ihr eigenes Herz, als müsse sie sich vergewissern, ob es noch schlug.

»Aus gutem Material ist der Mantel«, sagte das blonde Mädchen. »Siehst du, da ist ja auch ein Schildchen eingenäht, ›Imported from Scotland‹.«

»Du kannst jetzt wieder an deine Arbeit gehen, Mollie.«

»Für heute habe ich keine Verabredungen mehr.«

»Dann geh nach Hause.«

»Was ist, wenn sie wieder anfängt, wild zu werden?«

»Ich werde schon mit ihr fertig«, entgegnete die Dicke. »Bella wird schon mit ihr fertig. Bella weiß schon, was ihr fehlt. Bella versteht das.«

»Ja, klar«, sagte das blonde Mädchen mit einem

schwachen, höhnischen Lächeln. »Davon bin ich überzeugt. Na schön, von *mir* aus stundenlang. *Ich* bin fürs Normale.«

»Halt gefälligst den Mund.«

»Ich möchte nur wissen, wieso Material aus Schottland so was Besonderes ist.«

»Hau schon ab, mein Kind. Und mach die Tür hinter dir zu.«

Das blonde Mädchen verschwand und schloß die Tür hinter sich.

Miss Clarvoe preßte die Fingerspitzen gegen ihre Augen. Sie konnte sich nicht erklären, was die beiden Frauen miteinander geredet hatten, sie wurde einfach nicht klug daraus. Ihr war übel und schwindlig, und unmittelbar hinter dem linken Ohr schmerzte sie der Kopf, als hätte ihr jemand an dieser Stelle einen Schlag versetzt.

»Mein Kopf«, sagte sie. »Mein Kopf tut mir so weh!«

»Jetzt tut ihr auch noch der Kopf weh, hör sich das einer an. Natürlich tut dir der Kopf weh, mein Schatz. Du hast dir ja auch mächtig einen hinter die Binde gegossen.«

»Nein. Ich trinke nie, nie!«

»Du hast doch aus allen Poren nach dem Zeugs gerochen, als ich dich bewußtlos vor meiner Tür gefunden habe. Ich war gerade dabei, einen unserer Stammkunden zu verabschieden, der zur Behandlung gekommen war. Und als ich die Tür aufmachte, lagst du davor und fielst mir entgegen. Sternhagelbetrunken, sag' ich dir. Aber sternhagelvoll.«

»Das ist unmöglich. Ich trinke nicht.«

»Du spülst dir nur ab und zu den Mund damit aus, was?« Die dicke Frau lachte. Jeder Millimeter an ihr lachte: ihr Mund, ihr ungeheures Doppelkinn, ihr Bauch, ihre Brüste. Nachdem sie aufgehört hatte zu lachen, wischte sie sich mit einem Taschentuch den Schweiß von Gesicht und Hals. »Das ist das Dumme bei mir, ich bin zu lustig. Ich lache zuviel und dann schwitze ich. Herrgott, wie ich schwitze, sag' ich dir. Es ist einfach unmenschlich, wie die arme Bella schwitzt. Wie wär's denn noch mit einem Schlückchen Whisky, Schatz?«

»Nein. Nein!« Miss Clarvoe versuchte aufzustehen, verlor aber das Gleichgewicht und rollte auf den Boden. »Ich muß – ich muß nach Hause – sie warten auf mich.«

Die dicke Frau schob ihre Hände unter Miss Clarvoes Achseln und half ihr auf die Füße. »Wer wartet denn auf dich, Schätzchen?«

»Ich – ich weiß es nicht.«

»Na also, wenn du's nicht weißt, hast du auch nicht solche Eile, nicht wahr? Leg dich noch ein bißchen hin. Bella wird dir helfen, daß du dich besser fühlst.«

»Nein, nein!« Der Atem der dicken Frau strömte heiß gegen ihren Nacken und roch penetrant nach Anis. »Ich muß ... sie warten doch.« Irgend jemand wartete auf sie, das wußte sie, doch sie konnte sich nicht erinnern, wer. Die Gesichter in ihrem Gedächtnis waren verschwommen und unklar. Die Menschen waren nur Schatten, alle Orte waren gleich. Sie lehnte sich gegen die Wand und hauchte: »Könnte ich – etwas Wasser haben?«

»Gewiß, mein Schatz.«

Die Frau brachte ihr in einem Pappbecher Wasser und beobachtete sie, während sie trank.

»Na, geht's jetzt besser, Schatz?«

»Ja, danke.«

»Dein Mantel ist schmutzig. Komm, gib ihn mir, ich bürste ihn dir ab.«

»Nein, nein!« Sie wickelte sich den Mantel fest um ihren Körper.

»Ach, du bist eine von den Scheuen. Bella kennt sich aus. Bella ist ja schon so ewig lange in diesem Geschäft. Bei Bella brauchst du dich nicht zu genieren. Wer hat dich übrigens zu mir empfohlen, mein Schatz?«

»Ich verstehe nicht.«

»Woher hast du meinen Namen bekommen?«

»Ich habe ihn nicht bekommen. Ich weiß ja Ihren Namen gar nicht.«

Die dicke Frau blieb unbeweglich stehen. Ihre hinter Fleischwülsten versteckten Augen waren starr und violett wie Trauben. »Wie kommt es denn, daß du dir gerade *mein* Haus ausgesucht hast?«

»Das habe ich gar nicht getan. Ich habe überhaupt kein Haus ausge...«

»Wir wollen doch nicht schwindeln, Schatz. Bella haßt Schwindeleien. Die treiben sie zur Raserei. Wer hat dir meinen Namen gegeben?«

»Niemand.«

»Du bist also nur durch einen glücklichen Zufall hergekommen, Schätzchen, wie? Stimmt das, du?«

»Ich kann mich nicht erinnern«, flüsterte Miss Clarvoe. »Ich kann mich nicht erinnern – Evelyn...«

»Evelyn? Ist das dein Name, Schatz?«

»Nein. Nein! Ich war – ich war mit Evelyn. Sie hat mich hierhergebracht. Sie hat gesagt...« Miss Clarvoe sprach nicht weiter und schlug die Hände vor ihren zitternden Mund.

»Was hat sie gesagt, Schatz?«

»Sie hat gesagt, hier gehöre ich her.«

Die dicke Frau nickte und lächelte und rieb sich ihr Doppelkinn. »Diese Evelyn ist aber ein aufgewecktes Kind, Donnerwetter nochmal!«

»Ich verstehe gar nicht, was sie damit gemeint hat.«

»Verstehst du's nicht, mein Schatz. Na, dann leg dich mal hin und ruhe ein bißchen, und Bella wird's dir dann später sagen. Gib mir deinen Mantel, Schätzchen. Was für süße Fesseln du hast. Früher habe ich selber mal recht hübsche Fesseln gehabt. Jetzt esse ich. Ich esse und esse, weil niemand mich liebt. Niemand liebt Bella. Sie ist fett wie ein Elefant, aber sie versteht's. Na, gib mir doch dein reizendes Mäntelchen, Liebling.«

Miss Clarvoe stand starr vor Schrecken da.

»Ich bin dir wohl widerlich, Schatz? Habe ich recht? Bella ist dir widerlich?«

»Bleiben Sie mir vom Leibe!«

»Oder genierst du dich bloß, Schätzchen?«

»Sie unförmige alte Vettel«, schrie Miss Clarvoe sie an und sprang auf die Tür zu.

Doch die dicke Frau war vor ihr da. Sie stemmte sich mit dem Rücken gegen die Tür. Ihre Arme ruhten übereinandergeschlagen auf ihren enormen Brüsten.

»Bella haßt es, beschimpft zu werden, mein Schatz. So was bringt sie in Wut.«

»Wenn Sie mich nicht augenblicklich hier rauslassen, schreie ich. Und ich schreie so lange, bis die Polizei kommt.«

Bella war einen Moment lang still. Dann sagte sie schneidend: »Du wärst wahrscheinlich imstande dazu. Du bist doch das größte Miststück, das mir je begegnet ist. Da sieht man mal wieder, was Dankbarkeit ist... Ich nehme dich auf, ich kümmre mich um dich, du saufst meinen teuren Whisky, und außerdem mache ich dir noch hübsche Komplimente, von denen natürlich keins wahr ist. Deine Fesseln sind lausig, die reinsten Pfeifenstiele...«

»Machen Sie die Tür auf!«

Bella machte die Tür nicht auf, aber sie trat beiseite. Dabei redete sie unausgesetzt weiter, aber meist vor sich hin: »Da tut man soviel für die Menschen, und was kriegt man zur Belohnung dafür? Schimpfnamen und verächtliche Blicke. Bella ist auch ein Mensch. Mag sein, daß sie fett ist wie ein Elefant, trotzdem ist sie ein Mensch und wünscht sich ab und zu ein wenig Dankbarkeit. Es ist eine heimtückische Welt, in der es keine Dankbarkeit gibt. Mach, daß du rauskommst, du ekelhafte Person, raus mit dir! Bella schäumt vor Wut. Raus mit dir, raus!«

Aber das ekelhafte Geschöpf war bereits draußen, und Bella redete zu einem leeren Zimmer. Die eine Hand auf ihrem Herzen, ließ sie sich schwer auf die Couch niederfallen. Es klopfte noch und flatterte wie ein gefangener Vogel unter erdrückenden Fleischmassen.

»Die Menschen sind von Grund auf schlecht, verdammt nochmal!« sagte Bella.

Rennen konnte Helen Clarvoe nicht. Sie hatte eine Schwäche in den Beinen, als hätte sie sie lange Zeit nicht gebraucht und Muskelschwund bekommen. Und der Schmerz in ihrem Kopf war noch schlimmer geworden. Wenn sie zu denken versuchte, lösten sich ihre Gedanken auf und verschmolzen miteinander; und nur einer unterschied sich klar und deutlich von den andern: Ich muß ihnen entkommen! Ich muß fliehen! Ich muß rennen.

Wohin sie rannte, war nicht wichtig. Sie hatte keinen bestimmten Plan. Sie wußte ja nicht einmal, wo sie war, bis sie zur Straßenecke kam und die Schilder sah: South Flower Street und Ashworth Avenue. Diese beiden Namen sagte sie ununterbrochen vor sich hin, in der Hoffnung, daß sie in ihrem Bewußtsein einen Zusammenhang ergeben würden. Aber keiner dieser beiden Namen gab ihr irgendeinen Anhaltspunkt, und die Gegend war ihr fremd. Sie wußte, daß sie sie noch nie gesehen hatte, genau wie sie wußte, daß sie keine Trinkerin war. Und dennoch war sie hierher gekommen; also mußte sie gegangen, gefahren oder hergetragen worden sein, und als sie ankam, war sie betrunken gewesen. *Sternhagelbetrunken*, hatte diese Bella gesagt, *aber sternhagelvoll. Natürlich tut dir der Kopf weh, mein Schatz. Du hast dir ja auch mächtig einen hinter die Binde gegossen.*

»Ich trinke nie«, sagte Miss Clarvoe vor sich hin. »Ich rühre keinen Alkohol an. Jemand muß ihn mir mit Gewalt eingeflößt haben. Irgend jemand. Evelyn.«

Ein alter Mann, der an der Ecke auf das grüne Licht wartete, sah sie über den Rand seiner Bifokalbrille hinweg voller Interesse und Vergnügen an. Er redete auch oft mit sich selber. Es war tröstlich zu wissen, daß andre Menschen das auch taten.

Miss Clarvoe bemerkte, wie er sie ansah. Sie wandte sich ab, und das Blut schoß ihr ins Gesicht, als hätte er sie nackt überrascht.

»Hihihi«, lachte der Alte und schlurrte über die Straße. Seine Schultern bebten vor Vergnügen. Heutzutage hielten sogar schon die Jungen Selbstgespräche. Das war eben das Atomzeitalter. Jetzt dominierten die Verrückten. »Hihihi.«

Sie fühlte ihr Gesicht. Es war glühend heiß vor Verlegenheit. Der alte Mann war Zeuge gewesen, wie sie mit sich sprach. Vielleicht hatte er sogar noch mehr gesehen. Vielleicht hatte er sie gesehen, als sie aus Bellas Etablissement kam, und wußte, was für ein Haus das war. Sie mußte von dem alten Mann weg.

Miss Clarvoe machte kehrt und rannte in entgegengesetzter Richtung davon. Ihre dünnen Beine bewegten sich krampfhaft, und hinter ihr flatternd bauschte sich ihr Mantel.

An der nächsten Ecke blieb sie stehen. Sie rang nach Luft und hielt sich, nach einer Stütze suchend, an einem Laternenpfahl fest. Auf dem Straßenschild stand Figueroa Street. ›Jetzt weiß ich Bescheid‹, dachte sie. ›Figueroa Street kenne ich. Ich werde hier an der Ecke warten, bis ein leeres Taxi vorbeikommt.‹ Aber etwas in ihr, so etwas wie ein sechster Sinn, warnte sie davor, stehen zu bleiben. Sie setzte sich wieder in Bewegung, doch sie rannte nicht. Das Rennen hatte die Aufmerksamkeit zu sehr auf sie gelenkt. Sie müßte sich viel ungezwungener, viel natürlicher benehmen. Niemand durfte merken, daß sie irgendwo beim Laufen durch diese oder andere Straßen den Tag verloren hatte. Es war Abend. Der Tag war verschwunden, er war an ihr vorübergehuscht. Vorübergehuscht, ohne sich bei ihr bemerkbar zu machen.

Sie lief mit gesenktem Kopf weiter, als suche sie den Bürgersteig und den Rinnstein nach ihrem verlorenen Tag ab. Leute gingen an ihr vorüber. Autos dröhnten vorbei, die Nacht war erfüllt von Geräuschen, Licht und Bewegung, doch Miss Clarvoe schaute nicht auf. *Ich darf mich nicht verraten. Ich muß so tun, als wüßte ich nicht, daß ich verfolgt werde.*

Wenn sie geschickt genug wäre, wenn sie ihre panische Angst unterdrücken könnte, wäre sie vielleicht imstande, herauszufinden, wer der Verfolger war. Bella? Der alte Mann, der zufällig gehört hatte, wie sie mit sich selber sprach? Eine von Bellas Freundinnen? Dabei hatte keiner etwas davon, wenn er sie verfolgte, nicht einmal Geld. Denn mit dem Tag hatte sie auch ihre Handtasche verloren.

Bei der nächsten Kreuzung entließ ein Bus seine Passagiere, und sie beschleunigte ihre Schritte, um sich unter die Menge zu mischen, die aus dem Bus stieg. Im Augenblick, da sie sich sicher fühlte, schaute sie zurück, indem sie suchend durch den wirren Dschungel von Gesichtern spähte. Nur ein Gesicht hob sich von den andern ab, ein blasses, gleichmütiges, leicht lächelndes Gesicht. Evelyn Merrick. Sie stand im dämmrigen Eingang eines kleinen Reparaturgeschäfts für Fernsehapparate und lehnte sich träge gegen die Schaufensterscheibe, als wäre sie gerade stehengeblieben, um sich während eines Abendspazierganges etwas auszuruhen. Doch Miss Clarvoe wußte, daß es kein Abendspaziergang, sondern eine Treibjagd war; und das gehetzte Wild war sie. In jähem Entsetzen wich sie zurück. Auch die Frau im Fenster wich zurück. Blitzartig, bevor noch die Angst ihr ganzes Denken auslöschte, erkannte Helen, daß diese Frau ihr eigenes Spiegelbild war.

Sie drehte sich um und raste blind und taub und besinnungslos vor panischem Schrecken quer über die Straße. Sie spürte den Anprall des Autos nicht einmal, das in sie hineinfuhr.

Als sie wieder zu Bewußtsein kam, lag sie am Straßenrand und Leute standen um sie herum, die alle gleichzeitig redeten.

»Hab's ja mit meinen eigenen Augen gesehen. Rennt die doch los ...«

»Rotes Licht ...«

»Betrunken wie nur. Das riecht man ja schon meilenweit.«

»Aber ich hab' sie doch nicht *gesehen*, mein Gott!«

»Verschwinden wir lieber. Ich möchte nicht gern als Zeuge vorgeladen werden.«

»Also komm jetzt, Jo, komm schon endlich. Ich kann einfach kein Blut sehen.«

›Blut‹, dachte Helen Clarvoe. ›Dann blute ich also. Alles, was sie den ersten Abend zu mir gesagt hat, ist wahr geworden. Schon damals hat sie es in ihrer Kristallkugel gesehen. Ich sollte in einem Unfall verletzt werden und bluten.‹

»Was macht dir denn schon so ein bißchen Blut? Schließlich siehst du dir doch auch jeden Boxkampf an, oder nicht?«

»Muß betrunken gewesen sein ...«

»Mit meinen eignen Augen ...«

»Man muß nach einem Krankenwagen telefonieren.«

»Die Dame mit dem grünen Hut ruft gerade ihren Mann an. Der ist nämlich Arzt.«

Ein junger Mann, ein Taxichauffeur in seiner Uniform, zog seine Jacke aus und versuchte sie unter Miss Clarvoes Kopf zu schieben. Sie schleuderte sie weg und setzte sich unter großen Schmerzen auf. »Mir fehlt nichts. Lassen Sie mich.«

Die Worte kamen dumpf und undeutlich heraus, doch der junge Mann hatte sie gehört. »Sie müssen aber liegen bleiben, bis der Arzt kommt.«

»Ich brauche keinen Arzt.«

»Ich habe einen Kursus für Erste Hilfe genommen, und so steht es da im Buch. Halten Sie den Patienten warm und ...«

»Ich bin gar nicht verletzt.« Mühsam stellte sie sich auf die Füße und begann sich mit einem Taschentuch die Feuchtigkeit vom Gesicht zu wischen, ohne zu wissen, was Blut und was Schweiß war, von dem vielen Herumrennen, das sie hinter sich hatte.

Langsam zerstreute sich die Menge – die Schau war zu Ende. Keiner war getötet worden, schade. Vielleicht hatte man nächstes Mal mehr Glück.

Nur der junge Mann in der Chauffeursuniform stand noch mit ärgerlicher Miene herum. »*Meine* Schuld war es nicht. Jeder Mensch muß doch gesehen haben, daß ich nichts dafür konnte. Sie sind mir direkt vorn in den Wagen gelaufen. Ich hatte ja gar keine Möglichkeit mehr, zu bremsen. So was Verrücktes habe ich in meinem Leben noch nicht gesehen!«

Miss Clarvoe schaute zu dem Geschäft zurück, wo sie

Evelyn Merrick kurz vor ihrem Unfall hatte stehen sehen. Sie war nicht mehr da. Oder hatte sie sich tiefer in den Schatten des Eingangs zurückgezogen und wartete dort? In *dem* Spiel war sie Meister: im Dunkeln zu warten, nachts umherzuschleichen und arglosen Menschen aufzulauern.

Der Taxifahrer redete noch immer, teils bedauernd, teils herausfordernd. »Ich habe schließlich getan, was ich konnte, das muß doch jeder gesehen haben. Habe ich nicht gestoppt? Habe ich nicht versucht, Erste Hilfe zu leisten?«

»Mein Gott, so *hören* Sie doch schon auf! Wir haben jetzt keine Zeit für Dispute. *Keine Zeit,* sag' ich Ihnen.«

Erstaunt trat er zurück. »Ich verstehe nicht, was...«

»Hören Sie zu. Wie heißen Sie?«

»Harry. Harry Reis.«

»Hören Sie, Harry. Ich muß so schnell wie möglich hier weg. Jemand ist hinter mir her. Sie stand – ich habe sie noch vor ein paar Minuten da drüben im Eingang stehen sehen. Sie ist darauf aus, mich umzubringen.«

»Was Sie nicht sagen.« Sein Mund verzog sich zu einem kaum wahrnehmbaren spöttischen Lächeln. Er warf nicht einmal einen Blick auf den Eingang zurück, den sie ihm zeigte. »Sind sie am Ende irgendwo ausgerückt, Sie?«

»Ausgerückt?«

»Klar! Ausgerückt. Über Stacheldraht geklettert.«

Verständnislos schüttelte sie den Kopf. Auch er schien in Rätseln zu sprechen wie die fette Bella. Affen auf dem Rücken, kleine Tiere, die herumkrabbelten, über Stacheldraht klettern. Das waren alles Wörter ihrer Muttersprache, nur daß Miss Clarvoe sie nicht verstand. ›Vielleicht bin ich eine Ausländerin‹, dachte sie, ›vielleicht habe ich auch zu lange allein gelebt, und Sprache und Menschen haben sich verändert. Die Welt ist von Bellas und Evelyn Merricks und kleinen Leuten wie Harry übernommen worden, die verschlagen und vielsagend lächeln. Ich muß in meine eigenen vier Wände zurück und meine Tür gegen das Häßliche abschließen.‹

»Ich muß ...«

»Ja, sicher«, sagte Harry. »Sicher. Für eine Dame tu' ich alles.«

Er ging voraus zu seinem Taxi. Miss Clarvoe ließ ihr Taschentuch in den Rinnstein fallen und folgte ihm. Sie spürte noch keine Schmerzen, sondern nur eine schreckliche Steifheit, die ihren ganzen Körper wie ein Gipsverband zu umklammern schien.

Sie stieg hinten in das Taxi und wickelte sich fest in ihren Mantel ein. Dabei fiel ihr das blonde Mädchen in Bellas Haus ein, die gefragt hatte, was denn so Besonderes an den aus Schottland importierten Stoffen sei. Miss Clarvoe wußte es nicht, doch schien es ihr wichtig, das herauszubekommen. In Schottland gab es Schafe. Aber Schafe gab es schließlich auf der ganzen Welt; viele, viele Schafe. Doch vielleicht hatten die schottischen Schafe eine feinere Wolle. Wolle, Schafe, Blackshear. Mr. Blackshear hatte sie vollkommen vergessen. Er war durch Meilen und Jahre von ihr getrennt. Nicht einmal an sein Gesicht konnte sie sich erinnern, außer, daß es dem ihres Vaters ein wenig ähnelte.

Drinnen im Taxi war es dunkel und warm. Das Radio lief und brachte eine öffentliche politische Diskussion. Alle Redner der Diskussionsgruppe hatten sehr bestimmte, entschieden vorgetragene Ansichten. Alle wußten genau, wo der Tag geblieben war und was man von der Nacht zu erwarten hatte.

Harry setzte sich ans Steuer und schaltete das Radio aus. »Wohin soll's denn gehen?«

»Zum Hotel Monica.«

»Wohnen Sie da?«

»Ja.«

»Wohnen Sie schon lange da?«

»Ja.«

»Und ständig?«

»Ja.«

Sie merkte deutlich, daß er ihr nicht glaubte. Was glaubte er eigentlich? Was für Drähte waren das, über die sie geklettert sein sollte? Sie hatte Harry noch nie gesehen, das wußte sie ganz sicher. Und doch benahm er sich, als wüßte er Geheimnisse von ihr, ganz häßliche Geheimnisse.

»Ich werde Sie bezahlen«, sagte sie. »In meiner Hotelsuite habe ich Geld.«

»Jawohl, Ma'am.«

»Ich schicke einen Pagen damit herunter.«

»Jawohl, Ma'am.«

An seinem Ton hörte sie, daß er gar nicht damit rechnete, bezahlt zu werden, daß er sich nachsichtig über sie mokierte, wie über einen Betrunkenen, einen Lügner oder einen Verrückten, der zufällig sein Fahrgast war. Der Kunde hat immer recht.

Das Licht der Scheinwerfer des Wagens hinter ihnen fiel auf den Rückspiegel, und Miss Clarvoe sah Harrys Gesicht einen Augenblick lang ganz deutlich. Es war jung und freundlich und sehr, sehr anständig. Ein reizendes, offenes Gesicht. Kein Mensch würde vermuten, wes Geistes Kind sich dahinter verbarg. Die dicke Frau trug ihre Boshaftigkeit und ihre Erbärmlichkeiten offen zur Schau. Harrys hingegen verbargen sich unter der jungenhaften Glätte seines Gesichts wie Würmer in einem Apfel, der außen ganz gesund aussieht.

Doch sogar Harry, sogar der rotwangige Harry mit der wurmigen Phantasie wußte, wo sein Tag geblieben war. Sie hatte ihren Tag verloren, hatte ihn irgendwo wie ein Taschentuch fallen lassen und besudelt vom schmutzigen Fußboden einer Hure wieder aufgehoben.

»Harry?«

»Ja, Ma'am.« Sein Tonfall war noch immer ironisch höflich.

»Welcher Tag ist heute?«

»Donnerstag.«

Donnerstag. Heute morgen ist Douglas gestorben. Mr. Blackshear war bei mir im Hotel, um es mir zu sagen. Ich habe versprochen, nach Hause zu fahren und bei Mutter zu bleiben. Mr. Blackshear hat sich erboten, mich hinzufahren, aber ich habe es abgelehnt. Ich wollte nicht, daß er mich noch einmal berührt. Ich hatte Angst. Dann habe ich vor dem Hotel gestanden und auf ein Taxi gewartet. Ich war sehr aufgeregt und verstört. Die Menschen erschreckten mich, und ich wollte nicht nach Hause. Ich konnte Mutters Anblick nicht ertragen und ihre Ausbrüche wegen des toten Douglas nicht mit anhören, wie bei meinem Vater. Ich wußte, was für ein schauerliches Theater sie aufführen würde. Das tut sie immer, und nichts daran ist echt.

Ununterbrochen fuhren Taxis vorbei. Verschiedene waren leer, aber ich konnte mich nicht überwinden, eins anzuhalten. Dann hörte ich meinen Namen. Ich drehte mich um und sah Evelyn Merrick dastehen. Sie stand ganz dicht neben mir – lächelnd und sehr selbstbewußt. Die Fremden und der Verkehr störten sie nicht. Betrieb und Menschen hat sie immer gern gehabt, je mehr, desto lieber. Ich warf den Kopf zurück und tat so, als sei ich genauso sicher und überlegen wie sie. Aber es nützte nichts. Ich konnte Evelyn eben nicht täuschen. »Du hast doch Angst, nicht wahr?« sagte sie und schob ihren Arm unter meinen. Ich hatte nichts dagegen, obwohl ich die Berührung von Menschen im allgemeinen hasse. Aber in dem Fall war es irgendwie anders. Durch den Kontakt mit ihr fühlte ich mich sicherer. »Komm, wir gehen irgendwo was trinken«, hat sie dann gesagt.

Komm, wir gehen was trinken, verlieren wir einen Tag, lassen wir ein Taschentuch fallen.

»Haben Sie etwas gesagt, Ma'am?«

»Nein.«

»Wie ich Ihnen schon sagte, wenn Sie sich's noch überlegen und lieber wieder zurückfahren wollen ...«

»Zurück wohin?«

»Na, wo Sie hergekommen sind.«

»Ich weiß nicht, was Sie damit andeuten wollen«, sagte sie so ruhig wie möglich. »Ich *fahre ja dahin,* wo ich hergekommen bin. Ich wohne im Hotel Monica. Ich habe eine ständige Wohnung dort und zwar seit schon fast einem Jahr. Ist Ihnen das jetzt klar?«

»Jawohl, Ma'am.« Aber sein Tonfall fügte hinzu: ›klar wie Kloßbrühe.‹ Harry war schon etwas herumgekommen; er kannte so einiges und war ziemlich sicher, daß diese Frau mit Rauschgift herumgespielt hatte, wahrscheinlich Nembutal. Offenbar war sie doch eine Dame, und Damen haben für Heroin nicht sehr viel übrig. Nembutal war dezenter, sowohl zu nehmen als auch zu beschaffen. Man brauchte sich nicht an Straßenecken oder in Hinterzimmern herumzudrücken und auf seinen Verbindungsmann zu warten. Um Nembutal zu bekommen, brauchte man nur in einem schönen Polstersessel bei einem teuren Arzt zu sitzen und ihm zu erzählen, wie nervös und erschöpft man sei und daß man nicht schlafen könne.

Aber die Leute schliefen durchaus nicht immer davon. Manchmal hatte das Zeug auch gerade die umgekehrte Wirkung, und sie taten die verrücktesten Dinge. Sie zogen sich zum Beispiel mitten im Pershing Park splitternackt aus, oder rasten mit hundertzwanzig Stundenkilometern den Sunset Boulevard hinunter und schlugen sich mit der Polizei herum, wenn sie verhaftet wurden. Damen konnten sich manchmal schlimmer aufführen als Weibsbilder.

Verstohlen schaute er sich nach Miss Clarvoe um. Sie saß zusammengekauert in der rechten Sitzecke des Taxis. Sie hatte die Arme krampfhaft über der Brust verschränkt, und ihre Lippen bewegten sich leise, als betete sie: *Sie hat sich bei mir eingehängt, daran erinnere ich mich. Sie hat sich bei mir eingehängt wie eine alte Freundin und gesagt: »Godiona gavotsch.« In der Schule war das unser geheimes Losungswort, wenn wir in der Klemme waren und Hilfe brauchten. »Godiona gavotsch«, habe ich wiederholt. Und plötzlich war es, als wären die Jahre gar nicht vergangen und wir wären wieder Schulfreundinnen wie einst, als wir kicherten, wenn das Licht ausging, und gegen die französische Lehrerin intrigierten und die Pakete von zu Hause miteinander teilten. »Komm, trink was«, hat sie gesagt. Es war immer so. Evelyn war immer diejenige gewesen, welche die Initiative ergriff. Sie entwickelte Ideen und machte Vorschläge. Und ich machte nur alles mit. Ich betete sie an und wollte genauso sein wie sie. Ich wäre ihr überall hin gefolgt wie ein Schaf: die Verführerin und das Opfer. Ich war schon damals gezeichnet, und die Merkmale sind mit den Jahren nicht schwächer geworden, sondern eher klarer herausgekommen. Das sieht sogar Harry. Er schaut mich mit Verachtung an und seine Stimme trieft davon.*

Apfelbackiger Harry, ich sehe deine Würmer.

»Wollen Sie vorn oder hinten reingehen, Ma'am?« fragte Harry.

»Ich bin nicht gewöhnt, den Lieferanteneingang zu benützen.«

»Ich dachte nur, weil Sie doch ein bißchen – unordentlich aussehen ...«

»Das macht nichts.« Es machte natürlich etwas. Sie hätte nichts lieber getan, als den Hintereingang zu benutzen und unbemerkt in ihre Wohnung hinaufzuschleichen. Aber das ging leider nicht. Ihre Schlüssel waren in der Tasche gewesen, die sie verloren hatte. »Wegen des Fahrgeldes – ich schicke einen Pagen damit herunter. Was macht es?«

»Genau drei Dollar.« Er hielt mit dem Taxi an der vom Hotel markierten Stelle, aber er machte keine Anstalten, ihr den Wagenschlag aufzumachen. Er erwartete kein Trinkgeld und noch viel weniger das Fahrgeld. Doch diesmal machte es ihm nicht viel aus. Sie war eine unheimliche Dame und er wollte sie endlich los sein.

Miss Clarvoe machte sich die Türe selber auf. Sie stand auf dem Trottoir und schlug den Mantelkragen hoch, um die Wunde unter ihrem Ohr zu verdecken. Die zerrissenen Strümpfe und den Riß in ihrem Mantel konnte sie nicht verdecken. Sie mußte nur so schnell sie konnte durch die Hotelhalle gehen und versuchen, schneller zu sein als die Blicke der Neugierigen.

Mr. Horner, der ältliche Empfangschef, war damit beschäftigt, einige neue Gäste einzutragen. Aber als er Miss Clarvoe erblickte, ließ er alles im Stich und eilte ihr mit weit aufgerissenen Augen und vor Aufregung bebenden Lippen entgegen.

»Aber Miss Clarvoe! Aber Miss Clarvoe! Um Gottes willen ...«

»Ich habe meine Schlüssel verloren. Könnte ich bitte ein Ersatzpaar bekommen?«

»Alle haben Sie so gesucht, Miss Clarvoe! Wirklich alle. Alle haben gemeint ...«

»Sie brauchen nicht weiter zu suchen.«

»Aber was *war* denn mit Ihnen?«

Sie antwortete ohne zu zögern: »Es war ein so schöner Tag, daß ich kurz entschlossen einen kleinen Ausflug gemacht habe.« War es ein schöner Tag gewesen? Sie wußte es nicht einmal. Sie konnte sich weder an das Wetter dieses Tages erinnern, noch an seine Begebenheiten. »Zu dieser Jahreszeit ist es auf dem Lande wunderschön«, fügte sie hinzu. »Die Lupinen blühen gerade, wissen Sie. Ganz entzückend.« Die Lügen glitten ihr wie Öl von der Zunge. Sie konnte sie nicht zurückhalten. Jedes Wort war besser, als nichts zu sagen; jede Erinnerung, auch wenn sie noch so wenig stimmte, war besser als keine. »Dummerweise bin ich an einem Felsblock abgerutscht und habe mir Mantel und Strümpfe zerrissen.« Während sie sprach, hob die Szenerie sich immer schärfer vor ihr ab. Einzelheiten tauchten auf: Form und Farbe des Felsblocks, über den sie heruntergefallen war, von Lupinen blaue Hügel, getupft mit dem grellen Orange wilden Mohns, und hinter den Hügeln die viel kleiner scheinenden Berge mit ihren dürren, verkümmerten Bäumen.

»Sie hätten doch wenigstens Bescheid hinterlassen sollen«, sagte er mit leisem Vorwurf. »Alles war in heller Aufregung. Sogar die Polizei war da – mit einem gewissen Mr. Blackshear.«

»Polizei?«

»Ich mußte ihnen Ihre Suite aufschließen. Sie bestanden darauf. Es blieb mir leider nichts anderes übrig.« Mittlerweile waren sie beim Empfangspult angekommen. Mr. Horner neigte sich zu ihr hinüber und fügte vertraulich flüsternd hinzu: »Man dachte nämlich, Sie wären vielleicht von einer Verrückten entführt worden.«

Rote Flecken malten sich auf Miss Clarvoes Gesicht. Sie verschwanden wieder und ließen ihre Haut aschgrau zurück. *Von einer Verrückten entführt? Nein, so war es doch gar nicht gewesen. Ich bin doch nur mit einer alten Freundin etwas trinken gegangen. Der Betrieb und die vielen Menschen haben mich geängstigt und verwirrt, und sie hat mich gerettet. Sie hat ihre Hand auf meinen*

Arm gelegt, und schon fühlte ich mich sicher. Allein war ich nichts, aber mit Evelyn so dicht neben mir habe ich deutlich gesehen, daß uns die Leute voller Interesse und Neugier, ja sogar mit Bewunderung betrachteten. »Komm, wir gehen was trinken«, hat sie zu mir gesagt.

Ich hätte ewig so dastehen und mich anschauen und bewundern lassen können – es ist ein herrliches Gefühl. Aber Evelyn liebt die Abwechslung, sie wollte weiter. Ununterbrochen sagte sie, komm, komm, komm, als hätte sie eine besonders aufregende Sache vor, an der ich teilnehmen sollte. »Aber ich muß doch nach Hause«, habe ich zu ihr gesagt. »Ich habe versprochen, nach Hause zu kommen und bei Mutter zu bleiben, weil Douglas tot ist.« Sie sprach in unflätigen Ausdrücken von den beiden, von Mutter sowohl wie von Douglas, und als ich entsetzt dreinschaute, hat sie mich ausgelacht und gesagt, ich sei prüde. Prüde wollte ich nie sein; ich habe nur nie gewußt, wie man anders sein kann. »Du, ich habe einen Freund«, hat Evelyn zu mir gesagt, »der ist riesig lustig. Ein richtiger Komiker. Komm, zu dem gehen wir jetzt, da gibt's wenigstens was zu lachen.«

Dabei war doch Douglas schon tot, mein eigener Bruder. Mir hätte gar nicht zum Lachen zumute sein dürfen, und doch hatte ich Lust dazu. Dann hab' ich sie gefragt, wie denn der Freund hieße, der so ein Komiker sei, und ich weiß noch genau, wie sie mir geantwortet hat. Es ist schon merkwürdig, wie dieser Name mir im Gedächtnis haften geblieben ist, wo ich doch so viele andere Dinge vergessen habe. Jack Terola. »Er ist ein Künstler mit der Kamera«, hat sie geantwortet. »Er wird demnächst Aufnahmen von mir machen, die man überall im Lande ausstellen wird. Er hat nämlich die Absicht, mich unsterblich zu machen.« Ich spürte, wie der Stachel der Eifersucht mein Herz durchbohrte. Ich wollte auch unsterblich sein.

»Ich mußte der Polizei helfen«, sagte Mr. Horner. »Mir blieb gar keine Wahl. Es ging nur darum, ihnen die Schlüssel freiwillig zu geben oder sie mir mit Gewalt abnehmen zu lassen.«

»Der Gedanke, daß Fremde ihre Nase in meine persönlichen Angelegenheiten stecken, ist mir höchst zuwider.«

»Alle handelten einzig und allein in Ihrem Interesse, Miss Clarvoe.«

»Was Sie nicht sagen!«

»Schließlich hätte Ihnen doch sonst was passiert sein können.«

»Passiert ist nichts weiter«, sagte sie schneidend, »als daß ich mit einer Freundin von mir aufs Land gefahren bin.«

»Ach, richtig. Um die Lupinen blühen zu sehen.«

»Genau das.«

Mr. Horner wandte sich ab. Seine Lippe zuckte spöttisch. Es war November, und die Lupinen fingen erst in drei, vier Monaten an zu blühen.

Er kam mit den Ersatzschlüsseln zurück und legte sie auf den Tisch. »Hier sind einige Bestellungen für Sie, Miss Clarvoe. Sie möchten sofort Mr. Blackshear anrufen; er sei im Hause Ihrer Mutter.«

»Danke.«

»Ach ja, und dann hat mich noch jemand gebeten, Ihnen einen Zettel ins Fach zu legen. Eine junge Dame.«

Die Notiz war in einer betont nach links geneigten Schrift auf einen Hotelbogen geschrieben, welcher doppelt gefaltet worden war: *Ich warte in der Halle. Ich muß dich unverzüglich sprechen. Evelyn Merrick.*

Sie wollte wegrennen, doch ihre Beine schmerzten vor Überanstrengung, sie trugen sie nicht mehr. Sie war schon zu weit, zu schnell und durch zu viele fremde und fürchterliche Straßen gerannt.

16

Sie drehte sich um und sah Evelyn Merrick durch die Hotelhalle auf sich zukommen. Geschickt bahnte sie sich ihren Weg durch die Menge. Dieser Tag, welcher Miss Clarvoe verändert hatte, hatte auch Evelyn verändert. Sie lächelte nicht und war nicht mehr unternehmungslustig wie vorher, als sie sich auf der Straße getroffen hatten. Sie war eine böse aussehende, kaltblickende Fremde, ganz in Schwarz, als sei sie in Trauer.

»Ich sehe, du hast meine Nachricht bekommen.«

»Ja«, antwortete Miss Clarvoe, »wie du siehst.«

»Wir müssen unbedingt miteinander sprechen.«

»Ja.« *Ja, das müssen wir. Ich muß herausbekommen, wie ich den Tag verloren habe, wie die Minuten wie eilige Vögel über meinen Kopf hinweggeflogen sind. Wildgansminuten. Ich entsinne mich, daß Vater uns, das heißt Evelyn und mich, einmal mit auf die Jagd genommen hat. An jenem Tag hat sich Vater über mich geärgert, weil ich von der Sonne Kopfschmerzen bekam. Er nannte mich eine Spielverderberin und eine Zimperliese und sagte: »Warum kannst du nicht mehr wie Evelyn sein?«*

»Alle haben sich deinetwegen geängstigt«, sagte Evelyn. »Wo warst du denn bloß?«

»Das weißt du doch. Das weißt du doch sehr gut. Ich war mit dir zusammen.«

»Wovon sprichst du eigentlich?«

»Wir sind doch zusammen aufs Land gefahren – um die Lupinen zu sehen – wir ...«

Die Stimme der Fremden war hart und häßlich. »Du hast schon immer phantastische Lügen erzählt, Helen, aber das geht denn doch zu weit. Ich habe dich fast ein Jahr überhaupt nicht gesehen.«

»Du mußt nicht versuchen, es abzuleugnen ...«

»Ich *versuche* gar nicht, es abzuleugnen. Ich leugne es glattweg ab!«

»Bitte schrei nicht so. Die Leute starren schon herüber. Ich kann mir nicht leisten, daß die Leute herstarren. Ich habe einen Ruf und einen Namen, auf die ich Rücksicht nehmen muß.«

»Kein Mensch achtet auf uns.«

»Doch. Du siehst doch, meine Strümpfe sind zerrissen und mein Mantel auch. Von unserem Ausflug. Du hast vergessen, wie wir aufs Land gefahren sind, um die Lupinen zu sehen. Ich bin von einem Felsblock abgerutscht und hingefallen.« Doch ihre Stimme verlor sich unwillkürlich nach oben in ein Fragezeichen, und ihre Augen blickten unsicher und ängstlich. »Kannst du dich jetzt erinnern?«

»Es gibt nichts zu erinnern.«

»Nichts?«

»Ich hab' dich doch fast ein Jahr nicht mehr gesehen, Helen.«

»Aber heute morgen – heute morgen hast du mich doch vor dem Hotel getroffen. Du hast mir vorgeschlagen, mit dir etwas trinken zu gehen, und hast mir erzählt, daß du auf dem Wege zu einem Mann seist, der dich unsterblich zu machen gedenke, und du wolltest, daß ich mitkäme.«

»Das hat ja überhaupt keinen Zusammenhang.«

»Doch, doch, es hat einen! Ich weiß sogar noch den Namen des Mannes. Terola. Jack Terola.«

Evelyns Stimme war ruhig, eindringlich. »Du bist zu diesem Mann, diesem Terola gegangen?«

»Ich weiß nicht. Ich glaube, wir – wir sind zusammen hingegangen, du und ich. Allein würde ich an so einen Ort sowieso nicht gehen, und außerdem war Terola dein Freund und nicht meiner.«

»Ich hatte diesen Namen noch nie gehört, bis ich die Abendzeitungen sah.«

»Zeitungen?«

»Terola ist heute vormittag kurz vor zwölf ermordet worden«, sagte Evelyn. »Es ist sehr wichtig für dich, daß du dich genau erinnerst, Helen. Warst du heute morgen dort?«

Miss Clarvoe sagte nichts, und ihr Gesicht war starr.

»Hast du Terola heute vormittag gesehen?«

»Ich muß jetzt – ich muß jetzt nach oben gehen.«

»Wir müssen miteinander sprechen.«

»Nein. Nein, ich muß hinaufgehen und meine Tür gegen diese ganzen Widerlichkeiten abschließen.« Sie drehte sich langsam um und ging mit hängenden Schultern auf den Lift zu. Ihre Hände hatte sie in den Manteltaschen vergraben, als wollte sie jede körperliche Berührung mit andern Menschen vermeiden.

Sie wartete, bis einer der Aufzüge leer war. Dann stieg sie ein und befahl dem Liftboy, die Tür augenblicklich zu schließen. Der Liftboy war ein alter Mann, nicht größer als ein Kind, als hätten die Jahre, die er in diesem kleinen Lift zugebracht hatte, sein Wachstum verhindert. Er war schon an Miss Clarvoes Schrullen, wie das Alleinsein im Lift, gewöhnt und hatte in der vergangenen Zeit soviel Trinkgeld bekommen, daß er sie ertrug.

Er schloß die Tür, und als der Lift sich nach oben in Bewegung setzte, heftete er den Blick auf den Stockwerkanzeiger. »Schon ein winterlicher Tag heute, Miss Clarvoe.«

»Ich weiß es nicht. Ich habe meinen verloren.«

»Wie bitte, Ma'am?«

»Ich habe meinen Tag verloren«, sagte sie langsam. »Ich habe überall danach gesucht, aber ich kann ihn nicht finden.«

»Fühlen Sie sich – fühlen Sie sich nicht wohl, Miss Clarvoe?«

»Nennen Sie mich nicht so.«

»Ma'am?«

»Nennen Sie mich Evelyn.«

»Gern, Ma'am.«

»Na, dann sagen Sie es doch. Los. *Sagen Sie Evelyn.*«

»Evelyn«, sagte der Alte und fing an zu zittern.

Wieder in ihrer Suite angekommen, legte sie nicht einmal ihren Mantel ab, sondern ging unverzüglich zum

Telefon. Während sie die Nummer wählte, fühlte sie die Erregung wie geschmolzene Lava in einem Krater in sich aufsteigen.

»Mrs. Clarvoe?«

»Bist du's – bist du's, Evelyn?«

»Gewiß bin ich's. Ich habe Ihnen *noch* einen Gefallen getan.«

»Bitte spann mich nicht auf die Folter.«

»Wimmern Sie nicht so, ich hasse das. Ich hasse Leute, die wimmern.«

»Evelyn . . .«

»Ich wollte Ihnen nur sagen, daß ich Helen für Sie gefunden habe. Ich habe sie frisch und munter fest in ihrem Hotelzimmer eingeschlossen.«

»Ist sie gesund?«

»Nur keine Angst, ich schaue schon nach ihr. Ich bin die einzige, die weiß, wie man sie behandeln muß. Sie war ein schlimmes Mädchen. Was sie braucht, ist etwas Disziplin. Sie erzählt Lügen, wissen Sie, schreckliche Lügen. Dafür muß sie bestraft werden wie jeder andere.«

»Laß mich mit Helen sprechen.«

»Oh, nein. Jetzt kann sie noch nicht sprechen. Sie ist noch nicht an der Reihe. Wir müssen uns nämlich abwechseln, wissen Sie. Das ist schwierig, weil Helen mir mein Recht nicht freiwillig geben will; und dann muß ich eben hingehen und es mir nehmen. Sie fühlt sich noch etwas schwach nach dem Unfall, und der Kopf tut ihr weh, darum bin ich einfach für sie eingesprungen. Ich fühle mich großartig. Ich bin nie krank. Das überlasse ich ihr. Alle häßlichen Dinge, wie krank oder alt werden, überlasse ich ihr. Ich bin erst einundzwanzig, und dieses alte Wrack ist schon über dreißig ...«

Evelyn Merrick erwartete Blackshear schon im Vestibül, als er zwanzig Minuten später hereinkam.

»Ich bin so schnell ich nur konnte gekommen«, sagte Blackshear. »Wo ist Helen?«

»Sie hat sich in ihr Zimmer eingeschlossen. Ich bin ihr nachgegangen und habe versucht, mit ihr zu sprechen. Aber auf mein Klopfen hat sie überhaupt nicht reagiert. Da hab' ich an der Tür gehorcht. Ich konnte sie im Zimmer hören.«

»Was hat sie denn gemacht?«

»Sie wissen ja, was sie gemacht hat, Mr. Blackshear. Das habe ich Ihnen doch schon gesagt, als ich Sie anrief. Sie war am Telefon und hat meinen Namen gebraucht, meine Stimme imitiert und sich für mich ausgegeben.«

Blackshear war todernst. »Ich wünschte, es steckte nicht mehr dahinter als eine kindliche Spielerei, wie sich zu verstellen.«

»Was ist es denn sonst noch?«

»Sie hat eine seltene Form von Geistesgestörtheit, Miss Merrick, die Krankheit, die ich bei Ihnen vermutet hatte. Ein Arzt würde es Persönlichkeitsspaltung nennen. Ein Priester würde vielleicht sagen, vom Teufel besessen. Helen Clarvoe ist von einem Teufel besessen, und sie hat ihm Ihren Namen gegeben.«

»Warum sollte sie mir das antun?«

»Wollen Sie mir helfen, das herauszufinden?«

»Ich weiß nicht recht. Was muß ich denn tun?«

»Wir gehen zu ihr hinauf und sprechen mit ihr.«

»Sie wird uns nicht hineinlassen.«

»Wir können es versuchen«, erwiderte Blackshear. »Versuchen scheint das einzige zu sein, was ich für Helen tun kann. Versuchen, keinen Erfolg haben und wieder versuchen.«

Sie nahmen den Lift zum dritten Stock hinauf und gingen den langen, teppichbelegten Korridor hinunter zu Miss Clarvoes Apartment. Die Tür war zu und abgeschlossen. Kein Lichtschein fiel durch die Ritzen. Aber Blackshear konnte drin im Zimmer eine Frau sprechen hören. Es war nicht Helens müde, gleichgültige Stimme. Diese Stimme war laut und frech und durchdringend wie die eines Schulmädchens.

Er klopfte energisch mit den Fingerknöcheln gegen die Tür und rief laut: »Helen? Machen Sie mir auf.«

»Gehn Sie weg, Sie alter Trottel, und lassen Sie uns in Ruhe!«

»Sind Sie da drin, Helen?«

»Siehst du, was du da wieder angerichtet hast. Jetzt hat er mich gefunden. Das wolltest du doch nur, stimmt's? Du warst schon immer eifersüchtig auf mich. Immer hast du versucht, mich aus deinem Leben auszuschalten. Jetzt ist es dir gelungen, indem du diesen Kerl, diesen Blackshear, und die Polizei herbeordert hast, mich wie eine gemeine Verbrecherin zu Tode zu hetzen. Ich bin keine gemeine Verbrecherin. Ich habe weiter nichts getan, als Terola nur ganz oberflächlich mit der Schere berührt, um ihm eine kleine Lehre zu erteilen. Woher sollte ich denn wissen, daß sein Fleisch so weich ist wie Butter? Ein normaler Mensch hätte gar nicht geblutet, so zart war die Berührung. Es war nicht meine

Schuld, daß der arme Tropf gestorben ist. Die Polizei wird das natürlich nicht glauben. Ich muß mich hier mit dir verstecken. Nur du und ich, was hältst du davon? Weiß der Himmel, ob ich das aushalten kann. Dir sollte es nicht schwerfallen. Du bist eine langweilige Gesellschafterin, altes Mädchen, das kannst du nicht abstreiten. Ich werde mich wohl ab und zu mal hinausschleichen müssen, um mich ein bißchen zu amüsieren.«

Blackshear versuchte noch einmal zu rufen, doch die Verzweiflung erstickte die Worte in seiner Kehle: *Wehre dich, Helen, verteidige dich. Nimm den Kampf mit ihr auf.* Er hämmerte mit beiden Fäusten gegen die Tür.

»Na, hör dir das an. Er schlägt glatt die Tür ein, nur um zu seiner Geliebten zu kommen, ist das nicht rührend? Er hat keine Ahnung, wie viele Türen er noch einschlagen muß, das ist erst die erste. Es sind noch hundert andre da, und dieser lächerliche Idiot da draußen glaubt, er könne das mit seinen Fäusten tun. Komischer Kerl. Sag ihm doch, er soll weggehen, Helen. Sag ihm, er soll uns in Ruhe lassen. Sag ihm, wenn er jetzt nicht geht, wird er dich nicht mehr lebend wiedersehen. Los, rede doch. *Rede* doch endlich, du häßliche alte Vettel!«

Stille. Und dann Helens Stimme in einem abgerissenen Flüsterton: »Mr. Blackshear. Paul. Gehen Sie doch.«

»Bleiben Sie fest, Helen. Ich komme Ihnen zu Hilfe.«

»Gehn Sie weg. Gehn Sie doch weg!«

»Hören Sie, was sie sagt, Sie Liebhaber? Gehn Sie weg, hat sie gesagt. Liebhaber. Gott, ist das komisch. Das war aber mal eine tolle Liebesaffäre, die du gehabt hast, wie, Helen? Hast du dir denn *wirklich* eingebildet, es könnte sich jemand in dich verlieben, du altes Scheusal? Schau doch nur mal in die Kristallkugel, du lächerliche Krähe.«

Sie brach in Gelächter aus. Der Ton schwoll an und ebbte ab, als heulte eine Sirene Verderben, und dann trat plötzlich eine Stille ein, als hielte die geräuschvolle Nacht den Atem an.

Blackshear preßte seinen Mund gegen die Türritze und rief: »Helen, hören Sie mich an!«

»Gehn Sie weg.«

»Schließen Sie die Tür auf. Evelyn Merrick steht hier draußen neben mir.«

»Lügner.«

»Schließen Sie doch die Tür auf, dann werden Sie's selber sehen. Sie sind gar nicht Evelyn. Evelyn ist hier draußen bei mir.«

»Sie lügen, Sie lügen, Sie lügen!«

»Bitte, Helen, lassen Sie uns doch hinein, damit wir Ihnen helfen können! ... Sagen Sie etwas zu ihr, Miss Merrick.«

»Wir wollen dich doch nicht belügen, Helen«, sagte Evelyn. »Es ist wirklich Evelyn, Helen.«

»Ihr Lügner!« Doch es knackte im Schloß, die Sicherheitskette wurde zurückgeschoben und die Tür langsam geöffnet und Miss Clarvoes zermartertes Gesicht schaute mißtrauisch heraus. Sie sprach zu Blackshear, und ihr bleicher Mund arbeitete mühsam, um die Worte zu bilden: »Helen ist nicht hier. Sie ist weit weg gefahren. Sie ist alt und krank und todunglücklich und möchte in Ruhe gelassen werden.«

»Aber *hören* Sie doch zu, Helen«, sagte Blackshear verzweifelt. »Sie sind weder alt noch krank ...«

»*Ich* bin doch nicht krank. *Sie* ist es. Ich bin Evelyn. Ich bin gesund. Ich bin erst einundzwanzig. Ich bin hübsch, ich bin beliebt, ich amüsiere mich großartig. Ich werde nie krank oder müde. Ich werde eines Tages unsterblich sein.« Sie hielt plötzlich inne und starrte Evelyn Merrick fasziniert und angewidert an. »Diese Person da – wer ist denn das?«

»Sie wissen genau, wer das ist, Helen. Das ist Evelyn Merrick.«

»Sie ist eine Betrügerin. Schicken Sie sie weg. Sagen Sie ihr, sie soll machen, daß sie fortkommt.«

»Also gut«, sagte Blackshear resigniert. »Beruhigen Sie sich doch.« Und zu Evelyn gewandt: »Gehn Sie lieber in die Halle hinunter und rufen Sie einen Arzt.«

Miss Clarvoe ließ Evelyn nicht aus den Augen, als sie den Korridor hinunterging und in den Lift stieg. »Warum soll sie einen Arzt rufen? Ist sie krank?«

»Nein.«

»Warum soll sie denn dann einen Arzt rufen, wenn sie gar nicht krank ist?« Und quengelnd fügte sie hinzu: »Ich habe Sie nicht sehr gern. Sie sind hinterhältig. Sie sind ein ganz hinterhältiger alter Mann. Sie sind ja viel zu alt für mich. Wenig Zweck, hier herumzulungern. Ich bin erst einundzwanzig. Ich habe Hunderte von Freunden ...«

»Helen, bitte!«

»Nennen Sie mich nicht so. Sprechen Sie diesen Namen nicht aus. Ich bin nicht Helen!«

»Doch, Sie sind Helen. Sie sind Helen, und ich will nicht, daß Sie eine andre sind. Ich habe Sie gern, so, wie Sie sind. Und das werden andre Menschen auch tun, wenn Sie es ihnen erlauben. Die Menschen werden Sie gern haben, genau wie Sie sind, nur um Ihrer selbst willen, Helen.«

»Nein! Ich bin nicht Helen! Ich will nicht Helen sein! Ich hasse sie!«

»Helen ist eine feine junge Frau«, sagte Blackshear ruhig. »Sie ist klug und verständnisvoll – ja, und auch hübsch.«

»Hübsch? Dieses alte Scheusal? Diese Hexe? Diese häßliche alte Vettel?«

Sie wollte die Tür zumachen, doch Blackshear stemmte sich mit seinem ganzen Gewicht dagegen. Sie ließ die Tür los und ging rückwärts ins Zimmer zurück, eine Hand hinter dem Rücken, wie ein Kind, das etwas Verbotenes verbirgt. Er sah sie im Spiegel oberhalb des Telefontischchens.

»Legen Sie den Brieföffner hin, Helen. Legen Sie ihn wieder auf den Schreibtisch zurück, wo er hingehört. Sie sind sehr stark und könnten am Ende noch jemanden, ohne es zu wollen, damit verletzen ... Wie haben Sie denn Terola überhaupt kennengelernt, Helen?«

»In einer Bar. Er saß dort und trank etwas, schaute zu mir hinüber und verliebte sich auf den ersten Blick in mich. Die Männer haben das so an sich. Sie können gar nichts dafür. Ich habe nun mal diese magnetische Anziehungskraft. Spüren Sie das nicht auch?«

»Ja. Ja, ich spüre das auch. Legen Sie jetzt das Messer hin, Helen.«

»Ich bin nicht Helen, ich bin Evelyn. Sagen Sie es. Sagen Sie, daß ich Evelyn bin.«

Er starrte sie nur wortlos an, und plötzlich drehte

sie sich blitzschnell um und rannte durch das Zimmer auf den Spiegel zu. Doch das Gesicht, welches ihr daraus entgegensah, war nicht das ihre. Es war überhaupt kein Gesicht; es waren ein Dutzend Gesichter, die sich im Kreise umeinander drehten – Evelyn und Douglas und Blackshear, Verna und Terola und ihr Vater, Miss Hudson und Harley Moore und der Empfangschef von unten und der alte Mann im Lift – und alle diese Gesichter drehten sich wie ein Riesenrad, und während sie sich drehten, öffneten sie ihre Münder und schrien Worte heraus: *»Was ist denn los mit dir, Kind, bist du verrückt?« »Du hast schon immer die phantastischsten Lügen erzählt.« »Du kannst eben keine Rose aus einer Distel machen.« »Ein Jammer, daß wir keine Tochter haben wie Evelyn.« »Warum kannst du nicht ein bißchen mehr so sein wie Evelyn?«*

Die Stimmen verloren sich in Schweigen, das Riesenrad von Gesichtern hörte auf, sich zu drehen, nur noch ein einziges Gesicht blieb im Spiegel zurück. Es war ihr eigenes Gesicht, und der Mund, der sich bewegte, war ihr eigener Mund, und es war ihre eigene Stimme, welche die Worte hervorstieß: »Oh, mein Gott, hilf mir!«

Die Erinnerung brach mit qualvollen Stößen über sie herein. Sie erinnerte sich an die Bars, die Telefonzellen, ihr Rennen, die fremden Straßen. Sie erinnerte sich an Terola und an den eigenartigen, ungläubigen Ausdruck in seinem Gesicht, kurz bevor er starb, und an den scharfen Geruch des übergekochten Kaffees auf der Heizplatte. Sie erinnerte sich, daß sie selber die Geldscheine aus ihrem Geldclip gezogen hatte und dann meinte, sie seien gestohlen worden. Sie erinnerte sich an den Kater im Durchgang, an die Strahlen der Nachtluft und den Geschmack des Regens und an den jungen Mann, der so gelacht hatte, weil sie wasserdicht war...

»Geben Sie den Brieföffner her, Helen.«

Im Spiegel sah sie Blackshear langsam und vorsichtig näherkommen, ein Jäger, der ein Wild aufgespürt hat.

»Ganz ruhig, Helen. Regen Sie sich nicht auf. Alles wird noch gut.«

Er wartete. Dann fing er wieder an zu sprechen. Mit leiser, eindringlicher Stimme sprach er von Ärzten und Sanatorien, von Ruhe und Pflege und von der Zukunft. Immer von der Zukunft, als wäre sie etwas Bestimmtes, Greifbares, rotbackig und rund wie ein Apfel.

Sie blickte in die Kristallkugel des Spiegels und sah ihre Zukunft vor sich: von Erinnerungen vergiftete Nächte und von Begierde zerfressene Tage.

»Es ist nur eine Frage der Zeit, Helen, und Sie sind wieder gesund.«

»Schweigen Sie«, sagte sie. »Sie lügen.«

Sie schaute hinunter auf den Brieföffner in ihrer Hand, und sie hatte das Gefühl, daß dieses Messer allein die Wahrheit sagen könne, daß es ihr letzter, ihr endgültiger Freund sei. Und langsam drückte sie es durch ihre weiche Halsgrube in ihre Kehle.

Sie verspürte keinen Schmerz, nur ein leichtes Verwundern darüber, wie schön ihr Blut aussah – wie hellrote, endlose Bänder, welche sich nie wieder binden ließen.

Ross Macdonald

Unter Wasser stirbt man nicht!

Roman

Aus dem Amerikanischen von Hubert Deymann

Für Tony

1

Wenn man nicht so genau hinsah, hätte sie für Ende Zwanzig durchgehen können, vor allem bei der Figur. Ihre Kleidung unterstrich diesen Eindruck noch: seidenes Maßkostüm und hohe Absätze, die die Beine gut zur Geltung brachten. Aber Augen und Mund waren sorgenvoll. Ihre Augen waren tiefblau und hatten einen seltsamen Blick. Sie sahen einen direkt und prüfend an, schauten aber zugleich über einen hinweg. Sie konnte auf Jahre zurückblicken und hatte mehr Dinge gesehen, als die Augen eines Mädchens je gesehen hatten. Etwa fünfunddreißig, dachte ich, und immer noch im Rennen.

Ohne ein Wort zu sagen, stand sie in der Tür und ließ meine Musterung über sich ergehen. Sie kaute auf der Unterlippe herum, während sie beinahe angstvoll die schwarze Wildledertasche umklammerte. Ich schwieg ebenfalls. Sie hatte angeklopft und auf mein »Herein« die Tür geöffnet. Ob sie sich nun entschieden hatte oder nicht, sie konnte von mir kaum erwarten, daß ich sie über die Schwelle trug. Sie war eine erwachsene Person, und bestimmt gab es einen Grund für ihr Kommen.

»Mr. Archer?« fragte sie schließlich.

»Ja. Wollen Sie nicht reinkommen?«

»Danke. Entschuldigen Sie, daß ich mich so albern benehme. Als ob Sie der Zahnarzt wären.«

»Detektive und Zahnärzte sind gleichermaßen unbeliebt. Ich kann sie auch nicht leiden.«

»Wirklich? Übrigens bin ich noch nie bei einem Zahnarzt gewesen.« Sie lächelte, als ob sie das Gesagte illustrieren wollte, und gab mir ungezwungen die Hand. Sie war fest und gebräunt. »Auch nicht bei einem Detektiv.«

Ich ließ sie in dem Sessel am Fenster Platz nehmen. Sie hatte nichts gegen das Licht. Ihr Haar glänzte naturbraun und war, soweit ich feststellen konnte, ohne einen Anflug von Grau. Ihr Gesicht war glatt und gebräunt. Ich fragte mich, ob sie überall glatt und gebräunt war.

»Welcher Zahn macht Ihnen Kummer, Mrs. . . .?«

»Entschuldigen Sie. Vor Aufregung habe ich vergessen, mich vorzustellen. Ich heiße Maude Slocum.«

Für eine Frau mit dieser Figur und Kleidung entschuldigte sie sich etwas zu oft. »Hören Sie«, sagte ich, »ich habe die Haut eines Nashorns und ein Herz aus Stahl. Seit zehn Jahren bin ich in Los Angeles und bearbeite Scheidungsfälle. Wenn Sie mir etwas Neues erzählen können, werde ich den gesamten Wettgewinn von einer Woche für wohltätige Zwecke spenden.«

»Können Sie mit Wildkatzen fertig werden, Mr. Archer?«

»Wildkatzen sind zwar nicht mein täglicher Umgang, aber manche Leute sind noch schlimmer.«

»Ich weiß, was Sie meinen.« Ihre Zähne malträtierten schon wieder die Unterlippe. »Als ich jünger war, habe ich geglaubt, die Leute wollten nichts als leben und leben lassen. Jetzt bin ich nicht mehr so sicher.«

»Mrs. Slocum, Sie sind doch wohl kaum hierhergekommen, um mit mir über abstrakte Moralbegriffe zu sprechen. Wollen Sie nicht endlich zur Sache kommen?«

Sie ließ sich Zeit mit der Antwort. »Ich habe gestern einen Schock erlitten.« Sie sah mir voll ins Gesicht und wandte den Blick dann in die Ferne. Ihre Augen waren tief wie das Meer vor der Küste von Catalina. »Jemand versucht, mich zu vernichten.«

»Sie zu töten, meinen Sie?«

»Das zu vernichten, was mir das Wichtigste ist. Meine Ehe, meine Familie, mein Heim.« Ihre Stimme schwankte und brach ab. »Es ist mir schrecklich, darüber zu sprechen. Es ist alles so heimtückisch.«

Da hatte ich's mal wieder, dachte ich. Ein echter Beichtvormittag, in der Hauptrolle Lew Archer als Geistlicher ohne Priesterrock. »Ich hätte Zahnarzt werden sollen; dann könnte ich mir die Zeit mit etwas so Bequemem und Schmerzlosem wie Zähneziehen vertreiben. Wenn Sie Hilfe benötigen, dann sagen Sie, was ich für Sie tun kann. Wer hat Sie übrigens hergeschickt?«

»Sie wurden mir empfohlen. Ich kenne einen – einen Mann, der bei der Polizei arbeitet. Er sagte, Sie seien ehrlich und diskret.«

»Etwas ungewöhnlich, daß ein Bulle so über mich redet. Möchten Sie mir vielleicht seinen Namen nennen?«

»Nein, das möchte ich nicht.« Allein der Vorschlag schien sie schon zu beunruhigen. Ihre Finger umkrampften die schwarze Wildledertasche. »Er weiß nichts davon.«

»Ich auch nicht. Ich erwarte auch nicht, daß ich es jemals erfahren werde.« Dabei lächelte ich und bot ihr eine Zigarette an. Sie paffte ohne Genuß, aber es schien sie zu beruhigen.

»Verdammt.« Sie blinzelte; der Rauch war ihr in die Augen gestiegen. »Da habe ich nun eine ganze Nacht lang versucht, mir über alles klarzuwerden, und ich bin keinen Schritt weitergekommen. Sehen Sie, bis jetzt weiß niemand von der Sache; es fällt mir schwer, jemand ins Vertrauen zu ziehen. Schweigen wird zur Gewohnheit – nach sechzehn Jahren.«

»Sechzehn Jahre? Ich dachte, es wäre gestern passiert?«

Sie errötete. »Ist es auch. Ich habe nur daran gedacht, wie lange ich verheiratet bin. Die Sache hat eine ganze Menge mit meiner Ehe zu tun.«

»Das dachte ich mir. Im Raten bin ich nämlich gut.«

»Verzeihung. Ich wollte Sie nicht beleidigen.«

Für eine Frau dieses Formats war sie ziemlich deprimiert; es paßte nicht zu dem Hundert-Dollar-Kostüm. »Es ist nicht etwa so, daß ich glaube, sie würden es überall rumtratschen oder versuchen, mich zu erpressen ...«

»Versucht man, Sie zu erpressen?«

Die Frage überraschte sie so sehr, daß sie zusammenfuhr. Dann faßte sie sich wieder und beugte sich vor. »Ich weiß es nicht. Ich habe keine Ahnung.«

»Dann geht's Ihnen wie mir.« Ich holte aus der obersten Schreibtischschublade einen Umschlag, öffnete ihn und begann den hektographierten Text zu lesen, in dem man mir eröffnete, daß ich mit der Wahrscheinlichkeit von eins zu drei binnen eines Jahres im Krankenhaus landen würde und mich tunlichst und schnell dagegen rückversichern sollte. »Wer zögert, ist verloren«, sagte ich laut.

»Sie machen sich über mich lustig, Mr. Archer. Aber Sie müssen doch verstehen ... Kann ich mich denn darauf verlassen, daß Sie, falls Sie meinen Fall nicht übernehmen werden, alles wieder vergessen?«

Ich ließ den Ärger in meiner Stimme durchklingen. Diesmal lächelte ich nicht und verzog auch das Gesicht nicht. »Wir wollen es beide vergessen. Sie verschwenden meine Zeit, Mrs. Slocum.«

Sie holte tief Luft. »Diese Sache war für mich wie ein physischer Schlag, ein Schlag von hinten.« Dann öffnete sie ihre Handtasche und sagte plötzlich entschlossen: »Ich nehme an, ich muß es Ihnen zeigen. Ich kann jetzt nicht einfach nach Hause gehen, herumsitzen und auf den nächsten warten.«

Ich sah mir den Brief an, den sie mir hinreichte. Er war kurz und eindeutig und natürlich ohne Unterschrift:

Lieber Mr. Slocum,
verwesende Lilien riechen schlecht. Macht es Ihnen tatsächlich nichts aus, mit Hörnern herumzulaufen? Oder wissen Sie vielleicht gar nichts über das Liebesleben Ihrer Frau?

Die Botschaft war auf einem Bogen billigen weißen Schreibmaschinenpapiers getippt, der viermal zusammengefaltet war. »War auch ein Briefumschlag dabei?«

»Ja.« Sie kramte in der Tasche und gab mir einen zerknitterten weißen Umschlag, der an *James Slocum, Esq., Trail Road, Nopal Valley, Kalifornien,* adressiert war. Der Poststempel war klar. Quinto, Kalif., 18. Juli.

»Heute ist Mittwoch«, sagte ich. »Er wurde am Montag aufgegeben. Kennen Sie Leute in Quinto?«

»Alle.« Sie lächelte gezwungen. »Es ist nur ein paar Meilen von Nopal Valley entfernt, wo wir wohnen. Aber ich habe nicht die leiseste Ahnung, wer ihn abgeschickt haben könnte.«

»Oder warum?«

»Wahrscheinlich habe ich Feinde. Das haben die meisten Leute.«

»Ich nehme an, Ihr Mann hat den Brief nicht gesehen. James Slocum ist doch Ihr Mann?«

»Ja. Er hat ihn nicht gesehen. Er war gerade in Quinto, als der Brief eintraf. Ich hole gewöhnlich die Post aus dem Briefkasten.«

»War er geschäftlich in Quinto?«

»Geschäftlich nicht. Er ist Mitglied der Quinto Players – einer Laientheatergruppe. In dieser Woche proben sie an jedem Nachmittag ...«

»Lesen Sie immer die Post Ihres Mannes?« unterbrach ich sie.

»Ja. Und er meine – aber ich habe kaum erwartet, hier in ein Kreuzverhör genommen zu werden, Mr. Archer.«

»Noch eine Frage: stimmt es, was in dem Brief behauptet wird?«

Das Blut stieg ihr ins Gesicht, und ihre Augen blitzten. »Sie erwarten doch wohl nicht, daß ich darauf antworte.«

»Also gut. Sie wären kaum hier, wenn es nicht stimmte.«

»Im Gegenteil«, sagte sie.

»Und Sie wollen, daß ich den Absender ermittle, damit Sie ihn oder sie gerichtlich belangen können?«

»O nein.« Das kam entsetzt. »Ich will nur, daß das aufhört. Ich kann nicht täglich am Briefkasten Wache halten und die Post abfangen. Und ich kann nicht dauernd grübeln, wer ...«

»Außerdem könnte man ihm den nächsten Brief persönlich übergeben. Wäre es so schlimm, wenn er ihn lesen würde?«

»Es wäre schrecklich.«

»Warum? Ist er so eifersüchtig?«

»Überhaupt nicht. Er ist sehr ruhig.«

»Und Sie lieben ihn?«

»Ich habe ihn geheiratet«, sagte sie, »und es nicht bedauert.«

»Wenn Ihre Ehe in Ordnung ist, dann kann einem so ein Geschreibsel doch nichts anhaben.« Ich warf den Brief zwischen uns auf den Schreibtisch und sah ihr voll ins Gesicht.

Mund und Augen wirkten gepeinigt. »Es würde uns den Rest geben. Ich habe eine Tochter, die noch zur Schule geht. Ich werde es einfach nicht zulassen, daß so etwas passiert.«

»Was?«

»Krach und Scheidung«, erwiderte sie hart.

»Würde es dazu kommen, falls Ihr Mann solch einen Brief erhält?« Ich zeigte mit der Zigarette auf das weiße Stück Papier.

»Ich fürchte ja, Mr. Archer. Mit James würde ich vielleicht noch fertig, aber er würde damit zu seiner Mutter gehen – und sie würde Detektive beauftragen.«

»Und die könnten Beweismaterial für eine Scheidung finden?«

»Ich nehme es an«, sagte sie bitter. »Irgend jemand muß was ausgegraben haben.« Ihr ganzer Körper vibrierte, zuckte wie ein Wurm an der Angel. In diesem Augenblick verabscheute sie sich selber. »Dies ist mir sehr peinlich.«

»Kann ich mir vorstellen«, sagte ich. »Meine Frau hat sich im vergangenen Jahr von mir scheiden lassen. Wegen seelischer Grausamkeit.«

»Die traue ich Ihnen zu.« Das klang boshaft; dann schlug

ihre Stimmung aber wieder um. »Denken Sie bitte nicht, daß ich eine Scheidung leichtnehmen würde. Es wäre das letzte, was ich mir wünschte.«

»Wegen Ihrer Tochter, sagen Sie?«

Sie überlegte. »Ich glaube ja. Ich bin selbst das Kind geschiedener Eltern und habe darunter gelitten. Aber es gibt auch noch andere Gründe. Meine Schwiegermutter würde eine Scheidung nur zu gern sehen.«

»Was für eine Art Frau ist sie? Könnte sie den Brief geschickt haben?«

Die Frage überraschte sie, und sie mußte nachdenken. »Nein, das nehme ich nicht an. Sie würde viel direkter vorgehen. Sie ist eine Frau mit sehr starkem Willen. Ich sagte Ihnen ja schon, ich habe nicht die leiseste Ahnung, wer ihn geschickt haben könnte.«

»Also jemand in Quinto. Fünfundzwanzigtausend Einwohner, nicht wahr? Oder jemand, der am Montag durch Quinto gekommen ist. Das ist eine ziemlich harte Nuß.«

»Aber Sie werden versuchen, mir zu helfen?« Es schien ihrer Vorstellung von Damenhaftigkeit nicht zu widersprechen, sich graziös im Sessel zurechtzusetzen, um ihre Bitte wirksamer zu unterstützen. Möglicherweise war sie überhaupt keine Dame.

»Es wird einige Zeit dauern, und ich kann nichts versprechen. Haben Sie denn auch die nötigen Moneten, Mrs. Slocum?«

»Sie behalten Ihre Dienste doch wohl nicht ausschließlich den Reichen vor?« Sie sah sich in dem einfachen, kleinen, quadratischen Büro um.

»Ich werfe das Geld nicht zum Fenster raus, aber ich verlange fünfzig Dollar pro Tag plus Spesen. Es wird Sie etwa vier- oder fünfhundert Dollar pro Woche kosten, und mit dem wenigen, was ich in der Hand habe, kann es den ganzen Sommer dauern.«

Sie schluckte ihre Bestürzung hinunter. »Offen gesagt, habe

ich nicht viel Geld. Da ist Geld in der Familie, aber James und ich können nicht darüber verfügen. Wir haben nur die Zinsen von einhunderttausend Dollar.«

»Also dreitausendfünfhundert?«

»Weniger. James' Mutter kontrolliert das Geld. Wir wohnen bei ihr, wissen Sie. Ich habe etwas Geld, aber das habe ich für Cathys Ausbildung gespart. Fünfhundert Dollar kann ich Ihnen aber zahlen.«

»Was das angeht, so kann ich Ihnen innerhalb einer Woche oder eines Monats keine Ergebnisse garantieren.«

»Ich muß aber etwas unternehmen.«

»Ich kann mir schon denken, warum. Die Person, die den Brief geschrieben hat, weiß vermutlich etwas ganz Bestimmtes – und Sie fürchten sich vor dem nächsten Schreiben.«

Sie antwortete nicht.

»Es würde mir helfen, wenn Sie mir alles sagten, was Sie wissen.«

Sie begegnete meinem Blick offen und kalt. »Ich denke nicht daran, einen Ehebruch zu gestehen.«

»Ach, zum Teufel! Wenn ich in einem Vakuum arbeiten soll, verschwende ich nur meine Zeit.«

»Das ist mir gleich.« Sie öffnete ihre Handtasche wieder und zählte zehn Zwanziger auf die Schreibtischplatte. »Da, tun Sie, was Sie können. Kennen Sie Nopal Valley?«

»Ich bin schon einmal durchgekommen, Quinto kenne ich ein wenig. Was tut Ihr Mann bei den Quinto Players?«

»Er ist Schauspieler – oder glaubt es wenigstens zu sein. Sie dürfen nicht versuchen, mit ihm zu sprechen.«

»Wie ich meine Arbeit tue, das müssen Sie mir schon selbst überlassen. Sonst könnte ich mich ebensogut in mein Büro setzen und ein Buch lesen. Wie kann ich Sie erreichen?«

»Sie können mich zu Hause anrufen. Nopal Valley steht im Telefonbuch von Quinto. Sie erreichen mich unter der Nummer von Olivia Slocum.«

Sie stand auf, und ich folgte ihr zur Tür. Zum erstenmal

bemerkte ich, daß die Rückseite ihres hübschen Kostüms von der Sonne verblichen war. Unten am Rock, wo der Saum geändert worden war, sah man eine schwache Linie. Die Frau tat mir leid; sie gefiel mir ganz gut.

»Ich fahre noch am Vormittag raus. Und Sie hüten wohl am besten Ihren Briefkasten.«

Nachdem sie fort war, setzte ich mich hinter den Schreibtisch und sah auf die unpolierte Platte. Der Brief und die Zwanziger lagen noch darauf. Sex und Geld; die Wurzel allen Übels. Im Aschenbecher verglimmte Mrs. Slocums vergessene Zigarette, mit Lippenstift markiert wie mit einem schwachen Blutrand. Sie qualmte, und ich drückte sie aus. Dann steckte ich den Brief in die Brusttasche und die Zwanziger in die Brieftasche. Als ich auf die Straße trat, waren es schon dreißig Grad. Die Sonne ging auf Mittag zu.

2

Eine Stunde nördlich von Santa Monica verkündete ein Schild:

Sie kommen jetzt nach Quinto, der Perle des Meeres,
Höchstgeschwindigkeit 25 Meilen

Ich fuhr langsamer und begann, mich nach einer Bleibe umzusehen. Die weißen Häuschen vom Motel *del Mar* sahen sauber und schattig aus. Ich fuhr auf den kiesbedeckten Abstellplatz vor der U-förmigen Einfriedung. Ehe der Wagen stand, öffnete sich die Tür des Büros, und eine dünne Frau im Leinenkittel tänzelte auf mich zu und schenkte mir ein blendendes und gekünsteltes Lächeln.

»Wollten Sie ein Zimmer, Sir?«

»Das wollte ich und möchte es noch.«

Sie kicherte und strich über ihr spärliches Haar, das von

ihrem scharfen Gesicht aus straff nach hinten gezogen war und in einem Knoten endete. »Sie reisen allein?«

»Ja. Vielleicht bleibe ich ein paar Tage.«

Sie blinzelte schelmisch und schüttelte den Kopf. »Bleiben Sie nicht zu lange, sonst erliegen Sie noch dem Zauber von Quinto. Es ist nämlich die Perle des Meeres, wissen Sie. Sie werden noch wünschen, für immer und ewig hierzubleiben. Wir haben ein sehr hübsches Einzelzimmer zu sieben Dollar.«

»Darf ich es mir ansehen?«

»Selbstverständlich. Es wird Ihnen bestimmt gefallen.«

Sie zeigte mir ein Zimmer aus knorriger Kiefer mit Bett, Tisch und zwei Stühlen. Fußboden und Möbel glänzten vom Bohnerwachs. An einer Wand hing eine Reproduktion von Rivera, das Safrangelb darin kehrte in den Ringelblumen wieder, die in einer Vase auf dem Kaminsims standen. Unter dem Westfenster glitzerte das Meer.

Sie wandte sich mir zu wie ein Musiker, der sich von seinem Piano wegdreht. »Nun?«

»Wirklich sehr hübsch«, sagte ich.

»Wenn Sie nur noch eben mitkommen und sich eintragen wollen, dann sorge ich dafür, daß Henry die Karaffe mit Eiswasser füllt. Sie sollen sich doch bei uns wohl fühlen.«

Ich folgte ihr zurück zum Büro, etwas überwältigt von ihrem Überschwang. Ich schrieb meinen vollen Namen in das Anmeldebuch, Lew A. Archer, und meine Adresse in Los Angeles.

»Ach, Sie wohnen in Los Angeles«, sagte sie und nahm mein Geld.

»Zur Zeit. Ich möchte mich hier vielleicht niederlassen.«

»Wirklich?« sprudelte sie heraus. »Hast du das gehört, Henry? Der Herr hier möchte sich in Quinto niederlassen.«

Ein müde aussehender Mann wandte sich halb von dem Schreibtisch im Hintergrund des Raumes ab und gab einen unbestimmten Laut von sich.

»Es wird Ihnen bestimmt gefallen«, sagte sie. »Das Meer,

die Berge. Die klare, kühle Luft. Die Nächte. Henry und ich sind so froh, daß wir uns entschlossen haben, das Motel hier zu kaufen. Im Sommer sind wir jede Nacht besetzt. Schon vor Einbruch der Dunkelheit können wir das Schild ALLES BESETZT ins Fenster hängen. Henry und ich machen uns immer ein Spielchen daraus – nicht wahr, Henry?«

Henry brummte wieder.

»Gibt es hier viele Möglichkeiten, seinen Unterhalt zu verdienen?«

»Nun, da gibt es Einzelhandelsgeschäfte und Grundstücke, alles mögliche. Selbstverständlich keine Industrie, das erlaubt der Stadtrat nicht. Man braucht sich ja nur anzusehen, was aus Nopal Valley geworden ist, nachdem man die Ölbohrungen zugelassen hat.«

»Und was ist aus Nopal Valley geworden?«

»Sie haben es ruiniert, völlig ruiniert. Horden von Leuten der unteren Klasse, Mexikaner und schmutzige Bohrmannschaften, kamen von Gott weiß woher und haben die Stadt überschwemmt. Das dürfen wir hier nicht geschehen lassen.«

»Auf keinen Fall.« Für die Ironie in meiner Stimme hatte sie jedoch kein Ohr. »Quintos natürliche Schönheit muß erhalten bleiben. Es ist ein Kulturzentrum. Übrigens habe ich schon viel von den Quinto Players gehört.«

»Nein, wirklich, Mr. Archer?« Ihre Stimme sank zu einem gezierten Flüsterton herab. »Sie sind doch nicht gar eine Hollywood-Persönlichkeit – oder?«

»Nicht so ganz.« Ich ließ die Frage offen. »Ich habe aber viel in und um Hollywood gearbeitet.« Heimlich in Flohkisten von Hotels gespäht, Ehefesseln gelöst, Erpresser durch Erpressung aus dem Geschäft geworfen. Dreckige, schwere, gelegentlich gefährliche Arbeit.

Sie kniff die Augen und Lippen zusammen, als ob sie mich verstehe. »Ich habe es gespürt, daß Sie aus Hollywood sind. Selbstverständlich werden Sie das neue Stück an diesem Wochenende sehen wollen. Mr. Marvell hat es selbst geschrieben – er ist ein brillanter Mann –, und er führt auch Regie. Rita Treadwith, eine sehr gute Freundin von mir, hilft bei den Kostümen. Sie sagt, das Stück habe große Aussichten: Film, Broadway, alles mögliche.«

»Ja«, sagte ich, »ich habe schon davon gehört. Wo ist das Theater, in dem sie proben?«

»Direkt neben dem Highway in der Stadtmitte. Sie brauchen am Gericht nur rechts abzubiegen und sehen das Schild: Quinto-Theater.«

»Danke«, sagte ich und ging. Die Schwingtür klappte ein zweites Mal, bevor ich bei meinem Wagen war. Henry schlurfte über den Kies auf mich zu. Er war zäh und hager, geschlagen und ausgedörrt von langen Sommern. Er kam so nahe an mich heran, daß ich ihn riechen konnte.

»Hören Sie, Freund, war das Ihr Ernst, als Sie sagten, Sie möchten sich hier niederlassen?« Er blickte hinter sich, um sicher zu sein, daß seine Frau außer Hörweite war, und spuckte auf den Kies. »Ich kann Ihnen was erzählen, wie Sie Geld verdienen können, falls Sie interessiert sind. Zehntausend bar auf den Tisch und der Rest aus den Einnahmen. Fünfzigtausend für alles, für zwölf gute Häuschen und den angesehenen Namen des Motels.«

»Sie möchten dies hier verkaufen? An mich?«

»Zu diesem Preis werden Sie nie etwas Besseres bekommen.«

»Ich dachte, Sie seien verrückt auf Quinto.«

Er warf einen verächtlichen, mißtrauischen Blick über die Schulter. »Das denkt sie. Denkt? Sie läßt die Handelskammer für sich denken. Ich habe die Möglichkeit, in Nopal eine Schanklizenz zu bekommen.«

»Wie ich höre, gibt's Geld in Nopal.«

»Da können Sie Gift drauf nehmen. Nopal Valley stinkt vor Geld, seitdem sie dort auf Öl gestoßen sind, und keiner gibt so leicht Geld aus wie Bohrarbeiter. Wie gewonnen, so zerronnen.«

»Tut mir leid«, sagte ich. »Bin nicht interessiert.«

»Okay. Ich hab ja auch nur mal angefragt. Sie will ja nicht, daß ich ein Schild ZU VERKAUFEN aufstelle oder dies gottverdammte Ding in eine Verkaufsliste eintrage.« Er schlurfte zum Büro zurück.

Die Männer und Frauen auf der Straße hatten den verzückten Sonnenanbeter-Blick von Urlaubern. Viele waren sehr jung oder sehr alt, und die meisten Jüngeren trugen Badekleidung. Die weißen Gebäude im spanischen Stil schienen unwirklich zu sein, ein Bühnenbild, aufgemalt auf festen blauen Himmel. Zur Linken, am Ende der Querstraßen, lag das ruhige Meer da wie eine flache blaue Wand.

Ich parkte nahe beim Gericht vor einem Restaurant und ging hinein, um etwas Kaltes zu essen. Die Kellnerin trug eine rotkarierte Schürze passend zum Tischtuch. Ich gab ihr ein Trinkgeld und ging um den Block zum Quinto-Theater. Nach meiner Uhr war es zwei; die Probe müßte schon begonnen haben. Falls das Stück am Wochenende herauskommen sollte, würden sie es heute bestimmt schon ganz durchlaufen lassen.

Das Theater stand etwas abseits von der Straße, hinter einem von der Sonne vertrockneten Rasenstreifen: ein massiver, fensterloser Kasten, von dem der Stuck stellenweise heruntergefallen war und den alten Putz zeigte. Zwei verwitterte Säulen trugen das Dach der Vorhalle. An jeder Säule hing ein Theaterzettel, eine Welturaufführung wurde darauf angekündigt: *Der Ironiker,* ein neues Stück von Francis Marvell. An der Wand neben der Kasse hing eine blaue Papptafel mit Fotos. Miss Jeanette Dermott als Clara – eine junge Blondine mit leuchtenden, verträumten Augen; Mrs. Leigh Galloway als Ehefrau – eine Frau mit hartem Gesicht und professionellem Lächeln, die strahlenden Zähne bereit, ein imaginäres Publikum zu fressen.

Der dritte in diesem glänzenden Trio interessierte mich.

Der Mann war Ende Dreißig, mit hellem Haar, das sich über einer blassen, edlen Stirn wellte. Die Augen waren groß und voller Trauer, der Mund klein und empfindsam. Das Bild war im Halbprofil aufgenommen worden, so daß die feingeschnittene Nase gut zur Geltung kam. Mr. James Slocum als ›Der Ironiker‹ besagte die Bildunterschrift. Falls die Aufnahme der Wirklichkeit entsprach, war Mr. James Slocum der Traum jeder Jungfrau. Also meiner nicht.

Eine alte Packard-Limousine fuhr vor dem Theater vor, und ein junger Mann stieg aus. Seine langen Beine steckten in verblichenen Jeans, die massigen Schultern waren von einem geblümten Hawaii-Hemd bedeckt. Hose und Hemd paßten nicht zu der schwarzen Fahrermütze auf seinem Kopf. Er mußte es gemerkt haben, denn er warf die Mütze auf den Vordersitz des Packard, ehe er den Weg zum Theater heraufkam. Glänzende dunkle Locken umrahmten sein Gesicht. Die Augen wirkten durch die tiefe Bräune seiner Haut beinahe farblos. Noch ein Traum einer Jungfrau. Es gab sie wohl zu Dutzenden in den kalifornischen Ferienorten.

Traum Nummer zwei öffnete die schwere Tür zu meiner Linken und ließ sie hinter sich wieder zufallen. Ich wartete eine Minute und folgte ihm ins Foyer. Es war klein und eng und von der roten Birne der Notbeleuchtung nur trübe erhellt. Der junge Mann war verschwunden, aber hinter einer anderen Tür hörte ich Stimmengemurmel. Ich ging durch das Foyer und betrat den Saal. Er war verdunkelt, bis auf die Bühne, auf der zwei Personen im Scheinwerferlicht agierten. Ich setzte mich in die letzte Reihe und fragte mich, was, zum Teufel, ich hier überhaupt wollte.

Das Bühnenbild war aufgebaut, ein englischer Salon mit Stilmöbeln, aber die Schauspieler waren noch in Straßenkleidung. James Slocum, hübsch wie auf seinem Foto, in einem gelben Rollkragenpullover, teilte sich die Bühne mit dem blonden Mädchen, das lange Hosen trug. Sie unterhielten sich in der Mitte der Bühne.

»Roderick«, sagte das Mädchen, »warst du dir wirklich meiner Liebe zu dir bewußt und hast mir nie ein Wort davon verraten?«

»Warum hätte ich das tun sollen?« Slocum zuckte lässig amüsiert die Schultern. »Du warst zufrieden zu lieben, und ich war zufrieden, geliebt zu werden. Natürlich tat ich mein Bestes, dich zu ermutigen.«

»Du hast mich ermutigt?« Sie übertrieb die Überraschung, wobei ihre Stimme etwas kreischend klang. »Aber das habe ich ja nie gewußt.«

»Dafür habe ich auch gesorgt, bist du die schmale Grenze zwischen Bewunderung und Leidenschaft überschritten hattest. Aber ich war immer da mit einem Streichholz für deine Zigarette, einem Kompliment für dein Kleid, einem Berühren der Hand, wenn wir uns verabschiedeten.« Er fuhr mit der Hand durch die Luft und unterstrich damit unbewußt diese Banalität.

»Aber deine Frau? Was ist mit ihr? Ich kann es kaum glauben, daß du mich absichtlich an den dunklen Abgrund des Ehebruchs geführt hättest.«

»Dunkel, meine Liebe? Im Gegenteil. Leidenschaft strahlt mit der Kraft von tausend Sonnen, glänzend wie der junge Tag, schillernd wie die Pracht des Regenbogens.« Er sprach diese Worte, als glaube er sie selbst, mit einer klingenden Stimme, die nur ein bißchen krächzte. »Neben der Liebe, die wir füreinander fühlen mögen – fühlen werden –, ist die legale Verbindung der Verheirateten wie die Paarung von verängstigten Kaninchen in einem Stall.«

»Roderick, ich hasse und fürchte und liebe dich«, verkündete das Mädchen. Sie warf sich ihm zu Füßen wie eine Ballerina.

Er reichte ihr beide Hände und zog sie zu sich empor. »Ich liebe es, geliebt zu werden«, antwortete er leichthin. Umarmung.

Eine magere Gestalt war im Orchestergraben nervös vor

dem Rampenlicht hin und her gejagt. Jetzt sprang sie in einem Satz auf die Bühne und umkreiste das stümperhaft spielende Paar wie ein Schiedsrichter.

»Sehr gut«, sagte der Mann. »Wirklich sehr gut. Sie haben beide meine Absichten wunderschön erfaßt. Aber wäre es möglich, Miss Dermott, den Kontrast zwischen *hasse* und *fürchte* einerseits sowie *liebe* andererseits noch um eine Spur deutlicher herauszubringen? Schließlich ist das ja der eigentliche Grundton des ersten Akts: die Ambivalenz in Claras Reaktion auf den Ironiker, die die Ambivalenz seiner Einstellung zu Liebe und Leben verkörpert. Vielleicht noch einmal bei ›Kaninchen in einem Stall‹ angefangen?«

»Selbstverständlich, Mr. Marvell.«

Das war also der Autor des Stücks. Es gehörte zu jenen Stücken, die nur der Autor oder ein Schauspieler lieben konnte, ein Zeug, das sich selbst parodierte.

Ich richtete meine Aufmerksamkeit auf den verdunkelten Saal. Er wirkte größer, als er tatsächlich war, weil sich nur wenige Leute darin befanden. In den ersten Reihen hockten einige und beobachteten schweigend, wie die Schauspieler den abgedroschenen Text wiederkäuten. Die anderen Sperrholzsitze waren frei, nur einige Reihen vor mir saß noch ein Paar. Nachdem meine Augen sich an das trübe Licht gewöhnt hatten, konnte ich einen jungen Mann und ein Mädchen ausmachen, die die Köpfe aneinandergelehnt hatten. Zumindest hatte sich der Jüngling hinübergelehnt; das Mädchen saß aufrecht. Als er ihr den Arm um den Rücken legen wollte, rückte sie einen Sitz weiter.

Ich sah sein Gesicht, als er sich zur Seite beugte, um mit ihr zu sprechen: es war Traum Nummer zwei. »Verdammt noch mal«, flüsterte er, »du behandelst mich wie den letzten Dreck. Ich dachte, wir würden uns verstehen, und dann kriechst du in deinen kleinen Iglu und knallst mir die Tür ins Gesicht.«

»Iglus haben keine Türen. Man kriecht durch einen Tunnel hinein.«

»Das ist auch so eine Sache.« Der Ärger zerrte an seinen Stimmbändern, daß die Worte mal laut, mal leise herauskamen. »Du tust immer so verdammt überlegen – das reinste Supergehirn. Dabei könnte ich dir Sachen erzählen, von denen du noch nicht einmal gehört hast.«

»Ich will sie auch nicht hören. Außerdem möchte ich gern zuhören, Mr. Reavis, und wäre Ihnen dankbar, wenn Sie mich in Ruhe ließen.«

»Mr. Reavis! Warum auf einmal so förmlich? Gestern abend, als ich dich nach Hause brachte, warst du noch wild genug – und jetzt heißt es ›Mr. Reavis‹.«

»Das war ich nicht! Und ich verbiete Ihnen, so mit mir zu reden!«

»Das glaubst du. Mit mir kannst du nicht spielen – verstanden? Ich bin nicht irgendwer, ich hab Ideen, und wenn ich will, kann ich jede Menge Frauen haben – verstehst du?«

»Ich weiß, Sie sind unwiderstehlich, Mr. Reavis. Daß ich nicht entsprechend reagiere, ist zweifellos pathologisch.«

»Hochtrabende Worte bedeuten mir gar nichts«, rief er enttäuscht und wütend. »Ich werde dir etwas zeigen, was mehr bedeutet.«

Ehe sie sich rühren konnte, kauerte er vor ihr und drückte sie fest auf den Sitz. Sie gab ein ersticktes Kreischen von sich und schlug ihm die Fäuste ins Gesicht. Er fand jedoch ihren Mund und hielt ihren Kopf an beiden Seiten mit eisernen Händen fest. Ich hörte, wie beider Atem pfiff und der Sitz unter dem Gewicht der kämpfenden Leiber knarrte. Ich blieb, wo ich war. Die beiden kannten einander besser als ich sie, und hier konnte ihr nichts geschehen.

Er gab sie schließlich frei, blieb aber über sie gebeugt, wobei die Kurve seiner Schultern eine gewisse Hoffnung ausdrückte.

»Dreckskerl!« sagte sie. »Sie Dreckskerl!«

Die Worte trafen ihn schwer – Schlammspritzer in seinem Gesicht. »Das kannst du nicht zu mir sagen!« Er hatte vergessen zu flüstern. Seine Hände tasteten nach ihren Schultern oder ihrem Hals.

Ich hatte mich schon halb erhoben, als die Lichter im Saal angingen. Auf der Bühne war es still geworden, jedermann im Theater kam den Gang heruntergerannt, Marvell an der Spitze. Er war ein flachshaariger Mann in Harris-Tweed und ein Nervenbündel. Die Spur eines englischen Akzents klang in seiner Stimme mit.

»Also wirklich! Was, um Himmels willen, geht denn hier vor?« Seine Worte klangen wie die einer alten, unverheirateten Lehrerin, die einen Schüler auf frischer Tat ertappt hat.

Der Junge war wieder auf die Beine gestolpert und hing, halb abgewandt, über die Rückenlehne seines Sitzes. Seine Bewegungen zeigten, daß er sich schämte und ihm alles sehr peinlich war, sie signalisierten aber auch Gefahr. Seine Muskeln waren straff gespannt und seine Augen schwarzes Eis.

Slocum kam einen Schritt vor und legte die Hand auf Marvells Schulter. »Lassen Sie mich das machen, Francis.« Er wandte sich dem Mädchen zu, das gespannt auf seinem Platz saß. »Also, Cathy, was war hier los?«

»Nichts, Vater.« Ihre Stimme war wieder spröde. »Wir haben hier gesessen und miteinander gesprochen, da hat Pat plötzlich verrückt gespielt, mehr nicht.«

»Er hat dich geküßt«, sagte Slocum. »Ich habe euch von der Bühne aus beobachtet. Du wischt dir wohl besser dein Gesicht ab, ich rede später noch mit dir.«

Sie fuhr sich mit der Hand zum Mund. »Ja, Vater«, sagte sie zwischen den Fingern hindurch. Sie war ein hübsches Mädchen, viel jünger, als ich aus ihren Worten geschlossen hatte. Ihr kastanienbraunes Haar blühte im Nacken zu Locken auf, die im Licht einen Kupferschimmer hatten.

Der Junge schaute auf ihren Kopf hinunter und dann zu ihrem Vater hin. »Sie kann nichts dafür«, sagte er. »Ich habe versucht, sie zu küssen, aber sie wollte nicht.«

»Das geben Sie also zu, Reavis?«

Der Junge stand jetzt neben Slocum und überragte ihn um einiges. Mit seinen dünnen Schulterblättern, die sich unter dem gelben Pullover abzeichneten, sah Slocum wie der jüngere von beiden aus. Er stand da, unnachgiebig und wütend.

»Warum sollte ich das nicht zugeben?« erwiderte Reavis. »Kein Gesetz verbietet, Mädchen zu küssen . . .«

Slocum sprach mit überlegter, kalter Wut: »Wenn es um meine Tochter geht, sind bestimmte Dinge untragbar« – er suchte nach einem Wort und fand es –, »widerwärtig. Kein Lümmel von Chauffeur . . .«

»Ich werde nicht immer Chauffeur bleiben . . .«

»Da haben Sie recht. Sie sind schon jetzt keiner mehr.«

»Das heißt wohl, daß ich rausgeschmissen bin.« Seine Stimme war eintönig und spöttisch.

»Sehr richtig.«

»Ach, Sie armes, verdammtes Würstchen, Sie können mich gar nicht rausschmeißen. Sie haben mir sowieso nie Lohn gezahlt. Nicht etwa, daß ich diesen verflixten Job bei Ihnen behalten will. Den können Sie sich sonstwohin stecken.«

Die beiden Männer standen sich so nahe gegenüber, daß sie einander fast berührten. Die anderen drängten heran und umringten die beiden. Marvell zwängte sich zwischen sie und legte Reavis eine zarte Hand auf die Brust. »Jetzt ist es aber genug.« Er verkniff sich das ›mein bester Mann‹, aber es klang durch. »Ich rate Ihnen, hier zu verschwinden, ehe ich die Polizei rufe.«

»Weil ich euerm kleinen Goldjungen die Meinung gesagt habe?« Reavis versuchte zu lachen, was ihm auch beinahe gelang. »Ich wäre schon vor Monaten gegangen, wenn Cathy nicht gewesen wäre. Der Kerl tut mir mit seinem Rausschmiß nur einen Gefallen.«

Cathy erhob sich von ihrem Sitz; ihre Augen glitzerten, als würde sie gleich in Tränen ausbrechen. »Gehen Sie, Pat! So dürfen Sie nicht mit Vater reden.«

»Haben Sie gehört, Reavis?« Slocums Nacken war gerötet,

um den Mund war er blaß geworden. »Raus hier, und lassen Sie sich nie wieder blicken! Ihre Sachen werden wir Ihnen zuschicken.«

Die Atmosphäre entspannte sich, als Reavis langsam zurückwich. Er wußte, daß er geschlagen war, und seine Schultern zeigten es. Er sah Cathy an, aber sie vermied seinen Blick. Ehe sich die Aufmerksamkeit auf mich richten konnte, erhob ich mich aus meinem Parkettsitz und ging ins Foyer hinaus.

Das Foto des ›Ironikers‹ starrte, ohne zu blinzeln, in die Nachmittagssonne. In Gedanken teilte ich ihm mit, daß die private Szene eben besser gewesen sei als die soeben geprobte. Es antwortete nicht; es war versunken in den Traum von seiner eigenen Schönheit.

3

Etwas weiter unten auf der Straße fand ich einen Drugstore mit einer Telefonzelle. Einen James Slocum fand ich nicht im Telefonbuch, aber da war eine Olivia Slocum, vermutlich seine Mutter. Ich warf die zehn Cent für ein Vorortgespräch ein und hörte eine gebrochene, trockene Stimme, die sowohl einem Mann als auch einer Frau gehören konnte.

»Hier bei Slocum.«

»Mrs. James Slocum, bitte.«

Ein Klicken war in der Leitung: »Schon gut, Mrs. Strang, ich nehme das Gespräch auf meinem Apparat entgegen.«

Mrs. Strang brummte und legte auf.

»Archer hier. Ich bin in Quinto.«

»Ich habe gehofft, daß Sie anrufen würden. Ja, bitte?«

»Hören Sie, Mrs. Slocum, mir sind praktisch die Hände gebunden. Ich kann keine Fragen stellen, weil ich damit Gerede in Gang bringen würde, wo jetzt noch keins ist. Ich habe keine Spur und keine Kontakte. Gibt es nicht irgendeine Möglichkeit, Ihre Familie kennenzulernen – zumindest Ihren Mann?«

»Aber er hat doch nichts damit zu tun. Sie werden nur Verdacht erregen.«

»Das muß nicht sein. Aber wenn ich ohne Erklärung herumschwirre, werde ich bestimmt Verdacht erregen. Und ich werde nichts herausbekommen, wenn ich nicht mit jemandem sprechen kann.«

»Das hört sich nicht sehr hoffnungsvoll an.«

»Das war ich von Anfang an auch nicht gewesen. Wie soll ich Ihnen helfen, wenn ich in einem luftleeren Raum arbeiten muß? Selbst eine Liste von Verdächtigen . . .«

»Aber es gibt keine. Ich könnte Ihnen nicht eine einzige Person nennen. Ist der Fall wirklich so aussichtslos?«

»Es besteht natürlich die Möglichkeit, daß mir plötzlich jemand sein Herz ausschüttet und die Sache gesteht. – Mrs. Slocum, hier handelt es sich um sehr diskrete Dinge. Ich kann nichts tun, wenn ich nicht etwas mehr über Ihr Privatleben weiß.«

Sehr sanft fragte sie: »Wollen Sie mir vielleicht nachspionieren, Mr. Archer?«

»Kaum. Ich arbeite für Sie. Aber ich brauche einen Ausgangspunkt. Und das sind Sie und Ihre Familie. Ich habe gerade einen Blick auf Ihren Mann und Ihre Tochter geworfen, aber ein Blick genügt eben nicht.«

»Ich habe doch ausdrücklich betont, daß Sie sich meinem Mann nicht nähern sollen.«

Ihren Launen war schwer zu folgen und zu begegnen. Ich sagte kalt: »Falls Sie mich die Angelegenheit nicht auf meine Weise anpacken lassen, werde ich es aufgeben müssen. Das Geld schicke ich Ihnen mit der Post zurück.«

Während des folgenden Schweigens hörte ich, wie sie mit dem Bleistift gegen das Telefongehäuse klopfte. »Nein«, sagte sie schließlich, »ich wünsche, daß Sie weitermachen. Falls Sie einen vernünftigen Vorschlag haben . . .«

»Er ist zwar nicht sehr vernünftig, aber er könnte ausreichen. Haben Sie Freunde in Hollywood? Leute vom Film?«

Wieder Schweigen. »Da wäre Mildred Fleming. Sie ist Sekretärin in einem der Studios. Ich habe heute mit ihr zu Mittag gegessen.«

»In welchem Studio ist sie?«

»Warners, glaube ich.«

»Gut. Sie haben ihr erzählt, daß Sie das Stück für gut halten. Sie hat einen Freund, der bei einem Agenten arbeitet, und der hat mit Aufführungsrechten zu tun. Der Freund bin ich.«

»Ich verstehe«, sagte sie langsam. »Ja, das könnte gehen. Sogar sehr gut. Ich habe heute einige Freunde von James zum Cocktail da. Wenn Sie um fünf hier sein könnten?«

»Ich werde zeitig kommen.«

»Sehr gut, Mr. Archer.« Sie gab mir die Adresse und legte auf.

Mein Hemd war in der stickigen Telefonzelle feucht geworden. Ich fuhr zurück zum Motel, zog Shorts an und ging zum Baden an den Strand. Die blaugrüne Dünung hob und senkte sich hinter der Brandung. Weiter draußen hingen ein paar weiße Segel vor dem Horizont, scharf gebogen wie Flügel im Wind, aber in der Ferne scheinbar bewegungslos. Ein Brecher erfaßte mich und riß mir die Füße weg. Ich kam wieder hoch und schwamm eine Viertelmeile hinaus. Bis mich ein Seetangbett aufhielt, eine verschlungene Barriere brauner und gelber Röhren und Blätter, die unter der Oberfläche trieb.

Ich haßte die Berührung mit dem Unterwasserleben.

Ich legte mich auf den Rücken und ließ mich treiben; ich sah zum Himmel empor, nichts um mich herum als der kühle, klare Pazifik, nichts in meinen Augen als der weite blaue Weltenraum. So nahe war ich der Reinheit und Freiheit noch nie gewesen und so fern noch nie den Menschen. Sie hatten die Strände von San Diego bis zum Golden Gate verschandelt, mit Bulldozern Super-Autostraßen durch die Berge gegraben, tausendjährige Rotholzwälder abgeholzt und in der Wüste eine städtische Wildnis gebaut. Dem Ozean konnten sie nichts anhaben. Sie warfen zwar ihren Abfall hinein, aber ihn konnten sie nicht verderben.

In Südkalifornien gab es nichts, das nicht durch ein Heben des Meeresspiegels hätte kuriert werden können. Nur gab es zu viele Berge Ararat – und ich war nicht Noah. Der Himmel war flach und leer, und das Wasser machte mich frösteln. Ich schwamm zum Tangbett und tauchte darunter durch. Es war kalt und klamm wie die Gedärme der Furcht. Ich kam keuchend hoch und schwamm eilig auf das Ufer zu.

Eine Welle warf mich auf den Strand. Ein kalter Spätnachmittagswind trieb mir kleine Sandnadeln in die Haut.

Eine halbe Stunde später, als ich den Wagen über den Paß nach Nopal Valley lenkte, fror ich noch immer. Der Highway war breit und neu; hier hatte jemand keine Kosten gescheut. Die Quelle des Geldes konnte ich riechen, als ich auf der anderen Seite ins Tal hinunterrollte. Es roch nach faulen Eiern.

Die vielen Ölquellen, aus denen das Schwefelgas aufstieg, lagen verstreut auf den Hängen beiderseits der Stadt. Ich konnte sie vom Highway aus sehen, als ich an den Ortseingang kam; das Gitterwerk der Bohrtürme, wo Bäume gestanden hatten; die Pumpen, die auf und ab nickten und rasselten, wo einmal Kühe geweidet hatten. Die Stadt war seit meinem letzten Besuch enorm gewachsen, wie ein Tumor. Sie hatte ihre Wurzelstöcke nach allen Seiten hin ausgestreckt. Häuserblocks wie Streichholzschachteln in neuerschlossenen Wohngebieten und daneben die Buden der Immobilienmakler, ein Spießrutenlauf von einer halben Meile zwischen einstöckigen Gebäuden entlang dem Highway: Tierärzte, Chiropraktiker, Schönheitssalons, Supermärkte, Restaurants, Bars, Spirituosenhandlungen. Da gab es ein neues vierstöckiges Hotel, eine weiße Holzkirche und eine Bowling-Bahn, die groß genug war, um einen B-36-Bomber zu beherbergen. Die Hauptstraße war durch Glasziegel, Plastik und Neon umgewandelt worden. Eine ruhige Stadt in einem sonnigen Tal hatte das Große Los gezogen und wußte nicht, was sie jetzt überhaupt mit sich anfangen sollte.

Aber mehr als die Fassaden der Gebäude oder die Anzahl und Modelle der Kraftwagen hatte sich verändert. Die Leute waren anders geworden, es gab zu viele davon. Männer, die Gesichter von Sonne, Arbeit und Langeweile gezeichnet, gingen die Straße entlang, verschwanden in Bars, kamen wieder heraus, hielten Ausschau nach Vergnügen oder Krawall. Nur wenige Frauen ließen sich auf der Hauptstraße sehen. Der Polizist im blauen Hemd, der an der Hauptkreuzung stand, trug sein Revolverhalfter auf der Hüfte, die Lasche war offen, der Griff schaute heraus.

Am jenseitigen Ende der Stadt bog die Trail Road nach rechts ab und stieg an durch die Ölfelder bis zu einem sanft abfallenden Hochplateau, von dem aus man das Tal überblickte. Die Straße verengte sich zu einem Asphaltweg, der sich an der Seite des sonnengedörrten Hügels emporwand. Vor der Nase meines Wagens stiegen die Berge steil an, tief umschattet im schwindenden Licht. Mitten auf dem Plateau stand halb versteckt hinter riesigen Eichen ein langes, niedriges Haus, so natürlich auf seinem Platz wie ein Felsblock. Ehe ich es erreichte, mußte ich anhalten und ein Tor öffnen, das den Weg versperrte. Zu beiden Seiten erstreckte sich ein sechs Fuß hoher, wirbelsturmfester Maschendrahtzaun, der oben mit Stacheldraht bewehrt war.

Der Weg innerhalb der Einfriedung war frisch mit Kies bestreut und zu beiden Seiten mit jungen Palmen bepflanzt. Einige Wagen parkten auf der kreisförmigen Zufahrt vor dem Haus. Einer davon war die alte Packard-Limousine, die ich vor dem Quinto-Theater gesehen hatte. Ich ließ meinen Wagen daneben stehen, ging über den terrassenförmigen Rasen und wich dabei dem in allen Farben schimmernden Wasserregen aus, den ein Rasensprenger versprühte.

Das Haus war aus luftgetrockneten, erdfarbenen Ziegeln gebaut; es wurde von einem schweren roten Ziegeldach auf den Boden gedrückt und war massiv wie eine Festung. Entlang der Vorderseite lief eine tiefe Veranda. Ich stieg die niedrigen Betonstufen empor. Eine Frau in rotem Pullover und Hose lag in der Ecke einer grünen Hollywoodschaukel zusammengerollt wie eine scharlachfarbene Schlange. Sie hatte den Kopf über ein Buch gesenkt; eine rote Harlekinbrille ließ ihr Gesicht seltsam konzentriert erscheinen. Die Konzentration war echt; sie schien mich weder gehört noch gesehen zu haben, bis ich sie ansprach:

»Entschuldigen Sie, ich suche Mrs. Slocum.«

»Oh ...« Sie sah erstaunt auf und nahm die Brille ab. Es war Cathy Slocum; jetzt erkannte ich sie erst. Die Brille hatte sie um zehn Jahre älter gemacht, und die Formen ihres Körpers unterstützten den Irrtum noch. Sie hatte einen jener Körper, die schon sehr jung erblühen. Ihre Augen waren groß und tief wie die ihrer Mutter, nur war sie sehr viel hübscher. Ich konnte die Gefühle des Chauffeurs verstehen. Aber sie war sehr jung.

»Mein Name ist Archer«, sagte ich.

Sie betrachtete mich kühl, erkannte mich aber nicht wieder. »Ich bin Cathy Slocum. Wollen Sie Mutter oder Großmutter sprechen?«

»Ihre Mutter. Sie hat mich zu der Party gebeten.«

»Es ist nicht ihre Party«, sagte sie mehr zu sich selbst. Wie bei einem kleinen, verzogenen Mädchen erschienen zwei senkrechte Falten zwischen ihren Augen. Dann erinnerte sie sich an mich, glättete ihr Gesicht und fragte sehr höflich: »Sind Sie ein Freund von Mutter, Mr. Archer?«

»Der Freund einer Freundin von ihr. Wollen Sie auch noch mein Geburtsdatum wissen?«

Sie war klug genug, um zu verstehen, und jung genug, um

zu erröten. »Verzeihen Sie, ich wollte nicht neugierig sein – es kommen so wenig Fremde zu uns.« Was vielleicht der Grund war, daß sie sich für einen großmäuligen Chauffeur namens Reavis interessierte. »Mutter ist gerade vom Schwimmen gekommen und zieht sich an, Vater ist noch nicht zu Hause. Bitte nehmen Sie doch Platz.«

»Danke.« Ich setzte mich zu ihr in die Schaukel und dachte amüsiert, daß ich schon lange nicht mehr neben einem so jungen Mädchen gesessen hatte. Sie schien jedoch kein gewöhnliches junges Mädchen zu sein; das Buch, das sie zwischen uns auf die Bank legte, war nämlich ein Werk über Psychoanalyse von Karen Horney.

Sie begann Konversation zu machen, wobei sie die Brille an einem Bügel hin und her schwang. »Vater probt ein Stück in Quinto, deswegen auch die Party. Wissen Sie, er ist wirklich ein sehr guter Schauspieler.« Es klang, als ob sie ihn verteidigte.

»Ich weiß. Er ist viel besser als das Stück.«

»Haben Sie das Stück gesehen?«

»Ich habe heute nachmittag eine Szene daraus mitbekommen.«

»Und was halten Sie davon? Ist es nicht gut geschrieben?«

»Ganz passabel«, antwortete ich ohne Begeisterung.

»Aber was halten Sie wirklich davon?«

Ihr Blick war so offen und mädchenhaft, daß ich es ihr sagte: »Man sollte den Titel aufmotzen, ein neues Stück dazu schreiben und dann den Titel ändern. Falls das, was ich gesehen habe, typisch dafür war.«

»Aber alle, die es gesehen haben, halten es für ein Meisterstück. Interessieren Sie sich für das Theater, Mr. Archer?«

»Sie meinen, ob ich weiß, wovon ich rede? Wahrscheinlich nicht. Ich arbeite in Hollywood für einen Mann, der mit Aufführungsrechten zu tun hat. Er hat mich hergeschickt, damit ich es mir ansehe.«

»Oh«, sagte sie. »Hollywood! Vater sagt, es sei für Hollywood viel zu literarisch und auch zu individualistisch. Mr. Marvell will es am Broadway herausbringen. Das Niveau dort ist doch viel gehobener – meinen Sie nicht auch?«

»Doch. Wer ist Mr. Marvell? Ich weiß, er ist der Autor und Regisseur des Stücks ...«

»Er ist ein englischer Dichter. Er ist in Oxford gewesen, und sein Onkel ist ein Lord. Er ist ein guter Freund von Vater, und Vater mag seine Gedichte; ich habe versucht, einige zu lesen, habe aber nicht viel davon verstanden. Sie sind sehr schwierig und symbolisch, so ähnlich wie Dylan Thomas.«

Der Name sagte mir nichts. »Geht Ihr Vater mit, wenn Marvell das Stück in New York herausbringt?«

»O nein.« Die schwingende Brille beschrieb einen vollen Kreis und schlug hörbar gegen ihr Knie. Sie setzte sie wieder auf. Die Gläser verlängerten ihr Gesicht, machten es älter und pikanter. »Vater hilft Francis nur. Er läßt es aufführen, um zu versuchen, dafür Unterstützung zu bekommen. Vater hat keine Theaterambitionen, obwohl er wirklich ein guter Schauspieler ist – meinen Sie nicht?«

Ein zweitklassiger Amateur, dachte ich und sagte: »Daran besteht überhaupt kein Zweifel.« Wenn das Mädchen seinen Vater erwähnte, wurde der Mund blütenweich und die Hände ruhig.

Aber als er wenige Minuten danach zusammen mit Marvell die Verandastufen heraufkam, schien es eher, als fürchte sie sich vor ihm. Unwillkürlich verschränkte sie die Finger und preßte sie gegeneinander. Ich sah, daß sie ihre Nägel abgebissen hatte.

»Hallo, Vater.« Ihr Mund blieb halb offen, und die Zungenspitze fuhr über die Oberlippe.

Er kam entschlossen auf uns zu, ein mittelgroßer, schmalbrüstiger Mann, der die Schultern einer griechischen Statue hätte haben müssen, um den erstaunlichen Kopf zu stützen. »Ich muß mit dir reden, Cathy.« Sein empfindsamer Mund war unnachgiebig. »Ich hatte gedacht, daß du am Theater auf mich wartest.«

»Ja, Vater.« Sie wandte sich mir zu. »Kennen Sie meinen Vater, Mr. Archer?«

Ich stand auf und begrüßte ihn. Er musterte mich mit seinen traurigen Augen und gab mir dann, als sei es ihm erst nachträglich eingefallen, seine schlaffe Hand. »Francis«, sagte er zu dem blonden Mann an seiner Seite, »sehen Sie zu, daß Sie und Archer etwas zu trinken finden. Ich habe mit Cathy ein Wörtchen zu reden.«

»Gut.« Marvell schob mich zur Eingangstür. Cathy sah uns nach. Wie ein Schmierenkomödiant hatte ihr Vater sich vor ihr aufgebaut, eine Hand auf der Hüfte, die andere am Kinn.

Wir betraten ein Wohnzimmer, das düster und kühl wie eine Höhle war. An den wenigen kleinen Fenstern waren die Jalousien heruntergelassen, die sich wie dunkle Balken vor das Licht legten. Der dunkle Eichenfußboden war mit verblichenen Perserteppichen bedeckt. Die Möbel waren schwer und alt; hinten im Zimmer standen ein Konzertflügel aus Rosenholz mit reichhaltigen Schnitzereien im Stil der Jahrhundertwende, Mahagonistühle, ein geblümter Diwan vor dem tiefen Kamin. Die Balken, die über die Zimmerdecke liefen, waren wie der Fußboden aus dunkler Eiche. Ein gelblicher Kristalleuchter hing vom Mittelbalken wie ein mißgestalteter Stalaktit.

»Komischer alter Bau, wie?« sagte Marvell. »Nun, was darf es sein, alter Junge? Scotch und Soda?«

»Gern.«

»Ich nehme an, ich muß Ihnen etwas Eis suchen.«

»Bemühen Sie sich nicht.«

»Das macht überhaupt keine Mühe, ich kenne mich hier aus.« Er trottete davon, sein helles Haar wehte bei der Bewegung. Für den Neffen eines Lords war er sehr zuvorkommend. Ich selber war nur der Neffe meines verstorbenen

Onkels Jake, der einmal fünfzehn Runden mit Gunboat Smith gekämpft hatte, ohne daß es zu einer Entscheidung gekommen war.

Ich versuchte, mich daran zu erinnern, wie Onkel Jake ausgesehen hatte. Ich konnte mich an seinen Geruch erinnern, eine Mischung aus Rum, Haaröl, starkem, sauberem Männerschweiß und gutem Tabak, sowie an den Geschmack der dunklen Schokoladenzigaretten, die er mir an dem Tag kaufte, an dem mein Vater mich zum erstenmal nach San Francisco mitnahm; aber an sein Gesicht erinnerte ich mich nicht. Meine Mutter hatte seine Bilder weggeworfen; sie schämte sich, einen Berufsboxer in der Familie zu haben.

Das Gemurmel von Stimmen zog mich an ein Fenster, das zur Veranda rausging. Ich setzte mich auf einen Stuhl an der Wand, mich vorsorglich außer Sichtweite haltend. Cathy und ihr Vater saßen in der Schaukel und unterhielten sich miteinander.

»Ich habe ihn aber nicht mehr gesehen!« sagte sie erregt. »Ich bin rausgegangen, habe mich in den Wagen gesetzt und bin allein nach Hause gefahren.«

»Das stimmt doch nicht ... Er hat dich nach Hause gefahren. Ich habe eben seine Mütze auf dem Vordersitz liegen sehen.«

»Die muß er da vergessen haben. Ich schwöre, ich habe ihn danach nicht mehr gesehen.«

»Wie kann ich dir glauben, Cathy?« In der Stimme des Mannes schwang echte Qual mit. »Du hast mich schon oft belogen, auch in bezug auf ihn. Du hast mir versprochen, dich weder mit ihm noch mit einem anderen Mann einzulassen, bis du nicht etwas älter geworden bist!«

»Aber das habe ich doch auch nicht. Ich habe nichts Unrechtes getan.«

»Du hast dich küssen lassen.«

»Er hat mich gezwungen. Ich wollte wirklich nicht.« Eine Spur von Hysterie kam in ihre Stimme wie ein spitzer Keil.

»Du mußt ihn irgendwie ermutigt haben. Grundlos tut ein Mann das nicht. Denk mal darüber nach, Cathy, hast du nicht etwas getan oder gesagt, was ihn provoziert haben könnte?« Er versuchte, kühl und fair zu sein, ganz der unpersönliche Vernehmungsbeamte, aber verletzte Gefühle und Zorn schwirrten in seiner Stimme wie blindwütige Insekten.

»Ihn provoziert? Das ist direkt beleidigend.« Ihre Worte gingen in Schluchzen unter.

»Liebes«, sagte er. »Mein armes Liebes.« Die Schaukel ächzte, als er sich zu ihr hinüberbeugte, und das Schluchzen wurde erstickt. »Ich wollte dir nicht weh tun, Cathy, das weißt du doch. Es ist nur, weil ich dich lieb habe und mir Sorgen mache wegen dieser häßlichen Angelegenheit.«

»Ich hab dich auch lieb, Vater.« Ihre Worte klangen dumpf, als würden sie gegen seine Schulter gesprochen.

»Ich wollte, ich könnte dir glauben«, sagte er weich.

»Aber es stimmt, Vater, es stimmt wirklich! Du bist für mich der liebste Mann auf der Welt.«

An diesem Gespräch erschien mir einiges seltsam; es wurde noch befremdlicher durch das extreme Drängen des Mädchens. Die beiden hätten Verliebte sein können, gleichaltrig.

»O Cathy«, sagte er mit gebrochener Stimme, »was soll ich nur mit dir anfangen?«

Eine dritte Stimme mischte sich in das Gespräch ein: »Was willst du mit ihr anfangen, James?« Es war Maude Slocums Stimme, kalt vor Zorn.

»Das geht dich nichts an«, antwortete er.

»Da bin ich aber anderer Meinung. Wie du weißt, ist sie meine Tochter.«

»Das habe ich auch nicht vergessen, meine Liebe. Was aber nicht notwendigerweise heißen muß, daß sie nicht ruhig und anständig leben darf.«

»Und genau das machst du unmöglich, wenn du sie weiterhin aufregst und an ihren Nerven zerrst.«

»Um Himmels willen, Mutter.« Cathy redete, als sei sie

die ältere der beiden Frauen. »Wie du über mich sprichst, könnte man annehmen, ich sei ein Knochen, um den sich zwei Hunde streiten. Warum kannst du mich nicht wie ein menschliches Wesen behandeln?«

»Das versuche ich ja, Cathy. Aber du hörst mir ja nie zu. Ich weiß zuviel über diese Dinge ...« Sie stockte.

»Falls du so gescheit bist, warum benimmst du dich dann nicht ein bißchen vernünftiger? Solange ich zurückdenken kann, hat es in dieser Familie nichts als Szenen gegeben, und jetzt habe ich die Nase voll.«

Die Schritte des Mädchens entfernten sich über die Veranda, die älteren Slocums schwiegen. Eine volle Minute verstrich, ehe die Frau sagte – mit einer Stimme, die ich kaum wiedererkannte: »Laß sie in Ruhe, James. Ich warne dich!«

Bei dem heiseren Flüstern stellten sich mir die Nackenhaare auf.

4

Ich schlenderte in die Zimmermitte zurück. Auf einem Tischchen entdeckte ich einen Stapel Magazine und blätterte ihn durch. Wenig später brachte Marvell ein Tablett mit Eis, Gläsern und Whisky ins Zimmer. »Entschuldigen Sie, es hat ein bißchen länger gedauert, alter Junge. Die Haushälterin macht gerade kalte Platten. Da mußte ich selber zugreifen. Pur oder mit Soda?«

»Danke, ich bediene mich selbst.« Ich machte mir einen großen Highball mit viel Soda zurecht. Es war noch ziemlich früh, nach meiner Uhr erst einige Minuten nach fünf.

Marvell nahm sich einen Kurzen und goß ihn auf einen Zug herunter, wobei sich sein Adamsapfel so auf und ab bewegte, als ob ihm ein weiches Ei in der Kehle säße. »Die Slocums sind nicht ungastlich«, sagte er, »aber fast immer unpünktlich. Da versorgt man sich am besten allein. Cathy sagt, Sie sind literarischer Agent?«

»So was Ähnliches. Ich kaufe für einen Mann Romane an, die möglicherweise einen Filmstoff hergeben. Dann versucht er, einen Produzenten zu interessieren oder einen Pauschalvertrag mit einem Star abzuschließen.«

»Hm, hm ... Kenne ich den Mann vielleicht?«

»Kaum. Ich möchte Ihnen den Namen nicht nennen, weil er so gut wie bares Geld ist. Das würde die Preise hochtreiben.« Ich improvisierte, aber ich kannte immerhin ein halbes Dutzend Leute in der Filmbranche, die ihr Geld auf diese Weise verdienen. Oder so ähnlich.

Er lehnte sich in seinem Stuhl zurück und legte ein dünnes Knie über das andere. Seine Beine waren blaß und haarlos über den herabhängenden Socken. Die wimpernlosen Augen richteten sich auf mich. »Sie glauben ernsthaft, daß mein Stück als Filmmaterial geeignet ist? Wissen Sie, ich habe einen etwas schwierigen Stoff angepackt.«

Ich ertränkte meine Verlegenheit im Whisky und hoffte auf eine Eingebung. »Im voraus kann ich das natürlich nicht sagen. Man bezahlt mich dafür, daß ich die Sommertheater im Auge behalte, und das tue ich. Ich müßte Ihr Stück erst einmal ganz sehen, um es richtig beurteilen zu können.«

»Ich habe Sie heute nachmittag im Theater gesehen«, sagte er. »Was war dieser peinlichen Szene zwischen Vater und Tochter eigentlich vorausgegangen?«

»Keine Ahnung. Ich habe nur auf das Stück geachtet.«

Er stand auf, um sich noch einen Drink zu holen und bewegte sich dabei seitlich durch das Zimmer wie ein scheuendes Pferd. »Das Mädchen ist ein Problem«, sagte er über die Schulter hinweg. »Wissen Sie, der gute James wird von seinem Weibervolk völlig aufgefressen. Ein weniger verantwortungsbewußter Mann hätte sich längst aus dem Staub gemacht.«

»Wie meinen Sie das?«

»Die machen ihn seelisch völlig fertig.« Er lächelte blaß. »Angefangen hat es mit seiner Mutter. Die hat ihn von frühester Jugend an unterm Daumen gehabt; er merkt schon gar nicht mehr, wie abhängig er von ihr ist. Jetzt sind noch Frau und Tochter dazugekommen, und alle drei zerren an diesem liebenswerten Mann herum.«

Plötzlich wurde ihm bewußt, daß er zuviel redete. Er wechselte abrupt das Thema: »Ich habe mich oft gefragt, warum seine Mutter hier in dieser öden Gegend bleibt. Es gibt so viele schöne Orte auf der Welt. Aber nein, sie zieht es vor, in dieser schrecklichen Sonne zu verdorren.«

»Manche Leute mögen es eben«, sagte ich. »Ich bin auch geborener Kalifornier.«

»Aber werden Sie denn der seelenzerstörenden Monotonie des ewig blauen Himmels niemals überdrüssig?«

Überdrüssig werde ich nur dieser Möchtegern-Typen, dachte ich. Die konnte ich überhaupt nicht vertragen. Trotzdem erklärte ich wohl zum hundertstenmal, daß Südkalifornien, wie alle mittelländischen Breiten, zwei Jahreszeiten hat, und Leute, die den Unterschied nicht merken, vielleicht ihre fünf Sinne nicht ganz beieinander hätten.

»Oh, durchaus, durchaus«, sagte er und goß sich den dritten Whisky ein, während ich noch immer an meinem ersten nuckelte. Der Alkohol schien ihm überhaupt nichts anzuhaben. Er war ein alternder Peter Pan, wortgewandt, nichtssagend und überspannt – aber wirklich herausgefunden hatte ich nur, daß er James Slocum ehrlich gern hatte. Alles, was er sagte oder tat, war so gekünstelt, daß ich nicht an seinen Kern heranreichen oder auch nur erraten konnte, wo sich dieser befand.

Ich war froh, als Maude Slocum ins Zimmer kam. Sie hatte wieder ihr konventionelles Lächeln aufgesetzt und ihre Gefühle auf der Veranda zurückgelassen. Aber ihr Blick ging an mir vorbei weit über das Zimmer hinaus.

»Hallo, Francis.« Er erhob sich halb von seinem Stuhl und ließ sich wieder zurückfallen. »Sie müssen verzeihen, Mr. Archer, ich bin eine sehr schlechte Gastgeberin ...«

»Im Gegenteil.« Sie trug ein schwarz-weiß gestreiftes Leinenkleid mit tiefem Ausschnitt; wenn sie damit Aufmerksamkeit erregen wollte, hatte sie bei mir Erfolg.

»Francis«, sagte sie sanft, »würden Sie mal sehen, wo James bleibt? Er muß irgendwo draußen im Garten sein.«

»Mach ich, Darling.« Marvell schien froh zu sein, sich verziehen zu können, und trottete davon. Fast jede Familie eines gewissen Lebensstandards besaß zumindest einen Schmarotzer wie ihn: beflissen, nutzlos und ungebunden. Aber falls Maude Slocum und er nicht ganz ausgezeichnete Schauspieler waren, war Marvell nicht derjenige welcher.

Ich erbot mich, ihr einen Drink zu mixen, aber sie schenkte sich selber ein – pur. »Nun, Mr. Archer, haben Sie das Dunkel dieses Haushalts erkundet, an den Familiengeheimnissen gerüttelt und so weiter?« Die Frage klang belustigt, aber sie erwartete eine Antwort.

Ich sah auf das offene Fenster und antwortete leise: »Noch nicht. Ich habe mich kurz mit Marvell und Cathy unterhalten. Kein Licht. Keine Geheimnisse.« Aber im Haus herrschte eine elektrische Spannung.

»Sie denken doch wohl nicht, Francis . . .?«

»Über Francis werde ich nachdenken, wenn ich ihn besser kenne.«

»So schwer ist er nicht zu verstehen – ein durch und durch netter Junge. Die britische Regierung hat ihm sein Einkommen genommen, und jetzt versucht er verzweifelt, in den Vereinigten Staaten zu bleiben. Für seine Familie gibt's nichts als die Fuchsjagd, er kann sie nicht ausstehen.« Plötzlich hielt sie inne mit ihrem Geplapper und fragte scheu: »Wie finden Sie Cathy?«

»Sie ist ein aufgewecktes Kind. Wie alt?«

»Beinahe sechzehn. Sieht sie nicht bezaubernd aus?«

»Bezaubernd«, sagte ich und fragte mich, was dieser Frau fehlte.

Als fast völlig Fremder wurde ich aufgefordert, sie

und ihre Tochter zu loben. Ihre Unsicherheit war älteren Datums als der Brief, den sie mir gegeben hatte. Irgendeine Schuld oder Furcht schien an ihr zu zerren, so daß sie sich begeistern und rühren mußte und Bewunderung brauchte, nur um auf der gleichen Stelle treten zu können.

»Schönheit liegt in der Familie, nicht wahr?« sagte ich. »Wobei mir einfällt, daß ich Ihre Schwiegermutter noch nicht kennengelernt habe.«

»Ich verstehe nicht, warum ...«

»Ich versuche, mir ein Bild zu machen, und sie ist doch eine zentrale Figur darin – oder? Anders ausgedrückt: der Absender des Briefes ist Ihnen gar nicht einmal so wichtig. Sie fürchten nur die Komplikationen, die ein zweiter anrichten würde. Falls ich nicht verhindern kann, daß die Briefe abgeschickt werden, bin ich vielleicht in der Lage, ihre Auswirkungen zu vereiteln.«

»Und wie wollen Sie das anstellen?«

»Das weiß ich noch nicht. Die Hauptsache ist, daß Ihr Mann, Ihre Tochter und Ihre Schwiegermutter die Briefe nicht ernst nehmen. Ihr Mann könnte sich scheiden lassen, Ihre Tochter könnte Sie verabscheuen ...«

»Bitte, sagen Sie nicht so etwas.« Sie setzte ihr Glas entschlossen auf den Couchtisch zwischen uns.

Gleichmütig fuhr ich fort: »Ihre Schwiegermutter könnte Ihnen den Brotkorb höher hängen. Ich hab mir folgendes überlegt: wenn ich selber Ihrer ganzen Familie ein Dutzend anonymer Briefe schriebe, mit den wildesten Anschuldigungen, könnte der eine – wahre – in dem ganzen Rummel untergehen. Wie fänden Sie das?«

»Um Gottes willen, nein! Ich könnte es nicht ertragen, keiner von uns.« Die Heftigkeit ihrer Reaktion war überraschend. Sie atmete schwer, ihre Brüste preßten sich in dem V-Ausschnitt zusammen wie runde, geballte Fäuste.

»Es war ja nur eine Idee, die natürlich noch verfeinert werden müßte. Aber man könnte was daraus machen.«

»Nein, ausgeschlossen! Mit Schmutz um sich werfen, nur um eine Sache zu verbergen?«

»Na schön«, sagte ich, »schon gut. Um auf Ihre Schwiegermutter zurückzukommen – von der sind Sie doch am abhängigsten, nicht wahr? Ich meine, von ihrem Geld leben Sie doch alle?«

»Offiziell gehört es auch James. Doch sie hat auf Lebenszeit die Nutznießung, muß aber, laut Testament seines Vaters, für James sorgen. Ihre Vorstellung von Versorgung bedeutet dreihundert im Monat, etwas mehr als sie der Köchin zahlt.«

»Könnte sie mehr zahlen?«

»Wenn sie wollte. Sie bekommt die Zinsen von einer halben Million, und dieser Besitz hier ist außerdem noch mehrere Millionen wert. Aber sie lehnt es ab, auch nur einen Quadratfuß davon zu verkaufen.«

»Mehrere Millionen? Ich hätte das Grundstück nicht für so groß gehalten.«

»Wir sitzen auf Öl«, sagte sie bitter. »Aber das interessiert Olivia nicht. Ihretwegen kann das Öl im Boden bleiben, bis wir alle ausgestorben sind.«

»Sie scheinen Ihre Schwiegermutter nicht gerade zu lieben?«

Sie zuckte die Achseln. »Ich habe mich ehrlich bemüht, es aber längst aufgegeben. Sie hat mir nie verziehen, daß ich ihr James weggenommen habe. Er war ihr verzärtelter Liebling.«

»Dreihundert im Monat ist nicht gerade Verzärteln, wenn jemand mehrere Millionen Kapital besitzt.«

»Es ist der gleiche Betrag, den er im College erhielt.« Nun strömte es nur so aus ihr heraus; sie schien seit Ewigkeiten keinen Zuhörer mehr gefunden zu haben. »Sie hat ihn nie erhöht, nicht einmal nach Cathys Geburt. Eine Zeitlang haben wir es geschafft, mit diesem Geld einen eigenen Haushalt zu führen, aber dann haben uns die steigenden Preise heim zu Mama getrieben.«

Ich stellte die Frage so taktvoll, wie ich konnte: »Und was tut James?«

»Nichts. Sie hat ihn nie gedrängt, sich einen Job zu suchen und sich seinen Lebensunterhalt zu verdienen. Er war ihr einziger Sohn, und sie wollte ihn um sich haben. Und das ist ihr auch gelungen.« Ihre Augen sahen an mir vorbei auf die langen Jahre, die hinter ihr und auch noch vor ihr lagen. Einen Augenblick lang dachte ich nach, ob ich ihr nicht einen Gefallen erwies, wenn ich den Brief in meiner Tasche ihrer Schwiegermutter zeigte und damit den Eklat heraufbeschwor. Möglicherweise war es sogar ihr eigener, unbewußter Wunsch, und sie hatte den Seitensprung allein aus diesem Grund begangen. Aber ich war nicht einmal sicher, ob es diesen Seitensprung überhaupt gegeben hatte; zugeben würde sie es nie. Nach sechzehn Jahren des Wartens auf ihren Anteil würde sie nicht kurz vor dem Ende aufgeben.

Sie stand plötzlich auf. »Ich werde Sie Olivia vorstellen, wenn Sie darauf bestehen. Am späten Nachmittag ist sie immer im Garten.«

Um den Garten zog sich eine hohe Feldsteinmauer. Die Sonne war fast hinter den Bergen untergegangen, das Licht wurde schwächer, aber Mrs. Slocums Blumen leuchteten in einer Farbenpracht, als hätten sie eigenes Feuer. Da waren Fuchsien, Stiefmütterchen, Knollenbegonien und große, zerzauste Dahlien wie einzelne rosa Sonnen. Olivia Slocum hantierte gebückt mit einer Gartenschere, als wir an das Tor kamen.

Ihre Schwiegertochter mahnte etwas gereizt: »Mutter! Du sollst dich nicht so anstrengen. Du weißt, was der Arzt gesagt hat.«

»Was hat denn der Arzt gesagt?« fragte ich leise.

»Sie hat ein schwaches Herz – wenn es ihr gerade so paßt.«

Olivia Slocum richtete sich auf und kam auf uns zu, wobei sie die erdigen Handschuhe auszog. Sie hatte ein hübsches

Gesicht, irgendwie weich, unbestimmt, sommersprossig, und war bedeutend jünger, als ich erwartet hatte. Ich hatte sie mir als eine hagere und bittere alte Dame vorgestellt, auf Siebzig zugehend, mit knorrigen Händen die Zügel haltend, mit denen sie das Leben anderer Menschen lenkte.

Doch sie war höchstens fünfundfünfzig und wirkte frisch und elastisch.

»Mach dich nicht lächerlich, meine Liebe«, entgegnete sie kühl. »Der Arzt sagt, mäßige körperliche Arbeit tut mir gut.«

»Nun, solange du dich nicht überanstrengst ...« Die Stimme der jüngeren Frau klang mürrisch. Ich vermutete, daß die beiden sich nie einig waren. »Mutter, das ist Mr. Archer. Er ist aus Hollywood gekommen, um sich Francis' Stück anzusehen.«

»Wie nett. Und haben Sie es schon gesehen, Mr. Archer? James soll in der Hauptrolle ganz hervorragend sein, habe ich mir sagen lassen.«

»Das stimmt.« Die Lüge kam mir bei der Wiederholung leichter über die Lippen, aber sie hinterließ dennoch einen schlechten Geschmack auf der Zunge.

Mit einem seltsamen Blick auf mich entschuldigte sich Maude und ging zum Haus zurück. Mrs. Slocum hob beide Arme, um ihren Strohhut abzunehmen. Sie verharrte einen Augenblick zu lange in dieser Pose und bot mir dabei ihr Profil dar. Eitelkeit war ihre schwache Seite; sie konnte nicht altern oder ihren Sohn erwachsen werden lassen. Ihr Haar war hellrot gefärbt und zu einer Ponyfrisur in die Stirn gekämmt.

»James ist außerordentlich vielseitig«, sagte sie. »Ich habe ihn so erzogen, daß er an allem ein schöpferisches Interesse nimmt, und er hat meine Erwartungen nicht enttäuscht. Sie haben ihn erst als Schauspieler erlebt, aber er malt auch ganz passabel und hat eine wunderschöne Tenorstimme. Vor kurzem hat er sogar angefangen, Gedichte zu schreiben. Francis hat sehr belebend auf ihn eingewirkt.«

»Ein brillanter Mann«, sagte ich. Ich mußte etwas sagen, um ihren Redefluß zu hemmen.

»Francis? O ja. Aber er hat nicht einen Bruchteil von James' Energie. Es wäre ein Segen für ihn, wenn Hollywood sich für sein Stück interessierte. Ich nehme an, Sie stehen mit den Studios in Verbindung, Mr. Archer?«

»Indirekt.« Ich wollte mich nicht festnageln lassen. Sie plapperte wie ein Papagei, aber ihre Augen waren wach. Um das Thema zu wechseln, sagte ich: »Die Wahrheit ist, daß ich aus Hollywood raus möchte. Da holt man sich nur Magengeschwüre. Ein ruhiges Leben auf dem Lande wäre gerade das richtige für mich, wenn ich ein Stück Land bekommen könnte, vielleicht an einem Ort wie diesem.«

»Ein Ort wie dieser, Mr. Archer?« sagte sie vorsichtig. Ihre grünen Augen verschleierten sich wie die eines Papageis.

Ihre Reaktion überraschte mich, aber ich stolperte blindlings weiter: »Es gefällt mir wirklich sehr gut hier.«

»Ich sehe, daß Maude Sie gegen mich aufgehetzt hat.« Sie klang unfreundlich und abweisend. »Falls Sie die Leute von der Pareco vertreten, muß ich Sie auffordern, mein Grundstück sofort zu verlassen.«

»Pareco?« Es war der Name eines Benzins. Meine einzige Verbindung dazu war, daß ich es hin und wieder tankte. Ich sagte ihr das.

Sie sah mir gerade ins Gesicht und entschied offenbar, daß ich die Wahrheit sagte. »Die Pacific Refinery Company hat versucht, mein Grundstück in die Hand zu bekommen. Seit Jahren belagern mich die Leute, das hat mich Fremden gegenüber ein wenig mißtrauisch gemacht, vor allem, wenn sie Interesse an Grundstücken zeigen.«

»Mein Interesse ist rein persönlich«, sagte ich.

»Tut mir leid, wenn ich Ihnen Hintergedanken unterstellt habe, Mr. Archer. Ich fürchte, die Ereignisse der letzten Jahre haben mich verbittert. Ich liebe dieses Tal. Als mein Mann und ich vor mehr als dreißig Jahren zum erstenmal hierherkamen, schien es uns das Paradies auf Erden. Als wir es uns erlauben konnten, haben wir dieses schöne alte Haus und die Hügel ringsum gekauft, und als wir uns zur Ruhe setzten, zogen wir ganz hierher. Mein Mann liegt hier begraben – er war älter als ich –, und ich habe die Absicht, ebenfalls hier zu sterben. Hört sich das sentimental an?«

»Nein.« Ihr Gefühl für diesen Ort war stärker als Sentimentalität und ein wenig beängstigend. Ihr schwerer Körper, der am Tor lehnte, wirkte im Abendlicht monumental. »Ich kann Ihre Liebe zu diesem Tal verstehen.«

»Ich bin ein Teil davon«, fuhr sie mit rauher Stimme fort. »Sie haben die Stadt ruiniert und den Rest des Tales entweiht, aber mein Plateau werden sie nicht anrühren.« Sie wandte den kalten grünen Blick in meine Richtung. »Ich glaube, Sie verstehen mich, Mr. Archer. Sie sind sehr verständnisvoll.«

Ich murmelte etwas Zustimmendes. Einen Teil ihrer Gefühle konnte ich ganz gut verstehen. Was ich allerdings nicht verstand, war das Maß ihrer Besessenheit. Vielleicht wurde es durch die Tatsache erklärt, daß sie sich belagert fühlte mit der Schwiegertochter als fünfter Kolonne im Haus.

»Manchmal habe ich das Gefühl, als ob die Berge meine Schwestern sind ...« Sie unterbrach sich, als ob ihr plötzlich bewußt wurde, daß sie den Boden unter den Füßen verlor. Vielleicht bemerkte sie auch die Veränderung meines Gesichtsausdrucks. »Sie wollen jetzt sicher zur Party gehen«, sagte sie und drückte mir kurz die Hand. »Es war nett von Ihnen, eine alte Frau wie mich zu begrüßen.«

Ich ging durch einen mit hohen italienischen Zypressen bestandenen Weg zum Haus zurück. Er führte auf einen Rasen. Ein kleiner Swimming-pool war darin eingelassen, dessen Filteranlage durch eine Zypressenhecke verdeckt wurde. Am anderen Ende ragte ein mit Sackleinen bespanntes Sprungbrett über das Wasser. Das Wasser im Bassin war so ruhig wie eine polierte Tischplatte, in der sich die Bäume, die fernen Berge und der Himmel widerspiegelten. Im Westen war die Sonne jetzt hinter den Bergen versunken; die Wolken glühten, als habe sie die Sonne in Brand gesetzt. Nur die Berge standen dunkel und fest vor dem Flammenmeer des Himmels.

5

Ich hatte die Veranda erreicht, als ich das Geräusch eines ankommenden Wagens hörte. Auf dem Abstellplatz standen mehrere Autos: ein Jaguar-Sportwagen, ein Cadillac mit Flossenheck, ein alter Rolls mit Speichenrädern und einer langen eckigen britischen Nase. Jetzt kam ein weiterer Wagen in Sicht, eine schwarze Limousine mit einem vorn aufmontierten roten Suchscheinwerfer. Ich sah zu, wie er geparkt wurde. Ein Polizeifahrzeug schien mir in dieser Gesellschaft so fehl am Platze zu sein wie ein Sherman-Panzer.

Ein Mann stieg aus dem schwarzen Wagen und kam über den Steinplattenweg. Er war groß und dick, ein zweibeiniges Muskelpaket, das sich mit überraschender Behendigkeit und Ruhe bewegte. Selbst im Sportanzug hatte er die Autorität des Uniformierten, die Haltung eines Polizisten oder ehemaligen Soldaten. Umschattete Augen, schroffe Nase, breiter Mund und langes Kinn: sein Gesicht schien eine Reliefkarte aller männlichen Leidenschaften. Kurzes Haar von der Farbe verblichenen Strohs sträubte sich auf seinem Kopf und wuchs aus dem offenen Hemdkragen heraus.

Ich trat einen Schritt vor, um mich bemerkbar zu machen, und sagte: »Guten Abend.«

»Guten Abend.« Er biß die Worte mit sauberen weißen Zähnen ab, lächelte automatisch und ging die Treppe zur Veranda hinauf. Ich wollte ihm gerade folgen, als ich bemerkte, daß Cathy wie schon eine Stunde zuvor zusammengerollt in der Schaukel lag. Sie beugte sich vor und beobachtete gespannt den Mann.

Jetzt hatte auch er sie gesehen und machte einen Schritt auf sie zu. »Na, Cathy?« Zögernd und unsicher, im Ton eines Mannes, der nicht weiß, wie er mit einem Kind umgehen soll.

Ihre einzige Antwort war ein Glucksen tief in der Kehle. Mit langsamer Dreistigkeit erhob sie sich von der Schaukel und ging schweigend auf ihn zu. Dann an ihm vorbei, die Treppe hinunter und um die hintere Ecke der Veranda, ohne auch nur einmal den Kopf zu wenden. Er drehte sich auf dem Absatz herum und hob eine Hand, wo sie vergessen in der Luft hängenblieb, bis Cathy außer Sicht war. Die große Hand, offen und nutzlos, ballte sich zur Faust. Als ob er seinen Zorn abreagieren wollte, schlug er sie heftig gegen die Türfüllung.

Ich stieg hinter ihm die Treppe empor, während er wartete. »Schönes Wetter heute«, sagte ich.

Er blickte mich an, ohne meine Worte zu hören oder mein Gesicht zu sehen. »Ja.«

Maude Slocum öffnete die Tür. »Ralph?« sagte sie erstaunt. »Ich hatte Sie nicht erwartet.«

»Ich traf James heute in der Stadt, und er hat mich gebeten, auf einen Drink vorbeizukommen.« Es klang, als bitte er um Entschuldigung.

»Dann kommen Sie rein«, sagte sie ungnädig. »Da James Sie nun schon mal eingeladen hat.«

»Nicht wenn ich unerwünscht bin«, erwiderte er verdrossen.

»Ach, kommen Sie schon rein, Ralph. Es würde ziemlich komisch aussehen, wenn Sie an die Tür kommen und dann wieder gehen. Und was würde James dazu sagen!«

»Was sagt er denn gewöhnlich?«

»Nichts. Überhaupt nichts.« Wenn das ein Witz gewesen sein sollte, dann hatte ich ihn jedenfalls nicht verstanden. »Kommen Sie rein und trinken Sie ein Glas mit uns, Ralph.«

»Wenn Sie darauf bestehen«, sagte er grinsend und ging an

ihr vorbei. Fast unmerklich wich ihr Körper dem seinen aus. Haß oder ein anderes Gefühl hatte ihn gestrafft wie eine Bogensehne.

Sie blieb in der Tür stehen und verstellte mir den Weg. »Gehen Sie bitte, Mr. Archer. Ich bitte Sie darum.« Sie versuchte, es nicht unfreundlich klingen zu lassen, aber es gelang ihr nicht.

»Sehr gastfreundlich sind Sie aber nicht. Abgesehen von der Tatsache, daß Sie mich extra gebeten haben, hier raufzukommen.«

»Tut mir leid. Ich fürchte, hier braut sich was zusammen, wobei ich die zusätzliche Belastung Ihrer Gegenwart einfach nicht ertragen könnte.«

»Und da habe ich gedacht, ich sei eine Bereicherung für jede Gesellschaft. Sie erschüttern mein Selbstbewußtsein, Mrs. Slocum.«

»Das ist nicht zum Lachen«, wies sie mich scharf zurecht. »Ich lüge nicht besonders gut. Deshalb vermeide ich Situationen, in denen Lügen notwendig sind.«

»Und wer war eben dieser durstige Typ?«

»Einer von James' Freunden. Aber was sollen diese Fragen?«

»Hat James viele Freunde bei der Polizei? Das hätte ich gar nicht von ihm erwartet.«

»Kennen Sie denn Ralph Knudson?« Überraschung ließ ihr Gesicht länger aussehen.

»Der Typ ist unverkennbar.« Ich hatte fünf Jahre bei der Polizei von Long Beach gearbeitet. »Was tut so ein harter Cop bei einer Künstler-Party in den Hügeln?«

»Da müssen Sie schon James fragen – aber nicht jetzt. Er hat manchmal seltsame Freunde.« Sie hatte wirklich wenig Talent zur Lügnerin. »Selbstverständlich ist Mr. Knudson kein gewöhnlicher Polizist. Er ist hier der Polizeichef und soll einen ausgezeichneten Ruf haben.«

»Aber auf Ihren Parties mögen Sie ihn nicht dabeihaben,

stimmt's? Ich war mal Polizist und bin es in gewisser Weise immer noch. Diese Art von Snobismus kenne ich.«

»Ich bin kein Snob!« rief sie hitzig. Offenbar hatte ich da an eine Wunde gerührt. »Meine Eltern waren einfache Leute, und ich habe Snobs immer gehaßt. Aber warum verteidige ich mich überhaupt vor Ihnen?«

»Dann lassen Sie mich auf einen Drink hineinkommen. Ich verspreche, sehr höflich und ruhig zu sein.«

»Sie sind schrecklich hartnäckig – als ob ich nicht schon genug am Hals hätte. Warum sind Sie eigentlich so hartnäckig?«

»Aus Neugierde, nehme ich an. Ich beginne, mich für den Fall zu interessieren. Sie haben da eine ganz interessante Situation. Ich habe noch nie eine Angelschnur gesehen, die so in sich verknotet war.«

»Ich nehme an, Sie sind sich bewußt, daß ich Sie entlassen kann, wenn Sie sich hier weiterhin unbeliebt machen.«

»Das werden Sie nicht tun.«

»Und warum nicht?«

»Weil Sie mit Schwierigkeiten rechnen. Sie haben selbst gesagt, daß sich da etwas zusammenbraut. Ich spüre es, es liegt in der Luft. Und vielleicht ist ja Ihr Freund, der Polizist, gar nicht zum Spaß gekommen.«

»Seien Sie doch nicht so melodramatisch. Außerdem ist er nicht mein Freund. Offengestanden, Mr. Archer, ich habe noch nie mit einem so schwierigen Angestellten wie Sie zu tun gehabt.«

Das Wort hörte ich nicht gern. »Warum betrachten Sie mich nicht als unabhängigen Unternehmer? In diesem Fall wird von mir erwartet, ein Haus zu bauen, ohne daß ich das Grundstück betrete.« Oder vielleicht ein Haus einzureißen, aber das schluckte ich herunter.

Sie sah mich ein paar Sekunden unverwandt an. Schließlich huschte ein Lächeln über ihren Mund. »Wissen Sie, ich glaube fast, ich mag Sie, verdammt noch mal. Also gut, kommen Sie rein und lernen Sie alle diese wundervollen Leute kennen, und ich spendiere Ihnen einen Drink.«

»Sie haben mich überredet.«

Als wir das große Wohnzimmer betraten, drückte sie mir ein Glas in die Hand und ließ mich stehen. Ralph Knudson, der große Mann, der nicht ihr Freund war, gab ihr ein Zeichen, und sie wanderte zu ihm hinüber. Ihr Mann und Francis Marvell saßen auf der Pianobank, die Köpfe zusammen, und blätterten in einem dicken Notenbuch. Ich schaute mich nach den anderen wundervollen Leuten um. Mrs. Galway, die Amateurschauspielerin, die ihr professionelles Lächeln ein- und ausschaltete wie ein elektrisches Blinkfeuer. Ein kahlköpfiger Mann in weißem Flanell, der seine Sonnenbräune hervorhob, rauchte geziert aus einer grüngoldenen Spitze. Ein fetter Mann mit kurzem grauem Haar in einem Tweedanzug mit gepolsterten Schultern entpuppte sich bei näherem Hinsehen als Frau. Auf der Seitenlehne des Sessels neben ihr lehnte unbeholfen eine Frau mit langem, traurigem Gesicht und einem unförmigen Körper. Ein Jüngling, der sich graziös im Zimmer bewegte, schenkte die Gläser wieder voll und glättete sich das an den Schläfen zurückweichende Haar. Eine rundliche kleine Frau ließ unaufhörlich ihre Stimme ertönen, und wenn sie zwischendurch Luft holte, klingelten ihre Armreifen und Ohrringe.

Ich hörte mir ihre Gespräche an. Existentialismus, sagten sie. Henry Miller und Truman Capote und Henry Moore. André Gide und Anaïs Nin und Djuna Barnes. Und Sex in allen Variationen: hartgekocht, weichgekocht, gerührt, leicht überbraten in süßer, frischer, sahniger Butter. Sex als Solo, Sex im Duett, Trio, Quartett, für Männerchor, für Chor und Symphonie und im Dreivierteltakt gespielt auf dem Cembalo. Und Albert Schweitzer und die Würde alles Lebenden.

Der fette Mann, auf den die rundliche Person eingeredet hatte, machte ein abwesendes Gesicht und beschäftigte sich mit seinem Drink. Sie schaute sich strahlend und fröhlich um wie ein Vogel, sah mich und ergriff ihr Glas. Das Getränk darin war unverdünnt und grün. Sie setzte sich auf ein Fußkissen neben meinem Stuhl, kreuzte ihre plumpen Beine, daß ich ihre kleinen Füße bewundern konnte, und legte los:

»Es geht nichts über Creme de Menthe; es sieht so hübsch aus, und ich trinke es immer, wenn ich meine Smaragde trage.« Sie nickte mit ihrem vogelartigen Kopf, daß die Ohrringe schaukelten. Die Farbe stimmte, sie waren aber fast zu groß, um echt zu sein.

»Ich esse immer gedünstete Austern, wenn ich meine Perlen trage«, entgegnete ich.

Ihr Lachen war wie ihr Sprechen, nur eine Oktave höher. Ich beschloß, sie nach Möglichkeit nicht zum Lachen zu bringen.

»Sie sind Mr. Archer, nicht wahr? Ich habe solch interessante Dinge über Sie gehört. Meine Tochter ist an einem Theater in New York, wissen Sie. Ihr Vater möchte, daß sie wieder heimkommt, aber ich finde, man ist schließlich nur einmal jung. Meinen Sie nicht auch?«

»Einige Leute schaffen es zweimal. Wenn sie lange genug leben.«

Es sollte eine Beleidigung sein, aber sie fand meine Bemerkung komisch und beglückte mich noch einmal mit einem Lachen. »Sie müssen von Felice gehört haben. Sie tanzt unter dem Namen Felicia France. Leonard Lyons hat sie bereits mehrfach erwähnt. Mr. Marvell meint, daß sie auch schauspielerisches Talent hat; er möchte gern, daß sie die Naive in seinem Stück übernimmt. Aber Felice hat sich mit Leib und Seele dem Tanz verschrieben. Sie hat eine sehr, sehr schöne Figur. Ich hatte auch mal einen reizvollen Körper, wirklich äußerst reizvoll.« Nachdenklich betastete sie sich, wie ein Schlachter, der zu lange abgehangenes Fleisch untersucht.

Ich blickte fort, irgendwohin, und sah, daß sich James Slocum neben den Flügel gestellt hatte. Marvell schlug ein paar einleitende Akkorde an, und Slocum begann mit dünner, süßer Tenorstimme die *Ballad of Barbara Allen* zu singen. Die Töne ließen das allgemeine Gemurmel ersterben; Slocums Gesicht war sorglos und strahlend, wie das eines Chorknaben. Jeder im Raum sah zu ihm hinüber, und er schwelgte in der allgemeinen Aufmerksamkeit. Er war Peter Pan, zu neuem Leben erwacht.

»Bezaubernd«, klingelten die Smaragdohrringe. »Das Lied erinnert mich immer an Schottland. Edinburgh ist mir einer der liebsten Orte in der Welt. Welchen Ort mögen Sie am liebsten in der großen, weiten Welt, Mr. Archer?«

»Am liebsten bin ich zehn Fuß unter Wasser bei La Jolla und beobachte die Fische durch eine Taucherbrille.«

»Sind Fische denn so schrecklich faszinierend?«

»Sie haben einige angenehme Eigenschaften. Man braucht sie nicht anzuschauen, wenn man nicht will. Und sie sind stumm.«

Ihr albernes Gelächter ertrank in einer schweren männlichen Stimme, die sagte: »Das war sehr nett, James. Warum singen Sie und Marvell nicht mal ein Duett?«

Es war Ralph Knudson. Sein dickes Gesicht war gerötet von Alkohol und Bosheit. Maude Slocum stand neben ihm und sah ihren Mann an. Slocums Gesicht war weiß wie Schnee. Marvell saß regungslos, die Hände immer noch auf den Tasten. Die Atmosphäre in der Nähe war so gespannt, daß ich unwillkürlich den Atem anhielt.

Maude Slocum durchbrach sie. Sie ging leichtfüßig zu ihrem Mann hinüber und berührte ihn am Arm. »Das wäre nett, James«, sagte sie beschwichtigend, »wenn Francis nur eine solche Stimme hätte wie du. Aber warum singst du nicht allein? Ich werde dich begleiten.«

Sie nahm Marvells Platz ein und begleitete den Gesang ihres Mannes. Knudson beobachtete sie und lächelte wie ein Tiger. Am liebsten hätte ich mich ins Auto gesetzt – ich brauchte Luft.

6

Das Feuer am Himmel war erloschen. Es hatte nur lange Wolken hinterlassen, die wie fahle Aschestreifen vor der dunklen Nacht standen. Die Berge zeichneten sich in riesigen, schattigen Umrissen ab, die den schwacherleuchteten Himmel auf ihren Schultern trugen. Die Nacht war so still, daß jede Bewegung unmöglich schien – wir alle waren Insekten, gefangen im Bernstein der Ewigkeit. Ich rührte mich, brach damit den Zauber und tastete mich über die vom Tau schlüpfrigen Terrassen neben dem Plattenweg nach unten.

Als ich den linken Türgriff meines Kabrioletts berührte, gingen in derselben Sekunde Scheinwerfer und Armaturenbeleuchtung an. Unwillkürlich suchte meine rechte Hand unter der Jacke nach dem Schießeisen – aber es war nicht da. Dann sah ich die Hand des Mädchens auf dem Lichtschalter, ihr Gesicht – wie das eines Geistes – mir zugewandt.

»Ich bin's, Mr. Archer, Cathy.« Nacht war in ihrer Stimme, in ihren Augen. Nacht fing sich in ihrem Haar wie leichter Nebel. In ihrem weichen Wollmantel, zugeknöpft bis zum sanften Kinn, wirkte sie wie eines jener Mädchen, die ich in der High-School nur von weitem betrachtet hatte; Mädchen mit Öl oder Geld oder Grundbesitz im Hintergrund. Sie war außerdem so jung, daß sie meine Tochter hätte sein können. »Was machen Sie denn hier?«

»Nichts.« Sie setzte sich in den Sitz zurück, ich glitt hinter das Lenkrad. »Ich habe nur die Lichter für Sie eingeschaltet. Hoffentlich habe ich Sie nicht erschreckt. Das wollte ich nicht.«

»Warum haben Sie sich gerade meinen Wagen dazu ausgesucht? Sie haben doch selber einen.«

»Zwei. Aber Vater hat die Schlüssel an sich genommen. Außerdem gefällt mir Ihr Wagen. Der Sitz ist sehr bequem. Darf ich mit Ihnen fahren?« Sie gab ihrer Stimme den schmeichelnden Ton eines kleinen Mädchens.

»Wohin?«

»Irgendwohin. Wohin Sie fahren. Nach Quinto? Bitte, Mr. Archer?«

»Ich glaube nicht. Sie sind zu jung, um abends allein herumzukutschieren.«

»Es ist noch nicht spät, und Sie wären ja bei mir.«

»Selbst wenn ich dabei bin. Es ist besser, Sie gehen zum Haus zurück, Cathy.«

»Das werde ich nicht tun. Ich hasse diese Leute. Ich werde die ganze Nacht draußen bleiben.«

»Aber nicht bei mir. Ich fahre jetzt.«

»Sie wollen mich nicht mitnehmen?« Ihre Hand zitterte auf meinem Unterarm. In ihrer Stimme war ein Ton, der mir in den Ohren schmerzte wie das Quietschen von Kreide auf einer nassen Wandtafel. Der Geruch ihres Haars wehte zu mir herüber.

»Ich bin kein Kindermädchen«, sagte ich barsch. »Wenn Sie etwas bedrückt, wenden Sie sich besser an Ihre Mutter.«

»Ausgerechnet!« Sie wich vor mir zurück, dann saß sie unbeweglich da, den Blick auf das erleuchtete Haus gerichtet.

Ich stieg aus und öffnete die Tür an ihrer Seite. »Gute Nacht.«

Sie rührte sich nicht, sah mich nicht einmal an.

»Kommen Sie von selbst heraus, oder muß ich nachhelfen?«

Sie fauchte mich an wie eine Katze: »Sie werden es nicht wagen, mich anzurühren!«

Sie hatte recht. Ich ging ein paar Schritte auf das Haus zu, wobei meine Absätze zornig im Kies mahlten. Sie war raus aus dem Wagen und hinter mir her. »Bitte behalten Sie es für sich. Ich fürchte mich vor denen. Dieser Knudson . . .« Sie stand im Scheinwerferlicht, das Gesicht bleich, die Augen tintenschwarz.

»Was ist mit ihm?«

»Mutter will immer, daß ich nett zu ihm bin. Ich weiß nicht, ob sie hofft, daß ich ihn heirate oder so. Vater kann ich nichts davon erzählen, der bringt ihn um. Ich weiß nicht, was ich tun soll.«

»Tut mir leid, Cathy, aber das geht mich nichts an.« Ich wollte ihre Schulter berühren, aber sie wich zurück, als hätte ich eine ansteckende Krankheit. »Warum lassen Sie sich nicht von der Köchin ein Glas heiße Milch geben und dann ins Bett bringen? Am nächsten Tag sehen die Dinge meistens ganz anders aus.«

»Morgen ist alles wieder gut«, murmelte sie mit tonloser, leerer Stimme. Sie stand noch immer gespannt und aufrecht da, die Hände an den Seiten zu Fäusten geballt, als ich den Wagen zurücksetzte. Der weiße Scheinwerferstrahl beschrieb einen Kreisbogen, als ich den Wagen wendete und sie in der Dunkelheit zurückließ.

Am Tor hielt ich an, aber es war offen, und ich fuhr hindurch. Eine Meile weiter tauchte auf der Straße ein Mann auf. Er hob den Daumen, um mitgenommen zu werden. Ich war schon beinahe an ihm vorbei, als ich ihn erkannte: es war Pat Reavis. Ich stieg auf die Bremse, und er kam angerannt.

»Vielen Dank, Sir.« Er roch stark nach Whisky, schien aber nicht betrunken zu sein. »Geht die Uhr auf dem Armaturenbrett richtig?«

Ich verglich das beleuchtete Zifferblatt mit meiner Armbanduhr. Beide zeigten dreiundzwanzig Minuten nach acht. »Scheint so.«

»Dann ist es später, als ich dachte. Gott, wie ich das Laufen hasse. Ich bin bei den Marines so viel gelaufen, daß es mir für den Rest meines Lebens reicht. Mein eigener Wagen ist in der Werkstatt, der Kühler ist eingedrückt.«

»Wo sind Sie denn überall rumgelaufen?«

»Praktisch in ganz Südvietnam. Aber das ist ja uninteressant. Kennen Sie die Slocums?«

Um ihn zum Reden zu bringen, sagte ich: »Jeder, der was auf sich hält, kennt die Slocums.«

»Ja, sicher«, antwortete er im gleichen Ton. »Alles furchtbar vornehm. Was die Slocums brauchen, ist ein Dämpfer!« Aber er sagte es gutgelaunt. »Wollten Sie ihnen was verkaufen?«

»Eine Lebensversicherung.« Die ständige Behauptung, an Marvells Stück interessiert zu sein, hing mir zum Hals raus.

»Im Ernst? Das ist ja zum Lachen!« Er lachte, um es zu beweisen.

»Das verstehe ich nicht. Man hat mir gesagt, die hätten's alle mächtig dick.«

»Sicher, die Alte sitzt auf ein paar Millionen in Öl, aber sie will nicht verkaufen oder verpachten. Slocum und seine Frau können es kaum erwarten, bis sie abkratzt. Dann werden sie als erstes eine Weltreise machen. Die werden keine Lebensversicherung bei Ihnen nehmen. Das Öl unter der Erde ist ihre beste Lebensversicherung.«

»Vielen Dank für den Tip. Übrigens – mein Name ist Archer.«

»Reavis«, sagte er. »Pat Reavis.«

»Sie scheinen die Slocums ziemlich gut zu kennen.«

»Besser als mir lieb ist. Ich war ein halbes Jahr bei ihnen als Chauffeur; dann haben sie mich rausgeschmissen.«

»Warum?«

»Woher, zum Teufel, soll ich das wissen? Wahrscheinlich hatten sie es satt, meine Fresse zu sehen.«

»Sie haben aber eine hübsche Tochter. Wie heißt sie doch noch?«

»Cathy.« Er warf mir einen flüchtigen Blick zu, und ich ließ das Thema fallen.

»Die Frau ist aber auch nicht ohne«, bohrte ich weiter.

»Vielleicht früher einmal. Jetzt nicht mehr. Die ist bald genauso zickig wie die Alte. Frauen brauchen einen Mann, der sie zur Vernunft bringt, sonst werden sie sauertöpfisch.«

»Aber da ist doch Slocum, oder?«

»Ich sagte, ein Mann.« Er schnaufte. »Ich rede zuviel.«

Wir fuhren jetzt über einen kleinen Hügelkamm, der den

Rand des Hochplateaus markierte. Die Scheinwerfer bestrichen leere Dunkelheit und tauchten dann ins Tal. Zu beiden Seiten der Straße gab es ein paar helle Inseln, wo in Nachtschichten neue Bohrungen niedergebracht wurden. Weiter unten im Tal lagen aluminiumfarbene Öltanks im Scheinwerferlicht wie eine Reihe dicker großer Silberdollars. Am Fuße des Hügels leuchteten die Lichter der Stadt auf, weiß und vereinzelt an der Peripherie zusammengedrängt und farbenfroh im Geschäftsviertel, über dem ein heller Lichtschein hing.

Auf der Hauptstraße herrschte ungewohnt starker Verkehr. Alte zerschrammte Klapperkästen bedrohten meine Kotflügel. Sportwagen mit frisiertem Motor und ohne Schalldämpfer, voll besetzt mit lärmenden Jugendlichen, durchstreiften die Neon-Pfade. Ein Mann in einem gewöhnlichen Buick hielt plötzlich mitten vor mir auf der Straße, küßte die Frau neben sich und fuhr weiter, ihren Mund an der Seite seines Halses. Snacks, Getränke, Bier, Spirituosen verhießen die Schilder der Bars. Kleine Gruppen von Männern bildeten sich auf den Fußwegen; sie klatschten und lachten und gestikulierten und liefen, angelockt von den Bars, wieder auseinander.

Reavis spürte diese Anziehungskraft ebenfalls, seine Augen glänzten. »Irgendwo hier«, sagte er ungeduldig. »Und vielen Dank auch.«

Ich quetschte den Wagen in die erste Parklücke und schaltete Licht und Zündung aus. Er sah mich an, eines seiner langen Beine bereits aus der Wagentür. »Bleiben Sie heute abend in der Stadt?«

»Ich hab ein Zimmer in Quinto. Jetzt könnte ich allerdings einen Drink gebrauchen.«

»Das könnten wir beide, Freund. Kommen Sie, ich zeige Ihnen das beste Lokal der Stadt. Ihren Wagen schließen Sie wohl besser ab.«

Wir gingen einen Häuserblock weit zurück und zu *Antonio*

hinein. Es war ein einziger, großer, tiefer Raum mit hoher Decke und Eßnischen an der einen Wand sowie einer langen Bar an der linken Seite. Ganz hinten arbeitete in einer Dampfwolke ein Koch. In seiner Nähe fanden wir zwei leere Hocker. In diesem Lokal sah alles aus, als ob es hier schon sehr lange gestanden hatte, aber es war alles in Schuß. Die Zigarettenkippen auf dem Fußboden waren frisch, die verkratzte Mahagoniplatte der Bar war sauber und poliert. Reavis legte seinen Arm darauf, als gehörte sie ihm. Er hatte die Ärmel seines bunten Hemdes aufgerollt, seine Unterarme sahen schwer und hart aus wie das Holz darunter.

»Nettes Lokal«, sagte ich. »Was wollen Sie trinken?«

Seine Antwort überraschte mich: »Irrtum, diesen gebe ich aus. Sie behandeln mich wie ein Gentleman, ich behandle Sie wie ein Gentleman – klar?«

Er drehte sich um und lächelte mich breit an. Ich hatte zum erstenmal die Möglichkeit, ihn genauer zu betrachten. Die Zähne waren weiß, die dunklen Augen offen und jungenhaft, seine Gesichtszüge fest und klar. Reavis hatte viel unbefangenen Charme. Aber darunter fehlte es ihm an etwas. Ich könnte die ganze Nacht mit ihm reden und würde sein Innerstes nicht entdecken, weil er es selbst noch nicht entdeckt hatte.

Er bot das Lächeln zu lange dar, wie etwas, das zu verkaufen war. Ich steckte mir eine Zigarette in den Mund. »Unsinn! Sie haben gerade Ihren Job verloren. Für die Drinks komme ich auf.«

»Es gibt haufenweise Jobs«, sagte er. »Aber zahlen Sie, wenn Sie wollen. Ich nehme einen irischen Whisky, den von Bushmill.«

Ich griff nach einem Streichholz, als unter meiner Nase ein Feuerzeug schnippte und mir die Zigarette anzündete. Der Barkeeper hatte sich geräuschlos genähert, ein mittelgroßer Mann mit blanker Glatze und einem mageren, asketischen Gesicht. »Guten Abend, Pat«, sagte er mit ausdruckslosem

Gesicht und steckte das Feuerzeug wieder in die Tasche seiner weißen Jacke. »Was trinken die Herren?«

»Einen Bushmill für ihn, einen Whisky sour für mich.«

Er nickte und ging davon, schmalhüftig und schwebend wie ein Ballettänzer.

»Sie sind ein richtiger Kumpel, Lew.« Reavis setzte wieder sein breites Lächeln auf, aber er war mir zu schnell mit dem Vornamen bei der Hand. »Wie wär's, wenn wir hier die Kurve kratzen und einen draufmachen? Ich habe drüben bei Helen ein Mädchen. Gretchen heißt sie, die kann für Sie eine Freundin mitbringen. Der Abend ist noch jung.«

»Jünger als ich.«

»Was ist mit Ihnen? Verheiratet oder so was?«

»Zur Zeit nicht. Bloß muß ich morgen sehr früh raus.«

»Ach, kommen Sie schon, Mann. Trinken Sie noch 'n Schluck. Hier ist wirklich allerhand los.«

Als unsere Getränke kamen, goß er seinen schnell hinunter und verschwand durch die Schwingtür mit der Aufschrift *Herren*. Der Barkeeper beobachtete, wie ich an meinem Whisky sour nippte.

»Gut?«

»Sehr gut. Das haben Sie bestimmt nicht in Nopal gelernt.«

Er lächelte traurig. »Nein. Ich habe mit vierzehn in den großen Mailänder Hotels angefangen. Meine Prüfung habe ich bei der italienischen Schiffahrtslinie gemacht, noch ehe ich einundzwanzig war.« Er hatte einen französischen Akzent, der ein wenig durch seine italienische Muttersprache gemildert wurde.

»Und das alles, damit Sie den Ölarbeitern, die sich an billigem Wein besaufen, die Getränke mixen können?«

»Nopal Valley ist gut, um Geld zu machen. Ich habe dieses Lokal für fünfunddreißigtausend gekauft und die Hypothek in einem Jahr abgezahlt. Noch fünf Jahre, und ich kann mich zur Ruhe setzen.«

»In Italien?«

»Wo sonst? Sind Sie ein Freund von Pat Reavis?«

»Wir haben uns eben erst kennengelernt.«

»Dann seien Sie vorsichtig«, sagte er trocken. »Er ist ein sehr netter Bursche, aber er kann auch unangenehm werden.« Er tippte mit dem Zeigefinger an die Seite seines mageren Schädels. »Mit Pat stimmt was nicht: er kennt keine Grenzen, wenn er betrunken oder wütend ist. Und lügen tut er auch.«

»Haben Sie schon Schwierigkeiten mit ihm gehabt?«

»Nein, ich nicht. Ich habe mit keinem Schwierigkeiten.« Den Grund konnte ich auf seinem Gesicht ablesen. Er hatte die Autorität eines Mannes, der alles gesehen hatte und den nichts mehr erschüttern konnte.

Reavis kam zurück und drapierte seinen massigen Arm um meine Schulter. »Wie geht's, Lew? Fühlen Sie sich bereits jünger?«

»Nicht jung genug, um eine zusätzliche Last mit mir rumzuschleppen.« Ich schüttelte seinen Arm ab.

»Was ist los, Lew?« Er sah den Barkeeper an, der uns beobachtete. »Hat Tony mich mal wieder schlechtgemacht? Trauen Sie nie einem Itacker, Lew. Sie werden doch nicht wollen, daß ein Itacker den Beginn einer schönen Freundschaft verdirbt.«

»Ich mag die Italiener«, sagte ich.

Der Barkeeper sagte langsam und deutlich: »Ich habe dem Herrn erzählt, daß Sie ein Lügner sind, Pat.«

Daran hatte er zu schlucken. Er bleckte die schönen weißen Zähne, sagte aber kein Wort. Ich steckte mir eine Zigarette in den Mund. Das Feuerzeug schnippte wieder unter meiner Nase, ehe ich nach einem Streichholz greifen konnte.

Normalerweise habe ich etwas dagegen, bedient zu werden. Aber wenn ein Mann in seiner Rolle vollkommen ist, macht es mir Vergnügen, zuzusehen, wie er sie zu Ende spielt.

»Zweimal dasselbe«, sagte ich zu seinem schlanken, teilnahmslosen Rücken, als er davonging.

Reavis sah mich an wie ein dankbarer Hund. Der möglicherweise die Tollwut hatte.

7

Zwei weitere Drinks, die ich bezahlte, stellten Reavis' Meinung von sich und den Gebrauch seiner Zunge wieder her. Er erzählte mir, daß er wegen Tapferkeit befördert worden und der jüngste Captain im ganzen pazifischen Raum gewesen sei. Wie das Amt für Strategische Dienste von seinem Heldenmut gehört und ihm einen Geheimauftrag gegeben habe, Spione und Saboteure zu entlarven. Wie die *Saturday Evening Post* ihm mehrere tausend Dollar für einen Artikel über seine persönlichen Erlebnisse geboten habe, er aber zur Geheimhaltung verpflichtet sei und außerdem andere Einkommensquellen habe. Er erzählte mir, er könne einen ganzen Häuserblock weit auf den Händen gehen und tue das auch häufig. Er ging gerade eine unendliche Liste der Mädchen durch, die er bedient und erfreut ihres Weges geschickt hatte, als jemand hinter mir auftauchte und mir auf die Schulter tippte.

Ein schmutziger grauer Fedorahut, schmutziggraue Augen, eine lange Schnüffelnase mit etwas knolliger Spitze, dazu ein lippenloser Mund, eingekerbt wie eine Narbe. Sein Gesicht hing schief im Spiegel hinter der Bar und sah auch dann noch schief aus, als ich mich umdrehte.

»Lewis Archer?«

»Stimmt.«

»Ich fand Ihren Wagen die Straße weiter runter und dachte mir, daß ich Sie in einem dieser Lokale finden würde. Ich bin Detective Sergeant Franks.«

»Ärger wegen falschen Parkens? Ich habe keine Schilder gesehen.«

Die Narbe riß auf und enthüllte gelbe Zähne. Detective

Sergeant Franks schien auf diese Weise seine Erheiterung ausdrücken zu wollen. »Ärger wegen einer Leiche, Mr. Archer. Der Chef hat angerufen und gesagt, ich soll Sie mitbringen.«

»Mrs. Slocum«, sagte ich, und dabei ging mir auf, daß ich sie gern hatte. Oft waren es die Menschlichen, die im Wege standen.

»Also, woher können Sie wissen, daß die alte Dame ...«

»Dann handelt es sich nicht um die junge Mrs. Slocum – die Frau von James Slocum?«

»Nee, die alte Dame«, sagte er, als ob sich das von selbst verstehe.

»Was ist denn passiert?«

»Wissen Sie das nicht? Der Chef sagte, Sie seien der letzte gewesen, der sie lebend gesehen hat.« Er wandte das Gesicht ab und spuckte auf den Boden.

Ich stand plötzlich auf. Seine Hand fuhr an die Hüfte und blieb dort. »Was ist passiert?« wiederholte ich.

»Das alte Mädchen ist ertrunken. Man hat sie vor einer Weile im Swimming-pool gefunden. Vielleicht ist sie aus Spaß reingehüpft – vielleicht hat sie auch jemand reingestoßen. Man geht abends nicht in voller Kleidung baden. Nicht, wenn man nicht schwimmen kann und obendrein noch ein schwaches Herz hat. Der Chef hält es für Mord.«

Ich warf einen Blick zur Seite und sah, daß der Hocker von Reavis leer war. Die Tür mit der Aufschrift *Herren* pendelte noch in ihren Angeln. Ich sprang darauf zu und riß sie auf. Am hinteren Ende des Korridors bewegte sich der Schatten eines großen Mannes durch eine offene Tür und verschwand. Gleichzeitig ging hinter mir ein Schuß los und etwas ließ die Tür in meiner Hand erzittern. Ein Geschoß fiel mir mit einem Regen von Holzsplittern vor die Füße. Ich hob es auf und drehte mich zu Franks um, wobei ich das heiße Geschoß von einer Hand in die andere warf. Er kam langsam auf mich zu, die Dienstwaffe vom Kaliber 45 ruhig in der Hand.

»Kommen Sie friedlich mit, oder muß ich Sie diesmal zum Krüppel schießen?« Die Leute im Raum hatten sich hinter ihn geschart, ein wogender Körper mit zwanzig starrenden Köpfen. Antonio, schweigend und verächtlich, schaute von seinem Platz hinter der Bar zu.

»Schießfreudig, Sergeant? Wer hat Ihnen eigentlich die Kanone mit den scharfen Patronen gegeben?«

»Hände hoch, Sie, und riskieren Sie keine solche Lippe!«

Ich warf ihm das Stück Blei zu und legte die Hände auf den Kopf. Er fing das Geschoß mit der Linken auf und ließ es in seiner Jackentasche verschwinden. »Vorwärts jetzt!«

Vorsichtig ging er um mich herum, die Menge machte uns Platz. Als ich die Tür öffnete, schwirrte ein kleiner, glänzender Gegenstand an meinem Kopf vorbei und schlug klimpernd auf dem Fußweg auf. Es dauerte einen Moment, bis ich begriffen hatte, was es war: das Fünfzig-Cent-Stück, das ich als Trinkgeld für Antonio auf der Bar hatte liegen lassen. Dann erst wurde ich zornig.

Als Franks die Handschellen von seinem Gürtel löste, hätte ich es auf einen Kampf ankommen lassen. Er sah es und bestand nicht darauf. Statt dessen placierte er mich auf den Vordersitz des Polizeiwagens neben den uniformierten Fahrer. Er selbst setzte sich nach hinten, von wo er mich beobachten konnte.

»Die Sirene, Kenny«, sagte er. »Der Chef will ihn schleunigst haben.«

Ein Narr in amtlicher Stellung mit Schießeisen und technischen Vorrichtungen zum Spielen kann eine Menge Unannehmlichkeiten verursachen. Die Sirene schnurrte, knurrte, keuchte, schrie und heulte wie ein Berglöwe, als wir den Hügel hinauffuhren. Ich sagte kein Wort. Detective Sergeant Franks würde eine Erklärung nicht erkennen, selbst wenn sie ihn ins Bein biß und ihn Bruder nannte.

Sein Chef, das war eine andere Geschichte. Er hatte ein vorläufiges Büro in der Küche eingerichtet und befragte einen

Zeugen nach dem anderen, während ein uniformierter Polizist in Kurzschrift das Protokoll aufnahm. Als der Sergeant mich in die Küche schob, sprach Knudson gerade mit Francis Marvell. Die Autorität, die aus seinem Gebaren gesprochen hatte, flackerte in diesem Ausnahmezustand auf wie ein müdes Feuer, das mit Benzin begossen wird. Die undurchsichtigen Augen und das dicke Gesicht strahlten Leben und Kraft aus. Mord war nach seinem Geschmack.

»Archer?« Die schwere Stimme klang forsch.

»Das ist er, Chef.« Sergeant Franks blieb in meiner Nähe, die Hand am Revolver.

»Ihr Sergeant hat ganze Arbeit geleistet«, sagte ich. »Er brauchte nur einen Schuß, um mich herzubringen. Und dabei bin ich Zeuge bei einem Mord, und Sie wissen ja selbst, wie ernst das ist.«

»Mord?« Marvell spreizte seine Hände auf der roten Plastikplatte des Tisches und drückte sich von seinem Stuhl hoch. Seine Kinnlade bewegte sich auf und ab, ehe er weitere Worte herausbrachte. »Ich dachte, es sei ein Unfall gewesen.«

»Das versuchen wir ja herauszufinden«, fuhr Knudson ihn an. »Setzen Sie sich.« Den gleichen Ton gebrauchte er gegenüber Franks. »Was war das da mit dieser Schießerei?«

»Er versuchte zu fliehen, deshalb hab ich einen Warnschuß abgefeuert.«

»Ja«, bestätigte ich. »Ich wollte kopflos davonrennen.«

Er wirbelte herum zu mir. »Wenn Sie nicht fliehen wollten, warum sind Sie dann zur Tür gelaufen?«

»Ich mußte mal frische Luft schöpfen, Sergeant, so wie auch jetzt wieder.«

»Hört auf«, mischte Knudson sich ein. »Franks, Sie gehen raus und helfen Winowsky mit seiner Fotoausrüstung. Sie, Archer, setzen sich, ich kümmere mich gleich um Sie.«

Ich setzte mich auf einen Küchenstuhl auf der anderen Seite des Raumes und zündete eine Zigarette an. Ein großes Holztablett mit den Resten eines Hors d'œuvre stand auf dem gekachelten Ausguß: einige Anchovis und ein kleiner Tonkrug, halbvoll mit Kaviar. Ich häufte mir ein Löffelchen Kaviar auf einen Salzkeks. Mrs. Slocum hatte gut gelebt.

»Sie haben kein Wort davon gesagt, daß sie ermordet wurde.« Marvell war schwer erschüttert. Sein gelbes Haar war naß, aber das Wasser, das ihm auf der Stirn glänzte, kam aus den eigenen Poren.

»Toter als tot kann keine sein, auch nicht, wenn sie ermordet wurde. Und wie gesagt – das steht noch gar nicht fest.«

»Mord – eine schreckliche Vorstellung!« Sein verschwommener Blick wanderte in der Küche umher und über mich hinweg. »Es war schon schlimm genug, daß ich die Leiche der armen Frau finden mußte. Ich werde heute nacht kein Auge zutun können.«

»Nehmen Sie es nicht so schwer, Mr. Marvell. Sie haben genau das Richtige getan und können zufrieden mit sich sein.« Knudsons Baß klang sanft und begütigend. »Etwas verstehe ich allerdings noch nicht so ganz. Warum Sie sich nämlich entschlossen haben, ganz allein nach Einbruch der Dunkelheit schwimmen zu gehen.«

»Das verstehe ich selbst nicht so ganz«, antwortete Marvell langsam. »Zumindest hatte ich es nicht vorgehabt. Ich war nur ein bißchen an die Luft gegangen – der Jasmin riecht abends immer so wunderbar – und schlenderte auf der Loggia umher, als ich ein Plätschern vom Swimming-pool her hörte. Ich habe mir nichts dabei gedacht, jedenfalls nichts Böses. Höchstens, daß jemand ein Bad nimmt; und da kam mir der Gedanke, das könnte ich auch tun. Ich habe Spaß an verrückten Einfällen, verstehen Sie ...«

»Ich verstehe.«

»Natürlich wollte ich zuerst wissen, wer es war ...«

»Sie sind also hin, gleich nachdem Sie das Klatschen gehört hatten?«

»Nein, nicht sofort. Der Gedanke ist mir erst so allmählich gekommen ...«

»Aber das Plätschern hielt die ganze Zeit an?«

»Ich glaube schon. Doch, das hat es bestimmt. Aber als ich unten ankam – der Swimming-pool ist ein ganzes Stück vom Haus entfernt . . .«

»Fast hundert Schritt. Als Sie unten ankamen?«

»War alles ruhig und dunkel. Natürlich war ich etwas überrascht, daß die Lichter nicht brannten. Ich stand einen Moment am Bassinrand und fragte mich, wo die Leute wohl geblieben sein mochten, da entdeckte ich einen großen Strohhut, der auf dem Wasser trieb. Erst in dem Augenblick erschrak ich. Ich schaltete die Unterwasserbeleuchtung ein, und . . . Ja, und da lag sie mit dem Gesicht nach unten auf dem Boden des Beckens. Es war gräßlich.« Der Schweiß lief ihm jetzt von der Stirn und sammelte sich in Tropfen an seiner Kinnspitze. Er wischte sie nervös mit dem Handrücken weg.

»Dann haben Sie nach ihr getaucht«, stellte Knudson fest.

»Ja. Ich habe mir schnell Jacke und Hose ausgezogen und sie an die Oberfläche gebracht. Ich merkte, daß ich sie nicht über die Seite des Beckens heben konnte, zog sie deshalb an das seichte Ende und holte sie dort raus. Es war fürchterlich schwer, mit ihr fertig zu werden. Ich hatte immer gedacht, Tote seien steif, aber sie war völlig schlaff.« Ein neuer Tropfen bildete sich an seinem Kinn.

»Und dann haben Sie Lärm geschlagen?«

»Vielleicht hätte ich es sofort tun sollen, aber ich konnte nur daran denken, die Arme aus dem kalten Wasser zu holen.«

»Das haben Sie ganz ausgezeichnet gemacht, Mr. Marvell. Eine Minute oder zwei hätten sowieso nichts daran geändert. Nun möchte ich, daß Sie gründlich nachdenken, ehe Sie mir diese Frage beantworten: wieviel Zeit ist Ihrer Meinung nach zwischen dem ersten Klatschen und Ihrem Lärmschlagen vergangen? Es war zwanzig vor neun, als Sie um Hilfe riefen. Sehen Sie, ich versuche, die Todeszeit festzustellen.«

»Tja ... das ist wirklich schwer zu sagen ... Ich war versunken in die Schönheit der Nacht, wissen Sie, und hatte das alles gar nicht bewußt wahrgenommen. Es mögen zehn Minuten gewesen sein oder zwanzig – ich kann es wirklich nicht sagen.«

»Aber vielleicht denken Sie noch einmal darüber nach und lassen mich wissen, wenn Ihnen noch etwas Nützliches einfällt. Übrigens, sind Sie vollkommen sicher, daß Sie sonst niemanden in der Nähe des Beckens gesehen haben oder auch auf der Rückseite des Hauses?«

»Doch, da bin ich ganz sicher. Und wenn Sie mich jetzt entschuldigen wollen ...«

»Selbstverständlich. Und vielen Dank für Ihre Hilfe.«

Marvell verließ die Küche mit seinem typischen schiefen Gang und fuhr sich dabei nervös über das Haar.

»Jesus«, sagte Knudson, als er aufstand, »der hat noch nie 'ne Leiche gesehen, geschweige denn angefaßt; das hier hat ihm einen schönen Schlag versetzt. Es gehört schon Mumm dazu, nachts nach einem Kadaver zu tauchen. Haben Sie alles mitgekriegt, Eddie?«

»Alles, bis auf die Gesten.« Der Mann in Uniform strich sich gekünstelt vom vorderen Haaransatz bis in den Nacken.

»Okay, machen Sie einen kleinen Spaziergang, während ich mich mit Archer unterhalte.« Er durchquerte den Raum und baute sich vor mir auf, die Hände auf den Hüften, bis die Tür geschlossen war. Ich häufte etwas Kaviar auf einen Keks und aß ihn geziert in zwei Happen.

»Wollen Sie auch?« Er antwortete nicht darauf. »Wer, zum Teufel, sind Sie eigentlich?«

Ich nahm meine Brieftasche heraus und zeigte ihm die Fotokopie meiner Lizenz. »Und jetzt, zum Teufel, fragen Sie schon, was ich hier tue. Unglücklicherweise hat sich meine chronische Sprachhemmung verschlechtert. Das passiert immer, wenn ein dummer Polyp auf mich schießt.«

Gut gelaunt schüttelte er seinen Stoppelkopf. »Vergessen

Sie das, ja? Ich kann doch nichts dafür, daß Franks der Stimmungsmacher in der Partei des Bürgermeisters ist – und der Bürgermeister sitzt *ex officio* im Polizeiausschuß. Was kann ich da schon machen?«

»Ihn an einen Schreibtisch setzen, wo er kein Unheil anrichten kann.«

»Okay. Okay. Nun werden Sie bloß nicht wütend, Archer. Maude Slocum hat mir von Ihnen erzählt.«

»Wieviel?«

»Genug. Je weniger wir davon sprechen, desto besser. Einverstanden?« Er hatte einen schnellen und kühlen Verstand, den man nicht in diesem schweren, vollblütigen Körper erwartet hätte. »Soweit sie weiß, sind Sie der letzte gewesen, der mit der alten Dame gesprochen hat, ehe sie starb. Wann genau haben Sie sie gesehen?«

»Kurz vor Sonnenuntergang, also ungefähr einige Minuten nach sieben.«

»Ein paar Minuten vor sieben. Die Sonne geht hier früher unter wegen der Berge. Sie haben mit ihr im Garten gesprochen, glaube ich? Wenn Sie mir jetzt genau sagen würden, worüber Sie gesprochen haben ...« Er ging zur Tür und rief seinen Stenografen herein, der seinen Platz am Küchentisch wieder einnahm. Ich erzählte ihm von unserem Gespräch.

»Nicht sehr aufschlußreich, wie?« Das klang enttäuscht. »Keine Andeutung selbstmörderischer Absichten? Oder einer Krankheit? Sie hatte ein ziemlich schwaches Herz, sagt der Arzt.«

»Jedenfalls nichts, was mir aufgefallen wäre. Sie kam mir etwas verrückt vor, aber das geht mir häufig so. Was sagen die äußeren Merkmale?«

»Einstweilen nur, daß sie ertrunken ist, aber wie sie ins Wasser hineingeraten ist, kann ich nicht sagen. Über die Leiche werden wir morgen mehr wissen. Der Coroner hat eine Obduktion und eine gerichtliche Untersuchung angeordnet.«

»Und was nimmt man bis dahin an? Hineingefallen oder hineingestoßen?«

»Gefallen. Aber ich behandle den Fall als Mord, bis ich Gewißheit habe. Alte Damen können schon mal ins Wasser fallen, nehme ich an.«

»So alt war sie noch gar nicht.«

»Ich weiß. Und es gibt keinen vernünftigen Grund dafür, warum sie so nahe ans Becken, geschweige denn ins Wasser gegangen sein soll. Der Arzt hatte ihr das Schwimmen verboten, wegen ihres Herzens, und überhaupt fürchtete sie sich davor.«

»Nicht ohne Grund.«

»Nein.« Seine dicken Finger mit den eckigen Nägeln trommelten auf der harten Tischplatte. »Ich habe versucht, aus dem Zustand des Rasens am Becken den Hergang zu rekonstruieren. Leider kamen alle angerannt, als Marvell um Hilfe rief, und haben alle Spuren zertrampelt, falls es überhaupt welche gegeben hat.«

»Eins trifft sich günstig für Sie: falls es Mord war, haben Sie praktisch alle Verdächtigen beisammen. Die Leute von der Party.«

»So einfach ist das nicht.« Zu dem Mann mit dem Notizbuch sagte er: »Dies lassen wir jetzt mal raus«, dann wandte er sich wieder mir zu: »Die hatten ein kaltes Büfett im Speisezimmer aufgebaut, und zu der Zeit, als es passierte, gingen die Gäste ein und aus. Selbst Marvell hätte sie hineinstoßen und dann wieder rausfischen können.«

»Warum hacken Sie auf Marvell herum?«

»Na, denken Sie doch mal nach. Er braucht Geld, um sein Stück im Osten herausbringen zu können. Er ist ein Freund von Slocum. Und jetzt ist Slocum ein reicher Mann.«

»An Slocum denken Sie nicht – oder?«

Er verzog säuerlich das Gesicht. »James ist ein Muttersöhnchen. Der würde seiner Mama kein Haar gekrümmt haben.«

»Und Maude Slocum?«

»Auch nicht. Wenn es wirklich Mord war, besteht ohne weiteres die Möglichkeit, daß es ein Außenstehender getan hat. Eine solche Frau hat viele Feinde.«

»Wie etwa die Pareco«, sagte ich.

»Häh?«

»Die Pacific Refinery Company.«

»Oh. Ja. Nur, die Ölgesellschaften machen heutzutage nicht mehr in Mord. Nicht wegen einer so kleinen Sache wie einer Ölpacht. Ich wollte Sie schon fragen: Sie haben keine Fremden hier in der Gegend gesehen?«

Auf diese Frage hatte ich gewartet und mir überlegt, wie ich sie beantworten sollte. Reavis war der logische Verdächtige: er war hier gewesen, betrunken, und hatte Grund zur Klage gehabt. Bloß hatte er, als ich ihn aufgelesen hatte, nicht wie ein Mann ausgesehen, geredet oder gewirkt, der soeben einen Mord verübt hatte. Und der Zeitfaktor stimmte auch nicht. Aber wenn die Polizei nach einem schnellen und bequemen Ausweg suchte, konnte sie ihn wahrscheinlich auf Grund von Indizienbeweisen in die Gaskammer schicken. Ich entschloß mich, Knudson zu trauen, aber eine Karte behielt ich verdeckt. So verschwieg ich ihm, daß es, als ich Reavis eine Meile oder weiter vom Haus entfernt auflas, nach der Uhr auf dem Armaturenbrett und nach meiner Armbanduhr genau dreiundzwanzig Minuten nach acht gewesen war. Reavis hatte meine Aufmerksamkeit auf die Uhrzeit gelenkt, und das konnte bedeuten, daß er versuchte, mich für ein Alibi auszunutzen. Ich hasse es, ausgenutzt zu werden.

Knudson gefiel mein Zögern nicht, aber er behielt die Ruhe. »Also gut. Sie haben außerhalb des Tores angehalten und den Jungen irgendwann nach acht im Wagen mitgenommen. Sie sind sich klar darüber, daß wir nicht wissen, wann sie ermordet wurde, und es wahrscheinlich auch nie wissen werden. Marvells Aussage hat keine Beweiskraft. In seinem ersten Bericht hat er nicht einmal das Aufklatschen erwähnt, das er gehört hat oder glaubte, gehört zu haben. Wirkte Reavis wie ein Mann, der gerade einen Mord begangen hatte?«

»Nur wenn er Spaß an so etwas hätte. Er war gut gelaunt.«

»Wie ist er eigentlich? Ich habe ihn hier zwar schon gesehen, aber nie mit ihm gesprochen.«

»Er würde seiner verwitweten Mutter die Rente klauen, um Geld zum Wetten zu haben; aber ein Mensch, der sie ins Wasser stößt, ist er sicherlich nicht. Ein Psychopath? Mag sein – aber kein extremer. Er reagiert sich ab, indem er redet.«

Er lehnte sich über die ganze Breite des Tisches zu mir herüber. »Mögen Sie den Jungen? Haben Sie ihn deshalb vor Franks entwischen lassen?«

»Ich sehe rot, wenn mir ein Schuß knapp an den Nieren vorbeigeht. Ich mag Reavis überhaupt nicht, aber einige andere Leute mögen ihn. Cathy Slocum zum Beispiel.« Das war ein Schlag unter die Gürtellinie.

Sein Gesicht schwoll rot an; er lehnte sich noch näher zu mir herüber. »Sie sind ein Lügner. Cathy gibt sich nicht mit solchem Gesindel ab.«

»Nun mal langsam, Knudson.« Ich stand auf. »Fragen Sie doch ihren Vater, wenn Sie wollen.«

Sein Gesicht verlor alle Farbe, er wirkte wie benommen. »Was geht hier vor?« sagte er wie zu sich selbst. Dann erinnerte er sich an mich und an den Stenografen.

Er nahm dem Mann das Notizbuch aus der Hand und riß das letzte, mit Kurzschrift beschriebene Blatt heraus. »Schon gut, Eddie, machen Sie mal 'ne Pause.« Und zu mir: »Was werden Sie tun? Uns helfen, Reavis zu finden?«

»Ich werde mit Mrs. Slocum reden.«

»Tun Sie das. Sie ist bei ihrem Mann im Empfangszimmer. Es liegt auf der anderen Seite der Diele gegenüber dem Wohnzimmer.«

Ich stand auf. »Ich bin übrigens kein Lügner.«

»Was?« Er erhob sich ebenfalls. Er war nicht größer als ich, aber er war breit und kräftig. Sein massiger Körper beherrschte den Raum, wenn auch die Gedanken hinter den blaßblauen Augen offensichtlich mit etwas anderem beschäftigt waren.

»Ich bin kein Lügner.«

Er richtete den Blick auf mich, kalt und feindselig. »Na schön«, sagte er nach einer Weile. »Dann eben nicht.« Er ließ sich wieder auf seinen Stuhl fallen, die Schultern zusammengesunken und faltig wie ein Jackett auf einem nicht passenden Kleiderbügel.

8

Als ich an der offenen Tür des Wohnzimmers vorbeikam, warf ich einen kurzen Blick auf die Leute, die darin warteten. Die Stimmen klangen gedämpft, die Gesichter waren bleich und angespannt. Ein Polizist in blauem Hemd hockte auf einem Stuhl neben der Tür und betrachtete die Schirmmütze auf seinem Knie wie das Gesicht eines lieben Freundes.

Die Tür zum Empfangszimmer auf der anderen Seite der Diele war geschlossen. Ich wollte schon anklopfen, als ich drinnen eine Männerstimme fluchen hörte. Das Wort paßte nicht zu dieser hohen Tenorstimme. Eine Frau antwortete sehr schnell und leise, zu leise, um mich das Gesagte verstehen zu lassen.

Ich ging zur nächsten Tür und betrat ein dunkles Zimmer. Das Eßzimmer, wie ich in dem spärlichen, von der Diele einfallenden Licht feststellen konnte. Als ich die Tür hinter mir zuzog, wurde es noch dunkler. Nur ein schmaler Lichtstreifen kam unter der altmodischen Schiebetür hervor, die Eß- und Empfangszimmer trennte. Ich schlich leise durch das Zimmer und legte mich vor der Schiebetür auf den Boden. Jetzt konnte ich Maude Slocums Stimme verstehen:

»Ich habe es aufgegeben. Jahrelang habe ich alles versucht. Jetzt kann ich nicht mehr.«

»Nichts hast du versucht«, entgegnete ihr Mann mutlos und bitter. »Du hast in meinem Haus gewohnt und mein Brot gegessen und nie auch nur den leisesten Versuch unternommen, mir zu helfen. Wenn ich ein Versager bin, wie du sagst, dann hast du ebenso versagt wie ich.«

»Das Haus deiner Mutter«, höhnte sie. »Das Brot deiner Mutter – ein hartes Brot.«

»Laß Mutter da raus!«

»Wie kann ich sie rauslassen?« Jetzt schnurrte ihre Stimme sanft und beherrscht, ganz Herr der Lage. »Sie war die beherrschende Figur in meiner Ehe. Du hattest die Chance, einen klaren Trennungsstrich zu ziehen, als wir heirateten, aber dazu hast du nicht den Mut gehabt.«

»Ich hatte keine echte Chance, Maude.« Die komödiantenhafte Stimme bebte unter der Last des Selbstmitleids. »Ich war zu jung, um zu heiraten. Ich war abhängig von ihr – ich hatte noch nicht einmal das Studium beendet. Aber du hattest es ja so eilig mit dem Heiraten . . .«

»Ich hatte es eilig? Du hast mich mit Tränen in der Stimme angefleht, dich zu heiraten. Du sagtest, das Heil deiner unsterblichen Seele hinge davon ab.«

»Ich weiß. Und ich hab's ja auch geglaubt.« Die einfachen Worte hallten wider von Verzweiflung. »Du wolltest aber auch heiraten. Du hattest deine Gründe.«

»Da hast du verdammt recht, daß ich meine Gründe hatte mit einem Kind im Bauch und keinen, an den ich mich wenden konnte. Vielleicht hätte ich die große Liebende spielen, meinen Stolz runterschlucken und irgendwohin gehen sollen.« Ihre Stimme sank zu einem scharfen Flüstern herab: »Das war es doch, was deine Mutter wollte, nicht wahr?«

»Du bist nie großherzig gewesen, Maude.«

Sie lachte unangenehm. »Aber Mutter auch nicht – oder? Ihr Schoß war immer nur groß genug für dich.«

»Na gut.« Er bemühte sich, mit fester Stimme zu sprechen. »Aber jetzt, da Mutter tot ist, könntest du etwas freundlicher von ihr denken. Sie war immer gut zu Cathy. Sie selbst mußte sich einschränken, um Cathy zur Schule schicken und anständig kleiden zu können ...«

»Das gebe ich zu. Aber du verstehst einfach nicht, daß ich jetzt endlich einmal an mich selbst denken will. Ich bin schließlich auch noch eine Frau und nicht nur Mutter. Ich bin erst fünfunddreißig.«

»Es ist schon ziemlich spät, um noch einmal ganz von vorn anzufangen.«

»Dabei habe ich das Gefühl, als ob ich überhaupt noch nicht angefangen hätte – als hätte ich fünfzehn Jahre nur vegetiert. Aber länger halte ich das nicht aus. Ich verkümmere innerlich.«

»Also so willst du's jetzt drehen. Auf diese Chance hast du doch jahrelang gewartet. Wenn Mutter nicht gestorben wäre, würdest du bereitwillig so weitermachen wie bisher.«

»Du weißt nicht, wovon du redest.«

»Also dann ungefähr so wie bisher. Ich weiß, daß mit dir etwas geschehen ist, seit du diese Reise nach Chicago gemacht hast.«

»Was ist mit dieser Reise nach Chicago?« Eine Drohung schwang in der Frage mit.

»Ich habe dich bis jetzt nicht gefragt und beabsichtige es auch jetzt nicht. Ich weiß nur, daß du dich verändert hattest, als du damals im Frühling zurückgekommen bist. Du warst lebhafter ...«

Verächtlich schnitt sie ihm das Wort ab: »Es ist wohl auch klüger, wenn du keine Fragen stellst, James. Ich könnte auch so einiges fragen, zum Beispiel, was Francis angeht. Nur – ich kenne die Antworten schon.«

Er schwieg eine Weile. Schließlich seufzte er. »So kommen wir nicht weiter. Was willst du?«

»Das ist sehr leicht zu sagen: die Hälfte von allem, was du

besitzt, und das schließt jetzt die Hälfte dieses Grundstückes mit ein.«

»Also! Mutters Tod ist dir ja äußerst gelegen gekommen, nicht wahr? Wenn ich dich nicht kennen würde, Maude, könnte ich glauben, daß du Mutter umgebracht hast.«

»Ich will nicht so tun, als täte mir das Geschehene leid. Sobald wir diese Unannehmlichkeiten hinter uns haben und du einer Regelung zugestimmt hast, reiche ich die Scheidung ein.«

»Ich werde auf alle Forderungen eingehen«, sagte er schwach. »Du hast lange genug auf deinen Anteil am Besitz gewartet. Der steht dir zu.«

»Und Cathy«, verlangte sie. »Vergiß Cathy nicht!«

»Ich habe sie nicht vergessen. Cathy bleibt bei mir.«

»Damit sie mit dir und Francis *à trois* leben kann? Das kommt nicht in Frage.«

Er sagte mit großer Mühe: »Francis wird nicht dabei sein.«

»Francis oder ein anderer wie er. Ich kenne deine Neigungen, James.«

»Nein!« Das Wort kam wie ein Schrei. »Ich will nur Cathy.«

»Was du willst, weiß ich. Du willst ein Aushängeschild, hinter dem du dich verstecken kannst. Du hast es bei mir versucht, aber ich habe dich durchschaut und werde nicht zulassen, daß du es mit Cathy noch mal probierst. Ich gehe fort von hier und nehme sie mit.«

»Nein. Nein.« Das zweite Nein verlor sich in einem schmerzlichen Wimmern. »Du darfst mich nicht verlassen.«

»Du hast deine Freunde«, hielt sie ihm ironisch entgegen.

»Tu mir das nicht an, Maude! Ich brauche euch beide mehr, als du glaubst.« Seine Stimme war hysterisch wie die eines Jungen.

»Sei doch ein Mann! Für so einen Jammerlappen kann ich nichts empfinden.«

»Du hast mich geliebt ...«

»Hab ich das?«

»Du wolltest meine Frau werden und dich um mich kümmern.«

»Das ist lange vorbei. Ich kann mich nicht mehr daran erinnern.«

Ich hörte Atemholen und schnelle Schritte. »Hure!« schrie er mit rauher, erstickter Stimme. »Du bist ein eiskaltes Weib – und ich hasse dich!«

»Es kühlt eine Frau ab«, sagte sie klar und fest, »mit einem Schwulen verheiratet zu sein.«

»Schreckliches – Weib.« Die Pause zwischen den Wörtern wurde durch einen hörbaren Schlag gekennzeichnet. Dann polterte etwas Hartes – seine Knie vermutlich – auf den Fußboden. »Verzeih mir«, flehte er. »Verzeih mir.«

»Du hast mich geschlagen.« Vor Überraschung klang ihre Stimme tonlos. »Du hast mir weh getan.«

»Das wollte ich nicht. Verzeih mir. Ich liebe dich, Maude. Bitte, bleib bei mir.« Ein würgendes Schluchzen zerriß sein Gestammel. Eine ganze Weile hörte man nichts als das Weinen des Mannes.

Dann begann sie, ihn mit sanfter, einschläfernder Stimme zu trösten: »Ruhig, Jimmy. Ich bleibe ja bei dir. Wir werden noch ein schönes Leben miteinander führen, nicht wahr, mein Liebes?«

Ich schwankte leicht, als ich wieder auf meine Beine kam. Ich hatte ein Gefühl, als hätte ich an der Wand der Hölle gelauscht. Ich ging, ohne den Schritt anzuhalten, an der geschlossenen Tür des Empfangszimmers vorbei hinaus auf den Rasen.

Ich war quer über den Rasen gelaufen und bereits auf dem halben Weg zur Auffahrt, als ich mich daran erinnerte, daß ich meinen Wagen in Nopal Valley auf der Straße geparkt hatte. Ich ging zur Rückseite des Hauses und fand die Küche leer vor bis auf die Haushälterin. Mrs. Strang, eine ältere Frau mit langem, weichem Gesicht und schütterem Haar, stand kochend am Herd.

Bei dem Geräusch meiner Schritte sprang sie zur Seite. »Himmel! Haben Sie mich erschreckt!«

»Das tut mir leid. Ich bin Archer, ein Freund von Mrs. Slocum.«

»O ja, Sie haben angerufen, ich erinnere mich.« Ihre blauen Lippen zitterten.

»Was macht Cathy?« erkundigte ich mich.

»Sie ist natürlich völlig fertig. Ich mache ihr etwas heiße Milch, damit sie einschläft.«

Irgendwie fühlte ich mich für Cathy verantwortlich, wenn auch nur, weil niemand sonst da war, der sich verantwortlich fühlte. Ihre Eltern waren vollkommen in ihren Privatkrieg verstrickt und handelten einen kleinen Waffenstillstand aus. Vermutlich war es immer so gewesen.

»Sie kümmern sich wohl ein bißchen um Cathy?« sagte ich, und Mrs. Strang antwortete voller Stolz:

»Das habe ich immer getan, Mr. Archer. Sie ist ein so liebes Kind. Und begabt! Einige ihrer Lehrer halten sie für ein Genie!«

»Hier wimmelt's nur so von Genies, nicht wahr?«

Ich ging, ehe ich in eine Diskussion verwickelt werden konnte. Von der Küchentür sah ich unterhalb der Garagen einen weißen Blitz aufflammen. Sie fotografierten immer noch am Swimming-pool.

Knudson war unten mit drei Leuten von seiner Dienststelle. Die Leiche lag immer noch zugedeckt neben dem Bassin. Die Unterwasserlampen brannten, das Wasser bekam dadurch eine blasse, smaragdene Tiefe mit einem leuchtenden, unruhigen Film an der Oberfläche.

Als Knudson mich sah, kam er sofort auf mich zu. »Was hat sie gesagt? Will sie uns helfen?«

»Ich hab sie nicht gesehen. Sie hatte sich mit ihrem Mann im Zimmer eingeschlossen.«

Seine Nüstern blähten sich zu einem Hohnlächeln, das aber nicht mir galt. »Unsere Funkstreifenwagen suchen bereits nach Reavis. Sie könnten helfen, weil Sie ihn vom Sehen her kennen.«

»Das liegt ein wenig außerhalb meines Streifenbezirks, nicht wahr?«

»Das müssen Sie beurteilen. Mir scheint, es gibt da eine gewisse Verantwortung . . .?«

»Vielleicht. Können Sie mir eine Fahrgelegenheit zur Stadt verschaffen? Aber nicht mit Franks.«

»Na sicher.« Er wandte sich an den Fotografen, der bei der Leiche kniete. »Bald fertig, Winowsky?«

»Ja.« Er warf die Decke zurück. »Nur noch ein paar Aufnahmen von der Leiche. Und zwar ein paar hübsche, das verlangt meine Berufsehre.«

»Können Sie Mr. Archer mit in die Stadt nehmen?«

»Ja.«

Er stand gebückt über der Leiche und ließ die Birne der Kamera aufblitzen.

Das weiße Magnesiumlicht hob das tote Gesicht aus den Schatten und warf es gegen die Nacht. Die Sommersprossen wuchsen wie Pickel auf der kalkweißen Haut. Schaum quoll rund und weiß wie Tiefseelebewesen aus den Nasenlöchern und dem offenen Mund. Die offenen grünen Augen starrten in leerem Erstaunen auf den bewegten, dunklen Himmel zwischen den noch dunkleren Bergen.

»Noch eine«, sagte der Fotograf und stieg über die Leiche hinweg. »Nun schau mal auf das Piepvögelchen hier.«

Das weiße Licht blitzte noch einmal vor dem unbewegten Gesicht auf.

9

Das rosa verputzte Gebäude war groß, neu und häßlich. Es hatte einen Seiteneingang, über dem in roten Neonbuchstaben die Worte HIER DARF GETOBT WERDEN standen. Bis auf die Straße drang der Radau, dazu der Doppel-Beat einer

Band und das Scharren vieler Füße. Als ich die schwere Tür öffnete, zerriß mir der Lärm beinahe die Ohren.

Der schlimmste Krach kam von der Plattform im hinteren Teil des Raumes, wo eine Gruppe junger Männer in weißem Flanell ein Piano, eine Gitarre, eine Posaune, eine Trompete und das Schlagzeug mißhandelten. Das Piano klimperte und dröhnte, die Posaune schmetterte, die Trompete kreischte und schrie. Die Gitarre biß von der chromatischen Tonleiter Brocken ab und spuckte sie im Schnellfeuer wieder aus, ohne sie zu kauen. Der Schlagzeuger schlug auf alles, was er hatte: Trommeln, Holzklappern, Becken; er stampfte auf den Boden, trommelte auf der Stuhllehne und knallte auf der verchromten Stange herum, auf der das Mikrofon befestigt war. *The Furious Five* stand auf der großen Trommel.

Der Rest des Lärms kam aus den Nischen an drei Wänden des Raumes und von der Tanzfläche in der Mitte, wo zwanzig oder dreißig Leute im Qualm herumwirbelten. Das schrille Kichern betrunkener und geschmeichelter Frauen, die tierischen Laute betrunkener und gieriger Männer. Babel mit wilder Jazz-Begleitung.

Eine Dicke mit rotgefärbtem Haar und schillernder Bluse schenkte an der Theke nahe der Tür Getränke ein. Ihre Brüste wackelten in der Bluse wie zwei riesige abgepellte und weichgekochte Eier. Die Kellnerinnen kamen und gingen wie ein Zug von Ameisen. Alle Whiskys kamen aus derselben Flasche. Als einmal eine Lücke im Zug der Kellnerinnen entstand, ging ich zur Theke. Die dicke Frau zerschmetterte darunter eine Flasche, dann richtete sie sich schwer atmend auf.

»Ich bin Helen«, sagten ihre Gummilippen mit einem Jedermannslächeln. »Sie wollen was trinken, suchen Sie sich einen Platz, und ich schicke Ihnen die Kellnerin.«

»Danke. Ich suche Pat.«

»Welche Pat? Arbeitet sie hier?«

»Ein Mann. Jung, groß, lockiges, dunkles Haar.«

»Mein Freund, ich habe meine eigenen Sorgen. Na, nun laufen Sie man nicht gleich wütend weg. Versuchen Sie es doch mal bei den Kellnerinnen.« Sie holte tief Atem, und die Eier schwollen bis fast zum Kinn an.

»Zwei Bier«, sagte eine Kellnerin hinter mir.

Ich fragte sie: »Ist Gretchen hier?«

»Sie meinen Gretchen Keck?« Sie deutete mit dem ausgestreckten Daumen zu einem großen Mädchen auf der Tanzfläche hin. »Das ist sie, die Blonde im blauen Kleid.«

Ich wartete, bis die Musik aufhörte, und ging dann hinüber zu einer leeren Nische. Einige Paare blieben mitten im Raum stehen, eng umschlungen, Wange an Wange. Ein mexikanischer Junge in Blue jeans und weißem Hemd stand bei der großen Blonden. Gretchen war so blond wie der Junge dunkel; sie hatte eine helle Haut und so hochtoupierte Haare, daß sie größer war als er. Sie konnten nicht stillstehen. Ihre Hüften, flach aneinandergepreßt, bewegten sich in einem langsamen Wiegen, bis die Musik anfing und ihren Rhythmus beschleunigte. Während sie auf der Stelle tanzte, umkreiste er sie wie ein balzender Auerhahn. Er ruckte mit Kopf und Hals auf balinesische Art, tanzte, auf den Absätzen hockend wie ein Kosak und verrenkte Hüften und Rumpf nach unterschiedlichen Rhythmen. Sie blieb auf der Stelle und ahmte seine Bewegungen leicht nach; sein Kreis um sie wurde immer enger.

Sie kamen wieder zusammen, und ihre Körper schüttelten und schlängelten sich im Takt eines unmöglichen Beats. Dann lag sie still an seiner gewölbten Brust, und ihre Arme fielen herunter. Er hielt sie, die Musik ging ohne sie weiter.

In der Nische hinter mir rief eine Frau auf spanisch die Mutter Gottes um Beistand an, dann stieß sie sich von ihrem Stuhl ab, ein mageres mexikanisches Mädchen mit Haaren wie frisch gegossener Teer. Aus ihrer geballten rechten Faust ragte eine lange Messerklinge. Ich setzte mich in Bewegung. Meine linke Fußspitze erwischte sie am Spann, und sie landete hart auf dem Boden. Das Schnappmesser rutschte scheppernd über die Dielenbretter. Auf dieses Signal hin sprangen der dunkle Junge und das blonde Mädchen auseinander, so plötzlich, daß es auf seinen hohen Absätzen taumelte. Der Junge sah erst auf das Messer am Boden und dann auf die Frau, die mühsam auf die Knie kam. Seine Augen füllten sich mit Wasser, und sein gebräuntes Gesicht nahm die Farbe grüner Patina an.

Gebeugt und betrübt, ohne sich noch einmal umzublicken, ging er zu der Frau und versuchte ungeschickt, ihr beim Aufstehen zu helfen. Sie spuckte Worte in Spanisch aus, die sich anhörten wie eine Kette billiger Feuerwerkskörper. Ihr verschlissenes schwarzes Satinkleid war staubbedeckt. Eine Hälfte ihres fahlen, narbigen Gesichts war verschmutzt. Sie begann zu weinen. Er legte die Arme um sie und sagte: »Bitte, es tut mir leid.« Zusammen gingen sie hinaus. Die Musik hörte auf.

Ein schwerer Mann in mittleren Jahren und in einer Phantasieuniform tauchte aus dem Nichts auf. Er hob das Messer auf, zerbrach es über dem Knie und steckte Heft und Klinge in die Tasche seiner blauen Jacke. Mit leichten Schritten, als ginge er auf Eiern, kam er zu meiner Nische.

»Gute Arbeit, Sohn«, sagte er. »Die gehen manchmal so schnell in die Luft, daß ich sie gar nicht im Auge behalten kann.«

»Messerstechereien stören mich beim Trinken.«

Seine rotgeränderten Augen schauten aus einem von den Jahren zerklüfteten Gesicht. »Neu hier, nicht wahr?«

»Ja«, antwortete ich, obwohl ich das Gefühl hatte, schon seit Tagen in Nopal Valley zu sein. »Und da wir gerade vom Trinken sprechen – ich habe noch nichts gehabt.«

Er winkte einer Kellnerin. Sie setzte ein Tablett mit leeren Gläsern ab, die mit Schaumresten marmoriert waren. »Was darf's sein?«

»Eine Flasche Bier.« Ich mißtraute dem Bar-Whisky. »Fragen Sie Gretchen, was sie trinkt und ob ich sie zu einem Glas einladen darf.«

Das Bier und Gretchen kamen gleichzeitig. »Helen sagt, Ihre Getränke übernimmt das Haus«, verkündete die Kellnerin. »Oder was Sie sonst haben wollen.«

»Essen?«

»So spät nicht. Die Küche ist geschlossen.«

»Was denn sonst noch?«

Die Kellnerin knallte mir das Bier so hart hin, daß es aufschäumte, und ging wortlos davon.

Gretchen kicherte und rutschte mir gegenüber auf die Bank. »Helen hat oben Zimmer. Sie sagt, in diesem Kaff gibt es zu viele Männer, und jemand muß dafür sorgen, daß sie Dampf ablassen können.« Sie nippte an ihrem Getränk, Cola mit Rum, und zwinkerte mir ein wenig zu aufdringlich über den Rand des Glases zu. Ihre Augen waren naiv und blau wie Kornblumen. Nicht einmal der wollüstige Mund, den sie sich aufgemalt hatte, konnte ihre Frische beeinträchtigen.

»Ich leide nicht an Überdruck.«

Sie musterte mich gründlich; es fehlte nur noch, daß sie das Gewebe meines Anzugstoffs befühlt hätte. »Kann sein. Sie sehen mir nicht aus wie einer, der die Zimmer oben nötig hat. Trotzdem, flink sind Sie, Bruder.«

»Vergessen wir's.«

»Ich wollte, ich könnt's. Ich hab nie Angst, wenn's zu Schlägereien kommt ... Aber später krieg ich das große Zittern. Gott verdamm diese Person zur Hölle.«

»Sie ist bereits dort.«

»Ja, ich weiß, was Sie meinen. Diese spanischen Weiber nehmen alles so schwer; es kommt noch so weit, daß ein Mädchen nicht einmal mehr seinen Spaß haben darf.«

»Sie scheinen trotzdem nicht allzu schlecht wegzukommen«, sagte ich. »Wenn man Pat glauben darf.«

Sie errötete, und ihre Augen strahlten auf. »Sie kennen Pat?«

»Er war mein Kumpel«, sagte ich und erstickte beinahe an dem Wort. »Bei den Marines.«

»Dann war er also wirklich dabei?« Sie schien überrascht und erfreut zu sein. Und sie war gewitzter, als ich geglaubt hatte.

»Sicher. Wir waren ja zusammen.« Ich fühlte mich ein wenig wie ein Kuppler.

»Dann wissen Sie vielleicht auch« – sie biß sich auf die Unterlippe – »ob er wirklich so eine Art Geheimagent ist?«

»Das kann ich wirklich nicht sagen.«

»Er erzählt so viele Geschichten. Manchmal weiß man nicht, was man glauben soll. Aber Pat ist prima«, fügte sie ihn verteidigend hinzu. »Er hat Verstand und wird's noch weit bringen.«

Ich stimmte zu, so aufrichtig, wie ich konnte. »Ich hatte gehofft, ihn heute abend hier zu finden. Bei meiner Firma ist eine Stelle frei, die ganz das Richtige für ihn wäre.«

»Eine richtige Anstellung?« Die Worte besaßen die Überzeugungskraft eines vierfarbigen Werbedrucks, und sie wiederholte sie voller Achtung. Gretchen sah sich bereits in einer Schürze, frisch aus der neuen Waschmaschine kommend, wie sie in der gekachelten Küche einer modernen Einzimmerwohnung für Reavis kochte ... »In Los Angeles?«

»Ja.«

»Vielleicht ist er ja bei mir. Manchmal wartet er auf mich im Wohnwagen.«

»Können Sie jetzt hier weg?«

»Warum nicht. Ich bin hier ›freie Mitarbeiterin‹.« Sie plapperte weiter wie eine Schallplatte, die sie vergessen hatte abzustellen, aber ihre Gedanken liefen weit voraus. Gretchen in einer neuen Lebensphase, attraktive junge Frau des aufsteigenden jungen Angestellten Reavis.

Wir gingen zu meinem Wagen hinaus. Sie tat mir leid. Eigentlich sollte ich sie vor ihm warnen. Er würde niemals lange bei einer Frau bleiben oder seine Schulden bei einem

Mann zahlen. Statt dessen sagte ich: »Die Firma könnte einen Jungen wie Pat brauchen.«

»Wenn ich ihm helfen könnte, einen wirklich guten Job zu kriegen ...« begann sie. Den Rest verschluckte sie, aber er war leicht zu erraten ... Dann würde er mich heiraten.

Ein paar Häuserblocks weiter bogen wir in eine Gasse ein, die auf einen Hof führte. Am hinteren Ende des Hofes im Schatten einiger Eichen stand ein Wohnwagen, dessen Lack überall abblätterte und rostige Stellen hinterließ. Der Hof strömte Müllgeruch aus.

»Das da ist unser Anhänger.« In ihrer Stimme kam ein Anflug von Besorgnis auf. »Kein Licht«, fügte sie enttäuscht hinzu, als ich Scheinwerfer und Motor ausschaltete. »Aber vielleicht hat er sich hingelegt. Manchmal schläft er hier.« Sie wollte die Hoffnung nicht so schnell aufgeben.

»Sie sagten übrigens ›unser Anhänger‹. Ihrer und Pats?«

»Nein. Ich habe eine Schlafgenossin, sie heißt Jane, aber abends ist sie nie zu Hause. Sie arbeitet die ganze Nacht in einem Schnellimbiß oben an der Durchgangsstraße.«

Ihr Gesicht wurde jetzt vom Schatten der Eichen vollständig verschluckt. Die herben, trockenen Blätter raschelten unter unseren Füßen. Die Tür des Wohnwagens war nicht verschlossen. Sie ging hinein und schaltete das Licht an der Decke ein.

»Er ist nicht hier.« Es klang enttäuscht. »Wollen Sie reinkommen?«

»Danke.« Die Tür war so niedrig, daß ich den Kopf einziehen mußte.

Ich sah mich um. Dicht neben der Tür waren ein Spülbecken und ein Butangasofen angebracht. An den Längsseiten befanden sich zwei schmale eingebaute Kojen mit billigen Tagesdecken aus roter Baumwolle, am hinteren Ende ein eingebautes Toilettenschränkchen aus Sperrholz, auf dem sich Kosmetika, Haarklemmen und Comic-Hefte drängten, und darüber ein fleckiger Spiegel.

Sie langte an mir vorbei und schloß die Tür. Es roch nach ranzigem Fett und einem widerlichen süßen Parfüm. »Gemütlich«, brachte ich heraus.

»Bitte nehmen Sie doch Platz. Ich kann Ihnen leider nur etwas Muskateller anbieten.«

»Nein, danke, nicht nach Bier.«

Ich setzte mich auf den Rand der einen rotgedeckten Koje. Die Bewegungen des Mannes im Spiegel hatten die Schnelligkeit und Genauigkeit der Jugend, aber nichts von jugendlicher Begeisterung.

»Wir könnten uns ein bißchen amüsieren, wenn Sie wollen«, sagte sie unbestimmt. Wie sie im vollen Lampenlicht stand, sah sie aus wie eine angemalte Gummipuppe mit echtem Haar.

»Ich will aber nicht.«

»Schon gut, nur brauchen Sie deswegen ja nicht gleich beleidigend zu werden – oder?« Das sollte neckisch klingen, kam aber falsch heraus. Sie war verlegen und besorgt.

Sie versuchte es noch einmal: »Es eilt Ihnen wohl mit Pat, wie? Wissen Sie, vielleicht ist er ja in seiner Wohnung in Los Angeles. Gewöhnlich geht er ja mitten in der Woche nicht hin, aber es ist schon mal vorgekommen.«

»Ich wußte nicht, daß er eine Wohnung in Los Angeles hat.«

»Ach, es ist eigentlich nur ein Zimmer. Er hat mich an einem Wochenende mal mitgenommen, um es mir zu zeigen. Mann, wäre das nicht komisch, wenn Sie extra hierhergekommen wären, um ihn zu suchen, und er sitzt die ganze Zeit in Los Angeles?«

»Direkt zum Brüllen. Wissen Sie, wo es ist? Ich muß noch heute abend wieder nach Los Angeles. Dann könnte ich ja noch bei ihm vorbeigehen.«

»Seine Nummer weiß ich nicht auswendig, aber ich könnte sie suchen.« Sie setzte sich mir gegenüber auf die andere Koje, so nahe, daß sich unsere Knie berührten. Ein Paar

Nylonstrümpfe, die von einem Handtuchhalter über dem Bett herabhingen, kitzelten mich im Nacken. »Ich möchte wirklich so gern helfen.«

»Das ist nett von Ihnen. Hat sein Haus einen Namen?«

»Graham Court oder so ähnlich. Es liegt in einer der kleinen Seitenstraßen, die von der North Madison abgehen, zwischen Hollywood und Los Angeles.«

»Telefon?«

»Ich glaube nicht.«

»Nochmals schönen Dank.« Ich stand auf. Sie erhob sich wie mein Schatten, und wir waren eingezwängt in dem engen Gang zwischen den Betten. Ich versuchte, an ihr vorbei zur Tür zu gelangen und spürte die Berührung ihrer runden Schenkel.

»Ich mag Sie irgendwie, Mister. Wenn es etwas gibt, was ich tun könnte ...«

Ich schob mich an ihren spitzen Brüsten vorbei. »Wie alt sind Sie, Gretchen?« fragte ich sie, als ich in der Tür stand.

Sie folgte mir nicht bis zum Ausgang. »Das geht Sie nichts an. Etwa hundert Jahre. Nach dem Kalender siebzehn.«

Siebzehn. Ein oder zwei Jahre älter als Cathy. Und sie teilten sich in Reavis. »Warum gehen Sie nicht nach Hause zu Ihrer Mutter?«

Sie lachte: zerreißendes Papier in einer Echokammer. »Zurück nach Hamtramck in Michigan? Sie gab mich bei der Wohlfahrt ab, als sie sich das erstemal scheiden ließ. Mit vierzehn war ich allein auf mich angewiesen.«

»Soll ich Sie zu Helen zurückbringen?«

»Nein, danke. Heut nicht mehr. Und da Sie jetzt wissen, wo ich wohne – kommen Sie doch gelegentlich mal bei mir vorbei.«

Wie oft hatte ich diese Worte schon gehört. Die Nacht war erfüllt von murmelnden Stimmen der Mädchen, die ihre Jugend fortwarfen und um drei oder vier Uhr morgens das heulende Elend kriegten.

An einer Lunchbar am Santa Monica Boulevard hielt ich an. Ich wollte ein Sandwich, einen Kaffee und einen Blick ins Telefonbuch. Es hing an einer Kette am öffentlichen Fernsprecher neben dem Fenster zur Straße. Ein Graham Court in der Laredo Lane war darin verzeichnet. Ich wählte die Nummer und beobachtete dann die Spaziergänger auf den Fußwegen. Junge Jazzfanatikerinnen, high von Musik oder Hasch, Geschäftsleute in mittleren Jahren, Touristen mit heimlichen Wünschen und Träumen, hoffnungsvolle Flittchen und verzweifelte, schnelle, gierige, alterslose Lebenshungrige promenierten an der anderen Seite der Fensterscheibe vorbei. Die Leuchtreklame über dem Fenster war rot auf der einen und grün auf der anderen Seite, so daß sie alle, wenn sie auf dem Fußweg mein Gesichtsfeld passierten, erst wie die Verkörperung gesunder Jugend und wenige Schritte weiter alt und kränklich aussahen.

Eine trübe Stimme antwortete beim zwölften Klingeln. Pat Reavis wohne nicht im Graham Court, habe nie dort gewohnt. Gute Nacht.

Der Mann hinter der Theke schob ein dünnes weißes Sandwich und eine Tasse mit dickem braunem Kaffee über die schwarze Kunststoffplatte der Bar. Er hatte rosa Schmetterlingsohren. Der Rest von ihm befand sich noch im Larvenzustand. »Ich habe Ihr Gespräch zufällig mitgehört«, sagte er mit feuchter Aussprache. »Sie suchen Anschluß? Ich kenne da eine Nummer, die Sie anrufen könnten.«

An Stelle einer Antwort hielt ich ihm eine alte Dienstmarke, die ich mal als Hilfspolizist bekommen und aufbewahrt hatte, unter die Nase. »Zuhälterei bringt Sie ein paar Jährchen hinter Gitter.«

»Jesus!« Sein Gesicht machte eine überraschende und erschütternde Veränderung durch. »Ich hab ja nur Spaß gemacht. Ich kenne gar keine Nummer. Ehrlich.«

Sein Winseln verfolgte mich bis auf die Straße. Die zufallende Tür schnitt es ab. Ich war schlechter Laune.

Die Laredo Lane war eine dieser kleinen, verlorenen Straßen mit Stuck- und Holzhäusern zwischen den beiden großen Boulevards. Straßenlaternen, eine für jeden Block, teilten lange, finstere Zwischenräume auf. In einigen Häusern brannte noch Licht. Ich fing im Vorbeifahren Bruchstücke von Musik und Gelächter auf und konnte gelegentlich ein paar tanzende Pärchen durch die Fenster erkennen. Aber die meisten der kleinen, baufälligen Häuser waren dunkel hinter geschlossenen Fensterladen. Ein ganzer Häuserblock war leer, seine zerborstenen Betonfundamente waren vor langer Zeit von einem Feuer freigelegt worden.

Ich fühlte mich wie ein alternder Kater, den der Teufel ritt, daß er Ausschau hielt nach Streit, der ihm zerfetzte Ohren eintragen konnte. Ich schob den Gedanken beiseite. Nächtliche Straßen waren meine Domäne und würden es sein, bis ich mich in der allerletzten Gosse wälzte.

Die Buchstaben GRAHAM COURT waren aus der Vorderseite eines rechteckigen Metallkastens ausgeschnitten, der innen von einer Glühbirne beleuchtet wurde. Über dem Kasten war ein weiß angemaltes Brett angebracht, auf das eine ungelenke Hand geschrieben hatte: *Zimmer frei.* Das ›Keine‹ war durch ein verwittertes Stück Pappe verdeckt. Ich parkte den Wagen mit laufendem Motor hinter dem Kasten.

Der Court bestand aus einer Reihe verfallender Hütten, die um ein Stück welken Rasens standen. Aus einigen Hütten drang Licht durch die Ritzen der Holzwände. Das Büro, das der Straße am nächsten stand, war verschlossen und dunkel. Es sah verlassen aus, als habe es der Besitzer ganz aufgegeben. Über meinem Kopf bewegte sich ein rotblühender Eukalyptus im Wind und ließ seine dünnen kleinen Blütenblätter zu Boden rieseln. Ich las eins vom Fußweg auf und zerrieb es zwischen meinen Fingern zu rotem Staub.

Ich hatte mich noch nicht entschieden, ob ich den direkten

Weg wählen oder mich auf ein langweiliges Warten im Wagen gefaßt machen sollte, als in der Mitte der Reihe eine Tür geöffnet wurde. Ein gelber Lichtschein fiel auf das Gras, ließ kurz den Schatten eines Mannes sehen, dann erlosch das Licht. Ich ging die Straße hoch, fort von meinem Wagen. Bald darauf folgten mir schnelle Schritte.

Ich bog in eine dunkle Hauseinfahrt ein, als ob ich hierher gehörte. Mein langer, unbestimmter Schatten verschmolz mit den Schatten der Büsche. Die Schritte auf dem Fußweg gingen vorbei, ohne anzuhalten.

An der Ecke geriet der Mann in das Licht einer Straßenlaterne. Es war Reavis. Mit erhobenem Kinn und bewußt zurückgenommenen Schultern stolzierte er einher, als sei er der Rattenfänger von Hameln mit einem Schwarm junger Mädchen im Gefolge. Als er um die Ecke gebogen war, rannte ich zu meinem Wagen zurück und fuhr um den Block, gerade noch rechtzeitig, um die Scheinwerfer auszuschalten und die Einmannparade die nächste Straßenkreuzung überqueren zu sehen.

Ich ging kein Risiko ein. Da er meinen Wagen kannte, ließ ich ihn stehen und folgte ihm zu Fuß. Immer etwa einen Block hinter ihm bleibend, nutzte ich jede Deckung aus: Bäume, Hecken, parkende Wagen. Er sah sich nicht ein einziges Mal um und bewegte sich wie ein Mann, dessen Gewissen rein ist oder der überhaupt keins hat. Als er zum Sunset kam, bog er links ein. Ich überquerte den Boulevard und verringerte die Entfernung zwischen uns. Er trug einen schwarzbraunen Pepitaanzug.

Reavis steuerte auf ein Taxistand zu, wo mehrere Wagen hintereinander am Straßenrand warteten. Aber anstatt sich ein Auto zu nehmen, setzte er sich auf eine Bank an der Bushaltestelle. Er legte die Beine übereinander und zündete sich eine Zigarette an. Von einer Seitenstraße aus beobachtete ich ihn. Der mitternächtliche Verkehr floß mit gleichbleibender Geschwindigkeit von fünfunddreißig bis vierzig Meilen zwischen uns dahin.

Ein langer schwarzer Wagen löste sich aus dem Strom und fuhr an den Straßenrand, wo Reavis saß. Er stand auf und schnippte die Zigarette fort. Ein Mann in dunkelgrauer Fahrerlivree stieg aus und öffnete ihm die hintere Tür. Ich befand mich mitten auf der Straße auf der schmalen Verkehrsinsel zwischen den Fahrbahnen, als sich die Limousine wieder in Bewegung setzte.

Ich öffnete die Tür des ersten Taxis und sagte dem Fahrer, er solle dem Wagen folgen.

»Doppelter Fahrpreis?« übertönte er das Brüllen des startenden Motors.

»Klar. Und einen Dollar extra für die Zulassungsnummer.«

Das Taxi fuhr vom Straßenrand mit einem Jet-Start los, der mich in den Sitz zurückwarf, und war in Sekundenschnelle auf fünfzig Meilen. Durch gewagte Überholmanöver näherten wir uns der schwarzen Limousine.

»Kommen Sie ihm nicht so nahe. Lassen Sie sich zurückfallen, sobald Sie die Nummer haben.«

Er fuhr etwas langsamer, verringerte aber nach und nach den Abstand zwischen beiden Wagen. »Die Nummer ist 23 P 708«, sagte er nach einer Weile.

Ich schrieb die Nummer auf die Innenseite eines Streichholzheftchens und steckte es in die Uhrtasche.

Der schwarze Wagen fuhr unerwartet an den Straßenrand, ließ Reavis aussteigen und zog wieder davon. Reavis steuerte auf eine Tür zu. *Hunt Club* stand auf dem darüber angebrachten Schild. Die ledergepolsterte Tür fiel hinter ihm zu.

»Lassen Sie mich hier raus«, sagte ich zu dem Fahrer. »Parken Sie hier in der Nähe und warten Sie auf mich.«

Er hob die rechte Hand und machte die Bewegung des Geldzählens. »Wie wär's mit 'ner kleinen Anzahlung, Mister?«

Ich gab ihm einen Fünfer.

Er sah auf den Schein und drehte sich dann um, um mich von oben bis unten zu mustern. Er hatte ein sizilianisches

Gesicht, schwarze Augen und eine scharfe Nase. »Die Sache ist doch wohl nicht faul oder so?«

Ich sagte: »Ich bin Privatdetektiv. Es wird keine Schwierigkeiten geben.« Ich hoffte es jedenfalls.

Dennis' *Hunt Club* war düster, kühl und voller Menschen. Indirektes Licht schien diskret auf poliertes Messing und Holz, auf polierte Schädel und hochpolierte Gesichter. Die Fotos an den getäfelten Wänden trugen die Unterschriften aller großen Namen oder von Namen, die einst groß gewesen waren.

Der Raum war in zwei Ebenen gebaut, so daß man von der Bar aus einen Blick auf das Restaurant hatte. Es war beinahe zwei Uhr. In der Bar herrschte Hochbetrieb. Ich fand einen leeren Hocker, bestellte ein Guiness und sah mich um.

Bald hatte ich unten im Restaurant den Pepitaanzug erkannt. Reavis saß mit dem Rücken zu mir. Ihm gegenüber saß ein Mann vor einem vierzölligen Steak, die schweren Schultern von einem mitternachtsblauen Smokingjackett eingeengt. Der dicke Hals, der aus einem weichen weißen Kragen wuchs, trug einen riesigen Kopf mit einer Haut, so rosig und glatt wie die eines Babys. Rötliches Haar lag in dünnen Locken um den massigen Schädel. Die Augen waren halb geschlossen, leuchtende Schlitze voller Intelligenz in dem großen, weichen, kauenden Gesicht.

Die dritte am Tisch war eine junge Aschblonde in einem Kleid aus weißem, gefälteltem Chiffon, das von ihrer Schönheit überstrahlt wurde. Wenn sie den Kopf neigte, fiel das kurze, glänzende Haar nach vorn und umrahmte ihre Züge keusch wie ein Nonnenschleier.

Sie versuchte, sich an dem Gespräch der Männer zu beteiligen, fing aber von dem Unbekannten einen gereizten Blick auf. Schließlich erhob sich die Frau und kam auf die Bar zu. Sie glitt auf den leeren Hocker neben mir und wurde noch vor mir bedient. Der Barmann nannte sie Mrs. Kilbourne und würde an seiner Stirnlocke gezupft haben, wenn er eine gehabt hätte. Sie trank Bourbon pur.

Endlich brachte der Barmann mir ein Starkbier, das in einem gekühlten Kupferbecher schäumte. »Letzte Bestellung, Sir.«

»Dies genügt mir.«

Ich sah verstohlen die Frau an, um mir meinen ersten Eindruck bestätigen zu lassen. Sie hatte melancholische Augen unter schweren Wimpern, die Wangen waren leicht ausgehöhlt, als habe sie sich von ihrer eigenen Schönheit ernährt. Die Männer würden sich auf der Straße nach ihr umdrehen und ihr nachsteigen.

Ihre Hände zerrten am Diamantverschluß ihrer Abendhandtasche und durchsuchten dann tastend den Inhalt. »Verflucht noch mal!« entfuhr es ihr. Ihre Stimme war tief.

»Schwierigkeiten?« fragte ich, nicht gerade hoffnungsvoll.

Sie drehte sich weder um, noch bewegte sie auch nur die Augen. Ich dachte schon, sie erteile mir eine Abfuhr, und konnte es ihr nicht einmal verdenken. Aber nach einer Weile antwortete sie in dem gleichen einförmigen, ausgeglichenen Ton: »Abend für Abend schlägt man sich um die Ohren. Wenn ich das Geld für ein Taxi hätte, würde ich ihn sitzenlassen.«

»Darf ich Ihnen aushelfen?«

Sie drehte sich zu mir und sah mich an – mit dieser Art von Blick, der mich wünschen ließ, ich wäre jünger, hübscher und eine Million wert, und der mir versicherte, daß ich dies alles nicht war. »Wer sind Sie?«

»Ein unbekannter Verehrer. Das heißt, seit fünf Minuten.«

»Danke, unbekannter Verehrer.« Sie lächelte und zog die Augenbrauen hoch. Ihr Lächeln war wie ein Pfeil. »Sind Sie sicher, daß Sie sich nicht übernehmen?«

»Keineswegs«, sagte ich. »Mir steht auch eine Flotte von Taxis zur Verfügung.«

»Komisch, die habe ich nämlich auch. Beziehungsweise

mein Mann. Und ich habe nicht einmal das Fahrgeld für eines.«

»Auf mich wartet draußen ein Taxi. Sie können es haben.«

»Solche Liebenswürdigkeit und solche Selbstverleugnung noch obendrein. So viele unbekannte Verehrer möchten bekannt werden.«

»Ich meine es ernst.«

»Lassen Sie nur, ich habe nur so dahergeredet. Ich habe nicht den Mumm, etwas anderes zu tun, als zu reden.«

Sie warf einen flüchtigen Blick zu ihrem Tisch hinüber. Der große Kopf nickte ihr befehlend zu. Sie trank ihr Glas aus und ging zum Tisch zurück. Der große Kopf rief mit volltönender, weitreichender Stimme nach der Rechnung.

Der Barmann breitete die Arme aus und wandte sich an die Gäste: »Tut mir leid, Leute, wir müssen jetzt schließen.«

»Wer ist das Goldpferdchen?« fragte ich ihn leise.

»Mrs. Walter Kilbourne«, erklärte er, als ob damit alles gesagt sei. Für mich war der Name mit Geld verbunden, aber ich wußte nicht genau, wo ich ihn hintun sollte.

Ich wartete im Taxi auf der anderen Straßenseite, als sie kamen. Gleichzeitig fuhr die Limousine vor. Kilbourne war ebenso groß wie seine Frau, als beide zusammen über den Fußweg gingen. Diesmal saß Reavis vorn beim Fahrer.

Mein Fahrer sagte: »Wollen Sie noch ein bißchen Verstekken spielen?«

»Das könnte ich eigentlich tun. Es ist ja gerade erst zwei Uhr.«

»Einige Leute«, brummte er, »haben einen sehr komischen Sinn für Humor.« Er wendete an der Ecke und fuhr schnell zurück. Der Verkehr hatte sich gelichtet, und es war leicht, die weit auseinanderstehenden roten Schlußlichter im Auge zu behalten. In der Mitte des Sunset Strip fuhr der schwarze Wagen wieder an den Straßenrand. Die blonde Frau und ihr Mann stiegen aus und gingen ins *Flamenco*. Reavis blieb neben dem Fahrer sitzen. Der schwarze Wagen wendete plötzlich und fuhr an uns in entgegengesetzter Richtung vorbei.

Mein Fahrer legte wütend den ersten Gang ein und mühte sich mit dem Lenkrad ab. »Wie lange soll das noch so weitergehen?«

»Das wird sich zeigen.«

»Gewöhnlich wärme ich mich um zwei etwas auf.«

»Ja, Mord bringt einem den ganzen Stundenplan durcheinander.«

Die Tachonadel sprang um zehn Meilen höher, als wäre sie direkt mit seinem Puls verbunden. »Haben Sie Mord gesagt?«

»Stimmt.«

»Damit mag ich aber nichts zu tun haben.«

»Das hat keiner gern. Behalten Sie nur den Wagen im Auge und variieren Sie die Entfernung.«

Der schwarze Wagen stoppte mit grellen Bremslichtern an der Ampel vor der Cahuenga, als mein Fahrer einen Fehler machte. Bevor die Limousine nach links einbog, fuhr er zu nahe heran. Reavis sah sich um, ich konnte ihn deutlich im Licht unserer Scheinwerfer erkennen, und sagte etwas zum Fahrer. Ich fluchte leise und hoffte, daß seine Bemerkung der Schönheit dieser Nacht gegolten habe.

Das hatte sie nicht. Sobald die Limousine die Schnellverkehrsstraße erreicht hatte, bewegte sie sich mit der Geschwindigkeit, für die sie gebaut war. Unsere Tachonadel ging auf achtzig und blieb dort hängen wie der Zeiger einer stehengebliebenen Uhr. Die Schlußlichter vor uns verschwanden hinter einer Kurve und blieben verschwunden, als wir die nächste Kurve mit kreischenden Reifen nahmen.

»Tut mir leid«, sagte der Fahrer, der starr über dem Lenkrad hing. »Der Cadillac hält seine hundert Meilen von hier bis San Francisco. Na ja, vermutlich ist er sowieso an der Lankershim abgebogen.«

11

Graham Court hatte sich irgendwie in der Stunde verändert, seitdem ich nicht mehr dort gewesen war. Es herrschte die gleiche verlassene Häßlichkeit, die gleiche anrüchige Atmosphäre von Leuten, die auf dem letzten Loch pfiffen, aber diese Dinge hatten einen Teil ihrer Realität verloren. Dadurch, daß Reavis dort herausgekommen und in eine Limousine gestiegen war, die ihn in die Gesellschaft von Mrs. Kilbourne brachte, hatte er diesem Ort eine neue Dimension gegeben: die Möglichkeit, daß es hinter den dünnen, schiefen Wänden mehr gab als Saufereien und Armut, Hurerei und Verzweiflung.

Reavis wohnte in der dritten Hütte, von der Straße aus gesehen links. Die Tür ließ sich ohne Mühe mit einem Dietrich öffnen. Ich machte sie hinter mir zu und fand den Lichtschalter an der Wand.

Der Raum stürzte aus der Dunkelheit auf mich ein und umgab mich mit einem schäbigen Würfel aus gepreßten Holzplatten. Das Licht kam von einer mit Papier verhängten Glühbirne in einer Doppelfassung. Sie wurde von einer Leitungslitze zur Seite gezogen, die zu einem Nagel in der Wand und dann weiter nach unten zu einer zweiflammigen Kochplatte führte. Auf dem mit Wachstuch bedeckten Tisch neben der Platte lagen dunkle Krumen, von denen sich einige bewegten. An der gegenüberliegenden Wand lehnte eine Kommode. Auf der Platte, in der brennende Zigaretten ihre Spuren hinterlassen hatten, sah ich eine Flasche billiges Haaröl und ein Bürstenetui mit den Initialen P.M.R.

Die Schubladen enthielten zwei gewaschene Oberhemden, zwei Paar prächtig gemusterte Baumwollsocken, einmal Unterwäsche zum Wechseln, einen Pappkarton, ein blaues Seidenband als Zeichen für den zweiten Platz beim Junioren-Sportfest 1951 in Camp Mackenzie – wo auch immer das sein mochte – und eine Schachtel mit Streichholzheftchen. Die

Schachtel war fast voll, und jedes Heft trug in Gold auf Schwarz gedruckt die Aufschrift: *Mit Grüßen von Patrick ›Pat‹ Reavis.* In der untersten Schublade lag schmutzige Wäsche, darunter das Hawaii-Hemd.

Ein eisernes Bett in der linken Ecke gegenüber der Tür nahm fast ein Viertel der Bodenfläche des Zimmers ein. Die Wand über dem Bett war mit Fotos von nackten Frauen beklebt, Eigenfabrikate wie Zeitschriftenbilder, vielleicht je ein Dutzend. Gretchen Keck war darunter, das Gesicht über dem weichen jungen Leib verlegen lächelnd. Die Bilder in der Tischschublade neben dem Bett waren ungewöhnlicher. Ein Satz der Wandgemälde von Herculanum war darunter, was nicht bedeutete, daß Reavis ein Amateur-Archäologe war. Gegenüber dem Bett hing von einem krummen Eisenrohr ein verblichener grüner Vorhang herab, der ein Waschbecken, eine Toilette und eine transportable Dusche umschloß, die mit rostendem Metall verkleidet war. Eine schmutzige Wasserlache breitete sich auf dem verrotteten Linoleum aus und färbte den Saum des Vorhangs dunkel.

Ohne mich hinzuknien, langte ich unter das Bett und holte einen Pappkoffer mit abgestoßenen Lederecken hervor. Er war verschlossen, aber der billige Schnepper löste sich, als ich dem Deckel einen harten Tritt versetzte. Ich zog ihn unter das Licht und öffnete ihn. Unter einem schimmelig riechenden Durcheinander von schmutzigen Hemden und Socken fand ich einen Wust von Papieren. Die meisten waren Briefe von ungelenker Hand, die als Unterschrift die Namen oder Spitznamen von Mädchen trugen, außerordentlich persönliche Briefe. Ich griff einen heraus, der begann: *Mein liebster Liebling. Du hast mich gestern abend ganz verrückt gemacht.* Er endete so: *Jetzt, da ich weiß, wie die Liebe ist, mein Liebling, wirst Du doch nicht fortgehen und mich verlassen – schreib mir und sage, daß Du das nicht tust.* Ein zweiter in einer anderen Handschrift begann: *Lieber Mister Reavis,* und endete: *Ich liebe sie leinschaflig von ganzen Härzen.*

Auf einem offiziellen Entlassungsschein wurde festgestellt, daß Patrick Murphy Ryan, geboren am 12. Februar 1941 in Bear Lake County, Kentucky, am 23. Juni 1962 in San Antonio, Texas, in das US-Marine-Korps eingetreten und im Dezember desselben Jahres wieder entlassen worden war, unehrenhaft. Als Ryans Zivilberufe waren angegeben: Landwirt, Automechaniker und Tankwartlehrling, und als Berufsziel hatte er Pilot bei einer kommerziellen Luftfahrtgesellschaft genannt. Dann war da noch eine Kopie eines Antrags für die National Service Life Insurance auf den Betrag von 2000 Dollar, ausgestellt von demselben Patrick Ryan und datiert vom 2. Juli 1962. Die Police sollte geschickt werden an Elaine Ryan Cassidy, R.R. 2, Bear Lake, Kentucky. Sie konnte seine Mutter oder Schwester oder ehemalige Frau sein.

Der Name Elaine tauchte noch einmal auf, diesmal mit anderem Familiennamen, auf einem zerrissenen, leeren Briefumschlag, der zerknüllt in einer Ecke des Koffers lag. Der Umschlag war adressiert an Mr. Patrick, Graham Court, Los Angeles, mit dem Poststempel Las Vegas vom 10. Juli dieses Jahres. Der Absender war auf die aufgerissene Klappe des Umschlags gekritzelt: Mrs. Elaine Schneider, Rush Apts., Las Vegas, Nev. Wenn dies dieselbe Elaine war, der man die Versicherungspolice Pats zugesandt hatte, dann war sie eine Frau, der er vertraute. Und nach Las Vegas war es nicht weit, zumindest nicht per Luft. Ich merkte mir die Adresse.

Ich ging das Bündel Briefe durch und suchte nach dem einen, der zu dem leeren Umschlag gehörte, als mir ein Luftzug in den Nacken wehte. Ich nahm einen der Briefe und richtete mich langsam auf, ohne mich umzudrehen, als brauche ich Licht zum Lesen. Dann drehte ich mich mit dem Brief in der Hand langsam um. Die Tür war ein paar Zoll weit geöffnet, dahinter herrschte vollkommene Dunkelheit.

Ich langte nach dem Lichtschalter. Der Schritt brachte mich ein wenig aus dem Gleichgewicht. Eine Hand kam durch die Öffnung und schloß sich um mein Handgelenk; Finger wie weiße Würste, besprenkelt mit kurzen schwarzen Borsten. Eine zweite Hand schloß sich um meinen Arm und bog ihn um die Türecke. Ich setzte einen Fuß gegen den Türpfosten und zog die Hände ins Zimmer. Die Hände, dann die Arme, dann die Schultern. Als der ganze Mann kam, brachte er die Tür gleich mit. Sie fiel beinahe lautlos gegen den grünen Vorhang.

Nase und Brauen wuchsen ihm wie brauner Schimmelpilz aus dem Gesicht. Kleine Augen lebten darin wie glänzende schwarze Käfer. Sie verkrochen sich, als ich mit gespreizten Fingern nach ihnen stach, und kamen dann wieder hervor. Ich verletzte mir die Hand an dem dicken Kinn. Der Kopf flog von dem Schlag zurück und kam grinsend wieder auf mich zu.

Plötzlich drehte er sich um, hob die Arme und sprang mich an. Seine Finger zerquetschten mir die Handgelenke. Ich wehrte mich gegen seine Umklammerung. Seine Jacke riß mit einem scharfen Geräusch am Rücken auf. Ich konnte ihm meine Hände entwinden, bekam ihn von rückwärts zu fassen, legte ihm beide Hände unter das Kinn und setzte ihm ein Knie ins Kreuz. Ganz allmählich richtete er sich auf, bog sich hintenüber und krachte auf den Boden. Sein Hinterkopf schlug auf die Holzdielen auf – und dann fiel mir die Zimmerdecke auf den Kopf.

Ich kam wieder zu mir. Der Boden unter meinem Gesicht schien zu vibrieren, und jede Schwingung wiederholte sich schmerzhaft unter meiner Schädelbasis. Als ich den Mund öffnete, schmeckte ich staubiges Tuch. Irgend etwas Schweres und Hartes drückte sich mir ins Kreuz. Ich versuchte, mich zu bewegen und merkte, daß meine Schultern und Hüften eingeengt waren. Meine Hände waren gefesselt und drückten mir hart in den Magen. Ein Gefühl der Panik ergriff mich im Nacken – ich kam mir vor, als läge ich in einem Sarg. Gewaltsam versuchte ich, es abzuschütteln und konnte endlich wieder klarer denken. Ich lag mit dem Gesicht nach unten auf dem Boden eines fahrenden Wagens, eingekeilt zwischen den Vorder- und Rücksitzen.

Die Räder holperten und rutschten über zwei Fahrspuren. Ich hob den Kopf.

»Immer mit der Ruhe, Freund«, sagte eine Männerstimme. Der schwere Gegenstand hob sich von meinem Kreuz und wurde mir in den Nacken gesetzt.

Ich sagte: »Nehmen Sie die Füße weg.«

Der Fuß in meinem Nacken verlagerte sich und drückte mein Gesicht auf den Boden. »Sonst wirst du wohl böse mit mir, was? Das hab ich mir gedacht.«

Ich lag still und versuchte, mir Höhe, Ton und Modulation der Stimme einzuprägen, damit ich sie zur gegebenen Zeit wiedererkannte. Sie war weich und flüssig wie Sirup mit einem klangvollen, eitlen Beben darin. Eine Stimme wie das billige Zeug, das einem die Friseure aufs Haar schmieren, ehe man sie daran hindern kann.

Sie sagte: »Schon gut, Freund, du kannst später reden. Und das wirst du.«

Weitere Fahrspuren. Eine Linkskurve. Holpriges, städtisches Straßenpflaster. Noch eine Kurve. Das Blut brüllte mir zornig in den Ohren. Der Mann nahm seine Füße von mir, die Wagentür wurde geöffnet. Ich mühte mich ab, um auf die Knie zu kommen, und zerrte mit den Zähnen an den Handfesseln. Sie waren mit Draht zusammengebunden.

»Nun mal schön langsam. Das ist ein Schießeisen, das ich da in deinem Rücken habe. Kannst du es spüren?«

Ich spürte es und machte schön langsam.

»Rückwärts aus dem Wagen, Freund. Und keinen Klamauk, oder wir machen 'ne kleine Spazierfahrt, die dann die letzte deines Lebens sein wird. Jetzt kannst du aufstehen und dich mal anschauen lassen. Ehrlich, du siehst mies aus.«

Ich betrachtete ihn meinerseits. Er war groß und schlank, das Jackett modisch tailliert, die Schultern stark wattiert. Das Haar auf der Mitte des Kopfes war dick, schwarz und glänzend, aber es paßte nicht zu den grauen Schläfen. Ich sagte: »Allzu taufrisch siehst du aber auch nicht aus.«

Er versetzte mir mit der Revolvermündung einen Schlag unters Kinn. Mein Kopf flog zurück, ich fiel gegen die offene Tür des Wagens und warf sie damit zu. Das Geräusch hallte laut wider in der verlassenen Straße. Ich wußte nicht, wo ich war, aber ich hatte das dunkle Gefühl, an meiner Endstation angekommen zu sein. In keinem der dunklen Häuser ging ein Licht an. Es passierte überhaupt nichts, nur daß der Mann mir seine Kanone gegen das Brustbein drückte ...

Der andere Mann lehnte aus dem vorderen Seitenfenster. Etwas Blut floß aus einem Riß über der rechten Augenbraue. »Wirst du allein mit dem Kerl fertig?«

»Mit Wonne sogar«, sagte der Mann zu uns beiden.

»Mach kein Sieb aus ihm, es sei denn, er will es nicht anders. Wir wollen nur seine Geschichte und ihn dann eine Weile auf Eis legen.«

»Für wie lange?«

»Das erfährst du morgen früh.«

»Ich bin doch kein Babysitter«, brummte der lange Mann. »Wie wär's denn mit deiner Wohnung, Mell?«

»Ich mache einen kleinen Trip. Gute Nacht, Schätzchen.« Der Wagen fuhr davon.

»Vorwärts, marsch«, sagte der Lange.

Er setzte einen Hacken auf meinen Rist und verlagerte sein ganzes Gewicht darauf. Er hatte dunkle kleine Augen. Sie fingen das Licht einer entfernten Straßenlaterne auf und reflektierten es wie die einer Katze.

Ich sagte: »Für deine Jahre bist du noch ganz schön munter.«

»Halt die Schnauze«, sagte er heiser. »Ich hab noch nie einen gekillt, aber ...«

»Ich schon, Schätzchen. Er hatte mich getreten, als ich am Boden lag.«

»Nenn mich nicht noch einmal so!« Er bewegte sich rückwärts und hielt den Revolver höher. Ohne ihn war er nichts. Aber er hatte ihn nun mal.

Ich marschierte über zerrissenen Beton hinauf zur Veranda. Er hielt den Blick und die Kanone auf mich gerichtet, während er nach dem Schlüssel suchte und aufschloß. Dann ertönte eine Frauenstimme: »Bist du's, Rico? Ich habe auf dich gewartet.«

Katzenartig wandte er sich von der Tür ab und richtete die Waffe in die Dunkelheit hinter mir. »Wer ist da?«

Ich hob mich auf die Fußballen, bereit zum Sprung. Da hatte er die Kanone schon wieder auf mich gerichtet. Der Schlüsselbund hing vergessen im Schloß.

»Ich bin's, Rico«, sagte die Stimme im Schatten. »Mavis.«

»Mrs. Kilbourne!« Überraschung malte sich auf seinem Gesicht. »Was tun Sie denn hier?«

»Für dich, Mavis, du großer Hübscher. Ich bin schon lange nicht mehr allein ausgegangen. Aber ich habe nicht vergessen, wie du mich angesehen hast.«

Sie trat aus dem Schatten heraus und ging an mir vorbei, als ob ich überhaupt nicht da sei, fleckenlos rein in ihrer Hermelinjacke.

»Machen Sie keine Dummheiten, Mrs. Kilbourne.« Die Stimme des Mannes verriet, wie sehr er sich bemühte, eine unmögliche Hoffnung zu unterdrücken. »Bitte, gehen Sie nach Hause, Mrs. Kilbourne.«

»Willst du mich nicht Mavis nennen?« Sie streichelte seine Wange mit der weißbehandschuhten Hand. »Ich nenne dich Rico. Ich denke an dich, wenn ich nachts im Bett liege. Magst du mich denn nicht ein kleines bißchen?«

»Doch, natürlich, Baby ... Aber seien Sie vorsichtig, ich habe hier einen Revolver ...«

»Dann leg ihn doch weg«, sagte sie ungeduldig. Sie schob die Waffe zur Seite und lehnte sich schwer gegen ihn, die Arme um seine Schultern, Mund auf Mund.

Einen Augenblick lang schwankte seine Hand. Dann überließ er sich dem weißen und parfümierten Traum. Ich hob die Fäuste und schlug zu. Die Kanone polterte auf den Fußboden.

Die Frau stürzte sich darauf, auf den Knien rutschend, und Rico hinter ihr her. Meine Arme hingen über seinem Kopf, umschlangen ihn und hoben ihn etwas an. Ich hielt ihn am Hals in der Schwebe, bis seine Hände aufhörten, mich zu kratzen, und auf dem Boden schleiften. Dann ließ ich ihn aufs Gesicht fallen.

12

Die Frau stand auf. Sie hatte das Schießeisen in der Hand, als sei es ein Reptil. »Sie begreifen schnell, Archer. Das ist doch Ihr Name, nicht wahr?«

»Unbekannter Verehrer«, sagte ich. »Ich ahnte nicht, daß ich diese phantastische Macht über Frauen habe.«

»Wirklich nicht? Ich wußte es, als ich merkte, daß Sie auf meiner Seite waren. Dann hörte ich, wie mein Mann denen sagte, sie sollten Sie hierher bringen. Da kam ich her. Was hätte ich sonst tun können?« Ihre Hände vollführten eine elegante Bewegung, wobei der Revolver allerdings störte.

»Zum Unterschied von Rico«, sagte ich, »bin ich allergisch gegen falsche Töne.« Ich sah auf den Mann zu meinen Füßen. Sein Toupet war verrutscht und saß ihm schief über einem Ohr. Es sah komisch aus, und ich lachte.

Sie dachte, das Lachen gelte ihr. »Wagen Sie es nicht, mich auszulachen«, sagte sie blind vor Wut. »Ich bringe Sie um, wenn Sie das tun.«

»Nicht wenn Sie die Kanone so wie jetzt halten. Legen Sie das Ding mal weg und geben Sie Ihrem Freund einen Gutenachtkuß, dann bringe ich Sie nach Haus. Ich nehme an, ich sollte mich bei Ihnen bedanken, Mavis?«

»Sie werden tun, was ich sage.« Aber mit dem Herzen war sie nicht dabei.

»Ich tue, was ich für das Beste halte. Sie hatten nicht den Mumm, mit Rico allein fertig zu werden, und ich bin ein zäherer Vertreter als Rico.«

Sie ließ den Revolver in ihre Jackentasche fallen und faltete die weißen Seidenhände unter dem Busen. »Sie haben recht. Ich brauche Ihre Hilfe. Woher haben Sie das gewußt?«

»Sie haben sich nicht zum Spaß soviel Mühe gemacht. Machen Sie den Draht von meinen Handgelenken los.«

Sie zog die Handschuhe aus. Ihre Finger lösten den dünnen Stahldraht. Der Mann auf dem Boden rollte zur Seite; der Atem pfiff blechern in seiner Kehle. »Was sollen wir mit dem anfangen?« fragte sie.

»Das hängt von Ihnen ab. Wollen Sie ihn vor Unglück bewahren oder ihn reinreiten lassen?«

Ein Lächeln streifte ihre Lippen. »Davor bewahren, selbstverständlich.«

»Geben Sie mir den Draht.« Meine Finger waren fast starr, die wiederkehrende Blutzirkulation verursachte mir stechende Schmerzen, aber sie funktionierten. Ich drehte den Langen auf den Rücken, zog ihm die Knie hoch und band die Handgelenke unter seinen Schenkeln zusammen.

Die Frau öffnete die Tür, und ich schleppte ihn an den Schultern über die Schwelle. »Und jetzt?«

»Hier drin ist ein Schrank.« Sie schloß die Tür und knipste das Licht an.

»Sie scheinen die Bude zu kennen.«

Sie legte einen Finger an den Mund und sah zu dem Mann am Boden hin. Er hatte die Augen geöffnet und starrte sie funkelnd an. Das Weiße darin war blutunterlaufen. Sein Haarteil war jetzt ganz heruntergefallen, so daß sein blanker Schädel zu sehen war, und lag wie ein schwarzes Tier, ein junges Stinktier, am Boden.

Die Stimme seines Herrn klang dünn zwischen den purpurfarbenen Lippen.

»Dafür werden Sie Ärger bekommen, Mylady.«

»Den haben Sie jetzt schon.« Und zu mir: »Packen Sie den großen Hübschen da in den Schrank, ja?«

Ich legte ihn unter einen schmutzigen Regenmantel mit einem Paar schlammverkrusteten Gummistiefeln als Kopfkissen. »Wenn du Krach machst, verstopfe ich die Türritzen.« Er war ruhig.

Ich schloß die Schranktür und sah mich um. Der hohe Korridor gehörte zu einem alten Haus, das in ein Büro umgewandelt worden war. Am Ende des Flurs ragte eine geschnitzte Treppe empor wie das Rückgrat eines ausgestorbenen Sauriers. Links von mir stand auf dem Milchglas einer Tür in sauberen schwarzen Buchstaben: HENRY MURAT – *Laboratorium für Elektronik und Plastik.*

Die Frau stand gebückt vor dem Türschloß und probierte die verschiedenen Schlüssel des Bundes aus. Als die Tür aufsprang, tastete sie nach dem Wandschalter. Fluoreszierendes Licht blitzte auf. Ich folgte ihr in ein kleines Büro, das mit Möbeln aus grünem Metall und Chrom ausgestattet war. Ein leerer Schreibtisch, einige Stühle, ein Aktenschrank, ein kleiner Safe mit imitiertem Kombinationsschloß, das sich mit einem Schlüssel aufschließen ließ. Ein gerahmtes Diplom an der Wand über dem Schreibtisch verkündete, daß Henry Murat der Grad eines Magisters der elektronischen Wissenschaften verliehen worden war. Von der ausstellenden Schule hatte ich noch nie etwas gehört.

Sie kniete vor dem Safe und versuchte mehrere Schlüssel. Schließlich drehte sie sich zu mir um. Ihr Gesicht wirkte blutleer in dem grausamen Licht, fast so weiß wie ihre Jacke. »Ich kann es nicht, meine Hände zittern zu sehr. Würden Sie ihn öffnen?«

»Das ist Einbruch. Ich begehe nur ungern zwei Einbrüche in einer Nacht.«

Sie erhob sich und kam auf mich zu, die Schlüssel in der ausgestreckten Hand. »Bitte. Sie müssen! Da ist etwas drin, das mir gehört. Ich würde alles dafür tun.«

»Das dürfte nicht nötig sein. Ich habe Ihnen doch gesagt, daß ich nicht Rico bin. Aber ich möchte wissen, was ich hier treibe. Was ist da drin?«

»Mein Leben«, sagte sie.

»Noch mehr Theater, Mavis?«

»Bitte. Es ist wahr. Eine zweite Chance wird sich mir nie wieder bieten.«

»Eine Chance wofür?«

»Es sind Fotos von mir.« Sie preßte die Worte aus sich heraus. »Sie wurden ohne mein Wissen aufgenommen.«

»Erpressung.«

»Sie können es so nennen, aber es ist schlimmer. Ich kann mich nicht einmal umbringen, Archer.«

Sie sah halbtot aus in diesem Augenblick. Ich nahm die Schlüssel mit der einen Hand und klopfte ihr mit der anderen auf den Arm. »Warum denken Sie überhaupt an so etwas, Kindchen? Sie haben doch alles.«

»Nichts habe ich«, sagte sie.

Der Schlüssel zum Safe war einfach zu finden. Er war aus Messing, lang und flach. Ich drehte ihn im Loch unter der Zahlenscheibe herum, drückte den Chromgriff herunter und öffnete die schwere Tür. Ich zog mehrere Schübe auf, in denen Listen, alte Briefe und Warenrechnungen lagen. »Wonach suche ich überhaupt?«

»Nach einer Filmrolle. Ich glaube, sie ist in einer Blechdose.«

Auf dem oberen Regal lag eine flache Aluminiumdose, wie man sie manchmal für 16-mm-Filme benutzt. Ich zog den Klebestreifen um den Rand ab und öffnete den Deckel. In der Dose waren einige -zig Meter Film aufgerollt. Ich hielt das eine Ende gegen das Licht: es war Mavis, flach auf dem Rücken, bei strahlendem Sonnenschein, ein Handtuch über den Hüften.

»Nein. Wagen Sie es nicht.« Sie riß mir den Film aus der Hand und drückte ihn an sich.

»Nur keine Aufregung«, sagte ich. »Ich habe schon mehr nackte Frauen gesehen.«

Sie hörte mich nicht, sondern warf den Film auf den Linoleumfußboden und kauerte sich darüber. Zuerst wußte ich nicht, was sie vorhatte. Dann sah ich das goldene Feuerzeug in ihrer Hand. Es schnappte auf und sprühte Funken, zündete aber nicht.

Ich stieß den Film aus ihrer Reichweite, hob ihn auf und legte ihn in die Dose zurück. Sie schrie auf und warf sich über mich. Mit beiden Fäusten hämmerte sie gegen meine Brust.

Ich steckte die Dose in die Tasche und ergriff ihre Handgelenke. »Das Zeug explodiert manchmal. Sie werden das Haus niederbrennen und sich selbst dazu.«

»Was kümmert's mich? Lassen Sie mich los.«

»Nur wenn Sie Samtpfötchen machen. Außerdem brauchen Sie diese Aufnahmen. Solange wir sie haben, wird Rico seinen Mund halten.«

»Nein!«

»Sie haben mich um Hilfe gebeten. Bitte. Ich kann dafür sorgen, daß Rico schweigt, aber Sie nicht.«

»Und wer sorgt dafür, daß Sie schweigen?«

»Sie. Indem Sie ein gutes Mädchen sind und tun, was ich sage.«

»Also gut«, sagte sie nach einer Weile. »Sie haben gewonnen.«

»Braves Mädchen.« Ich ließ ihre Hände los. »Wer ist dieser Rico?«

»Ich weiß nicht viel über ihn. Sein wirklicher Name ist Enrico Murratti. Ich glaube, er kommt aus Chicago. Er hat für meinen Mann gearbeitet, als die Funkgeräte in die Taxis eingebaut wurden.«

»Und Ihr Mann?«

»Bleiben wir im Moment doch erst mal bei menschlichen Wesen.«

»Da gibt es einige Dinge, die ich über ihn wissen möchte.«

»Nicht von mir«, sagte sie mit entschlossenem Mund.

»Dann über Reavis.«

»Wer ist das?«

»Sie waren mit ihm im *Hunt Club* zusammen.«

»Oh, Pat Ryan«, sagte sie und biß sich auf die Lippe.

»Wissen Sie, wohin er gegangen ist?«

»Nein, ich weiß nur, wohin er am Ende gehen wird. Und ich werde auf seiner Beerdigung tanzen.«

»Für eine Frau sind Sie recht schweigsam.«

»Es gibt Dinge, über die ich schweigen muß.«

»Noch eine Frage: wo sind wir hier? Mir kommt's wie Glendale vor.«

»Wir sind in Glendale.« Sie brachte ein Lächeln zustande. »Wissen Sie, ich mag Sie. Irgendwie sind Sie gewitzt.«

»Ja«, sagte ich. »Ich gebrauche immer meinen Verstand, um meine Muskeln zu schonen. Daher habe ich auch diese Beule am Kleinhirn.«

Die langen Minuten in der Dunkelheit hatten Rico älter und reifer gemacht. Alle Jugendlichkeit war aus seinem Gesicht gewichen. Jetzt sah er aus wie das, was er wirklich war, ein unsicherer Mann in mittleren Jahren, der vor Furcht und Unbehagen schwitzte.

Ich zog ihn unter die Lampe im Flur und sprach ihn an: »Du hast da vorhin ein paar Drohungen von dir gegeben.« Ich zeigte mit dem Kopf auf die Frau an der Tür. »Falls du meiner Klientin irgendwelche Schwierigkeiten machen solltest, schneidest du dir ins eigene Fleisch. Du wirst vergessen, daß du sie heute abend gesehen hast. Du wirst weder ihrem Mann noch einem anderen etwas davon sagen, daß sie hier gewesen ist. Keinem! Und für den Rest des Lebens wirst du ihr mit deiner Fresse nicht mehr unter die Augen kommen.«

»Sie können sich die Worte sparen«, sagte er müde. »Ich weiß, woran ich bin.«

Ich zog die Dose mit dem Film aus der Tasche, warf sie

ein paarmal hoch und fing sie wieder auf. Sein Blick folgte ihr. Er leckte sich die Lippen und seufzte.

»Da liegst du nun – geschlagen«, sagte ich. »Aber ich gebe dir eine Chance: ich werde dich nicht verprügeln, obwohl es mir in den Fingern juckt. Ich werde dich und den Film nicht dem District Attorney übergeben, obwohl du das verdient hättest.«

»Das würde auch Mrs. Kilbourne nicht gut bekommen.«

»Du solltest dir lieber um dich Sorgen machen, Rico. Dieser Film ist ein solider Beweis für Erpressung. Mrs. Kilbourne würde nicht einmal in den Zeugenstand treten müssen.«

»Erpressung? Blödsinn! Ich habe nie Geld von Mrs. Kilbourne genommen.« Er rollte mit den Augen und suchte den Blick der Frau, aber der war fest auf den Film in meiner Hand gerichtet. Ich steckte die Dose wieder in die Tasche.

»Kein Richter oder Geschworener würde dir das abnehmen«, sagte ich. »Du sitzt in der Falle. Willst du, daß sie sich für immer schließt?«

Fünfzehn oder zwanzig Sekunden lag er ruhig da, nachdenkliche Falten auf der hageren braunen Stirn. »Eine Falle, das stimmt«, gab er schließlich zu. »Was soll ich tun?«

»Nichts. Überhaupt nichts. Putz dir nur immer hübsch die Nase und halte dich von meiner Klientin fern. Schließlich verdient ein so junger Bursche wie du noch eine zweite Chance.« Er zeigte fleckige Zähne in einem verschämten Lächeln; er war so weit heruntergekommen, daß er über meine Scherze lachte. Ich löste den Draht von seinen Gelenken und ließ ihn aufstehen. Alle seine Gelenke waren steif.

»Sie lassen ihn zu leicht davonkommen«, sagte die Frau.

»Was wollen Sie denn mit ihm machen?«

Sie richtete den Blick auf ihn, grau und tödlich unter dem schweren Vorhang ihrer Wimpern. Instinktiv wich er vor ihr zurück, den Rücken zur Wand. Er sah aus, als sei er bereit, sich wieder in den Schrank stecken zu lassen.

»Nichts«, sagte sie endlich. Es war eins ihrer Lieblingsworte. Aber auf dem Weg zur Tür trat sie auf das schwarze Haarteil und zermalmte es unter ihrem goldenen Absatz. Ich sah von Rico nur noch, wie er die rechte Hand flach auf den Kopf legte; äußerste Demütigung im Gesicht.

Schweigend gingen wir zum nächsten Boulevard und erwischten ein umherkreuzendes Taxi. Als Adresse gab sie dem Fahrer das *Flamenco* an.

»Warum dahin?« fragte ich, nachdem das Taxi angefahren war. »Es ist doch jetzt schon geschlossen.«

»Nicht für mich. Ich muß sowieso dahin zurück. Ich habe mir das Geld fürs Taxi von der Toilettenfrau geborgt und ihr meine Handtasche als Pfand gelassen.«

»Ist ja grotesk! Eine mit Diamanten besetzte Handtasche – und nichts drin!«

»Sagen Sie das mal meinem Mann.«

»Nur zu gern.«

»Bloß nicht!« Sie rückte näher an mich heran. »Das werden Sie doch nicht tun, nicht wahr?«

»Warum haben Sie bloß solche Angst?«

»Fragen Sie mich bitte nicht. Ich bin so müde. Dies alles hat mich mehr mitgenommen, als Sie sich vorstellen können.«

Ihr Kopf berührte versuchsweise meine Schulter und blieb dann dort liegen. Ich beugte mich zur Seite und sah ihr ins Gesicht. Ihre grauen Augen waren zwielichtig, dann senkten sich die Wimpern wie plötzlich hereinbrechende Nacht. Ihr dunkler Mund glänzte. Ich küßte sie und fühlte, wie ihre Fußspitze nach meinem Bein tastete, wie ihre Hand meinen Körper berührte. Ich wich zurück vor dem wirbelnden Strudel, der sich aufgetan hatte, vor den alles verschlingenden Wassern. Sie wand sich, seufzte und schlief in meinem Arm ein. Ich setzte sie einen halben Häuserblock vor dem *Flamenco* ab und sagte dem Fahrer, er solle mich zum Graham Court bringen. Ich mußte ihn dorthin lotsen. Das war alles, was ich noch tun konnte. Mein Verstand und mein Körper waren in einem Champagner-Kater versunken. Auf der Fahrt zurück, der ermüdenden Angelegenheit, meinen Wagen zu holen, ihn nach Haus zu fahren, die Garage zu öffnen und zu schließen, meine Haustür auf- und zuzuschließen, hielt ich mich nur mit Mühe wach. Ich befahl meinem Verstand, er solle meinem Körper befehlen zu tun, was getan werden mußte, und registrierte, wie er es tat.

Der elektrische Wecker auf dem Nachttisch neben meinem Bett zeigte auf zwanzig nach vier. Als ich die Jacke auszog, suchte ich nach der Dose mit dem Film. Sie war weg. Ich setzte mich auf den Bettrand und zitterte zwei Minuten lang. Jetzt war es also zweiundzwanzig nach vier.

Ich sagte: »Gute Nacht, Mavis.« Angezogen, wie ich war, ließ ich mich aufs Bett fallen und schlief sofort ein.

13

Der Wecker machte ein Geräusch, das mich an Zahnärzte erinnerte, an Optiker, an Brillen mit dicken Gläsern, an Morris Cramm: an den Mann, an den ich zu denken versuchte, als ich aufwachte.

Hilda begrüßte mich auf dem dritten Treppenabsatz, den Finger auf ihren Lippen. »Leise, Morris schläft. Er hatte eine schwere Nacht.« Sie war blond, dick, rehäugig und strahlte in ihrem Hausmantel die Wärme und Zartheit glücklich verheirateter jüdischer Frauen aus.

»Ich muß ihn kurz sprechen. Nur für eine Minute.«

»Das geht nicht.« Sie musterte mich aufmerksamer. Das einzige Licht kam durch eine rupfenverhängte Tür, dic zu einer Feuerleiter am Ende des Korridors führte. »Was ist denn mit Ihnen passiert, Lew? Sie sehen ja zum Gotterbarmen aus!«

»Sie sehen wunderbar aus. Es ist schön, wieder einmal nette Leute zu sehen.«

»Wo sind Sie gewesen?«

»In der Hölle und zurück. Das heißt in Glendale. Aber ich werde Sie niemals mehr verlassen.« Ich küßte sie auf die Wange, die nach Palmolive-Seife roch.

Sie versetzte mir einen freundlichen kleinen Schubs, der mich beinahe rückwärts übers Treppengeländer geschickt hätte. »Lassen Sie das! Morris ist schrecklich eifersüchtig. Und überhaupt – ich bin gar nicht nett. Ich bin eine schlampige Hausfrau – und meine Fingernägel habe ich schon seit zwei Wochen nicht mehr zurechtgemacht. Warum? Weil ich faul bin.«

»Ich bin verrückt nach Ihren Nägeln. Sie kratzen nie.«

»Das werden sie aber, wenn Sie nicht gleich still sind. Und glauben Sie ja nicht, Sie könnten sich bei mir einschmeicheln, damit ich Morris wecke. Er braucht seinen Schlaf.«

Morris war Reporter und arbeitete von Mitternacht bis acht Uhr morgens. Er kannte jeden in der Stadt, den es lohnte zu kennen, und er wußte genug über diese Leute, um ein Erpressersyndikat zu gründen, größer als das Versandhaus Sears Roebuck. Morris wäre dieser Gedanke jedoch niemals gekommen.

»Wie wär's hiermit, Hilda: für fünf Minuten von seinem Schlaf biete ich zehn Dollar in bar. Zwei Dollar pro Minute, das sind hundert Dollar in der Stunde. Zeigen Sie mir den Filmstar, der neunhundertsechzig Dollar für einen Acht-Stunden-Tag bekommt.«

»Hm«, machte sie zweifelnd. »Unten im Schallplattenladen verkaufen sie jetzt Beethoven-Quartette zum halben Preis ... Aber was ist, wenn Morris nichts weiß?«

»Er weiß doch alles – oder?«

Sie drehte am Türknopf und sagte ganz ernsthaft: »Ja, manchmal glaube ich das wirklich. Er weiß so viel, daß es ihn praktisch auffrißt.«

Hilda machte sich an der Jalousie zu schaffen und ließ etwas Licht in das Wohn-Schlafzimmer. Der Boden war bedeckt mit Zeitungen, an den Wänden standen Regale mit Büchern und Schallplatten. Morris schlief auf einer nicht bezogenen Bettcouch gegenüber dem Fenster. Er war ein kleiner dunkler Mann in einem bonbonfarbenen, gestreiften Pyjama. Er drehte sich um und setzte sich blinzelnd auf. Ohne Brille sahen seine Augen groß und rührend aus.

Er starrte mich blind an. »Wie spät ist es? Wer ist da?«

»Fast neun, Liebling. Lew will dich etwas fragen.« Sie gab ihm seine Brille vom Regal über dem Bett.

»Mein Gott, so früh?« Er stöhnte.

»Tut mir leid, Morris. Es dauert nur eine Minute. Kannst du mir Walter Kilbournes Adresse geben? Er steht nicht im Telefonbuch. Ich habe zwar die Zulassungsnummer seines Wagens, aber dies ist eine persönliche Angelegenheit.«

»Nie von ihm gehört.«

»Für zehn Dollar, Liebling«, sagte Hilda sanft.

»Wenn du nicht weißt, wo Kilbourne wohnt, dann gib's zu. Er ist stinkreich und mit der schönsten Frau der Stadt verheiratet.«

»Ungefähr zehn Millionen Dollar«, sagte er widerwillig. »Und was Mrs. Kilbourne angeht, ich mach mir nichts aus Aschblonden.« Er lächelte seine Frau mit unverhohlener Bewunderung an.

»Narr.« Sie setzte sich neben ihn und zauste sein schwarzes, drahtiges Haar.

»Wenn Mrs. Kilbourne wirklich so schön ist, dann hätte sie es doch beim Film zu was gebracht – oder? Aber nein, sie hat Kilbourne geheiratet.«

»Kilbourne oder die zehn Millionen?«

»Mehr als zehn Millionen, fällt mir gerade ein. Einundfünfzig Prozent der Pacific Refinery Company, gegenwärtiger Kurs 26 7/8, rechne es dir selbst aus.«

»Pacific Refinery Company«, sagte ich langsam und dachte an die Frau, die ertrunken war. »Ich war der Meinung, er hat ein Taxiunternehmen.«

»Das hat er in Glendale. Er hat bei vielen Dingen seine Hand im Spiel, aber die Pareco ist sein bestes Stück. Sie war als eine der ersten bei den Funden in Nopal Valley dabei.« Er gähnte und legte den Kopf an die rundliche Schulter seiner Frau. »Dies langweilt mich alles, Lew.«

»Mach schon. Du platzt sonst noch. Wo wohnt er?«

»Im Valley.« Er hatte die Augen geschlossen, und Hilda strich ihm mit mütterlicher Scheu über die Stirn, die das Aktenschrankgehirn verbarg. »Staffordshire Estates, eine dieser kleinen privaten Ansiedlungen, wo man ein Sondervisum braucht, um hineinzukommen. Ich war mal draußen bei einer Party zum Unabhängigkeitstag. Ehrengast war ein Senator.«

»Demokrat oder Republikaner?«

»Das spielt doch keine Rolle. Hab ich mir die zehn Dollar noch nicht verdient, du Ausbeuter?«

»Eine Frage noch, du Asphaltintellektueller. Woher hat er überhaupt das Geld gehabt?«

»Bin ich das Finanzamt?« Er wollte die Achseln zucken, merkte aber, daß ihn das zu sehr anstrengen würde. »Ich weiß gar nichts. Ich höre nur Gerüchte. Was du tust, ist Anstiftung zur Verleumdung.«

»Spuck sie aus«, sagte ich.

»Du Sklaventreiber.«

Ich erinnerte ihn an meine Frage: »Das Geld. Wo kam es her?«

»Auf den Bäumen ist es nicht gewachsen«, sagte er und unterdrückte ein Gähnen. »Wie ich höre, hat er während des Krieges in Detroit mit Autos geschoben. Das Geld hat er rechtzeitig angelegt, ehe es ihm jemand nehmen konnte, und jetzt ist er ein alteingesessener Kalifornier, und Politiker kommen zu seinen Parties. Berufe dich aber nicht auf mich, es ist nur ein Gerücht. Vielleicht hat er es sogar selbst ausgestreut, um was Schlimmeres zu verschleiern, fällt mir gerade ein.«

Morris sah sich mit einem träumerischen Lächeln im Zimmer um und schlief im Sitzen ein. Hilda nahm ihm die Brille ab und bettete den schlaffen, jungenhaften Körper wieder auf die Couch. Ich gab ihr den Zehner und ging zur Tür.

Sie folgte mir. »Kommen Sie doch tagsüber mal her, Lew, wir haben die neue Pariser Plattenaufnahme von Strauss.«

»Tu ich, wenn ich mal etwas Zeit habe. Jetzt fahre ich erst mal nach Nevada.«

»Im Ernst?«

»Sieht so aus.«

»Da wohnt doch Sue, nicht wahr?« Ihr rundes, dickes Gesicht leuchtete auf. »Sie werden sich mit ihr versöhnen?«

»Keine Chance. Ich muß geschäftlich hin.«

»Ich weiß, Sie werden wieder zusammenkommen. Warten Sie's nur ab.«

»Bei uns ist der Wurm drin. Keine Macht der Welt kann ihn vertreiben.«

»O Lew!« Sie sah aus, als würde sie anfangen zu weinen. »Sie waren ein so hübsches Paar.«

Ich tätschelte ihren Arm. »Sie sind lieb und gut, Hilda.« Morris stöhnte im Schlaf. Ich ging.

14

Von der Fernstraße aus gesehen waren die Staffordshire Estates ein unauffälliges Messingschild an einem steinernen Torbogen, durch den eine neue Asphaltstraße führte, die vom öffentlichen Verkehrsweg abbog. Ein Metallschild an der einen Seite des Torbogens informierte mich außerdem, daß die Bewohner durch eine Wach- und Schließgesellschaft geschützt werden. Die rustikalen Torflügel aus Rotholz standen offen, ich fuhr hindurch. Morgennebel stieg langsam in dem Cañon vor mir auf, ein halb durchsichtiger Vorhang zwischen der Außenwelt und der privat überwachten Welt, in die ich eintrat. Bäume standen an der Straße, hohe Zypressen und Ulmen. Hinter Ziegelmauern und dicken, eckig geschnittenen Hecken versprühten Rasensprenger wirbelnde Lassos. Die Häuser, massiv, niedrig und hell zwischen Blumenbeeten in billardtischgrünem Rasen, standen so weit voneinander entfernt, daß nur die Bewohner selbst sich an dem Anblick erfreuen konnten. In dieser Ecke von San Fernando Valley war Eigentum zu einer der schönen Künste und zum Selbstzweck geworden. Leute waren nicht zu sehen; ich hatte das seltsame Gefühl, daß die dort kauernden Häuser den Cañon für sich allein beanspruchten.

Auf den Briefkästen las ich im Vorbeifahren: Valmy, Arbuthnot, Romanovsky, Lewisohn, Tappingham, Wood, Farrington und von Esch. WALTER J. KILBOURNE stand auf dem neunten Briefkasten, und ich bog in die Zufahrt ein. Das Haus war aus rötlichen Ziegeln und Glas gebaut und hatte ein flaches, vorspringendes Rotholzdach. An beiden Seiten der Zufahrt standen Begonien in zwanzig verschiedenen Farbtönungen. Ich parkte auf dem Kiesweg, der in einer Schleife an der Haustür vorbeiführte, und drückte die Klingel. Glockentöne hallten durch das Haus. An diesem Ort herrschte ein Lärm wie im Salon eines Beerdigungsinstituts um Mitternacht – und er war fast genauso sympathisch.

Die Tür wurde leise von einem kleinen, sich geräuschlos nähernden Japaner geöffnet. »Sie wünschen, Sir?« Über seine in weißes Leinen gekleidete Schultern hinweg konnte ich eine Eingangsloggia mit einem weißen Konzertflügel und einem weißen Hepplewhite-Sofa sehen. Jenseits der von weißen Säulen getragenen Fenster warf ein Schwimmbecken seine kräuselnden saphirblauen Schatten an die weißen Wände.

»Mr. Kilbourne erwartet mich«, sagte ich.

»Bedaure, Sir. Mr. Kilbourne ist nicht im Hause.«

»Es geht um eine Ölpacht. Ich brauche seine Unterschrift.«

»Er ist nicht hier, Sir. Wollen Sie eine Nachricht hinterlassen?«

Ich konnte nicht erkennen, ob er log. Seine schwarzen Augen waren undurchsichtig. »Wenn Sie mir sagen könnten, wo ich ihn ...«

»Ich weiß es nicht, Sir. Er ist irgendwo auf einer Kreuzfahrt. Vielleicht sollten Sie es einmal in seinem Büro versuchen, Sir. Von dort gibt es eine direkte Telefonverbindung mit seiner Jacht.«

»Danke. Kann ich das Büro von hier aus anrufen?«

»Tut mir leid, Sir. Ich darf leider keine Fremden einlassen.« Er senkte den Kopf mit dem Schuhbürstenhaar in einer angedeuteten Verbeugung und schlug mir die Tür vor der Nase zu.

Ich kletterte in meinen Wagen und schloß die Tür sehr sanft, um nicht eine Geldlawine auszulösen. Die Schleife in der Ausfahrt führte mich an den Garagen vorbei. Ein Austin, ein Jeep und ein weißer Sportwagen standen darin, keine schwarze Limousine.

Die Limousine kam mir auf halbem Wege zur Fernstraße entgegen. Ich hielt mitten auf der Straße und zeigte drei Finger meiner linken Hand. Der schwarze Wagen bremste und blieb kurz vor meiner Stoßstange stehen; der Chauffeur stieg aus. Seine von Narben umgebenen Augen blinzelten in der aufstrahlenden Sonne.

»Wo brennt's denn, was soll das?«

Ich zog meine Kanone aus dem Schulterhalfter, als ich ausstieg, und zeigte sie ihm. Er hob die Hände in Schulterhöhe und lächelte. »Du hast 'n Vogel, Kerl. Bei mir ist nichts zu holen. Ich bin auch 'n alter Knastbruder, aber ich bin schlau geworden. Mach's wie ich und leg das Eisen weg.« Das Lächeln auf seinem zerschlagenen Gesicht war starr wie die verzerrte Maske eines Weihnachtsmannes.

»Erzähl das deiner Tante.« Ich ging auf ihn zu, aber nicht zu nahe. Er war alt, aber stark und schnell, und ich wollte ihn nicht erschießen.

Dann erkannte er mich. Sein Gesicht war ausdrucksvoll

wie ein Betonklotz. »Ich dachte, dich hätten sie tiefgekühlt.« Die großen Hände schlossen und öffneten sich.

»Behalt sie oben. Was hast du mit Reavis gemacht? Ihn auch tiefgekühlt?«

»Reavis?« sagte er schlau. »Wer ist Reavis? Ich kenne keinen Reavis.«

»Die Erinnerung wird dir schon zurückkommen, wenn man dich zum Leichenschauhaus bringt, damit du ihn dir ansiehst.« Ich improvisierte: »Die Autobahnstreife hat ihn heute morgen an der Straße außerhalb von Quinto gefunden, mit durchgeschnittener Kehle.«

»Häh?« Die Luft schoß ihm aus Mund und Nase, als hätte ich ihn in den Magen geboxt.

»Zeig mal dein Messer her«, sagte ich, um die fünfzig Punkte seines Intelligenzquotienten beschäftigt zu halten.

»Ich hab kein Messer. Damit hatte ich nichts zu tun. Ich hab ihn nach Nevada gebracht und dort abgesetzt. So schnell hätte er nicht zurückkommen können.«

»Du warst doch auch so schnell wieder hier.«

In seinem Gesicht arbeitete es. Denken war für ihn eine große Anstrengung. »Du willst mich bloß für dumm verkaufen«, sagte er. »Er ist ja gar nicht nach Quinto zurückgekommen. Kein Mensch hat ihn gefunden.«

»Und wo ist er dann jetzt?«

»Ich sage nichts«, teilte der Betonklotz mit. »Du kannst genausogut das Eisen weglegen und die Kurve kratzen.«

Ich wollte ihm eins auswischen, aber die Erinnerung an die Nacht saß mir zu häßlich im Gedächtnis. Es mußte einen Unterschied geben zwischen mir und dem Gegner, oder ich müßte den Spiegel aus meinem Badezimmer entfernen. Er war aber der einzige Spiegel im Haus, und ich brauchte ihn zum Rasieren.

»Hau ab, du Intelligenzbestie.« Ich zeigte mit dem Revolver die Straße entlang. Er ging zu seinem Wagen zurück.

»Angeber!« rief er mit seiner belegten, ausdruckslosen

Stimme, als er durch die Gasse fuhr, um an mir vorbeizukommen. Mit seiner herumgezogenen Stoßstange beulte er meinen linken hinteren Kotflügel ein und ließ mir dann seine Hupe in die Ohren gellen, um zu zeigen, daß es Absicht war. Das Brüllen seines Motors, als er Gas gab, stieg auf wie Triumphgeheul.

Ich legte den Gang ein. Auf dem ganzen Weg durch die Wüste suchte ich den Straßenrand nach blinden Krüppeln und alten Damen ab, denen ich helfen und Kamillentee einflößen konnte.

15

Es war später Nachmittag, als ich den Paß überquerte. Der Schatten meines Wagens lief in flüchtigem Schweigen voraus und vergrößerte seinen Vorsprung. Die Sonne lag gelb auf den dürren Hängen; die Luft war so klar, daß die Berge überhaupt keine Perspektive zeigten. Sie sahen aus wie surrealistische Symbole, die man auf den tiefhängenden Wüstenhimmel gemalt hatte. Die Mittagshitze hatte etwas nachgelassen, aber die Motorhaube war immer noch heiß genug, um die herabregnenden Insekten zu braten.

Die Rush Apartments waren ein einstöckiges Holzhaus an der Ostseite von Las Vegas. Gelbsüchtig von der Farbe, stand es müde zwischen einem Parkplatz und dem Laden einer Handelskette. Eine Holztreppe mit durchhängendem Geländer führte außen zu einer engen Veranda hinaus, auf die sich die Türen der oberen Apartments öffneten. An der Wand unter der Treppe saß auf einem zurückgekippten Küchenstuhl ein alter Mann. Er hatte ein verblichenes buntes Taschentuch um den dürren Hals und sog an einer Maiskolbenpfeife. Auf seinen faltigen Wangen wuchs ein acht Tage alter Bart wie staubiger grauer Plüsch in einem altmodischen Eisenbahnabteil.

Ich fragte ihn, wo Mrs. Schneider wohnte.

»Hier«, murmelte er träge.

»Ist sie jetzt da?«

Er nahm die leere Pfeife aus dem Mund und spuckte auf den Zementboden. »Woher soll ich das wissen? Ich führe kein Buch über das Kommen und Gehen der Weiber.«

Ich legte ein Fünfzig-Cent-Stück auf das knochige Knie. »Kaufen Sie sich ein Päckchen Tabak.«

Er nahm es verdrießlich und steckte es in die Tasche seiner von alten Speiseresten verkrusteten Weste. »Sie ist vor einer Weile ausgegangen.«

»Sie wissen nicht zufällig wohin?«

»In die Höhle der Schande, wo sie den ganzen Tag herumhockt.« Er kippte den Stuhl nach vorn und deutete die Straße hinunter. »Sehen Sie das grüne Schild? Das ist der *Green Dragon*, die Höhle der Schande. Und soll ich Ihnen auch noch den Namen dieser Stadt sagen? Sodom und Gomorrha.« Er lachte das Lachen eines alten Mannes, kekkernd und gelangweilt.

»Wie sieht sie aus?« fragte ich. »Ich kenne sie nämlich nicht.«

Seine wässerigen Augen glitzerten wie schmelzendes Eis. »Sie sieht aus wie das, was sie ist: die Hure von Babylon, die mit den Augen rollt und christliche junge Männer zur Sünde verleitet. Sind Sie ein Christ, Sohn?«

Ich hatte genug, dankte ihm und überquerte die Straße; den Wagen ließ ich stehen. Ich ging die zwei Blocks zum *Green Dragon* zu Fuß, um mir die Beine zu vertreten. Es war eine von diesen schäbig aussehenden Kneipen. Schilder in den schmutzigen, halb verhängten Fenstern boten Spirituosen, Bier, warme und kalte Sandwiches und Schnellgerichte an. Ich öffnete die Fliegengittertür und trat ein. Eine halbrunde Bar mit einer Tür zur Küche dahinter nahm den hinteren Teil des niedrigen Raumes ein. An den anderen drei Wänden hingen Glücksspielautomaten. Ein vierflügeliger Ventilator wirbelte Küchendünste, den Geruch von schalem, vergossenem Bier und die Übelkeit erregenden sauren Schweißausdünstungen kleiner Glücksspieler durcheinander.

An der Bar war nur ein Kunde; ein magerer Junge mit ungekämmtem rotem Haar kauerte einsam vor einem kleinen Bier. Der Barkeeper saß auf einem Hocker in der Ecke, so weit wie möglich von dem einsamen Jungen entfernt. Mit seinem fettigen schwarzen Kopf hing er an einem Radio. »Drei zu null«, teilte er jedem das Baseball-Ergebnis mit, der es hören wollte. Keine Spur von der babylonischen Hure.

Ich setzte mich neben den Rothaarigen und bestellte ein Schinken-und-Käse-Sandwich und eine Flasche Bier. Widerwillig verschwand der Barkeeper durch die Schwingtür zur Küche.

»Sehen Sie mich mal an, Mister«, sagte der junge Mann neben mir. Die Worte verzerrten seinen Mund, als ob sie ihn schmerzten. »Wie gefalle ich Ihnen?«

Sein mageres, unrasiertes Gesicht war schmutzig. Die Augen hatten blaue Schatten und rote Ränder. Das eine Ohr war von trockenem Blut verklebt. »Sehr«, sagte ich. »Sie haben diesen niedergeschlagenen Blick, auf den jeder fliegt.«

Das nahm ihm etwas von seinem Selbstmitleid. Er brachte sogar ein Lächeln zustande, das ihn um fünf Jahre jünger machte, kaum älter als einen Jungen. »Na ja, hab's mir selbst zuzuschreiben.«

»Immer zu Diensten«, sagte ich, »immer zu Diensten.«

»Ich hätte es eigentlich wissen sollen, daß man in Las Vegas nicht ungestraft auf Sauftour geht, aber ich werd's wohl nie lernen.«

»Sie haben noch ein paar Jährchen vor sich, ehe Sie sterben. Was ist denn mit Ihrem Ohr passiert?«

Er sah einfältig drein. »Keine Ahnung. Ich hab da gestern abend einen Kerl getroffen, und der hat mich zu einem Spielchen mitgenommen, in einem Pokersalon auf der anderen Seite der Stadt. Ich kann mich nur noch erinnern, daß ich mein Geld und meinen Wagen verspielt habe. Ich hatte drei Asse, als ich den Wagen verlor, und jemand fing Streit an: ich glaube, das war ich. Auf einem Parkplatz bin ich aufgewacht.«

»Hungrig?«

»Nee. Trotzdem schönen Dank. Ich hatte noch ein wenig Kleingeld. Das Blöde ist nur, daß ich nach Los Angeles zurück muß und keinen Wagen hab.«

Der Barkeeper brachte mir Essen und Bier. »Bleiben Sie in der Nähe«, sagte ich zu dem jungen Dostojewskij. »Ich werde Sie mitnehmen, wenn ich kann.«

Während ich aß, kam eine Frau durch die Tür hinter der Bar. Sie war groß und starkknochig. Der Rock ihres billigen schwarzen Kostüms war zerknittert, wo er von Hüften und Schenkeln ausgebeult wurde. Füße und Knöchel quollen über den Rand der eng sitzenden schwarzen Pumps. Ihr Oberteil schmückte ein Graufuchs, ein doppelter Strang falscher Perlen und genug Farbe, um ein Schlachtschiff zu konservieren. Sie warf mir einen langen, harten Scheinwerferblick zu, den schweren Mund gelöst, bereit zu lächeln. Ich nahm einen Bissen von meinem Sandwich und kaute sie an. Die Scheinwerfer wurden ausgeknipst, beinahe hörbar.

Sie ging zur Bar und öffnete eine glänzende schwarze Plastikhandtasche. Das gelbe Haar, das sie in einer geflochtenen Krone trug, dunkelte an den Wurzeln durch. Wieder braun eingefärbt, ein paar Jahre und Pfunde abgezogen und die Farbe von ihrem Gesicht gewischt, könnte sie Reavis' Zwillingsschwester sein. Sie hatte die gleichen Augen und die gleichen fülligen, hübschen Gesichtszüge.

Der Barkeeper fixierte sie. »Willst du was, Elaine?«

Sie warf einen Schein auf die zernarbte Holzplatte. »Zwanzig 25-Cent-Stücke«, knurrte sie mit einer Whiskystimme, die nicht unangenehm war.

»Nur nicht aufgeben.« Er lächelte scheinheilig. »Dein Automat ist jetzt so voll, daß er jeden Augenblick ausspuken wird.«

»Was soll's«, sagte sie mit unbewegtem Gesicht. »Wie gewonnen, so zerronnen.«

»Vor allem, so zerronnen«, sagte der Junge neben mir zu dem Bierschaum auf dem Boden seines Glases.

Mechanisch, ohne ein Zeichen von Erregung oder auch nur Interesse, fütterte sie eine Münze nach der anderen in einen Automaten nahe der Tür. Einige Zweier und Vierer und ein Zwölfer waren dabei, der Gewinn wurde wie selbstverständlich wieder hineingesteckt. Sie spielte den Automaten wie ein tonloses Instrument, das ihre Verzweiflung wiedergeben konnte. Als mit einem klingenden Metallsturz der Hauptgewinn kam, dachte ich, der Apparat sei einfach zusammengebrochen. Dann überfluteten die Spielmünzen und Geldstücke die Gewinnschale und rollten auf den Boden.

»Ich hab's dir ja gesagt«, triumphierte der Barkeeper. »Er war jetzt dran mit dem Ausspucken.«

Sie beachtete den Gewinn nicht, sondern ging zur Bar und setzte sich neben mich. Der Barkeeper stellte ihr unaufgefordert einen doppelten Whisky hin.

»Sammel du es auf, Simmie.« In ihrer Stimme war eine Spur müder Koketterie. »Ich trage einen Strumpfhaltergürtel.«

»Klar, aber ich brauche gar nicht zu zählen. Ich gebe dir die fünfundzwanzig Dollar.«

»Ich hab fünfunddreißig reingesteckt.« Der Doppelte verschwand wie Wasser in einem Abfluß.

»Das sind die Prozente, Kleine. Du mußt ja schließlich etwas zahlen für den Spaß, den du dabei hast.«

»Jaaa, Spaß.« Sie faltete den Zwanziger und den Fünfer, die er ihr gab, und verstaute sie in der Handtasche.

Ein Zeitungsjunge kam herein mit einem Stapel des *Evening Review Journal*, und ich nahm ihm eine ab. Auf der dritten Seite war der Artikel, nach dem ich suchte, unter der Schlagzeile: EX-MARINE GESUCHT IM TODESFALL VON NOPAL VALLEY. Es stand nichts drin, was ich nicht schon wußte, nur daß die Polizei die Todesursache noch offen ließ. Ein Foto von Reavis war dabei, sein Lächeln stand im Widerspruch zu der Bildunterschrift: *Gesucht zur Vernehmung.*

Ich faltete die Zeitung und legte die dritte Seite offen auf die Bar zwischen mir und der großen, synthetischen Blondine. Sie nahm nicht gleich Notiz davon, weil sie dem Barkeeper zusah, wie er ihren Gewinn aufsammelte. Dann wanderte ihr Blick zur Bar zurück, sah das Foto, nahm es in sich auf. Ihr Atem schnaufte asthmatisch durch die Nasenlöcher, um für einige Sekunden zu stocken. Dann holte sie eine Brille aus der Handtasche und setzte sie auf. Sie sah damit aus wie eine Lehrerin, die vom rechten Wege abgekommen ist.

»Haben Sie etwas dagegen, wenn ich mal einen Blick in Ihre Zeitung werfe?« fragte sie mich mit heiserer Stimme.

»Nur zu.«

Mit Hilfe einer scharlachroten Fingerspitze, die langsam von Wort zu Wort rückte, buchstabierte sie sich den Zeitungsartikel vor. Als der langsame Finger den Schlußpunkt erreicht hatte, saß sie einen Augenblick regungslos da. Dann sagte sie laut: »Also, da soll mich doch ...«

Sie knallte die Zeitung hin und stand auf. Mit ärgerlich schaukelnden Hüften und hohen Bleistiftabsätzen rauschte sie auf die Tür zu, die gleich darauf hinter ihr zuschlug.

Ich wartete dreißig Sekunden und ging ihr nach. Der einsame Junge drehte sich auf seinem Hocker und verfolgte mich mit den Augen wie ein streunender Hund, mit dem ich mich angefreundet und den ich dann im Stich gelassen hatte.

»Bleiben Sie in der Nähe«, rief ich ihm über die Schulter gewandt zu.

Die Frau war bereits einen halben Block vor mir. Ihre Beine bewegten sich wie Motorkolben, obwohl der Rock ihre Bewegungsfreiheit einengte. Der graue Fuchsschwanz hing an ihrem Rücken herunter und flatterte nervös. Ich folgte ihr langsamer, als ich sah, wohin sie ging. Sie stieg die

Außentreppe der Rush Apartments hinauf, schloß die zweite Tür auf, ging hinein und ließ sie offen. Ich überquerte die Straße und schlüpfte hinter das Steuer meines Wagens.

Sie kam gleich wieder heraus. Etwas Metallisches in ihrer Hand fing einen Sonnenstrahl ein. Sie schob es in die Handtasche, als sie die Treppe herunterkam. Ich versteckte mein Gesicht hinter einer Straßenkarte.

Sie ging über den Parkplatz zu einer alten Chevrolet-Limousine, deren ursprünglich blaue Farbe zu einem bräunlichen Grün verblichen war. Der Starter klemmte, aus dem Auspuff kam stoßweise dunkelblauer Qualm. Ich folgte der Rauchsäule bis zur Kreuzung der Hauptfernverkehrsstraße mitten in der Stadt, wo sie nach Süden in Richtung Boulder City abbog. Ich gab ihr einen guten Vorsprung, als wir die Stadt verließen und auf die offene Autobahn gelangten. Zwischen Boulder City und dem Staudamm ging eine Asphaltstraße nach rechts ab in Richtung Lake Mead an den öffentlichen Badestränden entlang. Kinder spielten im Kies unterhalb der Straße und planschten im seichten, wellenlosen Wasser.

Der Chevrolet bog von der Asphaltstraße ab, diesmal nach links, auf einen Kiesweg, der sich zwischen niedriger Buscheiche dahinwand. Die Büsche und die unzählbaren Seitenwege bildeten einen zufälligen Irrgarten. Ich mußte mich sputen, um die Frau nicht aus den Augen zu verlieren. Sie hatte zu sehr damit zu tun, den Wagen auf dem Weg zu halten, um mich zu bemerken. Die glatten alten Reifen rutschten und mahlten zwischen den losen Steinen, wenn sie aus einer Kurve kam, nur um in die nächste hineinzufahren.

Wir kamen an einem öffentlichen Campingplatz vorbei, wo Familien zwischen Autos, Zelten und tränenförmigen Wohnanhängern herumsaßen. Eine Meile danach verließ der Chevrolet den Kiesweg und bog in einen beiderseits dicht mit Büschen bewachsenen Pfad ein; Sekunden später hörte ich, daß der Motor abgestellt wurde.

Ich ließ meinen Wagen stehen und ging zu Fuß weiter. Der Chevrolet parkte vor einer kleinen Blockhütte. Die Frau versuchte, die Fliegengittertür zu öffnen, fand sie verschlossen und schlug mit der Faust dagegen.

»Was gibt's?« Es war die Stimme von Reavis, die aus dem Innern der Hütte kam.

Ich kauerte mich hinter eine Buscheiche und hatte das Gefühl, daß ich eigentlich eine Waschbärenmütze tragen sollte.

Reavis löste den Türhaken und kam heraus. Sein Pepitaanzug war staubig und zerknittert. Haarlocken hingen ihm in die Augen. Gereizt strich er sie zurück. »Was ist denn los, Schwesterherz?«

»Das will ich von dir wissen, du verlogenes kleines Würstchen.« Er war einen halben Kopf größer als sie, aber ihre leidenschaftliche Energie ließ ihn hilflos aussehen. »Du hast mir erzählt, du hättest Schwierigkeiten wegen Weibergeschichten, deshalb war ich bereit, dich zu verstecken. Daß die Frau tot ist, hast du mir aber nicht gesagt.«

Er suchte Zeit zu gewinnen: »Ich weiß gar nicht, wovon du sprichst, Elaine. Wer ist tot? Die Frau, von der ich gesprochen habe, ist nicht tot. Sie ist völlig okay, nur sagt sie, daß sie schon zwei Monate ihre Tage nicht gekriegt hat, und damit will ich nichts zu tun haben.«

»Du weißt genau, wovon ich spreche. Aber diesmal wird es dich erwischen, mein Söhnchen. Und ich will nichts damit zu tun haben, verstanden? Von jetzt an will ich überhaupt nichts mehr mit dir zu tun haben!«

»Ach, komm schon, Elaine, beruhige dich doch. So spricht man doch nicht mit seinem kleinen Bruder.«

Er hatte seiner Stimme einen schmeichlerischen Ton gegeben und seiner Schwester eine Hand auf die Schulter gelegt. Sie schüttelte sie ab und hielt ihre Handtasche mit beiden Händen fest.

»Das kannst du dir sparen. Seit du den Dollarschein aus

Mas Geldbörse gestohlen und versucht hast, mir die Schuld zuzuschieben, wußte ich, daß es mit dir ein böses Ende nehmen wird.«

»Du hast es nötig, Elaine, wo du bereits für zwanzig Cent in der Stadt herumgehurt hast, noch ehe man dir die Zöpfe abgeschnitten hat. Nimmst du noch immer Geld dafür, oder bezahlst du sie jetzt?«

Die Ohrfeige, die sie ihm versetzte, knallte wie eine Kaliber zweiundzwanzig zwischen den Bäumen. Er antwortete mit einem Faustschlag. Sie taumelte, ihre spitzen Absätze bohrten Löcher in den sandigen Boden. Als sie ihr Gleichgewicht wiedererlangt hatte, hatte sie die Schußwaffe in der Hand.

»Rühr mich nicht an.« Ihr leises Flüstern rasselte wie der Schwanz einer Klapperschlange. »Ich werde dich zur Salt-Lake-Autobahn bringen, und dort trennen sich unsere Wege – für immer. Du bist jetzt erwachsen, Pat, groß genug, um Leute umzubringen. Da wirst du auch auf eigenen Füßen stehen können.«

Er lachte kurz auf. »Du bist schön dumm. Ausgerechnet jetzt, wo ich die Taschen voller Geld habe ...« Er wollte in seine rechte Gesäßtasche fassen.

Der Sicherheitshebel rastete ein. Ihr ganzer Körper beugte sich gespannt über die Pistole. Reavis' Hände gingen von selbst nach oben wie große braune Schmetterlinge. Trotzig und dumm sah er dem Tod ins Gesicht.

»Kommst du mit?« fragte sie. »Oder willst du sterben? Du wirst von den Bullen gesucht; kein Mensch würde mir einen Vorwurf machen, wenn ich dich umlegte. Und niemand würde dir auch nur eine Träne nachweinen.«

»Ich komme mit, Elaine.« Seine Kraft war gebrochen, plötzlich und einfach. »Du kannst die Pistole wegstecken – aber es wird dir noch mal eines Tages leid tun ...«

Ein besseres Stichwort konnte ich mir nicht wünschen. Ich kam hinter dem Busch hervor, die Pistole im Anschlag. »Das ist eine gute Idee. Lassen Sie die Waffe fallen, Mrs. Schneider. Sie, Reavis, behalten die Hände oben.«

Sie fuhr zusammen. »Verdammt!« sagte sie wütend. Aber sie ließ die glänzende Automatic fallen.

Reavis sah mich an, die Röte stieg ihm glühend ins Gesicht. Dann fauchte er seine Schwester an: »Du mußtest also den Bullen mitbringen und alles verderben.«

»Und wenn schon?« knurrte sie.

»Nun seien Sie mal ruhig, Reavis.« Ich hob die Pistole der Frau auf. »Und Sie, Mrs. Schneider, gehen jetzt.«

»Sind Sie ein Polyp?«

»Wir haben jetzt keine Fragestunde. Ich könnte Sie einbuchten wegen Beihilfe. Und jetzt gehen Sie, ehe ich's mir anders überlege.«

Ich hielt meine Waffe auf Reavis gerichtet und ließ ihre in meine Tasche gleiten. Sie drehte sich ungelenk auf dem Absatz und ging zum Chevrolet, wobei sich die ersten Anzeichen von Reue auf ihrem harten Gesicht malten.

16

»Umdrehen!« befahl ich Reavis, als sie gegangen war. Entsetzt starrte er mich an. »Sie wollen mich doch nicht erschießen?«

»Tun Sie, was ich sage, dann passiert Ihnen nichts.« Langsam und widerstrebend drehte er sich um, während er versuchte, mich über die Schulter hinweg im Auge zu behalten. Er trug keine Waffe. In seiner rechten Gesäßtasche steckte ein rechteckiges Päckchen. Er fuhr zusammen, als ich danach griff und es herauszog. Es war in braunes Packpapier eingewickelt. Ein schmerzhafter Seufzer entrang sich ihm, als hätte ich ihm ein lebenswichtiges Organ entfernt. Mit den Zähnen riß ich das eine Ende des Papiers ab und sah die Ecke einer Tausend-Dollar-Note.

»Sie brauchen nicht zu zählen«, sagte Reavis schwach. »Es sind zehn Tausender. Kann ich mich jetzt umdrehen?«

Ich ließ das aufgerissene Päckchen in die Brusttasche meiner Jacke gleiten. »Drehen Sie sich langsam um, Reavis, die Hände auf dem Hinterkopf. Und dann sagen Sie mir, wer Ihnen zehntausend Dollar gezahlt hat, damit Sie eine alte Dame mit schwachem Herzen um die Ecke bringen.«

Er drehte sich um, das leere Gesicht verzerrt von dem Versuch, sich eine glaubwürdige Geschichte einfallen zu lassen.

Unbewußt kratzte er sich den Kopf. »Was denken Sie von mir? Ich könnte keiner Fliege was zuleide tun.«

»Sicher nicht, wenn Sie befürchten müßten, daß die Fliege zurückbeißt.«

»Mit dem Tod der alten Dame hatte ich überhaupt nichts zu tun. Es muß ein Unfall gewesen sein.«

»Und es war natürlich reiner Zufall, daß Sie an Ort und Stelle waren, als es passierte.«

»Ja, reiner Zufall.« Er schien dankbar zu sein für diese Redewendung. »Ich war nur draußen, um mich von Cathy zu verabschieden; ich hoffte sogar, sie würde vielleicht mit mir kommen.«

»Seien Sie froh, daß sie es nicht getan hat. Es reicht schon, daß Sie sich nur für einen Mord zu verantworten haben. Wenn man Sie obendrein noch wegen Entführung Minderjähriger schnappt, sind Sie endgültig dran.«

»Ich höre immer Mord! Sie können doch einem Unschuldigen keinen Mord anhängen. Cathy wird mir ein Alibi geben. Ich war mit ihr zusammen, ehe Sie mich aufgelesen haben.«

»Wo haben Sie sich aufgehalten?«

»Draußen vor dem Haus, in einem der Autos.«

Das konnte hinkommen. Cathy hatte in meinem Wagen gesessen, als ich wegfahren wollte. »Wir haben da gesessen und uns unterhalten«, fügte er hinzu.

»Gut, das ist also Ihre Geschichte. Sie wollte nicht mit

Ihnen gehen, aber sie hat Ihnen die zehntausend gegeben, zum Andenken an Ihre Freundschaft.«

»Ich habe nicht gesagt, daß sie mir das Geld gegeben hat. Es gehört mir.«

»Chauffeure machen heutzutage viel Geld. Oder haben Sie außer Gretchen noch andere laufen, die Ihnen Prozente zahlen?«

Er musterte mich mit zusammengekniffenen Augen, offensichtlich erschüttert, wieviel ich von ihm wußte. »Es ist mein eigenes Geld«, wiederholte er hartnäckig. »Es ist sauberes Geld, nichts Ungesetzliches dabei.«

»Vielleicht war es sauber, bevor Sie es angefaßt haben. Jetzt ist es dreckig.«

»Geld ist Geld – oder? Ich mache Ihnen einen Vorschlag: Sie bekommen zwei Tausender. Das sind zwanzig Prozent, ein faires Geschäft also.«

»Sie sind außerordentlich großzügig. Aber zufällig habe ich alles, hundert Prozent.«

»Also gut, dann gebe ich Ihnen fünf. Vergessen Sie nicht – es ist mein Geld. Ich habe es selbst verdient.«

»Erzählen Sie mir, wie Sie es verdient haben, dann beteilige ich Sie vielleicht. Aber die Geschichte muß schon gut sein.«

Er dachte eine Weile nach und entschied sich dann. »Ich erzähle Ihnen gar nichts.«

»Dann verschwenden wir nur unsere Zeit. Gehen wir.«

»Wohin wollen Sie mich denn bringen?«

»Zurück nach Nopal Valley. Der Polizeichef möchte sich mit Ihnen unterhalten.«

»Wir sind hier aber in Nevada«, sagte er. »Um mich auszuliefern, brauchen Sie Beweise, und die haben Sie nicht.«

»Sie gehen nach Kalifornien – Ihrer Gesundheit wegen. Freiwillig.« Ich hob den Lauf meines Revolvers und ließ ihn in die Mündung sehen.

Die Aussicht erschreckte ihn, aber nicht genug, um zu reden. »Sie glauben wohl, Sie haben jetzt Oberwasser und können mein Geld behalten. Aber Sie werden sich noch schwer wundern, in was Sie da reingeraten sind, Mann!«

Sein Gesicht war blaß vor Wut. Kaum einen Tag lang war er reich und frei gewesen. Ich hatte ihn wieder in das kleine Leben zurückgestoßen und vielleicht in den Schatten der Gaskammer.

»Und Sie werden sich jetzt wundern, wie schnell wir am Ziel sind. Wenn Sie versuchen auszureißen, Reavis, werden Sie für den Rest Ihres Lebens hinken.«

Es wäre mir fast unmöglich gewesen, ihm das anzutun; aber er hatte sich besonnen und stieg in meinen Wagen ein. »Sie fahren«, sagte ich. »Ich habe noch keine Gelegenheit gehabt, die Gegend zu bewundern.«

Er fuhr ziemlich wild, aber gut. Kurz hinter Boulder City überholten wir seine Schwester. Keiner winkte dem anderen zu, und bald hatten wir sie aus den Augen verloren.

Als wir wieder in Las Vegas ankamen, lotste ich ihn zum *Green Dragon*. Er sah mich fragend an, als wir vorfuhren.

»Wir holen meinen Freund ab. Kommen Sie mit rein.« Ich stieg auf seiner Seite aus und hielt ihn mit der Pistole in der Tasche in Schach, als wir über die Straße zu der Fliegengittertür gingen. Ich traute Reavis nicht zu, die Wüste zu durchfahren, ohne einen Unfall zu bauen. Und da ich es nicht riskieren konnte, selbst zu fahren, brauchte ich einen Chauffeur.

Die Kneipe sah bei Lampenschein freundlicher aus, und an der Bar waren mehr Leute. Der rothaarige Jüngling saß noch an der Bar, vermutlich dasselbe Glas Bier vor sich, einsam wie zuvor.

Ich rief ihn zur Tür. Er kam und sah mich überrascht an. »Hallo,, was gibt's?« Ein schwaches Lächeln überzog sein Gesicht.

»Können Sie fahren? Ich meine, gut und vor allem schnell?«

»Die schnellste Kiste, die ich gefahren habe, schaffte eben ihre neunzig Meilen, bergab.«

»Das genügt. Ich gebe Ihnen zehn Dollar, wenn Sie meinen Freund und mich zur Küste zurückfahren. Ich heiße Archer.«

»Nach Los Angeles?«

»Nopal Valley. Wir fahren über die Berge. Von dort können Sie dann einen Bus nehmen.«

»Großartig. Übrigens, ich heiße Bud Musselman.« Er wandte sich Reavis zu, die Hand ausgestreckt. Reavis übersah sie.

»Kümmern Sie sich nicht um ihn«, sagte ich zu dem Rotschopf. »Er hat einen schweren finanziellen Verlust erlitten.«

Musselman setzte sich hinter das Lenkrad, Reavis neben ihn auf dem Beifahrersitz. Ich saß hinten, das Schießeisen auf den Knien. Die Straßen in der Stadt waren strahlende Tunnel bunter Lichter unter dem dunkler werdenden Himmel. Weit hinten im Osten schwamm tief am dämmerigen Himmel eine Mondsichel.

Musselman fuhr schnell und hart; er ließ jeden Wagen hinter sich. An einer Tankstelle mitten in der Wüste bat ich ihn, anzuhalten. Auf einem schäbigen Schild stand: *Kostenlose Tierschau – echte lebende Klapperschlangen.*

»Ihr Tank ist noch zu einem Drittel voll«, erklärte mir der Junge eifrig. »Der Wagen ist wirklich sehr sparsam im Verbrauch.«

»Freut mich. Warten Sie hier, ich will nur eben telefonieren.«

Reavis hatte sich in die Türecke gequetscht und war eingeschlafen. Sein Gesicht hatte er mit dem Arm bedeckt, die Faust fest geballt. Ich langte hinüber und schob ihm die Hand von der feuchten Stirn. Er schluchzte im Schlaf auf, öffnete dann plötzlich die Augen und blinzelte in das Licht des Armaturenbretts.

»Sind wir schon da?« fragte er mürrisch.

»Noch nicht. Ich werde Knudson anrufen. Kommen Sie mit.«

Er stieg folgsam aus, warf aber einen verstohlenen Blick

um sich und wog seine Fluchtchancen ab. Ehe er sich aber entschieden hatte, sagte ich: »Ich bin direkt hinter Ihnen. Mein Revolver ist auf Ihren Schinkenknochen gerichtet.«

Seine Knie wurden weich. Ich bekam Wechselgeld vom Tankwart und rief das Polizeirevier in Nopal Valley an. Reavis lehnte an der Wand neben dem Telefon und gähnte vor Überdruß. Er stand so dicht bei mir, daß ich ihn riechen konnte. Er roch nach einer trügerischen Hoffnung, die sauer geworden war.

Eine metallische Stimme krächzte in mein linkes Ohr: »Polizeirevier Nopal Valley.«

»Ihren Chef, Knudson, bitte.«

»Ist nicht hier.«

»Können Sie mir sagen, wo er zu erreichen ist?«

»Kann ich nicht. Wer spricht denn da?«

»Lewis Archer. Knudson hat mich gebeten, ihm zu berichten.«

»Archer? Ach so.« Pause. »Haben Sie etwas zu berichten?«

»Ja. Aber nur Knudson.«

»Er ist nicht hier, sag ich Ihnen doch. Hier ist der Wachhabende. Sagen Sie, was Sie haben, und wir kümmern uns dann schon darum.«

»Gut«, sagte ich widerstrebend. »Bestellen Sie Knudson, ich käme heute abend mit einem Gefangenen. Wie spät ist es?«

»Fünf vor neun. Geht es um den Fall Slocum?«

»Ja. Wir werden etwa um Mitternacht dort sein. Wir sind jetzt in der Wüste. Sagen Sie das dem Chef, er möchte es sicher wissen.«

»Okay, Mr. Archer.« Die krächzende, mechanische Stimme nahm einen Ton persönlicher Neugier an. »Haben Sie Reavis gefunden?«

»Behalten Sie's für sich.«

»Klar doch. Sollen wir Ihnen einen Wagen entgegenschicken?«

»Nicht nötig. Der könnte sich nicht mal aus einer nassen Papiertüte befreien.«

Ich legte auf und begegnete Reavis' mißmutigem, starrem Blick. Im Wagen schlief er wieder ein.

»Ihr Freund scheint nicht sehr glücklich zu sein«, sagte der junge Musselman. »Ist das eine Schußwaffe, was Sie da tragen?«

»Es ist eine.«

»Sie sind doch nicht etwa ein Gangster oder so was Ähnliches, Mr. Archer? Ich möchte nicht ...« Er überlegte es sich anders.

»Etwas Ähnliches«, sagte ich. »Und was möchten Sie nicht?«

»Och, nichts.« Drei Stunden lang sprach er kein Wort mehr mit mir. Aber er tat seine Pflicht und schob die langen weißen Scheinwerferlichter über den trockenen Sandboden. Die Straße rollte unter unseren Rädern dahin wie der Papierstreifen eines Fernschreibers.

Es war kurz nach Mitternacht, als wir in der Ferne die Lichter von Nopal Valley sahen. Unsere Scheinwerfer leuchteten ein schwarz-gelbes Verkehrszeichen an: *Gefährliches Gefälle!* Wir rollten hinunter.

Ich lehnte mich in meinem Sitz nach vorn. Reavis war zusammengesunken. Arme und Schulter schlaff gegen die Rükkenlehne, die Beine zwischen Armaturenbrett und Wagenboden eingeklemmt. Sein Körper hatte aufgegeben, er sah aus wie tot. Einen Augenblick fürchtete ich, er sei wirklich tot, als sei alles Leben durch die Wunde an seinem Selbstgefühl aus ihm geronnen. Ein schrecklicher Gedanke – nach all der Mühe, die ich gehabt hatte.

»Reavis«, sagte ich. »Aufwachen! Wir sind gleich da.«

Er stöhnte und knurrte, hob den Kopf und streckte den langen, trägen Körper. Plötzlich bremste der Junge, Reavis wurde gegen die Windschutzscheibe geworfen.

Ich klammerte mich an den Sitz. »He – passen Sie doch

auf!« Dann sah ich den Lastwagen am Fuße des Hanges quer auf der Straße stehen. Wir fuhren noch hundert Schritt mit kreischenden Bremsen weiter und kamen dann zu einem mißtönenden Halt. Der Laster war ohne Licht und ohne Fahrer.

»Die sind wohl verrückt geworden«, sagte der Junge.

Auf der einen Seite stieg der mit Felsbrocken übersäte Hang steil an, auf der anderen Seite fiel er steil ab. Kein Platz zum Vorbeifahren. Ein Scheinwerferstrahl schoß seitlich aus dem Lastwagen, schwankte und fand meine Windschutzscheibe.

»Setzen Sie zurück«, befahl ich dem Jungen.

»Kann nicht. Hab den Motor abgewürgt.« Sein ganzer Körper mühte sich mit dem Starter ab. Der Motor brüllte auf.

»Lösch die Funzel aus«, schrie jemand. »Er ist es.« Der Scheinwerfer ging aus.

Der Wagen hoppelte ein paar Schritte rückwärts, um mit abgewürgtem Motor wieder stehenzubleiben. »Verdammt, die Bremse!« sagte der Junge vor sich hin.

Eine lebendige Mauer bewegte sich in unserem Scheinwerferstrahl: sechs oder sieben Revolverhelden mit ihren Kanonen. Ich schob Reavis zur Seite und stieg aus, um mich ihnen zu stellen. Sie hatten Tücher über den Mund gebunden. »Was soll denn das sein? Der große Postkutschenüberfall?«

Eines von den Tüchern schüttelte den Kopf: »Die Pistole runter, Jack. Wir wollen nur deinen Gefangenen.«

»Den müßt ihr euch schon holen.«

»Sei doch nicht dumm, Jack.«

Ich schoß auf seinen Revolverarm, wobei ich auf den Ellbogen zielte. Alles war ruhig. Dann rollte das Echo in dem engen Tal wie ein langes, tiefes Keckern der Verzweiflung.

Ich sagte zu Reavis, ohne ihn anzusehen: »Es ist wohl besser, Pat, Sie hauen schleunigst ab.«

Ich hörte hinter mir das Geräusch seiner Sohlen auf der Straße. Der Mann, den ich angeschossen hatte, saß am Boden, die Kanone zwischen den Beinen. Er sah auf das Blut, das ihm von der Hand tropfte. Die anderen Männer sahen von dem Verletzten zu mir und wieder zu ihm zurück.

»Wir sind sechs, Archer«, sagte einer von ihnen unsicher.

»In meiner Kanone sind sieben Schuß«, sagte ich. »Geht nach Hause.«

Reavis war noch immer hinter mir, unangenehm ruhig. »Hauen Sie ab, Pat, ich kann sie aufhalten.«

»Denkste«, sagte er.

Sein Arm legte sich um meinen Hals und zog mich nach hinten über. Die gesichtslosen Männer rollten in einer Woge an. Ich drehte mich und rang mit Reavis. Sein Gesicht war nur ein verschwommener Fleck im Mondlicht, aber mir schien es, als wären Augen und Mund naß vor Befriedigung. Ich schlug danach. Er schlug mir die Faust ins Gesicht. »Ich hab Sie gewarnt, Mann«, sagte er laut.

Ein Schlag in den Nacken ließ mich bis in die Zehen gefrieren. Ich riß mich von Reavis los und schwang die Pistole herum auf den ersten Mann. Die Mündung streifte seine Wange und riß ihm das Tuch vom Gesicht. Er krümmte sich und fiel hin. Die anderen traten an seine Stelle.

»Nicht schießen!« rief der Mann auf dem Boden. »Wir wollen nur den einen.«

Da traf mich ein weiterer Schlag von hinten, und ich war bewußtlos, noch ehe ich auf der Straße auftraf.

Widerwillig kam ich wieder zu mir, als ob ich bereits wüßte, was mich erwartete. Musselman erschrak wie ein Kaninchen, als ich mich aufrichtete. Er sprang auf und beugte sich über mich. »Sie haben ihn umgebracht, Mr. Archer«, flüsterte er mit gebrochener Stimme.

Es schmerzte, als ich mich erhob. »Was haben sie mit ihm gemacht?«

»Sie haben mindestens ein Dutzend Schüsse auf ihn abgegeben. Dann haben sie ihn mit Benzin übergossen, den Abhang runtergerollt und ein Streichholz hinterher geworfen. War er wirklich ein Mörder, wie die gesagt haben?«

»Ich weiß es nicht. Wo ist er?«

»Dort unten.«

Ich folgte ihm um den Wagen herum und knipste meine Taschenlampe an. Die verkohlten Überreste eines Mannes lagen zehn Fuß weiter unten in einem Kreis schwarzer Salbeisträucher. Ich ging auf die andere Straßenseite, um mich zu übergeben. Die dünne Mondsichel hing in einer Lücke zwischen den Bergen wie eine Zitronenschale in einem großen, dunklen Trank von Lethe. Ich konnte nur einen bitteren Geschmack auswürgen.

17

Der Mann hinter dem Drahtgitter sprach monoton in ein Handmikrofon: »Wagen sechzehn zu gemeldetem Überfall an Ecke Padilla und Flower. Wagen sechzehn, Ecke Padilla und Flower.«

Er schaltete das Mikrofon aus und zog an einer feuchten Zigarette. »Ja, Sir?« Er beugte sich vor, um mich durch den Drahtverhau zu mustern. »Hatten Sie einen Unfall?«

»Nein. Wo ist der Chef?«

»Dienstlich unterwegs. Was haben Sie für Sorgen?«

»Ich habe um etwa neun angerufen. Hat Knudson meine Nachricht erhalten?«

»Mich haben Sie nicht angerufen. Ich bin erst um Mitternacht gekommen.« Er machte noch einen Zug und betrachtete mich gleichgültig durch den Rauch. »Worum handelt es sich denn?«

»Das sollte im Wachbuch eingetragen sein. Ich habe um fünf vor neun angerufen.«

Er blätterte zurück und warf auch noch einen Blick auf die Seite davor. »Sie müssen sich irren. Da war nichts zwischen 20 Uhr 45, ein Betrunkener im *State Hotel*, und 21 Uhr 25, ein Hoteldieb drüben im *Vista*. Es sei denn, Sie meinen diese Sache mit dem Hoteldieb?«

Ich schüttelte den Kopf.

»Sie haben nicht das Zweigbüro des Sheriffs angerufen?«

»Ich habe hier angerufen. Wer war Wachhabender?«

»Franks.«

»Er ist doch Detektiv. Warum macht der Wachdienst?«

»Er hat Carmody vertreten. Carmodys Frau erwartet ein Baby. Was war also mit dem Anruf? Name?«

»Archer. Ich will mit Knudson sprechen.«

»Sind Sie der Privatdetektiv im Fall Slocum?«

Ich nickte.

»Er ist jetzt dort. Ich kann ihn anrufen.«

»Bemühen Sie sich nicht. Ich werde rausfahren. Ist Franks irgendwo in der Nähe?«

»Nee, der ist nach Hause gegangen.« Er lehnte sich vertraulich vor und drückte die Zigarette aus. »Wollen Sie meine ehrliche Meinung wissen. Franks ist 'ne Niete. Der hat schon eine ganze Menge verpatzt. War der Anruf wichtig?«

Ich antwortete nicht. Etwas Häßliches nahm Gestalt an in diesem traurigen, strengen Raum und hing fast greifbar über meinem Kopf. Es zerrte an mir, verlangsamte meine Schritte, als ich hinausging zum Wagen. Zorn und Furcht übermannten mich, als ich die Hände um das Lenkrad legte. Ich überfuhr zwei rote Ampeln auf dem Weg aus der Stadt.

»Wir gehen nicht nach dort zurück?« fragte der Junge zitternd.

»Noch nicht. Ich muß zuerst den Polizeichef sprechen.«

»Ich verstehe gar nicht, was da passiert ist. Es ist schrecklich. Sie haben versucht, ihn zu retten, und er hat sich auf Sie geworfen.«

»Er war dumm. Er hielt die Männer für seine Freunde. Er hatte keine Freunde.«

»Es ist schrecklich«, sagte er noch einmal vor sich hin.

Bei den Slocums brannte Licht auf der Veranda. Ich ließ den Jungen in meinem Auto zurück und ging den Fußweg hinauf. Knudson und Maude Slocum kamen zusammen zur

Haustür. Sie fuhren sichtlich auseinander, als sie mich erkannten. Mrs. Slocum kam mir mit ausgestreckten Händen entgegen.

»Mr. Archer? Die Polizeiwache hat schon angerufen, daß Sie kommen würden. Wo, in aller Welt, haben Sie gesteckt?«

»Sehr weit weg. Ich könnte etwas zu trinken gebrauchen.«

»Selbstverständlich. Kommen Sie herein.« Sie öffnete die Tür und hielt sie für mich auf. »Sie machen ihm doch einen Drink, nicht wahr, Ralph?«

Er sah sie warnend an – mit dem harten und wissenden Blick eines alten Feindes, eines alten Liebhabers. »Gern, Mrs. Slocum. Bringen Sie gute Nachrichten, Archer?« Er bewegte sich schwerfällig, falsche Freundlichkeit lag auf seinem Gesicht.

»Es gibt nur schlechte.« Ich berichtete, mit einem Glas in der Hand und in dem Zimmer, in dem sich die Slocums am Abend zuvor gestritten und wieder versöhnt hatten. Mrs. Slocum hatte eine blutunterlaufene Stelle am Auge, die sie mit Puder abgedeckt hatte. Augen, Mund und Schläfen waren verhärmt. Knudson saß neben ihr auf dem Sofa. Während ich redete, tasteten sich ihre übergeschlagenen Beine unbewußt näher an ihn heran.

»Ich habe Reavis in Las Vegas geschnappt . . .«

»Woher wußten Sie, daß er dort war?« fragte Knudson leise.

»Reine Beinarbeit. Zwischen sechs und sieben habe ich mich mit ihm auf den Weg nach hier gemacht. Ich hatte einen Burschen engagiert, der uns fuhr. Um neun habe ich von einer Tankstelle in der Wüste aus Ihre Dienststelle angerufen und dem Wachhabenden aufgetragen, er solle Ihnen sagen, daß ich komme.«

»Die Nachricht habe ich nicht erhalten. Warten Sie mal, wer war Wachhabender?«

»Franks. Er hielt es nicht einmal für nötig, den Anruf ins Wachbuch einzutragen. Dafür hat er aber die Information einem anderen verraten. Sieben Mann haben mir vor weniger als einer Stunde aufgelauert. Sie benutzten einen Lastwagen als Straßensperre. Einen von ihnen habe ich angeschossen. Reavis glaubte, die Männer wollten ihn befreien, und hat mich von hinten angefallen. Dann haben sie mich bewußtlos geschlagen und Reavis dann mit zwölf Schüssen durchlöchert und mit Benzin gegrillt.«

»Um Gottes willen!« sagte Maude Slocum, das Gesicht verschlossen wie eine Totenmaske. »Wie entsetzlich!«

Knudson kaute an seiner dicken Unterlippe. »Ein Lynchkommando, wie? Ich bin seit zwanzig Jahren bei der Polizei, aber mit so was hab ich noch nichts zu tun gehabt.«

»Sparen Sie sich das für Ihre Memoiren, Knudson. Dies ist Mord. Der Junge im Wagen ist mein Zeuge. Ich möchte wissen, was Sie jetzt unternehmen werden.«

Er stand auf. Trotz der gezeigten Erregung schien er die Sache viel zu leicht zu nehmen. »Ich werde tun, was ich kann. Der Ort, wo Sie überfallen wurden, liegt nicht mehr in meinem Bezirk. Ich werde den Sheriff anrufen.«

»Sie sollten sich an Franks halten.«

»Keine Sorge. Dem werde ich schon auf den Zahn fühlen. Können Sie mir die Männer beschreiben?«

»Sie waren mit Tüchern maskiert. Wahrscheinlich stammen sie von hier, Rancharbeiter oder Strolche von den Ölfeldern. Einer hat eine Schußverletzung innen am rechten Ellbogen. Zwei Stimmen würde ich wiedererkennen. Vielleicht kann Ihnen der Junge mehr sagen.«

»Der Sheriff wird sich mit ihm unterhalten.«

Ich stand auf und starrte ihn an. »Sehr eifrig packen Sie die Sache aber nicht an.«

Er merkte, daß ich eine Kraftprobe erzwingen wollte, und beschloß, sie aufzuschieben. »Mit solchen Ausschreitungen des Pöbels wird man nur schwer fertig, das wissen Sie ja. Selbst wenn der Sheriff diese Leute schnappt, was unwahrscheinlich ist, werden wir niemals Geschworene kriegen, die sie schuldig sprechen. Mrs. Slocum gehörte zu den angesehensten Persönlichkeiten dieser Stadt. Ihre Ermordung hat die Gemüter erhitzt.«

»Aha. Der Tod von Mrs. Slocum ist also jetzt ein Mord. Und der Mord an Reavis wird auf das Konto ›gesundes Volksempfinden‹ geschrieben. So dumm sind Sie doch nicht, Knudson, und ich auch nicht. Ich erkenne den Pöbel, wenn er mir begegnet. Aber diese Totschläger waren bestellt. Es waren vielleicht Amateure, aber sie haben es nicht aus Spaß getan.«

»Wollen wir nicht persönlich werden«, sagte er in nachdrücklich warnendem Ton. »Reavis hat bekommen, was er verdient hat. Amateure oder nicht – die Leute, die ihn gelyncht haben, haben dem Staat allerhand Geld gespart.«

»Sie glauben, daß er Mrs. Slocum ermordet hat?«

»Daran besteht überhaupt kein Zweifel. Der medizinische Sachverständige hat einige Blutergüsse an ihrem Rücken festgestellt, wo jemand sie gestoßen hat. Und dieser Jemand scheint Reavis gewesen zu sein. Wir haben seine Mütze ganz in der Nähe des Swimming-pools gefunden, hinter den Bäumen, die die Filteranlage verdecken. Das beweist, daß er dort gewesen ist. Er hatte seine Arbeitsstelle verloren – das genügt als Motiv für einen Psychopathen. Und unmittelbar nach dem Verbrechen hat er sich davongemacht.«

»Ja, er hat sich davongemacht, aber in aller Öffentlichkeit und ohne Hast. Außerhalb des Tors hat er mich angehalten, damit ich ihn mitnehme, und dann hat er in aller Gemütsruhe ein paar Gläser getrunken.«

»Vielleicht brauchte er die. Um seine Nerven zu beruhigen.«

Knudson hatte den brennenden, sturen Blick eines Mannes, der eine Meinung gefaßt hat und nicht davon abgehen will. Es war an der Zeit, die Karte auszuspielen, die ich mir aufgespart hatte. »Der Zeitplan stimmt nicht. Um 20 Uhr 20 hat Marvell das Aufklatschen im Wasser gehört. Um 20 Uhr 23 habe ich Reavis aufgelesen, und vom Swimming-pool bis zum Tor ist es eine Meile oder mehr.«

Knudson zeigte die Zähne. »Marvell ist ein phantasievoller Typ«, sagte er. »Heute, nachdem er sich ein wenig beruhigt hatte, hat er ganz etwas anderes gesagt. Heute war er sich nämlich gar nicht mehr so sicher, wann er das Aufklatschen gehört hatte und ob er es überhaupt gehört hat. Mrs. Slocum kann gut und gerne schon eine Stunde früher ermordet worden sein. Es gibt keine Möglichkeit, festzustellen, wie lange sie im Wasser gelegen hat.«

»Trotzdem glaube ich nicht, daß Reavis es getan hat.«

»Was Sie glauben, interessiert mich nicht – ich brauche Beweise. Und ich habe Ihnen Beweise geliefert, und zwar handfeste. Übrigens ist es jetzt sehr spät. Sie können mir ein anderes Mal erzählen, wann und wo Sie Reavis aufgelesen haben und warum Sie für ihn bürgen.«

Ich beherrschte mich. »Es gibt da auch noch andere Dinge. Die können aber warten, bis Sie Ihr Telefongespräch erledigt haben.«

Mit arroganter Langsamkeit holte er eine Zigarre aus seiner Seitentasche, holte sich bei Mrs. Slocum Erlaubnis ein, biß das Ende ab und warf es in den Aschenbecher, zündete die Zigarre an, blies das Streichholz aus und paffte mich an. »Wenn ich einen brauche, der mir sagt, wie ich meine Arbeit anpacken soll, dann werde ich Sie per Eilboten benachrichtigen.« Er ging hinaus und zog einen Schwaden Zigarrenqualm hinter sich her. Gleich darauf kam er wieder, am Arm hielt er Cathy Slocum. Sie wand sich in seinem Griff. »Lassen Sie mich los, Mr. Knudson!«

Er ließ ihren Arm fallen, als hätte sie ihn geschlagen. »Tut mir leid, Cathy. Ich wollte nicht grob sein.«

Sie drehte ihm den Rücken zu und ging zur Tür, wobei sie mit den weißen Pelzhausschuhen über den Teppich schlurfte. In ihrem rosafarbenen, gesteppten Hausmantel und dem zurückgebürsteten Haar sah sie aus wie ein Kind.

»Moment mal, Liebling«, sagte ihre Mutter. »Warum bist du denn noch auf?«

Cathy blieb in der Tür stehen, drehte sich aber nicht um. Ihre Schultern waren steif und widerspenstig. »Ich habe mit Vater geredet.«

»Ist er denn noch wach?«

»Er konnte nicht einschlafen – und ich auch nicht. Wir hörten Stimmen, und da hat er mich runtergeschickt, um nachzusehen, wer es ist. Darf ich jetzt wieder zu Bett gehen?«

»Selbstverständlich, Liebling.«

»Ich möchte Cathy etwas fragen«, sagte ich. »Haben Sie etwas dagegen, Mrs. Slocum?«

Sie hob die Hand mit einer mütterlichen Geste. »Das arme Mädchen hat schon so viele Fragen beantworten müssen. Kann das nicht bis morgen warten?«

Das Mädchen drehte sich in der Tür um. »Ich bin kein Kind, Mutter. Selbstverständlich kann ich die Frage beantworten.«

Sie stand da, breitbeinig, die Fäuste tief in den Taschen ihres Hausmantels.

»Also gut, mein Liebes. Wie du willst.« Ich hatte den Eindruck, daß die Mutter es war, die gewöhnlich nachgab.

Ich wandte mich an Cathy: »Reavis behauptet, er sei gestern abend hier gewesen, um Sie zu sprechen. War er bei Ihnen, bevor ich Sie in meinem Wagen gefunden habe?«

»Nein. Ich habe ihn seit dem Krach in Quinto nicht mehr gesehen.«

»Ist das alles?« fragte Knudson.

»Das war's.«

»Komm und gib mir einen Gutenachtkuß«, sagte Maude Slocum.

Mit widerwilligen und linkischen Schritten ging das Mädchen auf seine Mutter zu und küßte ihre Wange. Die Frau wollte das Mädchen umarmen, aber es entzog sich ihr und ging hinaus.

Knudson beobachtete die beiden, als bemerke er die zwischen ihnen herrschende Spannung nicht. Mit einem festgefrorenen Lächeln im Gesicht begleitete er Cathy hinaus, die glühende Zigarre frech im Gesicht.

Ich setzte mich neben Maude Slocum auf das Sofa. »Reavis ist also festgenagelt. Ich verstehe, was Knudson gemeint hat.«

»Sind Sie immer noch unzufrieden?« fragte sie mich ernsthaft.

»Verstehen Sie mich richtig. Reavis interessiert mich nicht. Aber das Gesamtbild irritiert mich. Es hat zu große Lücken. Kennen Sie beispielsweise einen Walter Kilbourne?«

»Noch mehr Fragen, Mr. Archer?« Sie griff nach einem silbernen Zigarettenkästchen, das auf dem Tisch neben ihr stand. Sie hatte ihre Hand jedoch nicht in der Gewalt und stieß das Kästchen herunter. Die Zigaretten fielen heraus, und ich begann sie aufzulesen.

»Bemühen Sie sich nicht«, sagte sie. »Das macht doch nichts. Hier scheint alles in Scherben zu gehen. Ein paar Zigaretten auf dem Boden sind meine geringste Sorge.«

Ich sammelte weiter Zigaretten auf. »Was ist Ihre größte Sorge? Immer noch der Brief, den Sie mir gegeben haben?«

»Sie stellen so viele Fragen. Aus welchem Grund eigentlich? Sehen Sie, jetzt drehe ich den Spieß um.«

»Ich weiß gar nicht, warum Sie sich diese Mühe machen.« Ich stellte das volle Kästchen auf den Tisch und zündete ihr und mir eine Zigarette an.

Dankbar sog sie daran. Ihre Antwort wurde mit Rauch in die Luft geschrieben: »Weil ich Sie nicht verstehe. Mit Ihrem Geist und Auftreten könnten Sie doch einen besseren Job finden, zumindest einen angeseheneren.«

»Wie den von Ihrem Freund Knudson? Ich habe fünf Jahre bei der Polizei gearbeitet und bin dann gegangen. Es gab zu viele Fälle, wo die offizielle Version zu den mir bekannten Tatsachen im Widerspruch stand.«

»Ralph ist ehrlich. Er ist sein ganzes Leben lang Polizist gewesen und hat immer noch ein sauberes Gewissen.«

»Zwei Gewissen, vermutlich. Die meisten guten Polizisten haben ein öffentliches und ein privates Gewissen. Ich habe nur das private, armselig, aber mein.«

»Ich habe Sie also richtig beurteilt; Sie sind tatsächlich ein Gerechtigkeitsfanatiker.«

»Ich weiß nicht, was Gerechtigkeit ist«, sagte ich. »Mich interessiert nur die Wahrheit. Nicht eine allgemeine Wahrheit, falls es die gibt, sondern die Wahrheit in ganz bestimmten Fällen. Wer was wann und warum getan hat. Vor allem das Warum. Ich frage mich beispielsweise, warum Sie wissen wollen, ob ich für Gerechtigkeit bin. Sie könnten damit indirekt zum Ausdruck bringen, daß ich meine Finger von diesem Fall lassen soll.«

Sie schwieg eine Weile. »Nein. Das sehen Sie nicht ganz richtig. Ich habe selbst Achtung vor der Wahrheit. Vielleicht auf eine weibliche Art: ich möchte die Wahrheit erfahren, wenn sie nicht zu schmerzhaft ist. Und ich fürchte mich wohl ein wenig vor einem Mann, der sich so stark für eine Sache einsetzt. Und es ist Ihnen wirklich wichtig, ob Reavis schuldig oder unschuldig ist, nicht wahr?«

»Interessieren Knudson und sein sauberes Gewissen sich etwa nicht dafür?«

»Früher wäre es so gewesen – aber jetzt? Hier passiert so vieles, was ich nicht verstehe.« Mir ging es ebenso. »Mein geschätzter Mann beispielsweise hat sich auf sein Zimmer zurückgezogen und will nicht wieder herauskommen. Er behauptet, er werde den Rest seines Lebens dort oben eingeschlossen verbringen wie Marcel Proust.«

Haß blitzte auf in den meerfarbenen Augen und verschwand wieder wie die Rückenflosse eines Hais.

Ich drückte meine Zigarette aus, die auf leeren Magen scharf schmeckte. »Dieser Marcel Soundso, ist er ein Freund von Ihnen?«

»Ach so, jetzt stellen Sie sich also wieder einmal dumm.«

»Warum sollte ich nicht? Es scheint doch in diesem Haushalt die reinste Manie zu sein. Sie sind durchaus bereit, über Abstraktionen wie Wahrheit und Gerechtigkeit zu reden, aber Sie haben mir noch nicht eine einzige verdammte Tatsache erzählt, die mir helfen könnte, den Schreiber des Briefes oder den Mörder Ihrer Schwiegermutter zu finden.«

»Oh, der Brief. Wir sind also wieder einmal bei dem Brief.«

»Mrs. Slocum, der Brief betrifft nicht mich, sondern Sie. Sie haben mich beauftragt, den Absender für Sie festzustellen – erinnern Sie sich?«

»Seither ist so viel geschehen, nicht wahr? Das scheint doch jetzt unwichtig zu sein.«

»Jetzt, da sie tot ist?«

»Ja«, antwortete sie ruhig. »Jetzt, da sie tot ist.«

»Ist Ihnen schon mal der Gedanke gekommen, daß der Briefschreiber und der Mörder ein und dieselbe Person sein könnte?«

»Nein. Ich kann da keine Verbindung sehen.«

»Ich auch nicht. Ich könnte es vielleicht bei guter Zusammenarbeit. Wenn Sie mir erzählen, was Sie über die Beziehungen zwischen den Leuten im Haus wissen.«

Sie hob die Schultern und ließ sie in einer Geste müder Resignation wieder fallen. »Ich bin nicht so ungeheuer jung wie Cathy, daß ich für mich verlangen könnte, vor ihren Fragen bewahrt zu werden. Aber ich bin wirklich schrecklich müde. Was möchten Sie wissen?«

»Seit wann Sie Knudson kennen und wie gut.«

Zum zweitenmal sah sie mich langsam und forschend an. »Seit etwa einem Jahr und intim schon gar nicht.«

»Gestern haben Sie eine Freundin erwähnt, eine Mildred Fleming. Sie könnte mir vielleicht eine andere Geschichte erzählen. Oder schenken Sie Ihren Freundinnen ebenfalls kein Vertrauen?«

Sie antwortete kühl: »Ich glaube, Mr. Archer, Sie sind unverschämt.«

»Sehr wohl, *madam.* Spielen wir also nach den formellen Regeln. Es sei denn, Sie wollen das Spiel wegen Unverschämtheit absagen.«

»Ich habe mich noch nicht entschieden. Eines möchte ich Ihnen jedoch sagen, ich kenne Walter Kilbourne. Ich habe ihn sogar heute abend noch gesehen.«

Knudsons schwerer Schritt kam den Korridor herunter, seine hängenden Schultern füllten den Türrahmen aus. »Endlich habe ich den Sheriff aus dem Bett gejagt. Wir treffen uns an der Stelle des Überfalls.«

»Sie, aber nicht ich«, sagte ich. »Mrs. Slocum war gerade so gut, mir noch einen Drink anzubieten – und den brauche ich. Dem Sheriff gebe ich morgen meine Erklärung ab. Nehmen Sie den Jungen mit. Er heißt Musselman und ist in meinem Wagen, wahrscheinlich schläft er. Sie müßten ein paar gute Reifenspuren vorfinden, wo der Laster zum Wenden auf die Böschung gefahren ist.

»Vielen Dank für den wertvollen Tip.« Das klang ironisch, aber er schien erleichtert zu sein, daß ich nicht mitkam. Er und der Sheriff sollten doch am Tatort herumfuhrwerken, die Überreste aufsammeln und sie zur Stadt zurückbringen. Damit würde nichts erreicht werden.

»Sorgen Sie bitte dafür, daß der Junge einen anständigen Platz zum Schlafen bekommt – ja? Und geben Sie ihm dies von mir, ich schulde es ihm.« Ich gab ihm zehn Dollar.

»Wie Sie wollen. Gute Nacht, Mrs. Slocum. Und vielen Dank für Ihre Unterstützung.«

»Das ist doch selbstverständlich.«

Alte Liebende, dachte ich wieder, die mir Sand in die Augen streuen wollten. Knudson ging. Meine anfängliche Sympathie für ihn war verflogen. Dennoch, er war ein Mann und ein Polizist. Er würde sich den Weg zum Ziel seiner Wünsche nicht über die Leiche einer alten Dame bahnen. Er würde es sich schwerer machen.

Maude Slocum erhob sich und nahm mein leeres Glas. »Wollen Sie wirklich etwas zu trinken?«

»Einen kleinen, mit Wasser, bitte.«

»Ich glaube, ich leiste Ihnen dabei Gesellschaft.« Sie schenkte mir zwei Finger breit aus der Whiskyflasche ein und sich selbst die doppelte Menge, die sie in einem Zug hinunterstürzte.

Ich nahm einen Schluck von meinem. »Und jetzt möchte ich alles über Walter Kilbourne erfahren. Und diesmal unverdünnt, im Gegensatz zu meinem Whisky.«

»Sie gottverdammter ...« begann sie. Schwerfällig und gelöst setzte sie sich neben mich. »Ich weiß nichts über Walter Kilbourne, ich meine nichts Abfälliges.«

»Dann stehen Sie einzigartig da, nehme ich an. Wo haben Sie ihn heute abend gesehen?«

»Im *Boardwalk*-Restaurant in Quinto. Cathy hatte so einen schrecklichen Tag hinter sich, da bin ich mit ihr nach Quinto zum Essen gefahren, und dort im Restaurant habe ich Walter Kilbourne gesehen. Er war in Begleitung eines blonden jungen Geschöpfes – ein wirklich hübsches Mädchen.«

»Seine Frau. Haben Sie mit ihm gesprochen?«

»Nein. Er hat mich nicht erkannt, und ich mag ihn nicht besonders. Ich habe nur den Ober gefragt, was Kilbourne hier tue. Offenbar liegt seine Jacht im Hafen.«

Das wollte ich wissen. Die Müdigkeit hatte meinem Körper alle Energie entzogen und begonnen, meine Willenskraft zu lähmen. Ich hatte mich bis über die Ohren in die Gegenwart versenkt, zu erschöpft, um darüber hinaussehen zu können. Jetzt würde ich den Paß nach Quinto noch einmal überqueren müssen.

Aber ich hatte noch mehr Fragen. »Wie und wann haben Sie ihn überhaupt kennengelernt?«

»Das liegt ungefähr zwei Jahre zurück. Damals hatten sie

gerade auf der anderen Talseite die großen Ölfunde gemacht, und Kilbourne hatte meiner Schwiegermutter die Genehmigung abgeschwatzt, hier auf ihrem Grundstück nach Öl suchen zu dürfen. Er kam mit einigen Männern her; sie blieben mehrere Wochen, bohrten Löcher und machten Sprengungen – ich habe die technische Bezeichnung dafür vergessen ...«

»Seismische Aufschlußarbeiten?«

»Ja, so nannten sie es wohl. Sie haben auch prompt Öl gefunden, aber es kam nichts dabei heraus. Mutter –« ihre Lippen verzogen sich in der Erinnerung –, »Mutter war der Meinung, daß die Bohrtürme ihr die kostbare Aussicht ruinierten, und brach die Beziehungen zu Kilbourne ab. Selbstverständlich war es das nicht allein: sie mochte den Mann nicht und hat ihm wahrscheinlich auch mißtraut. Deshalb mußten wir weiterhin in ›vornehmer‹ Armut leben.«

»Haben sich denn keine anderen Gesellschaften an sie gewandt? Öl wird doch allmählich ziemlich rar in diesem Teil der Welt.«

»Sie wollte im Grunde ihres Herzens nicht verpachten. Außerdem gab es in dem ursprünglichen Vertrag für die Bodenerforschung eine Klausel, die Kilbournes Gesellschaft das Vorkaufsrecht einräumte.«

»Das ist klar.«

Ihre Hand wanderte umher und tastete blind nach einer Zigarette. Ich nahm eine aus dem Kästchen, steckte sie ihr zwischen die Finger und gab ihr Feuer. Sie zog unbeherrscht daran wie ein Kind. Whisky und Erschöpfung machten sich jetzt bemerkbar. Gesicht, Muskeln, Stimme – alles verfiel zusehends.

Ich stellte also die Frage, die mir auf der Zunge brannte, und achtete sorgfältig auf ihre Reaktion. »Nun brauchen Sie ja nicht mehr lange in vornehmer Armut zu leben, nicht wahr? Ich nehme an, Sie und Ihr Mann werden sich mit Kilbourne in Verbindung setzen. Ist er etwa aus diesem Grunde schon hier?«

»Auf den Gedanken bin ich noch nicht gekommen. Ich kann mir aber vorstellen, daß wir das tun werden. Ich muß mit James darüber sprechen.«

Sie schloß die Augen. Ihr Gesicht sah jetzt völlig verfallen aus. Dunkle Linien zogen sich von den Winkeln der geschlossenen Augen, von den Nasenflügeln und den Kinnbacken herunter – tiefe Holzkohleschatten, die den Zerfall karikierten.

Ich sagte gute Nacht und ging.

18

Im unteren Teil des Hauses brannte nur ein Licht, eine Wandlampe im Korridor, auf halbem Weg zwischen Haustür und Küche. Sie warf einen bräunlichen Schein in den Alkoven unter der Treppe, wo das Telefon war. Das Telefonbuch von Quinto und Nopal Valley lag auf dem niedrigen Tisch neben dem Apparat. Ich schlug es bei F auf. Nur ein Franks war verzeichnet. Simeon J., wohnhaft Tanner Terrace 467. Ich wählte die Nummer und hörte, wie es am anderen Ende der Leitung ein halbes dutzendmal läutete. Dann meldete sich eine Stimme, rauh und unwirsch.

»Franks.«

Und als ich schwieg, hörte ich die Stimme noch einmal. »Hallo«, sagte er, »Franks hier.«

Ich legte auf. In dem Moment ertönte über mir auf der Treppe das Geräusch von Füßen. Ein Gesicht wie ein bleicher Mond vor einer dunklen Wolke von Haar lehnte sich über das Geländer.

»Wer ist da?« fragte das Mädchen.

»Archer.« Ich ging in den Korridor, damit sie mich erkennen konnte. »Sind Sie noch nicht zu Bett gegangen, Cathy?«

»Ich ... ich kann nicht. Ich sehe immer Großmutters Gesicht vor mir.« Mit beiden Händen umklammerte sie das

Eichengeländer, als brauche sie einen soliden, realen Halt. »Was tun Sie denn da?«

»Telefonieren. Aber ich bin jetzt fertig.«

»Ich habe gehört, wie Mr. Knudson vorher telefoniert hat. Stimmt's, daß Pat tot ist?«

»Ja. Mochten Sie ihn?«

»Manchmal, wenn er nett war. Er war sehr lustig. Er hat mir das Tanzen beigebracht, aber sagen Sie Vater nichts davon. Er hat doch Großmutter nicht ermordet, nicht wahr?«

»Ich weiß nicht. Ich glaube nicht.«

»Ich auch nicht.« Verstohlen blickte sie den Korridor hinunter, der voller Schatten war. »Wo sind die anderen?«

»Knudson ist gegangen. Ihre Mutter ist im Wohnzimmer. Ich glaube, sie schläft.«

Sie steckte die Hand noch tiefer in die weichen Falten ihres Hausmantels. »Jedenfalls bin ich froh, daß er schon fort ist.«

»Ich muß jetzt auch gehen. Alles in Ordnung mit Ihnen?«

»Ja. Ich komme schon zurecht.«

Sie begleitete mich zur Tür. »Gute Nacht, Mr. Archer. Es tut mir leid, wenn ich gestern abend grob zu Ihnen war. Ich muß gefühlt haben, daß etwas in der Luft lag. Ich bin sehr sensibel, wissen Sie, jedenfalls sagen das die Leute.«

»Aber Reavis haben Sie gestern abend nicht gesehen?«

»Bestimmt nicht. Dabei habe ich eigentlich gefürchtet, daß er kommen würde – ich hasse Szenen –, aber er kam nicht.« Sie machte mit dem Daumen das Zeichen des Kreuzes auf ihre seidene Brust. »Ich will tot umfallen, wenn es nicht wahr ist.« Mit gezwungener Heiterkeit kicherte sie plötzlich: »Wie grausig, so etwas zu sagen – ›tot umfallen‹.«

Ich verabschiedete mich. »Gute Nacht, Cathy.«

Tanner Terrace 467 war ein weißer Holzbungalow in einem der weniger guten Vororte; er stand zwischen einem Dutzend ähnlicher Häuser. Alle hatten Schrägdächer, nutzlose grüne Laden vor den beiden Fenstern zur Straße und strahlten eine Atmosphäre von Wurzellosigkeit und Vorläufigkeit aus wie eine Reihe von Wohnwagen auf einem unbebauten Grundstück. Man unterschied sie nach den Nummern, die am Straßenrand aufgemalt waren. In Sergeant Franks' Haus brannte noch Licht. Es drang durch die Ritzen der geschlossenen Jalousien heraus und warf helle Streifen auf den spärlich wachsenden Rasen.

Ich fuhr daran vorbei, wendete an der ersten Kreuzung und parkte hundert Schritt vor dem Haus. Franks war Polizist. Auf seinem eigenen Territorium konnte er mir Schwierigkeiten bereiten, und die konnte ich nicht gebrauchen. Ich stellte den Motor ab, schaltete das Licht aus, rutschte tiefer auf meinem Sitz und versank in einen Halbschlaf. Das Geräusch eines näher kommenden Wagens weckte mich, noch ehe die hellen Scheinwerfer die Straße bestrichen.

Sie richteten sich geradeaus und blieben vor dem Bungalow von Franks stehen. Über der Windschutzscheibe leuchtete das Taxizeichen. Ein Mann stieg unbeholfen aus und ging zum Haus hinüber. Die Haustür wurde geöffnet, noch ehe er den betonierten Vorplatz erreicht hatte. Im Licht der Lampe sah ich ihn etwas deutlicher: ein kleiner, dicker Mann in einem braunen Lederanorak. Auf der rechten Seite beulte er sich aus, der rechte Ärmel hing leer herunter. Die Haustür schloß sich hinter ihm.

Das Taxi wendete in einer Einfahrt und parkte wartend vor dem Haus. Die Scheinwerfer erloschen. Ich wartete ein oder zwei Minuten, dann stieg ich aus und machte leise die Wagentür hinter mir zu. Als ich das Taxi erreicht hatte, beugte ich mich zu dem Fenster des Fahrers. »Sind Sie besetzt?« fragte ich.

Er antwortete, die Augen halb geschlossen: »Ich warte hier auf eine Fuhre zurück.«

»Wohin?«

»Nach Quinto.«

»Dahin will ich auch.«

»Tut mir leid, Mister. Dies Taxi kommt aus Quinto. Ich darf in Nopal Valley keine Fuhren annehmen.«

»Können Sie doch, wenn Sie mich umsonst mitnehmen.«

»Was springt für mich dabei raus?« Er setzte sich aufrecht hin, die Augen weit geöffnet. Sie waren blau und vorstehend in dem eingefallenen Gesicht.

Ich zeigte ihm einen Zehn-Dollar-Schein. »Genügt der hier?« fragte ich.

Der Schein knisterte in meinen Fingern, als ob er unter dem scharfen Blick des Fahrers Feuer gefangen hätte. »Okay, ich glaube, das geht in Ordnung, wenn der andere Kerl nichts dagegen hat.« Er lehnte sich zurück, um mir die Tür zu öffnen. Ich stieg ein. »Er wird bestimmt nichts einzuwenden haben. Wohin will er in Quinto?«

»Weiß nicht. Wahrscheinlich dorthin, wo ich ihn eingeladen habe; unten an der Strandpromenade.«

»Haben Sie ihn vorher schon mal gesehen?«

Das war eine Frage zuviel. Er drehte sich um und musterte mich. »Sind Sie 'n Bulle?«

»Bisher hat das noch keiner gemerkt.«

»Hören Sie, ich hab Ihr Geld nicht genommen. Ich hab auch nicht gesagt, daß ich Ihr Geld nehmen werde. Wie wär's also, wenn Sie jetzt aussteigen und mich in Ruhe ließen. Ich versuche, ein ehrliches Leben zu führen, verdammt noch mal.«

»Schon gut. Ich steige aus, und Sie hauen wieder ab nach Quinto.«

»Verdammt noch mal, haben Sie doch ein Herz! Das hier ist eine Fuhre von sieben Dollar.«

»Ziehen Sie es hiervon ab.« Ich hielt ihm die zehn Dollar hin.

Mit Stielaugen schreckte er davor zurück. »Hm, hm. Nein, danke.«

»Dann machen Sie, daß Sie fortkommen. Hier geht's gleich rund, und darauf werden Sie gar nicht warten wollen.«

Bevor ich ausstieg, steckte ich den Schein zwischen Rückenlehne und Sitz, wo Taxifahrer gewöhnlich nachschauen. Beim Anfahren schloß sich die Tür von selbst. Ich ging zu meinem Wagen zurück und wartete. Der Mann mit der ausgebeulten rechten Seite und dem leeren Ärmel kam sehr schnell wieder aus dem Haus. Er wünschte jemandem gute Nacht und wandte sich zur Straße. Er stand schon auf dem Fußweg, als er merkte, daß das Taxi nicht mehr da war.

Er blickte sich suchend auf der Straße um; ich rutschte tiefer in meinen Sitz. Mit der linken Hand machte er eine enttäuschte Geste, während er laut vor sich hin fluchte. Ich erkannte seine Stimme. Als er sich zum Haus umdrehte, ging drinnen das Licht aus. Mit einem schiefen Schulterzucken setzte er sich in Richtung Fernstraße in Bewegung. Ich gab ihm einen Vorsprung von einem Block, ehe ich den Motor anließ; als er die zweite Straßenecke erreichte, war ich bei ihm. Meine Pistole lag neben mir auf dem Sitz. »Kann ich Sie mitnehmen?« fragte ich mit verstellter Stimme.

»Und ob, Jack.« Er trat auf die Straße in den Lichtkreis der Straßenlaterne. Ein ölbefleckter Fedorahut warf einen Schatten auf sein dunkelbraunes Gesicht, in dem das Weiße der Augen glühte.

»Nach Quinto?«

»Heute scheine ich meinen Glücks . . .« In dem Moment erkannte er mich oder meinen Wagen und stockte mitten im Satz. Seine linke Hand sank zu der Lederklappe an seiner Anoraktasche.

Ich stieß die Tür auf und winkte mit meiner Pistole. Seine Finger drehten an dem Lederknopf, der die Taschenklappe verschloß.

»Steigen Sie ein«, sagte ich, »oder wollen Sie den anderen Arm auch in der Schlinge tragen? Ich habe eine Leidenschaft für Symmetrie.«

Er stieg ein. Mit einer Hand lenkte ich den Wagen zu einer dunklen Stelle zwischen zwei Straßenlaternen und hielt am Straßenrand. Ich richtete die Pistole auf ihn, tastete nach seiner Tasche und legte den schweren Revolver, der nach frischem Öl roch, zu dem Arsenal in meinem Handschuhfach. »Das wär's.«

Der Mann neben mir schnaufte wie ein Bulle. »Das wird Ihnen auch nichts nützen, Archer. Sie kehren besser zu Ihren Jagdgründen zurück, bevor Ihnen was passiert.«

Ich sagte, daß es mir hier ganz gut gefalle. Meine rechte Hand fand seine Brieftasche in der linken Gesäßtasche und klappte sie beim Schein der Armaturenbeleuchtung auf. In seinem Führerschein stand der Name Oscar Ferdinand Schmidt.

Ich sagte: »Oscar Ferdinand Schmidt ist ein sehr wohlklingender Name. Er wird sich gut machen in einer Mordanklage.«

Er empfahl mir, mich sodomistisch zu betätigen. Ich mußte mich beherrschen, um ihm nicht eine runterzuhauen. Neben dem Führerschein lag eine durchsichtige Cellophanhülle mit einem kleinen blauen Kärtchen, das Oscar F. Schmidt als Sonderbeamten der Werkspolizei von der Pacific Refinery Company auswies. Im Geldscheinfach befanden sich einige Scheine, aber keiner größer als zwanzig Dollar. Ich steckte die Scheine in seine Tasche und die Brieftasche in meine.

»Ich will meine Brieftasche«, sagte er, »oder ich hänge Ihnen eine Anzeige an.«

»Sie werden genug damit zu tun haben, sich selbst gegen eine Anzeige zu wehren. Der Sheriff wird Ihre Brieftasche in den Büschen an der Überfallstelle finden.«

Eine Minute lang war er ruhig, nur seine Lederjacke ächzte beim Einatmen wie ein Blasebalg. »Der Sheriff wird sie mir zurückgeben, ohne auch nur eine Frage zu stellen. Wie, glauben Sie denn, wird der Sheriff wohl gewählt?«

»Jetzt weiß ich es, Oscar. Aber zufällig interessiert sich das FBI nun mal für Lynchmorde. Oder haben Sie etwa auch einen Beschützer im Justizministerium?«

Seine heisere Stimme hatte sich verändert, als er antwortete. Sie hatte jammernde und ängstliche Untertöne. »Sie sind verrückt, wenn Sie versuchen, Sturm gegen uns zu laufen, Archer.«

Ich stieß ihm die Pistole so hart in die Rippen, daß er grunzte. »Wieviel haben Sie Franks für die Information gegeben, und woher stammt das Geld?«

Sein Verstand arbeitete schwerfällig. Ich konnte fast hören, wie sich das Getriebe in seinem Kopf drehte, anhielt und langsam wieder in Bewegung setzte. »Lassen Sie mich laufen, wenn ich es Ihnen sage?«

»Vorerst ja. Ich kann mich nicht mit Ihnen abgeben.«

»Und Sie geben mir die Brieftasche zurück?«

»Die Brieftasche und die Kanone behalte ich.«

Sein Verstand arbeitete wieder. Er schwitzte und begann zu riechen. Ich wollte ihn aus dem Wagen haben.

»Kilbourne hat mir das Geld gegeben«, sagte er endlich. »Fünf Hunderter waren es, glaub ich. Sie sind verrückt, wenn Sie gegen ihn angehen.«

Ich sagte: »Raus aus dem Wagen!«

Als ich die Fernstraße erreicht hatte, bog ich links ab nach Nopal Valley statt rechts nach Quinto. Der Fall ging schneller seinem Ende entgegen, als ich erwartet hatte, zu schnell, um ihn allein zu bewältigen. Von mir aus gesehen schien es, als hätte Kilbourne den Anstoß zu einem doppelten Spiel gegeben, das niemals auf der Sportseite einer Zeitung stehen würde: er bezahlte Reavis, um sich Mrs. Slocums zu entledigen; dann zahlte er, um sich Reavis' zu entledigen, bevor dieser reden konnte. Mir gefiel diese Theorie nicht. Sie erklärte zwar die offensichtlicheren Dinge wie das Geld und die Morde, aber nicht die Hintergründe. Da ich aber keine bessere hatte, mußte ich mich daran halten. Nur sollte ich erst meine Klientin konsultieren. James Slocums Frau war zwar auch nicht über jeden Verdacht erhaben, aber sie hatte mich sicherlich nicht gerufen, damit ich ihr eine Schlinge um den hübschen Hals legte.

Es war schon spät, und die Hauptstraße war beinahe menschenleer. Als ich an Antonios Kneipe vorbeikam, sah ich ein schwaches Licht hinter der Bar, halb von einem Männerkopf verdeckt. Ich bremste und fuhr den Wagen an den Straßenrand. Ich hatte zehntausend Dollar in der Brusttasche, deren Vorhandensein ich nur schwer erklären konnte, wenn die Bullen mich durchsuchten; noch schwieriger würde es für mich sein, wenn ein anderer das Geld bei mir fand. Ich wickelte das aufgerissene braune Päckchen in ein Stück Zeitung und verschloß es mit Klebestreifen. Ich hatte mit Antonio erst einmal gesprochen und kannte nicht einmal seinen Familiennamen, aber er war der einzige Mann in Nopal Valley, dem ich traute. Er kam zu der verhängten Tür, als ich an die Scheibe klopfte, und öffnete sie, soweit es die vorgelegte Sicherheitskette gestattete. »Wer ist da, bitte?« Sein Gesicht lag im Schatten. Ich zeigte ihm meins.

»Tut mir leid, wir haben schon Lokalschluß.«

»Ich will nichts trinken, ich möchte Sie nur um einen Gefallen bitten.«

»Was für einen Gefallen?«

»Bewahren Sie dies bis morgen in Ihrem Safe auf.« Ich schob das Päckchen durch die schmale Öffnung.

Er sah es an, ohne es anzufassen. »Was ist da drin?«

»Geld. Viel Geld.«

»Wem gehört es?«

»Das versuche ich herauszufinden. Werden Sie es aufbewahren?«

»Sie sollten es zur Polizei bringen.«

»Der Polizei traue ich nicht.«

»Und mir trauen Sie?« – »Offenbar.«

Er nahm mir das Päckchen aus der Hand und sagte: »Ich werde es für Sie aufbewahren. Und ich muß mich auch noch für das entschuldigen, was da gestern abend in meiner Bar passiert ist.«

Ich sagte, das hätte ich schon längst vergessen.

19

In dem Haus auf dem Hochplateau war alles dunkel und ruhig. Nichts regte sich, weder drinnen noch draußen, nur das schrille Zirpen der Zikaden war zu hören. Ich klopfte an die Tür und wartete; alles blieb still. Ich versuchte die Tür zu öffnen. Sie war verschlossen. Ich klopfte noch einmal. Nach langer Zeit ging das Licht im Korridor an, Schritte schleppten sich zur Tür. Das Verandalicht über mir wurde angeknipst und die Tür geöffnet. Es war die Haushälterin Mrs. Strang. Ihr vom Alter gebleichtes Haar war zu zwei Zöpfen geflochten, ihre Augen waren verquollen und gerötet vom Schlaf.

Die alten Augen musterten mich. »Sind Sie's, Mr. Archer?«

»Ja. Ich muß Mrs. Slocum sprechen.«

Ihre Hände zupften am Kragen des blauen, kunstseidenen Morgenrocks. Darunter trug sie ein rosageblümtes Nachthemd aus Flanell. »Sie ist tot«, sagte sie mit kummervollem Stirnrunzeln.

»Maude Slocum? Ich hab sie doch noch vor weniger als zwei Stunden gesehen.«

»Ach so, Sie meinen die junge Mrs. Slocum. Sie liegt im Bett, nehme ich an. Und Sie sollten auch besser im Bett sein. Zu dieser späten Nachtstunde . . .«

»Ich weiß. Ich muß sie sprechen. Würden Sie sie bitte wecken?«

»Du meine Güte, mitten in der Nacht?« Sie machte eine Bewegung, als wolle sie mir die Tür vor der Nase zuschlagen, überlegte es sich aber anders. »Ist es denn so wichtig?«

»Es geht um Leben oder Tod.« Wessen Leben oder Tod wußte ich selber noch nicht.

»Also gut, kommen Sie rein. Ich sage ihr Bescheid.« Sie ließ mich im Wohnzimmer stehen und schlurfte hinaus. Die beiden Zöpfe auf dem Rücken sahen steif und trocken aus wie Blumen, die man in einem alten, vergessenen Buch gepreßt hatte.

Wenige Minuten später war sie wieder da. »Ihre Tür ist abgeschlossen. Sie antwortet nicht.«

Ich eilte mit ihr zur Treppe. »Haben Sie einen Schlüssel?«

»Die Tür ist von innen verriegelt«, keuchte sie.

»Zeigen Sie's mir.«

Sie mühte sich vor mir die Treppe hinauf und führte mich durch den Gang zu einer schweren eichengetäfelten Tür.

Ich drückte mit der Schulter dagegen, sie bewegte sich nicht. »Ich muß sie aufbrechen. Haben Sie eine Brechstange? Irgend so was.«

»Ich werde nachsehen. In der Hinterküche sind Werkzeuge.«

Ich knipste die Lampe im Korridor aus und sah, daß hinter der Tür Licht brannte. Ich lehnte mich wieder dagegen und lauschte. Kein Schnarchen, kein Atemgeräusch einer Betrunkenen, überhaupt kein Laut. Maude Slocum schlief sehr tief. Mrs. Strang kam mit einer kurzen Stahlstange mit abgeflachtem Ende zurück, wie man sie zum Öffnen von Kisten benutzt. Ich nahm sie und steckte das flache Ende zwischen Tür und Rahmen. Irgendwas krachte und gab nach, als ich dagegendrückte. Ich setzte die Stange ein zweites Mal an. Holz splitterte, und die Tür sprang auf.

Rechts von mir stand an der Wand ein Toilettentisch mit dreigeteiltem Spiegel, zu meiner Linken neben den Fenstern ein übergroßes Hollywoodbett, die Chenille-Decke unberührt. Zwischen den Fenstern lag Maude Slocum. Ihr Gesicht war dunkelgrau, von Blautönen überschattet. Die schönen weißen Zähne bleckten zwischen den purpurnen Lippen, wodurch das Gesicht etwas Negroides erhielt. Ich kniete mich neben sie und fühlte nach Puls und Herz. Sie war tot.

Ich erhob mich und wandte mich der Haushälterin zu. Sie kam widerstrebend ins Zimmer. »Ist etwas passiert?« wimmerte sie und wußte schon die Antwort.

»Sie ist tot. Rufen Sie die Polizei und versuchen Sie, Knudson zu erreichen.«

»Oooh!« Sie drehte sich um, die Last des Todes ließ sie zur Tür eilen.

Cathy Slocum kam an ihr vorbei ins Zimmer herein. Ich schirmte die Leiche schnell mit meinem Körper ab. Irgend etwas in meinem Gesicht ließ das Mädchen mitten im Schritt innehalten. Sie stand da, schlank und weiß in einem seidenen Nachthemd. Ihre Augen waren dunkel und anklagend.

»Was ist?« verlangte sie zu wissen.

»Ihre Mutter ist tot. Gehen Sie wieder in Ihr Zimmer.«

Ihre Muskeln strafften sich und richteten ihren Körper kerzengerade auf. Ihr Gesicht war eine weiße, tragische Maske. »Ich habe ein Recht zu bleiben.«

»Sie verschwinden jetzt hier.« Ich machte einen Schritt auf sie zu.

Sie erhaschte einen Blick von dem, was dort hinter mir lag. Die weiße Maske zerbröckelte plötzlich wie Gips. Sie legte eine Hand auf ihr blindes Gesicht. »Wie kann sie tot sein? Ich ...« Gram packte sie würgend bei der Kehle und zwang sie zum Schweigen.

Ich legte einen Arm um ihren bebenden Rücken, drehte sie zur Tür und zog sie mit hinaus. »Schauen Sie, Cathy, ich kann nichts für Sie tun. Warum gehen Sie nicht und holen Ihren Vater?«

Schluchzend brachte sie heraus: »Er will nicht aufstehen ... Er sagt, er kann nicht.«

»Nun, dann gehen Sie doch zu ihm ins Bett.«

Das war nicht ganz die richtigste Bemerkung, aber ihre Reaktion erschütterte mich dennoch. Ihre beiden Fäuste explodierten in meinem Gesicht und warfen mich aus dem Gleichgewicht. »Wie können Sie so etwas Dreckiges sagen?« Es folgten alle angelsächsischen Flüche, die jedes Schulmädchen kennt.

Ich zog mich in das Zimmer zurück, in dem die stumme Frau lag, und schlug die Tür vor Cathy zu. Der schwere Eisenbolzen hing lose und nutzlos in seiner Halterung, die

Schrauben waren aus ihrer Verankerung gerissen, aber die Türklinke funktionierte noch. Der Schnapper rastete ein, und ich hörte, wie das Mädchen barfuß den Korridor hinunterging. Ich ging zu den drei Fenstern am Bett. Sie hatten stählerne Rahmen, die sich nach außen über das Ziegeldach der Veranda öffneten, und alle drei waren offen. Aber vor der Öffnung waren Fliegengitter aus Kupferdraht angebracht, die fest in den Rahmen geschraubt waren. Niemand hätte das Zimmer betreten oder verlassen können, nachdem die Tür von innen verriegelt war.

Ich ging zu der Toten zurück. Sie trug noch das Kleid, in dem ich sie am Abend gesehen hatte, es hatte sich weit über ihre braunen Schenkel nach oben geschoben. Instinktiv streckte ich die Hand aus, um die lang ausgestreckten Beine zu bedecken, die ich so bewundert hatte. Meine Ausbildung hinderte mich daran. Maude Slocum gehörte dem Strychnin, der Polizei und dem schwarzen Tod.

Das Licht im Zimmer kam aus einer Schreibtischlampe; darunter stand eine offene Reiseschreibmaschine, in die ein einfacher weißer Bogen gespannt war. Ein paar Zeilen waren auf das Papier getippt. Ich ging um die Leiche herum, um sie zu lesen.

Liebes Herz,
ich weiß, daß ich feige bin. Es gibt Dinge, denen ich mich nicht stellen, mit denen ich aber auch nicht leben kann. Glaube mir, Liebster, es ist für alle so am besten. Ich habe meinen Teil vom Leben sowieso gehabt.

Es ist Strychnin-Sulphat. Olivia Slocum hat es, glaube ich, auf ihr Rezept erhalten. Ich werde nicht schön aussehen, das weiß ich, aber so brauchen sie mich wenigstens nicht aufzuschneiden. Ich kann es jetzt spüren, ich kann nicht mehr schreiben, meine Hände sun

Das war alles.

Ein grünes Medizinfläschchen stand offen neben der Schreibmaschine, der schwarze Metallverschluß lag daneben. Das Etikett trug einen roten Totenschädel mit gekreuzten Knochen. Weiter stand darauf, daß diese Verschreibung von Doktor Sanders für Olivia Slocum am 4. Mai dieses Jahres von der Nopal-Valley-Apotheke angefertigt worden und nach Vorschrift einzunehmen war. Ich schaute in das Fläschchen, ohne es zu berühren, und sah, daß es leer war.

Sonst war nichts auf dem Schreibtisch, aber vorn hatte er eine breite Schublade. Ich schob einen Stuhl zur Seite, bedeckte die Finger mit einem Taschentuch und zog die Lade halb heraus. Sie enthielt einige spitze Bleistifte, einen gebrauchten Lippenstift, Haar- und Büroklammern sowie einen wüsten Haufen von Papieren. Die meisten waren bezahlte Rechnungen von Geschäften und Ärzten. Der Auszug einer Bank in Nopal Valley wies ein Guthaben von dreihundertsechzig Dollar und einigen Cents auf, nachdem zwei Tage zuvor zweihundert Dollar abgehoben worden waren. Mit der Spitze eines Bleistifts blätterte ich die Papiere durch und fand einen Privatbrief, der auf einen Bogen mit dem Briefkopf der Warner Brothers getippt war.

Hallo, Maudie-Mädchen,
es scheint schon ein Niggerleben lang her zu sein (wie der alte Massah immer zu sagen pflegte, bevor sie ihn in die kalte Erde legten – und das war verdammt gut, weil ich den alten Knilch nie mochte), seit ich von Dir gehört habe. Nun hol mal die Wörtermaschine hervor und laß die Tasten fliegen, Süße. Was macht die jüngste Kampagne gegen den Klan der Slocums – und vor allem, wie geht es IHM? Von hier kann ich nur Gutes berichten. Unser Alter hat mein Gehalt auf hundertzwanzig erhöht, und vergangene Woche hat er Don Farjeon erzählt, der es seiner Sekretärin erzählte, die es mir erzählte, daß ich nie einen Fehler mache (das heißt außer in Herzensangelegenheiten, hahaha – aber worüber lache ich eigentlich?). Aber die größte Neuigkeit ist – na

rate mal und behalt's für Dich, wenn du kannst – England, meine Süße. Unser Alter beginnt im nächsten Monat mit der Produktion eines Films in England, und mich nimmt er mit!!! Du solltest Dich in den nächsten Tagen mal von Deinen häuslichen Verpflichtungen drücken, und dann feiern wir bei Musso mit einem großen Mittagessen. Du weißt ja, wo Du mich erreichst.

Grüße inzwischen Cathy von mir, und Du weißt ja, was ich von dem Rest der Sippschaft halte. Bis bald.

Der Brief war ohne Datum und mit *Millie* unterschrieben. Ich sah auf die Frau am Boden und fragte mich, ob sie je zu diesem Essen gekommen war. Ich fragte mich auch, ob Mildred Fleming schon nach England gereist war und wieviel sie über IHN wußte. IHN, das klang mehr nach Knudson als nach ihrem Göttergatten. Und Knudson würde bald hier sein.

Ich zog die Schublade noch weiter heraus. Ein zusammengefalteter Zeitungsausschnitt steckte in dem Spalt zwischen dem hinteren Brett der Lade und der Platte und war schon beinahe ganz durchgerutscht. Ich zog ihn heraus und faltete ihn unter der Lampe auseinander. Es war ein Zeitungsartikel mit einem doppelspaltigen Bild von zwei Männern. Der eine war Knudson, der andere ein dunkler junger Mann in zerrissenem weißem Hemd. HÄSCHER UND FLÜCHTLING, lautete die Überschrift. »Detective Lieutenant Ralph Knudson von der Chicagoer Polizei und Charles ›Cappie‹ Marciano, verurteilter dreifacher Mörder, der am vergangenen Montag aus dem Zuchthaus Joliet entkam. Lieutenant Knudson hat ihn in Chicagos Unterwelt aufgespürt und am folgenden Tag festgenommen.« Ich las den Artikel, der Einzelheiten über die Heldentat brachte, langsam und aufmerksam durch. Der Ausschnitt war vom 12. April, trug aber keine Jahreszahl. Ich faltete ihn zusammen, legte ihn wieder an seinen Platz und schloß die Lade.

Dann wandte ich mich wieder der Nachricht in der Schreibmaschine zu. Irgend etwas störte mich daran, aber ich kam nicht darauf, was es war. Ohne klare Vorstellung davon, was ich tat, nahm ich den Brief aus meiner Brusttasche, den Maude Slocum mir gegeben hatte, und breitete ihn auf dem Tisch neben der Schreibmaschine aus. *Lieber Mr. Slocum.* Es war, als erinnerte es mich an etwas, das ich vor langer Zeit gehört hatte. *Verwesende Lilien riechen schlecht* ... Die Frau auf dem Fußboden würde bald verwesen; der Brief war jetzt unwichtig.

Meine Aufmerksamkeit richtete sich auf das erste Wort der Anrede, *Lieber*, dann auf die Nachricht in der Schreibmaschine, *Liebes Herz*, dann zurück zu dem Brief auf dem Schreibtisch. *Lieber* und *Liebes* waren bis auf den Endbuchstaben identisch: das *L* stand etwas höher, das *e* hatte oben in dem Bogen einen kaum wahrnehmbaren Riß. Obwohl ich kein Schreibmaschinenexperte war, sah es für mich so aus, als seien Maude Slocums Abschiedsbrief und das anonyme Schreiben an ihren Mann auf derselben Maschine getippt worden.

Noch war ich mir über die Bedeutung meiner Entdeckung nicht klargeworden, als ich schwere Schritte in der Halle hörte. Die Tür ging auf, und Knudson kam herein. Ich beobachtete ihn gespannt. Als er das dunkle Gesicht auf dem Fußboden sah, krümmte sich sein ganzer Körper. Er schwankte, fing sich aber und lehnte sich gegen den Türrahmen. Ein uniformierter Polizist blickte vom Korridor ins Zimmer herein. Knudson schloß die Tür vor dem fragenden Gesicht.

Er wandte sich zu mir. Seine blutleere Haut war schmutziggelb, sein Blick war starr. »Sie ist tot?« Die sonst volle Stimme klang schwach und belegt vor Schmerz.

»Sie ist tot. Mit Strychnin geht's schnell.«

»Woher wissen Sie, daß es Strychnin ist?«

»Das sieht man. Und in der Schreibmaschine ist eine Nachricht. Ich glaube, sie war für Sie gedacht.«

Er sah auf die Frau, die zwischen uns auf dem Boden lag, und schauderte zurück. »Geben Sie mir die Nachricht.« Er blieb mit der Schulter an den Türrahmen gelehnt stehen. Er wollte nicht über sie hinweg- oder an ihr vorbeigehen.

Ich zog den Bogen aus der Walze und brachte ihn Knudson.

Er las ihn mehrere Male durch, wobei seine vollen Lippen die Silben nachformten. Der Schweiß brach ihm aus, der sich wie Tränen in den Stirnfalten sammelte.

»Warum hat sie das nur getan?« brachte er stockend heraus.

»Das wollte ich eigentlich von Ihnen erfahren. Sie kannten sie besser als ich.«

»Ich habe sie geliebt. Ich glaube, sie hat mich nicht geliebt. Nicht genug.«

Der Kummer wirkte bei ihm wie ein Wahrheitsserum. Er hatte vergessen, daß ich hier war und wer ich war. Vielleicht hatte er auch vergessen, wer er selber war.

Langsam erinnerte er sich. Harter, männlicher Stolz ließ ihn das Kinn vorrecken und den Schmerz aus seinen Augen zurückdrängen. Er faltete den Abschiedsbrief mit großen und zarten Fingern zusammen und steckte ihn in eine Tasche.

»Ich bin soeben erst eingetroffen«, sagte er. »Wir haben kein Wort miteinander gewechselt. Sie haben dies Papier nicht gefunden.« Er klopfte auf seine Tasche.

»Und Sie sind Georg der Sechste, König von England, und nicht der ehemalige Lieutenant von der Chicagoer Polizei.«

Seine rechte Hand packte mich vorn an der Jacke und versuchte, mich durchzuschütteln. »Sie tun, was ich sage!«

Ich schlug seine Hand nach unten. Der Brief in meiner Hand entglitt meinen Fingern und fiel auf den Boden. Er bückte sich und ergriff ihn mit einer einzigen Bewegung. »Was ist das?«

»Der Brief, dessen Herkunft ich feststellen sollte. Er wurde auf derselben Schreibmaschine getippt wie ihr Abschiedsbrief. Denken Sie mal darüber nach. Und wenn Sie damit fertig sind, dann denken Sie mal über dies nach: Ihr Mann Franks erhielt fünfhundert Dollar für die Information, daß ich mit Reavis auf dem Weg nach hier war. Und zwar von Walter Kilbourne. Außerdem kann ich den Anführer der Lynchgruppe als einen von Kilbournes Männern identifizieren.«

»Sie reden zuviel.« Er las den Brief, brummte ungeduldig, knüllte ihn zusammen und steckte ihn zu dem anderen.

»Sie vernichten Beweismaterial, Knudson!«

»Was hier Beweismaterial ist, das entscheide ich.«

»Aber nicht mehr lange. Sie können das als eine Drohung auffassen, wenn Sie wollen.«

Er beugte sich zu mir. »Wer droht wem? Ich habe genug von Ihnen. Verschwinden Sie aus der Stadt.«

»Ich bleibe.«

Er kam noch näher. Sein heißer Atem stank wie der eines Raubtiers. »Sie werden heute abend auf Nimmerwiedersehen aus der Stadt verschwinden, Archer. Wenn nicht, sperre ich Sie ein. Sie haben Reavis unter Zwang über die Grenze eines Bundestaates gebracht. Sie wissen doch, was das nach dem Gesetz ist.«

Er hatte mich. Ich hatte mich ihm selber gefesselt ausgeliefert.

Seine Hand fuhr unter die Jacke und lockerte die Schußwaffe im Schulterhalfter. »Gehen Sie, oder soll ich Sie einsperren?«

Ich antwortete nicht.

Er öffnete die Tür, und ich ging am Polizisten vorbei hinaus auf den Korridor. Zeiten und Orte wirbelten mir in rasender Eile durch den Kopf. Für Knudson und mich mußte es einen anderen Zeitpunkt und einen anderen Ort geben.

20

Mrs. Strang begegnete mir am Fuß der Treppe. »Mr. Archer, jemand wünscht Sie am Telefon zu sprechen. Eine Frau. Sie ist schon eine ganze Weile am Apparat, aber ich wollte nicht stören, als Sie mit dem Polizeichef redeten.«

»Nein«, sagte ich. »Das wäre auch Majestätsbeleidigung.«

Sie sah mich seltsam an. »Ich hoffe jedenfalls, daß sie noch am Apparat ist. Sie sagte, sie würde warten. Ist Ihnen auch gut, Mr. Archer?«

»Ich fühle mich prächtig.« In meinem Kopf war brüllende Leere, unten im Magen ein fester, saurer Kloß. Man hatte mir meinen Fall genommen, gerade als sich das Ende abzeichnete. Ich fühlte mich prächtig.

In die Sprechmuschel sagte ich: »Archer hier.«

»Sie brauchen mir nicht gleich den Kopf abzubeißen. Haben Sie geschlafen?« Der Stimme haftete die Erinnerung an einen Hauch Parfüm an: Mavis Kilbourne in hingebungsvoller Laune.

»Und schlecht dabei geträumt: von einer tollen Person, die sich als Taschendiebin entpuppte.«

Sie lachte: ein Gebirgsbach eben unterhalb der Schneegrenze. »Ich bin keine richtige Taschendiebin; schließlich hab ich mir ja nur mein Eigentum geholt. Sie sind nicht sehr fröhlich gestimmt, nicht wahr?«

»Muntern Sie mich auf, wenn Sie können. Sagen Sie mal, woher wußten Sie überhaupt, daß ich hier bin?«

»Das wußte ich ja gar nicht. Ich habe bei Ihnen zu Hause und in Ihrem Büro in Los Angeles angerufen. Der Auftragsdienst gab mir die Nummer. Ich weiß nicht einmal, wo Sie sind, nur daß es in Nopal Valley ist. Ich bin in Quinto.«

Die Telefonvermittlung schaltete sich ein und forderte weitere zehn Cent.

Ich hörte deutlich, wie die Münze in den Zahlschlitz eingeworfen wurde.

»Mir geht das Geld aus«, sagte Mavis. »Können Sie nach Quinto kommen? Ich muß mit Ihnen reden.«

»Warum dieses plötzliche Interesse um drei Uhr morgens? Ich habe außer meiner Kanone nichts in der Tasche.«

»Es ist schon halb vier.« Ihr Gähnen rauschte im Hörer. »Ich bin tot.«

»Da sind Sie nicht die einzige.«

»Jedenfalls bin ich froh, daß Sie eine Schußwaffe haben. Sie werden sie vielleicht brauchen.«

»Wozu?«

»Das kann ich Ihnen am Telefon nicht sagen. Ich brauche Sie, Sie sollen etwas für mich tun. Wollen Sie mich als Klientin annehmen?« Wieder diese Sirenenklänge, wie ferne Geigen bei einem eleganten Fest.

»Ich habe schon einen Klienten«, log ich.

Sie senkte die Stimme. »Ich weiß, daß ich Ihnen einen üblen Streich gespielt habe. Aber ich mußte es tun. Ich habe den Film verbrannt, und er ist – im Gegensatz zu Ihrer Voraussage – nicht explodiert.«

»Vergessen Sie's. Das Schlimme ist nur, dies könnte wieder ein übler Streich sein.«

»Ist es aber nicht. Ich brauche Sie wirklich. Ich bin in der Klemme und habe Angst.«

»Wovor?«

»Das sage ich Ihnen, wenn Sie nach Quinto kommen. Bitte, kommen Sie!« Wir drehten uns im Kreis.

»Wo sind Sie in Quinto?«

»In einem Restaurant am Strand, aber wir treffen uns besser nicht hier. Kennen Sie die große Anlegestelle beim Jachthafen?«

»Ja«, sagte ich. »Ein perfekter Ort für einen Hinterhalt.«

»Ich werde am Ende der Pier auf Sie warten. Um diese Nachtzeit ist niemand dort. Werden Sie kommen?«

»In einer halben Stunde bin ich da.«

Quinto um vier Uhr morgens war wie jeder beliebige

kleine Seehafen um diese Zeit. Dunkle und leere Straßen führten hinunter zum dunklen und leeren Meer. Die Luftfeuchtigkeit sammelte sich in Tropfen auf meiner Windschutzscheibe; der Geruch des Meeres, bitter und frisch, drang in die unbevölkerte Stadt ein.

Die Pier in Quinto war eine Fortsetzung der Ausfallstraße, deren Asphalt noch zweihundert Schritt über die betonierte Uferwand hinausreichte. Unter der Pier nagten die langen weißen Wellen am Sand und plätscherten gegen die alten Tragpfeiler in einem langsamen, sicheren Zerstörungswerk. Meine Scheinwerfer beleuchteten die weißen Geländer an beiden Seiten. Sie waren leer von Anfang bis zum Ende, und die Pier lag nackend dazwischen. Zum Ende hin kauerten sich einige kleine Baracken vor die Nacht: ein Kiosk für Angelgeräte und Köder, ein Würstchenstand, eine Bude mit Andenken aus Muscheln, der Laden eines Schiffszimmermanns, alle geschlossen und ohne Licht. Ich parkte davor und ging zu Fuß weiter. Der polierte hölzerne Griff meiner Automatic lag naßkalt in meiner Hand.

Der Geruch des Meeres von Tang und Fisch und bitterem, unruhigem Wasser stieg mir stärker in die Nase. Er überschwemmte mein Bewußtsein wie eine uralte Erinnerung. Die Dünung hob und senkte sich träge und warf einen trüben Schimmer nach oben. Ich erreichte das Ende. Kein Mensch war zu sehen, und außer meinen Schritten, dem Ächzen der Tragebalken und dem Plätschern der Wellen an den Duckdalben war nichts zu hören. Bis zu dem trüben Wasser hinunter waren es fünfzehn Fuß. Das nächste Land vor mir war Hawaii. Ich drehte Hawaii den Rücken zu und ging in Richtung Ufer zurück. Mavis hatte es sich also anders überlegt und mich versetzt. Eine merkwürdige Frau – unerklärlich, unzuverlässig. Oder war sie gezwungen worden, es sich anders zu überlegen? Ich schleppte meine Füße über die Pier. Zu spät, zu alt, zu müde, seufzte das tiefe Meer in meinem Unterbewußtsein.

Eine trügerische Morgendämmerung breitete sich wie vergossene Milch am Himmel über den Bergen aus. An ihrem Fuß lagen die Straßen von Quinto wie ein Spinngewebe von Lichterperlenschnüren. Die schnellen Laster aus San Francisco, Portland und Seattle zogen auf der Umgehungsstraße wie Sternschnuppen nach Süden. Rechts von mir wand sich der lange Bogen der Mole auf die Pier zu. Am Ende der Mole blitzte immer wieder das Licht eines Leuchtturms auf und bestrich die enge Fahrrinne mit unterbrochenen Streifen von einem grauen Grün. Vierzig oder fünfzig der verschiedensten Wasserfahrzeuge lagen in dem geschützten Becken hinter der Mole. Schwäne und häßliche Entlein, pfeilschnelle Schaluppen und breitbäuchige Fischerboote aus Monterey, Kabinenkreuzer und Schuten, Starboote und Dingis. Ein oder zwei Fischerboote hatte an diesem frühen Morgen schon Lichter gesetzt.

Ein weiteres Licht ging an, während ich zum Hafen hinübersah, und ließ drei Fenster einer dunklen Kajüte aufleuchten. Aus der Entfernung von ungefähr einer halben Meile sah das Schiff wie ein kleiner, eleganter Kreuzer aus, also etwa genau die Art von Paddelboot, die Kilbourne für seine Fahrten erwählen würde.

Das Licht ging aus wie durch Telepathie. Ich strengte die Augen an und versuchte zu erraten, was sich hinter den drei Fenstern abspielte, die ich jetzt nicht mehr sehen konnte. Eine Hand aus dem Nichts zupfte an meinem Hosenbein. Ich sprang außer Reichweite, riß meine Pistole heraus und lud durch. Der Atem pfiff in meiner Kehle.

Ein Kopf tauchte am Rand der Pier auf. Helles Haar quoll unter einer Mütze hervor. Eine helle Stimme flüsterte: »Ich bin's.«

»Lassen Sie das Versteckspielen.« Vor Schreck klang meine Stimme schnarrend. »Ein Fünfundvierziger-Geschoß würde Ihrer Konstitution schlecht bekommen.«

Sie kam herauf und posierte – eine dunkle, schlanke Gestalt in Pullover und langer Hose – vor dem Hintergrund des dunkelgrauen Wassers. »Ich mag meine Konstitution, wie sie ist.« Sie bot sich mir von einer anderen Seite dar. »Sie nicht, Archer?«

»Sie ist ganz passabel«, erwiderte ich, um scheinheilig fortzufahren: »Aber Sie faszinieren mich nur als Einkommensquelle.«

»Wie Sie meinen, Sir. Aber gehen wir besser nach unten. Hier oben kann man uns sehen.« Wir stiegen hinunter zu einem Ponton am Rand des Duckdalbenwaldes. Ein kleines Sperrholzboot war an einem rostigen Eisenring am Rand des Pontons vertäut. Boot und Ponton hoben und senkten sich mit den Wellen.

»Wem gehört das Boot?«

»Es ist das Beiboot von der Jacht. Ich bin damit an Land gekommen.«

»Warum?«

»Die Wassertaxis verursachen soviel Wirbel, und außerdem würde man wissen, wohin ich gegangen bin.«

»Ich verstehe. Jetzt weiß ich alles.«

»Bitte, nicht bissig sein, Archer. Wie heißen Sie überhaupt mit Vornamen?«

»Lew. Sie können mich Archer nennen.«

»Tut mir leid, wenn ich Sie erschreckt habe, Lew«, sagte sie mit dieser leisen, zerknirschten, aufreizenden Stimme. »Das wollte ich wirklich nicht. Ich mußte nur sicher sein, daß Sie es sind.«

»Wen haben Sie denn sonst noch erwartet?«

»Nun, es hätte Melliotes sein können.«

»Wer, zum Teufel, ist Melliotes? Oder haben Sie sich den Namen ausgedacht?«

»Wenn Sie das glauben, dann kommen Sie doch an Bord und lernen ihn kennen.«

»Ist das der Familienkahn?« Ich zeigte auf das lange weiße Schiff auf der anderen Seite des Hafenbeckens.

»Richtig.« Sie winkte mit der Nase hinüber. »Und was für eine Familie! Nehmen Sie beispielsweise Melliotes, den lieben, guten Busenfreund meines Mannes. Gestern abend hat mich mein lieber, guter Mann auf der Koje festgehalten, während mir der liebe, gute Dr. Melliotes eine Morphiumspritze verpaßte, damit ich einschlief.«

Ich bot ihr eine Zigarette an, die sie automatisch nahm. Ich gab ihr Feuer und sah ihr in die Augen. Die dunkelgrünen Pupillen waren winzig wie die eines Vogels.

»Sie sehen, ich lüge nicht. Fühlen Sie nur mein Herz.« Sie preßte meine Hand gegen die Rippen unter ihrer linken Brust. In meinen Fingerspitzen fühlte ich ein Pochen, aber es war mein eigener Puls. »Sehen Sie?«

»Warum schlafen Sie denn nicht mehr?«

»Ich bin gar nicht erst eingeschlafen. Morphium stimuliert mich. Allerdings spüre ich jetzt die Nachwirkungen. Ich glaube, ich setze mich wohl besser.« Ihre Hand hielt immer noch mein Handgelenk umklammert. Sie ließ sich auf dem Ponton nieder und zog mich neben sich. »Ich könnte Ihnen den Nadelstich zeigen, aber das wäre wohl nicht ganz ladylike, nicht wahr?«

»Immer Dame«, sagte ich. »Wer sind Sie, Mavis?«

Sie gähnte und rekelte sich. »Ein berufstätiges Mädchen. Jedenfalls war ich das mal. Ich wollte, ich wäre es noch. Ach so, ich wollte Ihnen ja etwas über Dr. Melliotes erzählen. Er hat den Wagen gefahren, als Rico Sie zu seinem Haus brachte.«

Ich erinnerte mich an den Mann, mit dem ich mich in Reavis' Hütte geprügelt hatte. »Er kam mir nicht wie ein Mediziner vor.«

»Er nennt sich Arzt und leitet so eine Art Kneippsanatorium in Venice. Walter schwört auf ihn. Er nimmt ihn sogar auf Kreuzfahrten mit, was ihm ganz gut paßt, wenn er mich zum Einschlafen bringen will. Heute abend habe ich sie allerdings zum besten gehalten. Ich bin nicht eingeschlafen und habe alles mitangehört. Ich hörte, wie mein Mann einen gewissen Schmidt beauftragte, Pat Ryan ermorden zu lassen. Ein paar Stunden später kam Schmidt wieder an Bord und sagte, daß alles erledigt sei.« Sie schaute mir ins Gesicht. »Sagt Ihnen das etwas?«

»Sehr viel. Hat jemand erwähnt, warum Reavis erschossen werden sollte?«

»Gesagt hat's keiner, aber ich kenne den Grund.« Sie neigte mir ihr Gesicht zu, die weiche Unterlippe vorgeschoben. »Sie haben mir noch nicht versprochen, daß Sie für mich arbeiten werden.«

»Sie haben mir noch nicht erzählt, was Sie erledigt haben wollen. Ich bin kein käuflicher Revolverheld wie Schmidt.«

»Ich bin für Gerechtigkeit. Ich möchte, daß Sie Schmidt und meinem Mann den Mord an Pat anhängen.«

»Und warum, wenn man fragen darf?«

»Ich werde es Ihnen erzählen, wenn das hilft. Ich will, daß mein Mann getötet oder eingesperrt wird, habe aber nicht den Mut, selber dafür zu sorgen.«

»Ich fürchte, er ist zu groß für mich, um mich allein mit ihm anzulegen, aber wir könnten über Schmidt an ihn herankommen. Ich verstehe nur nicht, wie Kilbourne Sie hat einschüchtern können. Sie fürchten sich ja vor ihm zu Tode.«

»Das war einmal. Jetzt nicht mehr. Ich wäre nicht hier, wenn ich Angst hätte – oder?« Aber ihre Stimme war schwach und blechern, und sie schaute über das Wasser zur Jacht hin. Ein Netzfänger aus Monterey fuhr einen Halbkreis und nahm Richtung auf die Fahrrinne. Dünne Lichtfetzen wie Metallfolie fielen auf das Wasser und lösten sich auf.

»Nun mal raus mit der ganzen Geschichte, Mavis. Wir haben keine Zeit für Diskussionen.«

»Ja. Die ganze Geschichte.« Ihr Mund schloß sich nach diesen Worten. Ich merkte ihr an, wie sie gegen die Müdigkeit ankämpfte. »Ich fühle mich wie eine Rauschgiftsüchtige. Das Morphium setzt mir ganz schön zu.«

»Gehen wir ein wenig umher.«

»Nein. Wir bleiben hier. Ich muß bald zum Boot zurück. Die wissen nicht, daß ich fort bin.«

Ich erinnerte mich an das Licht, das an- und ausgegangen war, und war mir nicht so ganz sicher. Aber sie hatte zu reden begonnen, und jetzt strömten die Worte nur so aus ihr heraus:

»Ich hab zum Teil selber schuld. Daß ich ihn geheiratet habe, war mein größter Fehler. Aber ich hatte mich schon zu lange mehr schlecht als recht durchgeschlagen, mitgenommen, was ich kriegen konnte, Kellnerin gespielt, Nebenarbeiten angenommen und versucht, ins Film- oder Fernsehgeschäft zu kommen. Ich traf ihn voriges Jahr auf einer Party in Bel-Air; ich selber war sozusagen ein bezahlter Gast, was Kilbourne nicht wußte, wenigstens glaube ich nicht, daß er es wußte. Jedenfalls verliebte er sich in mich, und er hatte Geld wie Heu, und ich hatte den Mut verloren, und er gefiel mir. Er wünschte sich eine Empfangsdame für sein Haus, die er mit Kleidern und Schmuck behängen konnte, und eine Bettgefährtin, und er hat mich gekauft, wie er sich ein Fohlen für seinen Stall kaufen würde. Wir amüsierten uns zehn Tage in der Stadt und heirateten in Palm Springs. Dann, am folgenden Wochenende, entdeckten wir, daß wir uns überhaupt nicht mochten. Ich fragte ihn, warum er mich geheiratet habe, und seine Antwort war, daß es ihn letzten Endes so billiger komme. Also setzte ich seiner Eitelkeit zu – Kilbourne ist ungewöhnlich eitel. Das hätte ich besser unterlassen, wenn ich damals schon geahnt hätte, wie unangenehm er werden kann. Das habe ich später erst herausgefunden. In der Zwischenzeit suchte ich mir neue Spielzeuge, die mich aber auch nicht glücklicher machten. Dann tauchte Patrick Ryan im vergangenen Winter hier auf. Ich kannte ihn von früher und war schon mehrmals mit ihm ausgegangen – und ich mochte den Kerl. Ich traf ihn eines Abends bei *Ciro*. Ich konnte Kilbourne entwischen und ging mit Pat nach Hause.

Sein Zimmer war schrecklich mies, aber er war gut. Er erinnerte mich daran, daß sogar Sex gut sein kann, und ich glaube, in einem unbedachten Augenblick habe ich mich in ihn verliebt.« Ihre Stimme war atemlos und trocken. »Sie wollen die ganze Geschichte hören. Ich komme dabei nicht gut weg.«

»Das kommt niemand, wenn er die Wahrheit sagt. Also weiter.«

»Ja.« Sie lehnte sich an mich, und ich legte ihr den Arm um die Schultern. Sie hatte kleine und spitze Knochen unter dem rundlichen Fleisch. »Zu der Zeit brauchten wir einen Chauffeur; unseren alten hatte man abgeholt, weil er während der Bewährungsfrist etwas ausgefressen hatte. Kilbourne hat eine Schwäche für ehemalige Sträflinge. Er sagt, das sind treue Diener. Ich überredete ihn, Pat Ryan einzustellen. Ich war einsam, und Pat sagte, daß er mich liebe. Wir wollten zusammen fortlaufen und irgendwo ein neues Leben beginnen. Ich habe ein seltenes Talent, mir die falschen Männer auszusuchen. Es dauerte nicht lange, da hatte Kilbourne alles über uns erfahren. Möglicherweise von Pat selbst. Kilbourne hat mich also eines Tages betrunken gemacht und mit Pat allein gelassen, während ein von ihm bestellter Mann mit der Kamera bereitstand. Es waren sehr hübsche Aufnahmen. Er hat sie mir am nächsten Tag mit den passenden Bemerkungen vorgeführt – ich bin heute noch nicht darüber hinweg.«

»Aber die Aufnahmen existieren nicht mehr?«

»Nein. Ich habe sie gestern abend vernichtet.«

»Er braucht den Film nicht, um eine Scheidung zu erlangen.«

»Sie verstehen nicht«, sagte sie. »Er will keine Scheidung. Ich habe ihn seit sechs Monaten Tag für Tag um eine Scheidung angefleht. Er will mich nur für den Rest seines Lebens unter seinem fetten Daumen halten. Wenn ich nur einmal aus der Reihe tanze, soll Rico den Film an Interessenten verkaufen. Man würde ihn jahrelang auf Männergesellschaften oder in diskreten Nachtklubs zeigen. Mein Gesicht ist bekannt. Was konnte ich tun?«

»Was Sie getan haben. Weiß er, daß der Film fort ist?«

»Ich hab's ihm noch nicht gesagt. Ich ahne nicht, wie er reagieren wird. Bei ihm ist alles möglich.«

»Dann verlassen Sie ihn doch. Er kann Ihnen nichts mehr anhaben, wenn Sie sicher sind, daß es nur eine Kopie davon gab.«

»Es gab nur eine. Ich hab mich eines Abends mal an Rico herangemacht und soviel aus ihm herausbekommen. Aber ich fürchte mich vor Kilbourne.« Sie merkte den Widerspruch nicht. Ihr Gefühl war zu echt. »Es gibt nichts, vor dem er zurückschreckt, und er hat das Geld und die Männer dazu. Gestern abend hat er Pat ermorden ...«

»Nicht Ihretwegen, Mavis, obwohl das dazu beigetragen haben mag. Pat hat für Kilbourne gearbeitet, wußten Sie das? Er hat sein Geld genommen bis zu dem Tag, an dem er starb.«

»Nein!«

»Hingen Sie immer noch an Pat?«

»Nicht mehr, seitdem er mich im Stich gelassen hat. Aber den Tod hat er nicht verdient.«

»Sie auch nicht. Warum ziehen Sie sich nicht für eine Weile aus dem Verkehr?«

»Soll ich bei Ihnen bleiben?« Sie drehte sich halb zu mir herüber, ihre rechte Brust zitterte an meinem Arm.

»Das meine ich nicht. Bei mir wären Sie nicht sicher. Aber ich habe Freunde in Mexiko. Ich könnte Sie in ein Flugzeug setzen.«

»Ich weiß nicht. Ich weiß nicht, was ich tun soll.« Ihre Stimme kletterte die Tonleiter rauf. Ihre Haut war in der wachsenden Helle bleich vor Erschöpfung. Ihre Augen bewegten sich unsicher, groß, schwer und dunkel, das Morphium zog heftig an den Lidern.

Sie konnte sich nicht entscheiden. Darum tat ich es für sie. Ich legte ihr die Arme unter die Achselhöhlen und hob sie auf die Füße. »Sie gehen nach Mexiko. Ich werde auf dem Flughafen warten, bis Sie in einer Maschine sitzen.«

»Sie sind gut zu mir.« Sie lehnte sich an mich, klammerte sich an meine Arme und glitt an meiner Brust herunter.

Die ersten Explosionen eines gestarteten Motors husteten und spuckten auf der anderen Seite des Beckens. Das Husten wurde zu einem beständigen Donnern, ein Motorboot umrundete das Heck der Jacht und fuhr auf die Pier zu. Der scharfe Bug schnitt wie eine Blechschere durch das metallene Wasser. Ein Mann im Cockpit beobachtete mich durch ein Fernglas. Er sah dadurch aus wie eine große, glotzäugige Kröte.

Mavis hing schlapp in meinem Arm. Ich zog sie mit einem Ruck hoch und schüttelte sie. »Mavis! Wir müssen schnell weg hier.« Sie öffnete die Augen ein wenig, aber es war nur das Weiße darin zu sehen.

Ich nahm sie auf beide Arme und trug sie die Treppe hoch. Ein Mann in gestreiftem Leinenanzug und mit einem waschbaren Leinenhut hockte oben neben den Stufen auf der Pier. Es war Melliotes. Er richtete sich auf und machte einen schnellen Schritt, um mir den Weg zu versperren. Er war gebaut wie ein Konzertflügel, nicht hoch, sondern breit, aber seine Bewegungen waren leicht wie die eines Tänzers. Schwarze Augen blickten strahlend aus dem Gesicht eines Wasserspeiers.

»Gehen Sie aus dem Weg!« sagte ich.

»Irrtum. Sie drehen sich um und gehen wieder nach unten.«

Das Mädchen auf meinen Armen seufzte und regte sich bei dem Klang der Stimme. Ich haßte sie, wie ein Sträfling seine Handschellen haßt. Zum Weglaufen war es zu spät. Der Mann im Leinenanzug hatte seine rechte Faust in der Tasche und richtete etwas auf mich, das bedrohlicher als eine Faust war.

»Zurück nach unten«, sagte er.

Der Motor des Bootes unter mir wurde abgestellt. Ich schaute hinab und sah, wie es am Landeponton anlegte. Ein Matrose mit leerem Gesicht verließ das Ruder und sprang mit der Bootsleine an Land. Kilbourne saß mit selbstgefälligem Blick im Cockpit. Er hatte ein Fernglas um den dicken Hals und eine doppelläufige Schrotflinte über seinen Knien.

Ich trug Mavis Kilbourne hinunter zu ihrem wartenden Mann.

21

Die Hauptkabine der Jacht war düster und eisig. Das Licht des frühen Morgens sickerte schwach durch die verhängten Bullaugen und lag in schimmernden Pfützen auf den eingebauten Mahagonimöbeln. Eine Schottwand war fast völlig von einem riesigen Foto verdeckt, das Kilbournes Jacht unterhalb der Klippen von Acapulco zeigte. Unsere Schritte waren auf dem dicken Teppich geräuschlos wie die eines Leichenbestatters. Kilbourne ging zum Ende des Tisches, der die Mitte der Kabine einnahm, und ließ sich mir gegenüber nieder. »Setzen Sie sich, Mr. Archer, nehmen Sie Platz. Darf ich Ihnen etwas zum Frühstück anbieten?« Er versuchte ein freundliches Lächeln, aber Mund und Augen waren zu klein, um es glaubhaft erscheinen zu lassen. Die Stimme, die aus dem großen rosa Gesicht kam, war schwach, sauertöpfisch und besorgt.

»Da müßte ich schon hungriger sein als jetzt«, sagte ich.

»Nun, wenn Sie mich entschuldigen, ich muß jedenfalls einen Bissen zu mir nehmen.« Er sah den Mann im Leinenanzug an, der, mit einer Kanone in der Hand, an der Lukentür lehnte. »Melliotes, sagen Sie dem Steward, daß ich mein Frühstück haben möchte. Und dann etwas Licht auf dies Subjekt hier. Ich hatte noch keine Gelegenheit, mir das Gesicht unseres Freundes anzusehen.«

Melliotes knipste eine Deckenlampe an und beugte sich dann durch die Lukentür nach draußen, um jemandem oben etwas zu sagen. Ich sah mich nach Fluchtmöglichkeiten um, und meine Knie spannten sich bei dem Gedanken. Aber ohne Schußwaffe war es hoffnungslos. Und Mavis lag bewußtlos auf einer Koje gleich vorn in der Kabine. Ich konnte sie nicht im Stich lassen. Nicht einmal, als ich noch bessere Chancen hatte, war ich dazu fähig gewesen. Und überhaupt, ich hatte ja hierherkommen wollen. Kilbourne war der Mann, mit dem ich reden wollte. Ich wiederholte es bei mir: hier wollte ich ja sein. Wenn ich es mir oft genug vorsagte, konnte ich es vielleicht glauben.

Vom anderen Ende des Tisches kam ein scharfer, dumpfer Ton. Kilbourne hatte meine Pistole hervorgeholt und in Reichweite auf die polierte Mahagoniplatte gelegt. Winzige Fingernägel schimmerten wie Glimmersplitter an den Spitzen seiner weißen, dicken Finger.

»Sie entschuldigen hoffentlich diese Waffenausstellung. Ich selbst bin eher Pazifist, aber wie ich höre, sind Sie ein sehr gewalttätiger Mensch. Ich hoffe, Sie zwingen uns nicht dazu, diese lächerlichen Schießeisen zu gebrauchen. Gewaltanwendung verursacht mir immer Magenverstimmungen.«

»Sie haben Glück«, sagte ich. »Nicht jedermann kann es sich leisten, andere für sich morden zu lassen.«

Melliotes drehte sich heftig um und sah mich mit drei Augen an. Seine beiden dunklen Augen glühten. Ich zog das Auge der Kanone vor. Ich konnte es durch Anstarren zwar nicht dazu bringen, den Blick zu senken, aber es hatte keine Bosheit in sich.

»Bitte, Mr. Archer.« Kilbourne hob eine schneeweiße Hand; »Sie dürfen keine voreiligen Schlüsse ziehen, ehe Sie nicht die Wahrheit kennen. Die Wahrheit ist einfacher, als Sie glauben, und ganz und gar nicht finster. Ich mußte, das gebe ich zu, ein oder zwei außergesetzliche Abkürzungen einschlagen, um meine Interessen zu schützen. Wenn ein Mann nicht in der Lage ist, seine Interessen zu schützen, kann er es von anderen auch nicht erwarten. Das ist eine der ersten Wahrheiten, die ich als kleiner Zweitwagenhändler in Ypsilanti gelernt habe. Ich komme nämlich aus kleinen Verhältnissen, müssen Sie wissen, und ich habe nicht die Absicht, dorthin zurückzukehren.«

»Ihre Erinnerungen faszinieren mich. Darf ich mir Notizen machen?«

»Bitte«, sagte er noch einmal. »Selbstverständlich mißtrauen wir einander, aber zwischen uns steht doch nur dieses Mißtrauen. Wenn wir vollkommen offen miteinander ...«

»Ich werde offen zu Ihnen sein. Ich bin der Meinung, Sie haben Reavis beauftragt, die ältere Mrs. Slocum zu ermorden, und dann einen anderen angeheuert, der Reavis tötet. Falls es so ist, werde ich Sie nicht davonkommen lassen.«

»Die Entscheidung liegt ja wohl nicht mehr in Ihrer Hand, nicht wahr?«

Ich bemerkte, daß der am Fußboden befestigte Tisch leicht erbebte. Irgendwo im Achterschiff drehten sich die Dieselmotoren. Vorn holte eine rasselnde Winsch den Anker auf. Die Schraube drehte sich im Wasser, das ganze Schiff erzitterte.

»Nach diesen Morden«, sagte ich, »kommt es auf eine Entführung nun auch nicht mehr an.« Dann fiel mir ein, was ich Reavis angetan hatte, und ich spürte einen Stich wegen meiner Heuchelei. Reue und Furcht vermengten sich in meinen Adern und ergaben eine bittere Mischung.

»Schanghaien ist der korrekte Ausdruck«, sagte Kilbourne mit einem ersten wirklichen Lächeln. Es war ein selbstgefälliges Lächeln mit geschlossenem Mund. Wie die meisten Autodidakten prahlte er mit seinem Wortschatz. »Aber kommen wir zurück auf Ihre Unterstellungen. Mehr als die Hälfte davon stimmt nicht – so hatte ich mit dem Tod der alten Dame nicht das geringste zu tun. Ryan hat sich diesen Plan allein zurechtgelegt und ohne Hilfe ausgeführt.«

»Sie haben ihn bezahlt und würden von ihrem Tod profitieren!«

»Stimmt.« Seine Finger umklammerten einander wie sich paarende Würmer. »Und genau aus dem Grund konnte ich es mir nicht leisten, daß Reavis geschnappt und ausgefragt wird. Ich gab ihm Geld zur Flucht. Bis zu diesem Ausmaß gestehe ich, daß ich der Beihilfe zum Verbrechen schuldig bin. Wenn Ryan vor Gericht gebracht worden wäre, hätte man mich, ob ich wollte oder nicht, hineingezogen.«

»Um das zu verhindern, mußten Sie ihn also zum Schweigen bringen.«

»Ganz richtig. Wie Sie sehen, können sich unsere Gedanken in einer Atmosphäre der Freimütigkeit begegnen.«

»Es gibt eine Stelle, an der wir uns überhaupt noch nicht begegnet sind. Sie haben mir etwas Wichtiges noch nicht erklärt: warum Reavis sie umbringen wollte. Was wollte er überhaupt in Nopal Valley?«

»Lassen Sie mich die Vorgeschichte erläutern.« Er lehnte sich über den Tisch, die Hände immer noch verschlungen. Ich konnte mir seine Bereitwilligkeit nicht erklären, aber vielleicht erfuhr ich tatsächlich etwas Wissenswertes. »Ryan hat nicht ganz ein Jahr für mich gearbeitet. Er war, genau gesagt, mein Chauffeur und hat außerdem noch ein oder zwei kleinere Aufgaben für mich erledigt.« Die listigen Augen blickten einen Augenblick lang leer und trübe, als sie sich an die Vergangenheit und Ryans Rolle darin erinnerten. Im Alkoven, außer Sicht, schnarchte seine Frau sanft und rhythmisch.

Eine schöne amerikanische Ehe, dachte ich bei mir. Es gab kaum einen Zweifel daran, daß Kilbourne selber Pat beauftragt hatte, mit seiner Frau zu schlafen.

»Anfang dieses Jahres«, berichtete er weiter, »wurde es aus verschiedenen Gründen unbequem, Ryan in meinem Haushalt zu haben. Dennoch wollte ich die Verbindung mit ihm nicht ganz abreißen lassen. Ich habe selbstverständlich

Feinde, und Reavis hätte zu ihrem willigen Werkzeug werden können. Ich setzte ihn also auf die Lohnliste des Unternehmens und hielt Ausschau nach einer Stelle, wo ich ihn gebrauchen konnte. Wie Sie wahrscheinlich wissen, hatte ich geschäftliche Beziehungen zu der verstorbenen Mrs. Slocum. Was Sie aber vielleicht nicht wissen, ich habe, ehe sich das Geschäft zerschlug, fast hunderttausend Dollar in die Schürfuntersuchungen auf ihrem Grundstück investiert. Mir fiel ein, wie wichtig es sein könnte, einen Repräsentanten in ihrem Haus zu haben, der über meine Investitionen wachte. Sollten andere Gruppen ihr Angebote machen, würde ich es erfahren. Deshalb arrangierte ich, daß Ryan bei den Slocums als Chauffeur eingestellt wurde. Ich hatte keine Ahnung, daß er seine Aufgabe so ernst nehmen würde.« Er hob beide Hände und klatschte sie flach auf den Tisch.

»Sind Sie sicher, daß Sie keine Ahnung hatten?« fragte ich. »Sie müssen doch gewußt haben, daß er ein Psychopath war, zu allem fähig.«

»Nein, das habe ich nicht gewußt. Ich hielt ihn für harmlos.« Seine Stimme klang ernst. »Nun dürfen Sie mich aber nicht mißverstehen. Ich will mich nicht von aller Schuld reinwaschen. Moralisch gesehen bin ich vielleicht für ihren Tod verantwortlich. Es hat sogar auch eine Gelegenheit gegeben, in der ich in Ryans Gegenwart laut gedacht und ihren Tod herbeigewünscht habe. Zumindest wußte Ryan, daß ihr Verbleiben auf dieser Welt mich jeden Tag Hunderte von Dollars kostete.«

»Warum diese Haarspalterei? Er hat für Sie gearbeitet. Sie wollten ihren Tod. Er brachte sie um.«

»Aber ich habe ihn nicht zum Mord angestiftet. Nie – zu keiner Zeit! Wenn ich einen Mord plante, wäre Ryan der letzte Mann gewesen, den ich mit der Ausführung beauftragt hätte. Er war ein Schwätzer, und ich traute ihm nicht.«

Das konnte ich verstehen. Seine ganze Geschichte konnte ich verstehen – auf verrückte Art. Gegen meinen Willen und meine bessere Einsicht ertappte ich mich dabei, daß ich ihm fast glaubte.

»Wenn Sie ihn wirklich nicht dazu angestiftet haben – warum hat er es dann getan?«

»Das werde ich Ihnen sagen.« Er beugte sich wieder über den Tisch und kniff die Augen etwas zusammen. Die Oberlider hingen in dicken, überlappenden Falten herunter. Die Augen selbst waren von unbestimmbarer Farbe, trübe und undurchsichtig wie ungeschliffene Edelsteine. »Ryan sah eine günstige Gelegenheit, mich um einen sehr großen Geldbetrag anzuzapfen. Durch den Mord an Mrs. Slocum brachte er sowohl sich als auch mich in Gefahr. Ich mußte ihm heraushelfen – und er wußte es. Das gab er zwar nicht direkt zu, als er mich vorgestern abend aufsuchte, gedacht hat er es bestimmt. Er forderte zehntausend Dollar, und ich mußte sie ihm geben. Als er unvorsichtig genug war, sich schnappen zu lassen, mußte ich Maßnahmen ergreifen. Es wäre klüger gewesen, wenn ich ihn gleich hätte erschießen lassen, aber meine menschlichen Regungen hielten mich davon zurück. Zum Schluß waren mir die Hände gebunden. Während ich also einerseits nicht behaupten kann, daß meine Motive in dieser traurigen Angelegenheit ganz rein waren, so waren sie andererseits aber auch nicht ganz schwarz.«

»Manchmal«, sagte ich, »ist mir ein gutes, solides Schwarz lieber als ein geflecktes Grau.«

»Sie tragen auch nicht soviel Verantwortung wie ich, Mr. Archer. Ein großes Unternehmen hängt von mir ab. Ein einziger falscher Schritt von meiner Seite kann den Lebensunterhalt von Tausenden gefährden.«

»Ich frage mich, ob Sie wirklich so wichtig sind. Ich glaube, das Leben wird auch ohne Sie weitergehen.«

»Darum geht es hier nicht.« Er lächelte, als hätte er eine witzige Bemerkung gemacht. »Es geht darum, ob das Leben auch weitergeht ohne Sie. Ich habe mir viel Mühe gegeben, Ihnen meine Situation darzulegen. Sie sind ein intelligenter

Mensch, Archer, und, um offen zu sein, ich mag Sie. Ich verabscheue auch das Töten, wie ich ja schon betont habe. Dazu kommt die Tatsache, daß meine Frau Sie zu verehren scheint und möglicherweise irgendwelche Vergeltungsaktionen starten würde, wenn ich Sie beseitigen ließe. Selbstverständlich kann ich mit ihr fertig werden. Ich könnte sogar den Gedanken an einen weiteren Todesfall ertragen, wenn Sie mir seine Notwendigkeit nachweisen. Aber ich würde diese Angelegenheit viel lieber auf vernünftige, höfliche Weise regeln. Sie nicht?«

»Ich höre. Wieviel?«

»Gut. Fein.« Der kleine Mund kräuselte sich nach oben wie bei einem unschuldigen Kind. »Ich glaube, Sie haben meine zehntausend Dollar. Ich weiß es natürlich nicht, aber es sieht doch stark danach aus, nicht wahr? Wenn Sie zugeben, daß Sie das Geld haben, wäre das ein sehr wertvoller Beweis Ihrer Vertrauenswürdigkeit.«

»Ich habe es«, sagte ich, »aber Sie kommen nicht daran.«

»Behalten Sie's. Es gehört Ihnen.« Er winkte mit einer königlichen Geste.

»Was habe ich dafür zu tun?«

»Nichts. Gar nichts. Ich werde Sie in San Pedro an Land setzen; Sie können einfach vergessen, daß ich jemals existiert habe. Widmen Sie sich wieder Ihren eigenen Angelegenheiten, oder machen Sie einen langen Urlaub und genießen Sie das Leben.«

»Das Geld dazu habe ich ja.«

»Aber nicht die Möglichkeit, es zu genießen. Dieses Geschenk kann nur ich Ihnen machen.«

Die Jacht begann, auf dem offenen Meer zu stampfen und zu rollen. Ich warf einen Blick auf den Mann im Leinenanzug, der seine drei Augen noch immer auf mich gerichtet hielt. Er stand breitbeinig an der Tür, gegen die Schiffsbewegungen gewappnet, die Kanone ruhig in der Hand.

»Sie können es sich bequem machen, Melliotes«, sagte Kilbourne. »Wir sind weit von der Küste entfernt.« Er wandte sich mir zu: »Nun, Mr. Archer, werden Sie das Geschenk der Freiheit unter diesen Bedingungen annehmen?«

»Ich werde darüber nachdenken.«

»Ich will Sie nicht drängen. Ihre Entscheidung ist wichtig für uns beide.« Dann leuchtete sein Gesicht auf wie bei einem Mann, der die Schritte seiner Geliebten gehört hat: »Mein Frühstück, glaube ich.«

Es kam auf einem Silbertablett, das beinahe zu breit war für die Lukentür. Der Steward, ein Mulatte in weißer Jacke, schwitzte unter dem Gewicht. Kilbourne begrüßte jedes Gericht einzeln, als die Metallhauben davon abgehoben wurden. Neben Walter Kilbourne war das Essen seine einzige wahre Liebe.

Er aß mit gieriger Leidenschaft. Ein Stück Schinken und vier Eier, sechs Scheiben Toast, eine Niere und zwei Bergforellen, acht Pfannkuchen mit acht kleinen Würstchen, ein Kilo Himbeeren, einen halben Liter Sahne, einen Liter Kaffee. Ich beobachtete ihn, wie man Tiere im Zoo beobachtet, und hoffte, er würde ersticken und damit die Angelegenheit für uns beide erledigen.

Endlich lehnte er sich in seinen Sessel zurück und bedeutete dem Steward, er solle das leere Geschirr abräumen.

»Nun, Mr. Archer?« Die weißen Finger krochen durch die rötlichen Locken. »Wie haben Sie sich entschieden?«

»Ich habe es noch nicht durchdacht. Nur eins: woher wissen Sie, daß Sie mir trauen können?«

»Das weiß ich natürlich nicht. Aber ich glaube, ich habe einen Blick für ehrliche Menschen. Diese Fähigkeit ist die Grundlage meines Erfolgs, um ganz offen zu sein.« Die Stimme klang immer noch geschwollen von der Eßleidenschaft.

»Sie machen einen Denkfehler«, sagte ich. »Wenn ich Ihr schmutziges Geld nähme, müßten Sie meine Ehrlichkeit anzweifeln.«

»Aber Sie haben ja mein schmutziges Geld bereits, Mr. Archer. Sie haben es sich mit Geschick und Mühe selbst verschafft. Sie brauchen es nur noch kräftig abzuscheuern, bevor Sie es ausgeben. Natürlich können Sie nicht von mir erwarten, daß ich auf Ihre Ehrlichkeit oder die eines anderen Menschen baue, und darum werden Sie verstehen, wenn ich von Ihnen eine Quittung verlange, auf der die Art Ihrer geleisteten Dienste angedeutet ist.«

»Und die wäre?«

»Genau das, was Sie getan haben. Eine einfache Notiz wird genügen: ›Für Festnahme und Übergabe von Pat Ryan‹. Damit erledige ich zwei Fliegen mit einer Klappe: meine Zahlung an Pat Ryan wird dadurch ungeschehen gemacht, die wiederum das einzige ist, was mich in der Mordsache von Mrs. Slocum belastet. Und was noch wichtiger ist – dann habe ich eine Rückendeckung, falls Sie sich die Sache anders überlegen sollten und der Tod Pat Ryans vor Gericht kommen sollte.«

»Aber ich stehe als Mittäter bei einem Verbrechen da.«

»Stimmt genau. Wir beide wären aufeinander angewiesen, was für eine spätere Zusammenarbeit sehr förderlich sein könnte.«

Die Konsequenzen lagen auf der Hand. Eine Zukunftsvision stieg in mir auf, wie ich in fünf, zehn Jahren alle möglichen schmutzigen Aufträge für Walter Kilbourne erledigte, ohne in der Lage zu sein, mich dagegen wehren zu können.

Meine Stimme klang sachlich, als ich ihm entgegenhielt: »So weit kann ich mich nicht exponieren. Ein halbes Dutzend Männer waren am Tod von Ryan beteiligt. Wenn einer von denen redet, sind wir geliefert.«

»Keineswegs. Nur einer von ihnen wußte, daß ich die Sache veranlaßt habe.«

»Schmidt.«

Die Augenbrauen krochen an seiner Stirn hoch wie überraschte rosa Raupen. »Sie kennen Schmidt? Sie sind wirklich sehr rührig.«

»Ich kenne ihn gut genug, um seine Gesellschaft zu meiden. Falls die Polizei ihn zu fassen kriegt, und das wird sie, dann bricht er zusammen und singt.«

»Dessen bin ich mir bewußt.« Der unschuldige Kindermund lächelte beschwichtigend. »Glücklicherweise kann ich Sie beruhigen. Oscar Schmidt wurde heute früh von der Ebbe mit hinausgenommen; Melliotes hat das Problem für uns alle erledigt.«

Der Mann im Leinenanzug saß auf der ledergepolsterten Bank an der hinteren Schottwand. Er zeigte seine Zähne in einem strahlenden, glücklichen Lächeln und streichelte den gezogenen Lauf seiner Kanone.

»Bemerkenswert«, sagte ich. »Ryan kümmert sich um Mrs. Slocum. Schmidt kümmert sich um Ryan. Melliotes kümmert sich um Schmidt. Ein geniales System haben Sie da.«

»Ich bin sehr froh, daß es Ihre Zustimmung findet.«

»Aber wer kümmert sich um Melliotes?«

Kilbourne sah erst mich an, dann den Revolverhelden, dessen Mund wieder ausdruckslos war, dann wieder mich. Erstmals bildeten unsere Interessen ein Dreieck, was mich etwas erleichterte.

»Sie stellen sehr eindringliche Fragen«, erwiderte Kilbourne. »Als Kompliment für Ihre Intelligenz teile ich Ihnen also mit, daß Melliotes sich vor mehreren Jahren um sich selber gekümmert hat. Ein junges Mädchen, eine meiner Angestellten, um es genau zu sagen, verschwand in Detroit. Ihre Leiche tauchte einige Tage später im Detroit River auf. Ein gewisser Mediziner ohne Zulassung, dessen Name nicht genannt sein soll, wurde von der Polizei zur Vernehmung gesucht. Zu der Zeit befand ich mich auf dem Weg nach Kalifornien, und ich bot ihm an, in meiner Privatmaschine mitzufliegen. Beantwortet das Ihre Frage?«

»Ja. Ich wollte nur genau wissen, an welchem Kuchen ich

da teilhaben soll. Jetzt, da ich es weiß, möchte ich nichts mehr davon abhaben.«

Er sah mich ungläubig an. »Sie meinen doch nicht im Ernst, daß Sie sterben wollen?«

»Ich hoffe, Sie zu überleben. Sie sind zu gerissen, mich abmurksen zu lassen, bevor Sie Ihre Tausender wiederhaben. Das Geld macht Ihnen echte Sorgen, nicht wahr?«

»Das Geld bedeutet mir nichts. Schauen Sie, Mr. Archer, ich bin bereit, den Betrag zu verdoppeln.« Er holte eine goldgefaßte Brieftasche hervor und zählte zehn Scheine auf den Tisch. »Aber zwanzigtausend ist die äußerste Grenze.«

»Stecken Sie das Geld weg. Ich will es nicht.«

»Ich warne Sie«, sagte er schärfer, »Ihre Verhandlungsposition ist schwach. Man erreicht da einen Punkt, wo der Wert der Gegenleistung geringer wird, wo es billiger und bequemer wäre, Sie umbringen zu lassen.«

Ich sah Melliotes an. Seine glühenden Augen waren auf Kilbourne gerichtet. Abschätzend wog er die Waffe in seiner Hand, und seine zusammengewachsenen schwarzen Augenbrauen stellten eine stumme Frage.

»Nein«, winkte Kilbourne ab. Und wieder zu mir gewandt: »Was wollen Sie eigentlich, Mr. Archer, wenn es kein Geld ist? Frauen oder Macht oder Sicherheit? Ich könnte in meiner Organisation einen Mann gebrauchen, dem ich trauen kann. Offen gesagt, ich würde kein Wort an Sie verschwenden, aber zufällig mag ich Sie nun mal.«

»Sie können mir nicht trauen«, sagte ich, obwohl die Todesangst mir die Lippen trocken und den Hals eng werden ließ.

»Genau das mag ich an Ihnen. Sie haben so eine gewisse halsstarrige Ehrlichkeit . . .«

»Ich mag Sie aber nicht«, sagte ich. Oder vielleicht krähte ich das auch.

Kilbournes Gesicht war ausdruckslos, aber er zerrte gereizt an seinen weißen Fingern. »Melliotes, wir geben Mr. Archer noch eine Weile Zeit, damit er es sich überlegen kann. Haben Sie Ihren Friedensstifter zur Hand?«

Der Mann im Leinenanzug stand eilfertig auf. Seine braune Hand fuhr blitzschnell in die Tasche und kam mit einem baumelnden, glänzenden Lederding heraus, das wie eine langgestreckte Birne aussah. Es sauste so schnell durch die Luft, daß ich ihm nicht ausweichen konnte.

22

Ich schritt über den Kies eines ausgetrockneten Flußbettes. Papageien mit Kiesstimmen krächzten und flogen herum in der zähen, angemalten Luft. Ein Mädchen ging auf lautlosen Füßen vorbei, sie ging so schnell, daß ihr goldenes Haar hinterherflatterte. Ich stolperte ihr auf den Knien nach, sie sah sich um und lachte. Sie hatte das Gesicht von Mavis, aber ihr Lachen war krächzend wie das der Papageien. Sie lief in eine Höhle am Ufer des trockenen Flusses. Ich folgte ihrem schimmernden Haar in die Dunkelheit.

Als sie sich das zweite Mal lachend umdrehte, hatte sie Gretchen Kecks Gesicht, den Mund blutverschmiert. Wir waren in einem Hotelkorridor, so unendlich lang wie die Zeit. Kleine Staubwolken stiegen bei jedem Schritt von ihren Füßen auf. Der Staub roch nach Tod.

Ich bahnte mir einen Weg hinter ihr her durch den Müll, der den fadenscheinigen Teppich bedeckte. Alte Fotos, Zeitungsausschnitte und schwarzumrandete Traueranzeigen, gebrauchte Präservative und Liebesbriefe, die mit rosa Bändchen zusammengebunden waren, Asche, braune und weiße Zigarettenstummel, leere Whiskyflaschen, Erbrochenes und getrocknetes Blut, kalte, übriggebliebene Essensreste auf fettigen Tellern. Hinter den numerierten Türen hörte ich Schreie, Stöhnen, Kichern, ekstatisches und schmerzliches Geheul. Ich sah geradeaus und hoffte, daß sich keine Tür öffnete.

An der letzten Tür verhielt das Mädchen und drehte sich um. Es war Cathy Slocum, die mir zuwinkte. Ich folgte ihr in das nach Jasmin duftende Zimmer. Die Frau lag auf dem Bett unter einer schwarzen Ambulanzdecke. Ich zog sie von ihrem Gesicht zurück und sah den Schaum.

Hinter mir hantierte jemand an der Tür. Ich ging durch das Zimmer zum Flügelfenster und warf es auf. Der Türschnapper knackte. Ich sah über die Schulter hinter mir auf das verkohlte, nicht zu erkennende Gesicht. Ich sagte, daß ich es nicht getan habe. Der verbrannte Mann kam auf mich zu, seine Schritte so weich wie Asche. Ich lehnte mich weit aus dem Fenster und schaute nach unten; weit unten zogen die Autos vorbei wie eine Prozession von Ameisen. Ich ließ mich fallen und fiel ins Erwachen.

Das Blut pochte mir im Gehirn wie schwere Brandung an einem verlassenen Strand. Ich lag mit dem Rücken auf etwas, das weder hart noch weich war. Als ich den Kopf hob, stach mir ein brennender Schmerz in die Augäpfel. Ich versuchte, die Hände zu bewegen, aber es ging nicht. Meine Finger berührten etwas Rauhes, Feuchtes und Empfindungsloses. Kalter Schweiß rann mir seitlich das Gesicht hinunter.

In dem Raum herrschte ein gelbes Licht, das durch ein hohes, drahtvergittertes Fenster in der mit Segeltuch verkleideten Wand kam. Ich schaute auf meine bewegungsunfähigen Arme und sah, daß sie in einer braunen Zwangsjacke aus Segeltuch steckten. Meine Beine waren nackt; man hatte mir die Hose ausgezogen, die Schuhe aber wieder übergestreift. Ich zog die Beine an und rückte mich in eine sitzende Stellung an den Rand der Liege. Ein Riegel wurde zurückgeschoben. Ich stand aufrecht mit dem Blick auf die ledergepolsterte Tür, als sie sich öffnete.

Melliotes und eine kleine, grauhaarige Frau betraten den Raum. Er trug eine weiße Segeltuchhose und sein weißes Mittelmeerlächeln. Schwarzes Kräuselhaar wie Persianerlocken bedeckte seinen nackten Rumpf vom Schlüsselbein zum Nabel. Auf dem Rist seiner nackten Füße wuchs ein dicker schwarzer Pelz.

»Einen wunderschönen guten Morgen. Ich hoffe, Sie haben Ihren Schlaf genossen.« Stimme und Grimasse wie ein liebenswürdiger Gastgeber.

»Ihre Unterkünfte sind lausig. Ziehen Sie mir dies aus.« Ich schämte mich meiner Stimme, die dünn und trocken war.

»Das wäre aber sehr unschicklich.« Er warf einen Blick auf die kleine Frau an seiner Seite. »In Gegenwart von Damen sollte er doch etwas anderes anhaben. Nicht wahr, Miss Macon?«

Sie trug eine weiße Schwesterntracht. Ihr Kopf mit dem kurzgeschnittenen grauen Haar reichte ihm knapp bis zur Brust. Ihre eulenhaften Augen lächelten zu seinen glühenden schwarzen hinauf; sie kicherte.

Ich zielte mit dem Kopf auf seinen haarigen Bauch und stürzte auf ihn zu. Geschickt wie ein Matador wich er zur Seite. Sein Knie traf gegen meine Schläfe und katapultierte mich gegen die gepolsterte Wand. Ich setzte mich auf den Boden und stand wieder auf. Die kleine Frau kicherte: »Er ist gewalttätig, Doktor. Ein schwerer Fall von Geistesgestörtheit, nicht wahr?«

»Wir wissen schon, wie wir mit ihm fertig werden, Miss Macon.« Zu mir sagte er: »Wir wissen schon, wie wir mit Ihnen fertig werden.«

Ich sagte: »Ziehen Sie mir das aus.« Als ich den Mund schloß, knirschten meine Zähne von selbst.

»Ich denke nicht daran. Ihr Geisteszustand ist gestört. Meine Aufgabe ist es, Sie für eine Weile vor jedem Unheil zu bewahren, bis Sie ruhiger geworden sind.«

Sie lehnte sich an seinen Oberschenkel, schob ihre Miniaturhand in seinen Segeltuchgürtel und schaute bewundernd auf zu der Quelle so schöner Reden.

»Ich habe schon einen Menschen getötet«, sagte ich. »Ich glaube, Sie werden der zweite sein.«

»Hören Sie sich das an«, flötete sie mit geziertem Lächeln, »er ist ja direkt gemeingefährlich.«

»Ich habe eine Idee«, sagte Melliotes. »Ich glaube, eine Wasserbehandlung würde ihm ungeheuer guttun. Wollen wir ihm eine verpassen, Miss Macon?«

»In Ordnung.«

»Wir werden Ihnen eine Wasserbehandlung verpassen«, wiederholte er unter Lächeln.

Ich blieb auf der Stelle stehen, den Rücken an der Wand. Er zog einen Schlüsselbund aus dem Schlüsselloch und schlug mir damit hart ins Gesicht.

»Sie werden der zweite sein«, sagte ich.

Wieder holte er mit den Schlüsseln aus. Bei ihrem grellen Klingeln kam ich aus dem Takt. Der Blitz schlug grausam in meinem Kopf ein. Ein Blutstropfen kroch über mein Gesicht nach unten und hinterließ eine feuchte Schneckenspur.

»Kommen Sie mit«, sagte er, »solange Sie den Weg überhaupt noch sehen können.«

Ich kam mit. Zu einem Raum wie ein Begräbnisgewölbe, weiß gekachelt, fensterlos und kalt. Das Morgenlicht fiel durch ein Fenster in der zwölf Fuß hohen Decke herein und schimmerte auf einer Reihe von verchromten Wasserhähnen und Düsen an der einen Wand. Er hielt mich an den Schultern fest, während die Frau die Bänder auf meinem Rücken löste. Ich versuchte, ihn in die Hand zu beißen. Er klingelte mit den Schlüsseln.

Er zog mir die Zwangsjacke aus und warf sie der Frau zu. Sie fing sie auf, rollte sie zusammen und lehnte sich gegen die Tür, das Bündel ans Herz gedrückt. Auf ihrem Gesicht war ein heiteres, kleines, abwartendes Lächeln, das Lächeln eines ungeborenen Kindes.

Ich schaute meine Arme an. Sie waren weiß und eingefallen. Langsam streckten sie sich aus wie Schlangen in der ersten Frühlingssonne. Ein starker Wasserstrahl traf mich, warf mich auf den gekachelten Fußboden und rollte mich an die Wand. Ich setzte mich hin und schnappte nach Luft. Die Frau ließ ein kindlich vergnügtes Lachen los, das das Brüllen des Wassers übertönte.

Melliotes lehnte zwanglos an der gegenüberliegenden Wand. Wassertropfen glänzten wie Tau in seinem Haardickicht. In seiner einen Hand hielt er eine Düse, die an einen weißen Gummischlauch angeschlossen war. Die andere ruhte auf einem verchromten Rad an der Wand. Kaltes Wasser schoß mir ins Gesicht.

Auf Händen und Knien kroch ich seitlich auf ihn zu, das Gesicht abgewandt. Wasser rauschte unter mir auf und warf mich auf den Rücken. Ich wand mich und kam auf die Füße, sprang auf ihn zu, wurde mitten im Sprung gestoppt, fiel und wurde wieder an die Wand gespült. Wieder stand ich auf.

Er nahm eine andere Düse vom Haken und zielte damit wie ein Scharfschütze. »Sehen Sie mal die hier«, sagte er. »Mein hübschester Springbrunnen.«

Ein winziger Wasserstrahl schoß quer durch den Raum und stach mit Nadeln in meine Brust. Als ich heruntersah, hatte er mir ein handbreites rotes M auf die Brust geschrieben, aus dem Blutstropfen sickerten.

»Da wir gerade vom Töten reden ...« sagte er, »... dieser kleine Springbrunnen ist wirklich tödlich.«

Ich lief quer durch den Raum und bekam mit einer Hand seine Kehle zu fassen. Er schüttelte mich ab, und ich taumelte, fast zu schwach, um mich auf den Füßen zu halten. Ein dickerer Wasserstrahl warf mich an die Wand zurück.

»Er wird töten«, sagte er, »er wird blenden.«

»Tun Sie es«, sagte die Macon unter mädchenhaftem Wiehern.

»Ich möchte schon. Aber wir dürfen nichts Ungesetzliches tun.« Das kam völlig ernsthaft.

Das Wasser zog mir die Beine weg und ließ meinen Kopf gegen die Wand schlagen. Ich blieb an der Stelle liegen, bis die Tür zuschlug und der Schlüssel sich im Schloß drehte. Dann setzte ich mich hin. Meine Brust und die Magengegend waren mit roten Striemen bedeckt, die sich blau verfärbten. Und ich trug sein Monogramm.

Die Tür bestand aus weiß emailliertem Stahl und war genau in den Rahmen eingepaßt. Sie öffnete sich nach außen; innen hatte sie keine Klinke. Ich warf mich zweimal mit der Schulter dagegen und gab es auf.

Im Oberlicht war eine Milchglasscheibe, verstärkt durch ein Drahtgitter. Aber es befand sich gute zwölf Fuß über dem Fußboden. So hoch konnte kein Mensch springen. Ich versuchte, mit Hilfe der Wasserhähne und Düsen an der Wand hochzuklettern. Es brachte mir nur eine unfreiwillige Dusche ein. Ich drehte den Hahn zu, den ich versehentlich geöffnet hatte, und schaute haßerfüllt auf das Wasser. Es floß in die Mitte zu einer Vertiefung, in welche ein vergittertes Abflußrohr mündete. Nach einiger Mühe gelang es mir, das runde Gitterstück hochzuheben. Ich hockte über dem dicken Rohr, dem einzigen Weg nach draußen, und wünschte, eine Kanalratte zu sein. In dem Moment formte sich ein vager Plan in meinem Kopf.

Der einzige Ausweg aus dem weißen Raum war das Oberlicht. Die Tür war hermetisch verschlossen, luft- und wasserdicht. Wenn ich den Raum mit Wasser füllen konnte, würde es mich vielleicht bis ans Oberlicht tragen. Es war ein gefährliches Experiment, aber nicht so gefährlich, wie auf Melliotes zu warten, damit er sich noch andere Spiele ausdenken konnte. Als erstes mußte ich den Abfluß verstopfen.

Ich zog Schuhe und Socken aus, steckte die Spitzen des einen Schuhs in die Öffnung und pfropfte die Socken drum herum. Dann drehte ich alle Hähne voll auf. Wasser zischte und regnete aus der Wand. Ich stand in der äußersten Ecke und beobachtete, wie mir das Wasser über die Knöchel kroch, wie es mir bis zu den Knien und schließlich bis zur Hüfte reichte. Nach zehn oder fünfzehn Minuten schwamm ich.

Es war angenehm warm. Ich lag auf dem Rücken und wartete darauf, daß mir die Decke näher kam. Als ich den Kopf hob, hörte ich, wie die gefangene Luft zischend durch die Ritzen am Oberlicht entwich. Nach langer Zeit, in der ich sicher und unmerklich mit dem Wasser stieg, war ich der Decke nahe genug, um sie mit der Hand zu erreichen.

Ich trat Wasser und holte mit der Faust nach dem Oberlicht aus. Ohne es eigentlich zu wollen, schlug ich zu. Sollte es mir wirklich gelingen, das Glas mit der Faust zu zertrümmern, würde ich mich dabei erheblich verletzen. Aber das verstärkte Glas widerstand meinem Stoß.

Ich holte ein paarmal tief Atem und tauchte nach dem anderen Schuh. Das Wasser war klar und ruhig bis auf die Ströme, die blubbernd und wild aus den Düsen an der Wand kamen. Ein Sonnenstrahl schien durch das Deckenfenster schräg nach unten und verwandelte die flüssige Masse in einen Würfel von bleichgrünem Licht. Ich strich am Boden entlang und fand mit den Händen den zweiten Schuh. Meine Ohren schmerzten von dem tonnenschweren Wasserdruck über mir.

Plötzlich gab es im Wasser eine Bewegung, ein Zittern und Beben, das mir den Magen umdrehte. Etwas, mit dem ich nicht gerechnet hatte, schien meinen Plan zunichte machen zu wollen; es sah aus, als hätte ich es klugerweise so eingerichtet, wie eine Ratte im Brunnen zu ersaufen. Ich schwamm auf die Hähne zu, um sie zu schließen. Aber zuerst brauchten meine Lungen Luft, und davon war oben nicht mehr viel vorhanden. Mit dem Schuh in der Hand machte ich einen kräftigen Schwimmstoß nach oben.

Ein zweites Beben erschütterte das Wasser und mich. Ein metallisches Krachen kam aus der Richtung der Tür. Sie war zwar wasserdicht, aber nicht so gebaut, daß sie diesem gewaltigen Wasserdruck standhalten konnte. Als ich mich langsam schwimmend drehte, beulte sich die weiße Tür aus wie ein Segel und verschwand mit heftigem Gepolter. Das befreite Gewicht des Wasser zog mich hinterher. Meine freie Hand griff nach irgend etwas, an dem sie sich festhalten konnte, und schloß sich um ein flüssiges Nichts.

Ich wurde durch den leeren Korridor gefegt, gegen eine Wand geschleudert, an der ich entlangrollte. Mit einer Hand bekam ich einen Türrahmen zu fassen und hielt mich daran fest, während das Wasser an mir zerrte. Die Strömung ließ beinahe so schnell nach, wie sie begonnen hatte; der Wasserspiegel sank. Ich fand Boden unter den Füßen und stemmte mich gegen den Türrahmen.

Melliotes und die Frau befanden sich mit mir in dem Raum. Sie zappelte angstvoll im Wasser. Er beugte sich über sie und hob sie mit beiden Armen auf. Sie klammerte sich an ihn, eine haarlose rosa Äffin, die mitleiderregend schnatterte. Ich hatte den Schuh immer noch in der Hand. Es war ein derber Wanderschuh mit eisenbeschlagenem Absatz. Ich ließ ihn auf Melliotes' Hinterkopf niedersausen. Er fiel in das seichte Wasser, zusammen mit der Frau, die sich weiter an ihn klammerte. Schimpansenvater und -kind.

Ich sah mich im Zimmer um. Die weiße Tracht der Frau, ein umgestülpter Papierkorb, ein verstreuter Blumenstrauß, Papiere und verschiedene Kleidungsstücke schwammen in dem sinkenden Wasser. Ein weißer Eichenschreibtisch, ein ledergepolsterter Sessel und eine Couch waren vom Wasser gezeichnet. Ein Firmenbogen auf dem Schreibtisch trug den Briefkopf: PRIVATKLINIK GNADENENGEL. WASSERTHERAPIE UND DARMSPÜLUNGEN. ZIMMER FÜR PATIENTEN. EIGENTÜMER DR. G. M. MELLIOTES.

Etwas Kleines, Feuchtkaltes und Wütendes kratzte an meinen Beinen. Ich trat einen Schritt zurück. Ich mochte sie nicht berühren.

»Er ertrinkt«, schrie sie. »Ich kann ihn nicht umdrehen.«

Melliotes lag mit ausgebreiteten Armen und Beinen auf dem naßdunklen Teppich, das Gesicht in einer Wasserlache. Ich sah auf seinen blutigen Hinterkopf und verspürte keinen

Schmerz. Ich packte ihn an Arm und Bein und warf ihn auf den Rücken. Das Weiße seiner Augen war blutunterlaufen. Seine Brust hob und senkte sich wie die eines müden Hundes.

Die Frau trippelte um den Schreibtisch herum und öffnete eine Schublade. Sie kam auf mich zu und hielt Melliotes' Kanone mit beiden Händen. Ich hatte nicht die Absicht, in dieser Gesellschaft zu sterben, und schlug sie ihr aus der Hand. Sie knurrte tief hinten in der Kehle und umklammerte ihre magere Brust mit spindeldürren Armen.

»Ich will meine Sachen«, sagte ich. »Und ziehen Sie sich auch etwas an. Ich kann Ihren Anblick nicht ertragen.«

Ihr Mund öffnete und schloß sich, öffnete und schloß sich wie ein Fischmaul. Ich hob die Waffe auf. Die Frau tat, was ich ihr befohlen hatte. Sie öffnete eine Schranktür und zog sich ein Baumwollkleid über den Kopf. Meine Sachen waren auf dem Schrankboden verstreut.

Ich winkte der Frau mit dem Schießeisen zu. »Gehen Sie jetzt.«

Sie ging mit einem letzten Blick auf den Mann am Boden. Ich zog mich an.

23

Die Waffe war ein Revolver, Marke Smith and Wesson, Kaliber .38, mit einem langen stahlblauen Lauf, Seriennummer 58 237. Ich steckte ihn in meine Jackentasche. Melliotes' gestreifte Leinenjacke hing auf einem Bügel im Schrank. In der Innentasche fand ich meine Automatic und meine Brieftasche. Ich steckte beides an den Platz, an den sie gehörten, und ging zur Tür. Melliotes' Atem war ruhig geworden, er schlief den Schlaf des Bewußtlosen.

Meine Füße patschten durch den Gang. An beiden Seiten waren schwere Türen, alle geschlossen und verschlossen. Der Korridor war düster und häßlich wie der in meinem Traum. Das einzige Licht kam durch eine verhängte Tür am Ende.

Ich hatte sie schon geöffnet und einen Fuß bereits auf die Veranda gesetzt, als hinter mir jemand schrie. Es war der Schrei einer Frau, gedämpft durch dicke, schalldichte Wände. Ich ging in das Gebäude zurück.

»Laßt mich raus!« Die Worte waren kaum zu verstehen, sie hörten sich an wie das Jaulen einer verletzten Katze.

An einer Tür war das Schreien lauter. Als ich daran rüttelte, sagte die Frau: »Wer ist da? Laßt mich raus!« Wieder einmal Mavis. Das Herz rutschte mir in die Knie und sprang zurück in die Kehle. Das gebrannte Kind scheut das Feuer eben doch nicht.

Ich flüsterte vor mich hin: »Geh doch zum Teufel, Mavis.« Aber das waren nur Worte.

Tatsächlich ging ich noch einmal zu Melliotes zurück, holte mir seine Schlüssel und probierte sie an der Tür, bis ich den richtigen fand. Mavis stand an der Wand und sah mich an, dann warf sie sich mit einem schwachen, herzzerreißenden Seufzer in meine Arme. »Archer! Sie sind gekommen.«

Sie ging rückwärts ins Zimmer und setzte sich langsam auf die Liege. Das Zimmer glich einer Zelle, ähnlich der, in der ich gewesen war, mit drahtvergittertem Fenster und gepolsterten Wänden. Die Gnadenengel kümmerten sich gut um ihre Patienten.

»Welche Art von Kundschaft hat Melliotes eigentlich? Leute, die man zur Behandlung in nasse Bettlaken einwickelt?«

Sie war bleich und heftig erregt und sah selbst ein wenig geistesgestört aus. »Ich bin noch nie hier gewesen.« Und im gleichen Ton, ruhig und verloren: »Ich werde ihn töten.«

»Es ist schon zuviel gemordet worden. Kopf hoch, Mavis! Diesmal werden Sie ganz bestimmt nach Mexiko gehen.«

Sie beugte sich wie blind nach vorn und legte ihren Kopf auf mein Knie. Ihr Haar teilte sich im Nacken und fiel nach vorn; das Gesicht war wie mit zwei glänzenden Flügeln eingehüllt. Aus diesem Versteck flüsterte sie: »Wenn Sie mit mir gehen.«

Wir waren wieder einmal da, wo wir aufgehört hatten. Die Jacht und die Wasserkammer, Kilbourne und Melliotes waren Szenen und Gestalten aus einem Morphiumtraum. Ich erinnerte mich an die vom Feuer zerstörten Gesichtszüge von Pat Reavis und wich vor ihr zurück. »Ich werde bis zum Flughafen mitkommen. Ich werde Ihnen sogar den Flugschein kaufen – für den Hinflug.«

»Allein hab ich Angst.« Ihre Stimme war nur ein Hauch, aber die Augen glänzten hinter dem Haarvorhang.

Ich sagte, daß ich Angst hatte mitzukommen. Sie stand plötzlich auf und stampfte mit dem hohen Absatz auf den harten Zementboden. »Was ist eigentlich los mit Ihnen, Archer? Haben Sie irgendwo ein Mädchen sitzen?«

Sie war eine sehr schlechte Schauspielerin, und ich war verlegen. »Ich wollte, es wäre so.«

Sie stand vor mir, die Arme in die Hüften gestemmt, und beschuldigte mich der *impotentia coeundi*. Nur drückte sie es mit anderen Worten aus.

Ich sagte: »Sie sind seit Ihrer Kindheit von den Männern verwöhnt worden, so ist es doch? Aber es nützt Ihnen nichts, wenn Sie hier stehen und fluchen. In genau zwei Minuten gehe ich. Sie können mitkommen, wenn Sie wollen. Bis zum Flughafen.«

»Bis zum Flughafen«, äffte sie mir nach. »Ich dachte, Sie mögen mich.«

»Ich mag Sie. Aber ich habe noch etwas zu erledigen. Wenn Sie sich erinnern, habe ich einen Fall übernommen.«

»Ich dachte, Sie arbeiten für mich?«

»Ich arbeite nur für mich.« Aber ich hörte den Klang meiner eigenen Stimme nicht. Irgendwo wurde eine Wagentür zugeschlagen, Schritte kratzten auf dem Beton und wurden lauter.

Ich zog den Revolver und spähte den Korridor hinunter. Die verhängte Eingangstür stand noch leicht offen, wie ich sie verlassen hatte. Ein Schatten erschien hinter dem Vorhang, die Tür quietschte. Ich ging ins Zimmer zurück und untersuchte das Magazin meiner Automatic. Es war gefüllt und die eine Patrone noch in der Kammer. Die Schritte näherten sich der offenen Tür unseres Zimmers, wurden immer langsamer.

Mavis' Finger krallten sich in meine Schulter. »Wer ist das?«

»Ruhig.«

Aber die schweren Schritte waren stehengeblieben, unentschlossen traten sie auf der Stelle, dann entfernten sie sich. Ich ging in den Korridor. Kilbourne watschelte mit schnellen Schritten auf die offene Tür zu.

Ich rief: »Stehenbleiben!« und gab einen Warnschuß ab. Das Geschoß riß ein handgroßes Stück Putz aus der Wand neben ihm; der Mann blieb stehen.

Langsam drehte er sich um und hob unter hydraulischem Druck die Hände. Er trug einen Homburg und einen neuen schwarzen Anzug mit einer gefleckten rosa Nelke im Knopfloch. Sein Gesicht hatte das gleiche gefleckte Rosa. »Melliotes hatte recht«, sagte er. »Ich hätte Sie nicht am Leben lassen sollen.«

»Sie haben schon viele Fehler gemacht. Hunderte von Menschen leben noch ...«

Die Wagentür wurde wieder geschlossen, beinahe unhörbar. Ich drückte der Frau hinter mir den blauen Revolver in die Hand. »Können Sie damit umgehen?«

»Ja.«

»Bringen Sie ihn ins Zimmer und halten Sie ihn dort fest.«

»Ja.«

Ich schob Kilbourne mit dem Ellbogen aus dem Weg, rannte zur Eingangstür und versteckte mich dahinter. Als Kilbournes Chauffeur durch die Tür kam, ließ ich ihn über mein Bein stolpern. Er schlug lang hin, ich gab ihm mit dem Kolben meiner Fünfundvierziger den Rest. Die Tür fiel zu. Das Echo kam vom anderen Ende des Korridors zu mir zurück, verstärkt durch den Knall eines schweren Revolvers.

Sie erwartete mich in der Tür mit leeren Händen. »Ich mußte es tun«, stammelte sie. »Er hat versucht, sie mir wegzunehmen. Er hätte uns beide erschossen.«

»Damit will ich nichts zu tun haben.«

»Es stimmt, er wollte mich umbringen.« Hysterisches Papageienkreischen erstickte Mavis' Stimme. Sie sah auf ihre Hände, als wären es boshafte weiße Vögel. Ein böser Zauberer namens Kilbourne hatte sie ihr angehext.

Kilbourne lag auf dem Boden, eine schwere Schulter an die Liege gelehnt. Ein Erdwall aus Fleisch, kostspielig für den Tod gekleidet, mit einer einzigen Blume, die er für sich selbst gekauft hatte. Eine dunklere Nelke blühte in seiner einen Augenhöhle. Melliotes' Revolver lag auf seinem Schoß.

»Werden Sie mich zum Flugplatz bringen?« fragte sie. »Jetzt?«

»Jetzt nicht.« Ich fühlte an dem schlaffen, geschwollenen Handgelenk nach dem Puls. »Sie tun immer das Falsche, meine Schöne.«

»Ist er tot?«

»Jeder stirbt einmal.«

»Ich bin froh. Aber bringen Sie mich von hier fort. Es ist schrecklich.«

»Daran hätten Sie vor einer Minute denken sollen.«

»Ersparen Sie mir Ihre weisen Worte. Bringen Sie mich fort.«

Ich sah sie an und dachte an Acapulco. An die guten, warmen Fischgewässer, die hohen Seeklippen, die langen, langsamen Nächte beim Tequila. Zehn Millionen Dollar und Mavis – und ich brauchte dafür nur ein wenig zu mogeln.

All dies zog an meinem geistigen Auge wie ein Film vorbei, der vor langer Zeit einmal produziert worden war. Ich brauchte ihn nur aus der Büchse zu holen und einige Dialoge nachzusynchronisieren. Das heißt, Dialoge waren nicht einmal erforderlich. Der Chauffeur war schon vor dem Schuß ins Land der Träume geschickt worden. Melliotes war bewußtlos – und aus seinem Revolver stammte das Geschoß in Kilbournes Gehirn. Mavis und ich konnten fortgehen und auf die Bestätigung des Testaments durch das Gericht warten.

Ich warf einen langen, harten Blick auf ihren vollen Körper und das leere Gesicht. Der Film blieb in der Büchse.

Sie erriet meinen Entschluß, ehe ich etwas sagte. »Sie werden mir also nicht helfen?«

»Ich könnte die Sache für Sie vertuschen, aber Sie würden sich verplappern, wenn die Männer vom Büro des District Attorneys kommen. Es würde dann Mord ersten Grades sein, und ich hinge mit drin.«

»Sie haben nur Angst um Ihren eigenen Hals.«

»Ich hab nur den einen.«

Sie änderte ihre Taktik. »Mein Mann hat kein Testament gemacht. Wissen Sie, wieviel Geld er hat? Hatte?«

»Wahrscheinlich besser als Sie. Man kann es aber nicht ausgeben, wenn man tot oder im Knast ist.«

»Sie wollen mich also einsperren lassen.« Ihre Mundwinkel sanken herab voller Selbstmitleid.

»Nicht für lange, voraussichtlich überhaupt nicht. Sie können auf Totschlag plädieren oder bei Notwehr bleiben. Mit solchen Anwälten, die Sie kaufen können, werden Sie nicht eine Nacht im Gefängnis verbringen.«

»Sie lügen.«

»Nein.« Ich stand auf und sah ihr ins Gesicht. »Ich wünsche Ihnen alles Gute.«

»Wenn Sie mir wirklich alles Gute wünschten, dann würden Sie mich von hier fortbringen. Wir könnten zusammen gehen. Irgendwohin.«

»Daran habe ich auch schon gedacht. Geht nicht.«

»Wollen Sie mich denn nicht?« Sie war betrübt und verwirrt. »Ich könnte Sie glücklich machen, Lew.«

»Nicht für den Rest meines Lebens.«

»Das wissen Sie nicht«, sagte sie, »Sie haben mich ja noch nicht ausprobiert.«

Ich schämte mich für sie. Schämte mich selbst. Der Acapulco-Film rührte sich in meinem Unterbewußtsein wie eine glänzende Schlange.

»In Melliotes' Büro steht ein Telefon«, sagte ich. »Rufen Sie die Polizei. Es ist besser, falls Sie sich auf Notwehr berufen wollen.«

Sie brach in Tränen aus, stand da, heftig schluchzend, den Mund offen und die Augen fest geschlossen. Ihr Kummer, ungezügelt wie der eines Kindes, rührte mich mehr als alle ihre Posen. Als sie nach etwas suchte, um sich daran auszuweinen, hielt ich ihr meine Schulter hin. Und führte sie dann behutsam den Korridor hinunter zum Telefon.

24

Der Studiopförtner beugte sich zu dem Loch in seiner Glasscheibe. »Wen wollten Sie sprechen?«

»Mildred Fleming. Sie ist Sekretärin bei einem der Produzenten oder Regisseure.«

»O ja. Miss Fleming. Einen Augenblick bitte.« Er sprach in ein Telefon, das neben seinem Ellbogen stand, und schaute auf mit fragenden Augenbrauen: »Miss Fleming möchte Ihren Namen wissen.«

»Lewis Archer. Sagen Sie ihr, Maude Slocum habe mich geschickt.«

Er sprach wieder ins Telefon und kam dann lächelnd mit dem Kopf hoch. »Miss Fleming wird gleich hier sein. Nehmen Sie Platz, Mr. Archer.«

Ich setzte mich auf einen Chromstuhl in einer Ecke der luftigen Vorhalle und sah mich um. Sämtliche Wände waren mit riesigen Glanzfotos geschmückt. Filmstars und berühmte Schauspieler schauten auf mich herab aus einer erhabenen, unwirklichen Welt, in der jedermann jung und fröhlich war. Eins der hellhaarigen Fohlen erinnerte mich an Mavis; einer der dunklen jungen Hengste hätte Pat Ryan sein können, vollendet gepflegt und mit Porzellanzähnen ausgerüstet. Aber Pat lag irgendwo zusammengeschrumpft auf einer Bahre. Mavis war im Gericht und besprach mit ihren Anwälten die Bedingungen für eine Kaution. Die Happy-Ends und die dicksten Apfelsinen sparte Kalifornien sich für den Export auf.

Eine kleine Frau in flammenfarbener Bluse kam durch eine Glastür, die sich von selbst hinter ihr schloß. Ihr kurzgeschnittenes Haar war lackschwarz; ihre Augen, dunkelbraun und erfahren, trugen eine kleine Last.

Ich stand auf, als sie mit schnellen, nervösen Schritten auf mich zukam. »Miss Fleming? Mein Name ist Archer.«

»Hallo.« Sie reichte mir eine feste, kühle Hand. »Al hat gesagt, Sie kämen von Maude?«

»Das hat er gesagt, aber es stimmt nicht so ganz.«

Sie musterte mich scharf von oben bis unten. Ich war froh, daß ich mir auf dem Weg vom Gerichtsgebäude nach hier einen frischen Anzug angezogen hatte. In fünf oder zehn Jahren würde sie sich noch immer an das Muster meiner Krawatte erinnern und mein Bild aus einem Verbrecheralbum heraussuchen können.

»Na schön«, sagte sie feindselig, »sagen Sir mir, was Sie verkaufen, dann sage ich Ihnen, daß ich keine Verwendung dafür habe, was es auch sein mag. Ich habe es eilig, und so was ist ein schlechter Scherz.«

»Ich bin Privatdetektiv. Ich habe bis gestern abend für Mrs. Slocum gearbeitet.«

»Und was haben Sie gemacht?«

»Ermittelt. In einer gewissen Angelegenheit.«

»Komisch, daß sie mir nichts davon erzählt hat.« Jetzt war sie interessiert. »Wir haben vorgestern zusammen zu Mittag gegessen. Was war gestern abend? Hat sie Sie rausgeschmissen?«

»Nein. Sie trat zurück.«

»Ich verstehe nicht ganz ...« Aber sie verstand das Endgültige meines Tons. Rührung floß ihr in die Augen, dunkel wie Tinte.

»Sie hat gestern abend Selbstmord verübt.«

Sie setzte sich plötzlich auf den Rand einer mit grünem Plastik bezogenen Polsterbank. »Das ist doch nicht wahr?«

»Doch, sie ist tot.«

»Warum nur, um Gottes willen?« Tränen quollen aus ihren Augen, liefen die Wangen herunter und ruinierten das Make-up. Sie wischte sie mit einem zerknüllten Kleenex ab. »Entschuldigen Sie, aber ich mochte das Mädchen ziemlich gern. Schon seit der Oberschule.«

»Ich mochte sie auch. Deshalb will ich mit Ihnen sprechen.«

Sie bewegte sich auf den Ausgang zu. »Kommen Sie mit über die Straße. Ich spendiere Ihnen einen Kaffee.«

Der Drugstore an der gegenüberliegenden Straßenecke enthielt Zeitungen und Zeitschriften, Filmprojektoren und Hüpfstelzen, Sonnenbrillen, Kosmetika und Badeanzüge und zwanzig ausgewählte Exemplare menschlichen Strandguts, die alle zur Tür sahen und Ausschau hielten nach einem bekannten Gesicht. Im Hintergrund waren eine Lunchbar und eine Reihe Nischen, die meisten leer während der nachmittäglichen Flaute.

Mildred Fleming rutschte in eine Nische und zeigte der Kellnerin hinter der Theke zwei Finger. Die kam gleich mit zwei großen Bechern herbeigeeilt und machte viel Getue um meine Begleiterin.

»Verrücktes Mädchen«, sagte sie, nachdem die Kellnerin davongehüpft war. »Sie glaubt, daß ich Einfluß habe. Heutzutage hat niemand mehr Einfluß.« Sie lehnte sich über den zerkratzten Tisch. »Und jetzt erzählen Sie mir von der armen Maude. Ohne Kaffee könnte ich das nicht ertragen.«

Ich wollte eigentlich etwas von ihr hören, aber zuerst erzählte ich ihr alles, was sie nach meiner Meinung wissen durfte. Was das Wasser Olivia Slocum angetan, das Feuer

Ryan, das Strychnin Maude angetan hatten. Ich verschwieg Kilbourne und Mavis und was sie einander angetan hatten.

Sie nahm es ruhig auf und sagte kein Wort, bis ich Knudson erwähnte und die Tatsache, daß er mich aus der Stadt gejagt hatte.

»Sie sollten nicht soviel darauf geben. Ich kann mir vorstellen, wie ihm zumute ist. Ich weiß nicht, ob ich es Ihnen erzählen soll ...«

»Sie brauchen mir nichts zu sagen. Knudson liebte sie, das war ziemlich offensichtlich.«

Sie war gekränkt. »Wenn Sie die ganze Geschichte schon kennen, warum kommen Sie dann noch zu mir?«

»Ich weiß verdammt wenig. Ich weiß nicht, wer Olivia Slocum ertränkt oder warum Maude Slocum Strychnin genommen hat. Ich bin zu Ihnen gekommen, weil Sie ihre engste Freundin waren und weil ich hoffte, daß Sie mir helfen würden, der Sache auf den Grund zu kommen.«

Sie nickte. »Das will ich gern tun. Maude und ich waren wirklich sehr eng befreundet. Die Ärmste, sie hat kein leichtes Leben gehabt.« Sie bestellte mehr Kaffee und wandte sich dann wieder mir zu: »Was ihre Schwiegermutter angeht, sagten Sie nicht, daß dieser Pat Ryan sie ermordet hat?«

»Das ist Knudsons Theorie, und die Indizien deuten alle darauf hin. Mich hat er trotzdem nicht so ganz überzeugt.«

»Sie glauben doch nicht, daß Maude ...« Ihre Augen glänzten dunkel in der dämmerigen Nische.

»Nein, das glaube ich nicht.«

»Gott sei Dank. Maude hätte keinem Menschen etwas zuleide tun können. Sie war ein liebes, sanftes Geschöpf, trotz allem.«

»Allem?«

»Ihrem ganzen verpfuschten Leben. Das sie zum Schluß in den Selbstmord getrieben hat.«

»Dann wissen Sie also, warum sie es getan hat?«

»Ich nehme an, ja. Sie ist fünfzehn Jahre lang gekreuzigt

worden. Sie hat immer das Rechte tun wollen, es aber nie geschafft. Alles stimmte an Maude, bis auf ihr Leben. Sie hat einige nicht wiedergutzumachende Fehler begangen. Von einem werde ich Ihnen erzählen, wenn Sie mir versprechen, daß Cathy kein Wort davon erfährt.«

Ich ahnte, was kommen würde. »Das kann ich nicht, wenn auch andere Leute davon wissen.«

»Niemand außer mir«, sagte sie. »Und Knudson selbstverständlich – und vielleicht auch seine Frau.«

»Knudson hat also eine Frau?«

»Er lebt seit fünfzehn oder sechzehn Jahren von ihr getrennt, aber sie wird sich niemals von ihm scheiden lassen, ganz gleich, was er tut. Sie haßt ihn. Wahrscheinlich haßt sie alle Menschen. Sie wird sich freuen, von Maudes Tod zu hören.«

»Sie kennen die Frau?«

»Und ob ich sie kenne! Ich habe fast ein Jahr in ihrem Haus gewohnt, ich kenne sie besser, als mir lieb ist. Eleanor Knudson ist eine von diesen rechtschaffenen Frauen, die nicht einmal zwei Penny opfern würden, um einem Toten die Augen damit zu schließen. Maude wohnte auch dort, wir waren Zimmergefährtinnen: damit hat ja alles begonnen. Wir waren beide im zweiten Studienjahr an der Universität Berkeley.«

»Und Mrs. Knudson betrieb in Berkeley eine Pension?«

»Sie vermietete möblierte Zimmer an Mädchen. Ihr Mann war Sergeant bei der Polizei in Oakland. Sie war älter als er; wie sie ihn rumgekriegt hat, ist mir stets ein Rätsel geblieben. Jedenfalls waren sie und Ralph Knudson schon seit mehreren Jahren verheiratet, als wir einzogen.«

»Sie meinen, Maude und Sie?«

»Ja. Unser erstes Studienjahr hatten wir an der Pädagogischen Hochschule in Santa Barbara verbracht, aber dort konnten wir nicht bleiben. Zur Finanzierung unseres Studiums mußten wir beide nebenbei arbeiten, und in Santa

Barbara gab es nicht genügend Jobs. Deshalb gingen Maudie und ich in die Großstadt. Wir konnten beide Schreibmaschine und Steno und versuchten es damit. Das Leben war damals noch nicht ganz so teuer. Wir kamen jedenfalls zurecht. Wir schafften es sogar, einige Vorlesungen zu besuchen.«

»Ja, ich kenne das«, sagte ich.

Sie trank den Rest des Kaffees, zündete sich eine Zigarette an und betrachtete mich schwermütig durch den Rauch.

»Es waren wunderbar traurige Tage. Aber wir wollten Karriere machen und stellten die ganze Bucht auf den Kopf. Mittlerweile ist mir klargeworden, daß Maudie nur mitmachte, weil ich es so wollte. Sie selber wollte nur einen Mann, ein Heim und die Möglichkeit, ein paar anständige Kinder aufzuziehen, so wie sie selbst eins war. So kam es also, daß sie sich mit einem Mann einließ, der sie niemals heiraten konnte, zumindest nicht, solange Eleanor Knudson lebte. Ich mußte zusehen, wie das alles passierte, und konnte nichts dagegen tun. Sie waren füreinander geschaffen, Maudie und Ralph, wie in einem Liebesroman. Er war ganz Mann und sie ganz Frau – und seine Frau war eine frigide Zicke. Maudie und Ralph konnten nicht unter einem Dach leben, ohne sich ineinander zu verlieben.«

»Und miteinander Haschmich zu spielen?«

»Verdammt noch mal!« fauchte sie mich an. »Lassen Sie die dreckigen Witze! Verstehen Sie doch: es war echt bei ihnen. Sie war zwanzig und stolz und noch nie mit einem Mann gegangen. Er war der Mann für sie und sie die Frau für ihn. Die beiden waren wie Adam und Eva. Es war doch nicht Maudes Schuld, daß er schon verheiratet war. Sie lief blind in die Sache hinein und er auch. Es passierte einfach. Und es war echt«, betonte sie. »Schauen Sie doch bloß, wie lange es gedauert hat.«

»Ich habe es gesehen.«

Sie bewegte sich unbehaglich und zermalmte den Zigarettenrest zwischen den kleinen, harten Fingern. »Ich weiß gar nicht, warum ich Ihnen diese Dinge überhaupt erzähle. Was bedeuten sie Ihnen? Werden Sie von jemandem bezahlt?«

»Maude hat mir zweihundert Dollar gegeben; die sind jetzt alle ausgegeben. Aber wenn ich mich einmal mit einem Fall befasse, dann möchte ich ihn auch irgendwie zu Ende führen. Es ist mehr als Neugier. Sie muß aus einem ganz bestimmten Grund gestorben sein. Ich schulde es ihr oder mir, die Hintergründe aufzudecken.«

»Ralph Knudson kennt die Hintergründe. Maude mußte ihre besten Jahre mit einem Mann verleben, den sie nicht liebte – und ich nehme an, sie hatte es einfach satt.«

»Meinen Sie damit, daß sie Slocum heiraten mußte?«

»Ich habe Ihr Wort noch nicht«, erwiderte sie. »Wegen Cathy.«

»Wegen Cathy brauchen Sie sich nicht zu sorgen. Mir tut das Mädchen leid. Ich würde sie nie verletzen.«

»Außerdem wird es jetzt sowieso nicht mehr viel ausmachen. James Slocum muß gewußt haben, daß sie nicht sein Kind ist. Es hieß, es sei ein Siebenmonatskind, aber Slocum muß es gewußt haben.«

»Dann ist Knudson also der Vater.«

»Wer denn sonst? Als er merkte, daß Maude schwanger war, bat er seine Frau um die Scheidung. Er bot ihr alles an, was er besaß. Nichts zu machen. Deshalb verließ Knudson Frau und Job und ging fort. Er war versessen darauf, Maudie mitzunehmen, aber sie wollte nicht. Sie hatte Angst und dachte an das Baby, das sie trug. James Slocum wollte sie heiraten, und sie willigte ein.«

»Wie haben sich die beiden denn kennengelernt?«

»Maude hatte den ganzen Winter über Schreibarbeiten für ihn erledigt. Er saß an einer Dissertation über das Drama – und er schien Geld zu haben. Deswegen hat sie ihn aber nicht geheiratet, jedenfalls war das nicht der einzige Grund. Er hatte eine Vorliebe für ältere Frauen, verstehen Sie? Er behauptete, er brauche Maude, sie könnte ihn retten. Ich weiß nicht, ob es ihr gelungen ist. Die Chancen stehen dagegen.«

»Sie hat es immer noch versucht«, sagte ich. »Sie sollten eigentlich meinen Job haben, Miss Fleming.«

»Sie meinen, weil ich meine Augen gebrauche? Ja, das stimmt. Aber soweit es Maude betrifft, war das nicht einmal nötig. Wir waren wie Schwestern. Wir besprachen die ganze Angelegenheit, und ich riet ihr, Slocum zu heiraten. Das war ein Fehler. Ich mache oft Fehler.« Ein bitteres Lächeln verzog ihren Mund. »Übrigens haben Sie sich in der Anrede geirrt. Mein Name ist Mrs. Mildred Fleming Kraus Peterson Daniels Woodbury. Ich war viermal verheiratet.«

»Vierfachen Glückwunsch.«

»Danke«, antwortete sie trocken. »Wie ich bereits sagte, ich mache Fehler. Für die meisten bezahle ich selbst. Aber für diesen mußte Maude büßen. Sie und Slocum verließen die Hochschule noch vor dem Ende des Frühjahrssemesters und gingen nach Nopal Valley, um bei seiner Mutter zu wohnen. Maude war entschlossen, ihm eine gute Frau zu sein und dem Kind eine gute Mutter – und zwölf Jahre lang hat sie es durchgehalten. Zwölf lange Jahre.

Dann sah sie im Jahre 1966 ein Bild von Knudson in der *Los Angeles Times*. Er war Lieutenant bei der Polizei in Chicago und hatte irgendeinen ausgebrochenen Sträfling wieder eingefangen. Da ging es ihr plötzlich auf, daß sie ihn immer noch liebte und sie so nicht weiterleben konnte. Sie kam zu mir und erzählte mir alles, und ich sagte ihr, sie solle nach Chicago fahren, wenn nötig per Anhalter. Sie hatte einiges Geld gespart und reiste hin. Knudson lebte immer noch allein. Seither nicht mehr.

Im darauffolgenden Herbst wurde der Polizeichef von Nopal Valley wegen Bestechlichkeit rausgeschmissen. Knudson bewarb sich um den Job und bekam ihn. Er wollte Maude nahe sein und seine Tochter sehen. So kamen sie schließlich doch noch zusammen – irgendwie.« Sie seufzte. »Ich nehme an, Maude konnte die Anspannung nicht ertragen, einen Geliebten zu haben. Sie war für solche Ränke nicht geeignet.«

»Nein. Es ging auch nicht gut.«

»Maude war mittlerweile reif genug, um einzusehen, was getan werden mußte. Diesmal wäre sie mit Knudson davongegangen. Aber es war zu spät. Sie mußte an Cathy denken. Das schlimmste war, Cathy mag Knudson nicht. Und nach Slocum ist sie verrückt.«

»Zu verrückt«, sagte ich.

»Ich weiß, was Sie meinen.« Die dunklen, scharfen Augen verschleierten sich und wurden wieder klar. »Selbstverständlich glaubt sie, daß Slocum ihr Vater ist. Und ich meine, es ist besser, wenn sie das auch weiterhin glaubt, meinen Sie nicht auch?«

»Das ist nicht mein Problem.«

»Meins auch nicht – Gott sei Dank. Aber was mit Cathy auch immer geschieht, sie tut mir leid. Ich glaube, ich gehe mal rauf und besuche sie übers Wochenende. Ach, das hätte ich beinahe vergessen – die Beerdigung. Wann ist die Beisetzung?«

»Ich weiß es nicht. Da rufen Sie besser bei ihr zu Hause an.«

Sie stand schnell auf und reichte mir die Hand. »Ich muß jetzt gehen – ich hab noch zu tun. Wie spät ist es?«

Ich sah auf meine Uhr. »Vier.«

»Wiedersehen, Mr. Archer. Vielen Dank, daß Sie mir zugehört haben.«

»Nein. Ich mußte mal mit jemandem darüber sprechen. Ich fühlte mich schuldig. Auch jetzt noch.«

»Schuldig, warum?«

»Weil ich lebe, nehme ich an.« Sie warf mir ein schwierig zu deutendes Lächeln zu und schoß davon.

Ich saß bei der dritten Tasse Kaffee und dachte über Maude Slocum nach. Ihre Geschichte war eine von denen, in denen weder Bösewichter noch Helden vorkommen. Keiner war darin bewundernswert, keiner tadelnswert. Jeder hatte sich und anderen geschadet. Jeder hatte versagt. Jeder hatte gelitten.

Cathy Slocum hatte von allen vielleicht am meisten gelitten. Meine Sympathie verlagerte sich von der toten Frau zu dem lebenden Mädchen. Cathy war unschuldig da hineingeraten. Sie war genährt worden mit Haß und erzogen worden in einer stillen Hölle, in der nichts wirklich war bis auf die Liebe zu ihrem Vater, der nicht ihr wirklicher Vater war.

25

Die Fahrt nach Quinto in einem alten Bus, vollgestopft mit Wochenendausflüglern, war lang, langsam und heiß. Ein Mädchen, das eine Bierfahne und Malvenduft verströmte, unterhielt mich mit ihren Bowling-Triumphen am Figueroa Boulevard. Am Busbahnhof von Quinto sagte ich ihr schnell Lebewohl und ging zur Pier.

Mein Wagen stand noch an derselben Stelle. Ein Strafmandat wegen falschen Parkens steckte unter dem Scheibenwischer. Ich zerriß es und warf die Fetzen ins Meer. Ich hatte nicht die Absicht, noch einmal nach Quinto zu kommen, wenn ich es vermeiden konnte.

Wieder über den Paß nach Nopal Valley. Die Hauptstraße war am späten Vormittag völlig vom Verkehr verstopft, an beiden Seitenrändern standen hintereinander geparkte Wagen. Vor mir fuhr einer raus, ich nahm seinen Platz ein. Ich ging den Block bis zu Antonio zu Fuß und setzte mich an das Ende der bevölkerten Bar. Antonio sah mich und nickte zum Zeichen, daß er mich erkannt hatte.

Wortlos ging er an seinen Safe und öffnete ihn. Als er kam, um meine Bestellung entgegenzunehmen, hatte er das dicke Päckchen in der Hand. Ich dankte ihm. Er sagte, es habe ihn gefreut. Ich bestellte einen doppelten Bourbon, den er mir auch brachte. Ich zahlte. Er gab mir Feuer für die Zigarette. Ich trank den Bourbon in einem Zug und ging mit dem Geld in der Tasche hinaus.

Gretchen Keck stand vor dem Butangasherd unmittelbar an der Tür ihres Wohnwagens. Sie war in Büstenhalter und langer Hose. Das gelbe Haar hatte sie oben auf dem Kopf zu einem Knoten geschlungen, der von einem Gummiband gehalten wurde. Das Spiegelei spritzte und knallte wie ein winziges Maschinengewehr und durchlöcherte meine hungrigen Eingeweide. Sie erkannte mich erst, als ich an die offene Tür klopfte. Sie ergriff die Bratpfanne und schwang sie wie eine Keule. Das Ei fiel auf den Boden und lief gelb aus. »Hauen Sie ab, aber schnell!«

»In einer Minute.«

»Sie gehören doch auch zu diesen dreckigen gekauften Kerlen, die Pat abgeknallt haben? Ich habe nichts zu sagen.«

»Aber ich.«

»Zu mir nicht, Sie! Ich weiß nichts. Sie können verduften.« Mit der wurfbereiten Bratpfanne in der Hand hätte sie lächerlich aussehen können. Aber es war nichts Lächerliches an ihr.

Rasch sagte ich: »Pat hat mir noch etwas für Sie gegeben, bevor er starb ...«

»Bevor Sie ihn umgebracht haben, meinen Sie wohl.«

»Halt's Maul und hör mir erst mal zu, Mädchen. Ich habe nicht den ganzen Tag Zeit.«

Ich ging hinein, entwand ihr die Eisenpfanne und drückte sie auf den einzigen Stuhl nieder. »Pat hat keinen ermordet, haben Sie das verstanden?«

»So hat es aber in der Zeitung gestanden. Jetzt weiß ich, daß Sie lügen.« Aber aus ihrer Stimme war die leidenschaftliche Überzeugung verschwunden. Sie ließ den weichen Mund unsicher hängen.

»Sie brauchen nicht alles zu glauben, was in den Zeitungen steht. Mrs. Slocum starb durch einen Unfall.«

»Warum hat man denn Pat umgebracht, wenn er sie nicht ermordet hat?«

»Weil er behauptet hat, es getan zu haben. Pat hörte, wie ein Polizist mir erzählte, sie sei tot. Darauf ging er zu dem Mann, für den er arbeitete, und redete ihm ein, daß er sie getötet habe.«

»Warum soll Pat so was getan haben?«

»Um seinen Chef zu verpflichten. Der gab ihm auch prompt zehntausend Dollar, damit er verduften konnte. Pat hat es geschafft, für einen Mord bezahlt zu werden, den er nicht begangen hat.«

»Jesus!« Ihre Augen wurden rund vor Bewunderung. »Ich hab Ihnen ja gesagt, daß er Köpfchen hat.«

»Er hatte auch ein gutes Herz.« Diese Lüge hinterließ auf meiner Zunge den Geschmack von Galle. »Als er merkte, daß es mit ihm aus war, gab er mir die zehn Scheine für Sie. Er sagte, Sie seien seine Erbin.«

»Das hat er Ihnen gesagt?« Die kornblumenblauen Augen flossen über. »Was hat er noch gesagt?«

Ich hielt meine Zunge in Bewegung: »Er sagte, Sie sollten es unter einer Bedingung bekommen: daß Sie aus Nopal Valley verschwinden und irgendwo hingehen, wo Sie ein anständiges Leben führen können. Er sagte, es habe sich dann alles gelohnt, wenn Sie das täten.«

»Das werde ich!« rief sie aus. »Haben Sie gesagt, zehn Riesen? Zehntausend Dollar?«

»Stimmt.« Ich gab ihr das Päckchen. »Geben Sie es aber nicht in Kalifornien aus, sonst könnte man versuchen, über die Herkunft des Geldes Nachforschungen anzustellen. Erzählen Sie keinem weiter, was ich Ihnen erzählt habe. Gehen Sie in einen anderen Bundesstaat, bringen Sie das Geld zur Bank und kaufen Sie sich ein Haus oder so was. Es war Pats Wunsch, daß Sie das tun.«

»Hat er das gesagt?« Sie hatte die Verpackung abgerissen und die hellen Scheine an die Brust gedrückt.

»Ja. Das sagte er.« Und ich erzählte ihr, was sie hören wollte, weil es für mich keinen Grund gab, es nicht zu tun: »Er sagte auch noch, daß er Sie liebe.«

»Ja«, flüsterte sie. »Ich liebte ihn auch.«

»Ich muß jetzt gehen, Gretchen.«

»Einen Augenblick noch.« Sie erhob sich, ihr Mund bemühte sich verlegen, eine Frage zu formulieren. »Es tut mir leid. Ich dachte, Sie seien ein Polyp. Und nun sind Sie einfach hergekommen, um mir das Geld von Pat zu bringen.«

»Tun Sie es weg. Und verlassen Sie am besten noch heute die Stadt.«

»Ja. Sicher. Ich werde genau das tun, was Pat von mir wünschte. Er war ein wirklich prächtiger Kerl.«

Ich drehte mich um und ging zur Tür, damit sie mein Gesicht nicht sehen konnte. »Leben Sie wohl, Gretchen.«

Das Geld würde ihr auf die Dauer nicht guttun. Sie würde einen Nerzmantel kaufen oder einen schnellen Wagen und einen Mann finden, der das eine stehlen oder das andere zu Bruch fahren würde. Dennoch, das Geld würde ihr etwas geben, an das sie sich erinnern konnte und das sich von ihren anderen Erinnerungen unterschied. Sie hatte keine Andenken und ich zu viele. Ich wollte durch nichts an Reavis oder Kilbourne erinnert werden.

Mrs. Strang führte mich in James Slocums Schlafzimmer. Es war ein sehr männliches Zimmer mit roten Ledersesseln und soliden dunklen Möbeln. Drucke von alten Segelschiffen, die sich wie Bullaugen auf ein bewegungsloses Meer öffneten, zierten die eichegetäfelten Wände. Eingebaute Bücherregale, vollgestopft mit Bänden, verdeckten eine ganze Wand. Es war die Art von Zimmer, wie es eine hoffnungsvolle Mutter für ihren Sohn einrichten könnte.

Olivia Slocums Sohn saß aufrecht in dem großen Himmelbett. Sein Gesicht war blutleer und mager. Francis Marvell saß neben ihm auf einem Sessel. Beider Aufmerksamkeit war auf ein Schachbrett mit schwarzen und weißen Elfenbeinfiguren gerichtet, das zwischen ihnen am Rand des Bettes stand.

Slocums Hand kam aus einem scharlachroten Seidenärmel hervor und zog einen schwarzen Springer. »Da.«

»Verdammt gut«, sagte Marvell. »Oh, verdammt gut.«

Slocum riß seinen träumenden Blick vom Brett los und richtete ihn auf mich. »Ja?«

»Sie sagten, Mr. Archer könne Sie sprechen?« stammelte die Haushälterin.

»Mr. Archer? O ja. Kommen Sie herein, Mr. Archer.« Seine Stimme klang schwach und verschwommen mürrisch.

Mrs. Strang verließ das Zimmer. Ich blieb stehen. Slocum und Marvell verbreiteten eine Atmosphäre um sich, einen Kreis von Intimität, den ich nicht zu betreten wagte. Und sie wollten auch gar nicht, daß ich ihn betrat. Ihre Köpfe waren mir in einem Winkel zugewandt, der Ungeduld ausdrückte, den Willen, daß ich gehen, sie bei ihrem Schachspiel allein lassen solle.

»Ich hoffe, Ihre Genesung macht Fortschritte, Mr. Slocum.« Etwas Besseres wußte ich nicht zu sagen.

»Ich weiß nicht. Diese Aufeinanderfolge von Schicksalsschlägen war zuviel für mich.« Selbstmitleid piepste hinter den Worten wie eine Ratte hinter einer Wand. »Ich habe meine Mutter verloren, ich habe meine Frau verloren, meine eigene Tochter hat sich jetzt gegen mich gestellt.«

»Ich bin Ihnen geblieben, lieber Freund«, sagte Marvell. »Sie wissen, auf mich können Sie zählen.« Slocum lächelte schwach. Seine Hand bewegte sich auf Marvells zu, die schlaff neben dem Schachbrett lag, hielt aber kurz vorher inne.

»Wenn Sie wegen des Stückes gekommen sind«, wandte sich Marvell an mich, »dann muß ich Sie, fürchte ich, enttäuschen. Nach allem, was geschehen ist, kann es Monate oder Jahre dauern, bis ich meine Schaffenskraft zurückgewonnen habe. Der arme, liebe James wird vielleicht nie wieder spielen.«

»Kein großer Verlust für das Theater«, sagte Slocum mit ruhigem Pathos. »Aber Mr. Archer ist nicht an dem Stück interessiert, Francis. Ich hatte angenommen, Sie wüßten inzwischen, daß er Detektiv ist. Ich kann mir vorstellen, daß er wegen der Bezahlung kommt.«

»Ich habe mein Geld.«

»Um so besser. Von mir hätten Sie keinen Penny bekommen. Darf ich es wagen, eine Vermutung zu äußern, wer Sie bezahlt hat?«

»Das brauchen Sie nicht. Es war Ihre Frau.«

»Selbstverständlich war sie's! Und soll ich Ihnen sagen warum?« Er beugte sich nach vorn und klammerte sich an der Bettwäsche fest. Fieber oder Leidenschaft strahlte aus seinen Augen. Das bleiche Gesicht war verhärmt und ausgehöhlt wie das eines alten Mannes. »Weil Sie ihr geholfen haben, meine Mutter zu ermorden, nicht wahr? Nicht wahr?«

Marvell stand auf, das Gesicht verlegen abgewendet.

»Nein, Francis, gehen Sie bitte nicht. Ich möchte, daß Sie dies hören. Ich möchte, daß Sie erfahren, mit was für einer Frau ich mein Leben verbringen mußte.«

Marvell ließ sich in seinen Sessel zurückfallen und begann, an seinen Knöcheln zu kauen.

»Nur weiter«, sagte ich. »Dies interessiert mich sehr.«

»Der Gedanke kam mir vorgestern abend. Ich habe hier gelegen, die ganze Nacht nachgedacht und alles deutlich vor mir gesehen. Sie haßte meine Mutter, wollte ihr Geld, sie wollte mich verlassen. Aber sie wagte es nicht, Mutter ohne Hilfe zu ermorden. Sie mußten der Sache den professionellen Anstrich verleihen, nicht wahr?«

»Und welchen speziellen Beitrag habe ich geleistet?«

Seine Stimme klang sanft und schlau: »Sie haben den Sündenbock beschafft, Mr. Archer. Kein Zweifel, Maude selber hat Mutter ertränkt; das wollte sie keinem anderen überlassen, sie nicht. Sie waren da, um dafür zu sorgen, daß die Schuld auf Reavis fiel. Mein Verdacht bestätigte sich gestern, als Reavis' Mütze in den Büschen am Becken gefunden wurde. Ich wußte, daß Reavis sie dort nicht vergessen hatte. Er hatte sie auf dem Vordersitz des Wagens liegenlassen. Ich habe sie selbst dort gesehen. Ich wage sogar anzudeuten, daß Sie sie dort ebenfalls gesehen und sofort erkannt haben, was man alles damit anfangen kann.«

»Ich halte nicht viel von Andeutungen, Mr. Slocum. Aber nehmen wir mal an, Sie hätten recht. Was werden Sie deswegen unternehmen?«

»Ich kann nichts tun.« Den Blick zur Zimmerdecke gerichtet und die Hände ineinander verkrampft, sah er aus wie ein verrückter Heiliger. »Um Sie der Bestrafung zuzuführen, müßte ich meine Schande, die Schande meiner Frau, in die Welt hinausschreien. Sie können beruhigt sein, es sei denn, Sie hätten ein Gewissen. Gestern abend habe ich meiner toten Mutter gegenüber eine Pflicht erfüllt. Ich habe meiner Frau das gleiche erzählt wie jetzt Ihnen. Daraufhin hat sie Selbstmord begangen. Es paßte zu ihr.«

Harte Worte stiegen in mir auf. Mit zusammengebissenen Zähnen hielt ich sie zurück. Slocum hatte sich aus der Wirklichkeit zurückgezogen. Falls ich ihm sagte, daß er seine Frau ohne berechtigten Grund zum Selbstmord getrieben hatte, würde ihn das nur noch tiefer in seine unwirkliche Welt treiben.

Maude Slocum hatte sich nicht getötet, weil sie ihre Schwiegermutter ermordet hatte. Die Geschichte ihres Mannes von der Mütze hatte ihr nur gezeigt, daß Reavis nicht der Täter war. Das bedeutete, jemand anders war es gewesen.

Ich sagte zu Marvell: »Wenn Ihnen an diesem Mann etwas liegt, sollten Sie ihm einen verdammt guten Arzt besorgen.«

Er zwinkerte mir zu und stotterte etwas Zusammenhangloses in seine Knöchel. Slocums Gesicht mit seinem traurigen, heiligen Lächeln war immer noch zur Decke gerichtet. Ich ging hinaus. Als ich im Korridor war, hörte ich ihn sagen: »Ihr Zug, Francis.«

Ich ging allein durch das Haus, dachte an Maude Slocum und suchte ihre Tochter. Die Zimmer und Korridore waren leer und still. Die Flut der Gewalt war in diesem Haus für immer verebbt und hatte alles Leben mit sich genommen. Veranda und Loggia waren tot, bis auf die Blumen, die in dem schwindenden Licht brannten. Ich mied den Swimmingpool, der durch die Bäume schimmerte wie eine Messerklinge. Am Ende der düsteren Zypressenallee gelangte ich an den Garten der alten Dame.

Cathy saß auf einer Steinbank, die wie eine Insel im Blumenmeer stand. Ihr Gesicht war nach Westen gewandt, wo vor einer Weile die Sonne in Herrlichkeit gestorben war. Ihr Blick wanderte über die Feldsteinmauer des Gartens und zu den Bergen hinauf. Sie betrachtete die purpurnen Massen, als wären sie die Mauern eines großen Gefängnisses, zu dem sie allein lebenslänglich verurteilt worden war.

Über das Tor rief ich ihr zu: »Cathy, darf ich reinkommen?«

Sie drehte sich langsam um, die alten und riesigen Berge in ihren Augen. Ihre Stimme klang matt: »Hallo, Mr. Archer. Kommen Sie nur.«

Ich schob den Riegel zurück und ging in den Garten. »Was tun Sie hier?«

»Ich denke nur nach.« Sie rückte zur Seite, um mir Platz zu machen. Die Betonfläche hielt die Sonnenhitze noch immer fest.

»Worüber?«

»Über mich. Ich habe einmal gedacht, dies hier sei alles so schön, und jetzt bedeutet es mir gar nichts mehr. Ich nehme an, Coleridge hatte recht in seinen Gedanken über die Natur. Man sieht die Schönheit dort, wenn man sie im Herzen hat. Ist das Herz einsam, dann ist die Welt eine Einöde. Haben Sie einmal seine *Ode an die Trübsal* gelesen?«

Ich verneinte.

»Ich verstehe sie jetzt. Ich würde mich töten, wenn ich den

Mut meiner Mutter hätte. Aber so werde ich vermutlich herumsitzen und darauf warten, daß irgend etwas mit mir geschieht. Etwas Gutes oder etwas Schlechtes – es kommt wirklich nicht darauf an.«

Ich wußte nicht, was ich sagen sollte. Ich entschied mich für bedeutungslose und besänftigende Worte: »Das Schlimme ist bereits alles eingetroffen, nicht wahr?«

»Bis auf die Einsamkeit meines Herzens.« Wenn sie nicht so vollkommen ernst dabei gewesen wäre, hätte es theatralisch geklungen.

Ich sagte: »Erzählen Sie mir alles.«

»Was meinen Sie damit?«

Sie begegnete meinem Blick. Eine ganze Weile sahen wir uns an. Ihr Körper wurde schmaler und kleiner, er zog sich von mir zurück.

»Ich weiß nicht, was Sie meinen.«

»Sie haben Ihre Großmutter getötet. Sie können es mir genausogut erzählen.«

Sie neigte Kopf und Schultern und saß da, ruhig mit trokkenen Augen. »Wissen es alle?«

»Keiner weiß es, Cathy. Nur Ralph Knudson und ich.«

»Ja. Er hat heute mit mir gesprochen. Mr. Knudson ist mein Vater. Warum hat man mir das nicht früher gesagt? Ich hätte den Brief niemals abgeschickt.«

»Warum haben Sie ihn abgeschickt?«

»Ich haßte meine Mutter. Sie betrog meinen Vater – Mr. Slocum. Ich habe sie und Mr. Knudson eines Tages mal zusammen gesehen und wollte, daß sie leiden sollte. Ich dachte, wenn mein Vater – wenn Mr. Slocum es erfährt, würde er sie fortschicken, und wir könnten dann für uns sein. Wissen Sie, sie haben sich immer gestritten oder nicht miteinander geredet. Ich wollte, daß sie sich trennen, damit es friedlich wird bei uns. Aber der Brief schien überhaupt nichts zu ändern.«

Eine Weile war sie mir vorgekommen wie eine Frau, sogar mehr noch, wie eine alterslose Sybille, die uralte Weisheiten von sich gibt. Nun war sie wieder zu einem Kind geworden, zu einem gequälten Kind, das versuchte, das Unerklärbare zu erklären: wie man mit den besten Absichten der Welt morden konnte.

»Deshalb haben Sie also den brutalen Weg gewählt«, sagte ich. »Sie dachten, das Geld Ihrer Großmutter würde die beiden auseinanderbringen. Ihre Mutter würde mit dem Geliebten davonlaufen, und Sie könnten für alle Zeiten glücklich mit Ihrem Vater zusammenleben.«

»Mit Mr. Slocum«, berichtigte sie mich. »Er ist nicht mein Vater. Ja, das habe ich gedacht. Ich bin verabscheuenswert.« Das klang jammervoll.

Eine Spottdrossel in den Zypressen nahm den Ton auf. Das schluchzende Weinen des Mädchens und des Vogels wetteiferten im Dämmerlicht. Ich legte einen Arm um Cathys bebenden Rücken. Sie sagte: »Ich bin verabscheuenswert. Ich sollte sterben.«

»Nein, Cathy. Zu viele sind schon gestorben.«

»Was werden Sie mit mir tun? Ich verdiene den Tod. Ich haßte Großmutter wirklich, ich wollte sie töten. Sie hat meinen Vater – Mr. Slocum – verzogen, seit er ein kleiner Junge war. Sie hat ihn zu dem gemacht, was er heute ist. Sie wissen doch, was ein Ödipuskomplex ist, nicht wahr?«

»Ja. Ich habe auch schon von einem Elektrakomplex gehört.«

Sie überhörte das. Es war auch besser so, weil ich es nicht hätte sagen sollen. Sie wußte schon zuviel, mehr als sie ertragen konnte.

Sie hatte aufgehört zu weinen, aber der Vogel jammerte immer noch aus dem Baum wie ein körperloses Gewissen.

Ich sagte: »Cathy. Ich werde nichts gegen Sie unternehmen. Ich habe nicht das Recht dazu.«

»Sie sind zu gut zu mir, und das war Mr. Knudson auch. Mein Vater.« Von ihren Lippen klang das Wort erstaunlich, als ob es etwas Großes, Mysteriöses und Neues ausdrücke.

»Er hat sich die Schuld an allem gegeben. Obwohl ich es doch gewesen bin. Ich hatte sogar die Absicht, Pat die Schuld zuzuschieben. Ich habe mich an jenem Abend mit ihm hier getroffen. Ich habe Sie belogen, als ich sagte, er sei nicht bei mir gewesen. Er wollte, daß ich mit ihm fortgehe, und ich habe versucht, es auch zu wollen, aber es ging nicht. Er war betrunken; ich habe ihn fortgeschickt. Dann sah ich die Mütze, die er im Wagen liegenlassen hatte, und dann kam ich zu dem Entschluß, es zu tun. Es war schrecklich. Nachdem ich erst einmal erkannt hatte, was ich tun konnte, hatte ich das Gefühl, ich müsse es tun. Kennen Sie das Gefühl?«

»Ich glaube ja.«

»Ich hatte das Gefühl, ich hätte meine Seele dem Teufel verkauft, noch ehe es geschah – nein, geschah darf ich nicht sagen, denn ich habe es ja getan. Dennoch glaubte ich, wenn ich von hier fort könnte, brauchte ich es nicht zu tun. Ich sah Sie aus dem Haus kommen und setzte mich in Ihren Wagen. Aber Sie wollten mich nicht mitnehmen.«

»Das tut mir leid.«

»Das braucht Ihnen nicht leid zu tun. Sie konnten ja nichts dafür. Was hätten Sie mit mir anfangen sollen? Na, jedenfalls ließen Sie mich hier zurück. Ich wußte, daß Großmutter im Garten saß. Ich konnte nicht ins Haus zurück, bis es getan war. Ich ging zum Becken und versteckte Pats Mütze in der Hecke, dann rief ich sie. Ich sagte ihr, im Wasser sei ein toter Vogel. Sie kam, um zu schauen, und ich stieß sie hinein. Ich ging ins Haus und legte mich zu Bett. Ich habe die ganze Nacht nicht geschlafen und letzte Nacht auch nicht. Glauben Sie, daß ich heute nacht schlafen kann, jetzt, wo auch andere Leute Bescheid wissen?«

Sie wandte ihr Gesicht mir zu. Es war offen und gequält, das Fleisch grau und fast durchsichtig wie das letzte Abendlicht im Garten.

»Ich hoffe es, Cathy.«

Ihre kalten Lippen bewegten sich: »Glauben Sie, daß ich

geisteskrank bin? Seit Jahren befürchte ich, daß ich geisteskrank werde.«

»Nein«, sagte ich, obwohl ich keine Ahnung hatte.

Eine Männerstimme rief ihren Namen von irgendwoher. Der Vogel flog von einem Baum zum anderen, wo er den neuen Ruf aufnahm.

Cathy hob den Kopf wie ein Hirsch: »Ich bin hier.« Und im gleichen klaren Ton fügte sie hinzu: »Vater.« Dieses seltsame uralte Wort.

Knudson erschien am Tor. Er blickte finster, als er mich sah. »Ich habe Ihnen doch gesagt, Sie sollten verschwinden und nicht wiederkommen. Lassen Sie sie in Frieden.«

»Nein«, sagte Cathy. »Er war nett zu mir, Vater.«

»Komm her, Cathy.«

»Ja, Vater.« Sie ging zu ihm, den Kopf gebeugt und auf der Hut.

Er sprach mit leiser Stimme auf sie ein, und sie ging zum Haus. Ihre Bewegungen waren unsicher, sie reiste auf neuem Boden, ihre Gestalt verlor sich im Schatten der Zypressen.

Ich ging zum Tor und stand vor Knudson in der engen Öffnung zwischen den Pfosten aus Feldsteinen. »Was wollen Sie mit ihr anfangen?«

»Das ist meine Angelegenheit.« Er zog die Jacke aus. Er war in Zivil, den Revolvergürtel hatte er auch abgelegt.

»Ich habe es auch zu meiner Angelegenheit gemacht.«

»Sie haben einen Fehler gemacht. Mehrere Fehler. Sie werden dafür büßen.« Er schwang eine Faust nach mir.

Ich wich ihr aus. »Seien Sie doch nicht kindisch, Knudson. Blutvergießen hilft keinem von uns beiden. Und Cathy auch nicht.«

Er sagte: »Ziehen Sie die Jacke aus.« Seine hängte er über das Tor.

Ich warf meine dazu. »Wenn Sie darauf bestehen.«

Er ging rückwärts auf das Gras. Ich folgte ihm. Es war ein langer, schwerer Kampf – und ein sinnloser. Dennoch mußte er ausgefochten werden. Er war größer und schwerer als ich, aber ich war schneller. Ich traf ihn dreimal, wenn er mich einmal erwischte. Ich schlug ihn sechsmal nieder, ehe er auf dem Rücken liegen blieb, beide Hände vor dem Gesicht. Meine beiden Daumen waren verstaucht und schwollen an. Mein rechtes Auge war fast geschlossen und durch ein Mal am Oberlid blau wie ein Veilchen. Es war völlig dunkel, als wir aufhörten. Nach einer Weile setzte er sich hin und japste nach Atem ringend: »Ich mußte mich mit jemandem schlagen. Slocum war mir da nicht gut genug. Sie boxen gut, Archer.«

»Ich bin von Profis trainiert worden. Was werden Sie mit Cathy machen?«

Langsam kam er auf die Füße. Sein Gesicht war streifig von schwarzem Blut. Es war vom Kinn heruntergetropft und hatte sein zerrissenes Hemd befleckt. Er taumelte und wäre fast gefallen. Ich stützte ihn mit einer Hand.

»Offiziell, meinen Sie?« murmelte er durch geschwollene Lippen. »Ich habe heute nachmittag meinen Abschied eingereicht. Ich habe nicht gesagt, warum. Sie werden es denen ebenfalls nicht erzählen.«

»Nein«, sagte ich. »Sie ist Ihr Baby.«

»Sie weiß, daß sie mein Baby ist. Sie geht mit mir zurück nach Chicago. Ich werde sie dort in eine Schule stecken und versuchen, ihr ein Zuhause zu geben. Klingt Ihnen das unwahrscheinlich? Ich habe schon gesehen, daß schlimmere Fälle als Cathy wieder zurechtgebogen worden und zu Leuten geworden sind. Nicht oft, aber es kommt vor.«

»Cathy wird es schaffen, wenn überhaupt jemand. Was sagt Slocum?«

»Slocum kann mich nicht aufhalten. Er wird es gar nicht erst versuchen. Mrs. Strang kommt mit uns; sie und Cathy mögen sich sehr.«

»Dann viel Glück.«

Die Dunkelheit um uns und über uns war unermeßlich. Unsere Hände suchten und trafen sich. Ich verließ ihn.

»Alles, was Rang und Namen hat in der kriminalistischen Schreiberzunft, ist bei Diogenes versammelt.«
Süddeutscher Rundfunk

● **Joan Aiken**

Die Kristallkrähe
Roman. Aus dem Englischen von Helmut Degner. detebe 20138

Der eingerahmte Sonnenuntergang
Roman. Deutsch von Karin Polz. detebe 21413

Tote reden nicht vom Wetter
Roman. Deutsch von Nikolaus Stingl detebe 21477

Ärger mit Produkt X
Roman. Deutsch von Karin Polz. detebe 21538

● **Margery Allingham**

Die Handschuhe des Franzosen
Kriminalgeschichten. Aus dem Englischen von Peter Naujack. Zeichnungen von Georges Eckert. detebe 20929

● **Eric Ambler**

Die Maske des Dimitrios
Roman. Aus dem Englischen von Mary Brand und Walter Hertenstein. detebe 20137

Der Fall Deltschev
Roman. Deutsch von Mary Brand und Walter Hertenstein. detebe 20178

Eine Art von Zorn
Roman. Deutsch von Susanne Feigl und Walter Hertenstein. detebe 20179

Schirmers Erbschaft
Roman. Deutsch von Harry Reuß-Löwenstein, Th. A. Knust und Rudolf Barmettler detebe 20180

Die Angst reist mit
Roman. Deutsch von Walter Hertenstein detebe 20181

Der Levantiner
Roman. Deutsch von Tom Knoth detebe 20223

Waffenschmuggel
Roman. Deutsch von Tom Knoth detebe 20364

Topkapi
Roman. Deutsch von Elsbeth Herlin detebe 20536

Schmutzige Geschichte
Roman. Deutsch von Günter Eichel detebe 20537

Das Intercom-Komplott
Roman. Deutsch von Dietrich Stössel detebe 20538

Besuch bei Nacht
Roman. Deutsch von Wulf Teichmann detebe 20539

Der dunkle Grenzbezirk
Roman. Deutsch von Walter Hertenstein und Ute Haffmans. detebe 20602

Ungewöhnliche Gefahr
Roman. Deutsch von Walter Hertenstein und Werner Morlang. detebe 20603

Anlaß zur Unruhe
Roman. Deutsch von Franz Cavigelli detebe 20604

Nachruf auf einen Spion
Roman. Deutsch von Peter Fischer detebe 20605

Doktor Frigo
Roman. Deutsch von Tom Knoth detebe 20606

Bitte keine Rosen mehr
Roman. Deutsch von Tom Knoth detebe 20887

Mit der Zeit
Roman. Deutsch von Hans Hermann detebe 21054

Als Ergänzungsband liegt vor:

Über Eric Ambler
Aufsätze von Alfred Hitchcock bis Helmut Heißenbüttel. Chronik und Bibliographie. Herausgegeben von Gerd Haffmans detebe 20607

● **John Bellairs**
Das Haus, das tickte
Roman. Aus dem Amerikanischen von Alexander Schmitz. Zeichnungen von Edward Gorey. detebe 20368

● **Robert Benesch**
Außer Kontrolle
Roman. detebe 21081

● **Robert Bloch**
Nacht im Kopf
Roman. Neu aus dem Amerikanischen übersetzt von Monika Wittek. detebe 21414

● **Kurt Bracharz**
Pappkameraden
Roman. detebe 21475

● **Peter Bradatsch**
Waschen, Schneiden, Umlegen
Ein Dutzend Kriminalgeschichten
detebe 21272

● **Ray Bradbury**
Die Mars-Chroniken
Roman in Erzählungen. Aus dem Amerikanischen von Thomas Schlück. detebe 20863

Der illustrierte Mann
Erzählungen. Deutsch von Peter Naujack
detebe 20365

Fahrenheit 451
Roman. Deutsch von Fritz Güttinger
detebe 20862

Die goldenen Äpfel der Sonne
Erzählungen. Deutsch von Margarete Bormann. detebe 20864

Medizin für Melancholie
Erzählungen. Deutsch von Margarete Bormann. detebe 20865

Das Böse kommt auf leisen Sohlen
Roman. Deutsch von Norbert Wölfl
detebe 20866

Löwenzahnwein
Roman. Deutsch von Alexander Schmitz
detebe 21045

Das Kind von morgen
Erzählungen. Deutsch von Hans-Joachim Hartstein. detebe 21205

Die Mechanismen der Freude
Erzählungen. Deutsch von Peter Naujack
detebe 21242

Familientreffen
Erzählungen. Deutsch von Jürgen Bauer
detebe 21415

● **Beat Brechbühl**
Kneuss
Roman. Zwei Wochen aus dem Leben eines Träumers und Querulanten, von ihm selber aufgeschrieben. detebe 21416

● **Fredric Brown**
Flitterwochen in der Hölle
Science-Fiction- und Schauergeschichten. Aus dem Amerikanischen von B.A. Egger. Mit Illustrationen von Peter Neugebauer
detebe 20600

● **John Buchan**
Die neununddreißig Stufen
Roman. Aus dem Englischen von Marta Hackel. Mit Zeichnungen von Edward Gorey
detebe 20210

Grünmantel
Roman. Deutsch von Marta Hackel.
Mit Zeichnungen von Roland Topor
detebe 20771

Die drei Geiseln
Roman. Deutsch von Marta Hackel
Mit Zeichnungen von Tatjana Hauptmann
detebe 20773

Basilissa
Roman. Deutsch von Otto Bayer
detebe 21249

● **W.R. Burnett**
Little Caesar
Roman. Aus dem Amerikanischen von Georg Kahn-Ackermann. detebe 21061

High Sierra
Roman. Deutsch von Armgard Seegers und Hellmuth Karasek. detebe 21208

● **David Carkeet**
Minus mal Minus
Roman. Aus dem Amerikanischen von Dorothee Asendorf. detebe 21478

● **Anton Čechov**
Das Drama auf der Jagd
Eine wahre Begebenheit. Aus dem Russischen von Peter Urban. detebe 21379

● Raymond Chandler

Der große Schlaf
Roman. Aus dem Amerikanischen von Gunar Ortlepp. detebe 20132

Die kleine Schwester
Roman. Deutsch von W.E. Richartz
detebe 20206

Das hohe Fenster
Roman. Deutsch von Urs Widmer
detebe 20208

Der lange Abschied
Roman. Deutsch von Hans Wollschläger
detebe 20207

Die simple Kunst des Mordes
Briefe, Essays, Fragmente. Herausgegeben von Dorothy Gardiner und Kathrine Sorley Walker. Deutsch von Hans Wollschläger
detebe 20209

Die Tote im See
Roman. Deutsch von Hellmuth Karasek
detebe 20311

Lebwohl, mein Liebling
Roman. Deutsch von Wulf Teichmann
detebe 20312

Playback
Roman. Deutsch von Wulf Teichmann
detebe 20313

Mord im Regen
Frühe Stories. Vorwort von Prof. Philip Durham. Deutsch von Hans Wollschläger
detebe 20314

Erpresser schießen nicht
Detektivstories I. Deutsch von Hans Wollschläger. detebe 20751

Der König in Gelb
Detektivstories II. Deutsch von Hans Wollschläger. detebe 20752

Gefahr ist mein Geschäft
Detektivstories III. Deutsch von Hans Wollschläger. detebe 20753

Englischer Sommer
Geschichten, Parodien, Aufsätze. Mit einer Erinnerung von John Houseman, einem Vorwort von Patricia Highsmith und Zeichnungen von Edward Gorey. detebe 20754

● G.K. Chesterton

Pater Brown und Das blaue Kreuz
Die besten Geschichten aus »Die Unschuld des Pater Brown«. Aus dem Englischen von Heinrich Fischer. detebe 20731

Pater Brown und Der Fehler in der Maschine
Die besten Geschichten aus »Die Weisheit des Pater Brown« und »Die Ungläubigkeit des Pater Brown«. Deutsch von Norbert Müller, Alfons Rottmann und Dora Sophie Kellner
detebe 20732

Pater Brown und Das schlimmste Verbrechen der Welt
Die besten Geschichten aus »Das Geheimnis des Pater Brown« und »Der Skandal um Pater Brown«. Deutsch von Alfred P. Zeller, Kamilla Demmer und Alexander Schmitz
detebe 20733

● Agatha Christie

Villa Nachtigall
Geschichten. Aus dem Englischen von Peter Naujack und Günter Eichel. detebe 20825

Der Fall der enttäuschten Hausfrau
Geschichten. Deutsch von Günter Eichel
detebe 20826

● William Collins

Ein schauerliches fremdes Bett
Gruselgeschichten. Aus dem Englischen von Elizabeth Gilbert und Peter Naujack.
Mit Zeichnungen von Bob van den Born
detebe 20589

● Joseph Conrad

Lord Jim
Roman. Aus dem Englischen von Fritz Lorch
detebe 20128

Der Geheimagent
Roman. Deutsch von Günther Danehl
detebe 20212

Herz der Finsternis
Erzählung. Deutsch von Fritz Lorch
detebe 20363

● Stephen Crane

Das blaue Hotel
Ausgewählte Geschichten. Neu übersetzt und mit einem Essay von Walter E. Richartz
detebe 20789

● Freeman Wills Crofts
Die Frau im Faß
Roman. Aus dem Englischen von Dietlind Bindheim. detebe 21476

● Guy Cullingford
Post mortem
Roman. Aus dem Englischen von Helmut Degner und Peter Naujack. detebe 20369

● Dolly Dolittle's Crime Club 1
Schreckliche Geschichten und Cartoons
detebe 20277

● Dolly Dolittle's Crime Club 2
Schreckliche Geschichten und Cartoons
detebe 20278

● Dolly Dolittle's Crime Club 3
Schreckliche Geschichten und Cartoons
detebe 20279

● Dolly Dolittle's Crime Club 4
Schreckliche Geschichten und Cartoons
detebe 20664

● Arthur Conan Doyle
Sherlock Holmes Geschichten
Aus dem Englischen von Margarethe Nedem
detebe 21211

● Friedrich Dürrenmatt
Der Richter und sein Henker
Kriminalroman. Mit einer biographischen Skizze des Autors. detebe 21435

Der Verdacht
Kriminalroman. Mit einer biographischen Skizze des Autors. detebe 21436

● Alexandre Dumas
Horror in Fontenay
Roman. Herausgegeben von Alan Hull Walton. Deutsch von Alexander Schmitz
detebe 20367

● Lord Dunsany
Jorkens borgt sich einen Whisky
Zehn Clubgeschichten. Aus dem Englischen von Elisabeth Schnack. Zeichnungen von Paul Flora. detebe 20598

● William Faulkner
Die Spitzbuben
Roman. Aus dem Amerikanischen von Elisabeth Schnack. detebe 20989

Die Freistatt
Roman. Deutsch von Hans Wollschläger, Vorwort von André Malraux. detebe 20802

● Celia Fremlin
Klimax
Roman. Aus dem Englischen von Dietrich Stössel. detebe 20916

Wer hat Angst vorm schwarzen Mann?
Roman. Deutsch von Otto Bayer
detebe 21302

Die Stunden vor der Morgendämmerung
Roman. Deutsch von Isabella Nadolny
detebe 21515

● Egon Friedell
Die Rückkehr der Zeitmaschine
Phantastische Novelle. detebe 20177

● Felix Gasbarra
Schule der Planeten
Roman. detebe 20549

● Robert van Gulik
Kriminalfälle des Richters Di, alten chinesischen Originalquellen entnommen
Mit Illustrationen des Autors in chinesischem Holzschnittstil

Mord im Labyrinth
Roman. Aus dem Englischen von Roland Schacht. detebe 21381

Tod im Roten Pavillon
Roman. Deutsch von Gretel und Kurt Kuhn
detebe 21383

Wunder in Pu-yang?
Roman. Deutsch von Roland Schacht
detebe 21382

Halskette und Kalebasse
Deutsch von Klaus Schomburg. detebe 21519

● Henry Rider Haggard
Sie
Abenteuerroman. Aus dem Englischen von Helmut Degner. detebe 20236

König Salomons Schatzkammer
Roman. Deutsch von V.H. Schmied
detebe 20920

● Dashiell Hammett
Der Malteser Falke
Roman. Aus dem Amerikanischen von Peter Naujack. detebe 20131

Rote Ernte
Roman. Deutsch von Gunar Ortlepp
detebe 20292

Der Fluch des Hauses Dain
Roman. Deutsch von Wulf Teichmann
detebe 20293

Der gläserne Schlüssel
Roman. Deutsch von Hans Wollschläger
detebe 20294

Der dünne Mann
Roman. Deutsch von Tom Knoth
detebe 20295

Fliegenpapier
5 Stories. Deutsch von Harry Rowohlt, Helmuth Kossodo, Helmut Degner, Peter Naujack und Elizabeth Gilbert. Vorwort von Lillian Hellmann. detebe 20911

Fracht für China
3 Stories. Deutsch von Elizabeth Gilbert, Antje Friedrichs und Walter E. Richartz
detebe 20912

Das große Umlegen
3 Stories. Deutsch von Walter E. Richartz, Hellmuth Karasek und Wulf Teichmann
detebe 20913

Das Haus in der Turk Street
3 Stories. Deutsch von Wulf Teichmann
detebe 20914

Das Dingsbums Küken
3 Stories. Deutsch von Wulf Teichmann
Nachwort von Steven Marcus. detebe 20915

● Cyril Hare

Mörderglück
und andere Detektivgeschichten. Auswahl und Einleitung von Michael Gilbert. Aus dem Englischen von Elizabeth Gilbert
detebe 20196

● William Fryer Harvey

Die Bestie mit den fünf Fingern
Gruselgeschichten. Aus dem Englischen von Günter Eichel und Peter Naujack. Zeichnungen von Peter Neugebauer. detebe 20599

● E.W. Heine

Kille Kille
Makabre Geschichten. detebe 21053

Hackepeter
Neue Kille Kille Geschichten
detebe 21219

Wer ermordete Mozart?
Wer enthauptete Haydn?
Moralgeschichten für Musikfreunde
detebe 21437

Wie starb Wagner? Was geschah mit Glenn Miller?
Neue Geschichten für Musikfreunde
detebe 21514

● Patricia Highsmith

Der Stümper
Roman. Aus dem Amerikanischen von Barbara Bortfeldt. detebe 20136

Zwei Fremde im Zug
Roman. Deutsch von Anne Uhde
detebe 20173

Der Geschichtenerzähler
Roman. Deutsch von Anne Uhde
detebe 20174

Der süße Wahn
Roman. Deutsch von Christian Spiel
detebe 20175

Die zwei Gesichter des Januars
Roman. Deutsch von Anne Uhde
detebe 20176

Der Schrei der Eule
Roman. Deutsch von Gisela Stege
detebe 20341

Tiefe Wasser
Roman. Deutsch von Eva Gärtner und Anne Uhde. detebe 20342

Die gläserne Zelle
Roman. Deutsch von Gisela Stege und Anne Uhde. detebe 20343

Das Zittern des Fälschers
Roman. Deutsch von Anne Uhde
detebe 20344

Lösegeld für einen Hund
Roman. Deutsch von Anne Uhde
detebe 20345

Der talentierte Mr. Ripley
Roman. Deutsch von Barbara Bortfeldt
detebe 20481

Ripley Under Ground
Roman. Deutsch von Anne Uhde
detebe 20482

Ripley's Game
Roman. Deutsch von Anne Uhde
detebe 20346

Der Schneckenforscher
Vorwort von Graham Greene. Deutsch von Anne Uhde. detebe 20347

Ein Spiel für die Lebenden
Roman. Deutsch von Anne Uhde
detebe 20348

Kleine Geschichten für Weiberfeinde
Deutsch von W.E. Richartz. Mit Zeichnungen von Roland Topor. detebe 20349

Kleine Mordgeschichten für Tierfreunde
Deutsch von Anne Uhde. detebe 20483

Venedig kann sehr kalt sein
Roman. Deutsch von Anne Uhde
detebe 20484

Ediths Tagebuch
Roman. Deutsch von Anne Uhde
detebe 20485

Der Junge, der Ripley folgte
Roman. Deutsch von Anne Uhde
detebe 20649

Leise, leise im Wind
Erzählungen. Deutsch von Anne Uhde
detebe 21012

Keiner von uns
Erzählungen. Deutsch von Anne Uhde
detebe 21179

Leute, die an die Tür klopfen
Roman. Deutsch von Anne Uhde
detebe 21349

Nixen auf dem Golfplatz
Erzählungen. Deutsch von Anne Uhde
detebe 21517

Als Ergänzungsband liegt vor:

Über Patricia Highsmith
Essays und Zeugnisse von Graham Greene bis Peter Handke. Mit Bibliographie, Filmographie und zahlreichen Fotos. Herausgegeben von Franz Cavigelli und Fritz Senn
detebe 20818

● Mary Hottingers Anthologien

Gespenster
Geschichten aus England von Daniel Defoe bis Edward Bulwer-Lytton. detebe 20497

Mehr Gespenster
Geschichten aus England, Schottland und Irland von Rudyard Kipling bis H.G. Wells
detebe 21027

Noch mehr Gespenster
Geschichten aus aller Welt, von Balzac bis Čechov. In memoriam Mary Hottinger, herausgegeben von Dolly Dolittle
detebe 21310

Mord
Kriminalgeschichten von Edgar Allan Poe bis Raymond Chandler. Mit Vignetten von Paul Flora. detebe 20030

Mehr Morde
Kriminalgeschichten von Cyril Hare bis Henry Slesar. Mit Vignetten von Paul Flora
detebe 20031

Noch mehr Morde
Kriminalgeschichten von Dorothy Sayers bis Peter Cheyney. Mit Vignetten von Paul Flora
detebe 20032

Wahre Morde
Die berühmt-berüchtigtsten Kriminalfälle aus England. detebe 20587

● Gerald Kersh

Mann ohne Gesicht
Phantastische Geschichten. Ausgewählt und übersetzt von Peter Naujack. detebe 20366

● Hans Werner Kettenbach

Minnie oder Ein Fall von Geringfügigkeit
Roman. detebe 21218

● Klassische Kriminalnovellen

von François de Pitaval bis Anton Čechov
detebe 21500

● Mauric Leblanc

Arsène Lupin – Der Gentleman-Gauner
Roman. Aus dem Französischen von Erika Gebühr. detebe 20127

Die hohle Nadel oder Die Konkurrenten des Arsène Lupin
Deutsch von Erika Gebühr. detebe 20239

813 – Das Doppelleben des Arsène Lupin
Roman. Deutsch von Erika Gebühr
detebe 20931

Der Kristallstöpsel oder Die Mißgeschicke des Arsène Lupin
Roman. Deutsch von Erika Gebühr
detebe 20932

Die Gräfin von Cagliostro oder Die Jugend des Arsène Lupin
Roman. Deutsch von Erika Gebühr
detebe 20933

Arsène Lupin kontra Herlock Sholmes
Roman. Deutsch von Erika Gebühr
detebe 21026

Die Uhr schlägt achtmal
Roman. Deutsch von Erika Gebühr
detebe 21254

● Joseph Sheridan Le Fanu

Carmilla, der weibliche Vampir
Eine Vampirgeschichte. Aus dem Englischen von Helmut Degner. Zeichnungen von Edward Ardizzone. detebe 20596

Der ehrenwerte Herr Richter Harbottle
Vier unheimliche Geschichten. Deutsch von Helmut Degner und Elisabeth Schnack Zeichnungen von Edward Ardizzone
detebe 20619

● Gaston Leroux

Das Geheimnis des gelben Zimmers
Roman. Aus dem Französischen von Klaus Walther. detebe 20924

● Marie Belloc Lowndes

Jack the Ripper oder der Untermieter
Roman. Aus dem Englischen von Wulf Teichmann. detebe 20130

● Ross Macdonald

Dornröschen war ein schönes Kind
Roman. Aus dem Amerikanischen von Wulf Teichmann. detebe 20227

Unter Wasser stirbt man nicht
Roman. Deutsch von Hubert Deymann
detebe 20322

Ein Grinsen aus Elfenbein
Roman. Deutsch von Charlotte Hamberger
detebe 20323

Die Küste der Barbaren
Roman. Deutsch von Marianne Lipcowitz
detebe 20324

Der Fall Galton
Roman. Deutsch von Egon Lothar Wensk
detebe 20325

Gänsehaut
Roman. Deutsch von Gretel Friedmann
detebe 20326

Der blaue Hammer
Roman. Deutsch von Peter Naujack
detebe 20541

Durchgebrannt
Roman. Deutsch von Helmut Degner
detebe 20868

Geld kostet viel
Roman. Deutsch von Günter Eichel
detebe 20869

Die Kehrseite des Dollars
Roman. Deutsch von Günter Eichel
detebe 20877

Der Untergrundmann
Roman. Deutsch von Hubert Deymann
detebe 20878

Der Drahtzieher
Sämtliche Detektivstories um Lew Archer I. Mit einem Vorwort des Autors. Deutsch von Hubert Deymann und Peter Naujack
detebe 21018

Einer lügt immer
Sämtliche Detektivstories um Lew Archer II. Deutsch von Hubert Deymann und Peter Naujack. detebe 21019

Sanftes Unheil
Roman. Deutsch von Monika Schoenenberger
detebe 21178

Blue City
Roman. Deutsch von Christina Sieg-Welti und Christa Hotz. detebe 21317

Der Mörder im Spiegel
Roman. Deutsch von Dietlind Bindheim
detebe 21303

● **A.E.W. Mason**

Die vier Federn
Roman. Aus dem Englischen von Thomas Schlück. detebe 21167

● **W. Somerset Maugham**

Ashenden oder Der britische Geheimagent
Erzählungen. detebe 20337

● **Margaret Millar**

Liebe Mutter, es geht mir gut ...
Roman. Aus dem Amerikanischen von Elizabeth Gilbert. detebe 20226

Die Feindin
Roman. Deutsch von Elizabeth Gilbert
detebe 20276

Fragt morgen nach mir
Roman. Deutsch von Anne Uhde
detebe 20542

Ein Fremder liegt in meinem Grab
Roman. Deutsch von Elizabeth Gilbert
detebe 20646

Die Süßholzraspler
Roman. Deutsch von Georg Kahn-Ackermann und Susanne Feigl. detebe 20926

Von hier an wird's gefährlich
Roman. Deutsch von Fritz Güttinger
detebe 20927

Der Mord von Miranda
Roman. Deutsch von Hans Hermann
detebe 21028

Das eiserne Tor
Roman. Deutsch von Karin Reese und Michel Bodmer. detebe 21063

Fast wie ein Engel
Roman. Deutsch von Luise Däbritz
detebe 21190

Die lauschenden Wände
Roman. Deutsch von Karin Polz. detebe 21421

Nymphen gehören ins Meer!
Roman. Deutsch von Otto Bayer. detebe 21516

● **Liam O'Flaherty**

Der Denunziant
Roman. Aus dem Englischen von H. Hauser
detebe 21191

● **Edgar Allan Poe**

Herausgegeben von Theodor Etzel
Aus dem Amerikanischen von Gisela Etzel, Wolf Durian u.a.

Die schwarze Katze
und andere Verbrechergeschichten
detebe 21183

Die Maske des roten Todes
und andere phantastische Fahrten
detebe 21184

Der Teufel im Glockenstuhl
und andere Scherz- und Spottgeschichten
detebe 21185

Der Untergang des Hauses Usher
und andere Geschichten von Schönheit, Liebe und Wiederkunft. detebe 21182

● **Patrick Quentin**

Bächleins Rauschen tönt so bang
Kriminalgeschichten. Aus dem Amerikanischen von Günter Eichel. detebe 20195

Familienschande
Roman. Deutsch von Helmut Degner
detebe 20917

● **Jack Ritchie**

Der Mitternachtswürger
Geschichten. Aus dem Amerikanischen von Alfred Probst. detebe 21293

Für alle ungezogenen Leute
Detektiv-Geschichten. Deutsch von Dorothee Asendorf. detebe 21384

● **Herbert Rosendorfer**

Der Ruinenbaumeister
Roman. detebe 20251

Der stillgelegte Mensch
Erzählungen. detebe 20327

● **Russische Kriminalgeschichten**

Von Fjodor Dostojewskij bis Anton Čechov. Auswahl, Übersetzung und Nachwort von Johannes von Guenther
detebe 21127

● **Maurice Sandoz**

Am Rande
Neun unheimliche Erzählungen. Aus dem Französischen von Gertrud Droz-Rüegg
detebe 20739

- **Karl W. Schlegel**

Richter wider Willen
Roman. detebe 21422

- **Hermann Harry Schmitz**

Buch der Katastrophen
Vierundzwanzig tragikomische Geschichten mit einem Vorwort von Otto Jägersberg und fünfzehn Holzstichmontagen von Horst Hussel. detebe 20548

- **Science-Fiction-Geschichten des Golden Age**

Von Ray Bradbury bis Isaac Asimov. Herausgegeben von Peter Naujack. detebe 21048

- **Klassische Science-Fiction-Geschichten**

Von Voltaire bis Conan Doyle. Herausgegeben von William Matheson. detebe 21049

- **Alan Sillitoe**

Ein Start ins Leben
Ein Schelmenroman. Deutsch von Günter Eichel und Anna von Cramer-Klett
detebe 20545

- **Georges Simenon**

Die grünen Fensterläden
Roman. Aus dem Französischen von Alfred Günther. detebe 20373

Sonntag
Roman. Deutsch von Hansjürgen Wille und Barbara Klau. detebe 20375

Zum Weißen Roß
Roman. Deutsch von Trude Fein
detebe 20986

Die Fantome des Hutmachers
Roman. Deutsch von Eugen Helmlé
detebe 21001

Die Witwe Couderc
Roman. Deutsch von Hanns Grössel
detebe 21002

Schlußlichter
Roman. Deutsch von Stefanie Weiss
detebe 21010

Betty
Roman. Deutsch von Raymond Regh
detebe 21057

Der Neger
Roman. Deutsch von Linde Birk
detebe 21118

Die Tür
Roman. Deutsch von Linde Birk
detebe 21114

Das blaue Zimmer
Roman. Deutsch von Angela von Hagen
detebe 21121

Der Bürgermeister von Furnes
Roman. Deutsch von Hans Grössel
detebe 21209

Es gibt noch Haselnußsträucher
Roman. Deutsch von Angela von Hagen
detebe 21192

Die Glocken von Bicêtre
Roman. Neu übersetzt von Angela von Hagen
detebe 20678

Das Testament Donadieu
Roman. Deutsch von Eugen Helmlé
detebe 21256

Der Untermieter
Roman. Deutsch von Ralph Eue
detebe 21255

Emil und sein Schiff
Erzählungen. Deutsch von Angela von Hagen und Linde Birk. detebe 21318

Exotische Novellen
Deutsch von Annerose Melter. detebe 21285

Die Leute gegenüber
Roman. Deutsch von Hans-Joachim Hartstein. detebe 21273

Die schwanzlosen Schweinchen
Erzählungen. Deutsch von Linde Birk
detebe 21284

Weder ein noch aus
Roman. Deutsch von Elfriede Riegler
detebe 21304

Auf großer Fahrt
Roman. Deutsch von Angela von Hagen

Der Bericht des Polizisten
Roman. Deutsch von Markus Jakob
detebe 21328

Die Zeit mit Anaïs
Roman. Deutsch von Ursula Vogel
detebe 21329

Die Katze
Roman. Deutsch von Angela von Hagen
detebe 21378

Der Passagier der Polarlys
Roman. Deutsch von Stephanie Weiss
detebe 21377

Die Schwarze von Panama
Roman. Deutsch von Ursula Vogel
detebe 21424

Das Gasthaus im Elsaß
Roman. Deutsch von Angela von Hagen
detebe 21425

Das Haus am Kanal
Roman. Deutsch von Ursula Vogel
detebe 21426

Der Zug
Roman. Deutsch von Trude Fein. detebe 21480

Striptease
Roman. Deutsch von Angela von Hagen
detebe 21481

45° im Schatten
Roman. Deutsch von Angela von Hagen
detebe 21482

Maigret und die alte Dame
Roman. Deutsch von Renate Nickel
detebe 20503

Maigret und der Minister
Roman. Deutsch von Annerose Melter
detebe 20505

Maigrets Memoiren
Roman. Deutsch von Roswitha Plancherel
detebe 20507

Hier irrt Maigret
Roman. Deutsch von Renate Nickel
detebe 20690

Maigret und der gelbe Hund
Roman. Deutsch von Raymond Regh
detebe 20691

Maigret vor dem Schwurgericht
Roman. Deutsch von Wolfram Schäfer
detebe 20692

Maigret als möblierter Herr
Roman. Deutsch von Wolfram Schäfer
detebe 20693

Maigret und die kopflose Leiche
Roman. Deutsch von Wolfram Schäfer
detebe 20715

Maigret und die widerspenstigen Zeugen
Roman. Deutsch von Wolfram Schäfer
detebe 20716

Maigret am Treffen der Neufundlandfahrer
Roman. Deutsch von Annerose Melter
detebe 20717

Maigret bei den Flamen
Roman. Deutsch von Claus Sprick
detebe 20718

Maigret und die Bohnenstange
Roman. Deutsch von Guy Montag
detebe 20808

Maigret und das Verbrechen in Holland
Roman. Deutsch von Renate Nickel
detebe 20809

Maigret und sein Toter
Roman. Deutsch von Elfriede Riegler
detebe 20810

Maigret beim Coroner
Roman. Deutsch von Wolfram Schäfer
detebe 20811

Maigret, Lognon und die Gangster
Roman. Deutsch von Wolfram Schäfer
detebe 20812

Maigret und der Gehängte von Saint-Pholien
Roman. Deutsch von Sibylle Powell
detebe 20816

Maigret regt sich auf
Roman. Deutsch von Wolfram Schäfer
detebe 20820

Maigret contra Picpus
Roman. Deutsch von Hainer Kober
detebe 20736

Maigret läßt sich Zeit
Roman. Deutsch von Sibylle Powell
detebe 20755

Maigrets Geständnis
Roman. Deutsch von Roswitha Plancherel
detebe 20756

Maigret zögert
Roman. Deutsch von Annerose Melter
detebe 20757

Maigrets Nacht an der Kreuzung
Roman. Deutsch von Annerose Melter
detebe 21050

Maigret erlebt eine Niederlage
Roman. Deutsch von Elfriede Riegler
detebe 21062

Maigret gerät in Wut
Roman. Deutsch von Wolfram Schäfer
detebe 21113

Maigret verteidigt sich
Roman. Deutsch von Wolfram Schäfer
detebe 21117

Maigret und der geheimnisvolle Kapitän
Roman. Deutsch von Annerose Melter
detebe 21180

Maigret und die alten Leute
Roman. Deutsch von Annerose Melter
detebe 21200

Maigret und das Dienstmädchen
Roman. Deutsch von Hainer Kober
detebe 21220

Maigret und der Fall Nahour
Roman. Deutsch von Sibylle Powell
detebe 21250

Maigret und der Samstagsklient
Roman. Deutsch von Angelika Hildebrandt-Essig. detebe 21295

Maigret in New York
Roman. Deutsch von Bernhard Jolles
detebe 21308

Maigret und die Affäre Saint-Fiacre
Roman. Deutsch von Werner De Haas
detebe 21373

Sechs neue Fälle für Maigret
Erzählungen. Deutsch von Elfriede Riegler
detebe 21375

Maigret stellt eine Falle
Roman. Deutsch von Angela von Hagen
detebe 21374

Maigret in der Liberty Bar
Roman. Deutsch von Angela von Hagen
detebe 21376

Maigret und der Spion
Roman. Deutsch von Hainer Kober
detebe 21427

Maigret und die kleine Landkneipe
Roman. Deutsch von Bernhard Jolles und Heide Bideau. detebe 21428

Maigret und der Verrückte von Bergerac
Roman. Deutsch von Hainer Kober
detebe 21429

Maigret, die Tänzerin und die Gräfin
Roman. Deutsch von Hainer Kober
detebe 21484

Maigret macht Ferien
Roman. Deutsch von Markus Jakob
detebe 21485

Maigret und der hartnäckigste Kunde der Welt
Erzählungen. Deutsch von Linde Birk und Ingrid Altrichter. detebe 21486

Maigret verliert eine Verehrerin
Roman. Deutsch von Ingrid Altrichter
detebe 21521

Maigret in Nöten
Roman. Deutsch von Markus Jakob
detebe 21522

Maigret und sein Rivale
Roman. Deutsch von Ingrid Altrichter
detebe 21523

● Henry Slesar

Fiese Geschichten für fixe Leser
Aus dem Amerikanischen von Thomas Schlück
detebe 21125

Das graue distinguierte Leichentuch
Roman. Deutsch von Paul Baudisch und Thomas Bodmer. Ausgezeichnet mit dem Edgar-Allan-Poe-Preis. detebe 20139

Vorhang auf, wir spielen Mord!
Roman. Deutsch von Thomas Schlück
detebe 20216

Erlesene Verbrechen und makellose Morde
Geschichten. Deutsch von Günter Eichel und Peter Naujack. Vorwort von Alfred Hitchcock. Zeichnungen von Tomi Ungerer
detebe 20225

Ein Bündel Geschichten für lüsterne Leser
Deutsch von Günter Eichel. Einleitung von Alfred Hitchcock. Zeichnungen von Tomi Ungerer. detebe 20275

Hinter der Tür
Roman. Deutsch von Thomas Schlück
detebe 20540

Aktion Löwenbrücke
Roman. Deutsch von Günter Eichel
detebe 20656

Ruby Martinson
Geschichten vom größten erfolglosen Verbrecher der Welt. Deutsch von Helmut Degner. detebe 20657

Schlimme Geschichten für schlaue Leser
Deutsch von Thomas Schlück
detebe 21036

Coole Geschichten für clevere Leser
Deutsch von Thomas Schlück. detebe 21046

Böse Geschichten für brave Leser
Deutsch von Christa Hotz und Thomas Schlück. detebe 21248

Die siebte Maske
Roman. Deutsch von Gerhard und Alexandra Baumrucker. detebe 21518

● Spionagegeschichten
-fälle und -affären von Goethe bis Ambler. Herausgegeben von Graham Greene, Hugh Greene und Martin Beheim-Schwarzbach
Mit Zeichnungen von Paul Flora
detebe 20699

● Mehr Spionagegeschichten
Von John Buchan bis Ian Fleming. Herausgegeben von Eric Ambler. detebe 21420

● R.L. Stevenson
Nach der Edition und Übersetzung von Curt und Marguerite Thesing

Die Schatzinsel
Roman. detebe 20701

Der Junker von Ballantrae
Roman. detebe 20703

Die Entführung
Roman. detebe 20704

Catriona
Roman. detebe 20705

Die Herren von Hermiston
Roman (Fragment). detebe 20702

Der Pavillon auf den Dünen
Der seltsame Fall von Dr. Jekyll und Mr. Hyde
Zwei Geschichten. detebe 20706

Der Selbstmörderclub
Der Diamant des Rajahs
Zwei Geschichtensammlungen
detebe 20707

Die tollen Männer
und andere Geschichten. detebe 20708

Der Flaschenteufel
und andere Geschichten. detebe 20709

Der Leichenräuber
und andere Geschichten. detebe 20710

Der gefährliche Archipel
In der Südsee I. Roman. Deutsch von Marguerite Thesing. detebe 21449

Der Palast der vielen Frauen
In der Südsee II. Roman. Deutsch von Marguerite Thesing. detebe 21450

● Bram Stoker
Draculas Gast
Sechs Gruselgeschichten. Aus dem Englischen von Erich Fivian und H. Haas. Zeichnungen von Peter Neugebauer. detebe 20135

● Julian Symons
Auf den Zahn gefühlt
Detektivgeschichten. Aus dem Englischen von Thomas Schlück. detebe 20601

Ein Pekinese aus Gips
Kriminalgeschichten. Deutsch von Günter Eichel. Zeichnungen von Josef Weihard
detebe 20740

Susanne Thommes

Der falsche Freund
Roman. detebe 21380

Brüderchen und Schwesterchen
Roman. detebe 21423

Totensonntag
Kriminalroman. detebe 21474

Silvio Toddi

Einmal Venedig und zurück
Kleiner Roman für Optimisten. Aus dem Italienischen von Lisa Rüdiger. detebe 21189

B. Traven

Einzig berechtigte deutsche Ausgaben, vollständig neu herausgegeben von Edgar Päßler in Zusammenarbeit mit der Büchergilde Gutenberg, Frankfurt am Main

Das Totenschiff
Roman. detebe 21098

Die Baumwollpflücker
Roman. detebe 21099

Die Brücke im Dschungel
Roman. detebe 21100

Der Schatz der Sierra Madre
Roman. detebe 21101

Die Weiße Rose
Roman. detebe 21102

Aslan Norval
Roman. detebe 21103

Regierung
Roman. detebe 21104

Die Carreta
Roman. detebe 21105

Der Marsch ins Reich der Caoba
Roman. detebe 21106

Trozas
Roman. detebe 21107

Die Rebellion der Gehenkten
Roman. detebe 21108

Ein General kommt aus dem Dschungel
Roman. detebe 21109

Die Geschichte vom unbegrabenen Leichnam
Erzählungen. detebe 21110

Ungeladene Gäste
Erzählungen. detebe 21111

Der Banditendoktor
Erzählungen. detebe 21112

Mark Twain

Menschenfresserei in der Eisenbahn
Skizzen und Erzählungen II. Deutsch von Marie-Louise Bischof und Ruth Binde. Zeichnungen von Bob van den Born
detebe 20919

Jules Verne

Reie um die Erde in achtzig Tagen
Roman. Aus dem Französischen von Erich Fivian. detebe 20126

Fünf Wochen im Ballon
Roman. Deutsch von Felix Gasbarra
detebe 20241

Reise um den Mond
Roman. Deutsch von Ute Haffmans
detebe 20243

Reise zum Mittelpunkt der Erde
Roman. Deutsch von Hansjürgen Wille und Barbara Klau. detebe 20246

Der Kurier des Zaren
Roman in zwei Bänden. Deutsch von Karl Wittlinger. detebe 20401 + 20402

Die fünfhundert Millionen der Begum
Roman. Deutsch von Erich Fivian
detebe 20403

Die Kinder des Kapitäns Grant
Roman in zwei Bänden. Deutsch von Walter Gerull. detebe 20404 + 20405

Die Erfindung des Verderbens
Roman. Deutsch von Karl Wittlinger
detebe 20406

Die Leiden eines Chinesen in China
Roman. Deutsch von Erich Fivian
detebe 20407

Das Karpathenschloß
Roman. Deutsch von Hansjürgen Wille und Barbara Klau. detebe 20408

Die Gestrandeten
Roman in zwei Bänden. Deutsch von Karl Wittlinger. detebe 20409 + 20410

Der ewige Adam
Geschichten. Deutsch von Erich Fivian
detebe 20411

Robur der Eroberer
Roman. Deutsch von Peter Laneus
detebe 20412

Das erstaunliche Abenteuer der Expedition Barsac
Roman. Deutsch von Eva Rechel-Mertens
detebe 21237

Die Insel der Milliardäre
Roman. Deutsch von Ute Haffmans
detebe 21243

● **Walter Vogt**

Melancholie
Die Erlebnisse des Amateur-Kriminalisten Beno von Stürler. detebe 20623

Der Wiesbadener Kongreß
Roman. detebe 20306

Booms Ende
Erzählungen. detebe 20307

● **Hans Weigold**

Eines der verwunschenen Häuser
Roman. detebe 21070

● **H.G. Wells**

Der Krieg der Welten
Roman. Aus dem Englischen von G.A. Crüwell und Claudia Schmölders
detebe 20171

Die Zeitmaschine
Roman. Deutsch von Peter Naujack
detebe 20172

● **Weltuntergangsgeschichten**

Von Poe bis Dürrenmatt. Mit Weltuntergangszeichnungen von Dürer bis Topor
detebe 20806